阅读之前 没有真相

午夜文库

杰夫里·迪弗
林肯·莱姆系列

杰夫里·迪弗 Jeffery Deaver (1950—)

杰夫里·迪弗一九五〇年出生于芝加哥,十一岁时写出了第一本小说,从此笔耕不辍。迪弗毕业于密苏里大学新闻系,后进入福德汉姆法学院研修法律。在法律界实践了一段时间后,他在华尔街一家大律师事务所开始了律师生涯。他兴趣广泛,曾自己写歌唱歌,进行巡演,也曾当过杂志社记者。与此同时,他开始发展自己真正的兴趣:写悬疑小说。一九九〇年起,迪弗成为一名全职作家。

迄今为止,迪弗共获得六次MWA(美国推理小说作家协会)的爱伦·坡奖提名、一次尼禄·沃尔夫奖、一次安东尼奖、三次埃勒里·奎因最佳短篇小说读者奖。迪弗的小说被翻译成三十五种语言,多次登上世界各地的畅销书排行榜。包括名作《人骨拼图》在内,他有三部作品被搬上银幕,同时也为享誉世界的詹姆斯·邦德系列创作了最新官方小说《自由裁决》。

迪弗的作品素以悬念重重、不断反转的情节著称,常常在小说的结尾推翻,或者多次推翻之前的结论,犹如过山车般的阅读体验佐以极为丰富专业的刑侦学知识,令读者大呼过瘾。其最著名的林肯·莱姆系列便是个中翘楚。另外两个以非刑侦专业人员为主角的少女鲁伊系列和采景师约翰·佩勒姆系列也各有特色,同样继承了迪弗小说布局精细、节奏紧张的特点,惊悚悬疑的气氛保持到最后一页仍回味悠长。

除了犯罪侦探小说,作为美食家的他还有意大利美食方面的书行世。

杰夫里·迪弗 重要作品年表

少女鲁伊系列
1990 Death of a Blue Movie Star《蓝调艳星之死》
1991 Hard News《重要新闻》
1988 Manhattan Is My Beat《心跳曼哈顿》

采景师约翰·佩勒姆系列
1992 Shallow Graves《法外行走》
1993 Bloody River Blues《血河变奏》
2001 Hell's Kitchen《地狱厨房》

林肯·莱姆系列
1997 The Bone Collector《人骨拼图》
1998 The Coffin Dancer《棺材舞者》
2000 The Empty Chair《空椅子》
2002 The Stone Monkey《石猴子》
2003 The Vanished Man《消失的人》
2005 The Twelfth Card《第十二张牌》
2006 The Cold Moon《冷月》
2008 The Broken Window《破窗》
2010 The Burning Wire《燃烧的电缆》
2013 The Kill Room《杀戮房间》
2014 The Skin Collector《人皮拼图》
2016 The Steel Kiss《钢吻》
2017 The Burial Hour《安葬时刻》
2018 The Cutting Edge《快乐至死》（暂译）

凯瑟琳·丹斯系列
2007 The Sleeping Doll《睡偶》
2009 Roadside Crosses《路边的十字架》
2012 XO《唱片》
2015 Solitude Creek《孤独的小溪》

詹姆斯·邦德系列
2011 Carte Blanche《全权委托》

科尔特·肖系列
2019 The Never Game《游戏中毒》（暂译）

杰夫里·迪弗 重要作品年表

非系列作品

1992 Mistress of Justice《正义的情妇》
1993 The lesson of Her Death《她死去的那一夜》
1994 Praying for Sleep《祈祷安息》
1995 A Maiden's Grave《少女的坟墓》
1999 The Devil's Teardrop《恶魔的泪珠》
2000 Speaking in Tongues《说悄悄话的熊》
2001 The Blue Nowhere《蓝色骇客》
2004 Garden of Beasts《野兽花园》
2008 The Bodies Left Behind《弃尸》
2010 Edge《先手》
2013 The October List《十月名单》

冷月
The Cold Moon

[美] 杰夫里·迪弗 著
王冉 译

新 星 出 版 社　NEW STAR PRESS

你看不见我,但我终日与你为伴。
你尽管去逃,可你逃不出我为你造的墓园。
你尽管反抗,但胜利永远站在我这一边。
我想杀便杀,却从不被任何人审判。
诸君可识我真面?

——永生不死的时间

第一部分

星期二，上午十二点零二分

  时钟，将时间斩杀。只要时间还在被齿轮的转动声记录着，那它便是死的。只有在时钟停止之时，时间才会活过来。

——威廉·福克纳

1

"他们多久才死的?"

被问话的男人像是没有听到一样,只是看了一眼后视镜便继续专注开车。时间刚过午夜,曼哈顿市中心的街道寒冷刺骨。冷锋将天空擦得纤尘不染,早先下的雪给路面镀上了一层白亮的光釉。对话的两个男人正驾驶着一辆轰响的破旧"邦迪车",这是聪明的文森特给这辆棕褐色SUV起的绰号。的确,这辆车有些年岁了,刹车需要修理,轮胎也需要更换。但这辆车是偷来的,招摇过市地送去修理总有些不明智——尤其是车上的这两名乘客,刚刚杀了人。

开车的男人身材偏瘦,五十多岁,留着利落的黑色短发。他谨慎地拐入一条小街,继续驾驶,从不加速,只是精准地在某些路口转弯,不偏不倚地行驶在小路的正中央。他似乎能够一直这样稳稳当当地开下去,不管前面的路是湿滑还是干燥,不管这辆车是不是刚刚卷入了一起谋杀。

他心细如发,又狡黠如狐。

多久才死?

车上的另一个人是大块头文森特,文森特的手指粗壮,总是很潮湿,腰上的棕色皮带紧紧地扣住第一个扣眼。现在他正打着寒战,显然冷得厉害。文森特是个夜班的文秘临时工,交班之后一直在街角等待。外面天气极冷,但比起寒风刺骨的室外,他更不喜欢在休息室里待着，因为那里的灯光绿莹莹的，而且墙壁上都挂着大镜子，他不可避免地会从各个角度看到圆硕的自己。所以他宁愿在十二月的寒夜中踱步等待，同时吃掉一颗糖果。好吧，是两颗。

文森特抬头，看到皎洁的圆月从高楼耸立的峡谷上方一闪而过，听到驾驶座上的钟表匠大声回答道："他们多久才死？这问题有意思。"

钟表匠的真名叫杰拉德·邓肯。文森特虽然与他相识不久，但也发现与此人对话要谨慎，因为即使是问他最简单的问题，他也会滔滔不绝地来一段独白。天哪，他可真能说……当然他的回答往往是清晰且富有条理的，像个大学教授。文森特也知道他刚才的这几分钟沉默是在思考自己问的问题。

文森特打开了一听百事可乐，他确实很冷，但他更需要糖分。一口气将可乐喝光之后，文森特把空罐子装进了衣袋。接着又吃了一包花生酱夹心饼干。期间钟表匠回头看他，确认他戴了手套。他们在"邦迪车"里一直都戴着手套。

心细如发。

"要我说，这问题答案有很多。"邓肯用他特有的柔和而超然的语气说道，"比如，我杀的第一个人，二十四岁，你可以说他用了二十四年才死。"

好吧……这么说也没错，文森特有些讽刺地想着，虽然不得不承认这显而易见的答案他确实没想到。

"另一个是三十二岁吧，我记得。"

一辆警车从对面驶过，文森特的太阳穴跳了起来，而邓肯一点反应都没有。警察显然对这辆失窃的车没什么兴趣。

"这个问题的另一种答案，"邓肯继续说道，"就是要计算从我动手的那一刻到他们心脏停止跳动的这段时间，也许这才是你想知道的答案。你看，人们总喜欢将时间放到一个易于理解的框架中，这样做很对，能更好地帮助我们理解时间。比如即将分娩的产妇每隔二十秒出现一次宫缩，知道这一点很有用；再比如运动员跑一英里的成绩是三分五十八秒，那么他就赢了。至于你想知道他们到底花了多长时间才死，啧……答案其实并不重要，知道了也没什么用，只能说，时间不短。"邓肯看了一眼文森特，又补充说，"我并不是在对你的问题挑刺。"

"不会……没关系。"文森特回答道，他并不在意邓肯是不是在挑刺，因为他——文森特·雷诺兹没几个朋友，所以邓肯的大部分言行都是可以接受的，"我不过一时好奇。"

"明白，我也没注意，但是下次我会计时的。"

"那个女孩儿吗？明天？"文森特的心跳开始加速。

邓肯点头："你是指今天，晚些时候。"

当时已经过了半夜十二点。面对杰拉德·邓肯，你一定要绝对精确，尤其是在时间问题上。

"没错。"

一想到乔安娜，文森特体内躁动的另一个自己便有些按捺不住。乔安娜，下一个即将死去的女孩。

今天，晚些时候……

杀手驾车沿着一条复杂曲折的路线驶回了他们的临时住所。它位于曼哈顿切尔西区，在市中心的南部，临河的位置。那边多是废弃的街道，气温只有零下十度左右，冷风一阵接一阵地在狭窄的街道上吹过。

邓肯将车停在路边，熄火，拉上手刹。随后两人下车，在刺骨的寒风中步行了半个街区，邓肯看着自己被月光投在人行道上的影子，不期然地说道："我想到了你那个问题的另一个答案。"

文森特又开始打寒战，不仅仅是因为身体冷。

"如果你从他们的角度来考虑这个问题。"杀手说，"答案是永远，他们永远都不可能安息。"

2

那是什么？

温暖的办公室里，一个高大的男人正坐在吱嘎作响的椅子上，一边小口地抿着咖啡，一边眯着眼睛透过明亮的晨光望向远处的码头。他是这家拖船修理公司的日班管理员，公司位于格林尼治村北部的哈得孙河边。四十分钟后，将会有一艘莫兰公司的船进港，船的柴油机出了问题。但现在码头空空荡荡，管理员也清闲地享受着办公室里的暖意，他坐在椅子上将脚抬起，放到桌子上休息，怀里还捧着一杯热咖啡。此时，他起身擦掉了窗户上的水蒸气，再次看了过去。

那是什么东西？

一个黑色的箱子被摆放在码头的边缘，码头正对着新泽西。昨晚六点钟关门的时候这箱子还没有出现，那之后也没人进港。如果有人想要进来，就必须经过岸上这边。而且公司为了防止有人进来，还专门设立了铁链防护栏。但是，就他所知，这里也曾丢失过一些工具和垃圾桶（尽情想象吧），所以若有人想要进来，他们就真的能进来。

但是进来了什么也没拿走，反而留下点东西？

他紧盯着那个箱子看了一会儿，心里寻思着，外面又冷，还刮着冷风，相比之下，手边的咖啡实在是更好的选择。然后，他决定了，唉……去他的，还是去看看吧。他穿上了厚厚的灰色夹克，戴上手套和帽子，猛灌了一大口咖啡，然后举步迈入了让人呼吸一窒的冰冷空气。

他在寒风中顺着码头的方向走去，有些湿润的眼睛紧盯着那个黑色的箱子。

那是什么鬼东西？那东西是黑色的，一个长方体，大概有三十厘米高，低斜的日光从它的正面刺目地反射过来，管理员眯着眼睛仔细打量着反射强光的地方。此时哈得孙河的白头浪花正不停地冲刷着码头下的基柱。

在离黑色箱子十英尺远的地方，他停下脚步，认出了那是什么东西。

那是一座时钟，那种老式的时钟。正面有一张月亮脸，标着罗马数字，看起来很值钱。管理员低头看了一眼自己的手表，发现这钟还是好用的，时间也准确。谁会把这么好的东西扔在这儿？那好吧，他想着，就当是天上掉馅饼了。

管理员朝着时钟走去，打算将它捡起，然而，忽然间，他脚下一滑，摔了下去。倒下那一刻，他慌了神，以为自己要跌进河里。幸好，他只是摔在了那块他没看见的冰上，没有滑得更远。

他疼得皱起眉头，抽着气，费力地站起身。接着，他看了一眼脚下的"罪魁祸首"，发现这块冰有些不同寻常，它是红褐色的。

"啊……上帝啊。"他盯着脚下那一大摊血迹，小声惊叫起来，血迹延伸到黑钟附近，凝结成冰。他又向前探身看了看，在看清这血迹的来源后愈发惊骇不止。码头甲板上有些痕迹，像是血淋淋的指甲抓痕，就像有人用布满伤口的手指或割破的手腕抓挠挣扎，想要爬上来，因为身后就是翻卷的河水。

他蹑手蹑脚地走到码头边缘向下看去。汹涌的河面上什么人都没有。他并不意外，如果他想得没错，那摊冻成冰的血迹表明，这可怜虫已经在这里挣扎了有一段时间。若是没有及时获救，那么这会儿尸体应该已经快漂到自由岛了。

管理员从身上摸出手机,退回身来,用牙咬着脱下了手套。他最后看了一眼那个诡异的时钟,然后急匆匆地走回工作棚,用僵硬且颤抖的手指拨通了报警电话。

过去与现在。

这座城市不一样了,自从那个九月上午的大爆炸以后,浓烟翻滚,高楼倾覆。

不得不承认,这座城市变了。你可以谈起人们快速恢复正常生活的能力,称赞人们坚忍的意志,骄傲于纽约市民继续回到工作的敬业精神,这些都是事实。但每次拉瓜迪亚机场降落的飞机低空掠过城市上方时,人们依旧会驻足观望。每每走过街道,看见街上被遗弃的购物袋时,人们也会远远地绕开。更不用说大街上身穿黑色防爆服,手持黑色机关枪的士兵和警察,人们对此早就见怪不怪了。

感恩节的游行平安无事地过去了,现在又到了圣诞高峰期,到处都是拥挤的人群。但即使在这样热闹的盛典上空,依然飘荡着一丝哀婉的阴霾,因为再华美的节日橱窗里,也映不出昔日矗立的高楼,再拥挤喧嚣的人群里,也寻不见痛失的故人。当然,还有大家最担心的问题:接下来,还会发生什么?

林肯·莱姆也有自己的过去与现在,所以他对这个今昔对比的概念十分感同身受。曾经,他能够站立行走,生活可以自理,后来,他便再也不能了。这一秒,他还健健康康的和其他人一样,在犯罪现场调查,下一瞬,就有一根横梁砸在了他的脖子上,造成了C-4高位截瘫,身体从肩膀以下几乎完全没有知觉了。

过去与现在……

这一生,有些瞬间会永远改变你。

可是,林肯·莱姆深信,如果放任自己沉溺在悲伤中,人生就会越发悲惨，恶人就赢了。

此时，一个寒冷的星期二早晨，他一边听着国家公共电台播音员的报道，一边得出以上的想法。播音员正用她平稳的语调报道有关后天的游行活动，紧接着是一些政府官员将要出席的典礼和会议，这些活动似乎在首都华盛顿召开会更合理一点。但是"与纽约同行"的态度占了上风，且拥有大批的支持者。与此同时，也有一些对此种做法表示反对的抗议者，他们会大规模地涌上街头，造成拥堵，同时给负责华尔街安保工作的警察带来麻烦。政治上的这种情形，在体育方面也出现了。季后赛原本将会在新泽西举行，现在也出于爱国心理被安排在了纽约麦迪逊广场花园。莱姆有些讽刺地想着，也许明年的波士顿马拉松比赛都会在纽约市举行。

过去和现在……

莱姆相信现在的自己与过去并没有什么不同。你可以说他的身体状况、他的视平线变了。但本质上，他还是之前那个人：一名警察和科学家，性格有些暴躁，喜怒无常（好吧，有时很惹人厌），为人坚韧，讨厌无能和懒散。他并不奉行自己是残疾人那套。不抱怨，也不会就自己的身体状况小题大做（不过，对于那些楼里出了案子的业主们，莱姆祝他们好运，因为若是他去了现场调查，一定会让他们依法改掉门宽，且要设立残障通道）。

现在，他已渐渐听出报道里透露出的情绪，这座城市里，有些人正在自怨自艾，这个事实触怒了他。他对汤姆宣布道："我要写封信。"

汤姆是名年轻的护工，身材瘦长，穿着黑色的休闲裤，白色衬衫，厚毛衣外套（莱姆的洋房位于中央公园西部，房子的供暖一直很糟糕，建筑的保温层也特别老旧）。汤姆正在悬挂一些花哨的圣诞节装饰，闻言看向了莱姆。莱姆很喜欢他的布置中那些意外出现的反讽，比如，汤姆将一棵小型常青树摆在了桌子上，而桌子底下就是一份未开封的礼物：一箱成人用一次性纸尿裤。

"写信？"

莱姆阐述了他的理论，他认为所有人都各司其职，照常生活，那才是更加爱国的表现。"我觉得，我得狠狠骂醒他们，那群《纽约时报》的家伙。"

"有何不可呢？"护工反问道，汤姆知道自己是一名护工，护工就是"给予关爱的人"（不过汤姆说，做林肯·莱姆的护工，护工的定义应该换成"圣人"才对）。

"我会的。"莱姆语气坚定地回答。

"很好……但是……有个小问题？"

莱姆询问地挑眉。这名刑事专家能够——也确实这么做了——用他仅存的身体部位，肩膀、头和脸，做出相当到位的情绪表达。

"你有没有发现？那些说自己会写信的人，多数都不会去写。真正写信的人会直接提笔行动，不会事先宣布什么。"

"多谢你的心理学高见，汤姆。你知道的，现在什么都不能阻止我。"

"很好。"汤姆又重复了一遍。

刑事专家操控着触摸板遥控器，将他的红色风暴箭矢牌轮椅行驶到房间中的平板显示器前，这样的显示器房间里有五六个。

"指令，"他对着轮椅上的麦克风连接着的语音识别系统说道，"文字编辑。"

WordPerfect[①] 应声在屏幕上开启。

"指令，输入。'尊敬的先生们'指令：冒号。指令：段落。指令：输入：'我注意到——'"

门铃响起，汤姆前去查看来访者。

莱姆闭上了眼睛，在脑海中将自己的咆哮转换成一行行的文字，一个声音却在此时打断了他："嘿，林肯，圣诞节快乐。"

---

① 一款文字编辑软件。

"嗯,你也是。"林肯嘟囔着回答说,来人是警探朗·塞利托。他大腹便便,蓬头垢面,正穿过门廊走进来。行动间,胖警探不得不小心翼翼地挪动脚步。这间屋子在维多利亚时期是间古色古香的会客厅,但现在被摆满了刑侦学器具:各式各样的光学显微镜、一台电子显微镜、一台气相色谱仪、一些实验室烧杯和支架,还有吸液管、培养皿、离心机、化学药品以及书和杂志,加上电脑和地上随处可见的粗电缆。莱姆在他的房子里做刑侦学调查时,有些用电量需求很大的设备会不时地造成短路,这些设备所用的电量可能会超过整个街区所有住户加起来的用电量。

"指令,音量,三级。"环境控制系统顺从地将美国国家公共电台的音量调小。

"节日气氛一点也没感染到你啊,是不是?"警探问道。

莱姆并没有回答。警探也不介意,他弯下腰,拍了拍一条体形较小的长毛狗:"嘿,杰克逊。"小狗蜷缩着身子躺在一个纽约市警察局的证物箱里。那是它暂时的住所,它的前任主人是汤姆的阿姨,居住在康涅狄格州的韦斯特波特,她病了很长一段时间,前阵子去世了,汤姆继承了她的遗产,这条名叫杰克逊的哈瓦那犬也在其中。哈瓦那犬起源于古巴,与卷毛比熊犬同宗。杰克逊会暂时留在这里,直到汤姆给它找到一户好人家。

"我们碰上了一件很棘手的案子,林肯。"塞利托站起身来说明来意。他刚开始脱衣服就立马改了主意,"上帝啊,可真冷,这是不是最低气温纪录?"

"不知道,我不关注气象频道。"莱姆这时给他的信件想到了一个不错的开场白。

"很棘手。"塞利托又强调了一遍。

莱姆挑起眉看着他。

"两起凶杀案,差不多相同的作案手法。"

"棘手的案子多得是,朗,为什么这两件特别棘手?"

跟以往泡在各种案件里的枯燥日子一样，莱姆心绪不佳；在他遇见的所有罪犯中，最棘手的罪犯是"无聊"。

但塞利托与这位刑侦专家共事多年，所以对与莱姆的态度已经免疫。"高层来的电话，上级希望你和阿米莉亚负责这件案子。他们说已经决定了，不容更改。"

"哦，不容更改是吧？"

"我保证过，绝对不会告诉你他们这么说过，我知道你不喜欢被强迫着做事。"

"咱们能直接说棘手的那部分吗，朗？还是说我这个要求也是强人所难？"

"阿米莉亚在哪儿？"莱姆接着问道。

"韦斯特切斯特，她在调查一个案子，应该很快就回来了。"

警探一边说着一边竖起手指表示稍等，同时他的手机铃声响起。他接了电话，不时地点头，记笔记。挂上电话之后，塞利托看向莱姆："好的，以下是我们目前知道的案情。凶手是在昨晚的某个时刻实施的犯罪，这男人抓住了——"

"这男人？"莱姆敏锐地指出了他叙述中的问题。

"好吧，我们现在还不确定凶手的男女。"

"性别。"

"什么？"

莱姆说："男女是语言学上的概念，在特定的语言中表示男性或者女性，性别才是一个生理学概念，用以区分男性和女性的生物特征。"

"真是长知识了，谢谢你的语法课程。"警探有些怨念地咕哝着，"我若是参加《危险边缘》①肯定能用上。说正事儿，他抓住了一个可怜的蠢蛋，把人带到了哈得孙河上，一个轮船修理码头。然

---

① 一档益智问答游戏节目。

后，我们目前还不知道他是怎么做到的，他强迫被害人扒住甲板，将自己吊在了河上方，然后割破了被害人的手腕。被害人在甲板上坚持了很长一段时间，挣扎期间血流满地。然后，就松了手。"

"尸体？"

"还没找到，海岸警卫队和紧急勤务小组正在找。"

"你刚刚说有两起凶杀？"

"对，在那几分钟后我们又接到了一个报警电话。在百老汇附近的柏树街旁，一个小巷里。凶手再次犯案了。现场是一名警员发现的，被害人被绑着，躺在地上，犯人将一条大约七十五磅重的铁条悬置在被害人脖子上方，被害人必须拉紧吊着铁条的绳子，不然铁条就会刺穿他的喉咙。"

"七十五磅？那么，考虑到力量问题，我赞成你说的，罪犯可能是男性。"

汤姆端着咖啡和糕点走了进来。塞利托致力于减肥很久了，但他依旧首先拿起了丹麦画包，他的节食计划在圣诞节期间就冬眠了。吃完了一半手中的糕点，塞利托抹了一下嘴，继续道："所以，被害人保持着拉绳子的姿势，也许他真的坚持了一段时间——但是，毫无意外，他没能活下来。"

"受害者是谁？"

"西奥多·亚当斯，住在炮台公园附近。昨晚一个女人曾报警说她弟弟和她约好一起吃晚饭，却一直没出现。这名字就是她提供的，辖区警官上午会给她打电话的。"

林肯·莱姆在已知的案情中没有得出什么有用的线索，但他也认同"棘手"二字符合当前状况。

而且也很"吸引人"。他接着问："为什么说作案手法相同？"

"凶手在两个现场都留下了相同的名片，两个时钟。"

"就是那种嘀嗒作响的时钟？"

"没错，第一个在码头上的血泊里，另外一个在被害人尸体头部边上。就像是凶手故意让被害人看到那个时钟，或者，让他们听到时钟的声音。"

"描述一下那两个时钟。"

"看起来就是老式的那种，我就知道这么多。"

"不是炸弹？"如今的纽约，在"九·一一"恐怖袭击之后，任何嘀嗒作响的证物，都会按惯例当作炸弹来检测。

"不是，不会爆炸，但拆弹小组把两个钟都送到了罗曼德半岛①，去检测上面是否有生物剂或者化学剂。调查结果显示两个时钟是同一个品牌，外表看起来相似，有点瘆人。两个钟上都有一个圆形的月亮脸。哦，还有，好像怕我们调查得太慢似的，凶手还在其中一个钟下面留了个字条，字条是打印的，不是手写。"

"写了什么？"

塞利托低头看着自己的笔记本，并不打算依靠记忆来复述。莱姆很欣赏他这一点，塞利托也许没有聪明绝顶，但他为人坚韧勇敢，并且做任何事情都不慌不忙，仔细且专业。塞利托照着笔记读道：

> 寒冷满月高悬于空，
> 无言死尸沐浴银光，
> 死将至，生将终。

塞利托抬头看向莱姆接着说："纸条署名'钟表匠'。"

"现在我们有两个被害人，和一个月亮主题。"通常，与天文有关的主题意味着凶手会多次犯案，"凶手还会作案。"

"嘿，不然你觉得我为什么来找你啊，林肯。"

莱姆看了看他给《纽约时报》刚刚写了个开头的长篇大论，最终关掉了文字编辑软件。这篇关于过去与现在的大作不得不暂时搁置。

---

①纽约警察局辖下部门所在地名。

3

一声细微的"嘎吱"声从窗外的雪地上传来。

阿米莉亚·萨克斯停止动作,看向外面寂静的院落,那里除了一片雪白,空无一人。

她正身处市郊区一栋都铎风格的别墅里,别墅位于市区以北,大约半小时车程。此时,她感觉整栋房子死气沉沉,不过,这很正常,正如同它已经死去的主人。

"嘎吱"声再度响起。萨克斯从小在城市里长大,习惯了各种各样嘈杂的声音——不管是危险的还是无关紧要的噪声。此时在一片寂静中突兀响起的声音似乎表明了有入侵者,这声音立刻让她警惕起来。

是脚步声吗?

萨克斯警探有着一头红发,身材高挑,穿着黑色牛仔裤,海军蓝的毛衣外面套了一件黑色皮夹克,她仔细地听着外面的动静,手无意识地挠了挠头皮。外面的声音再次响起。她拉开了皮衣拉链,以便随时拔出格洛克手枪,随着声音又一次响起,萨克斯快速瞥了一眼外面,但依旧不见人影。

她不再关注那个声音,继续刚才的调查。萨克斯在奢华的办公皮椅上坐了下来,开始挨个儿查看巨大办公桌的抽屉。这一过程让人有些沮丧,因为她根本不知道要找什么。这种感觉在调查第二或第三犯罪现场,甚至是第四现场时很常见。实际上这种现场已经称不上是犯罪现场了,因为这里几乎不会有嫌犯来过的痕迹,也不是发现尸体的凶杀地,更没有什么掩藏的赃物。这里不过是被害人本杰明·克莱里很少光顾的住所,他的尸体发现于距这里几英里以外的地方。而在他死前的一个星期中,并未来过这里。

但萨克斯警探依旧不得不勘查这里,并且是非常仔细地调查,因为这次她不仅是一个犯罪现场调查员,这是她自己负责领导调查的第一起凶杀案。作为负责人,她需要更用心。

外面再次传来一声脆响。也许是破冰,积雪压断树枝;也许是有鹿或者松鼠活动的声音,不管是什么,她不再分神,继续手头上已经持续数周的调查工作。之所以展开这次调查,是因为她在一条棉绳上发现的绳结。

正是这么一条晾衣服的棉绳结束了本杰明·克莱里五十六岁的生命。本杰明的尸体是在他位于上东区的别墅里被发现的,一根棉绳将他吊在了楼梯栏杆上。桌子上有一封遗书,而且现场没有凶杀的证据。

但在警方认定克莱里为自杀后,他的遗孀,苏姗妮·克莱里来到了纽约警察局。她坚信克莱里并不是死于自杀。她的丈夫是一位成功的商人,也是一名优秀的会计师。他最近的情绪确实有些阴晴不定,但是苏姗妮认为那是工作压力引起的。他经常连续工作数小时,手头上还有一些棘手的项目,但他只是偶尔会有情绪低迷的时候,远不至于抑郁到自杀。克莱里没有精神病史或是心理方面的问题,更没有接受抗抑郁治疗。他们的经济状况良好,近期也没有变更过他的遗嘱或是保险信息。克莱里的合伙人,乔丹·凯斯勒当时出差去了宾夕法尼亚拜访客户。萨克斯之前曾与他聊过,他也证实克莱里最近确实有些抑郁,但从未提过有自杀的念头。

萨克斯长期为林肯·莱姆工作,工作内容多是犯罪现场调查,但她不想只做法庭科学这种事。她曾游说重案组的领导,希望能分到一些凶杀案或者恐袭案件的调查工作，而且她有信心负责这类案件。恰好克莱里的案件发生，高层认为这起案子还有待深入调查，于是让萨克斯负责接下来的调查工作。但是，克莱里的案件中，除了周围人证实克莱里没有自杀倾向以外，萨克斯在调查开始阶段并未发现任何能够证明是他杀的证据。但在深入调查之后，她发现了另一个不同寻常之处。尸检报告显示，克莱里死前，曾骑自行车出了事故，右手拇指受伤骨折了；因此在死时他的整个右手都是打着石膏的。

右手的伤情让他根本不可能单手打一个绳结，也不可能将绳索绑在楼梯栏杆上。

萨克斯确信如此，是因为她自己尝试了十几次，单手根本无法做到。就算说绳索是在他受伤之前准备好的也说不通，那意味着他提前一周就做好了准备，但这样的假设太牵强，谁会提前一周准备好一个锁套，只为了方便自己在未来的某一天自杀呢？

她决定宣布此案为可疑死亡事件，并作为凶杀案来调查。

然而，随着调查的推进，案件进展也十分艰难。因为调查凶杀案的时候，如果不能在案件发生的二十四小时内破案，那么就要花好几个月来结案。而对于这件案子来说，目前发现的这些蛛丝马迹（他死前喝过酒的酒瓶、绳结和晾衣绳）对案件调查其实作用不大。就凶杀案来讲，本案没有目击者，纽约警察局的现场调查报告内容只写了半张纸。前期负责调查克莱里案件的警探也没花什么时间做更细致的调查，完全是当作自杀案来处理的，所以后期继续进行调查的萨克斯自然也无法从前期调查中获取更多信息。

曼哈顿城里没有任何嫌疑犯的踪迹，克莱里在这里工作，他的家人多数时间也居住于此，但整座城市中，唯一的线索来源只有克莱里生前的合作伙伴凯斯勒先生，只能从他这里打听更多的消息，一挖再挖。现在，她正在调查克莱里郊区的别墅，这也是所剩无几的可以调查的地方，她希望这次调查能发现更多线索。虽然克莱里一家很少在这里住。

但并没有发现什么新的线索。萨克斯向后靠在椅背上，盯着一张克莱里和另一个商人握手的合影。他们站在停机坪上，身后是某个公司的私人喷气飞机。照片的背景中还有一些钻井设备和管道。克莱里面带笑容，看上去并不抑郁——当然，谁会在拍照的时候郁郁寡欢呢？

就在这时，那个"嘎吱"声再次出现了，并且听起来很近，就在她身后的窗外。紧接着，另一声又响起，离得更近了。

那肯定不是什么松鼠。

警探抽出格洛克手枪，将一颗闪着寒光的九毫米子弹上膛，弹夹里还剩十三颗。萨克斯悄悄地从前门走出，贴着墙，慢慢地绕向房子的侧面，她双手持枪，但枪体离自己身体很近（在转角处行动时绝对不能将枪举在身前，因为很可能会被对方将手枪击落；电影里的持枪动作都是错的）。她快速查看了四周，房子的侧面没什么问题。然后，她又缓步走向了房子的后方，黑色皮靴踩在积雪覆盖的过道上，萨克斯每一步都极其小心，以防在冰冻的路面上摔倒。

她停下了动作，仔细地听了听。

没错，绝对是脚步声。来人正缓慢而谨慎地走向后门。

脚步声停下，又走了一步，再次停下。

就现在，准备，萨克斯在心里默念。

她缓慢地向房子后方的角落挪过去。

就在这时，她的一只脚踩在了冰上，滑了一下，她不自觉地倒吸了一口气，喘息声几不可闻，她想，也许不会被听到。

很不幸，声音虽然微小，但依旧被听见了。

那人正快步转身，走回后院，"咯吱咯吱"的脚步声在雪地里，不绝于耳。

见鬼……

以防对方是故意引她现身，变成活靶子，萨克斯蹲下身，察看了一眼墙角四周，而后快速举起手枪。她看到一个身穿牛仔裤和厚夹克的瘦高男人，正在雪地中疾步跑远。

真是该死……她极其讨厌追捕逃犯。萨克斯身材高挑，关节却不大好——关节炎——这样的身体状况让她跑起来像是受刑。

"警察！站住！"她抬腿追了过去。

萨克斯独自一人追赶前面的人，没有任何援助。韦斯特切斯特警方也不知道她在这儿，她从没告诉过他们自己的行踪。她得报警才能叫来后援，但她现在实在是没空。

"这是最后一次警告！站住！"

那人依然拼命跑着。

他们先是在别墅的后院追逐，随后跑进了房后的树林里。萨克斯大口喘息着，肋骨下开始火辣辣地刺痛，膝盖的疼痛也越发明显，她尽全力追赶着，但是前面那人越跑越远。

糟了，他要逃了。

就在此时，苍天有眼。一根雪地里伸出的树枝挂住了那人的鞋子，他狠狠地摔在了地上，疼得惨叫出声，萨克斯离他有四十英尺，都听到了。她赶紧跑了过去，一边喘着粗气，一边将枪抵在了他的脖子上，那人瞬间不再挣扎。

"别伤害我！求求你！"

"嘘——"

萨克斯随即掏出了手铐。

"双手背到身后。"

他侧头瞟了一眼："我什么都没做！"

"手背过来。"

他照做了，但是姿势僵硬，似乎之前从没戴过手铐。他比萨克斯以为的要年轻很多，还是个满脸粉刺的少年。

"不要伤害我，求求你！"

萨克斯缓过气来，开始搜男孩的身。没有身份证件，没有武器，也没有毒品,只有一些现金和一串钥匙。"你叫什么名字?"

"格雷格。"

"姓什么?"

他犹豫了一下,说道:"威瑟斯彭。"

"你住在这附近?"

他喘息着,朝右边点了点头:"就是那边的那座房子,克莱里家的隔壁。"

"你多大了?"

"十六。"

"你刚刚跑什么?"

"我也不知道,我吓坏了。"

"你没听到我说我是警察吗?"

"听到了,但你看起来不像一个警察……一个女警察。你真的是警察吗?"

萨克斯给他看了自己的证件:"你在那所房子里做什么?"

"我住在隔壁。"

"你说过了,但是你在那里做什么?"她将他拉起来,找了个位置让他坐下。男孩看起来吓坏了。

"我看到里面有人,以为是克莱里夫人或是他们家的其他什么人。我有点事情想要告诉她。然后我走近了,看到了你,手里还拿着枪。我吓坏了,我以为你和他们是一伙的。"

"他们是谁?"

"他们曾闯进克莱里先生的家。我当时就是想告诉克莱里夫人这件事。"

"闯进去?"

"我看到有两个人闯进了他们家。就在几周之前,感恩节前后。"

"你报警了吗?"

"没有,我知道我应该报警的。但我不想惹麻烦,那两个人看起来很凶。"

"跟我讲讲到底发生了什么。"

"我当时在外面,在我家的后院,我看见他们走到后门,四下张望,接着,你知道的,他们砸开了门锁,进了屋子。"

"白人,还是黑人?"

"白人吧,我当时离得远,看不清他们的脸。就只能看出是两个男人,穿牛仔裤和夹克外套,其中一个体形比较大。"

"他们的发色呢?"

"我不知道。"

"他们在里面待了多久?"

"差不多一个小时吧。"

"看见他们的车了吗?"

"没有。"

"他们拿走什么东西了吗?"

"拿了,音响、CD机、电视,还有些光盘吧,我记得……我能站起来吗?"

萨克斯将他拉起来,带他走回房子。她发现后门的确被撬开过,还留有痕迹,而且手法娴熟。

她在房间里四处看了看,起居室里的大屏幕电视还在。橱柜里摆放的精美瓷器也还在,纯银的餐具也没见少,如果是盗窃行为似乎有些不合理。那么他们偷东西是不是为了掩盖其他什么图谋?

她检查了一楼。房子十分整洁——除了壁炉。她认出那是种燃气型壁炉,但壁炉内有很多灰。燃气型壁炉并不需要引火,这灰是盗贼生火后留下的吗?

萨克斯没有直接碰触壁炉里的东西,她打开手电向里面照了进去。

"在他们离开房间之前,你有看见他们在这里生火吗?"

"我不知道,也许吧。"

壁炉前还有几条泥巴。她的车后备厢里有犯罪现场调查所需的设备。她打算在壁炉和桌子上采集指纹，收集灰烬和泥巴样本去化验，还有其他有助于案件调查的证物。

这时，萨克斯的手机震了起来。她瞥了一眼显示屏。是来自林肯·莱姆的紧急信息，要她尽快返回市区。她回复了信息，表示已收到。

到底在这里烧了什么东西？她盯着壁炉思索着。

"那么，"格雷格出声道，"我是不是，可以走了？"

萨克斯打量着他："我不知道你是不是清楚这一点，每次有死亡事件发生，警方都要彻底清点死者去世当日房间里的物品。"

"是吗？"男孩目光躲闪地看向地面。

"一小时后，我会打电话通知韦斯特切斯特警方，让他们再次对房内物品进行清点，对比之前清点时的清单，如果清点发现，这期间丢了什么东西，我会把你的电话给他们，并且会打电话通知你的父母。"

"但是——"

"那两个人根本什么都没偷，是不是？他们离开之后，你就从后门溜了进来，然后顺手牵羊拿了——你都拿了些什么？"

"我就是借走了几样小东西，都是从托德的房间里拿的。"

"克莱里先生的儿子？"

"对，而且有一盘游戏本来就是我的，托德一直都没还给我。"

"那两个人呢？他们到底有没有拿走什么东西？"

男孩犹豫了一下："好像没有。"

萨克斯打开了他的手铐，说道："待会儿你要把拿走的东西全还回来。就放在车库里，我不锁车库的门。"

"哦，可以，好的，我保证。"他语无伦次地答应道，"我肯定会的……只是……"他开始哭了，"问题是，我还吃了一块他们家冰箱里的蛋糕。我不知道怎么……我会再买一块还回来。"

萨克斯回答道："他们不清点食物。"

"不清点？"

"赶紧把其他东西还回来就好。"

"我发誓我会的，真的。"他一边擦着脸上的眼泪一边答应着。

男孩正要离开时，萨克斯又问道："还有一个问题，克莱里先生自杀了，你觉得吃惊吗？"

"嗯，是的。"

"为什么？"

男孩笑了："他开的车是宝马七四〇①，加长的那种。开这种车的人，怎么会自杀呢？你说是不是？"

---

① 一款宝马汽车。

4

这些死法太恐怖了。

阿米莉亚·萨克斯长期调查各类犯罪现场，什么样的血腥场面都见过了，或者说她以为再不会有什么可以吓到她的。但她刚刚见到的，却是她所能想到的最残忍的杀人手法。

萨克斯与莱姆联系过了，当时她还在韦斯特切斯特，莱姆让她赶快回到曼哈顿市中心，因为她要跑两个犯罪现场，这两起案件都是同一人所为，相隔时间仅有几个小时，凶手自称"钟表匠"。

她先去调查了位于哈得孙河边码头的现场，那里的现场相对简陋，可调查的东西所剩无几，这也使现场勘测变得更为简单。没有尸体，且大部分痕迹都被河道上的强风吹散或是污染了。萨克斯从现场的各个角度拍了照片并录像。她看到了现场原来摆放时钟的位置，但很可惜，防爆组在移除时钟时将现场破坏了，所以没有更多的细节可以调查。但这也是没办法的事，毕竟那是个潜在的危险爆破装置。

她还找到了凶手留下的字条，字条的一部分被血污冻住了。然后她又采集了冻结的血液样本。萨克斯看到了现场甲板上的那些抓痕，那是被害人生前留下的。可以想见，他当时悬于河水之上苦苦挣扎，但最终还是滑下去了。她发现了一块剥落的指甲，短而宽，未加修饰保养，由此可以推断被害人是男性。

凶手大概是从锁链围栏那里闯进码头的。萨克斯采集了一块金属样本，用来检测曾使用过的工具痕迹。只是她在这疑似入口处没有发现任何指纹、脚印，或是轮胎印，在这里没有，凶杀现场那摊冻住的血迹周围也没有。

没有确定的目击者。

法医报告说如果被害人真如现场所展示的那样，以当时的状况落入哈得孙河，他会在十分钟左右死于低温症。纽约警方的水下搜救人员及海岸救卫队依旧在哈得孙河搜寻尸体和其他证据。

现在，萨克斯来到了第二个现场。位于百老汇附近，柏树街旁的一条小巷里。被害人叫西奥多·亚当斯，三十五岁左右，尸体仰躺着，口中塞了胶带，手腕和脚踝都被捆住。在被害人上方三米高的地方有一架消防梯，凶手从那里搭了一条绳子，绳子的一头拴着一根长一点八米、重三十五公斤的金属棍，金属棍两端都有孔洞，像是针孔一样；绳子的另一头被攥在被害人的手里。金属棍一端悬在被害人的喉咙上方，而被害人被捆得动弹不得，无处可逃，只能竭尽全力拉住手中的这段绳头，期望有路人经过这里救下他。

但是，没有一个人经过这里。

他已经死去一段时间了，那根金属棍依旧压在他的喉咙上，直到他的尸体在十二月的寒冬中冻得僵硬。在金属的重压下，他的整个脖子只剩下不到三厘米厚。被害人面色惨白，表情僵硬，透着冰冷的死气，但是萨克斯想象得到，他当时在那痛苦又致命的十分钟或是十五分钟，是怎样苦苦坚持着想要活下去，他的脸色是怎样在压力下变得通红，又变得青紫，眼球怎样慢慢由眼眶中冒出。

到底是什么样的人才会用这样残忍的手段杀人？用这种延长死亡痛苦的手段杀人？

萨克斯身穿白色的特卫强防护服在现场活动，主要是为了防止自己衣服上携带的杂质和头发污染犯罪现场，她一边准备好现场采集证物的设备，一边与纽约警局的两位同事讨论着，二人分别是南希·辛普森和弗兰克·瑞特格，他们负责皇后区的犯罪现场调查工作。在他们旁边不远处，停着一辆犯罪现场勘查车，那是一辆很大的面包车，装满了现场调查所需的各种设备。

萨克斯在双脚上缠了两个橡皮筋，这样做是为了区分她和罪犯的足迹。这是莱姆的许多小主意之一，"但为什么要费心这么做？我在现场可是穿着防护服的啊，莱姆，我不是穿着旅游鞋进现场的。"萨克斯曾质疑过莱姆的这种做法。莱姆当时用有些厌倦的目光看着她："哦，打扰了，你说得对，我想罪犯肯定从来没想过也买一套防护服穿。一套防护服多少钱来着，萨克斯？四十九还是九十五美金？"

勘查这类犯罪现场，萨克斯的第一想法是这要么是集团犯罪，要么就是变态杀人案。团伙犯罪的现场通常也是血腥恐怖的，主要是为了给敌对的团伙组织传递信息。但如果凶手是个变态，也会故意将凶杀现场布置成自己幻觉中的样子，或者是为了满足感，出于一种虐待狂的癖好——如果在犯罪过程中有性侵行为出现的话——或者单单是出于纯粹的残忍，无关欲望。她多年的街头案件调查经历让她明白了一个事实，那就是刻意对别人施加痛苦是一种个人力量的体现，有的人甚至会因此成瘾。

年轻的巡警罗恩·普拉斯基身穿制服和皮衣，有着一头金发，他身材修长，为人亲切，一直在帮萨克斯调查克莱里的案子，也随时待命协助莱姆手头的案件。普拉斯基曾在一次追捕行动中受伤住院，休养了很长时间，局里也安排他享受医疗伤残补助。

年轻的巡警告诉萨克斯，他与妻子珍妮认真讨论过，是选择领补助金就此退休，还是继续回去工作。普拉斯基的双胞胎兄弟也是一名警察，支持他返回岗位工作。最终他选择继续接受保守治疗，同时回局里工作，萨克斯和莱姆很钦佩普拉斯基的坚韧与热忱，所以他们想了一些办法，一旦有案件需要，就会让年轻的巡警过来协助调查。普拉斯基后来曾对萨克斯承认（当然他永远不可能对莱姆本人承认），他之所以坚持选择回到工作岗位，也是受到了莱姆的激励，这个顽强的刑事专家，即使身体高位截瘫依旧坚持工作，与此同时，还坚持每天接受康复治疗。正是这种坚持和顽强的精神鼓舞了普拉斯基。

普拉斯基没有穿特卫强防护服，此时他站在犯罪现场黄色警戒带外，现场的残忍血腥和恶意野蛮使这位巡警惊骇不已。"上帝啊。"他不觉地喃喃低语。

普拉斯基告诉萨克斯，塞利托与其他警官一起，正在盘问这条小巷周围建筑中的居民和办公室管理人员，看看他们中是否有人目睹案件发生，或是有没有人认识被害人西奥多·亚当斯。他接着补充道："拆弹小组还在检查那两个时钟，检查结束后会将时钟直接送到莱姆那里。我现在要去收集车牌号，塞利托警探要我搜集周围停着的所有车的车牌号。"

萨克斯背对着普拉斯基，点了点头表示知道了，但其实她并没有太注意普拉斯基说的这些信息。因为对于目前她努力在做的事情来说，这些事没什么用处。她正在努力勘查现场，寻找一切蛛丝马迹，尽力排除杂念，保持全神贯注。

除了传统意义上的调查现场所有的实体物件和琐碎细节之外，这项工作还会让你产生一种奇异的亲密感，需要一种类似感同身受的能力；为了更有效率地办案，犯罪现场调查人员必须在精神与心理上"成为"罪犯本人。然后整个案件的惊悚过程将一一在他们的想象中重现：凶手当时在想什么，他举起手枪、棍棒或是匕首的时候，站在什么位置，他如何变换姿态走动，作案后凶手是徘徊在侧欣赏死者死亡的痛苦还是选择立即逃离，为什么凶手选择在这里作案，现场有什么特质吸引了他，是什么动机促使他作案，他的逃跑路线是怎样的。这些，都不是通过剖析物理线索可以简单得出的，当然有时候这种分析会起到一定的辅助作用，比如比较先进的罪犯画像侧写手段在极少的情况下，也可以从杂乱的现场调查中，挖出那么几块金子般的线索，从而最终锁定嫌疑犯。

萨克斯此时正在试着与凶手"感同身受",与他人共感,从而变成其他人——一个以极度残忍的手段终结他人性命的杀手。

她来回巡视着现场,从上到下,小巷的两侧、地上的鹅卵石、三面墙壁、尸体、沉重的金属杆……

我就是他……我就是他……我在想什么?我为什么要杀了这两个人?为什么用这种方法杀掉他们,为什么在码头杀人,又为什么在这里动手?

但是因为两个被害人的死因过于离奇,作案手法如此不同寻常,凶手的想法与常人出入太大,萨克斯对于那些问题的答案一无所知,至少目前来说,她想不通。她戴上耳机,问道:"莱姆,你在吗?"

"你觉得我还能去哪儿?"莱姆反问她,似乎是被她的问题逗乐了,"我一直在等你回话。你现在在哪儿?第二个现场吗?"

"是的。"

"说说你看见的,萨克斯。"

我就是他……

"一个小巷,莱姆,"萨克斯对着耳麦回答道,"这是一条死胡同,不能通向任何地方,被害人的尸体离街道很近。"

"有多近?"

"巷子长一百英尺,尸体离街道十五英尺远。"

"被害人为什么会在那里?"

"这里没看到脚印,但他肯定是被拖到遇害地点的,他的外套和裤子下面沾了一些盐粒和泥土。"

"尸体附近有门吗?"

"有的,被害人旁边就挨着一扇门。"

"他是在那栋建筑里工作吗?"

"不,我找到他的名片了,他生前是名自由作家,工作地点就是他的住处。"

"也许他有什么客户是在这幢楼里,或者在另一边的楼里工作。"

"朗正在查。"

"很好。离尸体最近的那扇门有检查过吗？凶手会不会就是在那里伏击被害人的？"

"好的。"萨克斯回复道。

"叫安保人员把门打开，你去看看门另一边有什么，然后告诉我。"

朗·塞利托在现场外围冲萨克斯喊道："没找到目击证人，所有人好像都他妈的瞎了，哦对，还都聋了……这小巷子周围的楼里起码有四十到五十个办公室。还不知道有没有人认识被害人，得花点时间查。"

萨克斯传达了莱姆的请求，让人打开离被害人尸体最近的那扇后门。

"没问题。"塞利托点头表示明白，双手握在一起，用嘴哈着气暖手。

萨克斯在现场录像并拍照。她查看了周遭的情况，尸体本身或周围并没有与性行为相关的线索或痕迹。接着，萨克斯开始走格子——就是将现场的每一英寸都走遍，来搜查任何可疑的细节。这样走格子走两遍，一般是由两个调查人员进行的，但与其他犯罪现场调查不同的是，莱姆一直要求萨克斯一个人来调查——当然除了一些大型的灾难性现场——不然的话，萨克斯一直也都是一个人走格子。

但作案的凶手，不管是谁，显然十分仔细，并没有留下任何明显的证据或线索，除了那张字条、时钟，以及金属横梁、胶带和绳子。

萨克斯将这些都汇报给了莱姆。

"凶手就是故意给我们添堵的，你说是吧，萨克斯？"

莱姆的语气似乎有些兴奋，萨克斯听着感觉有些刺耳。他没有亲自来到这个血腥的现场，没亲眼见到这样恶心恐怖的死法。萨克斯无视莱姆不合时宜的好心情，继续现场的调查工作：先对尸体做一个初步的检查，然后就可以将其移交给法医尸检，接着收集了被害人的随身物品，采集指纹、电子扫描并打印被害人的鞋印，用粘毛的滚筒刷收集各种痕迹，就是那种清理衣服上不小心沾上宠物毛发的滚筒刷。

考虑到金属杆的重量，凶手多半是开车来到现场的，但是附近并没有车辙。小巷的地面上撒了粗粒矿盐，用来融化路面的冰雪，但同时也隔绝了任何物体与路面的鹅卵石直接接触并留下痕迹。

这时，萨克斯皱眉道："莱姆，这里有些不对劲儿。尸体的周围，大概三英尺范围内，地面上有些东西。"

"你觉得那像什么？"

萨克斯弯腰凑近地面，用放大镜仔细查看，发现那些不同于其他地方的物质是一些细沙。她将所见说给莱姆听。

"这些细沙有没有可能也是防滑用的？"

"不可能，只有尸体周围有这些细沙，巷子里其他地方都没有。都是用矿盐融雪和防滑的。"萨克斯说完后站起身，退了回去，"但是这些细沙没有很多，仅留下了一点残余。就像是……不会错的，莱姆，凶手将细沙扫走了。他清理过现场，用一把扫帚。"

"扫走？"

"我能看到扫帚印。凶手似乎是在这里撒了一大把细沙，然后又用扫帚扫干净……但也有可能不是他干的，在码头的那个现场，并没有这些细沙，或者扫帚印。"

"被害人的尸体上呢，还有那个金属杆上面，也有细沙吗？"

"不清楚……等等，是的，有。"

"所以凶手是在作案后干的这一切，"莱姆说道，"这也许是他干扰调查的迷惑手段。"

一些狡猾的罪犯有时会在作案后，将一些粉末或是颗粒状的细小的物质——比如沙子、猫毛甚至是羽毛之类的，散布在现场。一般情况下，他们还会在布置了这些东西之后，将其打扫或是清理干净，只留下微小的部分，像是某种残留的证据，故意将其留在现场。

"但是他为什么要这样做？"

萨克斯盯着尸体，盯着铺满鹅卵石的小巷，疑惑着。

我就是他……

我为什么要把细沙扫干净？

罪犯一般只会清理现场的指纹和其他明显的证据，只有在极少数情况下，才会大费周折地布置干扰线索。萨克斯闭上了眼睛，尽力在脑海中描绘出自己正站在被害人旁边，而被害人此时正拼命握紧绳子，让那根致命的金属杆远离自己的喉咙。

"也许凶手不小心洒了什么东西？"

但莱姆当即否决了这种推测："不太可能，他不会如此粗心大意。"

她继续思考着：我十分谨慎，当然，但我为什么又要清扫细沙？

我就是他……

"为什么？"莱姆的轻声问询传来。

"他……"

"不，不是他，"犯罪学家纠正了她的人称用语，"你就是他，萨克斯。记住，你就是他。"

"我是个完美主义者，我会尽可能消除所有证据。"

"没错，但是你扫掉细沙是为了什么？那样做有什么用？"莱姆说道，"你在现场停留越久，就越危险。我想肯定有什么别的原因，让你冒险也要清理那些细沙。"

萨克斯继续沉思，将自己代入得更为深入，感觉自己正举起沉重的铁杆，将绳子塞进被害人的手里固定住，俯视被害人垂死挣扎的脸，被铁杆重量挤压喉咙而凸起的眼球。然后……"我"把钟表放在他脑袋边上。钟表正嘀嗒作响……"我"看着他死去……

我没留下任何证据……我清扫了现场……

"想一想，萨克斯，他到底要做什么？"

我是他……

突然，萨克斯脱口而出："我要回到现场，莱姆。"

"什么？"

"我要回到现场。我是说，凶手，会再次回到现场。这就是为什么他要清扫痕迹。因为他绝对不想留下任何证据，任何能让我们联系到他的证据；没有衣料纤维、毛发、鞋印或是鞋底上沾染的泥土。他不担心我们会以此找到他，因为他太聪明了，不会留下这样明显的证据。他害怕的是当他再次回到现场，会留下什么蛛丝马迹，被我们发现。"

"不错，这不是没有可能。凶手也许是个偷窥狂，喜欢看别人死去的过程，喜欢窥视警察办案。或者他想知道追捕他的人是谁……然后他就能准备自己的反捕捉行动。"

萨克斯顿时感觉背后一阵寒意。她转身看去，街对面那里依旧是一群探头探脑围观的路人。凶手现在就站在他们之中吗？

这时莱姆又补充说："也有可能他已经回来过了。他可能今天上午早些时候回来，看看被害人死了没有。那也就意味着——"

"意味着他可能在二次返回现场时留下了什么痕迹，在现场以外的地方，巷子的两侧，或是在外面街上。"

"正是如此。"

萨克斯从圈住现场的黄色胶带下矮身钻出，走出小巷外，仔细看着外面的街道，然后又去查看大楼前面的人行道。果真，她在那里发现了雪地上有五六个脚印。她没办法确定这其中是不是有"钟表匠"的脚印，但确实有几个脚印是一种鞋底宽大的、有方格的靴子留下的——甚至可以看出，这个人在巷口站了几分钟，左右脚时不时地换着身体重心。萨克斯环视了一下四周，判断出这人的短暂停留十分可疑，因为这附近没有电话亭，也没有邮箱，或是任何窗口店面。没理由要在这个巷口停留。

"有一些发现，在柏树街这边，靠近小巷的这一侧过道上，巷子口的雪地里有几个靴子印。"她告诉莱姆她的发现，"很大。"她将附近整片区域都检查了一遍，还在一个雪堆里挖了挖，"找到了一些别的东西。"

"什么东西？"

"一个金色的金属钱夹。"萨克斯将钱夹捡了起来，冰凉的触感刺骨般穿过了她手上的乳胶手套，她数了数里面的现钞，"钱夹里有三百二十美金，都是崭新的二十美元。就在靴子印旁边。"

"被害人身上有钱？"

"有六十美金，也都是新的。"

"也许凶手从被害人身上顺走了钱夹，然后在逃跑途中掉在了地上。"

萨克斯将钱夹放入了证物袋，继续完成了犯罪现场另一区域的勘查工作，但再没有其他发现了。

被害人尸体旁边的门打开了。那是一栋办公楼的后门。塞利托和一个身穿制服的办公楼保安站在门口。萨克斯过来后，他们退后了一点，以便萨克斯检查那扇门，萨克斯一边录像、拍照，一边对莱姆实时汇报自己手头的调查情况，她发现了门上大量的指纹（莱姆对此却一笑置之），门内是一个昏暗的大厅。萨克斯在大厅里勘查了一番，却没有发现任何与凶杀案有关的证据。

突然，一个女人惊慌而尖锐的哭喊声割裂了冰冷的空气："哦，我的上帝啊！不！"

那是一个身材矮胖的褐发女人，三十多岁，正冲向黄色警戒带，一个巡警上前拦住了她。她双手捂着脸，难掩悲伤地抽泣着，塞利托走上前，萨克斯也紧跟着走了过来。"您认识死者吗，女士？"塞利托轻声询问道。

"出了什么事？到底出了什么事？不……这不是真的……哦，上帝啊……"

"您认识他吗？"塞利托耐心地重复了一遍刚才的问题。

女子哭声破碎，转过来避开现场血腥又令她心碎的一幕："我的弟弟……他是我弟弟……不，怎么会这样……是他——哦，上帝啊，不，他怎么会……"她无力地滑落，跪在了冰雪覆盖的地面上。

萨克斯此时知晓，这名女子是被害人家属，她曾在昨晚报警说弟弟失踪了。

朗·塞利托面对罪犯时，总是坚定且冷酷，但面对被害人和他们的家属时，却又展现出意外的温和与悲悯。此刻，他语气轻柔，布鲁克林口音特有的拖腔低沉醇厚，莫名的让人心安："我很遗憾，女士，他已经死了，没有活下来。"塞利托扶起悲痛欲绝的女子，后者无力地将背靠在小巷一边的墙壁，勉强站住。

"是谁干的？到底是为什么！"看到眼前弟弟惨死的血腥场面，她失控地尖声问道，"什么样的畜生会这样残忍？是谁？！"

"我们目前还不清楚，女士。"萨克斯回答道，"我很抱歉，但我们一定会把他找出来的。一定会，我向您保证。"

女子深吸一口气，转过身来说道："不要让我女儿看到这些，拜托了。"

萨克斯的视线越过女子的肩膀，看到她身后停着一辆车，想必那时女子心中慌乱，停车时，车子已经几乎冲上了路沿。在车子的副驾驶座上，一个十几岁的女孩儿正皱眉望过来，她倾身向前，用力伸长了脖子。萨克斯走了几步，站在了尸体前，挡住了女孩儿的视线，不让她看到自己舅舅惨死的恐怖场景。

被害人的姐姐名叫芭芭拉·埃克哈特，她下车时惊慌失措，没拿外套，此时正在寒风中蜷缩着，瑟瑟发抖。萨克斯见状，便带她穿过之前打开的那扇后门，来到了调查过的办公楼大厅。女子因精神紧张已经变得有些歇斯底里，她要求使用洗手间，萨克斯表示理解，她的确需要休整一下。女子再次回到萨克斯面前时依旧面色苍白，不停地发抖，但情绪已有所缓和，抑制住了哭喊。

芭芭拉对于凶手的动机毫无头绪。用她的话说，她弟弟一个单身汉，自给自足，平时做一些广告文案设计，工作时间自由。他人缘一向很好，很招人喜欢，就芭芭拉所知，她弟弟未曾与任何人结仇。也没什么感情上的纠葛和困扰，不曾陷入三角恋情，也就是说凶手不可能是什么被嫉妒冲昏头脑的丈夫。他从来不碰毒品，也没干过任何其他的违法勾当。他两年前才搬来纽约。

总结被害人家属提供的信息，死者和违法组织没有联系；这就说明，凶手是变态杀人犯的可能性排在了第一位。萨克斯顿时觉得这案子更加棘手了，因为比起一个黑帮的职业杀手，变态杀人犯对公众的威胁更大。

萨克斯向芭芭拉解释了被害人遗体的处理程序，遗体将在法医尸检之后交还给死者家属，大约会在二十四小时到四十八小时之间。芭芭拉面容僵硬，犹如木讷的岩石："他为什么要对泰迪①下这样的毒手？他在想什么？"

这个问题也令萨克斯备受煎熬，所以她也无法给出答案。

萨克斯目送芭芭拉回到车子上，塞利托将她护送到路边。萨克斯看着副驾驶座上的女孩儿，无法移开视线。那女孩儿的目光紧紧地盯着萨克斯，表情令人不忍。看到母亲回来的样子，女孩儿现在一定已经知道了，小巷里的死者是自己的舅舅，但是她悲伤的眼里还残存着一丝希望——这一切都不是真的，她的舅舅没有死。

希望，即将破灭的希望。

好饿啊。

这里曾是一座教堂，现在成了他们的临时落脚点。此时，文森特·雷诺兹躺在有些陈旧发霉的床上，正感受着灵魂深处的饥饿，仿佛是在回应这深植于灵魂中难忍的煎熬，他圆滚的肚子也传来了咕噜噜的叫声。

---

①泰迪是被害者西奥多·亚当斯的昵称。

废弃的天主教教堂位于曼哈顿城里一片荒芜的区域，毗邻哈得孙河。这个人迹罕至的好地方，成了他们安排杀戮的临时工作基地。杰拉德·邓肯不是本地人，文森特的公寓又在新泽西。虽然文森特曾提议他们可以住在他的公寓，但邓肯拒绝了，他们绝对不能在自己的地盘工作。无论如何都要保证，他们的工作基地不能和自己的实际居住地扯上半点关系。他这么说的时候语气有点像是在说教，但并不是那种傲慢得让人讨厌的说教。更像是父亲对自己儿子的谆谆教诲。

"一个教堂？"文森特对于基地是个教堂曾有过疑问，"为什么是这里？"

"因为这里对外出售已经有十四个月零十五天了。卖了这么久，说明这里足够冷清。况且即便是有人会来看房，也不会选在这个季节。"说到这里，邓肯瞥了一眼文森特，补充道，"至于其他的，别担心，这里已经废弃，不是什么圣洁之地了。"

"不是了？"文森特问道，仿佛此时才想起来自己身上背负的罪恶，活该一路直通地狱，如果真的有地狱的话。所以说，比起那些真正的罪恶，侵占一个废弃的教堂，不管是否圣洁，对他来说，根本不算什么。

当然，教堂所在的房产中介公司是给这里上了锁的。但开一个锁，对于一个钟表匠来说，简直是大材小用（邓肯曾说过，最初的钟表匠都是从锁匠转行过来的），所以邓肯轻而易举地打开了一个后门的锁，换上了一把自己的挂锁。这样他们就能自由来去了，走后门又能躲过街上和附近行人的目光，省去许多不必要的麻烦。邓肯把前门的锁也换了，并且在锁孔封了蜡，这样一来，如果他们不在"家"，有人来过的话，也能有个预警。

教堂年久无人，有些破败昏暗，布满灰尘，还有一股廉价清洁剂的味道。

邓肯住在了神父的卧室，位于建筑的二楼，属于神职人员的居住区域。文森特住在大厅的另一端，一个曾经用来办公的小房间。此刻他正躺在那里，房间很小，也很简陋，里面有张简易床、桌子、电炉、微波炉，还有一个冰箱（显然，贪吃的文森特直接把厨房搬进自己的房间了）。教堂并没有断电，毕竟中介若是来看房还是需要开灯的，而且为了防止水管冻裂，建筑的供暖设备也没有停掉，只是温度设置得比较低。

文森特知道邓肯对于时间和钟表的痴迷，所以见到这座教堂的第一眼，他便有些遗憾地说："真可惜这里没有钟楼什么的，像大本钟那样。"

"大本钟是那个钟铃的名字，不是时钟本身。"

"在伦敦塔上的那个大钟？"

"在钟楼里，那个大钟铃。"年长的男人再次纠正了他的表达，"大本钟建在新国会大厦的楼上，它的建造者是本杰明·霍尔爵士。大本钟在英国的十九世纪中叶是当时最大的钟，那时候的时钟没有钟面，也没有指针，全靠钟鸣声来报时。"

"哦。"

"英语里'时钟'这个词源于拉丁文'cloca'，原意就是钟铃。"

这人简直无所不知……

文森特很喜欢这一点。不仅仅是他的博学，对于杰拉德·邓肯的很多地方，他都十分欣赏。他曾想过，尽管他们两个人看起来有些不搭调，但也许他们可以成为真正的朋友呢。文森特没什么朋友。他有时会和一些办公室的助理和文员出去喝酒。但聪明如他，文森特知道什么叫祸从口出，他有时会对某个女招待或邻座女宾有些不正常的龌龊念头，这时候最好闭嘴，万一露出马脚，他就完了。他深知那种难忍的饥饿会让人失去理智（想想他因为莎莉·安妮那事得到的教训吧）。

文森特与邓肯在很多方面都截然不同，但他们有一个共同点：他们心里都藏着见不得人的秘密。而拥有相同秘密的人都知道，这隐藏的黑暗会给当事人的生活方式和政治观点带来巨大的变化。

由此看来，没错，文森特乐观地认为他们最后肯定会成为朋友的。

他洗漱干净，又想起了那个卖花姑娘，深肤色的乔安娜，他们今天就要去找她了：她就是下一个受害者。

一想到此，文森特起身打开了小冰箱。拿出了一个百吉饼，大手抽出一把猎刀将其切成两半。猎刀的刀刃长八英尺，十分锋利。他在百吉饼上涂了些奶油芝士，就着嘴里的百吉饼，又喝下了两听可乐。

他的鼻尖在冷空气里冻得冰凉。之前曾提到过，杰拉德·邓肯心思缜密，做事谨慎，他要求二人时刻都要戴着手套，这其实很不方便，但在这样的天气里，戴着手套是件好事。

文森特再次躺回床上，想象着乔安娜的身体是如何由温热变得冰冷。

再等等，就在今天了，再等等……

饥饿感再次袭来，那种灵魂深处让人痛不欲生的饥饿。他觉得自己的内脏正因为这种渴求而渐渐衰竭。如果他不尽快和乔安娜来一次"深入灵魂的交流"，他觉得自己很快就会消逝在空气中了。

饿死了……

好饿啊……

文森特·雷诺兹时常会有这种侵犯女人的冲动，但并没有将这种渴求归类于饥饿。是他的心理医生，詹金斯医生提出的这种说法。

那次，他因为莎莉·安妮的案件被拘留了，这还是他犯案以来第一次被捕。就是那时，心理咨询师詹金斯医生告诉文森特，这种饥渴是不会消失的，会跟随他一辈子，而他必须接受这一事实。"你摆脱不掉的，从某种角度来说，这是一种饥饿……那么，对于饥饿，我们都知道些什么？它是自然生出的感觉，我们只能被动地去感知，而无法去控制，你懂吗？"

"懂的,先生。"

医生又补充说:"尽管你不能杜绝饥饿感的出现,但是你可以适当地去满足它,从而减轻煎熬。你明白我的意思吗?就好比我们的食欲,每次感到肚子饿了,你会选择在适当的时间,健康地饮食,而不是暴饮暴食。那么对于你来说,一旦出现对女人的不正当的渴求,面对这种饥饿感,你也不能胡来,你可以选择与别人建立一段健康的、负责任的两性关系,慢慢发展到婚姻,组建一个家庭。"

"我明白了。"

"很好,我觉得,我们的治疗算是有进展了。你说呢?"

然而,善良的心理医生不知道的是,男孩儿的确将他的话铭记在心,只不过重点有些偏离罢了。文森特由此意识到,饥饿感理论具有很强的指导作用。就像他只有在特别饿的时候才吃东西一样,他也只在饥渴无法抑制的时候,才会去找个女人来"深入交流"。这样一来,他就不会感到惶恐无措——也就不会失控大意,进而再也不会发生像莎莉·安妮这样的事了。

真棒。

你说呢,詹金斯医生?

文森特吃完了椒盐饼干,喝光了苏打水,接着动手又给他的妹妹写了一封信。"机灵鬼"文森特还在信纸的空白处画了一些卡通画,他画得不错,他想妹妹会喜欢这些小玩意儿的。

敲门声在此时响起。

"进来。"

杰拉德·邓肯应声推开了门。两人互道早安。文森特瞥了一眼邓肯身后,邓肯的房间门也开着,里面收拾得井井有条,桌子上的东西都有序地摆放整齐。衣服也都熨好挂在衣柜里,每件衣服间隔两英寸。文森特意识到,自己是个懒鬼,这大概会成为发展友情路上的障碍。

"你要吃什么吗?"文森特问道。

"不了,谢谢。"

这也是为什么钟表匠身材消瘦的原因。他很少吃东西,也从来没喊过饿。这可能是两人之间的另一个障碍。不过文森特决定无视这个无伤大雅的遗憾。毕竟,自己的妹妹也不怎么喜欢吃东西,但他依然爱她。

在文森特东想西想的时候,心细如发的杀手邓肯正在给自己煮咖啡。等水烧开的空当,他从冰箱里取出罐装的咖啡豆,精确地倒出两茶匙的量,然后将咖啡豆倒进手摇磨豆机里,随着手柄转动了十几次后,里面再没有哗啦啦豆子的晃动声。然后他小心地将磨好的咖啡粉倒进铺了滤纸的滤杯中。轻轻地把滤杯在桌子上敲了敲,让里面的咖啡粉铺匀。文森特很喜欢看邓肯做手磨咖啡,那简直是一种视觉享受。

心细如发,狡黠如狐……

邓肯看了一眼他的金怀表,仔细地上紧了发条。然后快速喝掉了咖啡——非常快,就像是在喝药——他看向文森特。"我们的卖花姑娘,"他说,"乔安娜,你要不要先去看看她?"

听到那个名字,文森特觉得自己的内脏痉挛了一下:"当然。"

"我要去一趟柏树街的小巷,现在这个时间,警察应该已经到现场了,我要去看看我们对付的是什么人。"

我们要对付的,不是对付我们的……会是谁呢?

邓肯穿上夹克,将背包甩在背上:"你准备好了吗?"

文森特点了点头,穿上了奶白色的风雪大衣,又戴上帽子和太阳镜。

"你需要弄清楚,她是一个人在花房工作,还是有人去那里取花,看清楚,然后告诉我。"

钟表匠观察了很久,发现乔安娜很喜欢一个人长时间在花房工作,花房离她的花店不远,只有几个街区。那里隐秘而且黑暗。饥饿感来袭,文森特无法克制地想起乔安娜棕色的卷发,清秀的脸庞,这诱人的形象在他的脑海中萦绕不去。

他们下楼从后门进入教堂后的巷子里。

邓肯回身锁门，忽然说道："哦，有件事我要告诉你。你还记得明天的那个目标吗？也是个女人。这样一来就是连着两个女人。我不知道你所谓的……叫什么来着？'深入交流'？是多久来一次。"

"是的，'深入交流'。"

"为什么用这个词？"邓肯问道。文森特知道，面前这个细心的杀手有着无尽的好奇心。

这个说法其实同样来自詹金斯医生，也是他的好朋友，拘留所的心理医生。詹金斯医生曾经表示，文森特可以随时去找他聊聊自己近期的感受和想法，他们有过很多次"深入交流"。

说不上为什么，文森特很喜欢这个说法。这个词听起来比"强奸"要好听多了。

"我不知道，我就是很喜欢这个词。"文森特回答道，并表示连着杀两个女人对他来说没问题。

有时候，进食反而会助长饥饿，詹金斯医生。

你说是不是？

他们两个小心地在结冰的人行道上前行，文森特问："这次你打算怎样做掉乔安娜？"

邓肯杀人时只有一条准则：不能让目标速死。这听起来容易，实际上做起来却很难。他曾冷静而精准地解释过，这一准则对执行人要求很高。邓肯有一本书，名叫《终极审讯技巧》。书上记载了一些审讯手法，总的来说，就是对审讯对象施以酷刑来逼供，若是他们不招，折磨就不会停止，直到他们死亡。书上列举了十几种刑罚：喉咙上压重物，割断他们的手腕，让其流血，等等。

邓肯解释说："我不想在她身上浪费太多时间。我会先堵上她的嘴，将她双手反绑在身后。然后让她趴在地上，接着在她的脖子上缠上绳子，再把绳子系在她的脚踝上。"

"她膝盖是弯曲的吗?"

"没错,书上就是这样写的,你看过上面的图解吗?"

文森特摇了摇头。

"她不可能长时间保持膝盖弯曲,一旦她忍不住想要伸直腿的时候,脖子上的绳索就会拉紧,这样她最终会自己勒死自己。要我推测,她会坚持八到十分钟。"他微笑道,"这次我会听你的意见,计时整个过程。结束后我打电话通知你,然后她就是你的了。"

一次美好的"深入交流"……

他们一迈出小巷就感受到了刺骨寒风的洗礼。文森特的风雪大衣没拉拉链,此时正被风吹得大开。

文森特突然停住了脚步,警惕起来。在人行道上,距离他们几米远的地方,有一个年轻人,他留着稀疏的络腮胡,身穿一件旧夹克外套,一只肩膀上挎着背包。文森特猜测他应该是个学生。年轻人低着头,依旧快步向前走着。

邓肯瞥了一眼文森特:"怎么了?"

文森特朝着自己的腰侧点了点头,他带鞘的猎刀正别在那里:"我觉得,那小子可能看见我的刀了,我……对不起……我应该拉好拉链的,但是……"

邓肯的唇紧抿在一起。

不,不……文森特不想惹邓肯不高兴:"我去解决掉他,只要你一句话,我这就去——"

沉默的杀手看向那个学生,后者正快速远离他们。

邓肯转向文森特:"你杀过人吗?"

文森特不敢看对方那双似乎能将他看透的蓝色眼睛,有些气短地答道:"没。"

"等着,别动。"杰拉德·邓肯环视了整条街,这里本就人烟稀少,此时更是不见人影——除了那个远去的学生。他伸手从口袋里拿出了一把美工刀。昨晚,他就是用这把刀割破了码头上那个受害者的手腕。邓肯朝着学生的方向快步追了过去。文森特看着邓肯离那个学生越来越近，直到距离他只有几米远。他们一前一后拐向了东面，不见了。

这太糟了……文森特责怪自己不够仔细。一切都可能被他搞砸：不仅是他和邓肯之间好不容易才建立起来的友谊，还有他"深入交流"的机会。就因为自己粗心大意，才惹出这些事。文森特十分懊恼，他很想大喊，或是大哭一场。

他伸手在口袋里摸索着，翻出一块奇巧巧克力，甚至连包装纸都没撕干净，就狼吞虎咽地将它吃了下去。

令文森特度日如年的五分钟过去了。邓肯终于回来了，手里拿着一团皱巴巴的报纸。

"我真的很抱歉。"文森特说道。

"没关系，现在没事了。"邓肯语气轻柔。报纸里面裹着血迹斑斑的美工刀。他用报纸擦拭刀上的血迹，然后将锋利的刀刃收回了刀柄里。接着又将染血的报纸和手套扔掉，戴上了一副干净的新手套。他一直要求二人随时戴着手套，必须随身携带，而且至少要带两副。

邓肯说："我把尸体扔进垃圾箱里了，在上面盖了一层垃圾。如果我们走运，没人发现异常。他就会被埋进垃圾填埋场，或是被扔进海里。"

"你没事吧？"文森特发现邓肯的脸颊上有一道红痕。

邓肯耸了耸肩："我一时没注意，那小子还手了。我只好先割了他的眼睛。记住，有人反抗的时候，就割瞎他们的眼睛。他们马上就会停手，任你摆布。"

割瞎眼睛……

文森特缓缓点头。

邓肯问："你以后会多加小心的是不是？"

"哦，是的，我保证，一定会的，真的。"

"现在去看看我们的花房姑娘吧，记住，四点一刻的时候在博物馆和我会合。"

"好的，没问题。"

邓肯用那双浅蓝色的眼睛看着文森特，并难得地微笑道："别灰心，我们出了一点小问题，但现在已经解决了，大方向来看，我们的计划依旧，一切正常。"

5

西奥多·亚当斯的尸体已经运走,痛失至亲的被害人的家属也已经离开。

朗·塞利托也刚刚离开,他要去莱姆那里汇报案情。现场已经完成调查,可以解禁了。罗恩·普拉斯基[①]、南希·辛普森还有弗兰克·瑞特格留在现场,他们要收起警戒带。

亚当斯侄女脸上的表情一直浮现在阿米莉亚的眼前,那绝望中略带希望的眼神让她心中隐隐作痛。阿米莉亚·萨克斯因此又重新调查了一遍现场,甚至比平时更为挑剔和仔细。她查看了其他所有大门和凶手可能通过的出入口,以及所有可能的逃跑路线,但是依旧一无所获。她已经记不起来上一次接手如此复杂的案件是什么时候了,证据少得近乎可怜。

萨克斯将装备收拾整齐,又想到了本杰明·克莱里的案子。她打电话给克莱里的妻子苏姗妮,告诉她他们在韦斯特切斯特的别墅遭了贼。

"我不知道这事,您知道他们偷了什么吗?"

萨克斯见过几次苏姗妮。苏姗妮身材十分纤瘦——她坚持每天慢跑——一头白色短发,面容美丽。

---

①全名罗纳德·普拉斯基,罗恩为昵称。

"应该没偷走多少东西。"萨克斯没有透露克莱里邻居家男孩儿的事,她想在她的恐吓下,那个男孩并没有隐瞒什么。

萨克斯问苏姗妮有没有人在那栋别墅的壁炉里烧过东西,苏姗妮说最近家人根本没去过那里。

"您觉得那里出了什么事儿吗?"

"现在还不清楚,但这使您丈夫的自杀看起来更可疑了。哦,对了,还要提醒您,您得给别墅的后门换把新锁。"

"我今天就打电话叫人去换……谢谢,萨克斯探员。您能相信我并重新调查我丈夫的案件,我真的很感动。"

挂断电话之后,萨克斯便申请检测她在克莱里别墅里采集的一些证物,主要是炉灰还有泥土。并将证物仔细地分袋包装,与钟表匠案件现场取得的证物明显地区别开来。然后,她又去填写证据监管链的卡片文件,最后还帮辛普森与瑞特格将证物整理起来,装上车。所有的证物里,要数金属横梁最难整理,要两个人一起先用塑料布把它裹起来,然后再合力抬进车内。

确定都整理好了,萨克斯关上了车门。她回头看看街道,忽然发现一个可疑的人。之前的那些围观者大都受不了寒冷的天气离开了,但这个人手里拿着《华盛顿日报》,站在一栋正在翻新的老旧大楼前。位置就在柏树街,大通曼哈顿广场附近。

萨克斯看了一眼便觉得此人有些不对劲儿。没有人会在这种天气站在街角风口处读什么报纸。或许他是关心股市或者什么事故新闻,但一般情况下,人们都会有针对性地快速翻阅有用的信息,弄清楚自己的股票跌了多少,自己关心的教堂巴士事故调查有什么新进展,然后就继续赶路了。

以上行为都算正常,但是寒风凛凛的街上,你一个人站在那里,津津有味地读了许久第六版花边新闻,这就十分可疑了。

萨克斯看不清男人的长相——那人的脸有一半都被报纸挡住了。他身前地上还有一些施工留下的建材。但是有一点萨克斯看得很清楚,那就是他的靴子,那种特殊的防滑鞋底,和萨克斯在巷子口雪地上发现的靴子印是一样的。

萨克斯权衡了一下当前的形势。大部分警察都已经离开。辛普森和瑞特格虽然配了武器在身,但是都没有经过战术训练。而且,嫌疑人身前还有一个三英尺高的金属护栏。那是为了即将举行的游行活动而设立的安保设施。如果萨克斯从自己现在所在的位置,穿过街道接近嫌疑人,那么他随时可以轻而易举地逃脱。她不能轻举妄动,要从长计议这次抓捕行动。

萨克斯打定主意,走向普拉斯基,在他身侧耳语道:"在你的六点钟方向,有个男人,读报纸的那个,我想和他谈谈。"

"是凶手吗?"普拉斯基问。

"现在还不清楚,也许是。我告诉你我们要怎么做。我要和犯罪现场调查组的人一起上车,之后会在东面的街角下车,你会开手动挡的车吗?"

"当然会。"

于是萨克斯将自己那辆红色雪佛兰科迈罗的钥匙交给了普拉斯基。"你顺着柏树街向西开,往百老汇方向开大概四十英尺,然后快速停下,下车之后绕进护栏,从里面往回走。"

"把他赶出来。"

"没错。如果他真的只是在读报纸,我们就和他聊聊,查查他的证件,然后继续干我们的活儿。他要是心里有鬼,看见你过去肯定会转身就跑,我从前面截住他,你在后面支援。"

"明白。"

萨克斯假装环视了一下街道,最后检查了一下现场,而后登上了那辆棕色勘查车。她倾身靠前说:"出了点问题。"

南希·辛普森和弗兰克·瑞特格闻声看向了她。辛普森拉开了外套拉链,手放在了配枪握把上。

"不,现在不需要用枪。先听我说。"萨克斯解释了一遍她发现的人以及追捕安排。然后对开车的辛普森说:"向东开,在前面红绿灯处左拐,然后减速就好,我会从车上跳下去。"

普拉斯基钻进了那辆科迈罗,车子启动之后,他忍不住轰大了油门,听到排气筒传出低沉而性感的轰鸣声。

瑞特格问萨克斯:"你不用我先停车,你再下车吗?"

"不用停下,你只要减速就行,必须让疑犯确信我们已经离开了。"

"好的,"辛普森说道,"准备好了。"

勘查车向东驶去。萨克斯从后视镜中可以看到普拉斯基也行动了——别紧张,她心中默念着:那辆车引擎马力很大,离合器紧得像维克牢尼龙搭扣。但普拉斯基做得不错,车子稳稳地向西开去,与自己所坐的货车方向正相反。

在柏树街与拿骚路的交会口,勘查车拐进了东侧街道,萨克斯同时打开了车门:"继续开,先别减速。"

辛普森将车开得很稳。"祝你好运。"犯罪现场调查员对她喊道。

萨克斯跳下了车。

哇哦……车速比她预想得要快了一点。她差点摔倒,萨克斯站稳了脚步,同时发自内心地感谢卫生局。要不是他们在路上撒了融雪防滑的盐粒,她可就没这么幸运了。萨克斯独自走在人行道上,悄悄接近手中依旧拿着报纸的男人。男人并没有注意到她。

随着她的逼近,萨克斯与男人间先是隔着一个街区远,慢慢地,只剩半个街区远。她敞开外套,握住了别在腰带上的格洛克手枪,在疑犯前方大约十五米的地方,普拉斯基突然在路边将车停下,快速地下了车并且趁疑犯不注意,轻松地越过了护栏。现在疑犯已经被萨克斯和普拉斯基前后包抄了,而在他的左右,分别是正在翻新的大楼和防护栏。

计划很棒。

只出了一个漏洞。

街对面有两名警察，他们正在住房与城市发展部的楼前站岗。二人刚刚都曾在现场调查时协助工作。此时，其中一人看到了萨克斯。一边向她挥手一边喊道："忘了什么东西吗，警探小姐？"

糟了！正在看报的男人闻声快速回头，终是发现了萨克斯。

他丢下了报纸，跳过护栏，发疯似的从柏树街中央跑向了百老汇大街，途中看到了还在护栏内侧的普拉斯基，巡警也试图越过护栏，但一只脚被绊住，狠狠摔在了地上。萨克斯见状停下了脚步，但发现他其实伤得不重，便又快速追了过去。普拉斯基在地上打了个滚，站了起来，也朝着嫌犯逃跑的方向追了过去。此时，嫌犯已经跑出三十英尺远了。

萨克斯拿起对讲机，按下了通话键："警探编号五八八五，"她喘息着，"正在柏树街凶杀现场附近追捕一名疑犯。疑犯沿柏树街逃往百老汇大街方向，请求支援。"

"收到，五八八五。指挥部已派遣警员前往支援。"

还有其他几辆无线电巡逻车表示他们就在附近，正在前往现场拦截罪犯。

就在萨克斯和普拉斯基追赶着嫌犯跑到了炮台公园时，对方突然刹住了脚步，还差点因为急停而摔倒，他停下来转头看向了右侧：一个地铁站入口。

不，不能让他藏进地铁里，萨克斯有些烦躁地默念着。那里人群过于密集，会很难捉到他。

不要进去！萨克斯暗暗心急。

仿佛是在回应萨克斯不好的预感，疑犯回头看了一眼，随即快速冲下了楼梯，跑进了地铁站。

萨克斯停了下来，对普拉斯基喊道："你继续追他。"她深吸一口气，"如果他开枪，你要看看周围人群的情况再还击，宁可这次放走他，也不要贸然开枪。"

普拉斯基面色紧张，萨克斯知道他从来没经历过枪战，年轻的巡警点了点头。对萨克斯喊道:"那你要去——"

"快去追!"萨克斯大声喊道。

巡警深吸了一口气,再次追了过去。萨克斯跑到地铁站入口,看到普拉斯基正一步三个台阶地跑下楼梯。然后她转身,穿过了马路,向南一路小跑,大概有半个街区的距离。她拔出了手枪,放慢脚步,走到了一处报亭后。

倒计时开始……四……三……二……

一!

她快速越过报亭,面向地铁站的出口,正看见疑犯慌忙地跑出地铁口的楼梯。疑犯看到萨克斯后,表情十分懊恼,想来是因为萨克斯识破了他的招数。萨克斯想过他可能会来个金蝉脱壳,甚至连最初他看到地铁站的惊讶都可能是装出来的,也正是这样的怀疑,让萨克斯意识到疑犯跑进地铁站只是为了混淆视听,继而由地下穿过街道逃走。此时他放弃般地举起了双手。

"脸朝下,趴在地上。"

"嘿,不至于吧。我——"

"快点!"萨克斯再次命令道。

疑犯看了一眼后者手里的枪,认命地趴在了地上。经过刚才的一阵狂奔,萨克斯此时觉得关节隐隐作痛,她单膝跪在了疑犯的背上,将他双手铐在身后。疑犯疼得倒吸了一口气。萨克斯懒得理他。要不是因为他,自己又何必要跑步受罪。

"他们在现场发现了一个疑犯。"

林肯·莱姆和传信的男人此时正坐在他的实验室中。男人名叫丹尼斯·贝克,年纪在四十岁上下,身材结实,面容英俊,是塞利托所在重案组的督查探长。同时,贝克受市政厅的命令,要尽早将钟表匠捉住,阻止其恶行。他就是莱姆特别讨厌的"不容更改"的命令发出者之一。

莱姆挑起了眉。一个疑犯？的确会有一些罪犯出于种种原因，会再次返回犯罪现场，但莱姆怀疑，萨克斯是否真的抓住了真凶。

贝克说完了这个好消息后又继续手中的电话，他一边听着还一边点着头。这名探长面容俊美，有些酷似乔治·克鲁尼。做事专注又不苟言笑，这样优秀的警官人们通常会很喜欢与其共事，但却不会选择和他喝酒消遣。

"有这样的人在你身边是好事儿。"贝克探长是从纽约警察总部来的，在他来之前塞利托便在莱姆面前给他暖场。

"好吧，但他会不会多管闲事？"莱姆问塞利托，这位不修边幅的探长似乎一直都邋里邋遢的。

"不会管太多的，都是些你不会介意的事情。"

"我不介意的事？是指什么？"

"他的仕途上还需要赢一场漂亮的仗，而且他相信你能帮他打赢。也就是说，他会给你需要的一切资源，并且全力支持你。"

全力全方位的支持，莱姆很满意这一点，因为他们一直缺一些强有力的人际关系。其实还有另一个纽约警方的警探经常和他们合作办案，名叫罗兰·贝尔。他与莱姆性格大为不同，贝尔为人谦和有礼，很容易相处。但骨子里与莱姆一样思维缜密，行事条理分明。只是现在人不在纽约，他正与两个儿子一起在北卡罗来纳州度假。其实也是去见女朋友，后者是当地的一个治安官。

莱姆他们还常和一个FBI的探员合作办案，那人名叫弗雷德·德尔瑞，这名探员因为在反恐案件调查和卧底工作上的出色表现在圈内颇有名气。虽然莱姆他们调查的凶杀案与FBI一贯负责的案子不同，但德尔瑞总会用局里的一些资源尽量协助莱姆他们办案。不过现在局里正在调查一些类似安然公司诈骗案的涉及多方的案件，德尔瑞忙得分身乏术，此时对于莱姆他们有些爱莫能助。

塞利托挨着梅尔·库柏坐下，梅尔·库柏是莱姆坚持重用的法医刑侦专家，他身材瘦小，擅长跳交际舞。库柏作为一名出色的犯罪现场实验室人员，饱受其苦，莱姆一有什么案子就会不分时间、不分场合地召唤他。这次也不例外，莱姆一大早打电话给他的时候，他正在皇后区的实验室里忙活，听闻莱姆的召唤，他犹豫了一下，并对莱姆解释说，他这周末有其他的安排，他本计划与女友和母亲去佛罗里达州度假的。

莱姆的回答是："那你更得来实验室躲躲了，不是吗？"

"我半个小时之后到。"现在，他坐在实验室的检测台前，等待证物到达。他双手戴着橡胶手套，正把饼干喂给趴在脚边的小狗杰克逊。

"要是狗毛污染了证据，"莱姆嘟囔着，"你就等着吧。"

"这小家伙挺可爱的。"库柏说着，摘下了手套。

刑侦专家不置可否地说道："'可爱'这个词在我林肯·莱姆的字典里找不着。"

塞利托的电话在此时响起，他通完话后说道："码头犯罪现场的被害人，海岸队和我们的打捞队都没还没找到尸体。他们还在对比调查失踪人口。"

这时，犯罪现场调查的人终于到了，汤姆帮他们用手推车将一堆证物推了进来，这些证物多是萨克斯在现场搜集来的。

总算到了……

贝克和库柏合力抬进了一个沉重的、用塑料布包裹住的金属杆。

正是小巷谋杀案中的杀人凶器。

犯罪现场调查的警官将物证追踪卡片递了过来，库柏接过并签了字。警官随后告辞离开，但莱姆丝毫没有意识到他的道别。他正看着送来的证据，整个人都兴奋了起来。这是他最享受的时刻。即便在脊柱受伤之后，他与藏在暗处的罪犯斗智斗勇的激情也丝毫未减。通过犯罪现场各种物证之间的蛛丝马迹，最终按图索骥捉住藏在层层迷雾后的邪恶凶手，是他一直不变的初心与执念。

他迫不及待地想要投入战场,杀敌四方。

同时,还有一丝负罪感。

他的兴奋是建立在受害者的痛苦之上的。每次他觉得能让血液沸腾的罪犯出现,都会带来血腥和死亡。对于码头上的死者、西奥多·亚当斯和他们的家人及朋友来说,这是纯粹的灾难。他当然同情他们的遭遇,为他们感到难过。但他也能将这种悲痛打包安置在别处,继续手头的工作。有人说他冷血,说他无情,人们说得没错。但那些在好多领域里取得卓越成就的人,都是多种品质的结合体。而莱姆之所以能成为一个顶尖的刑侦专家,不仅仅是因为他敏锐的头脑、不懈的努力和雷厉风行的风格,还因为他这种情感上的冷静与克制。

罗恩·普拉斯基走进来的时候,正看见莱姆皱着眉头,盯着证物盒。初次见到莱姆时,年轻的巡警刚刚入职不久。尽管那已经是一年前的事了,而且普拉斯基已经是两个孩子的父亲了,但莱姆还是习惯性地把他当成个"菜鸟"。有些昵称是会跟人一辈子的。

莱姆先开口道:"我知道萨克斯抓了一个疑犯,但万一那家伙不是凶手,我不想浪费时间等待。"他转向普拉斯基,"和我说说第一个现场,码头那里的情况。"

"好的,"普拉斯基有些局促地开口,"码头在位于哈得孙河边的二十二街附近,延伸到河水上方五十二英尺,距离水面十八英尺。凶手——"

"所以他们找到尸体了吗?"

"就目前所知,还没有。"

"所以你想说的其实是'疑似谋杀'?"

"对,是的长官,疑似谋杀案发生在码头的临水一端,也就是西侧,案发时间在昨晚六点到今晨六点之间。那个时段码头是关闭的。"

现场的证据少得可怜。只有一截指甲,推测为男性指甲;现场地面上的血迹，经梅尔·库柏鉴定为 AB 阳性人血，也就是说，血液中有 A、B 两种抗原，同时血清中既没有抗 A 抗体也没有抗 B 抗体；而在检测中，还检测出了 Rh 蛋白。这种 AB 抗原和 Rh 阳性蛋白的组合，使之成了世界上第三种最罕见的血型，占全人类人口总数的百分之三点五。在进一步的检测中，检验结果也验证了，被害人系男性。

还有，他们判断被害人年纪稍长，并且患有冠状动脉方面的疾病，因为血液中检测出了抗血凝剂，也就是血液稀释剂。除此之外，血液中未检测出其他药物成分，也没有检测出任何感染或是病变。

现场没有发现指纹，没有明显的痕迹或脚印，附近也没勘查到汽车留下的轮胎印。已有的轮胎印也是码头员工的货车留下来的。

萨克斯截取了一截锁链被钳断处的链条，库柏检测了断裂处的截面痕迹，发现凶手破坏铁链护栏的工具就是标准的断线钳。若是用同样的断线钳剪短一截铁链，会得到一模一样的截面痕迹。但是单凭这样一个截面，是没法追踪到断线钳的来源的。

莱姆研究着现场带回来的照片，其中有一张是码头上血迹的图案，血迹顺着甲板一直延伸到河中。他推测被害人当时只有胸部以上是在甲板上的，双手绝望地扣住木板间的缝隙，艰难求生，但甲板上的指甲抓痕表明被害人最终没能活下来，莱姆忍不住想他落水前到底坚持了多久。

他缓缓点头："讲一下另一个现场的情况。"

普拉斯基回答道："好的，案发地点位于柏树街延伸出的一条独头巷子里。在百老汇附近。巷子宽十五英尺，长一百零四英尺，地面上铺有鹅卵石。"

莱姆回想起萨克斯之前所说的，尸体距离巷子口十五英尺远。

"被害人的死亡时间是？"

"法医说，死者被发现前已死亡超过八个小时。尸体已经被冻得僵硬，所以还需要等等才能确定更具体的死亡时间。"虽然不是在警局,但汇报起工作来巡警习惯性地用着刑侦术语。

"阿米莉亚说的巷子里有后勤通道和消防门,有人问过它们昨晚的关闭时间吗?"

"小巷旁有三座楼都是商业大楼。其中两栋楼的后勤通道一个在晚上八点半关闭,另一个是在晚上十点。第三栋楼是政府行政楼。消防门在下午六点就关了。在几栋楼的区域,晚上十点会有一次垃圾收集。"

"尸体是什么时候发现的?"

"上午七点左右。"

"好的,巷子里的死者在被发现之前,已经死亡超过八个小时,三个进出口最晚的关闭时间是晚上十点。所以这样算来,案发时间应该是晚上十点一刻到晚上十一点之间?"

"附近两个街区以内的所有车牌我都记下来了。"普拉斯基举起自己手中的白鲸笔记本示意道。

"那是什么鬼东西?"

"哦,我记录了所有的车牌号,也许会有用。你知道的,像是停车位置,或是其他不同寻常的地方。"

"简直是浪费时间。我们只需要车牌号来查车主的身份信息。"莱姆解释道,"在车辆管理局、国家犯罪中心数据库还有其他数据库交叉调查一下这些信息就好了,用不着知道哪辆车该做保养,哪辆车轮胎磨损或是哪辆车后座上有大麻烟管……所以,你查了吗?"

"查什么?"

"那些牌照,你查了没有?"

"还没有。"

库柏连上犯罪中心数据库搜索这些车牌车主的信息,但一无所获。他又按照莱姆要求的,检查了案发时间段周围车辆有没有违停记录。依旧什么都没有。

"梅尔,查一下被害人信息。逮捕令之类的,任何和他有关的信息我都要。"

西奥多·亚当斯案底清白，没有逮捕令在身，普拉斯基回想起被害人姐姐的话，他生前没有树敌，生活单纯，不可能惹来杀身之祸。

"那么凶手为什么挑选了这两个被害人？"莱姆发问，"是随机挑选的吗？我知道德尔瑞很忙，但这个案子也很重要。打给他，让他在局里查查西奥多·亚当斯的信息。看看是否能查到些什么。"

塞利托接通了联邦调查局大楼的电话，最终联系上了德尔瑞。彼时，德尔瑞正因为——用他本人的话来说是"泥潭一样"的诈骗案忙得不可开交，情绪暴躁。但他依然抽空进入局里的数据库和正在调查的案宗文件里查看了一下西奥多·亚当斯的名字。不过还是没有相关信息。

"好吧，"莱姆说道，"在找到被害人更多的信息之前，我们就先假定，这个变态是随机挑选被害人的。"他皱眉盯着犯罪现场的照片："那两个时钟怎么还没送来？"

电话里，防爆组说两个时钟都没有生化药剂的痕迹，已经在送来的路上了。

萨克斯在现场找到的钱夹里有些从自助取款机新取出来的钱。他们调查了取款的账户，账户没什么问题，但库柏从钱夹上发现了一些指纹。只是这些指纹在IAFIS，也就是联邦调查局的自动指纹识别系统里，找不到匹配信息。被害人亚当斯口袋里现金上的指纹也一样，在指纹识别系统中查无所获。钞票上的序列号没有被标记，表明账户没有被财政部门追踪，也就是说账号没有涉及洗钱之类的违法行为。

"现场的沙子呢，查过了吗？"莱姆问起了现场发现的那些可疑的细沙。

"那就是些普通的沙子，"库柏眼睛还贴在显微镜上，头也不抬地回答道，"而且更像是用在操场上的那种，并不是建筑工地会用到的。我再查查看会不会有其他痕迹。"

在码头的现场并没有发现沙子,莱姆回想起萨克斯的猜想,会不会是凶手打算重返位于小巷的犯罪现场?又或者是码头现场根本用不上沙子?因为哈得孙河带来的强风会把沙子吹走?

"那根梁调查得如何?"莱姆又问。

"那根什么?"

"那根金属梁,压断被害人脖子的那根,两端带有孔洞的金属横梁。"莱姆曾调查过城里建筑施工时需要的各种材料,因为多数罪犯的抛尸地点都会选在工地。库柏和塞利托给横梁称了重——重达八十一磅——并将其放在了试验台上。横梁长六英尺,一英寸宽,三英寸高。两端各有一个孔洞。"这种横梁多用于造船、重型设备,还有天线和桥梁建设。"

"这算是我见过的最重的杀人凶器了。"库柏说。

"比一辆雪佛兰厢车还重?"林肯听言问道,对他来说,严谨就是一切。此时他指的是几个月前的一桩案件,凶手开着一辆重型SUV碾过了自己招蜂引蝶的丈夫。就在第三大道。

"哦,那个呀……负心的风流鬼。"库柏掐着嗓子唱道,而后检查横梁上的指纹,一个都没有。他从杆上刮下一些碎屑。"应该是铁,还能看见表面的氧化现象。"他依旧将其用化学手段检测了一下,确认金属横梁的确是铁的。

"凶手在上面没留下痕迹吗?"

"没有。"

莱姆皱起眉头:"这下麻烦了。市内这种金属横梁的来源得有五十多个……等一下,萨克斯是不是说过小巷附近有个建筑施工地?"

"哦,对。"普拉斯基说道,"我和萨克斯去那个工地问过了,那儿并没有使用类似的金属杆,我刚刚忘了说。"

"这也能忘了,"莱姆嘟囔着,"行吧,我记得城里皇后区大桥那边有些大型的工地,我们去那里问问吧。"莱姆对普拉斯基说:"打电话给皇后区大桥施工组织，问问他们是否使用这种金属横梁，如果用，问问他们最近有没有横梁丢失。"

菜鸟巡警点头并拿出了手机。

库柏又去看了看沙子的检验结果："好了，有发现了，沙子中有硫酸铊。"

"那是什么？"塞利托发问。

"灭鼠药。"莱姆解释说，"国内已经禁止使用了，但一些移民偶尔会在他们的居住区域或是工作场所用到。浓度是多少？"

"很高……而且萨克斯在现场采集的泥土中并没有，说明这些硫酸铊可能是凶手从别处带来的。"

"凶手也许想用毒杀人。"普拉斯基一边等待接通一边参与对话，猜测着。

莱姆摇了摇头："不大可能。下毒实施起来并不容易，而且需要大剂量的药物。但这确实是条线索，可以帮助我们追踪凶手。去查一查最近城里有没有什么部门没收过灭鼠药，还有环保部门，问问他们最近有没有收到有关灭鼠药的投诉。"

库柏受命开始电话问询。

"再来看看这些凶手捆绑用的胶带。"莱姆继续指导着进行调查。

技术员检测了长条形的亮灰色胶带，这些胶带就是凶手捆绑被害人手脚、封住他口鼻用的。库柏说检测结果表明这些都是很普通的胶带，没什么特别的，全国成千上万的家装用品店、杂货店和便利店都有出售。至于胶带上的黏胶也仅检测出少量物质。有融雪防滑的盐，和萨克斯在现场采集的盐吻合，还有一些细沙，据警探推测是钟表匠撒在现场用来掩盖痕迹的。

胶带给出的线索寥寥无几，莱姆感到有些失望，他又去查看萨克斯在现场拍回来的尸体照片。莱姆忽然驱动轮椅，靠近检测台，盯着屏幕上的照片："看看这些胶带的切口。"

"有意思。"库柏依莱姆所说，看了看照片中的胶带。

让莱姆和库柏二人感到惊奇的是，胶带的切口极其精准整齐，捆绑得也十分规整。通常罪犯在现场使用胶带时都是随意用牙齿咬断（所以一般情况下都会检测出胶带上残留的罪犯唾液里的DNA信息），然后胡乱地缠绕在被害人的头、脸或是手腕脚腕上。但钟表匠所用的胶带却显然是用一把利器精准地割断的，而且每条胶带的长度都完全相等。

罗恩此时挂掉电话回复莱姆说："施工方说他们现在的大桥工程中并没有使用这种两端带孔的横梁。"

莱姆不置可否，也没有期待过事情真的会这么简单。

"凶手用来吊起横梁的那条绳子呢，有什么发现吗？"

库柏检测了绳子，提取了一些数据，摇头说："无异常，就是普通的绳子。"

莱姆对着实验室角落放置的几块白板点头："开始现阶段的案件梳理吧。你，罗恩，你写字好看吗？"

"写个白板还是可以的。"

"那就够用了，写吧。"

莱姆查案的时候，习惯将能找到的所有证据进行梳理，在白板上列出来。这样一来，一切就变得简单明了了，然后他会盯着白板上的文字、图片、数据和表格，试着去勾勒凶手的身份特征、所藏何处，何时又会再次出现。莱姆在白板上分析案情的时刻，就如同旁人的冥想一样。

"既然凶手这么想让别人叫他钟表匠，我们就用他给的名字作案件标题吧。"

普拉斯基按莱姆的指示在白板上书写着，库柏拿起一支试管，里面装有极少的像是土壤的样本，他将试管放在显微镜下观察，由最小的倍数开始（显微镜检验工作的守则便是观察倍数应该由小到大，如果一开始便用高倍数的镜片观测，你将看到一些具有观赏性的抽象艺术作品，一点实际信息都得不到）。

"从初步的检测结果来看,这些就是原始的土壤。我再进一步检查看看,还有没有其他的东西在里头。"库柏留了一些样本准备用色谱／质谱仪来进行进一步的调查。色谱／质谱仪是一种用于痕迹证物调查的大型分离和鉴别设备。

检验结果出来时,库柏对着屏幕大声说:"好的,我们现在知道样本里有油、氮元素、尿素、氯化物……还有蛋白质。接下来是对比样本检测。"过了一会儿,库柏的电脑中显示出了更多的信息。"鱼类蛋白。"

"所以,凶手可能在一个海鲜餐厅上班。"普拉斯基积极地猜想,"或者在唐人街有个卖鱼的摊子,还可能,等等,我想想,对,还可能在杂货店海产品专柜工作。"

莱姆听完他的分析,发问说:"罗恩,你有没有听过一些公共演讲人说过这样一句话:'在演讲开始之前,我有几句话要说。'"

"嗯,听过的。"

"但他们这样说其实很不合理,因为一旦演讲者开始讲话,就意味着演讲已经开始了,是不是?"

普拉斯基不解地挑眉。

"我的意思是说,在分析证物之前,我们应该先做一些别的调查工作。"

"什么工作?"

"我们要先收集证据,也就是说,找到证据的来源。现在,你先告诉我,萨克斯是在哪里收集的这些含有鱼类蛋白的泥土?"

普拉斯基看了一眼证物袋上的标签:"哦。"

"'哦'是指哪里?"

"是在被害人夹克外套的口袋里。"

"所以说,证据给我们提供的到底是关于谁的线索?"

"是被害人的信息,不是凶手的。"

"正是如此!那么知道被害人的外套上有鱼类蛋白,这个信息有没有用？谁知道呢，也许有用，也许没有，但重点是，我们不能盲目地派警员调查城里每一个鱼贩子。你明白我说的意思吗，罗恩？"

"完全明白。"

"不错，我很高兴，现在把含有鱼蛋白的土壤证据写在白板上，在被害人的名字下方，然后我们再着手调查。法医的报告什么时候能送来？"

库柏回答说："还得等一阵子，赶上圣诞节期间有些不便。"

塞利托接着他的话唱了起来："这是杀戮的季节……"

普拉斯基皱眉，莱姆见状，开口解释说："一年中谋杀率最高的时期就是高温季节和节假日。记住，罗恩，压力不会杀人，只有人才会杀人，但压力会促使人们行凶。"

"发现了一些棕色的纤维物质，"库柏说道，他看了一眼证物袋上的标签，"在被害人的鞋后跟和表带上发现的。"

"什么类型的纤维？"

库柏检验了纤维并在联邦调查局的纤维数据库中比对查找。片刻后说道："像是一种汽车用的纤维。"

"这应该是合理的，凶手肯定是驱车过去的，他不可能一个人扛着八十一磅的金属横梁去坐地铁。所以，钟表匠应该是在巷子前面停车，然后将被害人拖到了他最后死亡的位置。那么关于凶手开的车，我们能查到些什么？"

数据库里能查出的有用信息并不多。这种纤维用于车辆内置的地垫，有超过四十多款的汽车、卡车和商务用车配有这种纤维地垫。至于车轮印记，小巷附近的路面撒了盐，致使轮胎与路面上鹅卵石接触受限，也就没能留下什么痕迹。

"所以车辆调查部分我们一无所获。那么，凶手给咱们留下的'情书'呢？"

库柏闻言，从塑封袋中抽出了一张白纸。

寒冷满月高悬于空,

无言死尸沐浴银光,

死将至,生将终。

——钟表匠

"是吗?"莱姆问。

"什么是吗?"普拉斯基反问道,生怕自己看漏了什么。

"当然是满月,今天是不是满月?"

普拉斯基翻了翻莱姆的《纽约时报》:"是的,今天是满月。"

"他为什么把冷月的首字母大写?"丹尼斯·贝克问。

库柏在网上查了查冷月的信息,随后说道:"是这样的,冷月是阴历[①]中的一个月份……我们用的是阳历,三百六十五日为一年,以太阳的每次起落为单位。阴历以月亮的盈亏周期做单位。十二个月份的名字分别描述了人的一生,从出生到死亡。它们分别根据一年中的重要时节来命名,像是春夏时节的草莓月、秋天的收获月和狩猎月。十二月叫冷月,是指万物休眠和消亡的时节。"

正如莱姆之前提到的,一般来说,若是凶杀案中出现有关月亮或是其他天文现象的主题时,凶手往往会多次作案,进而出现连环杀人案。据有证可考的资料证实,人们确实会受到月亮盈缺的影响而犯罪,但莱姆认为影响人们犯罪的不一定是月亮的阴晴圆缺,而是这种理论本身所具有的引导和暗示的力量。正如外星人绑架案一样,在史蒂文·斯皮尔伯格导演的《第三类接触》上映后,这类案件的报告就如雨后春笋一样大批出现。

"在系统里将钟表匠和冷月放在一起搜索,哦,对了,也搜索一下其他的几个阴历中的月份。"

在联邦调查局的暴力罪犯逮捕计划和(美国)国家犯罪信息中

[①] 此处的阴历并非中国农历,而是西方以月亮周期为一个月的"月相历"。

心的数据库，以及国家数据库中，他们搜索了十多分钟，但并没有相关信息或其他吻合的数据出现。

莱姆让库柏查这首诗的原出处，库柏依言搜寻了十几个诗歌网站，却连首雷同的诗歌都没有找到。他还给纽约的文学教授打电话请教，这位教授也曾时不时地帮他们分析一些与其专业相关的案子，但这次教授没有帮上忙，因为他也没听过这首诗。那么，就只有两种可能来解释当前的状况，要么是这首诗太过小众，默默无闻，要么，它就是钟表匠自己的原创诗作。

库柏说："至于这张留言纸本身，没什么特别的，就是常用的电脑打印纸。墨粉是惠普公司激光打印机的墨粉，也没什么异常。"

莱姆摇了摇头，对于当前线索的缺失感到有些沮丧。如果钟表匠真的是一个连环杀手，那么也许他现在正在外面寻找，甚至是正在杀害——下一个被害人。

不久之后，阿米莉亚·萨克斯到了。进屋之后，她脱掉了外套，随后有人向丹尼斯·贝克引见了她。后者对她在案件调查中的工作表示了赞许，未婚的警官还补充说，萨克斯名声在外，他很看好她。贝克面带微笑，略显殷勤。对此，萨克斯只是回以一个职业性的礼貌握手礼。对于她来说，这一天的工作已经够她受的了，其他的事情实在不想应付。

莱姆向她简单地说明了他们目前为止在案件中所掌握的信息。

"线索太少了，"萨克斯喃喃道，"凶手很狡猾。"

"逮捕的嫌犯方面有什么发现吗？"贝克问。

萨克斯朝着门口点头示意："嫌犯马上就到。我们要问他话时，他发现我们靠近，转身就跑，但我觉得他不是凶手。我查了他的底，已婚，在一家投资公司做了五年经纪人，没有逮捕令，没有案底。我看他根本就扛不动那家伙。"萨克斯用下巴指了指屋内沉重的金属横梁。

这时，敲门声响起。

随后，萨克斯背后走进两个警官。二人中间是一位满脸不耐烦的男人，手上戴着手铐。此人名叫阿里·科布。三十多岁的年纪，容貌精致，带着些许商人的傲慢。他身形偏瘦，穿着一件做工考究的大衣，可能是羊绒材质的。衣服上沾染了一些外边街上的泥污，想来也许是逮捕过程中蹭上的。

"来吧，说说你的故事。"塞利托简单粗暴地问道。

"我都跟她说了。"科布神情冷淡地朝着萨克斯点了一下头，"昨天晚上，我经过柏树街，要去地铁站，有几张钱掉出来了。喏，就是那几张。"他用下巴指着桌子上的钞票和钱夹，"今天早上我才发现钱夹丢了，就沿路回去找。然后我看见好些警察围在那里。我也不知道是怎么回事，但不想惹祸上身。我是个经纪人，我的一些客户对于公众曝光十分敏感，这可能会影响我做生意的。"直到此时，他才仿佛意识到莱姆是坐在轮椅上的。他眨了眨眼睛，转移了视线，随后又恢复了一脸愤慨。

在对他身上的衣物进行了一番调查之后，并没有发现任何与已知线索相吻合的细沙、血迹或是其他痕迹。说明他与本案并无直接关联。虽然莱姆同萨克斯一样，也觉得此人并不是钟表匠，但是鉴于案情的重要性与特殊性，他要确保万无一失，于是下令说："提取他的指纹。"

库柏依言照做，并确认科布的指纹与钱夹上的指纹相符。车辆管理局的资料库显示，科布名下没有车，在打电话问询了他的信用卡公司之后，也确认了他近期没刷信用卡租过车。

"你的钱夹什么时候丢的？"塞利托问道。

科布交代说，他昨晚七点半左右下班，之后和朋友们小酌了几杯，九点钟的时候起身离开，步行去往地铁站。他记得他在柏树街上走着的时候，曾伸手掏出地铁卡。也许钱夹就是那时候掉出来的。他接着就走到了地铁站，然后便回家了，他家位于上东区，到家时差不多是晚上九点四十五分。妻子出差不在家，于是，他去了他家公寓附近的一个酒吧，一个人吃了点东西，凌晨一点左右回了家。

塞利托听了他的叙述，打了几个电话来确认他所说过程的真实性。先是科布所在办公楼的保安，证实了科布确实是在七点半离开了办公室，然后是一张信用卡消费记录，显示他在晚上九点左右曾在沃特街上的一家酒吧出现过，最后他家公寓楼里的门房和一个邻居证实了他确实是在凌晨一点左右回家的。所以，从时间上来看，他根本不可能在夜里九点十五分和凌晨一点之间绑架两个被害人，并分别在码头和小巷里完成复杂的谋杀。

塞利托说："我们现在正在调查一起性质严重的案件，案发地点就在你昨晚曾经过的柏树街巷口。你可曾注意到什么可疑的事情？"

"并没有，我什么都没看到，我发誓，我要是能帮上忙，一定会帮的。"

"你要清楚，凶手很可能会再次犯案。"

"我很抱歉，但我帮不上你们。"科布如是说，但语气里并无半分歉意，"而且我什么都没做，不过是被吓到了，所以才跑，这又没犯法。"

塞利托看了一眼押送他的警官："先带他到外面回避一下。"

警员将科布带出门后，贝克轻声嘟囔着："简直是浪费时间。"

萨克斯却摇头："我有种直觉，他肯定知道些什么。"

和萨克斯不同，莱姆对这种略带"人味儿"的调查依据向来持怀疑态度，比如证人、犯罪心理，还有那最最不靠谱的直觉。

"行吧，"莱姆说，"但我们怎么才能证实你的直觉呢？"

未等萨克斯回答，塞利托就说道："我倒是有个主意。"他敞开外套，露出了皱巴巴的衬衫，慢慢摸出了手机。

6

文森特·雷诺兹行走在SOHO区①一条寒冷的街道上。街道位于百老汇东侧,这里人迹罕至,路旁还有清冷的蓝色灯光。这里距离时髦的餐馆和品牌店尚有几个街区,现在,他正尾随在花房姑娘乔安娜身后五十米左右,这个女人很快就会变成自己的囊中物。

文森特的视线黏在前方女人的身上。此时,他正因饥饿、渴望和兴奋而备受煎熬。这感觉如此强烈,就像他刚遇见杰拉德·邓肯的那个晚上。后来的事实证明,他们的相遇是文森特人生中至关重要的一刻。

在莎莉·安妮的事件之后——那次他因为失控被捕——在那之后,他决心以后一定要更加小心。以后行动时会带上滑雪面罩,再不然就从背后袭击,这样她们就看不见自己。下次,他会记得戴安全套(这也能让他放缓节奏,总之是有必要戴的),也绝不会在自己住处附近动手。他会改变手法,更换地点,会更加小心地计划施暴过程,而且一旦有任何风吹草动,他就会及时抽身,绝不会再次冒险被捕。

当然,这些都是他的理论决心。而且最近几年,他确实越来越难以克制这难熬的饥饿。每当他无法抑制,冲动占据上风时,就算

---

① South of Houston,美国休斯敦大街南部,历史文化保护区和商业区。

是在大街上,他只要看到有年轻女子独行,就会想要不顾一切地占有她,并不在乎会被人们看见。

饥饿就是如此令他失控。

两周前,文森特在他常做兼职的办公室附近一家餐厅吃东西,当时他点了一块巧克力蛋糕和一听可乐。他一边吃着,一边偷偷打量着餐厅的女侍。他之前从未见过她,是个新来的。她长着一张小圆脸,身姿窈窕,金色卷发下双眸顾盼生姿。在她步履匆匆的行走间,文森特注意到了,女侍蓝色的紧身上衣领口开着两颗扣子,饥饿感瞬间爆发,席卷了他。

结账时,女侍递给他账单,并对他微笑,那一刻文森特决定,他必须得到这女孩。

他听到女孩对老板说要去小巷里抽根烟。文森特结了账便走出门去,他走到小巷口,往里望去。女孩果真在那里,穿着大衣,后背斜倚着墙,目光并没有看向文森特。当时天色已晚——他一般都选下午三点到夜里十一点的兼职时段——虽然街上不时会有一两个行人路过,但是巷子里空无一人。外面天气寒冷,地面的鹅卵石一定更冷,但文森特不介意,女孩儿的身体会温暖他的。

就在这时,他听到有人在他耳边低语:"等五分钟。"

文森特被吓了一跳,他转身环顾四周,才看见一个五十岁上下的男子。男人长着一张圆脸,但身材消瘦,神色镇定地看向文森特身后的小巷。

"你说什么?"

"你要等等。"

"你是什么人?"文森特并没有慌张,毕竟——他比眼前的中年男子高了两英寸,还比他重五十磅——但男人蓝得惊人的眼睛里有种令他恐惧的诡异。

"我是谁不重要。假装我们是朋友,继续和我讲话。"

"讲个鬼!"心跳加速,双手发抖,文森特实在受不了这诡异的气氛,转身欲走。

"等等。"男人再次轻声叫住了他,他的声音似能催眠般蛊惑人心。

文森特停住了脚步。

片刻后,文森特看见小巷里餐厅的后门开了,女孩走了过去,与门内的两个男人交谈着。其中一个男人穿着西装,另一个穿着警服。

"上帝啊。"文森特不由得轻声惊呼。

"这是个圈套,"文森特身后的中年男子说道,"那女孩是警察。这家店的老板经营餐厅以外犯了别的事,我猜他们这是在给老板下套。"

文森特迅速恢复了镇定:"所以呢?这跟我有什么关系?"

"如果你刚刚做了你脑袋里盘算的事,现在恐怕已经被铐走了,或者,被一枪毙命。"

"我脑袋里盘算的?"文森特状似无辜,反问对方,"我不知道你在说什么。"

陌生男子只是微笑,他瞥了一眼外面的街道:"你住在这儿吗?"

文森特愣了一下,回答说:"新泽西。"

"你在纽约上班?"

"对。"

"你对曼哈顿熟吗?"

"挺熟的。"

男人点了点头,上下打量着文森特。随后自我介绍说自己名叫杰拉德·邓肯,还说想和文森特找个地方好好聊聊。他们步行了三个街区,来到一家餐馆,邓肯点了一杯咖啡,文森特又点了一块蛋糕和一份苏打水。

他们漫无边际地聊着,聊了天气,谈论了城市预算,还有半夜的曼哈顿市中心。

终于,邓肯缓缓开口:"我有一个想法,你要是感兴趣的话,我希望你能帮我做事,也没什么其他要求,不过是不受法律约束。而且,你或许还有机会练习你的……'爱好'。"他说着,头偏向刚刚餐馆小巷的方向点了一下。

"什么工作,替你搜集七十年代的情景喜剧吗?"机灵鬼文森特开玩笑道。

邓肯再次微笑,文森特开始喜欢这个人了。

"你想要我做些什么?"

"我没怎么来过纽约,需要个熟门熟路的向导,最好是对这里的街道、交通、地铁、周遭环境都熟悉的,还有,他还得对警察办案手法有些了解。至于为什么,我以后会解释给你听的。"

嗯。

"你是干哪一行的?"文森特问。

"生意人,这没什么好纠结的。"

嗯。

文森特告诉自己应该起身离开,但邓肯所说的条件又十分诱人,他说可以有机会练习自己的"爱好"。对文森特来说,任何机会,即便需要冒些风险,只要能填饱饥饿,都是值得考虑的。他们又聊了半个小时,彼此了解了一下,也彼此隐瞒。邓肯说他的爱好是收集各种独特的钟表,并且会自己修理。他甚至自己制造过一些。

文森特吃完了今天的第四份甜点,然后问道:"你怎么知道那女人是警察?"

邓肯似乎是权衡了片刻,而后回答说:"我最近一直在餐馆跟踪一个男人,他当时坐在吧台尽头,穿了一身深色的西装,还记得吗?"

文森特点头。

"我已经盯了他一个月了,打算杀了他。"

文森特笑道:"你是在开玩笑。"

"我从不开玩笑。"

而后,文森特意识到,眼前这人说的都是真的。杰拉德·邓肯不机灵也不贪婪，他总是冷静而谨慎。那天晚上他说自己要杀掉餐厅里的那个男人——沃特之类的，他表情认真，言辞清晰。而之后，邓肯也确实如他所说那般，在码头甲板上割断了那男人的手腕，看着他血流满地，挣扎求生，直至最后掉进寒气森森的哈得孙河里。

钟表匠还告诉文森特，他要杀的人，城里还有。这其中也有一些女人。只要文森特保证动作快些，二十分钟，或是三十分钟以内能够完事，那么那些女人死后的尸体就可以随他折腾。作为交换，文森特得做他的向导，帮他搞清楚城里的路线和交通，还要帮他望风，必要时刻还得驾车跑路。

"那么，你觉得怎么样？"

"行吧。"文森特回答，虽然他心里早已是千万个愿意。

现在，文森特正尽心尽力地干着这份工作，跟梢邓肯的第三个目标：乔安娜·哈珀，他们的花房姑娘。这绰号是文森特取的。他眼见着女人取了钥匙，并由员工通道进入工作室，便也停下了脚步，斜靠着路灯等待，期间从口袋里拿出一颗糖果吃起来，透过灰暗的玻璃窥视着。

他的手碰到了腰间挂着的东西，那是他的猎刀。文森特看着窗内乔安娜模糊的身影，看着她开了灯，脱下外套，在工作室里走来走去。她现在是独自一人。

文森特的手不自觉地握住了猎刀柄。

他突然好奇，乔安娜的脸上会不会有雀斑呢？她的香水是什么味道的？她在疼痛时会发出怎样的呻吟？她会不会——

不，他不能想这些！他只是来踩点的，不能坏了规矩。他不能让杰拉德·邓肯失望。文森特深吸一口寒冷的空气，他应该耐心等待。

但接下来，乔安娜忽然走近了窗子。文森特得以更加清晰地看到她。哦，她可真漂亮。

文森特的手掌开始冒汗。当然，他也可以现在就把女人搞到手，完事之后把她捆好,再等着邓肯来做掉她。他们是朋友,他这么做,邓肯会理解的。这样一来他们都能得偿所愿。

毕竟,有些时候,你就是无法忍受。

这种饥渴令人失控。

下次一定要多穿些,出门的时候她到底在想什么?

三十岁左右的凯瑟琳·丹斯坐在一辆味道刺鼻的出租车里如是想道,她将双手靠近后排座椅的空调暖风口,但暖风却一点也不暖。至少,这暖风不算凉。她握紧双手,将涂有暗红色指甲油的手指藏进掌心,然后露出穿着黑色丝袜的膝盖,让它们也接触一下这至少不冻人的空气。

丹斯来自一个气温常年在七十五华氏度①的地方,在那里,要想让孩子们见见雪花乐一乐,你得驾车一直开到卡梅尔谷。她这次来纽约,是来参加一个研讨会,然而就算是在打包行李的最后几分钟里,她也没想起来,十二月份东海岸的纽约冷得像喜马拉雅山。

丹斯在寒冷里想着:上个月在墨西哥长的五磅体重(她那个月里哪儿也没去,只是坐在一个烟雾缭绕的屋子里,审问一个绑架案疑犯),估计是减不掉了。不过就算减不掉这几磅肉,至少这些脂肪能帮她御寒保暖。这不公平……她这样想着,裹紧了身上的薄外套。

凯瑟琳·丹斯是加州调查局一名特工,一般在蒙特利办公。她还是国内杰出的审讯专家和人体动作学专家——人体动作学,就是观察和分析证人和嫌犯肢体语言和语言行为的科学。丹斯来纽约的三天,就是给本地的执法部门工作人员进行人体动作学的培训。

人体动作学是警察工作中比较少见的专业,但对于凯瑟琳·丹斯来说,这门专业具有无与伦比的魅力,她对观察和分析人类行为

---

① 约二十摄氏度。

十分着迷,这项工作令她兴奋,同时也给她带来了困惑和挑战。

几十亿各色各样、在世间穿行的人,讲着或是美妙或是惊悚的奇异言论……而她,得以体会他们所感,惧怕于他们的恐惧,欣喜于他们的快乐。

大学毕业后,丹斯曾做过记者——没错,新闻业,一个为了满足漫无目的的贪婪好奇心而量身定制的专业。后来她开始固定在案件调查专栏工作,常常一连好几个小时坐在法庭上,看着律师、疑犯和陪审团们。在这一过程中,丹斯发现了自己的一项特殊能力:她可以看出证人说的话,哪句是真,哪句是假。她还能看出陪审团成员是无聊还是走神,气愤还是震惊,他们是否相信疑犯,还有哪位律师力不从心,又有哪位律师会大放异彩。

丹斯可以观察出哪些警察是全情投入地工作,哪些警察是在等待时机功成名就(前类警察中的某一位引起了丹斯的注意。那是一位在圣何塞的联邦调查局的外勤探员,名叫威廉·斯温森,头发有些过早地微霜。丹斯当时在跟踪报道一起黑帮案件,斯温森作为证人出席法庭,他言辞幽默,又潇洒迷人。事后,丹斯假借专访之名与他进行了接触。那次案件被告罪有应得地服了刑,而斯温森也"骗"到了丹斯与他约会。八个月后,二人步入了婚姻的殿堂)。

最终,凯瑟琳·丹斯对记者生活感到厌倦,决心跳槽,换一个职业做做。那段时间,她的生活甚为狂乱,她既要做一名母亲,照顾两个年幼的孩子,又要做一名妻子,同时,她还去读了研究生。即便如此,她还是顺利从加州大学圣克鲁兹分校毕业了,并取得了心理学和传播学两个硕士学位。她开了一家陪审团顾问事务所,主要工作就是帮助律师挑选陪审团成员。丹斯在这项工作上很有天赋,所以赚了不少钱。但六年前,她再次决定转行。在她辛勤的丈夫和父母(他们就住在卡梅尔)的支持下,丹斯再次返回了校园——位于萨克拉门托的加州调查局培训学院。

凯瑟琳·丹斯成了一名警察。

加州调查局并没有开设专门的人类动作学研究部门，所以在那里，丹斯只是一名普通探员，通常会调查一些凶杀案、绑架案、毒品案、恐怖袭击案之类的案子。不过，丹斯异于常人的天赋还是迅速传遍了整个执法部门。于是她变成了局里的访谈和审讯专家（丹斯对于这种工作安排也很满意，因为这样就可以不用去做卧底或是现场调查工作，她对这两项工作都不怎么感兴趣）。

丹斯看了一眼手表，盘算着这次自愿的任务会花去多少时间。她乘坐的航班是在下午，但她得空出足够的时间赶去肯尼迪机场。纽约的交通简直恐怖，比圣何塞的一〇一高速还可怕。无论如何她都不能错过航班，丹斯太想见到自己的孩子们了，而且她办公桌上的案件从来不会闹鬼般消失，只要一会儿不解决，它们就会越摞越高。

伴着刺耳的刹车声，出租车停了下来。

丹斯透过车窗眯眼打量着外面："这地址对吗？"

"这就是你给我的地址。"

"可这看起来也不像个警察局啊。"

司机抬头看了一眼面前古色古香的大楼："确实不像，一共六块七毛五。"

是，又不是，丹斯心里思忖着。

这里的确是个警察局，但又不是常规意义上的警察局。

朗·塞利托在大厅前与她打了招呼。这位警探前天曾在纽约警察局总部听了她"人体动作学"的讲座，也是他刚刚打电话给丹斯，请她帮忙调查一起连环凶杀案。塞利托在电话里给了她这里的地址，丹斯以为这里是警察分局。而且这里确实摆着各式各样的刑侦设备，数量之多、种类之全，都快赶上蒙特利加州调查局总部的实验室了。但是，这里无疑是一处私人住宅。

宅子的主人便是林肯·莱姆。

这一条塞利托也没有告诉丹斯。

丹斯对莱姆是有所耳闻的，这位四肢瘫痪却依旧坚守岗位的卓越警探在许多执法部门早已名声在外，但丹斯并不了解他本人的生活细节，也不了解他在纽约警察局的职务作用。时间久了，人们渐渐忘却了莱姆的身体状况；丹斯与人接触时，只有刻意研究对方肢体语言时，才会去关注其举止，一般情况下，丹斯都只注意到对方的眼睛。再者，丹斯在加州调查局里的一位同事也是坐在轮椅上的残疾人，所以见到轮椅上的莱姆，她并没有很意外。

塞利托将丹斯介绍给莱姆认识，还有一位身材高挑、有些严肃的女警——阿米莉亚·萨克斯。丹斯一眼就看出二人间超乎寻常的关系，这甚至不需要什么人体动作学分析，丹斯走进房间时就看到萨克斯的手握住莱姆的手，面带微笑地对莱姆耳语着什么。

萨克斯亲切地和她问好后，塞利托又介绍了其他几位警官给丹斯。

这时，丹斯听到肩头传来细微的声音，随即想起来，这是自己耳机里的声音，于是失笑，关掉了iPod播放器。这个播放器丹斯一直随身携带，对她来说，这近乎她的生命维持系统。

塞利托和萨克斯向丹斯简单地介绍了案情，这件案子显然是由莱姆负责的，虽然他似乎只是一个普通市民。

莱姆并没有参与他们的讨论，他一直盯着房间内一个巨大的白板，上面记录了案件目前阶段发现的证据。其他警官开始对丹斯补充案件调查过程中的一些细节，但丹斯却忍不住一直观察莱姆——后者一直皱眉盯着白板，嘴里不时地自言自语，摇着头，似乎是在怪罪自己忘掉了什么。偶尔，他会闭上眼睛，还曾对众人说过一两次对于案情的分析，但似乎并不在意丹斯的反应。

丹斯感到很有趣，她已经习惯人们对她的怀疑和误解，因为她看起来一点也不像一个警察。她身高一米六七，一头暗金色长发，绑着法式麻花辫，涂着淡紫色口红，脖子上还挂着iPod耳机，身上带着她妈妈手工制作的鲍鱼首饰，更别提她的独特癖好了——各种奇异的鞋子（当然她通常也不会做什么追捕逃犯的外勤工作）。

现在，显然，她理解林肯对她的怠慢。如同其他的刑侦专家一样，莱姆也许根本就不相信什么人体动作学和审讯技巧，他甚至是不希望自己来的。

至于丹斯，她承认实际证据的重要性，但那些对她来说是没有价值的，因为她感兴趣的永远是犯罪中人类行为的层面，尤其是用行为分析破解案情，那才是她的激情所在。

人体动作学对阵刑侦学……这下精彩了。

等着瞧吧，莱姆探长。

英俊又不耐烦的刑侦专家还是面带讽刺地盯着证据表，丹斯继续了解案件的细节，知道了这是一桩离奇的凶杀案，凶手自称钟表匠，用极其残忍的方式谋杀了被害人。但是丹斯并没有被吓到。她也曾调查过类似的血腥案件。再说了，她可是生活在加州，查尔斯·曼森[①]已经刷新了人们对邪恶恐怖的定义。

另一位纽约警察局的警官——丹尼斯·贝克说明了他们具体需要丹斯做的工作。他们掌握了一位目击证人，对方极有可能看到了什么，却不愿意透露。

"他说自己什么都没看见，"萨克斯补充道，"但我感觉，他在说谎。"

不得不说，丹斯其实是有些失望的，她原以为自己会对上一个嫌疑犯，没想到只是个目击者。丹斯更喜欢面对狡猾的罪犯，对方越狡猾，她就越有斗志。但是，审问目击者花费的时间相对更少，至少她不会赶不上飞机，也还不赖。

"我试试看吧。"丹斯回答道。她伸手从自己的蔻驰手包里拿出

[①]美国著名变态杀人狂。

一副淡粉色圆框眼镜，戴在了脸上。

萨克斯对她讲述了一些关于阿里·科布的信息。这位目击者不愿合作，萨克斯讲了他们目前根据口述整理出来的、科布昨天晚上的活动时间线，还有今天早上他的可疑表现。

丹斯一边听着，一边喝着咖啡，咖啡是莱姆的护工倒给她的，她还津津有味地吃了半个丹麦曲奇。

丹斯获得了所有的背景资料，开始整理思绪，而后对众人说："那么，我来说说我的看法，首先，我想简单介绍一下人体动作学理论，朗昨天在论坛听过我的讲座，但是在座的其他人可能对此还不甚了解。传统意义上的人体动作学是通过研究人的行为——也就是肢体语言——来了解他们的情感状态，从而判断对方是否在说谎。大多数人，包括我在内，都在用人体动作学来泛指所有形式的沟通——不仅仅是肢体语言，还包括口语评论和书面声明。

"这次问话，我会先对目击者做一个基础测评——主要是为了看他说真话时的表现，我会问一些我们已知的真实信息，像是他的名字、住址、工作之类的。我会注意观察他的举止、姿态、措辞和所说的实质内容。

"一旦我掌握了他的真实反应基准，就会开始提出更多的问题，一旦问题深入，他开始紧张，并觉得有压力，那么就说明他在说谎，或是对当前的话题十分敏感。直到那时，我所做的还都是'访谈阶段'，如果我发现他在说谎，就会进入'审讯阶段'。我会一点点消磨他的谎言，用一系列的审讯技巧让他说出真相。"

"很好。"贝克说道。虽然莱姆才是案件的负责人，但是看起来这位丹尼斯·贝克应该是由总部派来的。他表情有些忧虑，不像莱姆那样只关心案情，他要考虑的还有政治层面的东西。

"你们有案发现场区域的地图吧？"丹斯问，"我得知道案件的地理位置，附近的地形和周边区域，知道这些才能更高效地审问，也就是说，我们得知道受审对象的活动范围。"

朗·塞利托突然笑了起来，丹斯微笑回应，表示不解。朗解释说："莱姆曾说过一样的话，不过是说刑侦学，'如果不知道现场的地形状况，就如同在真空调查'，对吧，莱姆？"

"抱歉，你说什么？"刑侦专家反问。

"活动范围，你的调查理论？"

"啊。"莱姆礼貌地微笑着，说着丹斯儿子常挂在嘴边的那句"随便吧"。

丹斯查看了曼哈顿市中心的地图，记住犯罪现场周围的一些细节，还有阿里·科布昨天下班后的活动轨迹，萨克斯和另一名叫普拉斯基的巡警在一旁帮她在地图上指出位置。

终于，丹斯觉得自己已经掌握了所需的信息："好了，上工吧，他人在哪儿？"

"在大厅对面的一个房间里。"

"把他带进来。"

7

不多时，一个纽约警方的巡警将一个男人领了进来。男人身材瘦小，穿着昂贵的西装，一副整洁的商务人士打扮。丹斯并不知道他是否真的被逮捕过，但从他摸索自己手腕的样子中可以看出，他最近戴过手铐。

丹斯先跟他打了招呼，对方明显情绪紧绷，隐约有些发怒。丹斯示意他坐下，自己坐在了他的对面——他们中间什么都没有——丹斯又向前拉了一下自己的椅子，让两人之间的距离达到空间上的中立，这是一个心理学术语，用来描述访谈双方之间的合理距离。这个距离可以调整，从而给访谈对象施压或是减压。丹斯不会离对方太近，那样会让对方觉得自己有侵略性，也不会离得太远，这样对方就会觉得安全而没有紧张感。（用她讲课时的话说，就是："你要试着在边缘慢慢试探。"）

"科布先生，我叫凯瑟琳·丹斯，是一名执法人员，我想和你谈谈你昨天晚上看到的事。"

"这简直是荒唐，我已经告诉他们了。"科布朝着莱姆的方向点头说，"我已经交代了我看到的一切。"

"怎么说呢，不太巧，我刚到这儿，他们听过了，但是我还没有。"

丹斯开始记录科布的反应，她问了一系列简单的问题，科布的住所、从事什么工作、可曾入伍等。通过这些问题,她得到了科布在常规压力下的一些基本反应。丹斯仔细地听着他的回答。("在访谈中,观察和倾听是最重要的两项,讲话,是最后一项。")

审问者的首要工作之一就是先确定受访对象的性格类型——是内向型还是外向型。这些性格类型并非人们所想的那么简单,远远不是吵闹或羞怯这样简单区分的。二者的区别在于人们做决定时的表现。内向型的人往往依靠直觉和主观情感来做决定;外向型的人则依靠逻辑和理性分析做决定。确定对方的性格类型有助于审问者有针对性地设计问题,选择合适的语调和态度进行对话。比如,对待内向型的人,采取单刀直入的粗暴方式,他们就会退缩,进入自我保护状态。

阿里·科布显然是一个典型的外向型人格。并且为人自大,对待这样的人就不需要小心翼翼了。这也是凯瑟琳·丹斯个人最喜欢的一种受访者类型。盘问他们时,她可以放手施为,审个过瘾。

科布突然打断了丹斯的问题:"你们把我关得太久了,我还得上班呢。那个人身上发生的事又不是我的错。"

丹斯礼貌而官方地说:"哦,这并不是谁的错误的问题……现在,我们谈谈昨天晚上发生的事情吧。"

"你不信我说的话,你觉得我是个骗子。案子发生的时候我根本就不在场。"

"我可没说你在撒谎。只是,或许你昨天晚上看到了什么,可能你觉得不重要,但也许能帮上我们的忙。我现在带你回顾一下昨天晚上的事,你再仔细想想,也许会想起一些什么。"

"好吧,但是我真的什么都没看见,我就是把钱夹掉在那里了,就这些。我一个不小心掉了钱夹,现在都成了局里的大案子,这简直是胡扯。"

"只是回顾一下昨晚的事情,我们慢慢来。那么,你当时正在办公室工作,工作的地点在哈兹菲尔德大厦里,萨塔菲尔德兄弟投资的公司。"

"是的。"

"一整天都在那儿?"

"对。"

"你是几点下班的?"

"七点半,稍早一点。"

"下班之后,你做了什么?"

"我去了汉诺威酒吧,喝了几杯。"

"汉诺威在沃特街上。"丹斯说道。审讯中,要让受访者对你所掌握的信息有所顾虑,让他们自己猜测你知道多少。

"是的,那天晚上大家喝马丁尼,唱卡拉OK。他们管那个叫'马丁尼欢唱夜'。"

"听起来不错。"

"我们一群人在那儿一起喝酒。有很多人,我的一些朋友,很亲密的朋友,都在那儿。"

丹斯注意到了科布的肢体语言,他要补充更多的信息——也许科布是想让自己问问他提到的那些朋友的名字。这种很急切地想要拿出不在场证明的表现,通常暗示着其中有问题——受审对象往往以为这类信息对自己有好处,而且警方很有可能懒得去核实,或者他认为警察们会很蠢地相信,如果他晚上八点在酒吧喝酒,那么七点半的抢劫就和他没关系。

"你几点离开那儿的?"

"九点左右吧。"

"然后你就回家了?"

"是的。"

"你回了上城区。"

科布点头。

"开豪华轿车回家?"

"对，豪华轿车，"他语带讽刺地说，"当然不是，我坐地铁回去的。"

"在哪一站上的车？"

"华尔街。"

"你步行到华尔街？"

"是的。"

"怎么走过去的？"

"十分小心地走过去的，"他笑着，"路面上都是冰。"

丹斯也微笑："走的哪条路线？"

"我沿着华尔街走，然后进入柏树街，走到柏树街和百老汇大街交会处，又向南走。"

"你就是在那时丢了钱夹，在柏树街上。你的钱夹是怎么丢的？"丹斯的语气和问题都没有任何威胁意味。所以科布也放松下来，态度不再那么尖锐。丹斯微笑，用低沉而温和的语气安抚着他。

"我记不太清了，应该是我从口袋里掏地铁卡的时候掉出来的。"

"一共多少钱来着？"

"三百多。"

"啊，可真不少……"

"是啊，真不少。"

丹斯用下巴指了指桌上证物袋里的钱："钱是新取的吧，丢得可真不是时候，是吧？刚取出来就丢了。"

"是啊。"他苦笑。

"你到地铁站时候，几点了？"

"九点半。"

"你确定吗？不应该更晚一点儿吗？"

"我确定。在月台等车时，我看了表。准确来说，应该是九点三十五分。"他再次低头看了一眼自己手腕上的劳力士金表。估计是暗示，这么贵重的表，显示的时间无疑是准确的。

"然后呢?"

"然后我就回家了,在我家公寓附近的一家酒吧吃了晚饭,我妻子出差不在家。她是个律师,负责企业融资方面的案子。她是公司合伙人。"

"我们再回来看看柏树街。街上当时有路灯吗?街边的住宅里有人吗?"

"没有,那里是办公区和商业区,没有住户。"

"没有餐馆吗?"

"有几家,但都只在午餐时间营业。"

"有建筑工地吗?"

"街南面有一个大楼正在翻新。"

"当时人行道上有人吗?"

"没有。"

"有没有开得很慢的车,很可疑的那种?"

"没有。"科布回答。

丹斯能够隐约感觉到,屋内的其他警官正看着她和科布。和大多数人一样,他们都有些心焦地等待着,等着审讯对象最后的坦白时刻,丹斯无视了他们。在她的审讯过程中,除了她和她的审讯对象,其他人都不存在。她正处在自己的世界里——用她儿子韦斯的话来说,丹斯已经进入了"华境"(丹斯的儿子是家里的运动员)。

丹斯看了看自己记下的笔记。然后合上了笔记本,从包里拿出了另外一副眼镜换上,好像结束了阅读的人换上远视眼镜。两副眼镜的度数是一样的,不过款式不同,之前的那副镜片又圆又大,镜框颜色鲜艳,丹斯现在戴着的眼镜则不同,这副眼镜镜片狭窄,是黑色金属镜框。让她看起来更加严肃且有侵略性。丹斯给自己的这副眼镜起名"终结者眼镜"。她身体略向前靠,科布将腿交叉了起来。

丹斯用一种明显尖锐的声音问道:"阿里,那些钱到底是从哪儿来的?"

"从——"

"钱?你根本不是从提款机里取出来的。"在刚才的问询中,丹斯注意到,在提到那笔钱时,科布的反应出现了异常,他紧紧盯着她的眼睛,但是眼皮却有些低垂,改变了呼吸的频率。这些都与他基准压力下的反应大为不同。

"我就是从提款机里取的。"他反驳道。

"哪家银行?"

科布愣了一下,说道:"这种信息我没必要告诉你。"

"但是我们能开传票调查你的银行记录,而且,在我们调查出来之前就得一直拘留你,这大概得花上一两天时间吧。"

"我他妈的真的是在提款机取的钱!"

"我问你的不是那笔钱。我问的是你钱夹里的现金,是从哪儿来的?"

科布的目光垂了下去。

"你没跟我说实话,阿里,你这样会给自己惹上大麻烦的,好,我再问一次,那些钱哪儿来的?"

"我不知道,有一些可能是我从公司的小额账户里取的。"

"是你昨天取的?"

"我想是吧。"

"取了多少?"

"我——"

"我们也可以去调查你客户的账户。"

丹斯的话吓到了他,于是立刻回答说:"一千美金。"

"剩下的呢?钱夹里有三百四十美金,剩下的钱在哪儿?"

他沉默了一会儿:"我放了一些在家里。"

"家里?你妻子出差回来了吗?她能证明你说的话吗?"

"她不在家。"

"那我们就派人去你家找,说吧,你把钱放在哪儿了?"

"我忘了。"

"六百多美金,你忘了?这么一大笔钱,你怎么可能忘记放在哪儿了。"

"我不知道,我不懂你在说什么。"

丹斯再次靠近他,进入了空间上更具威胁性的距离:"你在柏树街究竟做了什么?"

"我从那儿去地铁站啊。"

丹斯抓过一旁的曼哈顿地图。"汉诺威酒吧在这里。地铁站,在这里。"她一边说着,一边用手指大力点着地图上的位置,发出刺耳的响声,"你若是想从汉诺威走到华尔街地铁站,根本就不可能走柏树街。你为什么走了柏树街这条路?"

"我想多走几步锻炼一下,消化一下肚子里的酒精和鸡翅。"

"在气温那么低的户外,在结冰的人行道上锻炼?你总在柏树街锻炼吗?"

"不,就昨晚,碰巧而已。"

"如果你不是总去柏树街,那么你告诉我,为什么你对那条街这么熟悉?你怎么知道那里没有住户?还知道餐馆的营业时间,甚至是翻新的建筑工程?"

"我就是知道,你问这些到底是要干什么?"科布的额头开始冒汗。

"你丢钱夹的时候,是摘下手套去掏的地铁卡吗?"

"我不知道。"

"我想你应该是摘了,戴着厚手套是没办法把手伸进口袋的。"

"好吧,"他呛声说,"你无所不知,你说是就是吧。"

"当时气温那么低,为什么,你还没到地铁站,就提前十分钟在外面拿出了地铁卡?"

"你不能这样说。"

丹斯用一种坚定而低沉的声音说:"而且,你不是在站台上看的时间,对不对?"

"不,我看了时间,时间是九点三十五分。"

"你没有。你才不会在地铁站台上把一块五千美金的手表露出来。"

"够了,到此为止。我什么都不会说了。"

当审讯者正面对峙一个说谎的审讯对象时,对方会承受很大的压力,进而会通过多种方式来逃避这种压力。丹斯称这些反应为真相障碍。最具破坏性也最难克服的障碍是愤怒,其次是沮丧消沉,再次是否认抵赖,最后是讨价还价。审讯者的工作就是要判断出审讯对象处于哪种状态,并设法将其消除——包括随之而来的其他负面情绪——直至最后受审对象达到面对现实阶段,也就是坦白阶段,那时,受审者才会说实话。

丹斯判断,科布虽然表现出了一些愤怒,但他还处于否定阶段。像他这样的受审者会很快开始找借口,说自己记错了,或者怪罪审讯者曲解了自己的意思。对付否定状态的受审者最有效的办法,就是丹斯刚才的做法,也就是大家所说的"用事实说话"。面对一个外向型受审对象,要针对他们谎言中的矛盾和薄弱之处连续出击,直至他们辩无可辩,放弃抵抗。

"阿里,你七点半下班,然后去了汉诺威酒吧,这些我们都知道。你在那儿待了一个半小时左右。然后,你出了酒吧,走了两个街区,来到柏树街。你之所以对柏树街那么熟悉,是因为你常去那条街上召妓。昨天晚上,九点到九点半,有个女人把车停在了那条巷子附近。你和她谈好了价钱,付了她现金,然后钻进了她的车里。十点十五分左右,你从车上下来。你就是在那时把钱夹掉在了路边,可能是因为掏手机看看你妻子有没有给你打电话,或者是掏点零钱给那女人当小费。就在这个时候,凶手把被害人拖进了小巷,你看见了一些东西,你看见什么了?"

"我没……"

"你有。"丹斯平静地说,接着她沉默地紧盯着科布,不再说话。

终于,科布垂下了头,放开了交叉的双腿,嘴唇颤抖着。他并没有开始坦白,但丹斯将他带到了压力反应的下一个阶段——由否认到讨价还价。现在,丹斯要改变策略。她既要表现出同情还要给他留些颜面。因为,如果不给这一阶段的受审者留一些尊严,或是逃避最坏结果的出路,即使是最配合的受审者,也会继续说谎,或是闭口不言。

丹斯摘下了眼镜,身子后靠,倚在椅背上:"你看,阿里,我们并不是要毁了你的生活。你当时害怕了,这很正常,可以理解。但是我们要找的这个人,是一个极其险恶的罪犯。他已经杀了两个人,而且还有可能继续杀人。如果你帮我们找到他,你今天在这里说的话除了我们谁都不用知道,也没有法院传单,你的老板,你的妻子,都不会知道。"

丹斯看向贝克探长,探长立刻说:"没错。"

科布叹气,眼睛看着地板,嘴里嘟囔着:"妈的,就为了三百美金,我今天早上为什么要回去?"

因为你又贪又蠢啊……凯瑟琳·丹斯心里想着,但还是好言宽慰了科布:"人非圣贤,孰能无过。"

科布犹豫了一会儿,终于,他再次叹气,开口道:"其实,我并没有看到多少——在小巷那里,说出来你们也许不信。我真的没看到什么,一个人都没看见。"

"只要你说实话,我们就信你。说吧。"

"那时候大概是十点半,就在我从那个……女孩儿车上下来不久之后,我开始往地铁站走。你说得没错,我从口袋里掏出手机,看新的信息。我想,就是那时候,钱夹掉了出来,就在那个巷子口。我往巷子里看了看,看见巷子尽头亮着汽车尾灯。"

"什么样的车?"萨克斯问。

"我没看见车,只看到了尾灯,我发誓。"

丹斯相信他所说的,她对萨克斯点了一下头。

"等一下,"莱姆突然出声问道,"你说在巷子尽头?"

原来刑侦专家也一直在听丹斯的审讯。

"对,在巷子的尽头。然后倒车灯亮了,车子开始朝我的方向倒了出来。司机开得很快,所以我快步向前走,然后我听到了刹车声,他停下车,熄了引擎。司机还在巷子里,我继续向前走着。然后我听到了关车门的声音,然后是一种很重的金属落在地上的声音。就这些,我什么人都没看见。我当时只是路过那个巷子口,真的。"

莱姆看向丹斯,后者对他点了点头,表示科布没有说谎。

"说说那个女孩儿,描述一下她的样子,"丹尼斯·贝克说,"我也要和她聊聊。"

科布立刻回答道:"三十岁左右,黑人,黑色卷发,开的好像是一辆本田车,我没看见车牌照。她长得很漂亮。"他加上了这句评价,似乎是在为自己的浪荡做辩解。

"她叫什么名字?"

科普再次叹气:"蒂芙尼。两个字母e,不是y结尾。"

莱姆轻笑:"打电话给召妓热线,问问他们有哪些姑娘常在柏树街活动。"这句话是对那位瘦弱又秃顶的助理库柏说的。

丹斯又问了科布一些别的问题,然后点头,看向朗·塞利托,并说道:"我觉得科布先生已经把知道的全都告诉我们了。"她诚恳地对面前的人说道,"感谢您的配合。"

科布眨了眨眼,面对这句感谢有些尴尬。但凯瑟琳·丹斯一点挖苦他的意思都没有,她从来不会将受讯者的不逊之言或怒气放在心上(即便还有人对她吐口水,甚至是扔东西)。一位人体动作学审讯者必须要记住,他的敌人从来不是受审者,而是那些受审者制造的真相障碍,而有些障碍,甚至是受审者无意间设置的。

塞利托、贝克和萨克斯讨论了几分钟,最终决定释放这位商人,并不予以起诉。男人心有余悸地离开了,临走前用一种奇怪的眼神看了一眼丹斯。后者对这种眼神十分熟悉,那其中既有几分赞叹,也有几分厌恶,还有几分痛恨。

科布离开后,莱姆看着小巷凶杀现场的图表,说道:"这很奇怪。出于某种原因,凶手不想把被害人放在巷子深处,于是将车倒回,选择了离人行道十五英尺的地方……很有意思的做法,但是对我们破案有帮助吗?"

萨克斯点头说:"你知道的,也许真的有帮助。巷子的尽头没有落雪,所以那里可能没有撒盐。我们也许能在那儿找找脚印或者轮胎印。"

莱姆打了一个电话——当然是用那个令人赞叹的语音识别程序——派了一些警员回到小巷进行调查。不多时,警员那里打来了电话,报告说他们在巷子尽头发现了一些清晰的轮胎印,还有一些褐色的纤维,这些纤维与被害人鞋子和手表上的纤维一致。他们将现场的照片上传到了莱姆这里,还有一份汽车轮距信息。

尽管丹斯对犯罪现场调查不是很感兴趣,但她却被眼前这对有趣的组合吸引了。莱姆和萨克斯组成了极具洞察力的团队。十分钟后,技术专家梅尔·库柏在电脑屏幕前抬起头说:"根据现场发现的汽车轮距和这种特殊的褐色纤维来看,凶手驾驶的应该是一辆福特'探路者',但不是新车,车龄有两三年了。"

"很有可能是三年。"莱姆说道。

他为什么这样说呢?丹斯不明白。

萨克斯看到丹斯脸上的不解,于是解释说:"科布说听到了尖锐的刹车声。"

啊,原来是这样。

塞利托转过脸对丹斯说:"你做得很棒,凯瑟琳,成功击破了他。"

萨克斯问:"你是怎么做到的?"

丹斯解释了她采用的策略:"我是故意引他上钩的。我回顾了他的证词——下班后去酒吧喝酒、然后赶地铁、取现金、掉钱夹、路过小巷,串联所有事件的时间和地理位置。我对比了他每个阶段的抗压反应。只有提到现金时,他表现得尤为敏感。那么他到底花钱做了什么不该做的事?像他这样一个外向又有些自恋的商人,我想这钱要么用在毒品上,要么用在了召妓上。但一个华尔街的经纪人是不会在大街上买毒品的,他肯定有自己的渠道,那就只剩下召妓了,很简单。"

"这招可真妙啊,是不是,林肯?"库柏赞叹地询问莱姆。

接着,丹斯便惊喜地发现,眼前这位高位截瘫的刑侦专家居然还能做出耸肩的肢体表达。莱姆含糊地答道:"是挺管用的,但这些证据我们现场调查也能发现,只不过是多花一些时间罢了。"他的目光再次回到了白板上。

"你就承认吧,林肯,要不是靠丹斯,我们不会知道凶手开的什么车。"塞利托又转头对丹斯说,"他不是针对你,他只是从来不太相信目击者的话。"

莱姆转过头来,皱眉看着塞利托:"朗,我们不是在比赛,我们的目的只有一个,那就是找出真相,而我的经验就是实际证物比目击者证词要可靠得多。就是这样,并不是在针对谁。"

丹斯点头:"你这么说,还真有趣。我在讲座中也说过同样的话:警察的主要任务不是把坏人抓进监狱,而是还原真相。"说着,她也耸了耸肩,"我们在加州刚刚结了一个案子——一个死刑犯,在行刑的前一天获判无罪。这都是因为我的一个朋友,他是一名私家侦探。他花了三年时间调查这个案子的真相,因为他不相信这个案子像表面上看起来的那么简单。于是,还有十三个小时就要面临死刑的犯人,最后被证明是无辜的。如果我的这位朋友没有一直坚持寻找真相,那么犯人可能已经冤死了。"

莱姆说:"我知道怎么回事了,被告是清白的,但目击者做了伪证,最后是DNA检测为他洗刷了罪名,对不对?"

丹斯回答说:"不对,事实上那起凶杀案里并没有目击证人。是凶手伪造了证据,陷害了当事人。"

"原来是这样。"塞利托说着,与阿米莉亚·萨克斯相视一笑。莱姆冷冷地看了他俩一眼。"好吧,"他对丹斯说,"很幸运,事情进展顺利……现在我得继续工作了。"说着,他又继续盯着眼前的白板看了起来。

丹斯与他们告别后,穿上了外套,朗·塞利托将她送出了门。丹斯走在路边,再次戴上耳机,打开了播放器。这个特殊的播放列表歌曲很杂,有民谣、爱尔兰音乐和一些超棒的滚石乐队大热曲目(有一次,丹斯和朋友们去看滚石的演唱会,她还应朋友的要求,对米克·贾格尔和基思·理查兹做了一点人体动作学分析)。

丹斯走到路边,挥手拦下了一辆出租车,也就是这时,一种奇怪的感觉在她心头一闪而逝。她有些遗憾,她才参与钟表匠的案子这么一会儿,就结束了。

乔安娜·哈珀心情不错。

这位三十二岁的女人面容俏丽,她在SOHO区开了一家零售花店。在花店东面,几个街区之外,是她的工作室,现在她正和她的鲜花朋友们在一起。

她的鲜花朋友们:玫瑰、兰花、凤尾花、百合、褐尾蕉、花烛、紫花山姜。

这间工作室在一层,曾经是一个库房,所以面积很大。这里密封得不是很好,有些冷。她给很多房间做了遮光处理,便于保护花卉。这地方也许不完美,但是她很喜欢。这里有些湿冷的空气,略昏暗的灯光,空气中丁香花和花肥的味道都令人安心。她身处曼哈顿中心,却似乎又在丛林深处。

乔安娜又往身前的陶瓷花瓶里填了一些营养土。

她心情愉悦。

因为最近她花了很多心思设计的项目盈利不少,还因为她昨晚的约会对象又联系了她。

凯文,可爱的凯文。凯文知道曼陀罗需要更精心的排水养育才能长得茂盛,红景天会开遍整个九月。他还知道多恩·克兰德农在一九六九年打出了三个本垒打,那场比赛,纽约大都会打败了巴尔的摩队(乔安娜的父亲还用他的柯达相机录下了其中两个本垒打)。

凯文是个英俊的男人,他笑容迷人,还有一个酒窝。而且,他没有纠缠不清的情史,也没有混乱不堪的现任。

还有比这更令人雀跃的事吗?

一个影子在窗前掠过。乔安娜抬头看去,却什么都没有看见。她所在的工作室位于泉水街东,这里略为萧条,也很少有行人经过。她仔细地瞧了瞧窗外,但是看不清楚,早就该让雷蒙把窗玻璃擦干净了,这下只有等天气回暖才能擦了。

乔安娜再次低头摆弄着花瓶插花,思绪再次绕到了凯文身上,他们之间有可能吗?

也许有。

也许没有。

其实,这也没那么重要(好吧,她承认,有没有好结果当然非常重要,但是一个三十二岁"高龄"的大龄都市剩女必须接受各种结果,如果事情不尽如人意,她也没办法),重要的是,她和凯文在一起时很开心。离婚后的这几年,她已经在曼哈顿见识了各种奇葩的约会对象,也该她碰到一个令人称心的男人了。

乔安娜·哈珀正如电视剧《欲望都市》中的红发女主角一样,她在十年前来到纽约,梦想着成为一个了不起的画家,她会住在东村临街的高级公寓里,她的画作会在翠贝卡画廊出售。但她的艺术生涯并不似想象的美好。纽约的艺术界很难混,她的门路太少,现实令她备受打击，艺术界并不如艺术本身那么梦幻。在这一行，要么一鸣惊人，要么就四处碰壁，不是经历各种肮脏的交易，就是一夜暴富。乔安娜放弃了艺术创作，转而去做了一段时间平面设计，但是这项工作依旧不能令她满意。后来，她一时兴起，应聘了一家在翠贝卡画廊的室内景观公司。这份工作让她如鱼得水般地热爱。她心里决定，就算要忍饥挨饿，也要做自己喜欢的工作。

最好笑的就是，她后来做得十分成功。几年前还开起了自己的公司。现在，除了在百老汇大街上的零售花店，她还在泉水街建立了这家商务工作室，工作室为一些公司和机构提供鲜花，还会负责一些大型的会议和仪式，以及一些特别活动的鲜花布置工作。

乔安娜继续向花瓶中添入花土和绿肥，还有桉树油和一些碎石块——最后才插入鲜花。她在冰凉的椅子上冷得微微打战。她在昏暗中瞥了一眼工作室墙上的时钟，看来不用等太久了，凯文今天要在城里送几趟货。今天早上他打了电话过来，说他下午有空会到花店去，还说如果乔安娜没在忙什么事，他们可以一起出去喝杯咖啡。

刚刚约会的第二天就约她喝咖啡？这就说明啊——

又一道影子落在了窗户上。

乔安娜快速抬头望去，一个人都没有。她开始感觉有些不安，她的目光又看向了前门，这个门她很少用，门口堆满了纸箱。这门应该是锁着的吧……锁了吗？

乔安娜眯着眼睛看了看，但因为视线正迎着晃眼的阳光，所以还是看不清楚。于是，她站起身，绕过了工作台去查看。

她试着拉了拉门上的插销。嗯，是锁着的。她抬起头来，突然倒吸了一口气。

在门外的人行道上，离她很近的地方，有一个又高又壮的男人正盯着她。男人身体向前探着，正通过窗子往里看，他戴了一副老式的飞行员墨镜，反光的镜片遮住了眼睛，头上还戴了一顶棒球帽，穿着一件奶白色的防风大衣。因为门窗上玻璃的反光，或是窗上的污渍,他并没有发现乔安娜就站在他面前。

乔安娜僵住了。的确也有人往店里窥视过,不过都是出于好奇,想看看这是什么地方而已,但眼前这人的姿势表明他并不是一时好奇,他在这里徘徊的行为让乔安娜非常不安。工作室前门的窗子安的并不是防盗玻璃。任何人都能用一把锤子或是砖头破窗而入。再加上此地萧条,鲜有人经过,若是真有人在这里行凶,那真是叫天天不应,叫地地不灵。

乔安娜悄声退了几步。

就在这时,也许是那人的眼睛已经适应了光线,或是视线终于穿过了一块干净的玻璃,他也看见了乔安娜。他似乎吃了一惊,身体迅速向后闪了一下。男人似乎在考虑着什么,而后转身离去,消失不见了。

乔安娜向前走了几步,将脸贴近窗户一块干净的玻璃,想看看那人去哪儿了。男人鬼鬼祟祟的样子让她开始后怕,那人刚刚就站在外面,戴着墨镜,探头探脑地窥视着,双手藏在衣服口袋里。

乔安娜将花瓶挪到一边,再次看向外面,但街上已经没有那人的身影了。也看不出他去了哪里,但她依然有些害怕,决定还是先离开这里,去花店和店员们核对一下早上的订单,在那里等凯文过来。打定主意之后,她穿上了外套,犹豫片刻之后,还是选择不去冒险走前门,由安全通道出去。乔安娜走到了街上,四处看了看,没发现刚才那人的影子。她迈步走进了耀眼的阳光中,开始朝着百老汇大街的方向走去。明亮得有些炙热的阳光让她有些目眩,她立刻反应过来,这种情况下她根本看不清楚。这个念头出现的同时,乔安娜便停下了脚步。她不想再向前走了,因为走这条路去百老汇大街,还要经过一个小巷,那个男人会不会就躲在那里?他是不是正藏在哪里等她呢?

乔安娜决定往反方向走,她转身朝东走去。她可以从王子街绕道去百老汇。东面的王子街上行人更少,但是她不会路过任何小巷,一条大路走到底。这样想着，乔安娜裹紧了身上的外套，低头快步走着。很快，那个高壮男人的阴影渐渐消失在脑海里，她又一次想起了凯文。

丹尼斯·贝克去市中心汇报了当前的案件进展，调查组的其他人依旧在反复研究证据。

传真机铃声响起，莱姆闻声热切地转过头看去，希望能收到一些有用的资料，但传真却是发给阿米莉亚·萨克斯的。萨克斯认真地看着文件，全神贯注，恨不得把脸贴在纸上，莱姆见她这副神情，十分明了，此时她就像是一条在追狐狸的猎犬。

"上面都说了些什么？萨克斯？"

萨克斯摇头："是些证据化验的结果，我在本杰明·克莱里位于韦斯特切斯特的别墅里找到的证据，找到了一些指纹，但是在全美的指纹自动识别系统里找不到匹配。壁炉用具和克莱里的办公桌上有一些皮革痕迹，谁会戴着手套开抽屉呢？"

当然，现在还没有手套痕迹数据库，但是如果萨克斯可以从一个嫌疑犯那里找到一副手套，和别墅里的痕迹相吻合，那这个痕迹也可以作为证据，效果就跟一枚清晰的指纹一样。

萨克斯继续看着文件："至于我在火炉前发现的泥巴，检查发现，它跟克莱里家院子里的泥土不一样，具有更强的酸性，而且存在更多的污染物。更像是来自某个工业区。"她继续说道："火炉前还有燃烧过的可卡因残留成分。"说到这儿，萨克斯对莱姆自嘲地笑着说："我负责的第一起谋杀案，要是死者居然也不那么干净，可就真是时运不济了。"

莱姆耸了耸肩："不管被害人是个修女还是瘾君子，谋杀就是谋杀，你还发现什么了？"

"我在壁炉里找到了一些灰烬，技术组没办法还原文件，但是他们找到了这个。"她举起一张财务记录的照片，看起来像是一些电子表格或是分类账册，上面显示的账目金额加起来有上百万美金。"他们还在上面发现了一个公司标志，或是组织印章之类的东西，技术组正在调查相关的信息，现在已经把这个账目交给刑侦组会计人员调查了，看看这到底是什么账目。他们还发现了一个日历，上面还有一些行程安排，比如给车换油，还有理发预约，顺便说一句，这根本不像是一个打算在一周之内自杀的人会安排的事情吧……而在他死亡的前一天，根据复原日历上的安排，他去了圣詹姆斯酒吧。"她指了指手中的纸张，正是从那个日历上撕下来的一页。

南希·辛普森随日历附加了一条留言，说明了圣詹姆斯是什么地方："那是一个位于第九大道东区的酒吧，周围环境杂乱不堪。试想一个腰缠万贯的会计师怎么会去那种地方呢？这里一定有猫腻。"

"不一定。"

萨克斯给莱姆使了一个眼色，随后走到了房间的角落。莱姆明白她的意思，也驱使轮椅跟着她来到了屋角。

萨克斯在莱姆身侧蹲下。莱姆在一瞬间以为她会握住自己的手（自打他的右手手腕和手指恢复了一些知觉后，牵手对他们来说就变得格外重要）。他们一直讲工作与个人生活要分开对待，而现在，萨克斯表现得十分专业。

"莱姆。"萨克斯轻声唤道。

"我知道你要说什么——"

"你先听我把话说完。"

莱姆勉强地闭上了嘴。

"我不能放弃这个案子，我要调查下去。"

"那也得分个轻重缓急。你的案子远没有钟表匠的案子重要，萨克斯。克莱里的案子，就说他是被谋杀的，凶手也不太可能是个连环杀手，但钟表匠是。所以必须把他的案子放在首要位置。等我们抓住了钟表匠，克莱里案子的线索还是能捡起来继续调查的。"

萨克斯摇头："我觉得没那么简单，莱姆。我已经开始了，并且四处询问关于案子的事情。你知道的，一旦我正在调查这件案子的事情被传出去，证据就会被埋没，而凶手也会闻风而逃。"

"但钟表匠也可能正在外面寻找目标，甚至正在杀人……还有，相信我，如果他又开始作案，而我们把事情搞砸了，没能破案，我们就有大麻烦了。贝克告诉我说，这是来自最高层的查案指令。"

命令不容更改……

"我不会把事情搞砸的。若是再有现场调查的活，我立刻就会去，如果波·豪曼要组织追捕行动，我也会参加的。"

莱姆夸张地皱眉："就你？参与追捕，你这样的新手会不会想太多了。"

萨克斯笑了起来，接着，莱姆感觉到，她正握着自己的手："相信我吧，莱姆，我们都是干这一行的，每个人手头上的案子都不止一件。重案组的办公桌上堆着十几份案宗，我不过是办两件而已。"

莱姆有些困扰，他感受到了一丝无法言喻的不祥预感。思量再三后，他说："但愿如此吧，萨克斯。但愿如此。"

这是他能给出的最好的祝愿了。

8

克莱里来过这种地方?

阿米莉亚·萨克斯站在一个散发着尿臊气的花架旁,花架上只剩一根枯黄的茎秆,从污迹斑斑的窗子里探出头来。

萨克斯知道这会是个破烂的酒吧,但没想到会这么破。现在,她站在圣詹姆斯酒吧外面一块破裂翘起的楔形混凝土块上,酒吧就开在第九大道东侧的字母城里。因为贯穿这里的四条南北走向的大道,A、B、C和D——而命名。这里几年前就变成了一个恐怖的罪恶之地,成为下东区帮派残余的聚集区,就像一片被废弃的荒原。最近几年,这里的情况有所改善(之前的毒品窝点被改造成了昂贵的景观房),但依旧是犯罪活动频发的混乱区域。萨克斯脚边的雪地里就扔着一支用过的毒品注射针头,而距她六英尺外的一个窗台上,萨克斯看见了一个九毫米的弹壳。

克莱里怎么会来这种地方?一个会计师兼风投商人,一个拥有两套房产,一辆宝马车的成功男人,怎么会在死亡前一天来这种地方?他来这里做什么?

因为还是白天,破旧的酒吧里此时并没有太多客人,萨克斯透过沾满油污的窗子,可以看到一些上了年纪的当地人坐在吧台或是桌边。这些身材肥硕的女人和瘦骨嶙峋的男人似乎都是靠着这里的酒来获取生存所需的各种营养。在酒吧里面的小房间里,有四个白人男子,穿着牛仔裤、棉布衬衫或是劳动服,四人高声地聊着什么,即使是站在屋外,萨克斯也能听到他们粗鲁的谈话和大笑声。看见这几个人之后,她立刻想到了那些长久地待在各种黑手党俱乐部的朋克打手,他们虽然看起来懒散又迟缓,但都是危险的恶徒。萨克斯只看了他们一眼便判断出,这些人会毫无顾忌地出手伤人。

萨克斯走进了酒吧,选了 L 形吧台尽头的一个位置坐了下来,这个位置相对隐蔽,不会引起太多注意。酒吧的酒保是个五十岁左右的女人,有一张瘦长的脸,手指甲上涂着鲜红的指甲油,头发绑得像一个西部乡村歌手。女人面上带着厌烦而疲惫的神情。萨克斯想,这副神情也许并不是因为她经历了太多人世沧桑,而是因为她半辈子以来的所见所闻,都如同这酒吧里正在发生的事情一样,没有任何不同。

萨克斯点了一杯健怡可乐。

"嘿,索尼娅。"里面房间里传来一声招呼。通过吧台后面那面脏兮兮的镜子,萨克斯能看见,这是身后房间内一个金发男人喊的,那人穿着紧身牛仔裤和皮夹克。生得一副奸诈相,看起来已经在这儿喝了有一段时间了,"小迪克想你呢,他害羞了。你来,到这儿来,来看看这个害羞的小伙子。"

"去你妈的。"立刻有人叫骂出声,大概就是那人口中的小迪克。

"来啊,索尼娅,甜心!来,在这个害羞的小伙子大腿上坐坐,他大腿上可舒服了,什么都没有,光滑着呢,没什么鼓包的地方。"

哄笑声随之响起。

索尼娅知道,自己就是这些人低俗笑话的话柄,但她也玩笑般地回答说:"小迪克?他还没我儿子大呢。"

"这没关系——人人都知道他是个日自己老娘的流氓。"

笑声比刚才还热闹。

索尼娅的目光遇上了萨克斯的,短暂的对视后,她立刻移开了视线,仿佛做了什么亏心事。她也知道,自己这样做只能是怂恿这群人说更侮辱女人的话。但是醉鬼们都有一个优点,他们记不住太多事情,不管是好的还是坏的,他们很快就会把发生过的事情忘掉,然后又开始谈论起体育或是再开些过分的玩笑。萨克斯抿了一口可乐,和她打招呼说:"怎么样,你还好吧?"

女人露出了无懈可击的微笑:"还好。"她没打算接受任何人的同情,尤其是来自一个像萨克斯这样,比自己年轻貌美的女人,这种人又不用来这鬼地方受罪。

好吧。萨克斯决定还是直入正题的好。她不动声色地快速亮出自己的警徽,而后拿出了一张本杰明·克莱里的照片,向索尼娅问道:"你记不记得这个人来过这里?"

"他?是的,他来过几次。出了什么事?"

"你认识他吗?"

"不算认识,不过是从我这里买了几杯酒喝,红酒,我记得是。他总是点红酒,我们这儿红酒都是劣等货,但是他也喝。他是个体面人,跟其他人不一样。"用不着去看身后房间里的那几个人,萨克斯也知道她说的其他人是指谁,"不过最近没怎么见他来过了。上次他在这里,和别人大吵了一架。我那时就猜,估计他以后是不会再来了。"

"吵什么架?发生了什么?"

"我也不知道,就听见几声大喊,然后他就冲出了门。"

"他跟谁吵起来的?"

"我没看见,只是听到了吵架声。"

"你见过他吸毒吗?"

"没有。"

"你知道他自杀了吗?"

索尼娅眨了眨眼:"不是吧。"

"我们正在调查他的死亡……我问你的这些话,希望你别说出去。"

"好的，当然可以。"

"你还能再跟我说说关于他的事吗？"

"上帝啊，我还不知道他的名字。他也就来过这里，三次吧。他有家人吗？"

"是的，他有。"

"这太不幸了，太残忍了。"

"一个妻子，和一个十几岁的儿子。"

索尼娅连连摇头，而后说道："格尔蒂也许比我知道得多。她也是这里的酒保，她在酒吧的时间比我长。"

"她现在在这儿吗？"

"没在，她得等一阵子才来，你要是愿意的话，我让她打电话给你？"

"你把她的号码给我吧。"

女人写下了一串号码给萨克斯，萨克斯身体微微向前探出，对着克莱里的照片点头问道："你有没有看到过，他在这里见过什么人？"

"我只知道他们都是在那里见面，他们总在那里鬼混。"索尼娅用下巴指了指萨克斯身后的小房间。

一个身价百万的商人和那群人混在一起？他们之中会不会就坐着那两个闯进克莱里的韦斯特切斯特别墅的人？会不会就是他们中的两个人在壁炉前留下了毒品残留物？

萨克斯看着镜子里那群人的桌子，上面散乱地放着啤酒瓶、烟灰缸和一些啃过的鸡翅骨头。这些人一定是属于某个团伙组织的，也许是一个犯罪组织的小头目。纽约城里有很多黑帮团伙，他们一般都不会真的犯下重罪。但小团伙不同，他们比传统的黑手党更加危险，因为传统的黑帮团伙不会伤害平民，更不会涉及地下毒品和性交易。萨克斯试图将克莱里与黑帮团伙关联起来，但是感觉十分牵强。

"你见过他们吸毒吗?任何毒品?"

索尼娅摇头:"没见过。"

萨克斯再次探出身体,凑到索尼娅身边,悄声说:"你知道这些人是哪个团伙的吗?"

"团伙?"

"就是黑帮。他们背后的老板是谁?他们听什么人的指令?这些,知道吗?"

索尼娅沉默了片刻。似乎是在确定萨克斯并不是在开玩笑,而后笑着说:"他们才不是什么黑帮。我以为你知道的,他们都是警察。"

终于,有人将那两个时钟——钟表匠的名片——送到了莱姆这里,防爆组完成了检查,表明这两座钟表并没有暗藏玄机。

"哦,也就是说,他们并没有在这两个时钟里发现什么造成大爆炸的小炸弹?"莱姆语带讽刺地说。他有些生气这两个重要的证物被带走了——证物有可能会被污染——而且这么久了才送回来。

普拉斯基在证物追踪卡片上签名之后,两个负责送时钟的警员便离开了。

"现在就来看看,这些东西有什么秘密吧。"莱姆摇着轮椅靠近检测台,看着库柏将时钟从塑料袋中拿出来。

两座时钟一模一样,唯一的不同之处,就是被放在码头的那座时钟底座上染了血。时钟是很复古的设计,并不是那种电子时钟。得用手上紧发条,指针才会转动。但时钟的组件都是新的,表芯装在一个密封的盒子里,现在已经被防爆组打开了,不过两座时钟依然如常运转着,显示的时间也是准确的。时钟外壳是木制的,被漆成黑色,表盘是一种白色的金属制成。表面的数字用的是罗马数字,时针和分针也都是黑色的,有着箭头般的尾端,没有秒针,但是每一秒都会发出清晰的嘀嗒声。

时钟最为诡异的地方,在于上半部分的巨大窗口,里面又刻录了一个表盘,表盘上描绘了月亮的盈缺变化图,由新月到弦月,再由弦月到满月,如此往复一周。而此刻,窗口中正显示着一轮满月,满月被画成一张怪异的人脸,正紧抿着嘴,用那双不祥的眼睛冷冷地看向人们。

寒冷满月高悬于空……

库柏按照常规的检验程序检查了这两座时钟,而后表示上面没有任何指纹,只有一些细小的痕迹,与萨克斯之前从两个现场取回的样本一致,也就是说,这些线索都不是来自钟表匠的车内或是家中。

"制造商是谁?"

"阿诺德制造公司,公司在马萨诸塞州的弗雷明翰。"库柏在网上查了一下这家公司的信息,然后读了出来,"他们经营钟表、皮革制品、办公室装饰品、礼品等,都是很高级的那种产品。这两个时钟应该也不便宜,还有十多种不同样式的。我们手头的这款是维多利亚时期的款式。正宗的铜制表芯,橡木材质,它的原型是十九世纪时英国在售的时钟。批发价格是五十四美金。他们不对公众出售,必须从经销商那里才能买到。"

"产品序列号呢?"

"只在表芯上有,时钟上没有。"

"行吧,"莱姆命令道,"现在就打电话问。"

"我吗?"普拉斯基无辜地眨眨眼。

"对,就是你。"

"我应该去……"

"给制造商打电话,告诉他们这两个时钟的序列号。"

普拉斯基点头说:"然后问问他们这两个时钟是在哪个经销商那里出售的。"

"完全正确。"莱姆说道。

菜鸟巡警拿出了手机,从库柏那里拿到经销商的电话,拨了过去。

当然,凶手不太可能就是某个经销商,时钟可能是他从一个商店里偷来的。还有可能是他从别人家里偷来的。再或者是他从一个旧货拍卖市场买的。

但调查各种可能是刑侦调查的一部分,莱姆这样解释。

你必须从一种可能性开始。

钟表匠案

犯罪现场一

地点：
- 二十二大街，哈得孙河轮船修理码头。

被害人：
- 身份不详。
- 男性。
- 推测为中年或是老年人。可能患有心脑血管疾病（血液中发现抗血凝剂）。
- 血液中无其他药物成分，或疾病感染情况。
- 海岸警卫队和紧急勤务小组在纽约港搜寻尸体和证据。
- 调查失踪人口报告。

凶手：
- 见下文。

作案手法：
- 凶手将被害人悬在河水上方甲板上，割破其手指或手腕，直到被害人落水。

作案时间：
- 周一下午六点至周二早上六点之间。

证据：
- 被害人血型为 AB 阳性。
- 断裂的指甲，未做保养，形状宽大。
- 锁链围栏被钳断，使用普通钢丝钳，无法追踪。
- 时钟。见下文。
- 诗文。见下文。
- 甲板上有指甲抓痕。
- 无指向性痕迹，无指纹，无脚印，无轮胎印。

犯罪现场二

地点：
- 柏树街旁的巷子内，靠近百老汇大街，位于三个商务大厦（关门时间分别是晚上八点半和晚上十点），和一个政府办公楼后方（关门时间是下午六点）。
- 巷子只有一个出口。宽十五英

尺,长一百英尺,地面铺有鹅卵石。尸体离柏树街十五英尺。

被害人:
- 西奥多·亚当斯。
- 住在炮台公园。
- 自由文案。
- 无已知仇人。
- 无州或联邦调查局案底。
- 寻找与周围建筑大楼关联,无发现。

凶手:
- 钟表匠。
- 男性。
- 没有钟表匠相关数据信息。

作案手法:
- 将被害人从车内拖曳至小巷中,在被害人上方悬挂金属横梁,最终碾碎被害人喉咙。
- 等待法医尸检结果。
- 无性行为证据。

死亡时间:
- 大约在周一晚上十点十五分至十一点之间。等待法医检验确认。

证据:
- 时钟。
- 不含爆炸物、化学或生物制剂。
- 与码头第一现场发现时钟相同。
- 阿诺德制造生产,制造商地址位于马萨诸塞州的弗雷明翰。目前正在打电话询问经销商和零售商。
- 凶手在两个现场均留下诗文。
- 电脑打印字体,普通打印纸,惠普打印机及打印墨水。
- 诗文:

  寒冷满月高悬于空,
  无言死尸沐浴银光,
  死将至,生将终。

  ——钟表匠
- 未发现匹配诗文;推测为凶手原创。
- "冷月"出自阴历,为死亡之月。
- 被害人口袋中有六十美元现金,序列号不可追踪;无指纹。
- 现场发现细沙,推测为凶手用来掩盖痕迹的干扰手段。普通沙子。因为凶手要回到现场吗?
- 金属横梁,重八十一磅,两端带有孔洞。小巷口施工单位并未使用这种金属横梁,未找到其他来源。

- 胶带，一般胶带，但切口整齐，不同寻常，每截胶带长度相等。
- 细沙中发现硫酸铊（用于灭鼠药）。
- 被害人外套上的土壤中含有鱼类蛋白。
- 找到极少痕迹。
- 褐色纤维，推测来自车内地垫。

其他：
- 汽车：
    - 推测为福特探路者，车龄约为三年，内有褐色地垫。
- 周二上午调查现场周围车辆没有任何异常，周一晚间没有车辆违停。
- 有待召妓热线问询现场附近的卖淫者记录，寻找潜在目击者。

在城市里，各个政府机构间，存在着一个由熟人构成的、巨大的关系网，里面充斥着金钱、权势和各种幕后操纵活动，犹如一张无处不在的蜘蛛网，联系起政客和公仆、商人和劳工……无边无际。

纽约当然也不例外。但现在，萨克斯发现自己身处的蜘蛛网中，有这么一个显赫的连接点，是她的旧识，也是一位杰出的女性。

她就是玛丽莲·弗莱厄蒂，今年五十四五岁，穿着蓝色的制服，胸前挂满各式各样的奖章、绶带、纽扣还有美国国旗胸针，这是一定的（如政界人士一样，纽约警局的人只要在公共场所亮相，就必须佩戴三色国旗的徽章）。弗莱厄蒂留着一头微微内扣的短发，短发下是一张严肃的面孔。

玛丽莲·弗莱厄蒂是一名高级督察，是警局里警监阶层少有的几名女性之一（高级督察官职比警监更高），还是特勤部的高级官员，直接对总警监（纽约警察局的最高长官）负责。特勤部的职能范围很广，其中之一，便是联系其他组织和机构，共同负责纽约市的一些重大事件，如一些预先计划好的大型活动，包括贵宾访问等，还要应对一些突发事件，如恐怖袭击等。当然，弗莱厄蒂最主要的职责，是担任警方与市政厅之间的联系人。

和萨克斯一样，弗莱厄蒂也是从底层警员一步一步走上来的（巧的是，两人都是在布鲁克林区长大的）。这位高级警监曾经也是一名巡警——在街上巡逻的那种——然后她去了刑侦科，再然后，她升职成了一名警督。弗莱厄蒂性格坚韧，工作严肃，做事果敢，是一个各方面都很要强的女人，纵使是在男性主导的警界，也闯出了自己的一片天。

想知道她是如何成功的？你只要看看墙上的照片，好好记记笔记就明白了，她的合影都是与一些高级官员、工会领导、商贾巨富、高级开发商和成功的商人拍的。其中一张是在一个海滩别墅的门廊上，她与一个气宇非凡的秃顶男人的合影。另一张照片中，她在大都会剧院，手挽着一位大亨。萨克斯认出了此人，其财富可以堪比唐纳德·特朗普。另一个表明弗莱厄蒂成功的标志是她在警察总部大楼里那间宽敞的办公室，萨克斯此时正坐在这里，打量着这间办公室，弗莱厄蒂不知道从哪儿搞来了一个巨大的纽约港角落模型。萨克斯赞叹不已，所有她见过的警监办公室里，都没有弗莱厄蒂这样好的办公环境。

萨克斯正坐在弗莱厄蒂的对面，她们中间隔着警监那昂贵而光洁的办公桌。办公室里还有第三个人，那是副市长罗伯特·华莱士。此刻这位副市长面容冷峻，头上涂了发胶，发型一丝不苟，一副标准的政客打扮。

"你是赫曼·萨克斯的女儿，"弗莱厄蒂开口，不待萨克斯回应，她又说道，"你父亲是一名优秀的警察，是个好人。我曾出席过他的获奖仪式。"

萨克斯的父亲过去曾获得过许多奖励。她不知道面前这位警监说的是哪一次。有一次是因为父亲成功劝说了一名醉汉，让他放下了抵在自己妻子喉咙上的刀子；还有一次，父亲已经下班了，但还是在危难关头撞碎了便利店的钢化玻璃，制伏了一个抢劫犯；再有一次，他在百老汇剧院给一个孕妇接生，那时史蒂夫·麦克奎因正在电影院的银幕上与歹徒搏斗,而一个拉美裔的孕妇躺在撒满爆米花的地上,艰难地产下自己的孩子。不知道弗莱厄蒂说的又是哪一次呢?

华莱士开口问:"到底是怎么回事?据我们了解,是有一些警察也牵扯进来了吗?"

弗莱厄蒂将她灰色的眼睛转向萨克斯,对她点头示意。

开始吧。

"很有可能……我们现在知道案件涉及毒品,死因也很可疑。"

"好吧。"华莱士说着,故意用一声叹息拉长了话尾。华莱士曾是一名长岛的商人,现在是市长的下属,负责解决城市里政府各部门的一些腐败问题。他工作毫不拖泥带水,行动高效。在过去的几年中,他曾解决了许多重大的欺诈案,案件涉及建筑监工官员和教师工会的管理层。现在,他显然有些烦躁,腐败问题居然出现在了警察身上。

弗莱厄蒂爬了几条皱纹的脸不动声色,不像华莱士那般,她并没有表态。

在警监的凝视下,萨克斯汇报了本杰明·克莱里被杀案的情况,以及这起案件的疑点——被害人生前受伤的手指,还有别墅里被烧毁的证据和可卡因残留,她还说了有几名警察经常出入圣詹姆斯酒吧。

"那几名警察隶属一一八分局。"

是指纽约警察局的第一一八辖区,位于东村。萨克斯调查后,发现圣詹姆斯酒吧是当地辖区警察们常去的消遣场所。

"我去过一次圣詹姆斯酒吧,那次我看见了四个警察,但是也有其他警察时不时会去那里。我不知道克莱里到底在那里与谁见了面,是其中一个还是两个,又或者是多个警察。"

华莱士问:"你知道他们的名字吗?"

"不知道,我不想在这个节点问太多问题。而且我还不确定,克莱里是不是真的见过当时酒吧里的某个人。不过有很大的可能,他确实见过。"

弗莱厄蒂摸着右手中指的钻戒,没有说话,钻戒上的钻石大得惊人。另外,她还戴着一只厚重的金手镯。除此之外,她没有佩戴其他首饰。虽然警监依旧面无表情,但萨克斯知道,自己刚才的报告会给她带来不小的苦恼。因为只要传出一点腐败警察的流言,都会在市政厅引发巨大的影响。但是问题出在一一八分局,就显得十分尴尬。因为一一八分局一直以来都是模范分局,在所有的警局辖区中,那里的罪犯逮捕率最高,同样的,其警员伤亡率也是最高的。因而,从一一八分局升到警察局总部的高级警察非常多,比其他分局都多。

"我发现一一八分局的警员可能与克莱里有联系后,就去了ATM,取了一些百元现钞,又回到圣詹姆斯,在那儿把酒吧的现金都换了出来,如果我猜得没错,这些钱里肯定有那几个警员的。"

"很好。你查过钱上的序列号了?"弗莱厄蒂将万宝龙钢笔放在桌子上,漫不经心地拨弄着。

"查过了。所有的钞票都没有查出财政部和司法部的追踪序列号,但是几乎每一张钞票上都有可卡因残留,还有一张沾了海洛因。"

"我的天哪。"华莱士说道。

"别急着下结论。"弗莱厄蒂说。萨克斯点头,并对这位副市长解释了高级警监的意思:目前在市面流通的,所有面值二十美元的钞票上,有一大部分都沾有毒品残留。但饶是如此,圣詹姆斯酒吧的现金里,几乎所有钞票上都有毒品痕迹,也确实令人生疑。

"这些毒品,与克莱里家里发现的毒品成分相同吗?"

"并不相同,而且酒吧的招待也说了,她从没见过这些人吸毒。"

华莱士问:"那你有何证据,能够证明警察与克莱里的死亡有直接关系吗?"

"哦，不是这样的，我并不是那个意思。我猜，如果警察真的和克莱里有牵扯，那大概是他们下了套让克莱里留了把柄在他们手上，这样他们就能从克莱里这里得到点好处，比如说克莱里或许有洗钱或是贩毒的犯罪行为，警察们会帮他掩盖罪行或是开脱罪名。"

"他有案底吗？"

"克莱里？没有，我问过他的妻子。他妻子说从没见过克莱里用毒品。但是很多瘾君子都隐藏得很好。更别提一个不吸毒的毒贩了。"

警监耸了一下肩膀："当然，也有可能克莱里就是清白的。也许他是在圣詹姆斯见一个生意伙伴。你不是说，在他死亡的前一天，他在那里和别人吵了一架？"

"确实如此。"

"所以，也许是因为他的哪一笔生意出了大问题。也许是房地产生意之类的。而一一八分局那些警察可能跟他一点关系都没有。"

萨克斯赞同地点点头："您说得很有道理，很可能只是巧合，一一八分局的警察们只是常去圣詹姆斯找乐子，而克莱里被杀，有可能是求错了债主，或者是看到了什么不该看的，被人灭了口。"

华莱士看向窗外明亮而清冷的天空，说道："既然已经出了人命，我认为我们有必要果断些，采取行动，现在就让IAD介入调查吧。"

IAD是指警局的内务部，专门负责调查有警察涉案的相关案件，但萨克斯不希望内务部插手。至少不是现在，她可以把案子交给他们，但是得先让她亲手抓到杀害克莱里的凶手才行，在那之前，这件案子不能交给别人。

弗莱厄蒂再次摆弄起那支万宝龙钢笔，似乎这支笔能够帮助她思考。男人们可以有各种不拘小节的邋遢举止，女人却不可以，尤其是身处她这个位置的女人，更不可以。她的指甲修剪得十分整齐，又精心做过护理，显得十分圆润而且赏心悦目。弗莱厄蒂拿定了主意，将钢笔放进了办公桌最上面的抽屉中："不，不能让内务部介入。"

"为什么不能?"华莱士问道。

精明的高级总监摇头道:"内务部离一一八分局太近了,会走漏风声。"

华莱士也缓缓点头:"是需要更稳妥些。"

"我知道。"

听闻不会有内务部来接管她的案子,萨克斯放心下来,但没等她松气,弗莱厄蒂又说:"我会在总部找一个人去办这个案子,找一个经验丰富的高级警官。"

萨克斯犹豫片刻开口说道:"我想继续跟这个案子,警监。"

弗莱厄蒂说:"你还是个新手。还从未处理过涉内的案子。"看来高级警监也对她做了调查,"这类案件不同于其他。"

"我明白您的意思,但是我可以做到的。"萨克斯想着,就是因为我,这件案子才会重开调查,而且已经查到现在了,这还是我负责的第一个凶杀案。妈的,谁都别想从我这儿把它抢走。

"这不单单是犯罪现场调查就能行的。"

萨克斯冷静地回答道:"我是克莱里案件的负责人,并不做现场调查工作。"

"就算如此,我想最好还是按我的安排来……那么,你什么时候可以把这个案子的案宗,还有其他相关文件送到我这里来?"

萨克斯僵硬地坐在那里,身体微微前倾,食指用力地扣进了拇指指腹中。她到底还能做些什么才能留住这个案子?

就在此时,副市长皱眉说道:"等一下,你是不是在和那位坐轮椅的退休警探一起办案?"

"他叫林肯·莱姆。是的,没错。"

华莱士稍作思考,看向弗莱厄蒂说:"我看,还是继续让她来查吧,玛丽莲。"

"为什么?"

"她名声不错。"

"办这个案子不能靠名声,我们需要一个有经验的老手,无意冒犯。"

"没关系。"萨克斯平静地说。

"这是非常敏感的案件,稍有差池就会引火上身。"

但显然华莱士打定了主意:"市长也会这样安排的。萨克斯一直协助莱姆办案,莱姆现在只是一个普通市民,这会是一个不错的卖点。而且,这样安排,在外人眼里看来,会以为是萨克斯在做独立调查。"

外人……萨克斯明白,华莱士是指新闻记者们。

"我不希望这次调查搞得尽人皆知、麻烦不断。"弗莱厄蒂说道。

萨克斯立刻表示:"绝对不会的,我只带一个警察协助我。"

"带谁?"

"一个巡警,叫罗纳德·普拉斯基,是个优秀的警察,年轻,而且很有干劲儿。"

短暂的沉默后,弗莱厄蒂问道:"你打算怎么调查?"

"首先,要找出更多克莱里和一一八分局以及圣詹姆斯酒吧之间的联系,再有关于克莱里的命案,我们需要仔细调查他的生活,看看会不会有其他人出于别的目的谋杀他,我会和他的生意合伙人谈谈,也许他与客户之间发生了矛盾,又或者是工作上出了什么问题。"

弗莱厄蒂对这样的安排依旧有些不放心,但她还是说道:"好吧,那我们就先试试你的办法。但你要随时向我汇报调查进度,除我之外,不能透露给任何人。"

萨克斯感觉一阵轻松:"当然。"

"你要当面向我汇报,或者打电话也可以,但切记不能发邮件或附件……"说到这里,弗莱厄蒂皱眉道,"还有一件事,你现在手头还有其他的案子吗?"

高级警监做到她这个位置也不是白做的,弗莱厄蒂可怕的第六感让她问出了萨克斯最不想被问到的问题。

"我在协助调查一起凶杀案——钟表匠的案子。"

弗莱厄蒂的眉头皱得更深了："哦，你还在调查那件案子吗？我之前还不知道……这样的话，比起一个连环凶杀案，圣詹姆斯的案子就显得不那么重要了"

莱姆的声音回荡在萨克斯的脑海中："你的案子远没有钟表匠的案子重要……"

华莱士有片刻的失神，随后看向弗莱厄蒂说道："我想我们都该成熟一些。对这个城市来说，哪种情况更糟糕？一个男人杀了几个人，还是媒体在我们解决之前曝光警务人员腐败涉黑？媒体追腐败警察就像鲨鱼见着血。不，我们必须继续查这个案子。"

萨克斯有些被华莱士的说辞激怒了——杀了几个人——但她不能否认，华莱士这么说也是为了保住这个案子的调查机会，他们的目的是相同的，她想将克莱里的案子调查到底。

接着，这已经是萨克斯今天第二次说这种话了："我能同时调查两个案子，我保证不会出问题。"

她的脑海中，一个略带忧虑的声音说着：但愿如此吧，萨克斯。

9

阿米莉亚·萨克斯开车到莱姆的住所接走了罗恩·普拉斯基，虽然普拉斯基当时并不忙，不过对于她这种绑架一样的抢人行为，莱姆有些不满。

"这姑娘能跑多快？"普拉斯基摸了摸仪表盘，显然对这辆一九六九年的经典款的雪佛兰科迈罗SS情有独钟，"我是说这辆车，不是这姑娘。"

"没关系的罗恩，你没必要解释。我开过的最高速度是时速一百八十七英里。"

"哇哦。"

"你很喜欢车？"

"不只如此，我更喜欢摩托车，你知道吗，我和我哥在高中的时候一人有一辆摩托车。"

"一样的吗？"

"什么？"

"你们俩的摩托车，是一模一样的吗？"

"哦，你是说因为我们是双胞胎是吧，没，我们从来不搞那一套。穿一样的衣服什么的。我妈倒是希望我们那样，只是我们都觉得那样太傻了。不过现在我妈算是如愿以偿了——因为我们都穿一样的制服。那时候，我们骑摩托的时候，也不是想买什么就能买什么,比如买两辆拉风的本田八五〇,那是想都不敢想的。我们只能是买得起什么就要什么,二手的,甚至是三手的旧货。"他忽然咧嘴狡黠地笑了起来,"有一天晚上,我等托尼睡着了以后,溜进车库,把他的摩托车引擎换走了,他到现在也没发现这事儿。"

"你现在还骑摩托吗?"

"上帝给了我一个选择:养孩子或是骑摩托。发现我妻子珍妮怀孕的一周后,我把车卖给了皇后区一个哥们儿,他可真是赚了,能用那个价钱买到摩托古兹。"他又咧嘴笑着说,"尤其是车上还有我哥那个逆天的引擎。"

萨克斯大笑。然后,她向普拉斯基说明了他们的任务。她手头有一些线索需要追查下去:一个是盘问圣詹姆斯酒吧的另一个酒保——酒保的名字叫格尔蒂——她很快就要去酒吧上班了,萨克斯要去找她谈谈。还有克莱里的生意合作伙伴,乔丹·凯斯勒。他已经从匹兹堡出差回来了。

但在这之前,得先做另一个任务。

"你喜欢做卧底吗?"萨克斯问普拉斯基。

"还好吧,我觉得。"

"我上次去圣詹姆斯酒吧的时候,可能已经有一一八分局的人注意到我了,所以这次就要靠你了。你不能带监听设备,什么都没有。记住,我们这次不是为了找证据,就是打探消息而已。"

"我要怎么做?"

"后座上有我的公文包,都在包里。"她猛地挂了低挡位,而后漂移转了个弯,再将车调正。普拉斯基从后座底下捡起了萨克斯的公文包,"拿到了。"

"最上面的那张文件。"

普拉斯基点头,将文件抽出来仔细看了看。文件的官方标题是"危险证物监管表"。表格上还附了一张附件,解释了文件是来自一种新的危险证物监管手段,要求定期检查一些武器和化学制剂等证物的情况，以确保这些证物被妥善安置。

"从来没听说过这么个文件。"

"没听过就对了，这是我编造的。"萨克斯说自己这么做的目的不过是给他们一个合理的借口，这样他们才能深入一一八分局，看看他们的证物数目与实际安置的是否相符。

"到时候，你告诉他们你要检查所有的证物，但是我真正想要你查的，是他们去年缴获的毒品数目。把涉案罪犯、案件日期、缴获数量还有追捕行动都记录下来。然后我们用这份记录与地区检察官提交的报告中的同个案子进行对比。"

普拉斯基点头："这样我们就能知道有没有毒品在入库的时候丢失，还有罪犯的庭审和保释时间。这个计划真是不错。"

"希望如此。我们不一定能知道是谁拿走了毒品，但起码算是个切入点。现在，你来扮一次间谍吧。"还有一个街区就到一一八分局了，萨克斯在东区一条破旧的街上停下了车，街边是各种廉价的公寓，整个区域显得破败而萧条，"你觉得你可以吗？"

"我得承认，我之前从来没参与过卧底行动，但是我有信心试试看。"普拉斯基拿起那张伪造的表格文件，思考了一会儿，然后深吸了一口气，下了车。

普拉斯基离开后，萨克斯给一些信得过的、口风严谨的同事打了电话。他们中有的在纽约警察局，有的在联邦调查局，还有的在缉毒局工作，萨克斯问了一些一一八分局的情况，有没有撤销过一些团伙犯罪案件、谋杀案或是毒品案，是否曾在有疑点的情况下搁置过案件调查。这些同事均表示没有听过这种事。但是，统计资料表明，尽管一一八分局的罪犯抓捕率十分亮眼，他们却没调查过几起团伙犯罪案件。这表明可能有一些警察在庇护当地的黑帮组织。一个联邦调查局的探员还告诉萨克斯说，东区现在的中产阶级人群增加，于是又出现了一些传统团伙开始有组织地进行劫掠。

萨克斯又给自己在中城区负责解决黑帮犯罪的同事打了电话。

朋友告诉了她现在东区最大的两股势力：一个牙买加团伙，一个白人组织。两个团伙都涉及冰毒和可卡因犯罪，并且都是杀人不眨眼的狠角色，除掉一个目击者对他们来说并不是什么新鲜事。若是有人骗他们或是没如期还债，他们什么都做得出。但是，警探又说，先杀掉一个人再伪装成自杀，这不是两个团伙的风格。他们更可能会用 Mac-10 或是 Uzi 冲锋枪将他当场打开花，再砍下他的脑袋，而做完这些还不耽误他们去喝杯红带啤酒或是威士忌。

又过了一会儿，普拉斯基回来了，还拿回来一份十分具有个人特色的详尽笔记。萨克斯看着这份笔记想，这年轻人是把所有东西都记下来了。

"说说吧？感觉怎么样？"

普拉斯基似乎试图表现得超然些，但依旧没忍住，咧嘴笑了出来："还可以吧，我觉得。"

"你做得超棒是不是？"

普拉斯基耸肩："其实，一开始那个值班的警察不让我进去，我就拉长了脸，问他到底知不知道自己在做什么，居然敢不让我进去，我说让他自己打电话跟警察局总部解释，这份报表交不上去都是因为他。他当时就让步了，我没想到居然这么容易。"

"干得好。"萨克斯与他碰了一下拳头，她可以看出，年轻的巡警对自己的表现很满意。

萨克斯将车启动，随后二人驶离了东村。一直到萨克斯觉得离一一八分局够远了，她才再次靠边停车，随后他们开始对比两份表格上的数据。

十分钟后对比便有了结果。在一一八分局政务储存的毒品与当地检察官报告上的毒品总量相差无几，过去的一整年里只有六到七盎司的大麻和四盎司的可卡因对不上数。

普拉斯基补充说："我当时还注意仔细看了那些记录，都是真实的，没被人动过手脚。"

那么，在圣詹姆斯酒吧的那几个一一八分局的警察和克莱里一起贩卖证物中缴获的毒品的猜测就被排除了。缺少的这点毒品很可能是现场调查时送去化验了，或是因为储存过程中的不当操作损失了。

当然这不能完全排除那些警察贩毒的可能，他们可能不是从警局证物处偷来的毒品，也许他们直接和一个供货商联系。还有可能，他们在一次缉毒行动中赶在证物入库之前就私藏了一些。或者，克莱里就是他们的供货商。

普拉斯基的首次卧底行动只解决了一个问题，还有其他的问题有待查清。

"好吧，还得加把劲儿啊，罗恩，你想选哪个问话，酒保还是生意人？"

"我没什么想法，不如抛硬币决定？"

"钟表匠可能是在哈勒斯坦因钟表店买的时钟。"梅尔·库柏挂断电话后对莱姆和塞利托汇报说，"这家店在熨斗区。"

普拉斯基被萨克斯拉走帮忙查克莱里的案子之前，正在等电话，他已经给阿诺德制造在整个东北区域的批发商打了电话。分公司的领导刚刚才给巡警回话。

库柏说，分销商并不用序列号来记录货物，但如果有人在纽约买了这样一个时钟，那只能是在哈勒斯坦因钟表店，那是整个纽约唯一的销售点。店在熨斗区，位于中城区的南面，整个区因第五大道和第二十三街上一栋历史悠久的三角形建筑得名，因为其形状像一个老式的熨斗，所以叫熨斗区。

"查一下这家店。"莱姆说。

库柏开始在网上搜索这家店。钟表店并没有自己的网站，但是好多出售奇异钟表的网页上都有这家店的名字。据介绍，这家店已经开了有些年了，店主是一位名叫维克多·哈勒斯坦因的男性。库柏在警方数据库查了查店主的名字，没有记录。塞利托照着店主的电话拨了过去，没有说明自己的身份，只是问询店家的营业时间。塞利托谎称自己之前去过店里，随后问道与自己通话的是不是店主本人，男人回答说是。塞利托对他道谢，然后挂掉了电话。

"我去找他谈谈，看他知道些什么。"塞利托说着穿上了外套。如果要向目击者问话，最好是突然造访。如果提前打电话通知了他们，就等于给了他们时间编瞎话，虽然他们可能根本没什么好撒谎的。

"等等，朗。"莱姆叫住他。

高大的警探回头看向莱姆。

"如果，他根本没有卖过时钟给钟表匠呢？"

塞利托点头："是啊，我也想过这一点——如果他就是钟表匠呢？或者是他的同伙、好朋友之类的呢？"

"又或者，他才是幕后指使人，钟表匠只是替他做事的？"

"我也想到过这一点。不过，嘿，对我有点信心，别担心。我能搞定。"

耳机里传来爱尔兰竖琴的旋律，加州调查局探员凯瑟琳·丹斯正在出租车内，向外看着身边不断后退的曼哈顿市中心的街景，一路去往肯尼迪机场。

圣诞节装饰，小小的彩灯和俗气的圣诞节贺卡。

还有一对对恋人。相携而行，戴着手套的两只手紧紧握在一起。在圣诞节假期外出采购。

她想起了比尔[①]，想着他会不会也喜欢这里。

[①] 比尔是威廉·斯温森的昵称。

有趣的是，我们总会记得那些细小的瞬间，如此清晰地历历在目——即使已经过去了两年半的时间，对其他人来说，这时间已经足够让很多事情沧海桑田。

斯温森女士？

我是凯瑟琳·丹斯。斯温森是我丈夫的名字。

哦，好的，我是威尔金斯警官，加州公路巡警。

为什么一个公路巡警会打电话到自己的家里却不称呼自己为丹斯探员？

丹斯一直没什么做菜的天赋，当时，她在厨房准备晚餐，嘴里低声哼唱着罗贝塔·弗莱克的歌，正在研究如何使用食品加工机，她打算做豌豆汤。

我很遗憾，我必须通知您，丹斯女士。您丈夫出事了。

她当时一只手拿着电话，一只手举着一本菜谱，听到这句话时，她的身体僵住了，眼睛盯着眼前的菜谱，脑海里试图消化听到的信息。丹斯现在依旧能够清晰地想起那页菜谱上的图画，即使她只看过那么一次。她甚至可以背出菜谱图画下面的配文：简单易做的暖心汤羹，美味速成，营养丰富。

她现在可以不看菜谱就做出那道汤了。

虽然她从来没有做过。

凯瑟琳·丹斯明白，她还需要一段时间来痊愈——好吧，"痊愈"这个词是她的心理咨询师使用的。但这个词并不准确，她意识到，其实你永远都不会痊愈了。伤口消失了，伤疤取而代之，伤疤不会消失。随着时间流逝，麻木会代替疼痛，但身体留下了永久的痕迹。

丹斯露出一个无声的微笑，她意识到，自己在出租车中正抱着两臂，蜷缩了腿脚。作为一个人体行为专家，她太清楚这个姿势说明了什么。

丹斯觉得所有的街道都是一样的——像是一个个黑暗的山谷，

灰色和浅棕色的色调，点缀着一个个ATM、小吃摊的灯光。和这里相比，蒙特利半岛是如此可亲。那里有着繁茂的松树、橡树和桉树，沙地上一簇簇绿色的草木，荒芜被欣欣向荣的生命支配。出租车继续慢悠悠地向前行驶着。丹斯居住的地方叫大西洋丛林（又称蝴蝶镇），那里的建筑都是维多利亚时期的风格，坐落在旧金山以南一百二十英里的地方，拥有一万八千人口，毗邻时尚现代的卡梅尔山谷和日夜不休的蒙特利城。美国作家斯坦贝克的小说《罐头工厂街》让这里名声大噪，而实际上，在这个小镇绕上一圈的时间，只够在纽约市走八个街区而已。

凝望着这座城市的街道，她脑海中不断浮现的形容词只有昏暗、拥挤、混乱和极度疯狂。是的，但是，她依旧深爱纽约城（毕竟她对人类着迷，而她从没见过哪里可以像纽约一样，挤下这么多人）。丹斯想知道，她的孩子对这里会做何感想。

麦琪肯定会喜欢这里，丹斯几乎立刻能在脑海里描绘出她女儿，十岁的小女孩儿，梳着长辫子，站在纽约时报广场中央，目光在各类公告牌、路人、街边摊、车流和百老汇剧院之间流连，她一定会爱上这个地方。

她的儿子韦斯就不同了。他已经十二岁，在父亲去世的这段时间过得很辛苦。但最终他的积极、乐观和自信慢慢恢复了。终于，丹斯可以将他们托付给外公外婆照顾，独自一人出差去墨西哥处理一起绑架案引渡事宜。那是比尔去世后她第一次出国工作。据丹斯的母亲讲，韦斯似乎可以照料好自己了，所以她又安排了纽约的讲座；纽约警局和州警局一年前就邀请她到当地来做一次研讨会。

不过丹斯深知，自己还是要时刻关注他。韦斯是个英俊的男孩，有一头卷发和丹斯的绿眼睛。随着他不断长大，渐渐变得有些闷闷不乐，心不在焉，甚至有些愤怒。丹斯知道这些情绪一部分是男孩子进入青春期的表现，还有一部分，是因为少年丧父导致的心殇难愈。丹斯的心理咨询师说这些都是很典型的表现，叫她不要过多担心。可丹斯知道，韦斯还需要一段时间才能准备好接受纽约的混乱，她从来不会逼迫儿子。这次回家后，她会先问问韦斯，愿不愿意到纽约看看。丹斯不理解为什么有的父母要通过魔法咒术或是心理医生才能知道自己的孩子想要什么。你只需要开口问他们，然后注意倾听他们的答案就好了。

好的，丹斯决定就这么做，如果韦斯对此不排斥，她明年就带他们来纽约，要赶在明年的圣诞节之前。丹斯在波士顿出生，也在那里长大，她对加州中部沿海地区最大的遗憾就是那里并不是四季分明的气候。那里的天气一直风和日丽——但圣诞节期间，人们总会想要吸一口凉凉的空气，感受雪花飘落在身上，看着壁炉里熊熊燃烧的木柴，窗子爬上蛛网般的霜花。

手机铃声突然响起，将丹斯从无边的想象中拉回了现实，她的手机铃声总是变来变去——都是孩子们的恶作剧（好在，警察的电话永远不能静音——这条守则没被破坏）。

丹斯看了一眼来电显示。

嗯……有意思。要不要接呢？

凯瑟琳·丹斯屈从了自己的冲动，按下了接听键。

10

塞利托开着车,看起来有些烦躁,他摸了摸自己的肚子,又大力扯了一下衣领。

凯瑟琳注意到了朗·塞利托的肢体语言,警探开着一辆没有警徽的皇冠车,丹斯在加州调查局也有辆一模一样的公派用车。此刻,塞利托载着她快速穿行在纽约的大街上。车顶上的警灯闪烁着,但没有开启警铃。

丹斯在出租车上接到的电话就是塞利托打来的,电话中,塞利托再次请她帮忙调查案子:"我知道你要赶飞机,也知道你得回家,但是……"

塞利托告诉丹斯,他们发现了钟表匠在现场留下的那两个时钟的可靠来源,想让丹斯帮忙去盘问一下那个有可能卖出时钟的店主。而且,虽然这种可能性很小,但不能排除店主与钟表匠之间或许有些关联,所以他们想知道丹斯对此的看法。

丹斯考虑了片刻便同意了他的请求。她有点后悔刚才那么匆忙就离开了林肯·莱姆的房子;凯瑟琳·丹斯不喜欢在案件调查过程中撒手不管,即便不是她的案子。所以她叫出租车掉头,回到了莱姆的住所,到那儿之后,丹斯发现塞利托正在等她。

而现在,她就坐在警探的车里,丹斯问道:"打电话给我是你自己的主意,对吗?"

"为什么这么说?"塞利托不答反问。

"肯定不是林肯的主意,因为他对我还是将信将疑。"

塞利托那一秒钟的犹豫更加验证了丹斯的猜测。

"你对那个目击者的审讯过程很精彩,对科布。"

丹斯了然地微笑:"我知道,但莱姆还是信不过我。"

塞利托又一次沉默了一秒:"他比较喜欢自己的证据调查。"

"人无完人嘛。"

警探大笑出声,他拉响了警铃,加速闯过了一个路口的红灯。

塞利托驾车的时候,丹斯正无声地观察着他,看他的手势和眼神,听他的声音。然后,丹斯便知晓了,塞利托是真的急切地想抓住这个钟表匠。与这件案子相比,他办公桌上堆着的案子大概对他来说已经蒸发了一样,看不见了。而且,昨天在进行讲座时,丹斯也注意到了他,他神态十分坚定,是个坚韧到有些顽固的人,头脑反应也十分机敏,为了弄明白一个问题,掌握一种审讯技巧,他有着无穷的耐心,似乎不管花费多久的时间,他都不会放弃。如果有人会对这样的塞利托不耐烦,那一定是他们耐心不够。

塞利托身上的气场有些紧张,但和阿米莉亚·萨克斯的紧张完全不同,后者似乎有一些潜在的防御意识在。塞利托虽然会出于习惯,总喜欢抱怨些什么,但实际上,他是一个很容易满足的人。

丹斯总是这样不自觉地去分析某人,分析别人的姿态、眼神,一句无意识的断言,这些对她来说都是一块块神秘的人性拼图。之前只要她有意为之,就可以克制自己的这种做法。毕竟若是在外面喝酒放松的时候,发现自己还在分析自己的酒友,那就太扫兴了(对被分析的人来说就更加难以接受)。但更多时候,这些想法都是自然而然就从脑海中浮现出来,大概这就是凯瑟琳·丹斯的一部分。

对人类着迷。

"你成家了吗?"塞利托问她。

"是的,两个孩子。"

"你先生是做什么的？"

"我是个遗孀。"丹斯的工作就是区分不同的语气可以带来的不同影响，此刻她故意用一种特殊的表达说出了这句话，声音中透露着些许冷淡和悲伤，这样一来，他就会接收到这句回答的潜在信息："我不想谈这个。"如果对方是女人，这时也许会同情地握住她的手，但塞利托的表现和多数男性一样，轻声而尴尬地说了句"很抱歉"，而后转移了话题，开始说起他们在案子里发现的证据和线索——基本上就是什么线索都没有，他开着有些生硬的玩笑。

啊，比尔啊……你信不信？我觉得你会喜欢这个男人的。丹斯知道，自己是喜欢上这个警探了。

塞利托又对丹斯说起了这家有可能出售了时钟的钟表店："我的意思是说，我们现在还不知道，这个哈勒斯坦因会不会就是凶手。但他绝对和这个案子有关。所以，这次行动可能会有些危险。"

"我没带武器。"丹斯直接承认。

美国各个州之间关于警察配枪的法令极其严格且各有不同，但基本上，所有警察如果跨区域办案，都不允许将配枪带出所在州域。而且不光是这个问题；除了在靶场上，丹斯从来没开过她那把格洛克手枪，并且今后，直到她退休的那天，她都不想开枪。

"我就在你身边。"塞利托对她保证道。

哈勒斯坦因钟表店坐落在一个有些昏暗的街区正中央，它两旁分别是一个批发店铺面和一个仓库。丹斯打量着这个地方。建筑表面的油漆已经褪色，墙面上也满是污迹，但哈勒斯坦因的钟表店窗户上装了粗壮的防盗窗，透过防盗窗的缝隙，丹斯的目光穿过了玻璃，看到了店内陈列的各式各样精美的钟表。

在他们走向店门的途中，丹斯对塞利托说："如果你不介意的话，我希望你只出示证件就好，剩下的交给我吧，可以吗？"

有些警察不喜欢别人在自己的地盘上反客为主、指手画脚，但丹斯能够感觉到，塞利托并不是这种人（他的自信多得是），不过她还是要事先问一句的。果真,塞利托说:"都交给你了,那是你的主场,这就是我们请你帮的忙。"

"我可能会先说一些听起来有些奇怪的话。但你不用奇怪,这也是计划的一部分。然后,如果我觉得他就是钟表匠,我会身体前倾,然后双手手指缠绕在一起。"这种姿势会让人显得弱小无害,从而让杀手放松,降低他直接开枪伤人的概率,"如果我觉得这人是清白的,我会把包从肩膀上拿下来,放在柜台上。"

"明白了。"

"准备好了吗?"

"你先请。"

丹斯按了一下门铃,店门应声而开。他们步入了店内,里面并不大,但各式各样的时钟将这里塞得满满当当:有高大的老式落地钟,与之相似但是个头小很多的台式钟,拥有别致雕塑外形的装饰时钟,设计时髦的现代时钟,还有其他样式的,数不胜数,再加上五六十种收藏级的手表,让人眼花缭乱。

他们继续向后面柜台处走去,一个六十岁左右、体格健壮的光头男人正在柜台后略带戒备地看着他们两个。男人身前放着一个拆开的表芯,看来他正在忙手头的活儿。

"下午好。"塞利托开口打招呼。

男人点头回道:"你好。"

"我是纽约警察局的塞利托警探,这位是丹斯探员。"塞利托出示了自己的证件,"你就是维克多·哈勒斯坦因?"

"是的。"他回答道,摘下了一副高倍放大的眼镜,看了看塞利托的警徽。随后微笑,但只是牵动了嘴角,笑容并没有到达他的眼底。他伸出手与塞利托相握。

"您就是店主吗?"

"对,店主,还是这里的厨师、清洁工。我在这里开店已经十年了,没换过地方,快十一年了。"

提供多余的信息，通常暗示着对方有所隐瞒。也可能是出于紧张，无意识间脱口而出，毕竟他也没想到两个警察会突然出现在他的店里。人体动作学中很重要的一点就是，单一的某种姿态或行为能提供的信息非常有限，所以不能仅凭一些蛛丝马迹就片面地判断对方的状态和意图，而是要观察"信息群"——举例来说，看到一个人抱着臂膀时，也必须去看看对方的目光接触反应，还有手的动作、讲话声调、所说的内容和措辞。

在同一种压力刺激下，这个人的行为表现也是一定的，只有确立了这个标准才能进一步开始判断此人的行为意义。

若让凯瑟琳·丹斯来解释，她会说人体动作学分析不是一击必杀的"本垒打"，而是一场需要取得连续胜利的比赛。

"有什么需要我帮忙的吗？警官，出了什么事？这附近又有人遭劫了？"

塞利托看向丹斯，后者却没有回答对方的问题，而是环视店内的钟表，大笑出声："我这辈子从来没在一个地方看见过这么多时钟。"

"我卖了好多年了。"

"这些都是对外出售的吗？"

"那你得出一个我拒绝不了的价钱。"男人笑着回答道，然后说，"不开玩笑，有些钟我是不会卖的，但大多数都是对外出售的，我开的毕竟是个商店啊，对吧？"

"那座钟可真漂亮。"

男人看了一眼丹斯说的那座时钟，那是一个纯金制造的新艺术风格时钟，有着简约的钟面："赛斯·托马斯的作品，一九〇五年制造，款式经典，时间准确。"

"很贵吧？"

"三百。这座时钟只是镀金的，批量生产的仿品……你想看看贵的吗？"哈勒斯坦因说着，指向一个陶瓷时钟，时钟上画着粉色、蓝色和紫色的花朵,丹斯觉得它花哨得有些过头。店主却说:"它的价钱是刚才那个的五倍。"

"啊。"

"我懂你的反应,但是在钟表收藏圈子里,同一个时钟,有人觉得俗气,有人觉得是艺术。"他微笑,虽然他的谨慎与忧虑还没完全消失,但是已经没有初见时那么戒备了。

丹斯皱眉问道:"这么多时钟报时,到了中午您怎么办,戴上耳塞吗?"

哈勒斯坦因笑着说:"这里大部分时钟的报时装置都能关掉,要说吵闹,还是那种有布谷鸟叫声的时钟,简直能把人逼疯。"

丹斯又问了他一些生意上的问题,收集了他一系列的姿势、表情、语调和用词,到这个阶段,算是能够确定他在一般情况下的基准抗压表现了。

终于,丹斯继续用闲谈的语气问道:"先生,我们想问您几个问题,最近有没有人在您这里买过两个时钟?就像这种样子的?"她拿出了一张阿诺德制造的时钟照片(就是被钟表匠放在犯罪现场的那两个时钟)给哈勒斯坦因看。丹斯在他观察照片时也在观察他的表情,他的脸上没有喜怒,但丹斯觉得他看照片的时间太久了,这样意味着,对方可能在绞尽脑汁思考什么。

"想不起来了,我卖了太多时钟,真的。"

推说记忆力有问题,是受审者否认阶段常见的表现,和此前的阿里·科布一样。他又一次仔细地看了看照片,似乎是在努力回忆,但他的肩膀微微倾斜向丹斯,头低了低,语调上升:"真的想不起来了,很抱歉,我帮不上忙。"

丹斯知道他在说谎,不仅是从他的动作分析出来的,还有他的认同反应(从刚刚的表现来看,他的表情和所说的内容相违背)——很有可能他认出了这个时钟。但是他为什么说谎?是因为他不想牵扯进麻烦里,还是因为他觉得,买走他时钟的人可能犯了罪?又或者是因为他自己也参与了谋杀？

到底是该将双手缠绕，还是把包放在柜台上？

她要判断受审者的性格特征。之前不愿意合作的目击者科布是外向型人格，哈勒斯坦因却正相反，是个内向的人。也就是说，他依靠直觉和情感来做决定。丹斯之所以这样判断，是因为看出了他对钟表的热情，还有他宁愿只卖自己喜欢的时钟，也不为了盈利而开一个普通的连锁钟表店。

要让一个内向型受审者说实话，丹斯就必须与其建立联系，让他们觉得自在。如果像对待科布那样步步紧逼，哈勒斯坦因就会立刻闭口不谈。

丹斯叹了口气，她的肩膀下垂："您是我们最后的希望了。"她叹息，看向塞利托，后者立刻心领神会，他失望的表情十分真切，塞利托表情暗淡地摇了摇头。

"最后的希望？"哈勒斯坦因问。

"买了这两个时钟的男人犯下了非常骇人的罪行，而我们手上只有这么一条有用的线索。"

哈勒斯坦因流露的关心真诚而热切，但丹斯见过各种各样的"演员"。她将照片收进了包里："这两个时钟是在凶杀现场发现的。"

哈勒斯坦因的目光一凝。丹斯看出，这位钟表店店主现在正备受压力。

"凶杀？"

"是的，昨晚两个人被杀。这两个时钟可能是凶手留在现场传达某种信息用的，我们也不确定。"丹斯皱眉回答道，"只是这种做法太奇怪了。如果我是凶手，我杀了人之后，想留下个信息，应该会把它留在尸体旁边，很显眼的地方，而不是把它藏在三十英尺外。所以，我们现在也还不明白。"

丹斯仔细地观察着哈勒斯坦因的反应。对于她刚刚编造的信息，哈勒斯坦因像其他不知内情的人一样——听到这样的惨剧，他只是摇了摇头。如果他是凶手，听到这些会有认同反应，表现在眼睛和鼻子周围，因为丹斯说的与他所知的事实不符。他可能会想：但是凶手确实将时钟留在尸体边上了啊，为什么有人把它移走了？而这些想法也会在他的一些微表情和肢体语言中体现出来。

一个高明的骗子会将认同反应减小到常人难以察觉的程度，但是丹斯的雷达是火力全开的状态，而且她相信，店主已经通过了测试。他未曾到过犯罪现场，也不认识钟表匠。

丹斯将包放在了柜台上。

朗·塞利托此时将放在胯间的手放下了。

可丹斯的工作才刚刚开始。他们已经可以认定店主并不是凶手，也不认识凶手，不过他显然有所隐瞒。

"哈勒斯坦因先生，那两位被害人死状极其凄惨。"

"等等，新闻上是不是已经报道过了？有一个是被碾死，一个被扔下了河？"

"没错。"

"还有……那座时钟也在现场？"

他差一点就说成"我的时钟"了，不过还差一点。

鱼儿要上钩了，此时最为关键，淡定，丹斯告诫自己。

她点头："我们认为他还会再次行凶。而且，就像我说的，您是我们最后的希望。如果我们重新开始找这两个时钟的卖家，又得花好几周时间。"

哈勒斯坦因表情闪烁。

错愕是很容易识别的表情，但是让人们露出错愕表情的情绪却多种多样——同情、痛苦、失望、悲伤和难为情——只有专门研究人体动作学的专家才能在受审者不主动提供信息时区分表情的情感来源。凯瑟琳·丹斯细细观察着男人的眼睛，他的手指无意识地抚摸着身前的一座时钟，舌头舔着嘴角。突然间，丹斯明白了，哈勒斯坦因正在犹豫，要不要说出实情。

他在害怕，在担忧自己的安危。

那就好办了。

"哈勒斯坦因先生，如果您能记起来任何可以帮到我们的事情，我们会保证您的人身安全。"说着，丹斯看了一眼塞利托，塞利托立刻点头："哦，我们绝对可以保证。如果有需要，我们可以派警员守在店外。"

男人依旧在犹豫，神情郁郁地把玩着手中的微型螺丝刀。

丹斯再次从包里拿出了那张照片："您能再仔细看看吗？试试能不能想起些什么？"

但是男人并没有看照片。他微微缩起了身体，胸膛塌了下去，头向前探着，做出了坦白的姿态："对不起，我撒了谎。"

这是访谈过程中很难听到的坦诚之言。丹斯给了他机会，让他再看一次照片，那样他就能有个台阶下，说自己刚刚看得太快，没看清什么的。但此刻，哈勒斯坦因并不打算那么做了，他放弃了辩解，打算坦白一切。

"我一开始就认出那座时钟了。但是，买时钟的那人说，我不能对别人说起这事，如果我告诉了别人，他就会回来收拾我，还会砸了我的店，毁了我所有的收藏！但我不知道会出现杀人案。我发誓！我以为他就是个怪人而已。"哈勒斯坦因的下巴颤抖着，手放在身后刚刚在收拾的表芯上，这姿势在丹斯看来是很明显的、寻求宽慰的信号。

丹斯还看出了一些别的信息。一个人体动作学专家必须能够判断出受审对象说的是不是实话。此刻哈勒斯坦因为谋杀案的事情备受谴责，还为自己的人身和财产安全担忧，这都可以理解，但是他的反应过于强烈，似乎还有别的隐情。

不待丹斯继续询问，店主自己便说出了真正让他担忧恐惧的原因。

"你刚刚说他每杀一个人，就在现场留下一座这样的时钟吗？"

哈勒斯坦因问。

塞利托点头。

"那，我必须得告诉你们。"他的声音犹如拉紧的琴弦，然后低声说道，"他不止买了两座，他买走了十座。"

11

"多少?"莱姆说着,摇着头,重复着塞利托刚刚告诉他的话,"他打算杀十个人?"

"似乎是这样的。"

凯瑟琳·丹斯和塞利托二人一左一右,坐在实验室里莱姆的身侧,给他看钟表匠的还原照片,这是塞利托在钟表店里让店主借助电子面部识别技术,通过记忆力还原出来的。电子面部识别技术是在原先的身份识别技术基础上升级开发出来的新技术,主要是通过目击者的记忆在数据库中拼接出嫌疑犯的头像。莱姆眼前的图片上是一个五十岁左右的白人男性,长着一张圆脸,双下巴,鼻子很大,有一双蓝得惊人的眼睛。店主还说这人大概六英尺高。他长得很瘦,黑色头发,中等长度,没戴任何配饰。哈勒斯坦因只记得他当时穿了一件黑色的衣服,具体是什么衣服则记不清了。

丹斯转述了一遍店主的叙述。一个月前,有个男人打电话到店里,向哈勒斯坦因询问一种特别的时钟。他没有指定哪种品牌,只说要满足几个要求:时钟上要有月相图,还要有特别响亮的嘀嗒声。"这两点是他着重强调的,"丹斯说,"月亮和响亮的嘀嗒声。"

他要时钟的嘀嗒声足够响亮,这样被害人在死亡的时候也能听见。

店主于是订了十座这样的时钟,货到之后,男人来了店里,付了现金。他并没有透露自己的姓名，或是来自哪里，以及购置这些时钟的用途。但他本人对时钟十分了解。他们聊了一些钟表收藏品，以及有谁在拍卖会上买到了什么名钟，还有这座城里哪儿正在开钟表展览。

哈勒斯坦因见他一人前来，便想帮他将时钟送到车上，但是男人拒绝了他的帮忙，自己一个人来来回回了好多次。亲手将所有的时钟运到了车上。

他们在钟表店里也没有找到什么证据。哈勒斯坦因很少碰到收到现金的生意，所以钟表匠付给他的九百美金和零钱都还在店里。但他告诉塞利托说："你要是想找指纹的话，可能会白费力气，那男人一直戴着手套。"

库柏依旧扫描了钞票上的指纹，但只发现了店主一个人的。钱上的序列号也不可追踪。库柏继续试图寻找钱币上的痕迹，但也只发现了一些很普通的灰尘。

他们试着调取了钟表匠联系店主时的通话记录，发现了一组可疑号码，但最后查明，那是一个公用电话亭的号码，位于曼哈顿市中心。

哈勒斯坦因店里的线索也全都断掉了。

这时，召妓热线那里传回了消息，报告称警察在华尔街区域没找到那个名叫蒂芙尼的女孩儿，不管她的名字是 e 结尾还是 y 结尾，都没找到。警探说他会继续找，但因为柏树街那里出了凶杀案，很多周边区域的站街女都消失了。

就在这时，莱姆的目光落在了证据表并不起眼的一条上。

土壤中含有鱼类蛋白……

将被害人从车内拖曳至小巷中……

他看着犯罪现场的照片："汤姆！"

"什么事？"护工在厨房中回应道。

"我需要你。"

年轻人立刻来到莱姆身边:"怎么了?"

"你躺在地上。"

"你想要我干吗?"

"我要你躺在地上。然后,梅尔,把他拖到桌子那里?"

"我还以为你出了什么事。"汤姆说。

"确实是。我需要你躺在地板上,现在就躺!"

护工露出难以置信的苦笑:"你是在逗我吧?"

"快点儿!躺下。"

"我才不会躺在这里。"

"我告诉过你了,让你干活儿的时候穿牛仔裤。是你自己非要买华而不实的休闲裤。你把那个衣架上的夹克穿上。然后赶紧,平躺。"

汤姆一声叹息:"这下可有的受了。"他穿上了夹克,随后仰面躺在了地上。

"等等,把那条狗弄走。"莱姆大声说道。哈瓦那长毛狗杰克逊刚从证物箱里跳了出来。显然,它以为汤姆躺在地上是要和它玩。库柏一把将它抱起来,塞到了丹斯的怀里。

"快点行不行?不,汤姆,你把外套的拉链拉上。你现在可是躺在一条冬天的小巷里。"

"外面确实是冬天,"库柏插嘴道,"可屋里又不是。"

汤姆认命地将拉链拉到领口,而后重新躺好。

"梅尔,你在手指上沾些铝粉,然后拖着他穿过房间。"

技术专家毫无异议地执行着莱姆的指令。他将手指伸进深灰色的指纹粉中,而后站在汤姆上方。

"你想我怎么拖他?"

"我就是想知道,是怎么拖的。"莱姆说道,皱着眉头,"怎么拖最省劲儿?"他叫库柏拉住汤姆外套的下摆,然后拉上来,盖住汤姆的头,将他拖走,头朝前。

库柏摘下了眼镜，然后抓住了汤姆的外套。

"抱歉啊。"他轻声对护工说。

"我理解，你也是听命行事。"

库柏按莱姆所说的方式开始拖动地上的汤姆。技术专家因为不断用力而气喘吁吁，但汤姆也确实被顺畅地从地板上拖走了。塞利托在一旁面无表情地看着，凯瑟琳则努力忍着不让自己笑出声。

"好了，够远了。现在把外套脱下来，然后敞开了给我看看。"

汤姆坐直身体，将外套脱了下来："我现在能从地上起来了吗？"

"能能能。"莱姆盯着那件外套看，不耐烦地连声说道。

"为什么要这么做？"塞利托问。

莱姆做了个鬼脸说道："我犯蠢了。那个菜鸟说得是对的，不过可能连他自己都不知道。"

"普拉斯基？"

"没错，他曾猜测鱼蛋白的痕迹是钟表匠身上带来的，我猜是被害人自己身上的。但是看看这件外套。"

库柏手指上沾着的铝粉留在了汤姆外套的内侧，也正是在西奥多·亚当斯外衣的同一位置，他们发现了含有鱼类蛋白的土壤痕迹。这是钟表匠在将被害人拖到小巷的过程中留下的。

"我太蠢了。"他重复道，他向来最讨厌人们粗心大意，而这次他自己的粗心更让他恼火，"现在，进行下一步，我要知道所有跟鱼类蛋白有关的信息。"

库柏依言转身到电脑前开始忙活。莱姆看到凯瑟琳·丹斯正在看表。

"错过航班了吧？"他问道。

"还有一个小时，但应该是赶不上了，机场还要过安检，而且圣诞节期间外面的路太堵了。"

"真对不起。"衣衫褶皱的警探表示了歉意。

"没关系，只要能帮上忙，也算是值得了。"

塞利托从腰间掏出了手机，说道："我调一辆警车过来送你去机场吧，如果开着警灯和警笛，大概半个小时就能到了。"

"太好了，那样的话也许我还能赶得上飞机。"丹斯说着，穿上了大衣，向门口走去。

"等一下，我要对你发出一份邀请。"

塞利托和丹斯一起转头看向了说话的莱姆。

莱姆看着这位加州探员："你想不想在美丽的纽约城度过一个食宿全免的夜晚？"

她扬了扬眉毛。

犯罪专家继续道："我想，也许你可以再留一天。"

塞利托笑了起来："林肯，真是太阳打西边出来了。你不是抱怨目击者没有用吗？怎么，突然转性了？"

莱姆皱眉："你说得不对，朗。我并不是抱怨目击者没用，而是人们审问目击者的那套花里胡哨的把戏，鬼用没有。但凯瑟琳不同，她是根据一系列反复的、可见的反应得出一套具有可操作性的方法论，进而通过刺激受审者得到一些可证的结论。虽然这种结论不如一枚清晰的指纹或是 A-10 毒品检测剂那么可靠，但是凯瑟琳做的这些也是……"警探斟酌出了一个形容词，"有用的。"

汤姆笑着说："这就是你能想到的最好的赞美之词，有用。"

"别捣乱，汤姆。"莱姆立刻说道。然后，他转动目光看向丹斯，"如何？你愿意吗？"

丹斯的眼睛扫向证据表，莱姆注意到她的目光并没有停留在那些文字记录上，而是停在照片上，尤其是西奥多·亚当斯尸体的那些照片。他无法瞑目的双眼失去了生命的神采，死死地盯着上方无边的虚空。

"我愿意留下。"她回答道。

* * *

文森特·雷诺兹在第五大道的大都会博物馆外，慢吞吞地爬着楼梯，等他终于走到大门前时，已经有些喘不过气了。虽然他的手臂孔武有力（这在他需要和一些女士"深入交流"时，能派上大用场），但他实在该做一些有氧锻炼。

他脑中又闪过了他的花房姑娘，乔安娜。是的，文森特跟着她，还差点就强奸了她。但是最后关头，他的另一个分身——聪明人文森特出现了，虽然这个"自我"在文森特的身体里最没存在感。乔安娜近在眼前，这种诱惑的确让人难以自持，可是他不能再让他的朋友失望了。何况，文森特觉得自己最好还是不要去过分招惹邓肯，后者面对冲突时，可是能给出"割瞎双眼"这样建议的人。所以，文森特再也没敢私下里打乔安娜的主意。他找了个地方，吃了顿很丰盛的午餐，而后坐火车来到了这里。

文森特买了门票，迈进了馆内。他在里面逛着，忽然注意到了一家人，那一家人中的妻子长得和他妹妹很像。他上周刚刚写信给妹妹，问她要不要来纽约过圣诞节，只是他还没收到回信。他想等妹妹来，带她看看纽约的风景。文森特盼望着她能早些来这里，但是现在可不行，毕竟最近他和邓肯很忙。文森特相信，若是妹妹能更多地出现在自己的生活里，肯定能给他的人生带来一些改变。妹妹能给自己的生活带来一些安稳，也许那难挨的饥饿感就会减少。他也就不用那么频繁地需要和谁"深入交流"了。

我也想多少做出一点改变的，詹金斯医生。

你说呢？

也许妹妹能在新年的时候过来，他们可以一起去时报广场等水晶球落下。[①]

文森特一边在心里盘算着，一边走向了博物馆的主楼。他十分清楚要去哪里找杰拉德·邓肯。后者肯定会在陈列重要巡回展品的

[①]水晶球为纽约时报广场迎接新年的标示性环节，跨年钟声敲响时，水晶球会将提前收集好的新年愿望便签从高空散落。

展区——像是尼罗河展区,或者是来自大英帝国的珠宝,而现在的巡回展则是"古代计时学"。

邓肯曾解释过,所谓计时学,就是对时间和钟表的研究。

杀手最近到这里来过几次。这里对于邓肯的吸引力,就如同色情音像店对文森特的诱惑。邓肯平常总是一副漠不关心的模样,只有在这里,他整个人才会焕发神采。这也让文森特倍感欣慰,至少他的朋友也是有自己的爱好的。

邓肯此时正在欣赏一些古老的陶瓷器具,叫作染香时钟。文森特轻手轻脚地走近,站在了他的身侧。

"有什么发现吗?"邓肯头也没回地问道。他早就在展窗的玻璃上看到了文森特的影子。他总是如此机警,对自己所处的环境了如指掌。

"我在她周围观察了一阵,她在花房工作时一直是一个人,没有别人进去。然后她回到了百老汇大街的花店,在那儿见了一个送货的男人。他们一起离开了,我给店里打电话,问她去哪儿了……"

"用什么打的电话?"

"当然是按你说的,用公共电话。"

心细如发。

"收银员说她出去喝咖啡了,大概一个小时回来,但不会回店里,我猜,她可能会去工作室。"

"很好。"邓肯点头。

"你又有什么发现?"文森特问道。

"码头那里已经被警方封锁了,不过那儿没什么人。我在河里发现了警方的船,也就是说他们还没找到尸体。至于柏树街,我没法靠得太近,但看得出警察对这案子特别关注,处理得很小心。那里去了很多警察,有两个负责人,其中一个长得很漂亮。"

"是个女的,真的吗?"文森特顿时精神一振。他从来没想过找个女警"深入交流"一下,但突然间,他觉得这主意很不错。

相当不错。

"很年轻，三十出头。红发。你喜欢红发女孩儿吗？"

文森特无法忘记莎莉·安妮那一头火红的长发，还有当他压在安妮身上时，那些头发倾泻在破旧肮脏的地毯上的样子。

饥饿感骤然袭来，他甚至真的开始流口水了。文森特立刻从口袋里掏出一颗糖果，快速地吞下了肚。他不懂邓肯为什么会跟自己描述女警的美貌和红发，但杀手却再没继续。他举步朝着另一件展品走去，停在了橱窗前，看着里面摆放的一件古老的摆钟。

"你知道，自从有了精确的时钟后，解决的最大问题是什么吗？"

邓肯教授上线了，而文森特吃了那颗糖果之后，饥饿感稍稍缓解，他身体里那个聪明的文森特取代了饥饿的文森特。

"不知道。"

"是火车。"

"为什么是火车？"

"很久以前，交通还不发达的时候，人们一辈子都窝在一个小镇里生活，什么时候开始一天的生活都行，时间都随自己安排，也许伦敦是早上六点，牛津是早上六点十八分，有人会在意吗？就算你想从伦敦到牛津，也可以骑着马慢慢走，快些慢些都没关系，也就没有迟到这一说。但有了火车以后，事情就发生了变化，如果计划的时间到了，这列火车还没有准点离开车站，而另一列火车正驶过来，那后果可就糟了。"

"有道理。"

邓肯转身离开了身前的展品。文森特希望他们现在就离开，然后去市中心把乔安娜搞到手。但邓肯却悠闲地穿过房间，来到了一个特殊的巨大展柜前，展柜的橱窗所用的玻璃材质格外厚实，柜前还围着天鹅绒绳索，旁边站着一位魁梧的保安。

邓肯盯着展柜内的展品，那是一个由黄金和白银制成的盒子，目测有两英尺见方，八英寸高。盒子的正面布满了十几个指针，指针外围贴着一些球体和图片,看起来像是一些行星、恒星和彗星。还有许多数字、奇怪的字母和符号,像占星术里的符号。盒子表面也雕刻着图案,镶嵌了珠宝。

"这是什么?"文森特问。

"德尔菲计时器[①],"邓肯回答,并解释说,"来自希腊,有一千五百多年历史了,现在正在全世界的博物馆巡回展览。"

"这东西能用来做什么?"

"能做很多事情。看到那些指针了吗?它们可以计算太阳、月亮和行星的运行轨迹。"邓肯看了文森特一眼,"这上面显示的,实际上是地球和其他行星都是绕着太阳转的,这一点具有非凡的革命性,而且在当时,这是离经叛道的理论。比哥白尼的日心说还要早一千多年,多令人赞叹啊。"

文森特记得,高中的科学课上好像学过一些有关哥白尼的知识——虽然在他的高中记忆里,印象最深的是班里的一个女孩,叫丽塔·约翰逊。最美好的记忆就是与这个矮胖的黑发姑娘一起,在一个秋日的黄昏。他在学校旁边的地上,压在她的肚子上,姑娘的头上套着一个麻布书包,用细弱的声音请求着:"求求你,别,求求你了,不要这样。"

"你看那根指针。"邓肯的话将文森特从美妙的回忆中唤了回来。

"银色的那根吗?"

"那是白金的,纯度很高的白金。"

"那玩意儿比黄金值钱,是吧?"

邓肯并没有回答他。"它表现的是阴历。不过是个非常特别的阴历。我们现在所用的阳历,就是太阳历,一年中有三百六十五天,

[①] Delphic Mechanism,经考证,类似安提凯希拉装置(Antikythera Mechanism)。后者制于公元前一百五十年至公元前一百年的古希腊,是一台两千年前的超级天文"计算机",用于计算天体运行周期的工具。

分成十二个天数不等的月份。阴历要比阳历更加稳定有序，每个月份天数都一样。但是这些月份不会受到太阳的影响，也就是说，在今年的四月五日那天开始的阴历，一年之后就不是从这一天开始另一轮阴历了。不过德尔菲计时器表现了一个阴阳结合的历法。我痛恨阳历和阴历。"他语气中透露出很强烈的情感，"两种历法都太潦草，不够精准。"

他说痛恨它们？文森特还在回想他的用词。

"但德尔菲计时器的阴阳历法则不一样——它优雅、和谐，具有无与伦比的美感。"

邓肯对着德尔菲计时器点头说道："很多人都不相信它是真的，因为科学家们在不用计算机的情况下无法将它复制出来。他们不相信有人可以在一千五百多年前做出复杂又精妙的计时器，但是我信。"

"它很值钱吗？"

"它是无价之宝。"过了一会儿，邓肯又补充说，"有很多关于德尔菲计时器的传言——说它深藏着宇宙和生命的奥秘。"

"你相信吗？"

邓肯依旧看着德尔菲计时器上金银反射的光芒。"某种程度上，是的。它具有超自然的力量吗？当然没有。但它做了极为重要的事情：统一了时间。它让我们理解，时间是一条没有尽头的长河。对于它来讲，一秒钟与一千年毫无区别。而就是这样一个小小的箱子，居然能够近乎完美地丈量这无穷无尽的时间。"邓肯指着那个箱子说道，"在很久以前，人们将时间看作一种独立的力量，一个神明，有着独特的神力。你也可以说，计时器便是它的化身。我认为我们也应该用这种观点来看待时间：短短的一秒钟，其威力也可比拟一颗子弹、一把匕首甚至是一颗炸弹。它能改变未来千年的事情，能让它瞬间面目全非。"

从很大的格局看待万物……

"真是了不起。"

文森特虽然如此说着,但他的语气却表明,他并没有受到邓肯激情的感染。

但邓肯显然并不在意。杀手看了看自己的怀表,露出一个罕见的微笑:"你也听够我的疯话了,该去见见我们的花房姑娘了。"

巡警罗恩·普拉斯基的生活是这样的:他有妻子儿女,父母双亲,还有一个孪生哥哥,在皇后区有一座三居的独栋房子,平日里会和家人朋友一起在野外聚餐(普拉斯基会自制烤肉料和沙拉酱),会出去慢跑,给保姆一些钱,然后和妻子溜出去看场电影,还会在后院做些零活儿,他哥哥总笑话那院子小得可怜,就像"一块印花小地毯"。

他的生活很简单。因此,掷硬币抽到盘问乔丹·凯斯勒时,他有些不安。对方是个精明的生意人,其实他想去盘问那个酒保。萨克斯和普拉斯基在红色的雪佛兰里抛硬币决定各自的调查对象,结果他要去见克莱里的商业合伙人。他打电话给对方,安排了这次谈话,乔丹·凯斯勒刚刚从外地出差回来,据说他的私人飞机(没错,他有一架自己的飞机)刚刚落地,而他的司机正在开车送他进城。

他现在无比希望自己的谈话对象是个酒保,这些财大气粗的人让他不自在。

凯斯勒说自己在曼哈顿的市中心,一个客户的办公室里,他想推迟和普拉斯基的会面,改日再谈。不过萨克斯让普拉斯基坚定自己的态度,普拉斯基依言驳回了凯斯勒的提议。对方只好同意会面,地点就在他的客户办公室大楼里,他们约好了在一楼的星巴克咖啡厅见面。

普拉斯基到了星巴克,一进门,就看到一个男人正眯着眼看他,随即对他挥了挥手。普拉斯基点了一杯咖啡——凯斯勒在他来之前已经喝了一些——他们握了握手。凯斯勒身材健硕，头发稀薄，全都梳向了一边，微微可以看到他白色的头皮。他穿着一件深蓝色的衬衫，浆洗得像片轻木一样光滑。衬衫的衣领和袖口都是白色的，袖口上带着纯金的袖扣。

"感谢您愿意来此会面，"凯斯勒开口说，"要是我的客户知道了我在他办公楼里约见一名警察，还不知道会怎么想。"

"你都为他们做些什么？"

"啊，做会计就是这样，没有时间休息。"凯斯勒喝了一口咖啡，双腿交叠，声音低沉地说道，"太糟了，本[①]居然就这么死了，真是太糟了，听到消息的时候，我都没办法相信……他的家人还好吗？他的妻子和儿子？"然后他又摇了摇头，自问自答地说，"他们怎么可能还好呢，我猜一定很绝望吧。我可以帮上什么忙吗，警官？"

"就像我电话里说过的，我们就是想调查一下克莱里的死亡。"

"好的，只要我能帮得上，您尽管说。"

虽然是和一名警察交谈，但凯斯勒看起来一点也不紧张。他与普拉斯基讲话时的态度没有丝毫的傲慢，即使他的身家是后者的几千倍。

"克莱里有过什么用药吗？"

"用药？我从来没见过。我只知道有一次，他后背痛，所以吃过止痛药。不过那是很久之前了，而且我也从来没见过他，怎么说呢，没见过他体力不支。还有一点，我们之间交情并不深，因为性格不同。虽然我们一起合伙做生意，也认识六年多了，但个人生活独立，就是，私交不深，基本没有。一年里，也就是陪客户，我们一起吃过一两次晚餐。"

普拉斯基将对话引回正轨："那他用过违禁药品吗？"

[①] 本是本杰明·克莱里的昵称。

"你说本？没有。"凯斯勒笑着说。

普拉斯基回忆着要问的问题。萨克斯教他要记住他要问的问题，还说如果他一直需要看自己的笔记，会显得很不专业。

"他曾见过那种感觉很危险，或者看上去像是违法分子的人吗？"

"从来没有。"

"你曾告诉萨克斯警探说克莱里有些抑郁？"

"对。"

"你知道是因为什么抑郁吗？"

"不知道，就像我之前说过的，我们私交不深，很少过问对方的私人生活。"凯斯勒说着，将双臂放在了桌子上，他那硕大的衬衫袖扣碰到桌面，发出响亮的声音。这对袖扣的价钱大概赶得上普拉斯基一个月的工资了。

普拉斯基的脑海中响起了妻子的声音：放轻松，亲爱的，你做得很好。

他的哥哥也在旁说道：他不过是有两个袖扣，你可是还带着一把手枪呢。

"那么除了抑郁之外，你还注意到他最近有什么奇怪的地方吗？"

"确实有，他喝酒比平时要多。而且还开始赌博，去了几次拉斯维加斯和大西洋城，他之前从来没这样过。"

"你知道这是什么吗？"普拉斯基递给了凯斯勒一张复印单，上面是萨克斯在韦斯特切斯特，克莱里的别墅中发现的账目。萨克斯是在壁炉的灰烬里找到的，技术部复原了一部分。"是一张财务表或者资产负债表。"巡警提示说。

"我知道。"凯斯勒的语气中略带了一丝傲慢，但并不是有意为之。

"这些是在克莱里先生家中发现的，你觉得这有什么意义吗？"

"不知道，这上面的字有些看不清。怎么会这样？"

"我们发现时就是这样的。"

"千万不能提起这些账目被烧毁过的事。"萨克斯这样告诫他。

"你的意思是说,把秘密暗藏于胸。"普拉斯基回答说,随即又发觉对一个女性这样讲似乎有些不合适。他的脸红了。普拉斯基和哥哥哪里都像,唯独在脸皮上不像,普拉斯基是容易害羞的那个。

"这账目上面似乎记了不少钱。"

凯斯勒又看了一眼说道:"没多少,几百万而已。"

没多少……

"说回克莱里的抑郁问题。他对你说起过吗?不然你是怎么知道他抑郁的呢?"

"他总是心事重重、情绪易怒、心不在焉,谁都能看出来。他肯定是有什么烦心事。"

"他有没有提到过一个叫圣詹姆斯酒吧的地方?"

"什么地方?"

"一家开在曼哈顿的酒吧。"

"没听说过。我知道他时不时地会早些下班,可能是去找朋友喝一杯。但他从来没说过跟谁去喝。"

"他曾被调查过吗?"

"因为什么被调查?"

"任何违法行为。"

"没有,如果有的话我会知道的。"

"克莱里先生有没有和他的客户产生过矛盾?"

"没有,我们与客户的关系一向很好。客户们的平均收益是标准普尔五百指数①的三四倍,怎么会有人不高兴呢?"

标准普尔……普拉斯基并不明白这是什么意思,但他还是将其记在了笔记上,旁边又写上:高兴。

"能给我一张你的客户名单吗?"

---

① S&P 500 是美国五百家上市公司的股票指数,这个股票指数由标准普尔公司创建并维护。

凯斯勒犹豫了:"说实话,我不太希望您联系他们并找他们问话。"他低了低头,注视着菜鸟巡警的眼睛。

普拉斯基也直视回去,并问道:"为什么?"

"这很尴尬,对生意的影响不好,就像我开始时说的那样。"

"其实,先生,只要你仔细想一想,这也没什么好尴尬的。不过是警察找几个人,调查一下某个人的死因,有什么不方便的呢?这就是我们的工作。"

"说得也是。"

"而且你的客户们也都知道克莱里先生出了什么事,不是吗?"

"是的。"

"所以他们应该也希望我们能继续调查下去。"

"有些人可能是,有些则不一定了。"

"不管怎样,我想你已经想办法控制当前的情况了,是不是?找公关公司处理,或者自己面见了客户,安抚了他们,是不是?"

凯斯勒犹豫了片刻,随后说:"我会整理出一份客户名单,然后发给你。"

太好了!普拉斯基心里想着,三分入篮!与此同时,他强迫自己面无喜色。

阿米莉亚还说过,要把最重要的问题放在最后来问。"克莱里先生去世后,他的那一半公司股份会怎么处理?"

这个问题带着潜在的指控,似乎是在说凯斯勒因为贪图克莱里的财产而设法谋杀了他。不过凯斯勒对此却没有什么特别的反应,要么是他没有听出这问题的含义,要么是他听出来了,但是并不在意。"我会买下他的股份。我们的合作协议里有过关于这种状况的说明。苏姗妮——他的妻子,会按市值得到克莱里的股份,那将是很大一笔财富。"

普拉斯基记下了他的话。然后,透过玻璃门,指了指墙上业界大亨的照片说:"你的客户都是像这样的大公司吗?"

"我们的客户大多都是个人、高级经理和一些董事会成员。"凯斯勒给自己的咖啡加了一包糖,又搅了搅,说道,"您做过生意吗?警官?"

"我?"普拉斯基咧嘴笑道,"没有,倒是有一年夏天,我在我叔叔开的打印店打过零工,不过最后他搞砸了,不是他的人,而是他的店。"

"开创一番事业,然后将它一点点做大,是一件很激动人心的事情。"凯斯勒抿了一口咖啡,又搅动了一次,然后身体探过来,说道,"很显然,您觉得克莱里的自杀另有隐情。"

"我们必须保证巨细靡遗。"普拉斯基也不知道自己为什么要这么说,但这句话就是自然而然地从自己口中冒了出来。他想再问一些问题,但是已经没什么可问的了,于是说道:"我想今天就先谈到这里吧,先生。感谢您的帮助。"

凯斯勒喝完了咖啡:"如果我再想起些什么,会打电话给您的,您有名片吗?"

普拉斯基递了一张名片给他,后者问道:"那位和我谈过话的女警探,她叫什么名字来着?"

"萨克斯警探。"

"对。如果我联系不到您,可以打给她吗?她还在调查这件案子吗?"

"是的,先生。"

普拉斯基口述了萨克斯的联系方式,凯斯勒将萨克斯的名字和联系方式写在了普拉斯基名片的背面。于是普拉斯基把莱姆的联系方式也给了他。

凯斯勒点头:"我也该回去工作了。"

普拉斯基再次感谢了他,喝完了桌上的咖啡,而后起身离开。他最后看了一眼墙上那幅最大的企业照片。心里赞叹着,可真是壮观啊。他很想在自己的娱乐间里挂一幅小一点的这样的照片。但是他认为,像宾州能源这样的大公司应该不会开礼品店的,毕竟,那又不是迪士尼乐园。

12

一个肥胖的女人走进了一家小咖啡馆,穿着黑色大衣,短发,下身一条牛仔裤,和她在电话里描述的形象一致。萨克斯在咖啡馆里面的座位上冲来人挥了挥手。

这个女人就是格尔蒂,圣詹姆斯酒吧的另一个酒保。她在上班的路上接到萨克斯的电话后,同意在上班之前与萨克斯见面。

店内的墙上写着禁止吸烟的标语,但格尔蒂依旧点燃了一支香烟,夹在食指和中指之间,旁若无人地抽着。咖啡馆的工作人员对此也视若无睹。萨克斯想,这也许就是餐饮界的专业礼仪吧。

格尔蒂眯着眼睛看了看萨克斯的身份证明。

"索尼娅说你有些问题要问,但没说是什么问题。"她的声音低沉又粗哑。

萨克斯觉得,索尼娅肯定已经将一切都告诉格尔蒂了,但既然她这样说,萨克斯也就装作不知道,又对她说了一遍相关的细节——只是一些她需要知道的事情——然后,萨克斯拿出了本·克莱里的照片说道:"他自杀了。"格尔蒂的眼里没有丝毫意外之色。"我们正在调查他的死亡。"

"我见过他,有那么两三次吧。"格尔蒂看着咖啡馆里黑板上的菜单,说道,"我本可以在圣詹姆斯吃免费晚餐的,但是因为和你在这儿见面,我大概是吃不上饭了。"

"我请你吃点东西，怎么样？"

格尔蒂挥手叫过来一个女侍者，点了餐。

"您有什么需要吗？"侍者转向萨克斯，问道。

"你们这里有花草茶吗？"

"如果立顿算是花草茶的话，那我们有。"

"那就来一杯吧。"

"吃的东西呢？"

"不用了，谢谢。"

格尔蒂看着警探纤瘦的身材，露出了讥讽的笑容。然后问道："那个自杀的男人——他有家人吗？"

"对，有家人。"

"真可怜，他叫什么名字？"

格尔蒂问出的问题让萨克斯明白，她无法提供更多有用的消息。显然，她和索尼娅一样，都帮不上什么忙。她只记得在过去的三个月中，每个月都会见到他来一次。她也说曾见过克莱里与后屋中的警察们混在一起，但是并不确定。"酒吧工作很忙的，你知道吧。"

这要看你对"忙"的定义是什么了，萨克斯想。"那些警察中有你认识的人吗？"

"分局的那些警察吗？有啊，认识几个。"

格尔蒂点的饮料送上来了，她说了几个警察的名字和外貌特征。但她不知道任何人的姓氏。"他们中有些人还行，有些人就很烂，但世界不就是这样吗？……这个人，"格尔蒂用下巴指了一下克莱里的照片，"我记得他从来都不怎么笑，一直四处看，回过头看着窗外，看上去有些紧张。"女人往咖啡里倒了奶油和糖。

"索尼娅说，他最后那次去酒吧，在里面和人吵架了，你别的时候见过他和人吵架吗？"

"没见过。"格尔蒂大声喝了一口咖啡，"我在的时候可没见到过。"

"你见过他吸毒吗？"

"没有。"

毫无进展，萨克斯想。这条线索已经没什么可查的了。

女酒保深吸了一口烟，然后对着天花板吞云吐雾。她眯眼看着萨克斯，涂着亮红色口红的嘴唇左右咧开，露出一个虚假的微笑："你为什么会对这人的事感兴趣？"

"例行公事罢了。"

格尔蒂给了她一个了然的神情，最后说："两个男人进了圣詹姆斯酒吧，没过多久，他们都死了，这也算是例行公事，是吧？"

"两个？"

"你不知道？"

"不知道。"

"我猜你也不知道，不然你一开始就会说的。"

"跟我说说。"

格尔蒂沉默了一会儿，抬头张望。萨克斯一时间怀疑是否有人跟踪、监视她。但后来她才发现，格尔蒂不过是看着送上来的汉堡和炸薯条，目光追随它们到自己的桌子上。

"有劳了，亲爱的。"格尔蒂粗声道谢，然后目光转回到萨克斯身上，"萨科斯奇。弗兰克·萨科斯奇。"

"他怎么了？"

"我听说有人抢劫杀人，杀了他。"

"什么时候的事？"

"十一月初的时候，差不多吧。"

"他在圣詹姆斯见了什么人？"

"我只知道他去了后屋。"

"他们两个认识吗？"萨克斯对克莱里的照片点头问道。

女人耸了耸肩，看着她的汉堡。她掀开了上方的面包片，在上面涂了些蛋黄酱，然后双手费力地想打开番茄酱瓶的盖子，萨克斯伸手帮她。

"他是做什么的?"女警探又问。

"生意人,看着像是桥梁隧道承包商。但我听说他很有钱,住在曼哈顿。他穿的牛仔裤是古驰的,除了点单的时候,我没同他讲过话。"

"你怎么知道他死了?"

"听说的,他们说的。"

"分局的那些警察?"

她点了点头。

"你还听说过有谁死了吗?"

"没有。"

"别的犯罪呢?敲诈、伤人、贿赂?"

格尔蒂摇头,在汉堡上倒了一些番茄酱,又挤了一些番茄酱在旁边,用来蘸薯条:"都没有,我就知道这么多了。"

"谢谢。"萨克斯在桌上放了十美元,付了格尔蒂的饭钱。

格尔蒂看着钱,说道:"这家的点心特别好吃,尤其是派。你要是在这儿吃东西,一定要吃这里的派。"

警探又在桌上留了五美元。

格尔蒂抬起头,露出一个狡黠的微笑:"我为什么要告诉你这些?你在想为什么,对吧?"

萨克斯点头微笑,她确实在想这个问题。

"你不会明白的。后屋的那些人,那些警察?他们看我们的眼神,我和索尼娅,他们说的那些话,还有没说出口的那些。他们在我们背后开的那些玩笑,以为我们听不见。"格尔蒂露出一丝苦笑,"对,我就是靠给你倒酒赚钱的,是吧?这就是我的营生。但他们没权力因为这个瞧不起我。人都是要脸的,不是吗?"

* * *

乔安娜·哈珀，文森特的梦中女郎，现在还没回到工作室。

两个男人正坐在"邦迪车"里，停靠在泉水街东面，无人的工作室对面。邓肯打算在工作室里杀死乔安娜——他的第三个被害人——而文森特也要迎来久违的"深入交流"的机会。

这辆ＳＵＶ没什么别的优点，但是胜在安全隐蔽。这车是钟表匠从别处偷来的，而且他说，短时间内没人会发现车丢了。他们还从另一辆棕褐色的探路者上偷了一块纽约的车牌，挂在了"邦迪车"上。万一警方发现了他们，这个车牌可以搪塞一些问题。钟表匠告诉文森特，警察通常只会查车牌号，一般不会查车辆的识别码。

文森特承认，这招不错。但他还是问了一句，如果警察查了车辆识别码，进而发现他们的车牌和识别码不符，那么他们偷车的事就暴露了，那时候怎么办？

邓肯说："哦，那我会杀了他的。"仿佛这是理所当然的答案。

然后开车就走……

邓肯掏出怀表看了一眼，随后放回口袋，将拉链拉好，而后打开了背包，里面装有时钟和各种这次行动所需的工具，都整整齐齐地摆放着。他给时钟上好了发条，调准了时间，然后将背包的拉链重新拉好。即使是隔着一层尼龙布，文森特依旧能听到背包里面时钟的嘀嗒声。

他们连上了手机的无线耳机。文森特将一个警用对讲机放在了自己旁边的座位上（这当然，也是邓肯的主意）。他打开了对讲机，听着里面一系列的报告，像是交通事故、为了周二的某个活动而关闭某些路段、百老汇大街上有人突发心脏病、多起抢劫事件……

大城市的混乱生活……

邓肯仔细地检查了自己的全身，确保每个口袋都已经封好。接着，他用粘毛器在全身过了一遍，清除了所有细小的痕迹证物，然后提醒文森特，叫他在进去和乔安娜"深入交流"之前，别忘了也检查一遍自己。

心细如发……

"准备好了吗?"

文森特点头。邓肯下了"邦迪车",站在街上,左右打量了一番,然后走向乔安娜工作室的消防门。他只用十秒就打开了后门的门锁,太神了。文森特露出钦佩的微笑,赞叹着他朋友的技艺,随后凶狠地大口吞下了两颗糖果。

过了一会儿,文森特的手机振动起来,他接起了电话:"我进来了,街上情况如何?"

"偶尔有车路过。人行道上没有人,安全。"

文森特听到手机里传来金属碰撞的声音。而后,是男人的低语:"等我把她准备好,再打给你。"

十分钟后,文森特看到一个身穿黑色外套的人走向了工作室。从轮廓和姿态上判断,是个女人。没错,是他的花房姑娘,乔安娜。

饥饿感爆发开来,席卷了他。

文森特伏低了身子,以免被她看到。他按下了手机的拨号键。

电话接通了,听筒里传来敲击声,并没有人讲话。

文森特微微抬起头,看见乔安娜正走向门口。他悄声对着电话说:"是她,一个人。她随时都会进去。"

杀手保持着沉默。文森特听到了电话挂断的咔嗒声。

好吧,这个男人的确不错。

乔安娜·哈珀与凯文在科斯莫餐厅喝了三次咖啡。如果没有凯文,这家餐厅不过是SOHO一家吃饭的地方。但今天,它变得如此特别。现在她正一边走向工作室的后门,一边想着,若是能在外面再逛半个小时就好了——凯文也想和她待多一会儿——还有很多笑话没讲,很多故事没说——但是她还有工作要做。虽然交货时间是明天晚上,但这位客户很重要,乔安娜要保证每项安排都没有纰漏。

于是她有些不甘愿地对凯文说明了情况,她不得不回来工作。

她左右看了一眼街道,白天那个戴墨镜、穿防风大衣的高胖男人让她心有余悸。不过这地方一般也不会有什么人来。她迈步走进了工作室,随手关上了门,又将两道锁都锁好。

把大衣挂好后,乔安娜如同每次进入工作室时一样,深吸了一口花房芳香的空气:茉莉、玫瑰、丁香、百合、栀子花、花肥、花土还有覆盖膜。这里永远令人沉醉。

她开了灯,然后走向工作台,打算继续早前的工作,然后突然僵住了身子,尖叫了一声。

她脚上碰到了什么东西,那东西又不见了。她吓得向后跳了一步,心里想着:是老鼠!

但是当她低头看向脚下时,又忍不住笑了起来。原来她踢到的不过是一轴扎花线,就在走廊中央躺着。这东西怎么会跑到这儿来?所有的线轴都挂在旁边的墙上了。她眯眼朝墙上看去,发现这个线轴不知怎地掉了下来,滚到了这里。真奇怪。

肯定是有个扎花线幽灵路过了,她对自己开着玩笑,但立刻就后悔了,这地方本就阴森森的。突然,那个戴着墨镜的高胖男人浮现在了乔安娜的脑海里。不要自己吓唬自己,她默念着。

乔安娜捡起了线轴,走近了墙壁才看到为什么这轴线掉了下来:墙上的挂钩掉了,不过如此。但接着,她又发现了别的古怪。这轴线是新挂上去的,上面的线应该没用掉多少。但看着这轴线,她显然使用了很多。

她笑了。恋爱中的女人啊,什么都不记得了。

然后她停住了,偏过头。好像听到了什么之前没听到的声音。

那是什么声音?

真奇怪……滴水的声音吗?

不,那更像是机械的,金属的……

太奇怪了。听起来像是一座嘀嗒作响的时钟。这声音是哪儿来的？工作室后面有一座巨大的挂钟，但那个时钟是电子的，并不会嘀嗒作响。乔安娜四处找寻。最后断定，这声音大概是没有窗户的那片小工作区传来的，也就是在冷藏室后面那里。她决定等下再去查看。

乔安娜弯腰，去修理掉落的挂钩。

13

阿米莉亚猛踩刹车,将车子滑到了普拉斯基身前,后者上车之后,她重新轰响发动机,车子向北飞驰而去。

菜鸟巡警向萨克斯详述了昨天与凯斯勒的会面。最后又补充说:"他看上去没什么问题,人不错。不过我觉得我还是应该亲自去问问克莱里夫人,跟她把每件事都确认一下——比如凯斯勒会因为克莱里的死得到什么。她说她相信凯斯勒,而且事情都在往好的方向发展。但我还是不太放心,所以我给克莱里的律师打了电话。希望我这么做没问题。"

"为什么会有问题?"

"我也不知道,就是想问问。"

"干我们这一行,多做一些事总是好过少做一些。"萨克斯对他说,"出问题的总是那些工作做得不够多的。"

普拉斯基摇了摇头:"很难想象,在莱姆手底下工作,还有人会偷懒。"

萨克斯露出了会意的微笑:"然后那个律师怎么说?"

"同凯斯勒和克莱里妻子说得差不多。凯斯勒会用市场价买下克莱里的股份,程序都是合法的。凯斯勒说克莱里最近常常喝酒,还开始赌博。但他妻子对此很意外,似乎毫不知情,并说她丈夫之前从来没去过大西洋城赌博。"

萨克斯点头:"赌博——克莱里也许和当地的犯罪团伙有些关联,可能和他们进行过交易,或者是一起鬼混吸过毒,要么就是在那儿洗钱。他输了还是赢了,你知道吗?"

"好像是输了一大笔钱,我怀疑他借高利贷弥补赌债。不过他妻子说以克莱里的收入和财产,那些钱根本不是什么大数目,输个几十万美元对他来说也没什么大不了的。不过你大概也能猜到,他妻子对此确实是有些不快的……还有,虽然凯斯勒说他们与自己的客户关系都很不错,但我还是从他那里要来了一份客户名单,我觉得我们最好还是亲自和这些客户谈谈。"

"很好。"萨克斯对他的做法表示赞同,随后又说道,"事情开始变得更加棘手了,又查到了一起死亡事件。可能是谋杀,也可能是抢劫杀人,还不确定。"她对普拉斯基说了与格尔蒂的见面,并与他说起了弗兰克·萨科斯奇,"我需要你查查这起案件的资料。"

"没问题。"

"我——"

萨克斯话说到一半,突然停住了。她瞥了一眼后视镜,心头掠过异样的感觉:"嗯哼。"

"怎么了?"

萨克斯没有回答,她驾着车在一个路口不经意般向右转了个弯,车子向前行驶了几个街区后,又在路口处猛地左转:"好吧,普拉斯基,我们可能被人跟梢了。就在几分钟之前,后面那辆奔驰跟着我们转了好几个弯。别回头,不要回头看。"

那是一辆黑色的梅赛德斯奔驰,车窗上贴着黑色的玻璃膜。

萨克斯驾车再次突然急转,然后紧踩刹车,停了下来。普拉斯基因为猛然的刹车被安全带勒得发出一声闷哼。身后的那辆奔驰这次没有跟着她转弯,继续向前驶去。萨克斯回头看去时,那辆车已经穿过了路口。她只看出了车型,那是一辆 AMG① 产的奔驰,价格昂贵、改装版的德国汽车。

她转了一个 U 形弯,掉头打算跟上去,但一辆运货卡车并排停在了她旁边。等她绕过卡车时,那辆奔驰已经没了踪影。

"你觉得会是什么人?"

萨克斯大力摇头:"也许就是巧合,很少有人会跟踪我们。而且,相信我,从来没有人会开着一辆十四万美元的豪车去跟踪别人。"

触碰着冰凉的身体,花艺师躺在混凝土地面上,她的面色苍白,仿佛地上散落的白玫瑰。

冰冷的身体,冷得如同天上的寒月,但还是柔软的,她刚死没多久,所以还没有僵透。

用刀划开她的衣服、衬衣、文胸……

抚摸着……

舔弄着……

文森特坐在"邦迪车"驾驶座上,盯着马路对面的花艺工作室,一边等着邓肯通知他进去和花房姑娘"深入交流",一边在脑子里意淫他要对乔安娜做的事,饥饿感煎熬着他。

一阵嘈杂的声音打断了他的幻想。"交警四十二,你能……他们想在拿骚街和松树街加设一些路障。"

"没问题,通话完毕。"

警察的对话对文森特他们构不成威胁,所以文森特没有理会,继续着刚才的幻想。

舔弄着,抚摸着……

文森特想着,杀手现在正将乔安娜扑倒在地,正用绳子将她捆

---

① 德国汽车制造公司。

起来。然后他皱起了眉。邓肯会不会在抚摸她？他的双手会不会正在摸乔安娜的胸？正伸进她的双腿间？

嫉妒涌上文森特的心头。

乔安娜是他的女朋友，不是邓肯的。天杀的邓肯！他如果想要女人，就该自己出去找个别的姑娘……

但文森特告诉自己要冷静，饥饿感让他失控，令他疯狂，就像他看过的僵尸电影一样，饥饿感控制了他的大脑。邓肯是他的朋友，如果邓肯也想和乔安娜玩玩，那就随他去，他们可以分享这个女人。

文森特不耐烦地看表，他的朋友在里面太久了。邓肯曾告诉他说，时间不是绝对的。有一些科学家曾做过一个实验，他们把一个时钟放在高空，再把另一个放在与海平面齐平的位置。在高空的那个时钟比地上的那个走得快，这是因为一些物理原理。从心理学的角度来说，邓肯又补充了一句，时间也是相对的。如果你正在做你喜欢的事情，就会感觉时间过得很快。如果你在等待什么，就会觉得时间十分漫长。

就像现在一样。快点吧，快点。

这时，仪表盘上的对讲器又传出了声音。可能又是什么交通信息吧，他想着。

但文森特猜错了。

"指挥中心呼叫曼哈顿市中心区域内所有执勤小组。即刻前往泉水街，百老汇大街西侧。请提高警惕，在街区内寻找一家花艺工作室。本次行动与昨晚发生在二十二街港口和柏树街小巷的两次凶杀案密切相关。请各小组谨慎行动。"

"上帝啊。"文森特盯着对讲机，大声惊叫。随即按下手机重播键，他双眼在街上扫视着——还没有警察的影子。

呼叫音响起。一声，两声……

"快接啊！"

咔嗒。电话那头的邓肯一言不发——这是他们计划好的。但文森特知道邓肯在听。

"快出来！现在就出来！警察来了。"

文森特听到话筒传来了抽气声，电话挂断了。

"巡警三三七报告，将在三分钟之内赶到现场。"

"收到，三三七，最新进展，接到报警电话，泉水街四〇八号正发生一起袭击案。所有执勤小组立即行动。"

"收到。"

"巡警四六〇，正在前往现场。"

"快点！上帝啊。"文森特嘴里念叨着，启动了探路者。

这时，一只陶罐从花艺工作室的前门破窗而出，邓肯飞快地从里面冲了出来。他脚踩着散落在地上的碎玻璃，险些摔在冰地上。他一头钻到探路者的副驾驶座上，文森特立即加速离开。

"慢点开，"杀手命令道，"在下一个路口转弯。"

文森特松开了油门。还好他反应得及时，因为就在他减速的一瞬间，一辆警车在他们前面的路口猛地转了过来。

另外两辆警车也开进了泉水街，警察们跳下了车。

"红灯亮了，在路口停车。"邓肯冷静地说，"别慌。"

文森特感到一阵胆寒。让他想要不顾一切地冲出去，逃离这里。但邓肯似乎察觉到了他的想法："别动，假装你和其他人一样，好奇这里发生了什么。现在，看向警车。没关系，看过去。"

文森特照做，看向警车。

绿灯亮起。

"慢点。"

文森特不慌不忙地通过了路口。

越来越多的警车响应指挥中心的调遣，从文森特他们的探路者旁经过，驶进了泉水街。

对讲机中传来其他车辆前往现场的报告，还有一位警察报告说未在现场发现疑似嫌犯的踪迹。没有任何人提到他们的"邦迪车"。

文森特双手颤抖着,但他努力保持汽车平稳行驶,道貌岸然地奔驰在车道的中央,没有突然改变车速。终于,在远远离开泉水街的花艺工作室后,文森特轻声说:"他们知道我们。"

邓肯转向他:"他们什么?"

"警察。他们派警察在那附近找花艺工作室,还说和昨天晚上的凶杀案有关。"

杰拉德·邓肯闻言陷入沉思,既没有担忧也没有气愤。他皱着眉头:"他们知道我们在那儿?这太奇怪了,他们怎么可能知道。"

"咱们现在去哪儿?"文森特问。

他的朋友并没有给出答案,只是一直看着窗外的街道。良久,邓肯镇定地说道:"现在哪儿都不去,一直往前开,我需要思考。"

"他跑了?"莱姆的声音猛然透过摩托罗拉手机听筒传了出来,"怎么回事?他怎么跑的?"

塞利托与萨克斯一起站在位于花艺工作室的犯罪现场,他回答说:"抓住了时机,运气好,谁他妈的知道。"

"运气?"莱姆怒声重复道,就像在说一个令他费解的外语单词,然后,他停顿了一下,"等等……你们指挥行动时用了加密频道吗?"

塞利托说:"我们用的是战术指挥频道,但指挥中心接到的九一一报警电话不是。他肯定是听到第一次通话了。妈的。我知道了,之后所有关于钟表匠案子的行动都会在加密频道中进行通信指挥。"

莱姆又问道:"现场有什么发现吗,萨克斯?"

"我刚到这儿。"

"好吧,现在就去调查。"

电话被挂断了。

这位难伺候的主啊……塞利托与萨克斯彼此对视了一眼。萨克斯收听到关于泉水街袭击的消息后,便让普拉斯基下车去找萨科斯奇的案件资料,然后快速赶来了现场。

我能同时调查两个案子。

但愿如此吧,萨克斯……

萨克斯将包扔到了雪佛兰的后座上,锁上了车门。走向了花艺工作室。正看见凯瑟琳·丹斯从一家大型零售店里走到街上,她刚刚在零售店与花艺工作室的店主谈话,花艺工作室的店主名叫乔安娜·哈珀,她差一点就变成了钟表匠的第三个被害人。

一辆不起眼的车停在了路边,车上的警灯不断地闪烁着。丹尼斯·贝克关掉警灯,下车之后快步走向了萨克斯。

"是他吗?"贝克问道。

"是的,"塞利托回答,"警察在里面发现了另一座时钟,和之前的两个一样。"

已经是第三个了,萨克斯心情有些沉重地想着,还有七个人。

"他又留下字条了吗?"

"这次没有,而且我们差点就抓到他了。我猜他是没来得及。"

"我听见指挥中心的消息了,"贝克说,"你们怎么确定就是他?"

"有一家灭害公司非法储存了大量违禁硫酸铊,用于制造老鼠药,违禁品发生了泄漏,环保署突击检查了这家公司。林肯也发现了亚当斯谋杀案中发现的,凶手身上的鱼类蛋白是做什么用的,人们通常用这种土壤做兰花的花肥。朗便派人去检查这家灭害公司附近所有的花店和园林公司。"

"老鼠药。"贝克露出笑容,"那个莱姆,他什么都知道,是不是?"

"他知道的可多了去了。"塞利托补充道。

丹斯也走了过来。她向几人说明了刚才从乔安娜那里得来的信息:乔安娜喝完咖啡后回到了工作间,发现有一轴线出现在了不该出现的地方。"她并没有太当回事。但后来她听到了嘀嗒声,又觉得听到有人藏在后屋里。于是报了警。"

塞利托接着说道："因为我们的人也正往这里赶过来，所以才堪堪赶在杀手得手之前找到了她，但也是差一点就来不及了。"

丹斯补充说，花艺师想不到会有什么人要伤害她。她离婚有一阵子了，但自己和前夫已经多年不联系。她也想不到会有什么仇人，更别提要置她于死地的仇人。

乔安娜还告诉丹斯，自己在今天早些时候曾发现有人透过工作室的窗子窥视她。那是个身材很胖的白人男性，穿着一件奶白色的防风大衣，脸上戴着老式的墨镜，还戴着一顶棒球帽。因为工作室的玻璃很脏，她没有看到男人更多的体貌特征。丹斯想知道这个案子会不会和亚当斯的案子有关，但乔安娜却说自己从来没听过此人。

萨克斯问："她还好吗？"

"受到了惊吓，但已经回去工作了，不过不是在工作室，她去了百老汇的花店。"

塞利托说："在我们抓到钟表匠或是找出他的动机之前，我会派一辆警车守在她店外的。"他拿出了对讲机开始安排此事。

两位犯罪现场调查员——南希·辛普森和弗兰克·瑞特格朝萨克斯走了过来，他们中间走着一位年轻人，他戴着绒线帽，穿着一件宽大的外套，身材很瘦，身体因为寒冷而微微打战。辛普森说："这位先生到警车边来找我们，说是要提供一些线索。"

丹斯看向萨克斯，后者点了点头，于是丹斯走到了年轻人的身前，问他都看到了什么。这次问话根本用不上人体动作学分析，因为这孩子显然很乐意当一位热心的良好市民。他说自己正在街上走着，突然看到有人从花艺工作室里冲了出来。是个中年男人，穿着一件黑外套。他看了一眼塞利托和丹斯在钟表店那里合成的EFIT图像，随后说："对，差不多就这个样子。"

那男人跑向一辆棕褐色的SUV，钻了进去，开车的是一个圆脸的男人，戴着墨镜。但他没看见司机具体长什么样。

"凶手是两个人？"贝克叹息道，"钟表匠还有一个同伙。"

司机很可能就是乔安娜早前在工作室里看到的那个男人。

"那是一辆探路者吗？"

"我不知道，我不知道探路者和别的SUV有什么不同。"

塞利托问起那辆车的车牌，年轻的目击者说没看到车牌。

"好吧，至少我们知道那辆车是什么颜色了。"塞利托发出了紧急汽车定位指令。指令会传到所有巡警警车、当前区域的大部分执法人员和交警的手中，塞利托的指令是寻找一辆棕褐色的探路者SUV，车上有两名白人男子。

"好了，让我们继续这里的现场调查吧。"塞利托喊道。

辛普森和瑞特格两人帮助萨克斯准备好现场调查所需的设备。这一次的现场分为好几块区域，包括工作室、小巷、钟表匠逃跑时经过的人行道，还有那辆探路者曾经停靠过的地方。

凯瑟琳·丹斯和塞利托一起回到了莱姆的住处，贝克还在现场组织寻找更多目击者，将钟表匠的合成照片分发给街上的行人和泉水街各个店铺里的员工。

萨克斯收集了所有能找到的证据。因为前两座时钟内部均不存在爆炸物，所以第三座时钟也就不需要麻烦防爆部门了，只需测试一下场地内土壤里的硝酸盐成分即可。萨克斯将时钟还有其他的证物一起包装好，然后脱掉了防护服，套上自己的皮夹克。她快步走向自己的雪佛兰，然后矮身钻进了车子，将之启动之后，把暖风开到了最大挡。

她的手伸向后座去够她的包，想把手套拿出来戴上。但当她拿起皮包时，包里的东西掉了出来。

萨克斯皱紧了眉头。她一直都很小心，总是会把包扣紧。因为里面的东西可是万万不能丢的，那里有两个格洛克手枪的扩容弹夹，还有一罐催泪瓦斯。她清楚地记得，到这里下车前，她是把包扣好了的。

她看了看副驾驶座那一侧的车窗，上面有手套留下的污渍，表明有人用细条撬棍撬开了车门，车窗周围的毛边被压倒向同一侧。

这还是第一次，自己在做犯罪现场调查时被人扒车。

萨克斯一个接一个地检查了包里的物品，什么都没丢。钱和信用卡都在——不过她还是得给信用卡公司打个电话，防止贼人记下卡号。两个弹夹和防爆催泪瓦斯完好无损。萨克斯的手抚上了腰间的枪托，她四下观察着，外面有一小撮人聚在一起，好奇地张望着警察办案，萨克斯下了车走向他们，询问有谁看见什么人扒了她的车，大家都说没看见。

萨克斯回到雪佛兰旁边，从后备厢里拿出了简易的现场调查工具包，然后像调查犯罪现场一般开始车内车外的调查，寻找足迹、指纹和各种痕迹，结果什么都没发现。她把工具包放了回去，然后再次回到驾驶座坐下。

这时，萨克斯看见，离这里半个街区远的地方，一辆大型黑色汽车从小巷里探出了一小截车身。她立刻想到了早些时候自己去接普拉斯基时那辆跟在他们身后的奔驰。当时她只看出了车型，在她想要跟上去一探究竟时，那辆车消失在了车流中。

这是巧合吗？萨克斯想着。

雪佛兰强劲的引擎不停地转动着，车内开始暖和起来，萨克斯系上了安全带，用一挡缓缓驱动车子，慢慢向前开着，心里想着，还好，车子没问题。

萨克斯开出了半个街区远以后，突然换了三挡，车子猛冲了出去，也就是在此时，一个念头出现了：他在找什么？萨克斯的钱和护照都原封不动地在包里，这说明那人是在找别的什么东西。

阿米莉亚·萨克斯明白，那些让人猜不透动机的人，往往才是最危险的。

14

萨克斯来到莱姆处,将证物交给了梅尔·库柏。

随后,她依然戴着橡胶手套,走到一个罐子旁,倒出了几块狗饼干,喂给小狗杰克逊吃,小家伙吃得很快。

"你就没想过养一条辅助犬吗?"凯瑟琳·丹斯问莱姆。

"它就是一条辅助犬。"

"杰克逊?"萨克斯皱眉。

"是啊,它的作用可大了,它帮我分散人们的注意力,这样我就不用陪他们聊天了。"

萨克斯笑了起来:"我是说真的。"

他有几个康复医师,其中一个曾建议他养一条狗。很多半身瘫痪和四肢瘫痪的人都会养一只安慰宠物。在他出了事故后不久,他的心理咨询师也建议他这样做,但他那时候很抗拒这种做法。他也说不清为什么,但他隐约认为,可能跟他不愿意依靠任何人和事物有关系。而现在,他却觉得这主意也不坏。

他皱眉看着杰克逊:"你能训练它倒威士忌吗?"刑侦专家随后将目光转移到了萨克斯身上:"哦,你在现场时,有个叫乔丹·凯斯勒的人打电话找你。"

"谁?"

"他说你知道他是谁。"

"哦，等等——对，我想起来了，他是克莱里的合伙人。"

"他想和你谈谈。我告诉他你不在，所以他留下了一个口信。他说他已经和公司的其他员工聊过了，大家都认为克莱里最近有些抑郁。还有，凯斯勒现在已经在整理客户名单了，但得花费一两天时间。"

"一两天？"

"他是这么说的。"

莱姆看着萨克斯在库柏旁边的检测台上将证物一一整理出来，脑子里想着圣詹姆斯案的案情——也就是他口中的"另一件案子"。与之相对的则是"自己的案子"——钟表匠案。"来看看搜集的证物吧。"他大声说道。

萨克斯再次戴上橡胶手套，随后开始从证物箱和证物袋中拿出各种证物。

现场发现的时钟与前两座一模一样，嘀嗒作响，时间精确，表盘上的月亮是满月。

库柏和萨克斯一起将时钟拆开检查，没发现任何痕迹或异常。

工作室里没有留下任何脚印、指纹、擦痕和武器，什么都没有。莱姆想着，钟表匠也许会用特殊的工具剪断花房的铁线，或者他使用的某种技巧会暴露他从事过哪种职业、经过什么样的训练。但事实并非如此，他用的就是乔安娜工作室里的剪刀。就如同亚当斯案件中的胶带一样，每一段铁线的长度都是六英尺。莱姆思索着，他是不是打算用这种铁线从背后勒住乔安娜，又或者说，这些细铁线就是杀人凶器。

乔安娜出门时曾锁好了门，然后约了朋友出去喝咖啡。显然，钟表匠是撬开了门锁进去的。对此莱姆并不觉得意外。一个精通钟表机械原理的人轻松就能学会开锁技术。

车辆管理局的数据库显示，纽约一共有四百二十三人拥有棕褐色的探路者。在交叉对比了通缉令之后，发现还剩下两个人，其中一个已经六十多岁，被通缉是因为收到了几十次违停罚单。另一个是个年轻人，因贩卖可卡因被通缉。莱姆想着这个年轻人会不会就是钟表匠的同伙，但调查显示，这人现在还因为犯了一些别的事情而在监狱服刑。钟表匠也许就在剩下的那四百二十一个人之中，但他们也不可能一个一个地调查。即便如此，塞利托依旧打算派人去找他们中住在曼哈顿市中心的车主问话。

紧急车辆定位指令的回馈信息中，也有人报告说发现了相似车辆，但车内人员的外貌与钟表匠及其同伙的外貌描述均不相符。

萨克斯在工作室发现了一些含有鱼蛋白的土壤样本，都是在乔安娜花艺工作室中的花肥里提取的，室内发现的只是一小部分，萨克斯在外面的垃圾袋附近，发现了更多作为花肥的这类土壤。

莱姆摇着头。

"出了什么问题？"塞利托问道

"问题不在于这些蛋白质。而是它出现在了第二个凶杀现场，也就是被害人亚当斯的身上。"

"这说明？"

"这说明凶手之前就去过工作室，他在那儿观察他的目标，看看那里有没有警报装置或安全摄像头。他一直在监视他的目标。这说明他不是随机选择的被害人，而是出于某种原因，但到底是什么原因呢？"

小巷中被碾轧致死的男人没有什么违法犯罪行为，也没有敌人。这与乔安娜·哈珀一样，但后者并不认识亚当斯，二人之间没有关联，他们却都成了钟表匠的目标。为什么是他们？莱姆思考着。一个在港口的未知被害人，一个年轻的生意人，一个花艺师……还有另外没出现的七个人。他们身上存在着什么样的特质吸引了钟表匠？这之间又有什么关联？

"你们还发现了什么？"

"黑色的碎片。"库柏说着，举起一个塑料信封，那里面有几块黑色的小点,像干掉的墨水。

萨克斯说:"这是在他拿线轴的地方和他有可能藏身的地方发现的。我还在前门外面发现了一些,钟表匠就是从那儿踩着碎玻璃逃向了那辆探路者。"

"好吧,用气相色谱仪检测一下。"

库柏依言打开了气相色谱仪,放入一小块样本。几分钟后,分析结果出现在了屏幕上。

"说吧,梅尔,这是什么?"

技术专家推了推鼻梁上的眼镜,身体靠近屏幕说道:"有机物……看起来像是百分之七十三的氮系烷烃,剩下的是多环芳香烃和噻芳香烃。"

"啊,铺屋顶时用的沥青。"莱姆眯着眼睛说。

凯瑟琳·丹斯笑了:"这你也知道?"

塞利托说:"哦,林肯曾经满大街地转悠,收集各种能收集的东西,要建立他自己的证物数据库……跟你出去吃饭肯定很有意思,林肯,你是不是随身带着试管和塑料袋?"

"我的前妻会告诉你的。"林肯打趣道,他的注意力都放到了黑色的沥青斑点上,"我打赌,钟表匠正在监视下一个被害人,而那个地方正在翻新屋顶。"

"或者是他正在翻新自己的屋顶。"

"他不大可能在这种天气坐在屋顶一边欣赏夕阳,一边喝鸡尾酒。"莱姆说,"所以我们就先假定修屋顶的是别人家。现在,我想知道纽约有多少房子在翻新屋顶。"

"那可能得有成百上千个。"塞利托说。

"这样的天气里,不会有那么多的。"

"就算不多,可我们该怎么找呢?"塞利托问道。

"我们用 ASTER[①] 来找。"

"那是什么东西?"丹斯问。

莱姆解释说:"高级星载热发射和反射辐射仪,是装配在泰拉卫星[②]上的一种装置和数据包,美国宇航局和日本合资的项目,从太空捕捉地球上的热成像。轨道周期是……多少来着,梅尔?"

"差不多九十八分钟,但捕捉全球热成像要花十六天时间。"

"查一查它最近一次运行到纽约上空是什么时候。我想知道它能不能捕捉两百华氏度的热成像——沥青至少也要在这个温度才能用吧,这样能缩小一下搜索范围。"

"要整个纽约城的?"

"钟表匠似乎是在曼哈顿寻找目标,那就先从曼哈顿开始找起吧。"

库柏接了一通简短的电话,然后对莱姆说:"他们尽全力开始找了,有消息会尽快通知我们。"

汤姆打开房门,将丹尼斯·贝克迎进了屋内。"花艺工作室附近没有其他证人了。"上尉对大家说,他脱下了外套,礼貌地接过一杯咖啡,随后说道,"我们找了一小时,但没什么收获。要么是真的没人看见,要么就是没人敢说。这个畜生让所有人人心惶惶。"

"我们得知道更多信息才行。"莱姆看着萨克斯绘制的现场地理位置图,问道,"那辆 SUV 停在哪儿了?"

"就在工作室的对面街旁。"萨克斯回答。

"你调查过停车的位置了。"莱姆陈述道,因为他知道萨克斯一定已经调查过了,"那辆车前后可有别的车?"

"没有。"

"好的,他跑向了这辆车,他的同伙把车开到最近的路口,然后转弯,希望能藏在车流里。他不敢违反交通规则,所以一定很谨慎

[①]一种卫星传感器。
[②]美国于一九九九年十二月十八日发射升空的探测卫星。

而快速地转了弯,接着在他那一侧的车道上行驶。"正如车子突然加速和猛然急停一样,快速或缓慢地转弯都会使车轮在地上留下明显的轮胎印。"如果那段路现在还封着,我想派一队人过去彻底搜查十字路口路面的痕迹,虽然希望渺茫,但总得试一试。"莱姆转过头看着贝克说,"你刚从现场回来吧。是十到十五分钟之前离开的?"

"差不多吧。"贝克回答,坐在那里,伸手去够咖啡杯。他看起来十分疲惫。

"那条街还封锁着吗?"

"没太注意,我猜还是封着的吧。"

"去确认一下,"莱姆对塞利托说,"如果还封着,派一队人过去。"

不过警探打电话询问之后得知,泉水街已经开始通车了。就算钟表匠他们那辆探路者真的留下了什么痕迹,也已经被走过同样弯道的其他车给破坏了。

"可惜。"莱姆嘟囔着,他的眼睛再次看向证据表,想着已经很久没有遇到过这样棘手的案子了。

汤姆敲了敲门框,然后领着一个人走了进来。那是一个穿着昂贵黑色外套的中年女子,莱姆看着她觉得十分眼熟,但怎么也想不起她的名字。

"你好,林肯。"

这时,林肯想起来了:"警监。"

玛丽莲·弗莱厄蒂比莱姆年纪稍长,但他们曾是同一期的警监,也一起合作过几次特别任务。莱姆记得她是个聪明却野心勃勃的女人——她比自己的男同事还要顽强、坚韧。当然,作为一个女警监,她不得不这样。他们聊了几分钟,聊了彼此都认识的熟人和过去及现在的同事。弗莱厄蒂还问了问莱姆钟表匠案情的进展,后者便大致地给她讲了讲。

然后，高级警监将萨克斯拉到了一边，询问她现阶段的调查进展，当然，是指"另外一件案子"的调查。莱姆在一旁，不期然地听到萨克斯对弗莱厄蒂说她还没有什么决定性的发现。在一一八分局的证物处，没有发生重大的毒品失窃案，克莱里的合伙人和公司员工说，克莱里最近开始酗酒，还曾去过几次拉斯维加斯和大西洋城赌博。

"这很有可能与犯罪组织有关。"弗莱厄蒂指出。

"我也是这样想的。"萨克斯说，然后她又补充说，克莱里看起来并没有与他的客户发生过矛盾，但萨克斯和普拉斯基还在等凯斯勒送来他们公司的客户名单，之后，他们会亲自找这些客户问话。

"而且，"萨克斯说，"我们发现了另一起死亡案件。"

"另一起？"

"这人和克莱里一样，去过几次圣詹姆斯酒吧，也许他也见了克莱里所见的人。"

另一起死亡案件？莱姆想着。他得承认，这"另一件案子"开始变得有趣起来了。

"死者是谁？"弗莱厄蒂问。

"也是一个商人，名字叫弗兰克·萨科斯奇，住在曼哈顿区。"

弗莱厄蒂目光掠过实验室、证据表、各种设备，她的眉头皱了起来："知道是谁杀了他吗？"

"我想他也许死于一起抢劫案。但现在我还没拿到案子的卷宗，所以还不能确定。"

莱姆可以看出弗莱厄蒂脸上的阴郁。

萨克斯也很紧张。但弗莱厄蒂一张口，莱姆马上就明白萨克斯为什么会这样了。弗莱厄蒂说："我暂时不会叫内务部的人插手。"萨克斯松了一口气。他们不会把案子从她这里拿走了。好吧，林肯·莱姆也很为她高兴，虽然在他的内心深处，他更想让萨克斯把案子交给内务部，然后专心回来调查"自己的案子"。

弗莱厄蒂问:"那个年轻的巡警,罗恩·普拉斯基,他怎么样?"

"他做得很好。"

"我会对华莱士汇报案子进展的,警探。"高级警监说完,向莱姆点点头,"很高兴再见到你,林肯,保重。"

"再见,警监。"

弗莱厄蒂自己开门走了出去,步伐稳健,如同一个正在阅兵的将军。

阿米莉亚·萨克斯正打算打电话给普拉斯基,问问他萨科斯奇的案子都查到了什么。这时,她听到有人在她耳边说:"帝国审判官。"

萨克斯回头看着塞利托,后者正在往咖啡里加糖。他说:"嘿,到我办公室来一趟。"然后指了指莱姆家的前厅。

避开众人之后,两位警探来到了灯光昏暗的前门入口。

"帝国审判官,他们这样叫弗莱厄蒂?"萨克斯问。

"是的,倒不是说她不好。"

"我知道,我查过她。"

"嗯哼。"身材壮硕的警探喝了一口咖啡,吃完了一块丹麦饼干,说道,"听着,我现在为了找这个变态钟表匠忙得四脚朝天,所以我也不知道圣詹姆斯案是怎么一回事。但这案子要是有警察涉黑的可能,那么为什么是你在查,而不是内务部?"

"弗莱厄蒂现在还不想把案子给内务部办,华莱士也同意。"

"华莱士?"

"罗伯特·华莱士,副市长。"

"对,我知道他。是个正直的人。叫内务部来查这个案子是最合适的,弗莱厄蒂为什么不同意?"

"她想把案子交给她手下的人去查。她说——八分局和总部的关系很近,要是有人知道内务部查案,他们肯定会闻风而逃。"

塞利托扯动嘴角,说道:"有这个可能。"然后他将声音压得更低,说:"你没有反对,是因为你也想要这个案子。"

萨克斯直视塞利托的眼睛,回答说:"没错。"

"所以你是自作自受。"塞利托有些冷酷地笑了。

"什么?"

"你现在要多加小心了。"

"为什么这么说?"

"不过是,你要知道这其中的利害关系。现在,这个案子如果进展得不顺利,出现任何问题——好人被冤枉,坏人没抓到——这些就都得你来背锅,就算你什么都没做错。弗莱厄蒂有关系网护着,内务部向来都很吃香。反过来说,这个案子如果调查得顺利,你抓对了人,他们会立刻把案子接过去,到时候,谁还知道你是谁呢?"

"你是说,我中了圈套?"萨克斯摇着头,"但弗莱厄蒂一开始并不想把案子交给我,她想把这案子交给别人。"

"阿米莉亚,醒醒吧。举个例子,男人和女人约会结束了,男人说:'嘿,今天很开心,但是我想我们最好还是别上楼了。'女人听到这话,说的第一句会是什么?"

"'我们一起上楼吧。'这其实才是男人心里一直想要的。你是说弗莱厄蒂在耍我?"

"我的意思是,她从来没想过要把这案子给别人查,对吗?如果她想,几秒钟就能办到。"

萨克斯仿佛感觉不到痛楚一般,指甲狠狠地抓住头皮。一想起高层警察每天的钩心斗角,她就觉得一阵恶心——这根本不是她能应付的。

"现在,我要说的是,我不希望你负责这样的案子,至少不应该是现在阶段,你刚开始入行的时候,就接触这类案子。但现在为时已晚,你已经在调查了。所以你得记着——低调行事,最好做个隐形人。"

"我——"

"让我说完。如果你不低调行事,让人知道了你在做什么,就会出现两种麻烦。一种是人们一旦知道你在抓腐败警察,就会谣言四起。有人就会传,这个警察收了别人的钱,那个警察掩藏了证据,不管这些消息是不是真的,都不重要了。谣言就像是流感,不是你不想听就会没有的。它们传来传去,可以轻易地毁掉一个人的事业。"

萨克斯点点头,问道:"另一种呢?"

"不要以为你是个警察就是安全的。一一八分局要是真的有个败类,而且十有八九真的有,知道了你在查他,他不会亲自动手修理你,但是与他勾结的那些恶棍可不会听他的,那些人心狠手辣,他们会毫不犹豫地把你的尸体扔在肯尼迪机场长期停车场里的一个汽车后备厢中,他们真的做得出……愿上帝保佑你,孩子。去收拾那群混蛋吧。但一定要小心些,保护好自己。我不想对莱姆传达任何坏消息,他不会原谅我的。"

罗恩·普拉斯基来到了莱姆家,萨克斯与他在前厅会面,萨克斯站在那里看着厨房,回想方才塞利托对她说的话。

她简单地与普拉斯基交代了钟表匠案的进展,然后问道:"萨科斯奇的案子怎么样了?"

普拉斯基低头翻开笔记本,说道:"我找到了他的妻子,去找她问了话。死者是一位五十七岁的白人男性,在曼哈顿做生意。没有犯罪记录。今年的十二月四日被害,死于枪击,家中还剩妻子和两个十几岁的孩子,一个男孩、一个女孩……"

"罗恩。"萨克斯好像提醒他一般,唤了他一声。

他停顿了一下,随后说道:"哦,对不起,说重点是吧,好的。"

他略显冗余的办案方式已经成了一种习惯,萨克斯决心帮他改正一下。

菜鸟普拉斯基放松了片刻，继续说道："萨科斯奇在曼哈顿西区有一栋房子，他就住在那里。他还有一家做维修和垃圾废弃处理的公司，主要负责城里一些大公司和公用设施。他的生意账目清白，不管是联邦、市级或是州级调查记录都没有问题。公司没参与过任何有组织的犯罪活动，没有接受过犯罪调查，萨科斯奇本人除了在去年收到过的一张超速罚单以外，没有任何针对他的通缉令或逮捕令。"

"有没有找到任何嫌疑犯？"

"没有。"

"这案子归哪个部门查？"

"一三一分局。"

"他是在皇后区遇害的吧？不是在曼哈顿。"

"是的。"

"案件经过是怎样的？"

"劫匪抢了他的钱包和现金，然后对着他的胸口开了三枪。"

"他妻子有没有听他提起过圣詹姆斯酒吧？"

"没有。"

"萨科斯奇和克莱里认识吗？"

"他妻子也不确定，应该是不认识的。我把克莱里的照片给他妻子看，她并没有认出那是谁。"普拉斯基沉默了一会儿，又说道，"还有一件事。我好像又看见那辆车了，那辆奔驰。"

"你看见了？"

"昨晚从你车上下来之后，我为了赶一个路灯，快走了几步过马路，一边走一边注意着后方来车，就是那时候看到的。我看得不是很清楚，但应该就是那辆奔驰。没看见车牌。我觉得应该告诉你。"

萨克斯摇了摇头："我昨天也碰上一位不速之客。"她对普拉斯基说了昨晚有人扒车的事，并说她也看见那辆奔驰在附近了。"这司机可真忙,跟完你又来跟我。"萨克斯低头看着普拉斯基的手,他的手里拿着一个厚厚的笔记本,"萨科斯奇案件的案宗呢?"

"对,问题就出在这里。没有案宗,也没有证物。我在一三一分局的政务处翻了个遍也没找到。"

"的确,这就有些不对劲儿了。什么证物都没有?"

"没有。"

"有没有可能,有人将案宗带出去了?"

"是有这个可能,但电脑上找不到借出或被人取走的记录。要是真有人把案宗带出去,是会有记录在的。不过我找到当时负责案件的警探了。叫阿尔特·斯奈德,他就住在皇后区,刚刚退休不久。"普拉斯基说着,递给萨克斯一张纸,上面写着警探的名字和住址,"你想让我去和他谈谈吗?"

"不,我去和他谈。你留在这儿把案子的线索写在白板上,我想从更全面的角度看看这个案子。但是别在实验室里弄,那里太挤了。"每天都有很多犯罪现场的调查员和别的警察来莱姆这儿,或是送证物,或是做工作汇报。萨克斯手上的案子太敏感,她不想让任何有心人知道他们现在的调查进展。萨克斯朝莱姆的复健室点了点头,那里只有一个测力计和跑步机,"我们就在那儿写白板吧。"

"没问题,写这个用不了多久的,我写完之后,你需要我去斯奈德那里与你会合吗?"

萨克斯又想起了那辆黑色奔驰。耳边塞利托的话回荡着:"……扔在肯尼迪机场长期停车场里的一个汽车后备厢中……"

"不用了,你要是写完了就留下帮帮林肯吧。"萨克斯笑着说,"说不准他看到你留下帮忙心情会好些。"

钟表匠案

犯罪现场一

地点：
- 二十二大街，哈得孙河轮船修理码头。

被害人：
- 身份不详。
- 男性。
- 推测为中年或是老年人。可能患有心脑血管疾病（血液中发现抗血凝剂）。
- 血液中无其他药物成分，或疾病感染情况。
- 海岸警卫队和紧急勤务小组在纽约港搜寻尸体和证据。
- 调查失踪人口报告。

凶手：
- 见下文。

作案手法：
- 凶手将被害人悬在河水上方甲板上，割破其手指或手腕，直到被害人落水。

作案时间：
- 周一下午六点至周二早上六点之间。

证据：
- 被害人血型为AB阳性。
- 断裂的指甲，未做保养，形状宽大。
- 锁链围栏被钳断，使用普通钢丝钳，无法追踪。
- 时钟。见下文。
- 诗文。见下文。
- 甲板上有指甲抓痕。
- 无指向性痕迹，无指纹，无脚印，无轮胎印。

犯罪现场二

地点：
- 柏树街旁的巷子内，靠近百老汇大街，位于三个商务大厦（关门时间分别是晚上八点半和晚上十点），和一个政府办公楼后方（关门时间是下午六点）。
- 巷子只有一个出口。宽十五英

尺，长一百英尺，地面铺有鹅卵石。尸体离柏树街十五英尺。

被害人：
- 西奥多·亚当斯。
- 住在炮台公园。
- 自由文案。
- 无已知仇人。
- 无州或联邦调查局案底。
- 寻找与周围建筑大楼的关联，无发现。

凶手：
- 钟表匠。
- 男性。
- 没有钟表匠相关数据信息。

作案手法：
- 将被害人从车内拖曳至小巷中，在被害人上方悬挂金属横梁，最终碾碎被害人喉咙。
- 等待法医尸检结果。
- 无性行为证据。

死亡时间：
- 大约在周一晚上十点十五分至十一点之间。等待法医检验确认。

证据：
- 时钟。
- 不含爆炸物、化学或生物制剂。
- 与码头第一现场发现时钟相同。
- 阿诺德制造生产，制造商地址位于马萨诸塞州的弗雷明翰。目前正在打电话询问经销商和零售商。
- 凶手在两个现场均留下诗文。
- 电脑打印字体，普通打印纸，惠普打印机及打印墨水。
- 诗文：

  寒冷满月高悬于空，
  无言死尸沐浴银光，
  死将至，生将终。

  ——钟表匠

- 未发现匹配诗文；推测为凶手原创。
- "冷月"出自阴历，为死亡之月。
- 被害人口袋中有六十美元现金，序列号不可追踪；无指纹。
- 现场发现细沙，推测为凶手用来掩盖痕迹的干扰手段。普通沙子。因为凶手要回到现场吗？
- 金属横梁，重八十一磅，两端带有孔洞。小巷口施工单位并未使用这种金属横梁，未找到

其他来源。
- 胶带，一般胶带，但切口整齐，不同寻常，每截胶带长度相等。
- 细沙中发现硫酸铊（用于灭鼠药）。
- 被害人外套上的土壤中含有鱼类蛋白。
- 找到极少痕迹。
- 褐色纤维，推测来自车内地垫。

其他：
- 汽车：
  - 推测为福特探路者，车龄约为三年，内有褐色地垫。
  - 周二上午调查现场周围车辆没有任何异常，周一晚间没有车辆违停。
- 有待召妓热线问询现场附近的卖淫者记录，寻找潜在目击者。
- 无更多线索。

与哈勒斯坦因的对话

凶手：
- EFIT技术合成了钟表匠外貌。五十岁左右，圆脸，双下巴，大鼻子，不寻常的浅蓝色眼睛。身高超过六英尺，中长的黑色头发，未佩戴首饰，黑色衣服，姓名未知。
- 熟知钟表知识，知道哪里有哪些名表在最近的拍卖会卖出，哪些名表正在市里展出。
- 威胁店主保密购买信息。
- 共买了十座时钟，为了杀十个人？
- 现金付款。
- 要求时钟上有月相，且有响亮的嘀嗒声。

证据：
- 时钟购买于哈勒斯坦因钟表店，位于熨斗区。
- 钟表匠所付现金上没有指纹，钞票序列号不可追踪。纸币上没有痕迹。

犯罪现场三

地点：
- 泉水街四百八十一号。

被害人：
- 乔安娜·哈珀。
- 无明显犯罪动机。

- 不认识第二位被害人。

凶手：
- 钟表匠
- 同伙
- 很可能是被害人早些时候在工作室发现的一名男子。
- 白人，体格高大。戴墨镜，奶白色防风大衣，戴帽子。驾驶一辆SUV。

作案手法：
- 撬锁进入。
- 袭击方式未知。很可能将工作室内扎花细铁线作为凶器。

证据：
- 含有鱼类蛋白的土壤来自乔安娜的花艺工作室（作为兰花花肥使用）。
- 硫酸铊来自附近区域。
- 花艺工作室的扎花铁线被剪成相等长度。作为杀人凶器使用？
- 时钟：
- 与其他两座相同，不含硝酸。
- 没有纸条或诗文。
- 现在没有发现脚印、指纹、武器等。
- 黑色斑点：屋顶用沥青。
- 用ASTER热成像技术在纽约市内寻找可能的来源地点。

其他：
- 凶手会在作案前检查被害人的状况。出于某种原因而选择了被害人，是什么原因？
- 有警用对讲机。改用加密频道。
- 汽车：
  - 棕褐色SUV。
  - 车牌号码未知。
  - 已发出紧急车辆定位指令寻找。
  - 案发区域共有四百二十三名棕褐色SUV车主。与通缉令对比搜查发现两名车主。其中一位年纪不符，另一位因贩毒在狱中服刑。

本杰明·克莱里凶杀案

- 克莱里,五十六岁,看起来是结绳自杀而亡。所用绳索为普通晾衣绳。但死者生前右手大拇指受伤折断,不可能单手结绳。
- 电脑打印的遗书表示死者因抑郁自杀,但调查显示克莱里抑郁程度并没有这么严重。且没有精神、心理问题。
- 感恩节前后,有两个男人闯进死者位于韦斯特切斯特的别墅,很可能是去销毁证据,两人均为白人男子,其中一个人略高,在别墅中逗留了一小时左右。

- **韦斯特切斯特发现的证据:**
    - 撬锁进入,技术娴熟。
    - 壁炉工具和克莱里书房办公桌上均发现皮制品纤维痕迹。
    - 壁炉前土壤的酸性比别墅周围高出很多,怀疑来自工业区。
    - 壁炉内发现燃烧过的可卡因痕迹。
    - 壁炉灰烬中发现:财务记录,财务表,涉及上百万美金。
- 调查账目表上的标识,将账目交给刑侦会计师检查。
- 发现死者日记中的行程安排:给车换机油,预约剪发,去圣詹姆斯酒吧。

- **圣詹姆斯酒吧:**
- 克莱里来过几次。
- 在此期间没有使用过毒品。
- 不确定死者曾在这里见过什么人,很有可能是酒吧附近纽约警察局——八分局的警官。
- 死者最后一次来酒吧时(死亡前一天)曾在酒吧与人发生争执,对象不明。
- 检测了一一八分局警官付给酒吧的钞票,钞票上的序列号没有问题,但检测中发现纸币上沾有可卡因和海洛因。这上面的毒品有可能是他们自己从一一八分局的证物处中偷来的吗?
- 一一八分局的证物处中只有微量的(六到七盎司的

大麻和四盎司的可卡因）毒品储存丢失。
- 一一八分局查处的犯罪团伙极少，但无明显证据表明其中有警察在包庇罪犯。
- 东村共有两个主要黑帮势力，有犯罪的可能，但极少可能会是杀害克莱里的凶手。
- 问询克莱里的生意合作伙伴乔丹·凯斯勒，继续跟进克莱里妻子方面的消息。
   - 均表明从未见过克莱里使用毒品。
   - 死者看起来不会与罪犯有联系。
- 比平时喝酒更多；曾去过几次拉斯维加斯和大西洋城。赌博输掉大笔金钱，但对克莱里来说微不足道。
- 死者生前抑郁的原因不明。
- 凯斯勒不认识所烧财务表。
- 等待克莱里公司的客户名单。
- 凯斯勒似乎不会因为克莱里的死亡而获利。
- 萨克斯与普拉斯基均被一辆黑色奔驰车跟踪。

弗兰克·萨科斯奇凶杀案

- 萨科斯奇，五十七岁，无警方记录，于今年十二月四日被害，家中还有妻子和两个十几岁的孩子。
- 被害人在曼哈顿上城区拥有别墅和公司。公司主要负责其他大公司和公共设施的维修和垃圾处理工作。
- 阿尔特·斯奈德警探是死者案件的负责人。
- 没有嫌疑人。
- 谋杀/抢劫？
- 生意出了问题？
- 死者在皇后区遇害。不确定死者为什么会去那里。
- 案宗与证据缺失。
- 与克莱里无已知关联。
- 死者公司与本人均无犯罪记录。

15

阿尔特的房子位于长岛区,也是皇后区的一部分,与曼哈顿和罗斯福岛隔着东河遥遥相望。

各式各样的圣诞节装饰悬挂在院子中,人行道上的冰雪清理得干干净净,虽然刚刚下过雪,一辆凯美瑞却依旧非常干净。窗框要重新上漆,于是旧的那层被刮了下来。房子旁还有一堆砖块,也许是要铺一条小路或者一个露台。

萨克斯明白,这儿的主人最近突然多了大把时间,所以他才有时间收拾房子。

阿米莉亚·萨克斯按响了门铃。

几分钟后,门开了,一个男人站在门口眯眼看着萨克斯。他五十八九岁,身体很结实,穿着一件绿色的丝绒运动服。

"您是斯奈德警探吗?"萨克斯谨慎地措辞。她父亲曾说过,嘴甜比枪炮好用,于是她还是称呼面前已经退休的男人之前的头衔。

"是我,进来吧,你是阿米莉亚,对吗?"

尊称其姓对比直呼其名,萨克斯明白此时不是争斗的时候。她微笑着与对方握手,然后跟着他走进了室内。冷冷的街灯从窗外映了进来,客厅里有些冷,气氛并不友好。萨克斯闻到壁炉里潮湿木柴燃起的烟火味,还有猫骚味。她脱掉了外套,坐在一张吱呀作响的沙发上。任谁都看得出,那张旁边摆着三个遥控器的沙发椅才是这间客厅的神圣王座。

"我妻子不在家。"他大声说着,而后眯起眼看着萨克斯说,"你是赫曼·萨克斯的丫头?"

丫头……

"没错,您曾和家父共事过吗?"

"有过几次,一起训练过,还在曼哈顿一起执行过几次任务。你父亲是个好人。听说他的退休晚会特别热闹,大家玩了一整夜。你要喝苏打水什么的吗?抱歉,我家里没酒。"

他说这话时的语气十分明显,再加上他的鼻音,萨克斯不难看出,和许多上了年纪的警察一样,斯奈德也有酗酒问题,不过他现在正在戒酒。这是明智之举。

"我什么都不需要,谢谢……只是有几个问题想问问您,您在退休前曾负责调查了一起抢劫杀人案。被害人名叫弗兰克·萨科斯奇。我有几个关于那件案子的问题。"

斯奈德的目光扫过地毯,说道:"是的,我记得他。是个生意人吧,遭到抢劫还是什么的,被枪杀了。"

"我想看看那起案子的资料,但是案宗和证物都不见了。"

"案宗不见了?"斯奈德耸了一下肩膀,有点意外,但并没有很吃惊,"局里的档案室啊……总是一团乱。"

"我想知道当时发生了什么。"

"天啊,我记得的也不多。"斯奈德挠了挠他健壮的手背,他的手上长了湿疹,"你知道那种案子,完全是一点线索都没有……我的意思是说,一点头绪都没有。一个星期之后,你就把它抛在脑后了。你肯定办过很多这样的案子吧。"

这段话就是赤裸裸的讥讽,嘲笑萨克斯显然还是个新手,还没有过这种办案经历,或者说,根本就是一点办案经历都没有。

萨克斯并没有反驳:"那就说说您还记得什么吧。"

"是在一片空地发现的尸体,躺在他的车旁边。没有钱,也没有钱包，枪就在他旁边。"

"是什么枪？"

"史密斯·威林手枪，是把冷枪，处理得很干净——没有指纹。"

有意思。冷枪是指没有序列号的手枪。如果有人想要作恶，就能在街头买到这种无法追踪的武器。因为在美国，每一把手枪上都有一个不可消除的序列号——这是美国法律对境内所有武器制造商的生产规定——但是外国的武器制造商并不会在武器上印序列号。所以专业的杀手都会用外国造的手枪，事后通常就把它们扔在犯罪现场。

"线人们没听到什么消息吗？"

很多凶杀案之所以能破案都是因为凶手犯蠢，对别人吹嘘自己的能耐，比如曾经抢过或是偷了什么好东西。这些话被警察的线人听到后，就会把凶手供出去。

"没有。"

"那块空地在哪儿？"

"就在管道边上，你知道那些大罐子吧？"

"天然气罐？"

"没错。"

"死者去那儿做什么？"

斯奈德耸肩："不知道，他有一家维修公司。我想他可能有客户在那边，可能是去那儿见客户什么的。"

"现场有什么确凿的证物线索吗？痕迹？指纹？脚印？"

"我们什么都没找到。"他的眼睛一直在审视着萨克斯，看起来有些困扰。他一定在想，这就是新一代的纽约警方啊，真庆幸我及时抽身了。

"您相信这件案子真的就像看起来这么简单吗？一次抢劫案出了人命。"

他犹豫了一下："我相信。"

"但您并不完全相信,是吧?"

"我猜有可能是谋杀吧。"

"您相信这个可能性吗?"

斯奈德耸肩:"我的意思是说,那地方没什么人去,你得走半英里才能走到有人住的街区。那边都是些工厂什么的,孩子们也不去那玩儿。因为那地方根本不值得去,什么都没有。我猜是凶手故意拿走他的钱包和钱,伪造成一次抢劫杀人。然后把枪扔了——所以我觉得这也可能是谋杀。"

"但是和当地的黑帮没关系?"

"我是没发现有什么。但他手下的一个员工说,他有一笔生意出了岔子,赔了好多钱。我跟着这条线查了查,但什么都没发现。"

所以,萨科斯奇——也许克莱里也是——可能和一些犯罪团伙有什么交易:毒品或是洗钱。中途出了问题,然后他们杀了他。这样也许就能解释那辆跟着她和普拉斯基的奔驰车了(一些头目或是小喽啰在监视她的调查进展),而一一八分局的人在阻挠她调查,保护那个团伙。

"您在查案时听说过本杰明·克莱里这个名字吗?"

斯奈德摇头。

"你知道被害人——萨科斯奇——曾去过圣詹姆斯酒吧吗?"

"圣詹姆斯酒吧……等等,就是字母城的那个?旁边就挨着……"他的话没说完,就停住了。

"挨着一一八分局,对,就是那个酒吧。"

斯奈德看起来有些烦躁:"我不知道他去过,不知道。"

"好吧,他去过,很奇怪。他那样的商人,家住在曼哈顿西区,公司在中城区,偏偏要偷偷摸摸地跑到这儿来喝酒。您知道这是为什么吗?"

"不知道,什么都不知道。"他绷着脸,四下看着房间,"但是,你如果是来问我,当初是不是有一一八分局的人叫我掩盖萨科斯奇的案子,我可以告诉你,没有。我们都是按规矩做事的,然后又去处理别的案子。"

萨克斯注视着他的眼睛,说道:"关于一一八分局,您都知道些什么?"

斯奈德拿起了一个遥控器,在手中摆弄了一会儿,又放了回去。

"我有没有跟您说过?"萨克斯说。

"说过什么?"他脸色阴沉地问。萨克斯注意到斯奈德看向了空无一物的断层橱柜,橱柜的木板上还留着一个个圆圈痕迹,那是之前放酒的地方。

"我记性特别差。"萨克斯说。

"记性?"

"我都记不住自己的名字。"

斯奈德听糊涂了:"像你这么小的孩子?怎么会……"

"哦,真的,"萨克斯笑着说,"我要是出了您家门口,就会忘记自己来过,忘记您的名字,您的样子,忘得一干二净。突然就全忘了,我也不明白是怎么回事。"

斯奈德听懂了,但他依旧摇着头。"你为什么要这么做?"他轻声问,"你还年轻,你得学会——不要去自找麻烦。"

"但如果是麻烦找上了门呢?"萨克斯问,向前探出身体,"这案子从开始到现在,已经有两个女人丧夫,三个孩子丧父。"

"两个?"

"克莱里,就是我之前提到的那个男人。他和萨科斯奇一样,去了同一个酒吧,看起来他们都认识一一八分局的什么人,而他们现在都死了。"

斯奈德盯着墙上的平面电视,那电视看起来很不错。

萨克斯问:"所以,您听到过什么吗?"

他低头看着地面,神情认真,像是发现了什么污渍,正盘算着把换地毯也加到他的房屋整修计划里。终于,他说:"只是传闻,也只有传闻。我对你实话实说,我不知道是谁,也不知道具体发生了什么。"

萨克斯点头,让对方放心:"传闻也行。"

"有人在浑水摸鱼,仅此而已。"

"捞钱吗?有多少钱?"

"有可能是一笔大数目,我是说,相当大的那种,也可能只是些零钱。"

"继续。"

"我不知道具体的细节。就好像你正在街上,忙着你手上的活儿,然后有个人,同你身旁的人聊了一些事情,他们说得有点隐晦,但是你明白大概的意思。"

"你听过什么名字吗?"

"不,没听过,这已经是很久之前的事了。就是,他们提到了一笔钱。我不知道这钱是什么来路,具体数目是多少,也不知道是给谁的。我只听说,这个人要把钱都放一起,他们还说到了马里兰州,所有钱都去了那里。"

"他们说了马里兰州具体哪里吗?巴尔的摩?东海岸?"

"没有。"

萨克斯思索着,这到底是怎么回事?克莱里和萨科斯奇在马里兰州有房产吗?或者是在海边……大洋城或里霍博斯?一一八分局的警察在那里有没有房子?又或者说,与克莱里和萨科斯奇有关联的,是巴尔的摩的犯罪团伙?这样一来就说得通了,他们之所以在曼哈顿、布鲁克林和新泽西的犯罪团伙中都找不到线索,是因为这个团伙在巴尔的摩。

萨克斯问:"我想看看萨科斯奇案件的案宗,您能帮我想想办法吗?"

斯奈德犹豫了一下,随后说:"我会打几个电话试试。"

"谢谢。"

萨克斯起身,准备离开。

"等一下,"斯奈德说,"我还有句话要说。我之前叫你小丫头,嗯,我不该那样叫你,你很有勇气,不轻易退缩。你还很聪明,所有人都看得出来。但你初来乍到,一定要摆正你对一一八分局的态度,不然很容易闹出事。他们并没有要收拾任何人,而且即使他们中真的有人变节,也不是那么容易就能断定的,这世上很多事情都不是简单的非黑即白。你得弄明白,这么做到底有什么意义?不过是有些人拿了一些钱罢了。有时候一个坏警察会救下一个孩子,一个好警察也会拿不该拿的东西,这就是在外面讨生活的不易。"他对着萨克斯挑起眉,露出困惑的神情,"我是说,你比别人更应该明白这一点啊。"

"我?"

"对啊,就是你。"他上下打量着萨克斯,"第十六大道俱乐部。"

"我不知道您说的是什么。"

"哦,我会让你知道得清清楚楚。"

然后,斯奈德便将俱乐部的一切都告诉了萨克斯。

丹尼斯·贝克对莱姆说:"我听说她是个神枪手?"

现在,实验室里只剩下一群男人。凯瑟琳·丹斯得回宾馆重新办理入住。而阿米莉亚正在外面调查"另一件案子"。普拉斯基、库柏和塞利托还在这里,还有小狗杰克逊。

莱姆回答说,萨克斯加入了手枪俱乐部,并参加了射击比赛。他骄傲地告诉贝克,萨克斯在纽约市大联盟比赛时,差一点就拿到了第一名。她马上就要参加今年的比赛了,并希望能拿到冠军。

贝克点点头:"她身体状态不错,看起来和警校毕业的新人一样精神。"说着,他拍了拍自己的肚子,"我自己也该多锻炼一下了。"

讽刺的是,如今坐在轮椅上,哪儿也去不了的莱姆比事故发生之前的自己锻炼得更多了。他每天都会使用电动的脚踏车——就是复健室里那台测力计,还有电脑操控的跑步机。除此之外,他每周都会做几次水疗。这些锻炼有两个目的,其一,让他的肌肉保持状态,不至于萎缩,以便将来有一天,他能重新站起来走路——莱姆对此深信不疑。其二,还是为了能够重新站起来,锻炼有助于恢复受损机体的神经功能。在过去几年,他已经恢复了一些医生说永远也不会恢复的身体功能。

但莱姆知道,贝克并不是真的关心萨克斯的枪法或是日常锻炼。他的下一个问题也证明了莱姆的猜想:"我听说你们两个……在一起了。"

阿米莉亚·萨克斯就像夜里的灯盏,总会有很多男人飞蛾扑火般被她吸引。贝克警探会对萨克斯产生兴趣,莱姆丝毫不意外。莱姆对贝克的用词感到好笑。在一起。他笑着说:"你这么说,倒也没错。"

"肯定很不容易吧。"随后,他眨了眨眼睛,说道,"等等,我说的不是你想的那个意思。"

莱姆当然知道警探是什么意思。贝克并不是说一个残疾人和正常人之间约会有多不容易——很多时候,贝克自己都忘记了莱姆的身体状况。他是指一种截然不同的潜在冲突。"两个警察谈恋爱,你是说这个,很不容易。"

"另一件案子"和"自己的案子"。

贝克点头:"我之前和一个联邦调查局探员约会过,我们之间在管辖权问题上起了争执。"

莱姆大笑:"这个说法不错。当然,我的前妻不是警察,不过我们之间也出了些问题。布莱恩脾气火爆,为此我损失了好几个漂亮的台灯,还有一台博士伦显微镜。可能怪我,我不该把它带回家,就算带回家也还好,我不该把它带到卧室里。"

"我就不说显微镜在卧室的荤段子了。"塞利托在房间的另一边喊道。

"要我说,你不是刚刚就说了一个嘛。"莱姆回应道。

和贝克闲聊之后,莱姆转动轮椅来到普拉斯基和库柏身边,他们正设法在工作室扎花用的细铁线上提取指纹。莱姆想着,钟表匠不可能戴着手套解金属线绳,所以他得摘下手套,用自己的手拆,不过他们依旧什么都没找到。

莱姆听到了开门声,片刻后,萨克斯走进了实验室,脱下了皮夹克随手扔在椅子上。她面无表情,对着房间里的成员们点头,算是打过了招呼,然后她问莱姆:"有什么进展吗?"

"目前还没有,紧急汽车定位警报那里出现了几条报告,但都不是。ASTER 卫星那里也还没有消息。"

萨克斯盯着证据表,但莱姆觉得她其实并没有看进去。忽然,她转向那个菜鸟巡警,说:"罗恩,负责萨科斯奇案子的警探告诉我说他听到传言,说是有一笔钱进了我们的朋友——一一八分局的口袋。他说这可能与马里兰州有关系。我们得去查查,查查钱的去处,还有相关涉案人员。我想这一切都和巴尔的摩 OC(Organized Crime 犯罪团伙)有关系。"

"OC?有组织犯罪团伙?"

"除非咱们去的不是同一个警察学院,不然我不知道 OC 还有别的什么意思。"

"抱歉。"

"打几个电话。问问有没有巴尔的摩黑帮的人在纽约活动,再查查克莱里、萨科斯奇或任何一一八分局的人在马里兰州有没有房产,或者是不是在那边做生意。"

"我会去一趟一一八分局,然后……"

"不,直接打电话吧,打匿名电话。"

"我亲自去一趟不是更好吗?我可以……"

"更好的做法,"萨克斯厉声说道,"就是按我说的去做。"

"好的，听你的。"普拉斯基举起双手，表示会听话。

塞利托说："嘿，林肯，你看你的好脾气都传染给别人了。"

萨克斯双唇紧闭，随后又有些悲悯地说："照我说的做会更安全些，罗恩。"

这是林肯·莱姆才会有的道歉方式，也就是说，是一个不算道歉的道歉，但普拉斯基接受了："好的，没问题。"

萨克斯的目光从白板上移开了，说道："我需要和你谈谈，莱姆，单独谈。"随后瞥了一眼贝克说道："麻烦你了。"

贝克摇头说："不会。我也还有一些别的案子要查。"说着，他穿上了大衣，"如果有什么需要，可以到市中心办公室找我。"

"怎么了？"莱姆柔声问道。

"上楼，我们单独说。"

莱姆点点头，说："好的。"到底出了什么事？

萨克斯和莱姆乘微型电梯来到了二楼，莱姆摇着轮椅向卧室走去，萨克斯跟在他身后。

在二楼，萨克斯坐在一台计算机显示器前，开始愤怒地敲击着键盘。

"发生了什么事？"莱姆问。

"等我一分钟。"她在翻阅电脑里的文件。

莱姆观察出她身上有两处不对劲儿的地方，她的手指刚刚抓过头皮，大拇指上留着伤口上沾来的血迹。另外，他觉得，萨克斯刚刚哭过。而他们认识这么久以来，他只见过她哭过那么两三次。

她手指在键盘上敲得更加用力，文件一页接一页地飞速翻动，快得无法看清页面上的内容。

莱姆的耐心渐渐耗尽，他很担心萨克斯。最后，他不得不坚定地说："告诉我，萨克斯。"

萨克斯盯着屏幕，摇着头，然后转向莱姆："我父亲……他变节了。"她的声音哽住了。

莱姆将轮椅摇到她身侧，萨克斯的目光又看向屏幕。莱姆可以看到，那是一些新闻报道。

萨克斯的双腿因为情绪激动而颤抖。"他收受贿赂。"她轻声说。

"这不可能。"莱姆并不认识萨克斯的父亲，她的父亲在他们两人认识之前就因癌症去世了，他做了一辈子巡警（这也是为什么萨克斯刚入职时，人们给她取了个外号，叫她"老巡警的女儿"）。赫曼·萨克斯也出自警察世家。他的父亲——海因里希·萨克斯与他未婚妻的父亲，一名柏林警官，在一九三七年从德国移民到了美国。成为美国公民后，海因里希加入了纽约警察局，成了一名警察。

一名萨克斯家族的成员居然会腐败，莱姆觉得这简直难以想象。

"我刚与一位警探聊过圣詹姆斯酒吧案，他曾和我父亲一起执行任务。在二十世纪七十年代末，纽约市曾有过一起丑闻。十几名警察，因为敲诈、贿赂，还有伤人的罪名被捕入狱。人们称那次事件为第十六大道俱乐部。"

"我知道，我在报纸上读到过。"

"那时候，我还是个婴儿。"她的声音颤抖着，"我从来都不知道这件事，即使是我进了警局之后，母亲和父亲也从来没有提到过这件事。但当时，我父亲是和他们一起的。"

"萨克斯，我无法相信这是真的。你问过你母亲了吗？"

萨克斯点头："她说事情根本就不是那样的。只是有些警察被抓到了，就开始信口雌黄，诬陷其他人，为了能争取减刑而已。"

"这种事在内务部的案子里很常见。一直以来，只要被抓住的人随便供出一个名字，不管被供出的这个人是不是清白的，被抓的就能宽大处理。这是他们一贯的做法。"

"不，莱姆。这还不是全部。我去了内务部，在档案室找到了当年的案宗。父亲是有罪的。在第十六大道俱乐部丑闻里涉案的两名警察都曾写下宣誓书，说亲眼看见我父亲勒索过一些商店店主，还包庇多名通缉犯，甚至在针对布鲁克林黑帮的重大案件中销毁重要文件和证据。"

"道听途说罢了。"

"证据，"她大声说，"他们有证据能证明。赃款上有他的指纹，他的仓库里还藏着一些未登记的枪支。"她轻声说，"弹道检测证明，其中一把枪与去年一起谋杀未遂案所用枪支吻合。我父亲私藏了一件凶器。莱姆，这些都记在案宗里，我看见了指纹检测报告，我看见了指纹。"

莱姆陷入沉默，最后他问："那他是怎么被释放的？"

萨克斯苦笑："可笑之处就在这里，莱姆，犯罪现场调查搞砸了调查行动。现场的物证连续保管卡填错了，而我父亲的律师以此否认了所有证据。"

物证连续保管卡存在的初衷，是为了给予嫌疑犯最大的公正，有了保管卡，就能防止有人篡改证据，或是因为无心之失造成证物发生变化。但在本案中，基本不会存在证物被篡改的可能，因为除非嫌疑犯自己接触了证物，否则证物上是不会存在他的指纹的，但是，规矩必须公正地执行。所以，证物保管卡上的错误填写，致使所有的证物无效化了。

"再后来，就有人拍到他与托尼·加兰特在一起的照片。"

托尼·加兰特，一个海湾岭犯罪集团的高级头目。

"你父亲和加兰特在一起？"

"照片显示，他们在一起吃晚餐。我打电话给父亲生前的一个工作搭档，乔·诺克斯——他也是第十六大道俱乐部丑闻中的一员，被捕了。我问他父亲的事情，直奔正题。他最开始什么都不想说，他没想到我会打电话给他，最后，他承认了，那些都是真的。父亲和诺克斯，还有其他几个警察，勒索一些商家和承包商长达一年多。他们销毁证据，甚至还威胁说要殴打那些想要举报的人。"

"他们以为，我父亲这次会在监狱蹲很长一段时间，但没想到，因为保管卡出了乱子，我父亲被释放了。他们私下里都叫他'漏网之鱼'。"

萨克斯擦着眼泪，她继续在电脑中搜索文件。她也在查官方文件，因为莱姆为警局办案，所以他有浏览这些文件的权限。他又靠近萨克斯一点，近到能闻到她身上的香皂味。"第十六大道俱乐部十二名涉案警察均已立案接受审查，内务部称另有三名涉案警察因为证据问题无法立案。他就是那三个人之一，"萨克斯说，"天哪，他就是那条'漏网之鱼'。"

萨克斯瘫坐在椅子上，手指深深埋进发间，用力抓着头皮。她意识到了自己在干什么，于是松开双手，将手放在大腿上。手指缝中还带着血迹。

"那次尼克的事情发生后，"萨克斯开口，再次深深吸气，然后说，"那次事情发生后，我曾想，再没有比警察知法犯法更糟糕的事情了。再也没有……而现在，我发现，我父亲就是这种警察。"

"萨克斯……"莱姆感到一阵心疼，却又不能举起手臂将她抱在怀中安慰，分担她的悲伤，这让他沮丧，同时为自己的无能感到气愤。

"他们收人钱财，替人消灾，收了贿赂，就替那群禽兽销毁证据，莱姆你知道那意味着什么吗？有多少罪犯因此逃脱了。"她转过身，背对着电脑说，"又有多少凶手逍遥法外？多少无辜的人因为我父亲的缘故失去生命？有多少？"

16

文森特的饥饿感再次悄然苏醒,而后迅速爆发开来,如同呼啸而至的潮水,他的目光开始不受控制地胶着在街上女人的身上。

他脑海中闪过各种黄暴的想象,无异于火上浇油。

这个女人一头金色短发,手中提着购物袋。文森特想象着,将她压在身下时,自己的双手如何按着那颗头颅。

那个女人,像莎莉·安妮一样,留着黑色长发,此刻,她的长发从绒线帽中垂下来,曼妙无比,他仿佛已经感受到了把女人紧紧搂在怀里时,她肌肉痉挛般的颤抖。

看,又一个金发女郎,穿着套装,手提一个公文包。文森特想着,遭受自己的蹂躏时,她会惊声尖叫,还是会恐惧痛哭。他猜一定是前者。

驾驶座上的人此刻换成了杰拉德·邓肯,他开着车,穿过一条小巷,回到了一条主街上,而后向北驶去。

"听不到更多的通信了。"杀手对着警用对讲机点头说道,现在只能听到一些寻常的调遣令和道路交通信息,"他们换了频道。"

"我用不用再去找一个对讲机来?"

"他们开始用加密频道通信了,我很惊讶,他们居然没一开始就这么做。"

文森特又看到了一个黑发姑娘——哦,她可真漂亮啊——她刚从星巴克走出来,穿着一双靴子。文森特喜欢看女人穿靴子。

自己还能忍耐多久?文森特想着。

他等不了多久了。也许只能忍耐到今晚,或者是明天。自打认识了邓肯之后,杀手就告诉他,他必须停止找女人"深入交流",直到开始他们的项目,才能开荤。他欣然同意了,因为钟表匠说过,他的目标中有五个女人。其中有两个年纪较大的中年女子,但是,文森特觉得,若是这两个能让自己产生兴趣的话,他也是下得去手的(身体里那个聪明的文森特对自己说,我不入地狱谁入地狱)。

所以,在那之后,他一直在禁欲。

邓肯摇着头说:"我一直在琢磨,警察是怎么查到咱们的。"

查到咱们?邓肯讲话有时会很好笑。

"你有什么想法吗?"

"没有。"文森特说。

邓肯依旧没有表现出丝毫愤怒,这让文森特很惊讶。文森特的继父愤怒时,总会大喊大叫,大发脾气。比如在出了莎莉·安妮那次事后。文森特也会发怒,尤其是那些女人,若是拼命反抗,甚至弄伤他,就会让他暴怒。但邓肯却不是这样。他曾说过愤怒是无用的情绪,你必须从大局出发。很多时候,当我们去实施一些伟大的计划时,总会经历这样那样的挫折,但这些并不重要,不值得你为此愤怒伤神,浪费精力。"就像时间一样,只有经过千百年的洗礼,才能看出一些洪荒中的意义,对人类来说也是一样。一个人的生命微不足道,世世代代生命的延续才是最重要的。"

文森特觉得他说得很有道理,但对他而言,每一次"深入交流"的机会都很重要,他一次也不想错过。于是他开口问道:"那我们还要再试试吗?试试乔安娜?"

"现在不行,"杀手说,"警方现在肯定派人守着她呢。而且就算我们能把她搞到手,也会暴露出我要杀掉她的原因。现在最好还是让他们以为我选的这些目标都是随机的。而我们现在应该做的是——"

杀手的话突然停住了,他正看着车内的后视镜。

"怎么了?"

"警察。有辆警车刚刚从路口开进来,刚刚开始转弯,但现在转头朝我们开过来了。"

文森特回头看去。他看见车后一个街区远的地方开过来一辆白车,车顶上摆着警灯。显然,正加速朝他们追过来。

"我看,他是要来抓我们了。"

邓肯在一个路口快速拐进了一条狭窄的街道,接着加速向前驶去。在下一个路口时,又往南拐。"你能看见什么?"

"我想可能不是追……等等。看到它了。它就是在追我们,绝对是。"

"那条街——在前面那个街区。右边那条街,你认识吗?从那里走能不能上西区高速?"

"能,就走那条街。"文森特感觉手心的汗湿透了手掌。

邓肯驾车在路口转弯,接着,猛踩油门,汽车加速,飞驰在单行道上。然后左转开上高速公路,驶向南方。

"在我们前面的,那是什么?警灯?"

"是的。"文森特可以轻易地看到迎面而来的灯光,紧张地升高了声调,"我们现在怎么办?"

"尽人事,听天命。"邓肯说着,冷静地打着方向盘,毫不费力地完成了一次极高难度的转弯。

林肯·莱姆尽力忽视身边正在打电话的塞利托。同时屏蔽了另一个正在打电话的菜鸟。罗恩·普拉斯基正在询问巴尔的摩黑帮的事情。

将周遭一切都屏蔽掉之后,莱姆沉下心,让一缕飘忽的思绪沉淀下来。

他也不确定自己到底想起了什么,只是一小段模糊的记忆一直徘徊在他的脑海中。

他也说不上到底是什么记忆。一个人名、一个意外,还是一个地点……但他知道这点记忆很重要,甚至可以说是至关重要。

到底是什么?

他闭上眼睛用力想,但还是抓不住它。

稍纵即逝,像是他小时候追过的风中的蒲公英。那时,他家住在芝加哥郊外的中西部地区,他总是奔跑在田野里,一直跑,一直跑。林肯·莱姆很喜欢奔跑,喜欢去抓飞舞的蒲公英,还有那些风车叶片一样的树种子。它们从树上片片飞下,像是一个个缓缓降落的直升机。他还喜欢去追蜻蜓、飞蛾和蜜蜂。

林肯喜欢去研究它们,认识它们。他天生便拥有科学家般强烈的好奇心。

奔跑着……用力喘息着。

现在,他瘫痪在轮椅上,但他依旧奔跑着,努力去追逐一粒特别的、迷惑的种子。即使这场追逐发生在他的大脑里,也一点不比用双脚奔跑追赶的时候轻松。

就在那里……就在那儿。

马上就要抓到它了。

不,还没有。

见鬼!

不要去想,不要勉强。让它沉淀……

他的思绪穿过各种完整和残缺的记忆,就像他的双脚踏在芳香的草地和温热的泥土上,穿过沙沙作响的芦苇丛和玉米地,天空中骤然聚集起厚重的乌云,闪电从云层中一闪而下,瞬间让大地一片炽白。

成百上千凶杀案、绑架案现场的图片、备忘录、报告和证据图表，还有显微镜下抽象的艺术品、色谱仪里的山谷和山峰，如同成千上万个空中落下的飞旋的树种子、蒲公英、蚱蜢、纺织娘和知更鸟的羽毛。

好的……近了……近了……

然后，他睁开了眼睛。

"鲁珀特。"他低语道。

满足感传遍了莱姆的全身，虽然他并不能感知。

莱姆也不确定自己找到了什么，但鲁珀特这个名字一定有着很重大的意义。

"我需要一份文件。"莱姆看了塞利托一眼，后者正坐在一台电脑前，看着屏幕，不知在看些什么，"一份文件！"

塞利托回头看莱姆："你是在和我讲话吗？"

"是的，我是在和你讲话。"

塞利托笑了一声："一份文件？我有吗？"

"没有，但我需要你去给我找来。"

"什么文件？案件的卷宗吗？"

"我想是的。我不知道案件发生的时间，只知道一个名字，鲁珀特。"他拼出了名字，"是很久之前的案子了。"

"鲁珀特是犯人的名字？"

"也许是。也许是一个目击者，也可能是逮捕行动，或是案件负责人。甚至是个警察的名字，我不知道。"

鲁珀特……

塞利托说："你看起来像一只偷吃了奶油的猫。"

莱姆皱眉说："有这种说法吗？"

"我也不知道，就是喜欢这样说。好吧，鲁珀特文件。我打几个电话问问，很重要吗？"

"外面还有一个疯子正在杀人，朗，你觉得我会在这种时刻让你浪费时间去给我找一些鸡毛蒜皮的东西吗？"

一份传真传了过来。

"是咱们的 ASTER 热成像吗？"莱姆热切地问。

"不是，是给阿米莉亚的。"库柏说道，"她在哪儿？"

莱姆刚要叫萨克斯下来，她已经走进了实验室。她脸上没有了泪痕，眼睛不再泛红。虽然她平时很少化妆，但莱姆怀疑她是否依靠化妆掩饰了自己哭过的痕迹。

"给你的。"库柏告诉萨克斯，随后看了看传真上的内容，"关于那个人，叫什么来着，他家中发现的灰烬的进一步化验分析结果。"

"那个人叫克莱里。"

技术专家接着说："实验室最终复原了财务表上的标识。那是一个用于协助会计办公的软件标识，没什么不寻常，全国成千上万个注册会计师都在用这个软件。"

萨克斯耸了耸肩，接过传真并读道："皇后区的一位法务会计师看过了那张财务表的账目，不过是一些公司高级经理都会用到的工资和赔偿金账单，没有什么异常。"萨克斯摇了摇头。"看起来没什么用。我猜闯进去的那两个人，应该是找到什么就烧，就是想彻底销毁能将克莱里与他们联系到一起的所有证据。"

莱姆看着她有些忧虑的眼睛，说道："也有可能是烧掉些无关紧要的东西，来误导警方的调查。"

萨克斯点着头："是的，没错。说得有道理，莱姆，谢谢。"

她的手机响了起来。

萨克斯按下接听键，听了一会儿之后，皱起了眉头："在哪儿？"她问道。"好的。"萨克斯做了一些笔记。"我马上就到。"她对普拉斯基说，"萨科斯奇案的卷宗可能有线索了，我现在要过去看看。"

普拉斯基有些惴惴不安地问道："那你想让我和你一起去吗？"

冷静了一些的萨克斯微笑，虽然莱姆能看出笑容中的勉强，她说："不，你就留在这儿吧，罗恩，谢谢。"

萨克斯拿起外套，什么都没说，急匆匆地离开了。

前门随着萨克斯的离开发出清脆的关门声，这时，塞利托的手机响了。他一边听一边神色紧张地站起身，大声说："听着，紧急车辆定位那边有消息了。发现一辆棕褐色探路者，车内有两位白人男性。他们刚刚避开了一辆巡警警车，现在警方正在追踪他们。"他又听了一会儿，说了句"明白"，然后挂掉了电话。"警方跟踪他们来到了休斯敦西区高速公路旁的一个大停车场，现在出口已经被封死，这次也许找对人了。"

莱姆将收音机调到加密频道收听现场的通信。实验室里的所有人都紧紧盯着那个小小的黑色塑料扬声器。两位巡警报告称在停车场二楼发现了那辆棕褐色探路者。嫌疑犯在这里弃车不见了，车内已经没有人影了。

"我知道那个停车场，"塞利托说道，"那地方就像个筛子，他们想跑就能跑。"

波·豪曼和一位探长说，他们已经派人在仓库周围的街上进行搜查，但是目前还没有钟表匠或其同伙的踪迹。

塞利托烦躁地摇着头："至少咱们找到他们的车了。车里应该有好些值得查的，我们应该打电话让阿米莉亚回来，去现场调查。"

莱姆犹豫不决。他曾料想过这两起案件同时调查肯定会出现冲突，可他没想到这个冲突来得这么快。

是的，他们理应叫她回来。

但是刑侦专家决定不这样做。他比了解自己还要了解萨克斯，而且他知道，萨克斯现在又多了一个继续调查圣詹姆斯酒吧案的理由。

再没有比警察执法犯法更糟糕的事情了……

莱姆必须为她做些什么，为了萨克斯。

"不，不用叫她。"

"但是，林肯……"

"我们可以找别人去。"

沉默让气氛更加压抑，就在人们以为这压抑的气氛要持续到天荒地老时，一个声音将其打破了："让我去吧，长官。"

莱姆看向了他的右边。

"你？罗恩？"

"是的长官，我可以做到的。"

"我不这么想。"

这位菜鸟看着他的眼睛，嘴里说着："在一起凶杀案的犯罪现场调查中，需要谨记的一点是，通常，被害人尸体所在的位置往往是整个现场中最不重要的地方——因为狡猾的罪犯会清理掉现场的痕迹，然后设置一些假的线索来干扰警察的调查，误导调查方向。越重要的——"

"那是——"

"您的课本，长官。我读过它，实际上我读过好几遍了。"

"你都记下来了？"

"只是比较重要的那些部分。"

"哪些部分不重要？"

"我是说，我记得所有要点。"

莱姆思索着。普拉斯基太年轻，没有经验。但是至少他了解这个案子的关键，而且他眼睛毒。"好吧，罗恩。但是你必须要和我保持通话，否则一步也不能迈进现场。"

"我可以接受，长官。"

"哦，可以接受是吧？"莱姆没好气地说，"感谢你的批准，菜鸟。现在就去，赶紧。"

他们跑得上气不接下气。

邓肯和文森特两人各背着一个帆布包，里面装着"邦迪车"里的东西,他们跑到哈得孙河边的一个公园,开始慢慢放缓速度,走了起来。他们现在离那个停车场有两个街区远,就是在那儿,他们为了逃避警察的追捕,将车丢弃了。

所以,时刻戴着手套的要求——最初在文森特看来甚至是有些变态的要求——现在终于看出效果来了。

文森特回头看了看:"他们没有跟来,没看见我们。"

邓肯靠着一棵小树,平复呼吸,清了清嗓子。文森特按着自己的胸口,胸口因为用力奔跑而火辣辣地疼着。两人的口鼻中不停地喷出白色的哈气。杀手依旧没有恼怒,但比之前更加困惑,也更加好奇:"他们还知道了这辆探路者。我不明白,他们是怎么知道的?又是谁在查我们?我在柏树街看到的那个红头发的女警察——也许是她。"

是她……

接着,邓肯低头看向自己脚边的帆布包,包是敞开的。"哦,不。"他低语。

"怎么了?"

杀手跪在了地上,开始检查包里的东西:"落下了一些东西,那本书和子弹还在车里。"

"那上面没有我们的名字,也没有指纹,对吧?"

"没有,他们不会指认我们。"他看了一眼文森特,"你那些食物包装纸和易拉罐呢?带了吗?你一直是戴着手套的,对吗?"

文森特生怕让自己的朋友失望,所以总是很小心,他点了点头。

邓肯回头看着仓库的方向:"即便如此,他们每找到一个证据,就离我们近了一步,就像是看到手表上的一个小齿轮。当你找到了足够多的零件和齿轮,又够聪明的话,就能看懂这只表是怎么运行的,甚至还能看出这只表是哪个钟表匠的作品。"说着,他脱下自己的外套,递给文森特,露出了里面的一件灰色毛衣,然后从包里拿出了一顶棒球帽戴上。

"回教堂和我会合。从这里直接回去,千万不要耽误时间。"

文森特轻声说:"你要去做什么?"

"那座停车场很黑,也很大。他们人不多,不可能哪里都看得住。而且我们刚刚走的那扇侧门,从外面几乎发现不了。所以那里应该还没有警察守着。如果运气好的话,他们或许还没发现那辆车。我要把咱们落下的东西拿回来。"

他拿出那把裁纸刀,塞进了袜子筒里。然后伸手从文森特手中拿回外套,从口袋里拿出一把微型手枪,检查了一下,确保子弹已经上膛,又将它放了回去。

文森特问:"但如果警察已经发现了呢?"

邓肯用他特有的、平静的声音说道:"看情况吧,我会想办法把东西拿回来。"

17

罗恩·普拉斯基站在冰冷刺骨的停车场里,盯着眼前棕褐色的探路者,车在聚光灯的照射下反射着光芒。他感受到了前所未有的压力。

他一个人在二楼的现场。朗·塞利托和波·豪曼——两位纽约警察局的传奇警探——正在一楼指挥行动。两位犯罪现场技术员在这里架起了聚光灯,将一个设备箱塞到了他怀里,然后便离开了,临走前还用同情的语气祝他好运。

他没穿外套,只穿了一层薄薄的防护服,此刻正不自觉地打着寒战。

帮帮我吧,珍妮,普拉斯基无声地呼唤着自己的妻子。每当他倍感压力时,就会这样做。为我加油吧,普拉斯基又补充说,虽然只有他自己能听见,别让我把活儿搞砸了,后面这句他常常说给他哥哥听。

普拉斯基戴上了耳机,有人告诉他说,他现在能够和莱姆直接对话,频道已经加密,是安全的。但此刻耳机内除了电流声,他什么也听不见。

突然,莱姆的声音毫无预兆地在耳边响起:"你都看见什么了?"

普拉斯基被吓了一跳,赶紧将音量调低,而后说道:"嗯,长官,这辆棕褐色的SUV就在我的面前,大约二十英尺远的地方。

它停在仓库比较偏僻的——"

"比较偏僻。这个表达就像'有点特别'和'好像怀孕了',太含糊了。这里还有别的车吗?"

"有的。"

"有多少辆?"

"六辆,长官。停在离目标车辆十到二十英尺的地方。"

"不用叫我'长官',省点力气做重要的事情。"

"好的。"

"那些车都是空的吗?有没有人藏在里面?"

"紧急勤务组已经排查了那些车。"

"引擎盖是热的吗?"

"呃,我不知道,我这就检查。"应该想到这一点的。

普拉斯基用手背挨个碰了碰那些车的引擎盖,以免留下指纹,引起什么不必要的麻烦:"不热,都是凉的。应该是停在这儿有一阵子了。"

"好的,也就是说没有目击证人。有没有最近才留下的,驶向出口的轮胎印?"

"有轮胎印,但都不是最近才留下的。除了这辆探路者,没有别的轮胎印。"

莱姆说:"那么他们可能没有备用车,这就意味着,他们是用腿跑路的。这对我们来说是好事……现在,罗恩,讲讲现场的整体情况。"

"第三章。"

"那本该死的书是我写的,我不需要再听一遍。"

"好的,现在的整体——车停得很随意,占了两个停车位。"

"他们逃得很急,当然顾不上看车位。"莱姆说,"他们知道自己被跟踪了。附近有明显的脚印吗?"

"没有,楼层地面很干,没留下脚印。"

"离车子最近的门在哪儿？"

"一个楼梯井出口，离这里二十五英尺远。"

"紧急勤务组也检查过那里吗？"

"没错。"

"整体来说，还有什么其他问题吗？"

普拉斯基三百六十度地环视着他的周围，这是一个仓库，就这些……他眯起眼睛，想看到些有用的东西。但什么都没有。他语带不甘地说："我不知道。"

"做我们这一行，永远都不可能全知全能，"莱姆平静地说，像一位和蔼可亲的教授，"重要的是那些不对劲儿的地方。什么东西让你想不明白？什么东西让你印象深刻？就随便说说吧，想到什么说什么。"

普拉斯基在一瞬间什么也没想到。但忽然间，他想到了。"他们为什么要把车停在这里？"

"你说什么？"

"你问我，有什么地方让我想不明白。就是这个问题，很奇怪，他们把车停在这里，离出口这么远。为什么不直接开到出口呢？为什么不把车停在更隐蔽一点的地方呢？"

"说得不错，罗恩。这也是我想问的问题。你觉得呢？他们为什么要把车停在那儿？"

"也许他们当时慌了手脚。"

"有这个可能。这对我们来说也是好事——恐惧最容易让人手忙脚乱出差错。我们等下再研究这个问题。现在，从这里到出口，还有车的周围，开始走格子，检查车底和车顶。你知道怎么走格子吧？"

"是的。"普拉斯基将"长官"两个字及时咽了回去。

接下来的二十分钟里，普拉斯基一遍遍地在停车场里走着，检查车子周围的地面和天花板，没有放过任何一个缝隙。他甚至还闻了闻停车场的空气——但除了尾气、油污和消毒剂混合的味道外，什么也没发现。调查再次陷入僵局，他向莱姆报告说他什么都没发现。刑侦专家并没说什么，让普拉斯基去搜查那辆探路者。

他们已经查过了这辆ＳＵＶ的车牌号和车辆识别码，发现这辆车其实就是塞利托之前查出来的那两个犯罪车主其中一人的车。就是那位一年前因为贩毒被关进克岛监狱的年轻人，因为他本人正在监狱服刑，所以莱姆他们排除了他的嫌疑。当时，由于涉毒，这辆车被没收了。也就是说，这辆车是钟表匠从停车场里偷来的。它正在等待拍卖，不过要等好几周才能将它登记在册，然后再等好几个月才有一次这种汽车拍卖会。这主意很聪明，莱姆承认。车牌也是偷来的，丢车牌的车现在停在纽瓦克机场，也是一辆棕褐色的探路者。

这时，莱姆压低了声音，语带好奇地说："我很喜欢汽车，罗恩。它们能告诉我们非常多的信息，就像是一本书。"

普拉斯基记得，莱姆的教科书上也说过这样的话。他没有引用书上的内容，而是说："是啊，车辆识别码，车牌、保险杠上的标签、经销商标签、车间记录——"

莱姆笑了起来："如果罪犯就是车主的话，这些当然都能查到。但我们这辆车是钟表匠偷来的，那么车主曾经在哪家店里换了机油，或者是不是一位优秀毕业生，这些信息就都没什么用了，是不是？"

"应该是没用的。"

"应该是没用的，"莱姆重复道，"一辆偷来的车，能从中查到什么信息呢？"

"嗯，指纹。"

"非常好。车里需要用手碰的东西太多了——方向盘、变速挡、暖气排风口、收音机、手柄，多得数不清。而这些地方都很容易留下指纹。感谢底特律汽车城……还有东京和汉堡的汽车制造场厂。还有一点，多数人都把车当成手提箱或储物抽屉来用——你知道的，就像厨房抽屉一样，什么都往里放，包括很多私人用品。就像是一本不会撒谎的日记。先找车里的储物空间。搜查 PE①。"

实物证据,普拉斯基回想起 PE 的意思。

正当年轻的警官弯腰向前时,他听到了一阵金属刮擦声,就在他的身后。他向后一跳,打量着停车场昏暗的远处。他知道莱姆关于独自调查犯罪现场的规矩,所以他遣退了现场的警力支援。那声音也许是一只老鼠,或是冰块融化掉在了地上。这时,他又听到了一声嘀嗒声。这让他想起一座嘀嗒作响的时钟。

别纠结这个了,普拉斯基对自己说,也许就是探照灯太热了。别这么胆小,像个怂包。是你自己想做这个工作的,还记得吗?

普拉斯基搜查着前座:"前座上发现碎屑,好多碎屑。"

"碎屑?"

"垃圾食品的碎屑,大多数都是,我猜。看起来像是一些饼干、玉米片、薯片、巧克力渣,还有些黏稠的污渍。可能是苏打水留下的。哦,等等,这里有东西,在车后座底下……很不错。一盒子弹。"

"什么类型的子弹?"

"雷明顿,点三二口径的子弹。"

"盒子里有什么?"

"嗯,子弹吧。"

"你确定吗?"

"我没打开看,我应该打开吗?"

莱姆的沉默表示批准。

"没错,是子弹。点三二口径的。但少了几颗,盒子没装满。"

"一共少了几颗?"

"七颗。"

"啊,不错,有用的发现。"

---

① Physical Evidence:实物证据。

"为什么这么说?"

"晚点再跟你解释。"

"再看看这个……"

"你让我怎么看?"莱姆大声喊道。

"哦,抱歉,还有一些别的东西。一本关于审讯的书,但是看起来更像是一些酷刑的说明。"

"酷刑?"

"是的。"

"是买的?还是从图书馆借的?"

"书上没有贴标签,书里没有收据,没有图书馆印章。而且,不管书的主人是谁,这人一定是经常看这本书。"

"说得很好,罗恩。你没有假设这本书是罪犯的。要保持开放的头脑,要一直保持开放的头脑。"

这其实并不算是什么夸赞,但普拉斯基却很是受用。

接着,普拉斯基将车内地板上的残渣痕迹都收集了起来,还用吸尘器清理了车内和座椅下面。

"我想我都搜查完了。"

"仪表板上的小柜。"

"查过了,空的。"

"踏板呢?"

"都刮过了,没发现痕迹。"

莱姆又问:"椅子上的头垫?"

"哦,那里没查过。"

"那上面可能有头发或是沾上了洗发液。"

"人们是会戴帽子的。"普拉斯基反驳。

莱姆回击:"钟表匠很有可能并不是锡克教徒、修女、宇航员、潜水员或是其他什么需要把头全包起来的人,就当是让我高兴,检查头垫。"

"遵命。"

片刻后,普拉斯基便在头垫上发现了一小撮灰黑色的毛发。他把这个发现汇报给了莱姆,莱姆并没有说"我早就跟你说过"这种风凉话。"很好。"他说,"把它密封到证物袋里。现在该找指纹了,我太想知道钟表匠的真面目了。"

虽然身处寒冷潮湿的环境中,普拉斯基还是出了一身汗,他用磁铁刷、粉末和喷雾器,用各种不同的光源和显像目镜,在车里找了十分钟。

直到莱姆不耐烦地问道:"怎么样了?"普拉斯基才不得不回答说,"不怎么样,我还没找到。"

"你是说完整的指纹吗,没关系,残缺的也可以。"

"不,我是说一个指纹都没有,什么都没有,长官,我找遍了整个车子。"

"这不可能。"

在莱姆的书中,普拉斯基记得,指纹一共分三种。一种是塑模,是那些在较软的介质上,如泥土或油灰上留下的指纹压痕。第二种是可见的,这类证据是肉眼可见的。第三种是潜在的,肉眼不可见,只有用特殊的设备才能看到。生活中几乎找不到塑模指纹,可见指纹也很少见,但潜在指纹确实到处都有。

除了在钟表匠的案子里。

"污点呢?"

"没有。"

"难以置信,他们不可能在五分钟内把车里的指纹全清掉。去车外面找找看,尤其是门把手和油箱盖附近。"

普拉斯基双手颤抖着,继续在车外搜索。他是不是用磁铁刷的方式不对?他是不是把化学试剂喷错了地方?还是他戴错了显像目镜?

不久前,普拉斯基的头部曾遭受严重创伤,现在仍有很多后遗症,包括创后应激和惊恐发作。他还遭受着另一种痛苦,普拉斯基曾经对妻子解释过:"是一种很复杂的,病理上的思维混乱。"这件事让他寝食难安。经过那次事故之后,他觉得自己变了,和从前不一样了,他觉得自己坏掉了,再也不如哥哥聪明了。虽然他们曾一起测出过智商相同。他现在特别担心,担心自己不如罪犯聪明,担心不能胜任林肯·莱姆给他的工作。

但是接着,普拉斯基就对自己说:停下,够了,你在想,你已经完了。该死的,你可是警校里的精英,你知道自己在做什么。比起其他警察,你付出双倍的努力在工作。普拉斯基对莱姆说:"我确定,警探。不知道怎么做到的,但是他们真的没有留下任何指纹……等等,等一下。"

"我哪里也去不了,罗恩。"

普拉斯基戴上了拥有放大功能的显像目镜:"好了,我发现了些东西,棉质纤维,米色,接近肉色。"

"'接近'肉色。"莱姆不满意这个用词。

"肉色的,手套上的纤维,我敢肯定。"

"这说明,钟表匠和他的同伙都很谨慎,还很聪明。"莱姆的声音中有一丝不安,这个发现让普拉斯基有些担忧。他不希望林肯·莱姆对此不安。突然间,他感觉后背一阵发凉。他想起了刚刚听到的金属刮擦声,还有嘀嗒声。

嘀嗒,嘀嗒……

"轮胎印和保险杠上有什么发现吗?车外后视镜?"

普拉斯基去检查了那些地方,说道:"都是些泥浆和土壤。"

"采集样本。"

普拉斯基依言照做了,然后说:"好了。"

"拍摄一些照片然后录像。这些你没问题吧?"

当然没问题,在他哥哥的婚礼上,摄影师一职就是由他来担任的。

"然后,去查看一下罪犯有可能采取的逃跑路线。"

普拉斯基看着自己的周围,刚刚是不是有另一个刮擦声?还是脚步声?还是水滴的声音?那听起来就像是时钟的嘀嗒声。这让他更加紧张。他又开始在现场走格子搜查,一边走向出口,一边上下左右地打量着,正如莱姆在书中写到的那样。

犯罪现场是三维的立体空间……

"还是没发现什么。"

莱姆哼了一声,抱怨着。

普拉斯基突然听到了什么,好像是脚步声。

他将手放到了后胯上。但突然想起,他的手枪在防护服里面,根本拿不出来。蠢死了。那他要不要拉开防护服的拉链然后把枪拿出来,别在防护服外面?

但如果他这样做了,很可能会破坏现场。

最后,罗恩·普拉斯基决定还是不要这样做了。

停车场太旧了,年久失修,有些响动也是正常的。

钟表匠的字条上方,神秘的圆月人脸正盯着莱姆。

那双诡异的眼睛,到底藏着什么秘密?

整个房间里,只能听到钟表的嘀嗒声。收音机里一片寂静,然后传来了一阵奇怪的声音,刮擦声,咔嗒声,还是电流的声音?

"罗恩,收到了吗?"

没有回应,只剩嘀嗒声,嘀嗒……嘀嗒……嘀嗒。

然后是一阵撞击声,巨大的金属声。

莱姆偏过头来:"罗恩?出了什么事?"

依旧没有回应。

他刚要命令小队换频道与豪曼联系,让他派人去检查一下罗恩的情况,收音机突然又传来了声音。

他听到罗恩·普拉斯基惊慌失措的声音:"……请求支援!代号10-13,10……我——"

代号10-13是所有警方对讲机信号中,最为紧急的行动代号,意味着警员安全受到了威胁。

莱姆喊道:"回答我!罗恩!你在吗?"

"我不能——"

一阵含混不清的声音。

对讲机死一般的寂静。

上帝啊。

"梅尔,给我打给豪曼!"

技术专家快速按下几个按钮。"接通了。"库柏喊道,同时指了指莱姆的耳机。

"波,我是莱姆。普拉斯基有麻烦了,在我线上呼叫了10-13行动。你听到了吗?"

"没有,我们现在赶过去。"

"他当时在搜查探路者旁边的一个楼梯井。"

"收到。"

现在,莱姆收听的是一个主要频段,他能听到所有的通信信息。豪曼叫来了战术支援小组,还叫来了医疗小组,他令警员把守在仓库的各个出口。

莱姆将头靠在椅背上,震怒不已。

他生萨克斯的气,气她抛下"自己的案子"去办"另一件案子",逼得普拉斯基接受这个任务。他气自己居然让一个毫无经验的菜鸟单独去调查一个潜藏危险的犯罪现场。

"林肯,我们正在赶过去,还没看见他人。"是塞利托的声音。

"行吧,别他妈的跟我说你们没看到的东西。"

更多的声音传了过来。

"这层什么都没有。"

"那辆SUV还在。"

"他在哪儿?"

"那边有人吗,九点钟方向?"

"没有,是警方人员。"

"照明!这边需要照明!快点过来!"

一瞬间的寂静,对莱姆来说,像是过了一年那么久。

发生了什么事?

该死的,谁他妈的来告诉他!

但无人回应他无声的命令,莱姆回到与普拉斯基的加密频道。

"罗恩?"

他只能听到一连串的咔嗒声,像是一个被割破喉咙的人试图与人交流,只是他再也发不出声音了。

18

"嘿，艾米①。我们得谈谈。"

"好的。"

萨克斯正驱车前往位于曼哈顿中城区的地狱厨房，去那里寻找弗兰克·萨科斯奇案件的卷宗。但此时她却没在想卷宗的事，而是钟表匠案犯罪现场的那几座时钟。她想着时间如何一去不复返地流逝，但同时又亘古不变地存在着。在经历那些最为痛苦的阶段时，我们都曾希望时间可以过得快一点，再快一点，但它从来都不会如此。甚至，你会感觉，它在这一刻行走得缓慢无比，有时，它似乎已经停止了，就像一个死刑犯受刑时的心跳。

"我们得谈谈。"

阿米莉亚·萨克斯想起了几年前的一段对话。

尼克说："这事儿很严重。"当时，这对恋人都在萨克斯位于布鲁克林的公寓里。那时萨克斯还是个菜鸟，她规规矩矩地穿着制服，皮鞋擦得像镜面一样锃亮。这是她父亲的建议："一双擦得闪亮的鞋子比熨得笔挺的制服更能赢得别人的尊重，亲爱的，记住这一点。"

黑发的尼克，英俊的尼克，身材健美的尼克（他本来可以去当模特的）也是一位警察，比萨克斯年长几岁。甚至比现在的萨克斯

---

① 艾米是阿米莉亚·萨克斯的昵称。

还要我行我素一些,像个牛仔。当时,萨克斯坐在精美的柚木咖啡桌边,这张桌子还是尼克去年买的,用自己最后一次做模特的钱买的。

尼克当晚有一次卧底任务。他穿着一件无袖T恤衫和牛仔裤,后腰上别着一把小型左轮手枪。萨克斯看着他,想着他应该刮刮胡子,虽然他这样不修边幅的样子也很迷人。今晚的计划是这样的:萨克斯晚上等着尼克回来,然后一起吃晚餐。她准备了红酒、蜡烛、沙拉和三文鱼,酒菜都摆在了桌上,烛光摇曳,气氛温存。

当然,尼克已经几个晚上没回家了,所以,他们可能会晚些再吃饭。

也许他们连饭都不会吃。

但现在,出问题了,很严重的问题。

现在,尼克就站在萨克斯面前,既没病没伤,也没在卧底行动中遭到枪击——在所有执法任务中最危险的一种情况。他最近在追踪一伙卡车抢劫罪犯,涉案金额巨大,也意味着案件还涉及很多枪械。今晚与尼克一起行动的还有他的三个很要好的兄弟。萨克斯心里一沉,想着,会不会是他们中有人被杀害了?她与这几个人也很熟悉。

或者不是工作上的事?

他是想和我分手吗?

若真是分手,虽然这也很糟糕,但总比有人在纽约东区与黑帮的交火中殉职要好些。

"说吧。"萨克斯说道。

"听着,艾米。"艾米是萨克斯父亲对她的昵称,这世上,只有两个男人可以这样叫她,"问题就是——"

"直接告诉我吧。"她说,阿米莉亚·萨克斯直奔主题,不想绕弯子,所以她希望对方也能直截了当地告诉她。

"你很快也会听说,但我想先告诉你,我有麻烦了。"

那时，萨克斯想着，她可以理解。她了解尼克，他是个脾气火爆的人，尤其是对待罪犯，会毫不犹豫地举枪与他们硬碰硬，而枪法更好一些的萨克斯，用枪时更加谨慎，从不轻易开枪。（这也是她父亲的忠告："开弓没有回头箭。"）所以，她以为尼克可能是与人交火了，并射杀了场内的某个人——也许是个无辜的人。那么，他会被停职检查，等到射击审查决定他这次开枪是否合法。

萨克斯一颗心都系在尼克身上，她正想告诉他，不管怎么样，他们都会共渡难关。这时，尼克又说道："我被捉到了。"

"你——"

"我和萨米……还有弗兰克……那些抢劫案——货车抢劫案。我们被发现了。全都完了。"他的声音颤抖着。萨克斯从没见尼克哭过，但此刻她觉得眼前的人马上就要放声大哭了。

"你也参与了？"萨克斯吃惊地问道。

他低头看着萨克斯房内的绿色地毯。最后说："是的……"他开始坦白自己的罪行，没有退路了，"比这个更严重。"

更严重？还怎么可能更严重？

"抢劫就是我们几个干的，那些卡车都是我们抢的。"

"你是说，今晚，你……"萨克斯突然说不出话来。

"哦，艾米，不只是今晚，已经一年了，已经有一整年了，我们在库房有眼线，他们通知我们卡车上运的货物。我们在路上让卡车在路边停车，然后……你懂的，你不用知道细节。"他抬手揉着自己憔悴的脸，"我们刚刚听说——他们对我们下了通缉令。有人把我们供出去了。我们完了，哦，天哪，这次全完了。"

她回想起之前的那些晚上，他说要去出任务，追捕劫匪，每周一次……

"我是被逼的，我没有别的选择……"

萨克斯没有回应他，没有说，是的，没错，你是对的。上帝啊，我们一直都是有选择的。阿米莉亚·萨克斯从来不会为自己找借口，所以她也不想听别人的借口。尼克当然清楚萨克斯这一点,这是他们爱情的一部分。

这曾经是他们爱情的一部分,现在这份感情结束了。

于是尼克也就放弃了这样的无用功:"我搞砸了,艾米,我自己搞砸了。我只是想来跟你坦白。"

"你会去自首吗?"

"会吧,我不知道该怎么做,妈的!"

一片麻木,萨克斯不知道自己还能说什么,她什么都说不出来。她在回想他们在一起的那些时光——在射击场,一起浪费了那么多子弹;在百老汇酒吧,一起猛灌冰凉的鸡尾酒;在她家的壁炉前相互依偎着躺在一起。

"他们会彻底调查我的生活,连一丝头发都不会放过,艾米,我会告诉他们你跟这件事无关,尽量不把你卷进来。但他们会找你问话的,问你很多问题。"

萨克斯想问他为什么要这么做。到底是什么原因,会让他这样做?尼克在布鲁克林长大,一个典型的邻家男孩,面容英俊,聪明伶俐。他也曾误入歧途和一群混混走在一起,但只是一段时间而已,他父亲教训了他一顿,让他清醒过来,浪子回头。为什么他会重蹈覆辙?是为了追求刺激吗?为了钱吗?萨克斯忽然意识到,他还隐瞒了这一点,他的钱都在哪里?

为什么?

然而尼克并没有给她发问的机会。

"我现在得走了,晚点打电话给你。我爱你。"

他亲了亲萨克斯面无表情的额头,然后走出了门。

回想起那些似乎永远不会结束的瞬间,那些似乎永远等不到天亮的夜晚,时间停止了,她看着蜡烛燃烧到尽头,变成一摊红褐色的液体。

"晚点打电话给你。"

但他再也没有打过电话给她。

萨克斯在双重打击下——尼克知法犯法,葬送了他们的爱情——痛苦不已;她决定从巡警部门离职,不再做警察,去做做其他的办公室工作。后来,一个偶然的机会,她认识了林肯·莱姆。也是莱姆改变了她的决定,让她继续留在了警局。但这起事件对她造成了很深的影响,使她对变节腐败的警察深恶痛绝。对萨克斯来说,违法乱纪的警察比满嘴谎言的政客、背叛另一半的配偶和目无法纪的罪犯,都更令她恐惧和痛恨。

正因为如此,没什么能够阻止她去调查那些在圣詹姆斯酒吧鬼混的一一八分局警察。调查他们到底有没有违法乱纪、知法犯法。而如果真的有,也没什么能够阻止她将这些警察败类和那些与之勾结的犯罪组织绳之以法。

萨克斯将雪佛兰停在了路边,把纽约警方停车证放在仪表板上,而后钻出车子,用力关上了车门,像是要填满横在"现在"与"过去"之间的空白,填满那令人无比痛苦的过去。

"天哪,太恶心了。"

停车场二楼,钟表匠丢弃探路者SUV的地方,一位巡警发现了一个男人,面朝下,趴在地上,他吃惊地看着眼前的一幕。

"天啊,你说得没错。"他的搭档看到后,也惊声说,"上帝啊。"

又一个巡警同样不太专业地说道:"臭死了。"

塞利托和波·豪曼一路跑到了现场。

"你还好吗?你还好吗?"塞利托大声喊道。

他是在问罗恩·普拉斯基,后者正站在地上躺着的那人身边,那人身上盖满了垃圾。菜鸟普拉斯基也一样,满身垃圾,大口喘息着。普拉斯基点头,说道:"被吓了个半死,但是我没事。天哪,作为一个流浪汉,他可是够壮实的。"

一个医护人员走过来，将地上的男人翻过身，仰躺在地上。普拉斯基给他戴上了手铐，手铐随着他的动作发出金属撞击声。他眼神狂乱，身上的衣服又脏又破。一股浓浓的恶臭散发出来。他刚刚还尿了裤子，这就是为什么那两个警察会说"恶心"和"臭死了"。

"发生了什么？"豪曼问普拉斯基。

"我正在做现场调查。"普拉斯基指了指楼梯口，"看起来，那里便是罪犯逃离的位置……"

停，说人话。他对自己说。

普拉斯基重新组织了一下语言，再次说道："罪犯从这里跑上了楼，我很确定，于是就在那里调查了一下，寻找罪犯的脚印。然后我听到背后有声音，等我回头一看，正看见这人朝我冲过来。"他指了指地上一根流浪汉拿着的棍子，"当时情况太紧急，我没法及时掏枪，就搬起了那个垃圾桶砸了过去，然后我们扭打在了一起，一两分钟之后，我使用了锁喉。"

"我们是警察，不这样做的。"豪曼提醒他说。

"我的意思是说，我通过一些正当防卫手段成功地制伏了他。"

战术行动指挥官点点头："没错。"

普拉斯基找到了耳机，重新戴上，随后猛地缩了一下脖子，似乎是要避开在他耳边炸开的莱姆的大喊："看在上帝的分上，你还活着吗？出了什么事？"

"对不起，莱姆警探。"

普拉斯基对莱姆解释了一遍刚刚发生的事情。

"你还好吗？"

"是的，我很好。"

"很好。"刑侦专家似乎平静了些，接着说道，"现在，你给我说清楚，为什么把手枪放到防护服里？"

"我一时疏忽，长官，保证下不为例。"

"哦，最好没有下次。在具有潜在危险的现场调查时，要记得守则是什么?"

"在具有潜在危险的——"

"在具有潜在危险的现场(犯可能潜伏在现场周围)进行调查时,要保持警惕,仔细搜查。记住了吗?"

"记住了,长官。"

"那么,罪犯逃跑路线已经被破坏了。"莱姆不满地说道。

"其实,就是多了些垃圾而已。"

"垃圾,"莱姆的怒火似乎又被点燃了,"要我说,你最好现在就开始给我清理干净。我要在二十分钟之内拿到现场的所有证据,一根毛都不能少。你觉得你能行吗?"

"好的,长官,我觉得我能——"

莱姆终止了通话。

两个紧急勤务组的警官戴上了橡胶手套,带走了流浪汉,普拉斯基便开始弯腰清理现场的垃圾。他试图去回想,刚刚莱姆的语气为什么会让他觉得很熟悉。终于,他想起来在哪里听过同样的语气了。那还是小时候,他和哥哥在他家附近的高架铁路上赛跑,父亲知道后,也曾经用这样宽慰又愤怒的语气训斥了他们。

像个间谍一样。

已经退休的警探独自站在地狱厨房的一个街角,穿着一件军大衣,戴了一顶插着小羽毛的高山帽。看起来像是约翰·勒卡雷间谍小说里一名隐退的异国特工。

阿米莉亚·萨克斯向他走了过去。

斯奈德看了她一眼,二人便算是碰了头,仔细地观察了一下街上的情况后,斯奈德转身向西走去,远远离开了熙熙攘攘的时报广场。

"谢谢您打电话给我。"

斯奈德耸了耸肩。

"我们这是要去哪儿?"萨克斯问。

"我要去见一个朋友。我们每周都来这条街上打台球,我不想在电话里谈。"

他们还真的像两个间谍啊……

忽然,一个瘦弱的男人拦住了他们的去路,那人黄色的头发——不是金色,是黄色——整齐地梳在脑后,拦住他们讨要零钱。斯奈德仔细地看了看他,随后给了他一美元。男人便离开了,临走前说了句谢谢,但是语气勉强,似乎是嫌他给得少了。

接着,他们走到了一段灯光昏暗的街上,这时,萨克斯觉得有什么东西轻轻地扫了自己的大腿,两次,有一瞬间,萨克斯以为是这个退休的老家伙在占她便宜。她低头一看,发现那是一张折起来的纸,斯奈德正偷偷地递给自己。

萨克斯接了过来,等他们走到街灯下,她打开纸条,看了一眼。

纸上是一张翻拍的照片,照片里是一张活页或者书中撕下来的一页。

斯奈德靠近她,低声说:"这是在一三一分局案宗记录中的一页内容。"

萨克斯低头看着,在纸的中间有这么一条:

文件编号:三四五三四九六,萨科斯奇,弗兰克

主题:凶杀

发送至:一五八分局

申请人:

发送日期:十一月二十八日

归还日期:

"和我一起工作的那名巡警说,"萨克斯说,"他查过档案记录,

但是并没有案宗借出或是送出的记录。"

"他肯定是只查了电脑上的记录。我也去查了,可能是有人侵入了系统,把记录删除了。我找到的是手写的记录备份。"

"一五八分局的人为什么想要这份案宗?"

"不知道,完全想不到他们要案宗有什么用。"

"您是在哪儿找到这份记录的?"

"一个朋友发现的。之前工作时的搭档,是个正直的人。答应了会对这事保密。"

"案宗送到一五八分局之后会放在哪儿?档案室?"

斯奈德耸肩:"不知道。"

"我会去查查的。"

斯奈德双手握在一起:"妈的,真冷。"他看了一眼身后,萨克斯也回头看去。路口那儿,是停着一辆黑车吗?

斯奈德停下了脚步。他对着一个有些破旧的店面点了点头,牌匾上写着:弗拉纳根台球室,始于一九五四年。说道:"那就是我要去的地方。"

"真的很感谢您。"

斯奈德看了看店里,又看了看手表,对萨克斯说:"时报广场上剩下的老地方不多了……我之前在那里玩儿过掷骰子。你知道——"

"第四十二大街,我也去过。"萨克斯再次看向第八大道,那辆黑车不见了。

斯奈德看着那家台球室,轻声说:"我记得最清楚的,就是夏天。八月的日子。就连那些混混和抢劫犯都不会在外边晃悠了,天气太热了。我还记得那些餐馆、酒吧和电影院,有些店还挂了牌子,像五六十年代那种做法,牌子上写着'室内有空调'。现在想想,可真是搞笑啊,店家只要说自己有空调,就能吸引顾客。现在可不一样了,是吧?时过境迁啊。"斯奈德推开了台球室的门,走进了烟雾缭绕的店里,"时过境迁啊。"

19

他们的新车是一辆别克马刀。

"这车是从哪儿搞来的?"文森特问邓肯,他一边说着,一边爬上了副驾驶座。车子没有熄火,正停靠在教堂前的路沿。

"下东区。"邓肯看了他一眼。

"有人看见你吗?"

"车主看见了,不过就一瞬间,他不会说出去的。"他说着,拍了拍口袋,里面装着那只微型手枪。邓肯对着街角点了点头,问道:"附近有警察吗?"文森特知道邓肯说的是那个学生,早些时候被邓肯杀掉扔在了那里。

"没有,我是说,我没看见。"

"很好。垃圾车可能已经来收过垃圾了,尸体已经坐船下海了。"

割瞎他的眼睛……

"停车场那边发生了什么?"文森特问。

邓肯的脸上露出微微苦恼的神色:"我没法接近那辆车。倒不是因为警察,那层本来没几个警察,但是有个流浪汉,他在那儿大闹了一场,引来了很多警察,我只好回来了。"

车子离开了路边,但文森特不知道他们要去哪儿。这辆别克有些旧,车里全是烟味儿。文森特不知道该给这车取个什么名字。车身是深蓝色的,但是"蓝车"听起来太傻了,没意思。聪明人文森特此刻却想不出什么有意思的点子,沉默几分钟后,文森特突然问道:"你最喜欢的食物是什么?"

"我?"

"食物,你喜欢吃什么?"

邓肯微微眯起眼睛。他的脸上经常露出这种神情,认真地思考着每一个问题,然后条理清晰地给出他深思熟虑后的答案。但刚刚的问题似乎把他搞晕了,他无声地笑着:"你知道的,我不怎么吃东西。"

"但你肯定有一样最爱吃的吧。"

"我从来没想过这个问题,你为什么这么问?"

"哦,就是,我刚刚在想,什么时候下厨做饭,给你尝尝我的手艺。我会做很多吃的,各种各样。意面——你知道的,意大利面,你喜欢吃意大利面吗?我每次做意面都会放些肉丸。我还会做奶油酱汁。人们管那个叫'阿尔费雷多',或者放些西红柿也不错。"

男人回答说:"嗯,还是放西红柿吧,我在餐馆点的都是放西红柿的。"

"那我就给你做这个吧。如果我妹妹那时也在城里,咱们就能搞个小聚会。嗯,也不是那种聚会。就咱们三个。"

"这个……"邓肯轻轻摇了摇头。他看起来有些感动,"已经很久没人给我做过晚餐了,自从……是的,已经很久没人给我做过晚餐了。"

"下个月怎么样。"

"下个月可以的,你妹妹是什么样的人?"

"她比我小几岁,在一家银行上班。她也很瘦。我不是说你瘦,你知道,就是身材很好。"

"她结婚了吗?有孩子吗?"

"哦,没有。她工作特别忙,而且她干得很不错。"

邓肯点头:"下个月,没问题,到时候我会回来。我们一起吃晚饭，但我帮不上你，我不会做饭。"

"哦，我来做就好了。我喜欢下厨，喜欢看美食频道。"

"不过我可以带些甜点来。那种现成的点心，我知道你喜欢吃甜食。"

"那太好了，"文森特兴奋地说，看着外面又冷又黑的街道，问道，"我们这是要去哪儿？"

邓肯沉默了片刻，车在信号灯前停了下来，车子的前轮精准地压在布满污渍的白线上。他说："让我给你讲个故事吧。"

文森特看着他的朋友。

"在一七一四年，英国国会悬赏两万英镑，找人发明一种便携式时钟，要求即使是在海上航行使用，也能准确计时。"

"那应该是一大笔钱吧，是不是？"

"非常大的一笔。他们迫切地需要一种航海用的时钟，因为每年都有成千上万的水手因为航行错误而丧命。你看，若是想要标绘航线，既要知道经度，还要知道纬度。纬度可以通过天文观测的方法得知，但经度的确定就需要知道精确的时间。一位名叫约翰·哈里森的英国钟表匠想要得到这笔悬赏。他在一七三五年开始研究这个项目，终于制造出了一种海上航行可以使用的便携式航海计时器，这种计时器即使在海上横跨大西洋也只会出现几秒钟的误差。他花了多久时间制造出来的？二十六年，在一七六一年，他才将计时器制造出来。"

"制造一个时钟要花那么长时间吗？"

"他还要和一些政客博弈、面对各种竞争、狡诈的商人和国会议员，更别提制表过程中那些技术难题——几乎难以解决的难题。但他从没放弃过，坚持了二十六年。"

路灯亮起，邓肯驾着车子缓缓加速："现在，回答你刚刚的问题，我们要去看看名单上的下一个女孩。我们遇到了一点问题，但这并不能够阻止我们。没什么大不了的——"

"从大局来看。"

一抹微笑在杀手脸上闪过。

"首先,停车场里有监控吗?"莱姆问道。

塞利托的笑像是在说:"想得美。"

他和普拉斯基已经回到了莱姆这里,现在正在梳理菜鸟从现场收集回来的各种证物。袭击普拉斯基的那个流浪汉已经被送往了贝尔维尤医院。调查显示他与案子并无关联,并诊断出患有妄想型精神分裂症,且没有服药治疗。

"挑错时间,还挑错了地方。"普拉斯基嘴里嘟囔着。

"你是说你还是他?"莱姆说道,然后又问,"他偷走这辆SUV的地方有监控录像吗?"

塞利托再次发出方才的同款笑声。

一声叹息后,莱姆说道:"那就先看看罗恩发现的东西吧。首先,子弹?"

库柏将那盒子弹拿到莱姆面前,并为他打开了盒子。

点三二口径的柯尔特自动手枪子弹并不常见,这种半自动手枪的射程要比点二二口径的远一些,后坐力却没那么大,不像威力更大的点三八口径以及九毫米口径子弹那样。点三二口径的手枪一直被称为女士手枪,市场虽然有限但需求却很大。若是能在犯罪嫌疑人那里发现一把点三二口径的武器,那么这些子弹就可以作为间接证据来指认疑犯就是钟表匠,但是库柏又不能随随便便去当地所有的枪械店里查这种武器最近的购买记录。

因为盒子里少了七颗子弹,而奥陶加Mk型手枪每只弹夹里最多装有七颗子弹,莱姆猜测,罪犯最有可能使用的武器就是这种手枪。但博莱塔汤姆猫型手枪、北美捍卫者手枪和LWS32型手枪也都使用这种口径的子弹,所以杀手可能携带其中的任何一种。前提是如果他真的有一把手枪。这些子弹只能说明嫌疑人携带或者拥有手枪的可能，并不能保证他真的有。

莱姆发现，这些子弹每克重七十一格令①，已经够重了，若是近距离开火会造成相当严重的创伤。

"记到白板上，菜鸟。"

普拉斯基依言在白板上记录下来。

他在车内发现的那本书名为《终极审讯技巧》，出版社是犹他州的一个小公司。纸张、印刷、排版——更别说写作风格了——都是很不入流的那种。

这本书的匿名作者声称自己曾是一名特种兵，书中描写了各种血腥恐怖的酷刑——淹死、勒死、闷死、在水中冻死等很多种，若是受审者不招供便会被折磨致死。其中有一种，描述的是在受审者喉咙上悬挂重物。另一种，是将受审者手腕割破，迫使其流血，然后逼供。

"天啊，"丹尼斯·贝克难以置信地说道，皱起了眉头，"这是他的蓝图……他要用这里面的方式杀掉十个人？简直是变态。"

"书上有什么痕迹吗？"莱姆问，他更关心书上留下了什么刑侦线索，而不是买这本书的人的精神幻想。

库柏将书放在一大张干净的打印纸上，然后一页一页地翻开，逐页检查，寻找痕迹。但是一无所获。

当然，也没有指纹。

库柏查到，这本书并未在各大网站或是零售连锁书店出售——他们拒绝上架此书。但是可以从网上购买或在一些右翼准军事组织那里买到。不管你需要什么，他们都可以卖给你，声称是为了保护你免受少数族裔、外来移民和美国政府的迫害。最近几年，莱姆多次担任恐怖袭击案的顾问，这其中的许多起案子都与基地组织和当

---

①格令是一种重量单位，七十一格令约为四点六克。

前被本国忽视的国内恐怖主义有关。

他们打电话询问了这本书的出版公司,但对方并不配合,莱姆对此并不意外。对方告诉他说,他们并没有将书直接卖给读者,如果莱姆想知道哪些零售商店从出版社批量购书,他得先拿法院的传票来。申请一张法院传票要花好几周的时间。

"你知不知道,"丹尼斯·贝克对着话筒厉声说道,"现在就有人按照书里的内容,在大开杀戒?"

"嗯,这本书的目的不就是这个吗?你知道的。"说完,出版公司的负责人就挂断了电话。

"该死的。"

调查继续进行,他们检测了普拉斯基走格子调查时发现的沙石、落叶和灰烬,这些并没有提供什么有价值的信息,同样还有汽车的轮胎印和倒车镜,也没有找到任何线索。车后座上发现的痕迹证实为细沙,与罪犯在柏树街小巷里用来干扰调查的细沙一致。

普拉斯基在车内发现的残渣来自玉米片、薯片、脆饼和巧克力,还有一些花生酱饼干留下的碎屑,以及苏打水——含糖饮料,不是可乐——在车内留下的痕迹。虽然这些线索都不能指认嫌疑犯,但是就如同拼图上细小的碎片,一小片拼图从来都不是一幅完整作品,只有慢慢拼凑,才会得出最后的真相。

那截肉色的棉质短纤维正如普拉斯基所说,就是很普通的棉线工作手套,在上千家药店、园艺店和杂货店均有出售。显然,罪犯将这辆探路者偷来之后,仔细地清理了车内所有的痕迹,然后从那以后,每次用车时都会戴着手套。

这么谨慎的罪犯,还是第一次遇到。这也说明了钟表匠是个极其聪明的人。

车内头垫上发现的毛发长九英寸,发丝中黑色居多,夹杂着几根灰色。毛发是很好的证据,因为每个人都会掉头发,或是打斗间会扯下来一些。一般来讲,毛发只能提供一些基本的特征,比如毛发的颜色、质地、长度、干湿度和其中含有的化学成分。这样一来，在犯罪现场发现的毛发，往往也可以成为间接证据，用来指认拥有相同特征毛发的嫌疑人。但毛发通常都不能作为独立的证据使用，因为不是每根头发都连有毛囊，可以鉴定DNA；否则，单单几根毛发，是不足以指认某个嫌疑犯的。而普拉斯基找到的那几根毛发上，都没有毛囊。

莱姆也知道，这些头发太长了，不可能是钟表匠的。根据电子面部识别技术还原的图像还有哈勒斯坦因的证词来看，钟表匠的头发应该是中等长度的。它可能是假发上的——钟表匠也许戴假发做过伪装——但库柏在毛发上并没有发现黏合剂。钟表匠的同伙戴了一顶帽子，这有可能是那个男人的。莱姆想，这些毛发还有可能是别人的——钟表匠偷来这辆SUV之前，车内的某一位乘客留下来的。九英寸的头发，有可能是男人的，也有可能是女人的，但莱姆觉得，这应该是女人的头发。毛发中的灰色发丝表明这应该是位中年人，而一名中年男子留着九英寸的头发十分少见——及肩或是更短一点的发型才比较合理。"钟表匠或其同伙可能有女朋友，或是第三位同伙。但看起来不太可能……好吧，不管怎么样先把它记到证据表上吧。"

"因为，"普拉斯基说，像是在重复着别人的话，"你也不知道，什么时候就会派上用场，是吧？"

莱姆挑起眉毛，问道："鞋呢？"

普拉斯基只找到了一个鞋印，是一个十三码的平底鞋留下的。鞋的主人正一脚踏过一小块水洼，此人逃往出口处的路上，又留下了六七个鞋印，之后便无法辨认了。普拉斯基很确定这鞋印是钟表匠或者他同伙的，因为这是从探路者所在位置通往最近出口的最优路线。他还发现鞋印之间距离较大，其中几个有较为明显的鞋后跟的印记："这说明他在大步跑。"

这孩子很聪明，很难不喜欢他，莱姆想着。

但脚印的作用同毛发的一样，都很有限。他们很难根据鞋印来判断出鞋是什么牌子的，因为鞋底上没有任何特别的印记或标志。也没有特别的行走方式——有时可以通过一些特别的行走方式来判断此人是否有足病，或是畸形矫正的特征。

"至少我们知道这人的脚很大。"普拉斯基说。

莱姆念叨着："我还不知道，八码的脚不能穿十三码的鞋子呢。"

普拉斯基点头："是我欠考虑了。"

活到老，学到老，你可长点儿心吧，莱姆想着。他再次看着现场带回来的证据："就这些了吗？"

普拉斯基点头："我尽力了。"

莱姆说："你做得不错。"

莱姆的语气并不怎么热情。普拉斯基忍不住想，如果换萨克斯去现场走格子调查，她会不会做得比自己更好？应该会的，他想。

刑侦专家目光转向塞利托，问道："那个鲁珀特的文件找得怎么样了？"

"没什么线索。要是知道更多信息，会更容易找到。"

"我要是知道更多的信息，我会自己找到的。"

菜鸟盯着面前的证据表，说道："所有的这些……结果我们对他几乎还是一无所知。"

并不完全是这样，莱姆想着。至少我们知道，这家伙聪明绝顶。

钟表匠案

犯罪现场一

地点：
- 二十二大街，哈得孙河轮船修理码头。

被害人：
- 身份不详。
- 男性。
- 推测为中年或是老年人。可能患有心脑血管疾病（血液中发现抗血凝剂）。
- 血液中无其他药物成分，或疾病感染情况。
- 海岸警卫队和紧急勤务小组在纽约港搜寻尸体和证据。
- 调查失踪人口报告。

凶手：
- 见下文。

作案手法：
- 凶手将被害人悬在河水上方甲板上，割破其手指或手腕，直到被害人落水。

作案时间：
- 周一下午六点至周二早上六点之间。

证据：
- 被害人血型为 AB 阳性。
- 断裂的指甲，未做保养，形状宽大。
- 锁链围栏被钳断，使用普通钢丝钳，无法追踪。
- 时钟。见下文。
- 诗文。见下文。
- 甲板上有指甲抓痕。
- 无指向性痕迹，无指纹，无脚印，无轮胎印。

犯罪现场二

地点：
- 柏树街旁的巷子内，靠近百老汇大街，位于三个商务大厦（关门时间分别是晚上八点半和晚上十点），和一个政府办公楼后方（关门时间是下午六点）。
- 巷子只有一个出口。宽十五英

尺，长一百英尺，地面铺有鹅卵石。尸体离柏树街十五英尺。

被害人：
- 西奥多·亚当斯。
- 住在炮台公园。
- 自由文案。
- 无已知仇人。
- 无州或联邦调查局案底。
- 寻找与周围建筑大楼的关联，无发现。

凶手：
- 钟表匠。
- 男性。
- 没有钟表匠相关数据信息。

作案手法：
- 将被害人从车内拖曳至小巷中，在被害人上方悬挂金属横梁，最终碾碎被害人喉咙。
- 等待法医尸检结果。
- 无性行为证据。

死亡时间：
- 大约在周一晚上十点十五分至十一点之间。等待法医检验确认。

证据：
- 时钟。
- 不含爆炸物、化学或生物制剂。
- 与码头第一现场发现的时钟相同。
- 阿诺德制造生产，制造商地址位于马萨诸塞州的弗雷明翰。目前正在打电话询问经销商和零售商。
- 凶手在两个现场均留下诗文。
- 电脑打印字体，普通打印纸，惠普打印机及打印墨水。
- 诗文：
  寒冷满月高悬于空，
  无言死尸沐浴银光，
  死将至，生将终。
  　　　　——钟表匠
- 未发现匹配诗文；推测为凶手原创。
- "冷月"出自阴历，为死亡之月。
- 被害人口袋中有六十美元现金，序列号不可追踪；无指纹。
- 现场发现细沙，推测为凶手用来掩盖痕迹的干扰手段。普通沙子。因为凶手要回到现场吗？
- 金属横梁，重八十一磅，两端带有孔洞。小巷口施工单位并未使用这种金属横梁，未找到

其他来源。
- 胶带，一般胶带，但切口整齐，不同寻常，每截胶带长度相等。
- 细沙中发现硫酸铊（用于灭鼠药）。
- 被害人外套上的土壤中含有鱼类蛋白。
- 找到极少痕迹。
- 褐色纤维，推测来自车内地垫。

其他：
- 汽车：
  - 推测为福特探路者，车龄约为三年，内有褐色地垫。
  - 周二上午调查现场周围车辆没有任何异常，周一晚间没有车辆违停。
- 有待召妓热线问询现场附近的卖淫者记录，寻找潜在目击者。
- 无更多线索。

与哈勒斯坦因的对话

凶手：
- EFIT技术合成了钟表匠外貌。五十岁左右，圆脸，双下巴，大鼻子，不寻常的浅蓝色眼睛。身高超过六英尺，中长的黑色头发，未佩戴首饰，黑色衣服，姓名未知。
- 熟知钟表知识，知道哪里有哪些名表在最近的拍卖会卖出，哪些名表正在市里展出。
- 威胁店主保密购买信息。
- 共买了十座时钟，为了杀十个人？
- 现金付款。
- 要求时钟上有月相，且有响亮的嘀嗒声。

证据：
- 时钟购买于哈勒斯坦因钟表店，位于熨斗区。
- 钟表匠所付现金上没有指纹，钞票序列号不可追踪。纸币上没有痕迹。

犯罪现场三

地点：
- 泉水街四百八十一号。

被害人：
- 乔安娜·哈珀。
- 无明显犯罪动机。

- 不认识第二位被害人。

凶手：
- 钟表匠
- 同伙：
  - 很可能是被害人早些时候在工作室发现的一名男子。
  - 白人，体格高大。戴墨镜，奶白色防风大衣，戴帽子。驾驶一辆SUV。

作案手法：
- 撬锁进入。
- 袭击方式未知。很可能将工作室内扎花细铁线作为凶器。

证据：
- 含有鱼类蛋白的土壤来自乔安娜的花艺工作室（作为兰花花肥使用）。
- 硫酸铊来自附近区域。
- 花艺工作室的扎花铁线被剪成相等长度。作为杀人凶器使用？
- 时钟：
  - 与其他两座相同，不含硝酸。
  - 没有纸条或诗文。
- 现在没有发现脚印、指纹、武器等。

- 黑色斑点：屋顶用沥青。
- 用ASTER热成像技术在纽约市内寻找可能的来源地点。

其他：
- 凶手会在作案前检查被害人的状况。出于某种原因而选择了被害人，是什么原因？
- 有警用对讲机。改用加密频道。
- 汽车：
  - 棕褐色SUV。
  - 车牌号码未知。
  - 已发出紧急车辆定位指令寻找。
  - 案发区域共有四百二十三名棕褐色SUV车主。与通缉令对比搜查发现两名车主。其中一位年纪不符，另一位因贩毒在狱中服刑。
  - 车主为狱中服刑男子。

钟表匠的探路者

地点：
- 哈得孙河与休斯敦大街交会处停车场，二楼。

证据：

- 探路者的车主，就是此前查到的正在服刑的犯人。车辆已被没收，等待拍卖，在停车场中被偷走。
- 停在了相对开阔的环境中，附近没有出口。
- 车内发现食物残渣，残渣来自玉米片、薯片、脆饼和巧克力，还有一些花生酱饼干留下的碎屑，有苏打水（不是可乐）的痕迹。
- 一盒雷明顿点三二口径自动手枪子弹，缺少七颗。罪犯所用手枪可能是奥陶加MKⅡ型手枪。
- 书——《终极审讯技巧》或为钟表匠行凶杀人蓝本。出版方处未得到有用信息。
- 一撮黑灰相间的毛发，初步推测为中年女子头发。
- 车身内外没有发现任何指纹。
- 肉色棉质纤维来自手套。
- 后座沙粒与柏树街小巷中使用的细沙相符。
- 发现十三码平底鞋鞋印。

20

"我想找一份案件卷宗。"

"好的。"女人嚼着口香糖,大声回答道。

啪嗒,口香糖泡泡被吹破的声音。

阿米莉亚·萨克斯来到了一五八分局的档案室。一五八分局位于曼哈顿西区,与一一八分局相隔不远。她将萨科斯奇案件的档案号递给了灰色办公桌后的夜班档案管理员。后者在电脑前的键盘上噼里啪啦敲了一阵。而后扫了一眼屏幕,对萨克斯说:"没有这个档案。"

"你确定吗?"

"没有这个档案。"

"嗯,"萨克斯笑了起来,"那咱们能不能猜到它跑哪儿去了?"

"跑?"

"这份档案是在十一月二十八号或二十九号从一三一分局档案室调过来的。似乎是这里有人要看它。"

啪嗒。又一个泡泡。

"这个,好像没有登记,系统里没有记录。你确定是送到这里来了?"

"不,也不是百分之一千确定。但是——"

"百分之一千?"女人问,嘴里依旧嚼着口香糖。她身边放着一包香烟，有休息的机会就马上吸上一支。

"有没有档案没被登记在案的可能？"

"可能？"

"所有档案都必须要登记吗？"

"如果是哪位警探特别要求，我会亲自把文件送到他的办公室，警探会自己登记的。但是肯定都要登记，这是规定。"

"要是案件调派记录上没有填写申请人呢？"

"这种案宗就会直接送到这里。"管理员用下巴指了指一个很大的文件篮，上面挂着一张写着"待处理"的卡片，"然后，不管是谁，如果想要从这里拿任何档案，都需要登记，无论如何，档案的出入都一定要登记。"

"但我要的这份档案没有登记在系统里。"

"如果送到了这里，就肯定是要登记的。因为，不然的话，我们怎么会知道档案在哪儿呢？"她说着朝着另一个文件篮点了点头，那上面挂着另一张卡片，写着"请登记"。

萨克斯翻了翻那个文件篮。

"嘿，你不能这样做。"

"但你也清楚我的问题了吧？"

那女人眨了眨眼，嚼着口香糖。

"档案被送到这里，但是你却找不到，那我该怎么做呢？"

"提交一个申请，会有人去找的。"

"申请什么的会有用吗？我觉得不会有人去找的。"萨克斯的目光看向档案室，"我就进去看一眼，你不会介意吧。"

"我是说真的，你不能进去找。"

"几分钟就好。"

"你不能——"

萨克斯直接越过了她，冲进了一排排摆放整齐的文件中。管理员在身后唠叨了些什么，她并没有听清。

档案室中所有的档案都按照数字和颜色分类排列。清楚地分出哪些案件正在调查，哪些已经结案，还有哪些案件正在审理。一些重大案件的档案有特殊标记。红色边缘。萨克斯找到了最近收录的档案，然后按照编号逐一查看，但这里也没有萨科斯奇案的卷宗。

她停住了动作，双手搭在腰上，看向成堆的档案。

"嘿。"一个男人的声音传来。

萨克斯转过身，发现一个高大的男子站在她面前，男人头发灰白，身穿一件白色衬衫和海军蓝休闲裤，很有军人气质。此刻正微笑着问："你是——"

"萨克斯警探。"

"我是高级警监，杰弗里斯。"一位副高级警监通常会管理整个辖区分局。萨克斯听过这个人的名字，但对他并不是很了解。现在至少知道他工作很努力，这么晚了还不下班。

"有什么需要我们帮忙的吗，警探？"

"大概两周前，有一份档案从一三一分局送来了这里，我正在调查一起案子，需要查看这份文件。"

高级警监看了一眼管理员，刚刚就是她阻止了萨克斯，此刻她正站在走廊旁边。管理员说："她说的档案不在我们这里，我已经告诉过她了。"

"你确定，你要找的档案就在这里吗？"

萨克斯说："文件调阅记录显示，确实是送来了这里。"

"有登记记录吗？"杰弗里斯问管理员。

"没有。"

"那么，在'待处理'文件篮里吗？"

"没有。"

"来我办公室一下吧，警探，我来看看我们还能为你做些什么。"

萨克斯忽略了那个管理员，她不想看到后者一脸得意的样子。他们穿过别无二致的走廊，一路左转右转，山重水复的感觉，萨克斯忍着关节的疼痛,尽量跟上前面男人有力的步伐。

高级警监大步流星地走进了自己拐角处的办公室,用下巴指了指立在他办公桌前的椅子,示意萨克斯坐下,随手关上了门。门上挂着一块很大的黄铜名牌:赫尔斯顿·P.杰弗里斯。

萨克斯在椅子上坐了下来。

杰弗里斯突然探过身子,靠近萨克斯,他的脸离萨克斯只有几英寸。他一拳砸在办公桌上,大声说道:"你他妈的知道自己在干什么吗?"

萨克斯向后闪了一下身体,感觉到对方嘴里热乎乎的大蒜味喷了她一脸。"我……你是什么意思?"她咽下去了刚要说出口的"长官"二字。

"你从哪儿来的?"

"哪儿?"

"你个傻蛋菜鸟,是哪个局的?"

萨克斯一瞬间说不出话,她被男人怒气冲冲的样子惊到了:"严格来说,我在重案组……"

"什么他妈的叫'严格'来说?你为谁办事的?"

"我是这起案子的负责人。我的领导是朗·塞利托。在重案组,我——"

"你没做过几天警——"

"我——"

"不要打断上司讲话,永远不要。明白吗?"

萨克斯瞬间有些生气,她紧闭双唇,一言不发。

"我问你明白了吗?"男人大声喊道。

"完全明白。"

"你根本就没做过几天警探,是不是?"

"是的。"

"我就知道,因为一个真正的警探会按规矩办事。她会来到副高级警监办公室,介绍自己是谁,然后再说明来意,询问是否可以查阅当局的一份档案。而你刚刚做的……你是不是又想打断我?"

萨克斯的确有这个意图,但她回答:"没有。"

"而你刚刚的所作所为,却丝毫没把我放在眼里,简直是侮辱。"他说得吐沫横飞,犹如迫击炮弹般,劈头盖脸地轰向萨克斯。

他停了下来。萨克斯寻思着,现在讲话算不算是打断他?她并不在乎:"我并不是针对您。我只是在查一起案子,而我发现要找的档案不见了。"

"'发现不见了'是什么意思?要么你就是发现了,要么就是不见了。如果你查案和你讲话一样不清不楚,我怀疑你根本就是自己弄丢了档案,然后跑过来怪我们。"

"那份档案在一三一分局的调阅记录里有记载,就是送到这里来了。"

"谁调阅的?"

"问题就在这里,记录上没有写申请人。"

"还有其他文件一起送到这里吗?"他坐在办公桌边上,居高临下地看着萨克斯。

"我不知道您是什么意思。"

"你知道我在这儿是做什么的吗?"

"您是说?"

"我在一五八分局的职责是什么?"

"您负责整个一五八分局吧,我猜。"

"你猜,"他语带讽刺,"我知道有一些警察,也是喜欢自己猜,最后都死在了街头,被人开枪打死了。"

好吧,这话说得,已经越来越让人厌烦了。萨克斯眼神冰冷,抬头盯着男人的眼睛,她并不害怕跟他眼神对峙。

但杰弗里斯却好像根本没看到。他粗声说着:"除了负责分局的工作——正如你的高见——我还管理整个部门的人力分配委员会。

我一年要查阅上千份档案，根据当前形势决定人员调派来解决工作负荷。我和市里还有州里的部门整天打交道，就是为了局里能得到需要的各种信息和资源。你可能以为这都是浪费时间，是不是？"

"我没有——"

"我告诉你，这并不是浪费时间，女士。那些档案都是我亲自检阅的，而且已经从哪儿来回哪儿去了……现在，你告诉我，你来我这里要找的，到底是什么档案？"

萨克斯突然间不想告诉他了，整个情况都有些不对。理论上，他若是有所隐瞒，就不太可能表现得这么混蛋。但是，从另一方面来讲，他也许是故意做出这副样子来转移自己身上的嫌疑。萨克斯回想了一下，之前对管理员也只是说了档案编号，并没有提到萨科斯奇的名字，况且那个三心二意的管理员应该也记不住那么长的档案号。

萨克斯平静地说道："我不想说。"

他眨了眨眼："你——"

"我不会告诉你的。"

杰弗里斯点着头。面沉如水，像暴风雨来临前的宁静。然后他身子前倾，再次一拳砸在桌子上："你他妈的必须告诉我，我要知道案件的名字，我现在就要知道。"

"不。"

"你这是违抗命令，我要给你停职处分。"

"您尽管做您该做的，高级警监。"

"你会告诉我卷宗名称的，而且你现在就得告诉我。"

"不，我不会。"

"我要打电话给你的上级。"他的声音有些嘶哑，整个人也歇斯底里起来。萨克斯有一瞬间甚至怀疑，他会不会动手伤害她。

"我的上级并不知道此事。"

"你们全都一个样。"杰弗里斯嗓音尖锐地说道，"你以为，你有了个金色警徽,就知道怎么做警察了。太天真了,你还是个孩子,就是个孩子——还是个滑头混账。你来我的警局,在我的地盘,污蔑我偷了档案——"

"我没有——"

"违抗命令——你侮辱我、打断我。你他妈的根本不知道怎么当一个警察。"

萨克斯面容平静地盯着他。她已经将自己的情感藏进了另一个领域——她的精神地下避难所。她知道这次冲突会带来一些毁灭性的影响,但现在,他还不能把自己怎样。"我先走了。"

"你摊上大事儿了,女士。我记住你的编号了。五八八五。你以为我不会记住吗?你不是喜欢到处乱翻文件吗?我要让你降级去街上抄罚单,别想再来我的地盘上撒野!"

萨克斯大步越过他的身边,猛地拉开了门,快步走过走廊。她的双手开始颤抖,呼吸也开始急促起来。

身后,男人的声音近乎尖叫一般,从走廊深处传来:"我会记下你的警号,打几个电话。你要是再敢来我的辖区,我会让你后悔的,女士。你听见了没有?"

露西·里克特是一名美国陆军中士,她住在格林尼治村的一栋合作公寓里。这会儿她刚刚回来,锁住了门,而后向卧室走去,脱掉身上深绿色的军装。军装上有着整齐的军衔标志和一些行动中颁发的丝带。她很想直接把衣服扔在床上,但当然不会这样做,而是仔细地同衬衫一起挂进衣柜里,同以前一样,再将身份证件和安全徽章放在衣服胸前的口袋里。接下来,再把鞋子清理干净,擦亮,然后摆在衣柜下的鞋架中。

她飞快地洗了个澡,穿上粉色的旧浴袍,走到卧室里,蜷缩在地板上的粗毛地毯上,目光定定地看着窗外,她默默看着巴洛大街对面的一幢幢大楼，和风中摇摆的树枝间时隐时现的灯火。皎洁的月亮洁白如霜，挂在漆黑的天幕中，照耀在曼哈顿市中心的上空。

她很熟悉这样的场景，安逸、寂静。她小时候也常常这样坐在这里。

露西出国离开了很长一段时间，现在才休假回国。她终于倒过了时差，也从长时间昏昏沉沉的睡眠中清醒了过来。现在，她丈夫还没下班，她一个人满足地坐在这里，回忆着遥远的过去和清晰的当下。

当然，还有未知的将来。露西想着，比起已经度过的人生岁月，人们总是对尚未来临的时光更加着迷。

她就是在这座合作公寓长大的，在这个曼哈顿最和谐的社区里长大。后来她的父母搬到了更加暖和的地方，离开了这座城市，这间公寓便留给了当时二十二岁的露西。三年后的一个夜晚，男友向她求婚，露西答应了，但是有一个条件，那就是他们必须继续住在这里，她男友毫无意外地接受了。

她喜欢生活在这里，和朋友出去玩，在餐馆打工，做做文秘（虽然她大学中途退学，但她依旧是她们这一辈的年轻人中最聪明、最努力的一个）。她喜欢这座城市的文化和它的离奇绚丽。她可以坐在这里看着窗外的南面，这座壮丽城市的壮丽美景，然后想象着自己的人生，或是什么都不想，却依旧满足而快乐。

但后来，九月的一天，她看到了所有恐怖的景象，火焰、浓烟，接着就是那座城市骄傲的消逝。

露西像往常一样生活，不喜欢也不讨厌，耐心等待着。有一天，心中的怒火和伤痛会消失，巨大的空洞会愈合。但是那一天一直没有到来。所以，这个支持民主党，喜欢《宋飞正传》的单纯姑娘，这个喜欢用有机面粉自己烤面包的居家女孩儿，走出了她的甜蜜小窝，在百老汇登上了地铁，来到了时报广场，参军入伍。

露西对鲍勃——她的丈夫是这样解释的：她必须这么做。他亲了亲露西的额头，握着她的手，并没有试图阻止她。他这样做有两个原因。第一，作为一名前海豹突击队员，他觉得参军经历对任何人来说都很重要；第二，他相信露西，只要是她决定做的事情，一定都是对的。

她先是在尘土飞扬的得克萨斯接受训练，然后便被派遣到了海外。鲍勃曾去陪过她一段时间，在一家物流公司工作，他的老板是个爱国人士。那段时间，他们将这间合作公寓出租了一年。露西学会了德语，会开所有类型的卡车，也更深地了解了自己：她的组织管理能力很强。她负责管理军中的燃油使用，负责供应给军队的士兵们石油产品和其他重要的物资。

汽油和柴油能赢得战役，空空如也的油箱注定要吃败仗。这是上百年来战场上不变的规矩。

有一天，她的中尉找到她，告诉了她两件事。第一，她升官了，从下士升到中士；第二，军中要派她去学阿拉伯语。

鲍勃回到了美国，而她收拾了自己的行囊，登上了 C130 运输机，飞往了苦涩的迷雾之地。

千万不要轻易许愿啊……

露西·里克特从美国——一个景色变幻无常、日新月异的国家——来到了一个毫无景色可言的地方。她的生活也变成了荒芜的沙漠，只剩炙热烤人的太阳和目光所及十几种不同的黄沙。有些粗糙的沙砾会划伤你的皮肤，有些细滑的沙粒则会无孔不入。露西的工作开始变得至关重要。从柏林去科隆的路上，若是有一辆卡车没油了，你还可以直接派车去送。但若是发生在战争频发的前线，人们会因此丧命。

露西从来没有让这种情况发生过。

她常常连续好几个小时，驾驶着各种卡车和弹药车四处奔走，偶尔还要做一些奇怪的工作——像是扮演牧羊女，将绵羊装进运输卡车。这是一项临时任务，自愿参与，将食物送到已经断了补给好几周的小村庄。

绵羊……太搞笑了。

现在，她回到了这里，一个能看到天际线的地方，除了熟食店和食品超市外，你见不到牲畜。没有沙子，没有烈日……没有贫瘠的大漠。

和她在地球另一处的生活完全不同。

露西·里克特不是一个会被动等待的人，这也是为什么她会望着窗子的南面，想要在物是人非的风景里、在那由变化产生的巨大空虚中寻找答案。

是……或者不是……

电话响起，露西被突如其来的铃声吓了一跳。她最近总会这样，每次听到突然的响动，手机、关门声和汽车回火声，都会吓到她。

冷静……她接起了电话："你好？"

"嘿，姑娘。"电话那边是她的一个好朋友，也住在这个社区。

"克莱尔。"

"怎么了？"

"没什么，有点冷罢了。"

"嘿，你现在在哪个时区？"

"鬼才知道啊。"

"鲍勃在家？"

"没有，他还在加班。"

"好的，出来和我去吃芝士蛋糕吧。"

"就只吃芝士蛋糕？"露西加重语气问道。

"再来一杯白俄罗斯鸡尾酒？"

"这还差不多，走吧。"

她们选了一家营业时间很晚的餐厅，然后结束了通话。

最后看了一眼南面空荡荡的夜空，露西站起身来，穿上毛衣和滑雪外套，戴上帽子，离开了公寓。她顺着昏暗的楼梯走向了一楼门口。

一个模糊的人影对她打了声招呼，她停下了脚步，眨了眨眼睛，惊讶地看过去。

"嘿，露西。"男人说着。身上隐隐传来樟脑和烟草的味道，说话的男人是公寓的看门人——露西小的时候，他就已经很老了——他正抱着几捆捆好的报纸走向外面的人行道。这些报纸摞得比他都高出半个头、重上三十磅，露西见状伸手拿过了两捆。

"不用。"他拒绝道。

"基拉戴洛先生，我也是为了健身。"

"啊，健身？你比我儿子体格都壮。"

一来到室外，冷风瞬间刺痛了她的鼻尖和嘴唇。她喜欢这种感觉。

"我看见你今晚穿军装了，你得奖了。"

"这周二才是典礼，今天只是彩排。而且那也不是什么奖，是表彰。"

"有什么区别吗？"

"问得好，我不太清楚。我想，奖励都是赢来的。给你表彰的话，就不用给你加薪了。"说着，她将垃圾放在了路边。

"你的父母很为你骄傲。"这是个肯定的表达，而不是在问话。

"是啊，他们的确是。"

"替我向他们问好。"

"我会的。好了，我快冻僵了，基拉戴洛先生。我得走了，你保重啊。"

"晚安。"

露西小心地走在人行道上。她注意到街对面停了一辆蓝色的别克，里面坐着两个男人。副驾驶座的男人看了她一眼后就低下了头，然后又抬起头，似乎是很渴地灌下了一罐苏打水。露西心想：谁会在这种天气喝冷饮啊？至于她自己呢，此刻很想要一杯爱尔兰热咖啡，烧得滚烫的咖啡，加上双倍的布什米尔威士忌。当然还要加打发泡的奶油。

她又看了一眼人行道，然后突然改变了路线。想起来真是好笑，露西想着，刚刚过去的十八个月里，她经历了各种危险，唯一没遇到的，可能就只有眼前这段结冰的路面了。

21

莱姆家里现在只剩下凯瑟琳·丹斯和莱姆两个人,当然,还有那条哈瓦那犬——杰克逊,此刻丹斯正抱着它。

"晚餐真不错。"丹斯对汤姆说道。他们三个刚刚一起吃了晚饭,晚饭是汤姆做的勃艮第红烧牛肉、米饭、沙拉和嘉莫斯红葡萄酒,"我很想向你要一份菜谱,但我肯定做不了这么完美。"

"啊,一个懂得欣赏的观众。"汤姆说着,瞥了莱姆一眼。

"我也很欣赏你的厨艺,只是没有那么夸张而已。"

汤姆对着盛主菜的盘子点了点头说:"对他来说,这不过就是'炖菜'。法国菜他连碰都不碰。告诉她你对食物的看法,林肯。"

刑侦专家耸了耸肩,说道:"能吃饱就行,我不挑食,就这样。"

"他说食物是'燃料'。"护工说着,将餐具拿去了厨房。

"你家里养狗了吗?"莱姆用下巴指了指杰克逊,问丹斯。

"有两条,体格比这个小家伙要大很多。每周我和孩子们都会带它们两个去几次海滩。它们在海滩上追海鸥,我们就追它们。所有人都得到锻炼了。但是,可别以为这健康的生活就是全部,因为接下来,大家还会去餐馆大吃一顿,把刚刚在海滩上消耗的卡路里全都补回来。"

莱姆看了一眼厨房,汤姆正在里面收拾餐具。莱姆压低了声音,问丹斯能不能帮他个小忙。

她皱眉。

"我想来一点那个。"他用下巴指了指一瓶陈年的格兰杰威士忌,"倒进那个杯子里。"他用下巴指了指自己的玻璃杯,"最好能悄悄的……别声张。"

"汤姆?"

莱姆点了一下头。说道:"他时不时就会给我颁布个禁酒令。简直是不讲道理,让人生气。"

凯瑟琳·丹斯深知人们偶尔也会需要适度的放纵(是,她确实在提华纳胖了六磅,但那周实在很难熬)。于是,她将怀里的狗放下,给莱姆倒了一杯酒。并没有很多,只倒了她认为很健康的那么一点点而已。然后将酒杯放进了他轮椅的杯托里,将吸管递到他的嘴边。

"谢谢。"他深深地吸了一口,"你是来纽约出差的吧,不管他们给你多少钱,我都会双倍付给你,而且你可以想做什么就做什么。汤姆绝对不会找你麻烦的。"

"这样的话,我要来一杯咖啡。"丹斯给自己倒了一杯咖啡,然后还说服自己吃了一块汤姆烤的麦片饼干。

丹斯看了一眼自己的手表,这里比加利福尼亚早三个小时:"失陪一下,我要给家里打个电话。"

"尽管去吧。"

丹斯用手机给家里打了电话,是麦琪接的。

"嘿,宝贝。"

"妈妈。"

小女儿是个小话匣子,和丹斯讲了十分钟自己和奶奶去圣诞节装饰用品店购物的旅程。她的结束语是:"然后我们就回到了家里,我还读了《哈利·波特》。"

"新出的那本吗?"

"是呀。"

"这本书你读了几遍?"

"六遍。"

"那你想不想换一本不一样的书?扩展一下你的眼界?"

麦琪回答说:"上帝啊,妈妈,就像是,你听过多少遍鲍勃·迪伦的歌了?就是那张《金发女郎》专辑,或者U2的?"

听到麦琪无可辩驳的逻辑,丹斯只好说道:"好吧,你说的都对,亲爱的,但是不要说'就像是'。"

"妈妈,你什么时候回家?"

"可能明天就回去了。爱你哦,换你哥哥来接电话。"

韦斯接过了电话,母子二人同样聊了一会儿,只是相比于和麦琪聊天,他们之间的对话没有那么顺畅,也更为认真。韦斯之前就曾经暗示过,自己想要学习空手道,这次电话中,他便直接问了丹斯,可不可以去学,丹斯其实希望他能参加一些对抗性稍弱的活动,除了足球和棒球外,网球和体操也很适合韦斯这样肌肉发育不错的身体条件。但显然他对这些并不感兴趣。

作为一名审讯专家,凯瑟琳·丹斯很了解"愤怒"这种情绪。在案发之后的审讯过程中,不管是在疑犯还是在受害者身上,这种情绪都十分常见。丹斯相信,韦斯最近对武术运动感兴趣,多半是父亲的死带给他的影响。他时不时会感到愤怒,这种情绪如乌云般笼罩在韦斯的心里。竞争并不是坏事,但丹斯不想让他参与搏击运动,这并不利于他心理健康的恢复。特别是在他人生的现阶段,渴望暴力发泄的愤怒是特别危险的。对年轻人来说,尤为如此。

丹斯和他聊了许久,关于这件事她的看法和意见。

自从参与进莱姆和萨克斯的钟表匠案后,丹斯对时间的意义有了更深刻的认识。她意识到在工作中,和与家人相处中,时间的意义更加重要。时间可以消减愤怒(爆发式的情绪基本不会持续超过三分钟),缓和抵触情绪,很多情况下,比直截了当的否定和争吵更为有效。所以丹斯并没有直接拒绝韦斯学习空手道的要求,但同时也说服他去上几节网球课试试。有一次,丹斯曾无意间听到韦斯对他的朋友说:"对啊,有个做警察的妈妈太可怕了。"这事把她逗得大笑。

然后,韦斯的情绪突然间发生了变化,他开始兴致勃勃地跟丹斯讲起在HBO看到的一部电影。然后电话中又传来他朋友发来的短信音,他说他要挂电话了,再见妈妈,爱你。再见。

咔嗒,电话挂断了。

那声里程碑一样的、自然而然的"爱你"从电话中传来时,丹斯觉得没有白费这么久的口舌。

她挂断了电话而后看向了莱姆,问道:"你也有孩子吗?"

"我?没有,我不知道我能不能养好孩子。"

"你得有了孩子才能知道。"

莱姆看着她时刻不离身的耳机,现在正像医生的听诊器一般挂在她的脖子上:"我猜你很喜欢音乐……怎么样,我推算得不错吧?"

丹斯回答说:"是我的爱好。"

"真的吗?你会弹乐器?"

"我会唱一些,我之前做过民谣歌手。但是现在,如果能辞掉工作,我会把孩子们和那两条狗都扔到房车后面,然后出去追歌。"

莱姆皱眉说道:"我听说过这个,这叫——"

"采歌,最近很流行的。"

"对,就是这个。"

这是凯瑟琳·丹斯的梦想。她的这一激情符合民谣歌手悠久的传统,他们会旅行到很远的地方,去听当地传统的、独特的音乐。阿兰·罗马卡斯大概是其中最有名的一个,他曾走遍美国和欧洲,去寻找那些最为古老的音乐。丹斯有时会去美国西海岸采歌,但那里的歌已经被人很好地收集整理过了。所以,她最近的几次旅程都是去一些腹地城市。新斯科舍、加拿大西部,还有拉美裔人口大量聚集的河域,像是加州的南部和中部,她将这些地方的歌录下来,然后分门别类地整理好。

她对莱姆讲述了她的故事,还向他介绍了自己与朋友建立的一个网站,那上面持续介绍一些音乐家和相关的歌曲信息,以及音乐本身的一些知识。同时该网站还帮助音乐家们申请原创歌曲的著作版权,网站提供收听和下载的付费服务,他们将这些所得分给创作这些歌曲的音乐家们。其中很多歌手都签了唱片公司,还有一些公司购买了他们的音乐作为独立电影的配乐。

凯瑟琳·丹斯没有告诉莱姆的是,音乐之于她还有更多的意义。

丹斯偶尔会觉得肩头的负荷过重。为了做好本职工作,她必须与那些目击者和罪犯正面接触,坐在一个变态杀手三英尺远的地方,与他对峙、博弈几个小时、几天、几周,这一过程的确是紧张刺激的,但同时也让人疲惫和乏味。丹斯工作时总是能对自己的审讯对象感同身受,即使在审讯结束很久之后,她依旧能清晰地感受到他们的情感。她常常听到他们的声音在脑海中盘旋,占据着她的思绪。

是的,是的,对,没错,我杀了她,我割破了她的喉咙……对,还有她儿子,那个小孩儿,他在那儿,他看到我了,我必须杀了他,我是说,谁不会呢?但她是活该,她看我的眼神。不是我的错。我能抽烟吗,你答应给我的那支烟。

音乐是她的灵药仙丹。只有在听索尼·泰瑞和布朗尼·麦克金的时候,或是U2、鲍勃·迪伦、大卫·拜恩的音乐时,她的脑海中才不会浮现凶手卡洛斯·阿伦德充满怒气的抱怨,说自己在割破被害人的喉咙时,被害人的订婚戒指划伤了他的手掌。

那伤口特别疼,我是说,那个贱人,她活该。

林肯·莱姆问她:"你参加过职业演出吗?"

她参加过,有过几次。但经过几场在波士顿、伯克利和旧金山南岸的演出后,她只觉得空虚。唱歌看起来好像是一件很自由、很主观的事情,但她发现,唱歌其实只有你与音乐的联系而已,而不是歌手与听众之间的联系。凯瑟琳·丹斯却更好奇其他人说的话、唱的歌，还有他们自己，他们的生活，他们的热爱。那时她才明白，对于音乐，就像是她的工作一样，她更愿意做一个旁观者。

她告诉莱姆："试过，但最后我还是觉得和音乐做朋友比较好。"

"所以你来了个一百八十度大转弯，摇身一变，成了警察。"

"你猜。"

"你是怎么做到的。"

丹斯犹豫了一会儿。通常，她不喜欢对别人讲自己的事（"先听，后说"原则），但她同时觉得与莱姆聊得很投机。他们是截然不同的两派，却有着共同的目的，算是殊途同归。同时，莱姆的努力、坚韧让她仿佛看到了自己。还有他那不达目的不罢休的劲头、对狩猎的热爱也同自己相似。

于是，她说道："强尼·雷·汉森……强尼的拼写里没有 h[①]。"

"一个罪犯？"

她点头，讲述了这个罪犯的案件。六年前，加利福尼亚州公诉人起诉了汉森，丹斯受雇于检察官，作为顾问，为案件庭审挑选合适的陪审团成员。

汉森是一家保险公司从业人员，三十五岁，居住在奥克兰北部的康特拉·斯塔县，距离他前妻住的地方有半小时的路程。他前妻向法院对他申请了限制令。一天晚上，有人试图闯进他前妻家，家里当时没有人在，但是一个县里的治安巡警，巡查路线总会经过这家，巡警发现了此人，并追了上去，但被他逃掉了。

"其实案件当时看起来并不怎么严重……不过事情还没结束。县里治安部门觉得事情不会这么简单，因为汉森曾经两次威胁并袭击了这个女人。所以他们还是将汉森带回来，盘问了一番。他否认了罪行，警察就将他放了。不过最终他们还是设法立案，将汉森抓了起来。"

[①] Jonny，一般强尼写作 Johnny。

丹斯解释说，因为汉森对被害人有过犯罪前科，一旦非法入侵指控成立，汉森将会被判处至少五年监禁——这样一来，也可以让他的前妻和正在读大学的女儿过一段安生日子。

"我曾在检察官办公室与这对母女聊过一会儿，她们一直生活在巨大的恐惧中，很让人同情。汉森会给他们邮寄空白的信纸，打她们的电话，留下一些诡异的留言，还会站在限制令规定的距离外，刚好一个街区的距离，直勾勾地盯着她们。他还会让人送食物到她们家。这些都不犯法，却传递了一个明白的信息：我会一直看着你们的。"

即使是出门购物，母女俩也不得不乔装打扮一番，再偷偷地溜出社区。购物的地方，也只能去她们住处周围十到十五分钟行程范围内的商场。

丹斯挑选出了一个她认为最合适的陪审团，由单身女性和职业男性（思想开放，但又不会过分开放）组成，这些人会都会同情被害人的遭遇。丹斯同以前一样，也参与了庭审过程，既是为了给控方提供专业的团队建议，也是为了对自己这次的挑选做出评价。

"庭审时，我仔细地观察了汉森，我确信，他是有罪的。"

"但还是出了问题？"

丹斯点头："当时，目击者要么是找不到，无法出席，要么就是证词有瑕疵，无法成立。而所有的证据，不是失踪了，就是被破坏了。汉森自己还提供了一系列控方无法反驳的不在场证明。地方检察官提出的每一个关键指控证据都被辩方一一驳回；他对控方的指控了如指掌。最后被无罪释放了。"

"太糟糕了。"莱姆看了看丹斯，说道，"但事情还没有完吧。"

"确实没完。庭审两天之后，汉森在购物中心的停车场找到了他的前妻和女儿，在那儿用刀杀死了她们。当时，他女儿的男朋友也在，也死在了他的刀下。然后他逃离了现场，直到一年以后才被警方抓获。"

丹斯喝了一口咖啡，继续说："那起凶杀案发生后，检察官想查清楚，到底庭审中哪里出了差错。他要求我去查看汉森最开始在治安官办公室受审时的记录。"说到这里，她苦笑了一下："看了那份审讯记录后，我就呆住了。汉森极其聪明，而审问他的那个治安警官若不是个生手，就是太懒。汉森像猫玩老鼠一样，耍了他。经过那次审问后，他清楚地知道了控方的辩论证词，并且知道如何与之诡辩，知道了可以恐吓哪个目击证人，应该销毁什么证据，提供什么样的不在场证明。"

"我想，他知道的应该不仅仅是这些，还知道了其他的信息吧。"

"哦，是的。警官曾问他有没有去过米尔谷。后来还问他是否常去马林县的购物中心。汉森由此知道了他的前妻和女儿去购物的地方。后来，他实际上就是在米尔谷商场周围露营，守株待兔地等着那母女二人出现。然后杀掉了她们——因为那对母女已经离开了康特拉·斯塔县，所以当时没有警察在周围保护她们。

"那天晚上，我开车沿一号公路和太平洋海岸公路回家，并没有走一○一高速。我在思考，我当时拿着每小时一百五十美金的佣金帮任何有需要的人挑选陪审团。这没有什么问题，没有任何道德问题——这个体制就是这样运作的。但我忍不住想，如果是我亲自审问汉森，那他可能当时就被关进监狱里，那三个人就不会死了。

"两天后，我报考了警校，而后，就如常言所说的那样，过去的就已经过去了。现在，说说你的隐情吧？"

"我为什么决定做警察？"莱姆耸肩，"没有你的经历那么戏剧性，实际上是很无聊的……就是自然而然干了这一行。"

"当真？"

丹斯皱起眉头。

"你不信我。"

"抱歉，我又在分析你了吗？我尽量不这样做。我女儿总说，我看她的样子，就像是在看一只实验室里的小白鼠。"

莱姆又吸了一口威士忌,然后有些腼腆地笑着说:"所以呢?"

丹斯挑眉:"所以?"

"对于研究人体动作学的人来说,我算是个难题吧,一个像我这种状况的人,你可能没办法读懂吧?你能吗?"

丹斯笑了起来:"哦,我还是能读个大概的。肢体语言有自己的表现层次。你的面部表情、眼神和头部动作所表达的内容,与其他肢体健全的人表达出的内容相差无几。"

"真的吗?"

"这就是人体行为的表现方式。实际上,你这种状况的表现更加易懂——因为信息表达得更集中。"

"那对你来说,我岂不是像一本打开的书?"

"没有人是一本打开的书,只不过有些书比其他书更好翻罢了。"

"我记得,你在审讯时提到过人的反应状态。愤怒、消沉、否认还有讨价还价……在事故发生以后,我接受过很多次心理治疗。并不是我想要治疗,不过,像我这样的状况,人为刀俎,我为鱼肉,除了接受也没别的选择。当时的心理医生跟我讲,悲伤分为几个不同的阶段,和你说的反应状态差不多。"

凯瑟琳·丹斯很清楚莱姆所说的悲伤的五个阶段。但这并不是一个需要在今天讨论的话题。"不管是生理上的病痛还是情感上的压力,你会讶异于大脑面对各种逆境时的反应,是何等神奇。"

莱姆不再看她,说道:"我常常感到愤怒。"

丹斯依旧用那双深绿色的眼睛注视着莱姆,摇着头说:"哦,你远远没有你所说的那么愤怒。"

"我是个残废。"他厉声说道,"我当然感到愤怒。"

"我还是个女警察呢,那又如何?我们都有感到恼火的理由,也都会因为这样或那样的原因感到压力重重,还要抗拒各种不如意的发生。但若说愤怒,不,你已经不再愤怒了,你已经走出了那个阶段,现在,你正处于接受的阶段。"

"我的生活中,不是在追踪杀人犯,就是在接受理疗。汤姆说,我所做的理疗运动量,远比我应该接受的强度要大得多,顺便说一句,治疗过程痛苦又无聊,简直是没完没了。这根本不能说是在接受吧。"

"我所说的接受,并不是这个意思。你接受了当前的状况,然后奋起反抗。你并没有坐在那儿什么都不干。哦,对不起,你确实老老实实地坐着呢。"

丹斯的道歉并没有丝毫歉意,莱姆被她逗得哈哈大笑。丹斯看得出,她的玩笑取悦了莱姆。她可以确定,莱姆并不是一个世故的人,也根本不在乎什么政治正确。

"你接受了现实,并试图改变它,但你说得也不错,这对你来说并不容易,是一个严峻的挑战,不过你并不会因此心生怨恨,感到愤怒。"

"我想你看错了。"

"啊,你刚刚眨了两次眼睛。这是压力反应的表现,说明你自己都不相信你所说的话。"

"和你这女人争辩总是讨不到好处。"他喝光了杯中的酒。

"啊,林肯,我现在已经掌握了你的基准反应,你骗不了我。不过不用担心,我会替你守口如瓶。"

前门打开,阿米莉亚·萨克斯走了进来。她将外套扔在了椅子上,随后与丹斯互相打了个招呼。丹斯从她的姿态和眼神中看出,她显然是有什么烦心事。萨克斯走到窗前,向外看了看,随后拉起了窗帘。

"怎么了?"莱姆问道。

"一个邻居刚刚打电话给我,说今天有人去了我家,向人打听我的情况。他说自己叫乔伊·特雷法诺。我曾和乔伊在巡逻队共事过。他想知道我在忙什么,问了很多问题,在我家外面张望,看来看去。我的邻居觉得事情有些奇怪,于是给我打了电话。"

"你觉得这人并不是乔伊,而是别人冒充的?真的不可能是他吗?"

"不是他。他去年离开了警局,搬去了蒙大拿。"

"也许他回来了,想来找你,看看你的近况。"

"如果真的是乔伊回来了,那一定是见鬼了。因为他去年春天就在一起摩托车事故中去世了……而且,我和罗恩最近都被人跟踪了。今天早些时候,还有人翻了我的包。当时包就放在我的车里,车门锁着,他们扒了我的车。"

"这是在哪儿发生的?"

"就在泉水街,那家花店现场附近。"

就在这时,一件被凯瑟琳·丹斯忘却的事情忽然间闪现在她的脑海。她此刻终于又记起来了。丹斯开口说道:"有件事,我得告诉你们……虽然也许并不是什么大不了的事,但还是让你们知道得好。"

虽然时间已经很晚了,但莱姆还是打电话叫齐了所有人:塞利托、库柏、普拉斯基,还有贝克。

此时,阿米莉亚·萨克斯正若有所思地打量着他们。

随后,她开口说道:"出了一点问题,有人在跟踪我和罗恩。而且刚刚凯瑟琳告诉我说,她好像也看到了什么人。"

人体动作学专家点了点头,表示确有此事。

萨克斯看了普拉斯基一眼,问道:"你跟我说,你曾看到一辆奔驰车跟着你,在那之后,你又看到了吗?"

"没有,今天下午之后,我就再没看到过。"

"你呢,梅尔,最近有没有什么异常的事发生?"

"我觉得没有。"略为有些纤瘦的男人推了推鼻梁上的眼镜,说道,"但我也一直没太注意过。一般来说,不大有人会跟踪实验室技术人员。"

塞利托说他也许也看到了什么人,但并不确定。

"你今天在布鲁克林的时候,丹尼斯,"萨克斯问贝克说,"有没有觉得有人在监视你?"

贝克愣了一下,说道:"我?我今天没去布鲁克林。"

萨克斯皱眉:"但是……你说你没去?"

贝克摇头说:"没去过。"

她目光转向丹斯,丹斯一直在观察贝克,此时,她对萨克斯点了点头。

萨克斯伸手探向腰间的格洛克手枪,面向贝克说道:"丹尼斯,把手放在我们能看见的地方。"

贝克瞪大了双眼:"什么?"

"我们需要好好谈谈了。"

除了贝克外,房间里的其他人事先都已经简单了解了此事,所以见此情形均未像贝克这样惊慌,不过普拉斯基还是将手放在了自己的手枪上。朗·塞利托也不动声色地站到了贝克的身后。

"喂,喂,喂,"贝克说着,皱眉看向自己身后魁梧的警探,"这是要做什么?"

莱姆说道:"丹尼斯,我们想问你几个问题。"

凯瑟琳·丹斯之前要对莱姆和萨克斯说的"值得一提的事情",并不是有人在跟踪她。萨克斯提起这事也是为了让丹尼斯·贝克放松警惕,转移注意力。丹斯说的其实是贝克之前的异常行为,早些时候,贝克说他曾去过花艺工作室现场,丹斯注意到,他当时的坐姿是双腿交叠,并回避与他人的眼神接触,这些都表明他在说谎。而他当时所说的内容是,他刚刚离开现场,并未注意泉水街上的封禁是否已经解除。但当时丹斯想不通贝克为什么要欺骗大家,所以一时间也就没有多想。

但是后来,萨克斯提到她在现场调查后,发现有人扒了自己的车,而且当时贝克也在场,丹斯便想起了贝克的异常表现。萨克斯之后便打电话给当时同样在现场的南希·辛普森,问她贝克是什么时候离开的。

"就在你走之后,警探。"辛普森回答道。

贝克却说自己在现场待了将近一小时。

辛普森还补充说,她相信贝克后来是去了布鲁克林。萨克斯便问贝克去布鲁克林做什么,这样就可以让丹斯根据他的反应来判断,他是否真的在隐瞒什么事情。

"你闯进我的车里,还翻了我的包。"萨克斯说着,语气尖锐,显然正在发火,"你还向我的邻居打听我——假装成一位和我一起工作过的同事。"

他会否认吗?如果丹斯看错了,或者自己猜错了什么,那么这件事就会变得很难看。

但贝克垂头看向了地板,说道:"其实,这些都是误会。"

"你跟我的邻居套话,打听我的消息?"萨克斯气愤地问道。

"是的。"

萨克斯靠近了他。他们的身高相差无几,而此时,盛怒下的萨克斯似乎更加高大起来,双眼含怒地俯视着他。问道:"你是开一辆黑色的奔驰吗?"

贝克皱眉:"就凭做警察领的这点工资?"这个回答听起来倒像是实话。

莱姆看了一眼库柏,后者立刻去DMV数据库查看了一番,而后摇头证实说:"不是他的车子。"

好吧,就算他洗脱了跟踪的嫌疑,但贝克显然是有些见不得光的企图,瞒着大家。

"那么,说说吧,到底是怎么回事?"莱姆问道。

贝克看向萨克斯,说:"阿米莉亚,我真的很想让你留在这个案子的调查组。你和莱姆一起,你们两个是一个团队。而且,坦白来讲,你们两个也吸引媒体眼球,我很想和你们多些合作和交流。但是我在总部提议将你正式调遣进调查组后,发现了一个问题。"

"什么问题?"萨克斯语气决然地问道。

"我的公文包里有一张纸。"贝克向普拉斯基示意,后者正站在一个有些破旧的公文包旁边,"折起来了,在最上面右侧放着。"

菜鸟警探依言打开了包,找到了贝克所说的文件。

"那是一封邮件。"贝克继续说道。

萨克斯从普拉斯基手中将其接过。她看了看邮件上的内容,便皱起了眉头。有一瞬间,她面无表情。然后,她将邮件拿到莱姆宽大的轮椅扶手上。莱姆也看到了纸上简短而机密的信息。邮件来自警局总部的一位高级警监,上面写着,几年前,萨克斯与一个纽约警方的警探,尼古拉斯·卡瑞里有过密切的交往,后者后来曾遭到多重犯罪指控,包括抢劫、行贿和伤害罪。

虽然萨克斯并没有参与其中的任何犯罪行为,但不久前,卡瑞里被释放出狱,上层由此担心,萨克斯或许还跟这名前警官有什么联系。当然,他们并不是担心萨克斯会做出什么违法乱纪的事情,只是,如果有人看见他们相互往来,尤其在媒体的关注下,那么事情就会变得如同邮件中所表述的那样——"难看"。

萨克斯清了清嗓子,却什么都没说。莱姆清楚萨克斯和尼克之间的事情,他们曾如何筹划着婚礼、如何相爱,而在尼克隐藏的罪犯身份暴露时,萨克斯又是如何的心碎。

贝克摇着头说:"我很抱歉,我不知道该怎么做。我接到命令,要提交一份详尽的调查报告。包括我在何时、何地、见到什么样状态的你;我打听到什么、调查到什么,不管是在你上班期间,还是下班之后,与卡瑞里或是他的朋友之间,有没有任何形式的接触。"

"这就是你为什么到我这里来问她的状况。"莱姆愤怒地说,"简直是胡扯。"

"实话说吧,林肯,我无意冒犯。他们无论如何都不想让萨克斯留下调查这起案子,尤其是这样性质严重又很受关注的案子。像她这样背景的警察绝对不可以留下,但我拒绝了这个提议。"

"我已经好几年没有见过尼克了,我根本不知道他出狱了。"

"这也是我要写在报告里的。"贝克再次用下巴指了指自己的公文包,说道,"我的报告就在里面。"普拉斯基又在他的包里找到了几张纸,然后将它们交到了萨克斯的手上。萨克斯看了一眼上面的内容,而后传给莱姆去看。上面写的都是贝克监视萨克斯的具体时间和打探的问题,还有在萨克斯的行程表和通信簿上看到的内容,以及从其他人那里打探到的萨克斯的信息。

"你闯进了她的车,还翻看她的包。"塞利托指责道。

"是的,我承认,我做得很过分,对不起。"

"你他妈的为什么不直接找我把问题说清楚?"莱姆对贝克喊道。

"或是和任何一个人说清楚也好啊。"塞利托补充道。

"这个命令来自高层。要求调查在暗中进行,我必须保密。"贝克解释着,随后转头看向萨克斯,说,"我做的事情让你很生气,我很抱歉。但我确实是真的想让你留在这件案子里,我想不到其他的调查办法了。不过我已经向上级提交了我的结论报告。这件事已经过去了。你看,能不能请大家把这件事翻篇,我们继续好好查案?"

莱姆看向萨克斯,而让莱姆最为心痛的,是萨克斯对于此事的反应:她已经不再愤怒了。看起来很愧疚,因为自己的关系给大家造成了麻烦,干扰了同事们的工作。萨克斯很少在人前表现出脆弱和受伤的模样,也因此,每每人们见她如此,总会觉得心疼。

萨克斯将邮件还给了贝克。随后,她不发一语地拿起外套,平静地穿过前门过道,同时从口袋中掏出了车钥匙。

22

文森特·雷诺兹正在端详餐馆中的一个女人。女人身材纤瘦,留着一头栗色短发,三十岁左右的年纪,穿着一件毛衣。她将短发梳在脑后,用发卡别住。文森特和邓肯从女人在格林尼治村的旧公寓开始,一路跟踪她,先是到了一家当地的小酒馆,然后又来了这里。这家咖啡屋离她家不远,只有几个街区的距离。她并非独自一人,陪她一起的是位金发女孩,二十多岁,两人有说有笑,聊个不停,看起来十分开心。

露西·里克特正在享受她在人间最后一段短暂的美好。

邓肯正在用别克车的音响听古典音乐。他还是那个典型的思维缜密、心绪宁静的邓肯。有时候,你根本猜不到他究竟在想些什么。

文森特则与之相反,饱受饥饿渴求的煎熬。此时正一颗接一颗地吃着糖果。

去他妈的从大局出发,我现在需要一个女人……

邓肯掏出他的金表看了看时间,而后轻轻地拧紧了发条。

虽然文森特已经见过这块怀表好几次了,但每次见到,都会感到惊艳。邓肯说,这块表的制作人名叫宝玑[①],是生活在很久之前的一位法国钟表匠。("我认为,他是世间最伟大的钟表匠。")

[①]阿伯拉罕·路易·宝玑(1747—1823),著名钟表大师,陀飞轮的发明者。国际知名制表品牌创始人。

怀表的设计很简单，白色的表盘上刻着一圈罗马数字，表上还有一些小的刻度标识，显示着月亮的位相。还有一套万年历。此外，怀表中有一个独特的"降落伞"防震装置，是宝玑的个人发明。

文森特问道："你的表有多长的历史了？"

"宝玑在十二年制造了它。"

"十二？是指罗马时代吗？"

邓肯失笑："不，抱歉。这是表的原始收据上显示的日期，所以我推测它就是制造于那一年。十二年是按照法国共和历的历法算的。君主政体垮台之后，法国使用了新的历法，将一七九二年作为共和历元年。那是个很奇妙的历法概念。那套历法中，每周有十天，每个月有三十天。每六年有一个闰年，在那一年将举行各种体育活动。不知道为什么，当时的政府觉得这套历法比传统历法更加平等。但是这套历法太过烦琐，只实行了十四年。就像多数革命思想一样，都是纸上谈兵容易，一旦实行起来就显得不切实际。"

邓肯有些着迷地看着金色的表盘："我喜欢那个时代的钟表。那个时候，一块表，代表着一种权力。没多少人买得起昂贵的表。谁拥有一只，谁就可以掌控时间。你要去面见他，会面时间完全由他决定。所以，后来才有了表链和表袋，这样一来，即便将手表放进了口袋里，人们也可以通过表链看出他拥有一块表。在那个时代，钟表匠就是上帝。"邓肯停顿了一下，说道："我只是打个比方，但某种意义上来说，确实是这样。"

文森特挑起眉毛。

"十八世纪，曾经有过一种哲学思想，就是用表做喻，认为，宇宙就是上帝制造的一块手表，上帝制造了它，给它上紧了发条，然后，宇宙开始运转。像是万年历一样。人们称上帝为'伟大的钟表匠'。不管你信不信，当时，这种思想有很多人认同。那时钟表匠的地位，就如同宣扬神之旨意的牧师一般。"

再次看了这块宝玑怀表一眼，邓肯将它收了起来，说道："我们该走了。"他对着餐馆中的两个女人点了点头："她们马上就要离开了。"

邓肯将车子启动，亮起车灯，驶入了街道，将他们的目标撇在了身后。而不久之后，他们中的一个，将会收割她的生命，另外一个，会收割她的尊严。不过，今晚不行，他们还不能动手，因为，邓肯发现，这女人的丈夫工作没有固定时间，随时都有可能回家。

文森特不得不深呼吸几次，试图将快要没顶的饥饿感压制住。他吃了一包薯片，问道："你打算怎么做？我是说，怎么杀掉她？"

邓肯闻言，沉默了一会儿，说道："你之前曾经问过我，前面那两个人是多久才死的。"

文森特点头。

"这么说吧，露西要花更长的时间才能死。"虽然那本酷刑审讯的书丢了，但是邓肯显然还记得书上的大部分内容，他此刻正描述着将要对露西使用的刑罚手段。邓肯将会对她使用水刑。先让她仰面朝上平躺，吊起她的双脚，再用胶带封住她的嘴，然后，向她的鼻子里灌水。只要时不时地让她喘口气，那么，你想让她坚持多久都可以。

"我打算让她支撑半小时，如果可以的话，也许能到四十分钟。"

"她这是罪有应得，是不是？"文森特问。

邓肯沉默片刻，随后说道："你真正想问的是，我为什么要杀掉这些人。"

"呃……"文森特确实是这个意思。

"我从来没告诉过你。"

"对，你从来没说过。"

信任，是仅次于时间的人间至宝。

邓肯看了一眼文森特，而后再次看向前路。说道："如你所知，人生在世能几时，谁都说不准，有的甚至只有几天，或是几个月而已，能多活上几年，是所有人的奢望。"

"你说得很对。"

"就像是上帝,或是其他你信奉的神灵们,他们拥有所有在世人类的名单。等到他觉得,有哪个人时辰到了,那这个人也就活到头了……这么说吧,我也有这样一份特别的名单。"

"十个人。"

"十个人……我和上帝的区别在于,上帝杀人,不需要理由,而我有——很充分的理由。"

文森特沉默了。有那么一瞬间,他既不是聪明的文森特,也不是饥饿的文森特。他只是他自己,在听一个朋友与自己分享特别重要的事情。

"现在,我觉得,我可以信任你,告诉你这个原因了。"

而后,邓肯如他所言,将他的故事讲给了文森特。

月光照在车子的引擎盖上,直直地反射到萨克斯的眼睛里。

阿米莉亚·萨克斯正开着车,沿东河飞驰,警灯歪歪斜斜地立在仪表板上。

她想起过去几天发生的事情:腐败警察可能与杀死本杰明·克莱里和弗兰克·萨科斯奇的犯罪团伙有关。弗莱厄蒂警监随时可以将案子从自己手里撤走。丹尼斯·贝克在她背后鬼鬼祟祟地调查,还有高层由于尼克而对自己产生的不信任,以及副警监杰弗里斯对她的极端不满。此时,她觉得被这些事情压得喘不过气来。

当然,最让她难过的,是关于她父亲的阴暗真相。

这一切让她对自己所做的事情产生了动摇,萨克斯不禁去想,自己做警察有什么意义?如果这份工作最终会摧毁你最崇高的信仰,那么她不眠不休地工作,废寝忘食地思考,甚至是毫不犹豫地在危险中冲锋陷阵,到底有什么意义?

她将变速杆猛地挂到四挡,车速提到七十码。引擎如狼嗥般在夜晚的街道上响起。

她以为,父亲是最优秀的警察,没有警察比他更坚定、更负责。但是,瞧瞧最后他是什么下场……她接着意识到,不,不,她不应该这样想。她父亲的下场不是别人的责任,是他自己,知法犯法,咎由自取。

在她的记忆中,赫曼·萨克斯是一个沉着又幽默的男人,喜欢和朋友们在下午聚在一起看赛车比赛,或者和女儿一起去拿骚的旧货市场淘各种汽车零件。但现在,萨克斯发现,记忆中他的种种表现不过是伪装,在这层伪装之下,是他更为黑暗的另外一面。而她对此一无所知。

阿米莉亚·萨克斯的内心深处一直有着躁动的力量,这力量迫使她去怀疑、去思考,不管前路多么危险,她都未曾退缩。她经历种种,只为拯救无辜生命时带来的欣慰,抓住凶恶罪犯时带来的成就感。

那火样的热情为她指引了方向;显然,父亲的选择与她南辕北辙。

雪佛兰车尾摇摆,萨克斯慢慢将车速放缓。

车子驶过布鲁克林大桥,一个漂移,从路口驶离了高速公路。萨克斯驾着车,一会儿左拐,一会儿右拐,向南驶去。

最终,萨克斯来到了目的地:一个码头。她踩下了刹车,留下十英尺长的刹车印,下了车,甩上车门。穿过一个小花园,跨过一个混凝土路障,萨克斯无视警告标语,在嘶吼着的冷风中迈上了码头。

天啊,好冷。

萨克斯在一处低矮的木围栏处停下了脚步,她戴着手套,双手抓住栏杆,回忆席卷了她。

十岁那年,一个夏日傍晚,父亲带她来到了这里,他将自己举起来,让她坐在探出码头的一个电缆塔上,那个塔还在那里,还可以稳稳地托住自己。她一点也不怕掉进水里,因为父亲在社区的游泳池教过她游泳,就算是哪里吹来了一阵怪风,将他们从码头上吹进水里,那也不错,他们可以一边笑着,一边比赛,游回码头。如果没有尽兴,他们还可能再次跳进河里,手拉着手,从十英尺高的码头,跳进深沉而温暖的河水里。

十四岁那年,还是在这里,父亲喝着咖啡,她拿着一瓶苏打水,听父亲说着母亲,他说:"你母亲,她脾气有些不好,艾米。但她是爱你的,你要记住这一点。她有自己的表达方式,但她很为你骄傲。你知道她曾对我说过什么吗?"

再后来,她成为一名警察之后,也是在这里,和父亲站在一起。他们身旁停着的车,正是她今晚开来的这辆(不过当时车子是黄色的,十分适合它冷硬的线条)。萨克斯穿警服,父亲穿着一件呢子夹克和一条灯芯绒裤子。她记得很清楚。

"我有麻烦了,艾米。"

"麻烦?"

"我身体出了毛病。"

萨克斯等着他说下去,指甲深深地掐进大拇指指腹中。

"不过是小炎症,癌症而已,都是小场面。我会接受治疗的。"父亲又仔细地讲了讲他的病情——他对自己的女儿向来是有话直说——然后,他突然一反常态地面露悲伤,说道:"其实,更让人难过的是……我刚刚才花了五美元理了头发,可是马上我就没有头发了。"他搓着手,可惜地说:"真可惜啊,没省下这五美元。"

回忆清晰,如在眼前。泪水顺着萨克斯的面颊淌下。"天杀的!"萨克斯告诉自己,不能哭,试着止住眼泪。

但她控制不住自己。泪水不停地流下,在冷风中刺痛她的脸颊。

萨克斯回到了车里,发动野兽般咆哮的引擎,回到了莱姆家。等到她回去时,莱姆已经就寝,睡着了。

她又来到了莱姆的复健室,普拉斯基按照她的吩咐,将克莱里和萨科斯奇的案件证据记录板放在了这里。她忍不住微笑。这个勤奋的菜鸟不仅如自己所说将白板藏在这里,还在上面罩了一块桌布。萨克斯将桌布扯了下来,看了看普拉斯基详尽的记录,并动手添了些自己知道的信息。

本杰明·克莱里凶杀案

- 克莱里，五十六岁，看起来是结绳自杀而亡。所用绳索为普通晾衣绳。但死者生前右手大拇指受伤折断，不可能单手结绳。
- 电脑打印的遗书表示死者因抑郁自杀，但调查显示克莱里抑郁程度并没有这么严重。且没有精神、心理问题。
- 感恩节前后，有两个男人闯进死者位于韦斯特切斯特的别墅，很可能是去销毁证据，两人均为白人男子，其中一个人略高，在别墅中逗留了一小时左右。

韦斯特切斯特发现的证据：

- 撬锁进入，技术娴熟。
- 壁炉工具和克莱里书房办公桌上均发现皮制品纤维痕迹。
- 壁炉前土壤的酸性比别墅周围高出很多，怀疑来自工业区。
- 壁炉内发现燃烧过的可卡因痕迹。
- 壁炉灰烬中发现：财务记录、财务表，涉及上百万美金。
- 调查账目表上的标识，将账目交给刑侦会计师检查。
- 发现死者日记中的行程安排：给车换机油，预约剪发，去圣詹姆斯酒吧。

圣詹姆斯酒吧：

- 克莱里来过几次。
- 在此期间没有使用过毒品。
- 不确定死者曾在这里见过什么人，很有可能是酒吧附近纽约警察局——八分局的警官。
- 死者最后一次来酒吧时（死亡前一天）曾在酒吧与人发生争执，对象不明。
- 检测了一一八分局警官付给酒吧的钞票，钞票上的序列号没有问题，但检测中发现纸币上沾有可卡因和海洛因。这上面的毒品有可能是他们自己从一一八分局的证物处中偷来的吗？
- 一一八分局的证物处中只

- 有微量的（六到七盎司的大麻和四盎司的可卡因）毒品储存丢失。
- 一一八分局查处的犯罪团伙极少，但无明显证据表明其中有警察在包庇罪犯。
- 东村共有两个主要黑帮势力，有犯罪的可能，但极少可能会是杀害克莱里的凶手。
- 问询克莱里的生意合作伙伴乔丹·凯斯勒，继续跟进克莱里妻子方面的消息。
  - 均表明从未见过克莱里使用毒品。
- 死者看起来不会与罪犯有联系。
- 比平时喝酒更多；曾去过几次拉斯维加斯和大西洋城。赌博输掉大笔金钱，但对克莱里来说微不足道。
- 死者生前抑郁的原因不明。
- 凯斯勒不认识所烧财务表。
- 等待克莱里公司的客户名单。
- 凯斯勒似乎不会因为克莱里的死亡而获利。
- 萨克斯与普拉斯基均被一辆黑色奔驰车跟踪。

弗兰克·萨科斯奇凶杀案

- 萨科斯奇，五十七岁，无警方记录，于今年十二月四日被害，家中还有妻子和两个十几岁的孩子。
- 被害人在曼哈顿上城区拥有别墅和公司。公司主要负责其他大公司和公共设施的维修和垃圾处理工作。
- 阿尔特·斯奈德警探是死者案件的负责人。
- 没有嫌疑人。
- 谋杀／抢劫？
  - 表面看起来，死者死于抢劫杀人案。现场找到凶器：改装过的史密斯·威森手枪，点三八口径，无指纹，枪支无序列号。案件负责人认为可能是职业杀手所为。
- 生意出了问题？
- 死者在皇后区遇害。不确定死者为什么会去那里。

- 案宗与证据缺失。
- 十一月二十八日前后，案宗被调往一五八分局，未曾归还。文件调派申请人不详。
- 案宗在一五八分局的具体去处不详。
- 高级警监杰弗里斯拒绝配合调查。
- 与克莱里无已知关联。
- 死者公司与本人均无犯罪记录。
- 传闻——赃款经由一一八分局腐败警察之手，最终流向与马里兰州相关的某地点、人物。
- 是否与巴尔的摩犯罪团伙有关？
- 未发现相关线索。

萨克斯盯着证据表看了半小时，直到困意难忍。她上了楼，脱掉衣服，埋进浴室，让热水冲遍全身。在微烫而大力的水流中，她站了很久。随后，萨克斯擦干身体，穿上一件T恤和丝绸短裤，回到了卧室。

她爬上床，将头靠在莱姆的胸口。

"你还好吗？"莱姆声音含糊地问。

萨克斯没有回答，只是抬起头，亲了亲他的面颊。然后，她躺平了身子，看着床边的时钟，随着电子数字一页页翻过，时间一分一秒地过去，在萨克斯看来，每一分钟都漫长无比。终于，快凌晨三点钟时，她睡着了。

第二部分

星期三,上午九点零二分

时间如燃烧的火焰,我们在火焰中燃烧。

——戴尔莫·施瓦茨

23

林肯醒来一个多小时后,海岸队那边的一个年轻警官就送来了一件男士外套,四十四码,他们在纽约港那边水面上发现了它,衣服两个袖子上都沾有血迹,袖口被割破。船长推测,这很可能是码头杀人案被害者的衣服。

外套属于梅西百货的某一品牌,除此之外,衣服上再没有其他可以联系到衣服主人的线索或痕迹。

莱姆此时正和汤姆待在卧室。汤姆刚刚帮助莱姆完成他每天早晨的例行日常——每天清晨的康复训练,以及,用汤姆的文雅说法来说,个人卫生清洁工作(莱姆则比较喜欢直白地将其描述为"屎尿排放工作",当然,他只在熟人面前才会这么说)。

阿米莉亚·萨克斯也上了楼,来找莱姆。她将外套顺手搭在了椅子上,走过莱姆身边,将窗帘拉开,而后站在窗前,望向窗外的中央公园。

纤瘦的护工立刻意识到,他们二人有事要谈,于是,他一边说着:"我去煮些咖啡,或者烤点面包什么的。"一边快速离开了房间,还不忘回身帮他们关上了房门。

所以,这又是怎么了?莱姆有些郁郁地想。他最近的私人问题实在是多得超出预期,让他不由得烦心。

萨克斯却并未出声,她依旧看着外面,注视着刺目阳光下生机勃勃的中央公园。莱姆问道："所以到底是什么事情，这么重要？"

"我来时路上，去了一趟阿盖尔安保公司。"

莱姆眨了眨眼，紧紧地盯着萨克斯的脸说道："那家公司给你打过电话，那次我们结了魔术师的案子①之后，《时代》杂志上刊登了你的报道，他们看了报道就联系了你，对吧。"

"是的。"

阿盖尔安保公司是一家跨国公司，业务主要是为一些高层商务人士提供安保工作，还负责一些与绑匪的谈判工作，来解救被绑架的员工——这种犯罪在一些海外国家比较常见。他们为萨克斯提供了相关的岗位，并答应会付给她目前工资双倍的薪水，还承诺说，萨克斯可以在大部分司法管辖区携带枪支——提供一份携带隐秘武器的许可——其他安保公司可没有这种待遇。除了这些条件以外，他们还表示会委派她去具有异域风情的海外做一些危险又刺激的任务。萨克斯对此确实很心动，但她当时果断地拒绝了这份邀请。

"你去阿盖尔公司做什么？"

"我打算辞职了，莱姆。"

"不再做警察了？你认真的吗？"

萨克斯点头："我基本上已经决定了。我想换个工作，换换方向。在他们公司我也可以做一些好事，保护家庭，保护儿童。他们经常接一些反恐袭击的任务。"

听闻萨克斯的回答后，莱姆也同她一样，看向了窗外中央公园里干枯的树木。他看着冷风中光秃秃的树冠，想起昨天他同凯瑟琳·丹斯的对话，他曾说起他早些时候的康复治疗。当时，有一位年轻而敏锐的纽约警方医生，名叫特里·多宾斯。他曾经对莱姆说过："没有什么是永恒的，总会有结束的那一天。"医生当时的意思是指，莱姆那段抑郁难熬的时光，终将过去。

---

①见林肯·莱姆系列《消失的人》。

现在,莱姆又想起这句话,可是此情此景,话的意思却完全不同了。这句话不受控制般地在他的脑海中浮现。

没什么是永恒的,总会有结束的那一天。

"啊。"

"我觉得,我已经别无选择了,莱姆。我别无选择。"

"因为你父亲的事?"

萨克斯点头,将手指插进头发里,抓挠着。用痛感分散心头的另一种难过。

"这太离谱了,萨克斯。"

"我觉得自己做不下去了,我做不了警察了。"

"这样说太武断了,你不觉得吗?"

"这件事我已经想了一夜,我这辈子从来没有这么认真过。"

"不,你要继续想想。你不能因为听到了什么坏消息,就做出这样的决定。"

"这怎么能用坏消息就可以形容?我以为我了解我父亲,但其实都是假的,全都是谎言。"

"并不全都是谎言。"莱姆反驳道,"那只是他人生的一部分而已。"

"却是最重要的一部分。这是他最首要的身份,一个警察。"

"那已经是很久之前的事了。第十六大道俱乐部的案子早就结了,在你还是一个婴儿的时候,这件事就已经结束了。"

"难道结束了他就清白了吗?"

莱姆无言以对。

"你想让我怎样释怀,莱姆?像检验证物一样吗?滴上几滴试剂,然后看看检验结果吗?我做不到。我只知道,关于我父亲的所有回忆全都变质了。这甚至让我对警察这个职业的看法产生了动摇。"

莱姆柔声说:"这确实让人不好受,但是,你父亲身上发生的事情与你没有关系。重要的是你是一名优秀警察,如果没有你,很多案子都没法结案。"

"我只有全身心投入的时候，才能去查案，但我现在心不在此，有些东西已经变了。"萨克斯说道，"普拉斯基做得不错，比起我刚刚为你工作时的表现，他做得更好。"

"他比你当初做得更好，是因为有你在一旁指导他。"

"别这样做。"

"别哪样？"

"说好话，夸我，给我戴高帽，我母亲经常对我父亲用这些糖衣炮弹。你是想让我留下来，我懂。但是别这样。"

可是，莱姆不得不这样做。他想用他能想到的所有方法来留下她。莱姆经历了那次不幸的事故之后，曾无数次想要结束自己的生命。尽管有好几次，他差一点就真的要去自杀了，但莱姆都在最后一瞬间醒悟过来。他知道，萨克斯现在的打算无异于精神自杀。如果她真的不再做警察了，那么她的灵魂也就死了。

"所以你就选择了阿盖尔？那并不适合你。"莱姆摇头，"没人把企业安保服务当回事的，就连他们的客户都不怎么买账。"

"并不会，他们接的任务都不错。而且，他们还会把员工送回学校，去进修外语……甚至还建立了自己的刑侦调查部门。而且他们的待遇很好。"

莱姆笑道："从什么时候开始，你居然也考虑钱的问题了？再好好考虑一下，萨克斯，缓一缓吧。没必要这么着急做决定。"

萨克斯摇头："我会解决圣詹姆斯酒吧的案子，也会尽我最大的努力帮你抓住钟表匠。但是，这两件案子之后……"

"你知道吗，如果你离开了，很多事情都会跟着改变。你想要再次回来时，这件事就会长久地影响你。"他看向了一旁，太阳穴隐隐作痛。

"莱姆。"萨克斯拉过一张椅子，坐在了他身边。她伸出手，握住他的右手，莱姆的那只手恢复了点知觉和机能。萨克斯微微用力，握紧莱姆的手,说道:"不管我做什么,都不会影响我们两个,我们的生活。"她微笑。

我和你,莱姆……

我和你,萨克斯……

莱姆移开了目光,他是一个刑侦专家,是个理性的人,并没有那么多愁善感。萨克斯和他的相遇,是在几年以前,因为一起十分棘手的案子——一个痴迷人骨的变态杀手,犯下的连环绑架案①。除了他们这两个奇葩,没有人能阻止这个变态。他们中,一个是高位截瘫的刑侦专家,且已经退休;一个是初出茅庐的菜鸟新手,遭到同为警察的爱人的背叛。然而,神奇的是,当他们在一起时,他们填补了彼此的不足,构成了某种圆满,最终抓到了凶手。

不管莱姆如何否认,这简单的一句话,我和你,已经成了他的指南针,为他在二人艰涩难行的世界里指引方向。莱姆并不全然相信萨克斯的承诺,他是担忧的。当二人真的分道而行的时候,他们的关系,真的可以不受影响吗?

此时此刻,他是否正在经历人生中又一次的沧海桑田。

"你已经递交辞呈了吗?"

"还没有。"萨克斯从外套口袋中拿出了一个白色的信封,说道,"我已经写好了辞职信,但是我想先跟你说一声。"

"你再考虑几天吧。我知道,你不欠我什么,但是我请求你,再考虑几天。"

萨克斯久久地看着手中的白信封,最终说道:"好吧。"

莱姆想着:他们正在调查一件棘手的案子,凶手痴迷于各种钟表和时间,而对他来说,现在最重要的,却是向萨克斯再争取一点时间。他说道:"谢谢,现在,开始做正事吧。"

"我希望你能理解……"

---

①见林肯·莱姆系列《人骨拼图》。

"没什么不能理解的，"莱姆说着，语气里有种莫名的超然，"杀手还逍遥法外，这才是我们现在应该考虑的问题。"

莱姆留下萨克斯一个人在卧室，先行乘坐微型电梯下楼，去找梅尔，他正在实验室里干活儿。

"我化验了那件外套上的血迹，是 AB 阳性。和码头甲板上的血迹相吻合。"

莱姆点了点头。随后让梅尔打电话给美国宇航局喷气实验室，询问 ASTER 卫星的扫描情况，有没有找到沥青屋可能的位置线索。

此时的加州，时间还很早，但梅尔设法找到了一个人，并对他施压，迫使他找到了他们需要的图片，并且上传了过来。照片很快就传到了。那些照片都很清晰，然而没什么有用的线索。照片显示的，正如塞利托所说的那样，有成百上千个高热的屋顶热源，而且系统并不能明确地区分哪些热源来自屋顶翻修时使用的沥青，哪些是施工建筑中的热源，还有爱迪生联合电力公司发电时产生的热源，甚至还有那些单纯的烟囱的热源图像。

莱姆对此也别无他法，只能通知指挥中心，叫他们留意这些屋顶翻新区域的报警电话，如果有任何袭击或是其他案件，要立即通知他们。

指挥中心的调度人员犹豫了一下，答应说，会将他的要求作为通知，发布到中心的主机上。

接线员有些怀疑的语气让莱姆意识到，自己的调查已经走投无路，正试图抓紧手边的最后一根救命稻草。

莱姆还能说什么呢，对方的怀疑是对的。

露西·里克特回到了公寓，关门，然后上了锁。

她将外套和连帽运动衫脱下，挂了起来。运动衫上印着标语："第四步兵师，胡德堡"，运动衫的背后印着这个步兵师的口号："坚定且忠诚"。

她感到身上肌肉有些酸痛。她刚刚在健身房跑了五公里，跑步机斜面百分之九。然后，她又做了半个小时的俯卧撑和仰卧起坐。这是部队生活带给她的另一个改变：教会她对自己的肌肉感恩。你可以对健身塑形不屑一顾，甚至可以觉得那是在浪费时间、追求虚荣。但实际上，健身赋予你力量。

她用水壶烧上水，准备喝茶。等待水烧开的空当，她从冰箱里拿出了一个甜甜圈，开始盘算这一天的事情。要做的事情很多：回电话和邮件，烤饼干，还要为周四的招待会做她最拿手的芝士蛋糕。或者，她可以和朋友去逛街，然后直接在烘焙店买一些回来。或者约母亲去吃午饭。

又或者，她可以什么都不做，躺在床上看肥皂剧，犒劳犒劳自己。

她天堂般的生活才刚刚开始，她有两周的时间可以远离那个苦涩的迷雾之地，她要享受这个假期的每一分钟。

苦涩迷雾……

这是巴格达的一个警察对那片大漠的描述，其实指的是IED——简易爆炸装置爆炸后留下的场景。

电影里的爆炸发生后，就是熊熊燃烧的火焰和烧着的汽油。然后就是主角脸上冷酷的表情，除此之外，就什么都没有了。实际上，一个IED爆炸后，会爆发出一阵浓重的深蓝色薄雾。这浓雾散发着刺鼻的气味，甚至会让眼睛感觉到辛辣，还会灼伤你的肺叶。这其中，有一部分是灰尘，有一部分是化学烟雾，还有一部分是一瞬间被汽化的毛发和皮肤。浓烟会在现场萦绕许久，数小时盘旋不散。

苦涩迷雾就像是时下新型的战争。

除了你身边朝夕相处的战友，你不能相信任何人。在这场战役里，你看不见战线，也没有前线。而你所面对的敌人，你一无所知。敌人可能是你身边的翻译、厨师、一个路人、当地的商贩，或是一个少年、老人，还可能是离你五公里远的一个陌生人。至于他们所用的武器,不是榴弹,也不是坦克,只是一小包这种会造成蓝色浓雾的简易爆炸装置。可能是TNT[①],也可能是从你们武器库偷出来的可塑炸药,手段隐秘,你一无所觉,直到它最后引爆了。到死的那一刻,你才知道——不,那时候你已经死了,所以,你到死都不会知道自己是怎么死的。

露西在橱柜里翻找着茶叶。

苦涩迷雾。

而后,她忽然停了下来,那是什么声音?

露西转过头细听。

那是什么声音?

嘀嗒声。听着这个声音,露西觉得自己的胃部翻搅起来。她和丈夫都没有那种上发条的时钟,但现在响起的就是那种声音。

那到底是什么鬼东西?

露西走进小卧室,那里差不多已经当成衣柜在用了。房间里没有开灯,她打开了灯,不,声音并不是从这里传出来的。

她的手掌开始出汗,呼吸变得急促,心跳也开始加速。

这声音是我自己臆想出来的,并不是真的……我一定是疯了。况且IED也不会嘀嗒作响,即使是定时炸弹,现在也已经是用电子装置计时了。

再说,这里可是纽约,她的家中,怎么可能会有人在她家里放炸弹?

姑娘,你真的需要看看医生了。

露西走向了主卧室,房间内的衣柜,柜门开着,挡住了梳妆台。她想着,声音也许是从这里传出来的……她迈进房间,而后再次停住了身形。声音也不是来自这里,是在别处。她又穿过走廊,来到餐厅看了一圈,什么都没有。

[①]三硝基甲苯,一种烈性炸药。

接着，露西又来到了洗手间，然后，忍不住笑了。

她看到了一座老式的时钟，摆在浴缸旁边的浴柜上。时钟是黑色的，钟面上一轮圆月注视着她。这东西哪儿来的？她姨妈又来打扫地下室了？还是鲍勃偷偷买的，然后趁自己今早去健身房时把它放在了这里？

但是为什么要放在这里？

此时，这诡异的月亮脸正好奇地盯着她，那目光透着恶意。这让露西想起那些独自站在街边，望着你的孩子的脸。他们将嘴唇抿紧，做出一副似笑非笑的表情，你根本猜不透他们在想什么，你在他们眼里是什么样的存在，是拯救者，是敌人，还是外星人？

露西决定打电话问问鲍勃或是她母亲，这时钟怎么回事，她先是去了厨房，泡了一杯茶，然后端着茶杯，拿着手机又回到了浴室，开始往浴缸里放水。

期待着，这数月以来的久违的泡泡浴可以洗去她身上来自异乡的苦涩迷雾。

在露西公寓前面的街上，文森特贪婪地注视着两个从他身边路过的女学生。

他的目光胶着在两人身上，但这年轻的姑娘并没有让他觉得饥渴难耐，他不太喜欢这种高中女生，对他来说，她们太嫩了（虽说当时的莎莉·安妮也还是个高中生，但文森特也是，所以可以接受）。

这时，文森特手机的听筒里传来了邓肯压低的声音："我现在在她的卧室里。她在浴室，在洗澡……刚好方便我一会儿动手。"

水刑……

这座公寓里住户很多，人多眼杂，他若是直接去撬露西家的门，会被别人看见。为了避人耳目，邓肯先是爬上了离露西家有一段距离的公寓楼顶，从楼顶接近露西的住处，然后从消防梯上爬下来，钻进了她的卧室。他身手矫健,十分灵活(这又是文森特和这位朋友之间的一个不同之处)。

"好了,我要动手了。"

谢谢你……终于要开始了。

但这时,听筒里又传来了邓肯的声音:"等等。"

"怎么了?"文森特问道,"有麻烦了吗?"

"她在打电话,得等等。"

饥渴的文森特不由得在座椅上前倾了身体,他不是个擅长耐心等待的人。

一分钟过去了,两分钟,五分钟。

"怎么样了?"文森特低声问道。

"她还在讲电话。"

文森特觉得怒不可遏。

这该死的女人……他忍不住想,要是自己在邓肯身边就好了,他就能帮他动手。这女人到底是怎么回事,这时候打什么电话?他狼吞虎咽地吞下了一些吃的。

终于,邓肯说道:"我得想办法让她把电话挂掉,我要回到屋顶上,然后从楼梯上下来,去到走廊那里,让她给我开门。"文森特罕见地从男人之后的话语中听到了一些情绪:"我等不了了。"

哈,你对忍耐,可是一无所知,文森特的理智偶尔会短暂地在饥饿感中稍微回魂。

露西开始脱衣服,准备洗澡,这时,她又听到了别的声音。与之前的月亮时钟发出的嘀嗒声不同。声音是从近处传来的。是在公寓里吗?门厅里?还是外面巷子里?

那是什么声音?

对于一个士兵来说,生活中到处都是金属碰撞声。将擦着防锈油漆的步枪子弹推进弹夹；将柯尔特手枪上膛，推上保险，推上车门的插锁，按开加油车上的皮带扣。Ak-47步枪的弹雨，淋在布莱德利战车或是悍马越野车上。

那个声音再次响起，嘀嗒，嘀嗒。

然后又归于寂静。

露西感受到了空气中的寒意，似乎是哪扇窗子开了。在哪里？她想，应该是卧室的。露西半裸着身体，走进了卧室的房门，向屋内张望。是的，这里的窗户确实是开着的，而之前窗子是开是关，她已经不记得了。

露西随后告诫自己：不要疑神疑鬼的，士兵。她已经受够了。这里没有IED，没有自杀式爆炸，也没有那种苦涩迷雾。

她稳定了一下情绪。

公寓窗子对面，也有几栋公寓楼。她一只手遮挡在胸口，关上了窗子，锁好。顺便看向楼下的巷子，那里什么都没有。

就在这时，公寓门口传来敲门声。露西被突然的声音吓得倒吸了一口气。她穿上一件浴袍，而后走向了黑暗中的前门，问道："是谁？"

敲门声停顿了片刻，接着一个男人的声音传来："我是警察，您还好吗？"

露西喊道："出了什么事？"

"情况紧急，请您把门打开，您还好吗？"

露西警觉起来，将浴袍衣带系紧，拉开了门闩，脑中想起卧室被打开的窗子，是不是有人试图闯进来？接着她解开了门上的锁链。

露西拧开了门锁，直到房门开始向她推过来，她才想起来，在开门之前，应该先要求看一看这个自称是警察的人的证件或是警徽。因为一直身处异国，她似乎是远离凡尘太久了，已经忘记了和平世界里有多少坏人。

* * *

阿米莉亚·萨克斯和塞利托来到了这栋位于格林尼治村的旧公寓楼,楼外便是巴洛大街。

"就是这里?"

"对。"塞利托回答道。他的手指冻得发青,耳朵也冻得通红。

他们先是查看了一下公寓楼旁边的小巷,萨克斯仔细地检查了一下那里。

"被害人叫什么名字?"她接着问道。

"里克特。我记得她的名字是露西。"

"哪间窗户是她家的?"

"三楼的那间。"

萨克斯看了一眼楼边的消防梯。

他们来到了公寓前的楼梯。那里聚了一群人在围观。萨克斯留意了一下他们的表情。她始终相信,钟表匠清扫了第一个现场,是因为他还打算再回去。所以,他也很有可能还留在这个现场。不过眼前这群人中,她还没有发现疑似钟表匠或是他同伙的人。

"我们可以确定这就是钟表匠干的吗?"萨克斯问弗兰克·瑞特格和南希·辛普森,二人因为寒冷挤在犯罪现场的面包车旁,车就停在巴洛街的街角。

"是的,现场有他留下的那种时钟。"瑞特格回答说,"表盘是月亮脸的那种。"

萨克斯和塞利托一起走上楼梯。

"还有件事。"南希·辛普森说道。

两位警探停下了脚步,转身看过来。

警察用下巴指了指面前的公寓楼,做了个鬼脸:"场面不太好看。"

24

萨克斯和塞利托缓步走上了楼梯，楼道里满是松木清洁剂和油炉加热后的气味。

"他是怎么进来的？"萨克斯奇怪道。

"这男人神出鬼没的，妈的，他想怎么进来就怎么进来。"

萨克斯抬头看着楼梯井。他们停在了一扇门外，门上的名牌上写着：里克特／多布斯。

场面不太好看……

"进去看看吧。"

萨克斯推开了门，走进了露西·里克特的公寓。

进门后，面前是一位身材健美的女性，穿着运动衫，头发别在脑后。正在与一位穿着制服的警官对话，听到他们进门后，她转过头，看向了他们，在看到他们肩颈处的金色警徽后，脸色沉了下来。

"你是管事的？"露西向塞利托问道，她怒气冲冲地走过来，直接凑到了塞利托的身前。

"我是负责调查这起案件的警官之一。"塞利托和萨克斯说明了自己的身份。

露西将双手叉在腰上，说道："你们到底在想什么？"露西大声说道："你们明知道，外面有一个疯子在四处杀人，还留下这种时钟，却不告诉大家？我在那鸟不拉屎的沙漠服役了好几个月，可不是为了回来把自己的命交到这种操蛋的人渣手里，就因为你们不把这么重要的消息通知给大家。"

他们花了很久才让她冷静下来。

"女士，"萨克斯说，"他的作案手法并不是先留下时钟做预告，再找时间过来杀人。所以他确实闯进了你的房间，你很幸运。"

露西·里克特确实很幸运。

大约半小时之前，一个路人看见一个男人从露西家的消防通道往楼顶上爬。他打电话报了警。钟表匠显然低头看到了路人，察觉到自己被人发现了，于是便逃了。

警方在附近搜索了一番，并没有发现钟表匠的踪迹，也没有目击者看到长得像钟表匠的电脑合成图像的人。

萨克斯看了一眼塞利托，后者说："很抱歉给您带来了这么大的麻烦，里克特女士。"

"很抱歉？"露西嘲讽道，"你们应该尽早将消息公之于众。"

两位警探互相看了看对方。塞利托点了点头说道："我们会的。我们会让公共事务部门在当地新闻上发表声明。"

萨克斯说："我们想调查一下您的公寓，他可能留下了一些证据。还想再问您几个问题。"

"稍等一下，我要先打几个电话。我的家人可能已经看到新闻了，我不想让他们担心。"

"这确实很重要。"塞利托说。

露西拿出了手机，接着又语气强硬地说道："我说了，我要打电话，你们回避一下。"

"莱姆，你在吗？"

"开始吧，萨克斯。"刑侦专家此刻正坐在他的实验室中，通过无线电与萨克斯通话。他想起来，也许就在下个月或是几个月之后，萨克斯就会在头上或是肩膀上架上一台高清摄像机，将拍摄到的画面传回到他的实验室中，这样一来，他就能看到萨克斯所看到的一切，他们还开玩笑说，这是詹姆斯·邦德的玩具。但他感到心中刺痛，他想着，也许能为他配备高清摄像机的人，为他看世界的人，不会是萨克斯了。

他很快将这种伤感的情绪压了下去，并告诫自己，就像之前告诫那些为自己工作的人一样：现在外面还有一个逍遥法外的罪犯，将他绳之以法才是当前最重要的事情，而三心二意是抓不住他的。

"我们让露西看了钟表匠的合成图像，她没有认出来。"

"他今天是怎么进去的？"

"不知道，如果按他之前的作案手法，他应该是从前门撬锁进来的。但后来，我猜他上了楼顶，然后从消防梯爬进了被害人家中的窗子。他进了房间，留下了时钟，等待下手的时机，但是，出于某种原因，他又爬了出去。也就是这时，有目击者看到了他，然后他顺着消防梯爬到楼顶，逃走了。"

"他在被害人公寓里时，藏在了哪里？"

"他把时钟放在了浴室。消防梯通到公寓的主卧室，所以他也在主卧室里待过。"萨克斯停了一下，而后继续说道，"他们在外面寻找目击者，但是没人看到过他，也没人看到他的车。也许他和他的同伙是步行过来的，毕竟，他们的ＳＵＶ在我们这里。"格林尼治村附近通有十多条地铁线，他们有可能乘坐其中的任何一条逃走。

"我不这么认为。"莱姆解释说，他认为钟表匠和他的同伙很可能是驾车来到这里的，因为在犯罪活动中，选择开车与否，是作案手法中的一点，而犯人的作案手法很少会改变。

萨克斯搜查了卧室、消防梯、浴室，还有钟表匠进出这些场所的可能路线。她还检查了公寓的楼顶，并没有发现维修的痕迹，她将自己的发现报告给了莱姆。

"什么都没有,莱姆。就好像他自己有一套防护服一样,什么痕迹都没留下。"

著名的法国犯罪学专家,埃德蒙·罗卡,曾提出了罗卡定律:凡两个物体接触,就会产生转移现象。罪犯必然会从犯罪现场带走一些东西,亦会留下一些东西。这条定律对于刑事调查来说,有些盲目乐观,因为有些时候,现场的痕迹太过微小,极不易发现,很难取证。或者是找到了明显的痕迹,但对案情毫无帮助。但是罗卡定律关于痕迹的理论没有错——凡有接触,必有痕迹。

但莱姆却常常会想,会不会存在这样一种极少见的罪犯,同自己一样敏锐,甚至还胜他一筹,并且精通刑侦调查技术。所以,他甚至可以打破罗卡定律,作案后不带走任何现场的东西,也不留下任何痕迹。钟表匠,会不会就是这样的罪犯?

"再想想,萨克斯……肯定还有些可查的线索,那些我们忽略的线索。被害人怎么说?"

"她有些受惊,还没回过神来。"

莱姆闻言沉默了片刻,说道:"我要使用我们的秘密武器了。"

凯瑟琳·丹斯坐在露西家的客厅中,露西·里克特坐在她的对面。

露西身后的墙上挂着一幅吉米·亨德里克斯①的海报,还有一幅他们夫妻二人的结婚照,她的丈夫脸圆圆的,穿着军装,笑容可掬。

丹斯注意到,尽管刚刚从鬼门关走过一遭,但眼前的女子异常冷静。正如萨克斯所说,她显然有心事。不过,丹斯感觉,困扰着

---

①美国黑人吉他手。

露西的并不仅仅是刚才发生的事情。她并没有表现出对于钟表匠事件的创伤应激反应；让她不安的另有缘由，且让她忧心已久。

"如果你不介意的话，能再讲一遍事发经过吗？"

"只要能抓住那个狗娘养的，说几遍都行。"露西开始讲述，她当天上午从健身房回来，到家之后，发现了那座时钟。

"我有点心烦，听着那个时钟的嘀嗒声……"露西的脸上露出一丝恐惧，她表现出了战斗或逃跑反应。丹斯引导她讲出了在异国服役时碰到的炸弹，"我当时以为那可能是谁买来的礼物什么的，但是它有点吓到我了。之后，我感觉有风吹进来，就四处看了看。我发现卧室的窗子开着，然后，警察就来了。"

"你没有发现别的异常吗？"

"没有，我记得是没有了。"

丹斯又问了她一些别的问题。露西·里克特既不认得西奥多·亚当斯，也不认识乔安娜·哈珀。她也想不到有谁会想要害她。露西试图回忆了一些其他的细节，但再讲不出更多有用的信息了。

露西表现得十分勇敢（鉴于她对一个连环杀人凶手的称呼："狗娘养的"），但是，丹斯觉得，那是因为在露西的心中，有其他的事情，让她有些顾不上刚刚经历的凶险。她的手臂和双腿摆出了明显的防御姿势，但这并不是欺诈行为的隐性表现，而是出于一种对潜在威胁的防卫。

丹斯觉得自己需要换一种策略，于是，她放下了手中的笔记本。

"你这次回城里是有什么事吗？"丹斯随意地问道。

露西回答说，自己在中东服役，这次回来，是因为休假。一般休假时，她会和她丈夫——鲍勃，在德国团聚，他们在那里有些朋友，但是她这周四要在国内参加一个表彰会。

"哦，是这次阅兵游行活动的一部分吧？"

"是的，没错。"

"恭喜你。"

露西笑得并不由衷,丹斯注意到了她这一细小的反应。

她自己也露出同样的微笑。凯瑟琳·丹斯回想起比尔,她的丈夫,在获得局里颁发的英勇表现嘉奖四天后,去世了。此时听到露西的讲述,她突然又想起了从前。

甩甩头,压下似乎要翻涌而起的记忆,丹斯继续说道:"你刚刚从战场回来,就碰上了这种事,可真倒霉。刚出虎穴,又入狼窝。"

"其实也没那么可怕,在中东服役,新闻报道有些夸大其词了。"

"总归是很危险的……但是,你看起来适应得不错。"

显然,丹斯在说反话,因为露西的身体语言表现得与之恰恰相反。

"哦,还好吧。不过是听命行事,没什么大不了的。"她如是说,手指却紧紧地扣在一起。

"你在部队都做些什么?"

"我负责燃料运输,基本上就是开补给车。"

"很重要的工作。"

露西耸了耸肩:"算是吧。"

"能休假回来一定很好吧,我猜。"

"你服过兵役吗?"

"没有。"丹斯回答道。

"好吧,在部队里,有这样一条守则:永远不要错过任何一个放松和休息的机会。就算只是和上级一起喝饮料,也不要错过,因为你能和他们合影,以后还能把合照挂在墙上。"

丹斯继续引她倾诉更多:"除了你之外,还有多少士兵会参加典礼?"

"十八个。"

露西此刻依然没有放松下来。丹斯猜测,她的紧张是不是因为要在典礼上发表几句感言？要知道，公众演讲给人们带来的恐惧甚至超过了高空跳伞。"这次活动规模有多大？"

"我也不清楚，应该一两百人的样子。"

"你的家人也会去吧？"

"哦，是的，他们都会去。典礼结束后还有个招待宴会。"

"就像我女儿说的，"丹斯说道，"聚会很棒，有什么好吃的？"

"不要想太多，"露西开玩笑说，"我们是在格林尼治村，也就只有意大利菜。烤意大利面、新西兰小龙虾、香肠。我母亲和姨妈会做些吃的，我会准备些甜点。"

"啊，那是我的最爱，"丹斯说道，"甜食……说得我都饿了。"她随后又说："抱歉，我扯远了。"丹斯依然没有打开笔记本，她看着面前这个女人的眼睛，说道："还是说说今天的事。你刚刚说，你泡了一杯茶。放洗澡水，然后感觉到有凉风吹进来。于是你进到卧室，卧室的窗子开着。我刚刚问你什么来着？哦对，你有没有发现别的奇怪的地方？"

"没有了。"露西立刻回答说，就像之前一样，但她又皱起了眉头，说道，"等等，你知道吗……确实还有一件事，不太对劲儿。"

"真的吗？"

丹斯所用的策略，叫作"溢流"式问话。她已经确信，让露西心烦意乱的不仅仅是钟表匠的袭击，还来自她的海外军旅生活，不止这些，不知道为什么，露西对于即将到来的典礼也很介怀。丹斯将她的压力来源搞清楚后，开始不停地问她与之相关的问题，让她不断地习惯、渐渐适应压力，麻木她的心理防线，从而放松心神，想起被暂时封存的其他记忆。

露西站了起来，走向卧室。她一言不发，丹斯也站起来，跟着她。阿米莉亚·萨克斯也加入了她们。

露西四下打量着房间。

小心些，丹斯对自己说。露西显然是想起了什么，丹斯耐心地沉默着。有很多审讯员因为在这种关键时刻对受审者逼得太紧，而导致整场问讯失败。对于这种模糊的记忆，你只能静静地等着它自己浮现，不能用力过猛地强求。

观察和聆听是审讯中最重要的两个部分，开口说话排在最后。

"除了开着的窗子，还有一个不对劲儿的地方……哦，你知道吗？我想起来了。我之前进这间卧室找嘀嗒声的来源时，房间里有个地方不一样了——我看不见梳妆台了。"

"为什么觉得不对劲儿？"

"因为，今天早上我离开去健身房的时候，需要找我的墨镜，我看了一眼梳妆台，墨镜就在台上，我拿起来就走了。但是，我进来找声音的那次，却没有看见梳妆台，因为衣柜的门是开着的，挡住了梳妆台。"

丹斯问道："所以说，那个男人把时钟放下之后，就藏在衣柜里，或是藏在了门后？"

"有可能。"露西说道。

丹斯转向萨克斯，后者点了点头，微笑着说："非常好，我要开始干活儿了。"随后，她用戴上橡胶手套的手，打开了衣柜的门。

这是他们第二次失手了。

邓肯却将车开得更为谨慎，比平时还要小心。

他沉默着，十分冷静。他的表现让文森特更加担忧。若是邓肯像文森特的继父那样，握紧拳头，狠狠地捶几下方向盘，或是大喊几声，他会觉得更好受些。（"你干了什么？"男人怒火中烧，他在说自己强暴莎莉·安妮的事情，"你这个肥猪变态！"）他担心，邓肯会不会受不了两次失败，觉得自己受够了，然后放弃整个计划。

文森特不想让他的朋友离开。

邓肯只是缓缓地开着车子，规规矩矩地在路的这一侧行驶，既不加速，也不赶黄灯。

他一言不发，已经沉默了很久。

终于，他对文森特讲了事情的经过：在他说完打算去正门敲门，让露西挂掉电话后，爬上楼顶，他低头一看，发现公寓楼旁的巷子里有一个男人，正在盯着他，然后一边从口袋里掏出手机，一边对邓肯大声喊着，叫他不要动。他快速爬上了楼顶，向西面跑过几栋楼，然后，顺着绳子下到一条小巷里，之后迅速地跑回了他们的别克车。

邓肯小心翼翼地开着车，但是却并没有打算去任何地方。起初，文森特以为他这样做，是为了甩掉身后可能跟来的警察，但是根本没有警车在追捕他们。而后，他意识到，邓肯顺着自动导航，在兜圈子。

就像时钟的指针一样。

如同前一次的逃跑一样，脱险后的紧张感退去后，饥饿感再次来袭，文森特能够感觉到，这蚀骨般的渴求让他的下巴、脑袋和腹部隐隐作痛。

人不吃饭，就会死……

他想回到密西根，去找他妹妹，和她吃顿晚饭，一起看电视。但他妹妹不在这里，她远在千里之外，也许此刻也正在思念着自己——但这种想象丝毫没有缓解他的饥饿……他的渴求太过强烈，他对此毫无办法！他想要大喊。文森特想着，自己可以在新泽西的商场碰运气，或是在大学附近蹲守个女学生，要么就去一些人迹罕至的公园等那些慢跑的接待员。在这里等着有什么意义——

邓肯轻声说："对不起。"

"你……？"

"对不起。"

文森特的火气一下子就消了，怒火退却后，他突然不知道该说什么。

"你一直都在帮我,很辛苦。可是看看现在,我让你失望了。"

文森特忽然想起了他母亲。在他十岁的时候,她对他说,自己要让他失望了,因为她要和格斯在一起了,然后是和她的第二任丈夫,接着是巴特,再接着是为了尝鲜找到的雷切尔,后来,是她的第三任丈夫。

每一次,年幼的文森特都像此刻这样,回答说:"没关系。"

"不,有关系……我总说,做事情要从大局出发,但这样说并不能让我们的失望减少。我欠你的,所以,我要补偿你。"

这却是文森特的母亲所没说过的话,更没有真的对他做过什么补偿,都只是留下文森特自己,吃东西、看电视、偷窥其他女孩儿,甚至是和她们去"深入交流"。

但邓肯,他的朋友,显然是言出必行的。没能让文森特得到露西,他是真的觉得愧疚。文森特现在依旧想要哭喊出来,但却是出于和之前完全不同的原因,不是因为饥饿,也不是因为沮丧。他感受到一种奇怪的感觉。他几乎没听到过别人对他说过暖心的话,更没有人关心过他。

"你看,"邓肯说道,"我的下一个目标,你可能不一定对她有兴趣。"

"她很丑吗?"

"并不是,只是她的死法……我想要烧死她。"

"哦。"

"那本书,还记得那个酒精酷刑吗?"

"不太记得。"

书中的配图是一个男人正在受刑,文森特也就没怎么留意。

"你把酒倒在一个人的下半身,然后点着,因为是酒精着火,所以只要他们招供了,你能很快把火扑灭,当然,对于我们的下一个目标,我是不会灭火的。"

如果真的是这样,那么文森特觉得邓肯说得没错,他的确没那么重口味。

"不过,我现在改了主意。"

邓肯接着说出了自己的想法,文森特随着他的描述,渐渐来了精神。邓肯问道:"你不觉得这样一来,所有人都能心满意足吗?"

怎么说呢,并不是所有人,聪明的文森特想着,因为心情渐渐变好,所以也就开始用脑子思考了。

莱姆坐在证据表前,再次和萨克斯连线。

"好了,莱姆。我们发现他曾藏在衣柜里。"

"哪一个衣柜?"

"露西房间里的衣柜。"

莱姆闭上了眼睛,说道:"给我描述下房间里面的情形。"

萨克斯对莱姆描述了整个现场——通向卧室的走廊、卧室的格局、室内的家具摆放、墙上的挂画,还有钟表匠潜入和逃跑的路线及其他细节。萨克斯所受的训练和经验让她的观察极其敏锐,就如同她的红发一样突出。莱姆想着,若是萨克斯离开了,接替她位置的人又要花多长时间才能做到像她一样,将现场调查做得如此细致入微。

永远也找不到像她一样的警察了,莱姆有些泄气地承认。

他感到一阵愤怒,但他立刻将这种意气用事的情感压了下去,专心听萨克斯所讲的话。

萨克斯正在描述卧室里钟表匠曾藏身的衣柜:"衣柜宽约两米,挂满了衣服。男士衣服放在左侧,女士的在右侧,各占衣柜的一半。鞋放在衣柜最底层,一共十四双。四双男士鞋,十双女士鞋。"

很典型的男女鞋比率,莱姆想着,他回想起几年之前,自己曾有过一段婚姻生活,当时他的衣柜也是如此。"他当时是怎么藏进去的?躺在衣柜底下吗?"

"不太可能,这里鞋盒太多了。"

莱姆听到萨克斯向另一个人问了几个问题。而后,她又回到通话中,说:"现在衣柜里的衣服都是整齐的,但是钟表匠显然动过这些衣服,我能看出衣柜底下鞋盒被移动过的痕迹,还有一些那种铺房顶用的沥青,就是我们之前发现的那种。"

"他躲在了哪些衣服中间?"

"一件西服和露西的军装之间。"

"很好。"有些服装,比如这种军装上面,很容易沾上明显的痕迹。这都要归功于衣服上突出的肩章、纽扣和其他装饰,"他接触的是军装的前面还是后面?"

"前面。"

"太好了,仔细看看扣子、勋章、军衔和绶带。"

"好的,给我几分钟。"

而后是沉默。

随着时间一点一滴地过去,这种沉默让人渐渐心生不耐,甚至隐隐有些生气,他盯着白板,耐着性子等待着。

终于,耳机中传来萨克斯的声音:"我找到了两根头发和一些纤维。"

莱姆刚想开口说让她将头发和公寓里的头发做个比较,但显然,他没有这样做的必要,因为萨克斯已经开口说道:"我将头发与露西的头发比较过了,并不是她的。"于是莱姆又想让她将头发与露西丈夫的头发对比一下,但萨克斯随即又说道:"不过我找到了她丈夫的梳子。我可以百分之九十九确定,这两根头发是他的。"

很好,萨克斯,做得太好了。

"但是我找到的纤维……跟这里的任何衣服都不符合。"萨克斯停顿了一下,说道,"这种纤维,看起来像羊毛,颜色很淡。也许是毛衣上的……不过我是在军装口袋的扣子上发现的这些纤维。以钟表匠的身高来说,大概就是在他肩膀的位置。也许是他的外套翻领上刮下来的。"

一个很合理的推测,不过他们依然需要将这些纤维拿回实验室更加细致地检验一下。

又过了几分钟之后,萨克斯说道:"差不多就这些了,莱姆。虽然不是很多,但也算是有些线索。"

"好吧,把证物带回来。我们可以在实验室里再仔细调查一下。"莱姆说完,切断了连线。

汤姆将萨克斯反馈回来的信息添在了证据表上。护工离开房间后,莱姆一个人继续盯着白板上的证据表。他想着,眼前的这些笔记不单单是一件谋杀案的线索,还是另一起谋杀案的证据——是他和萨克斯合作调查的、最后一起案件的尸体。

在露西·里克特的公寓里,朗·塞利托已经先行离开,萨克斯也刚刚将找到的证物打包整理好。她转向凯瑟琳·丹斯表达感谢。

"希望这些证据能有用。"

"犯罪现场调查就是这样的,虽然只有极其少量的纤维,但却足以作为定罪的证据。我们只有瞧瞧看了。"萨克斯又说道,"我现在回莱姆那里。是这样的,我不知道你愿不愿意,但是,我希望你可以在附近找找潜在的目击者,毕竟盘查证人是你的强项。"

"那是必须的。"

萨克斯留给了她几份钟表匠合成图像的打印资料,而后离开,前往莱姆的住所。

丹斯向露西·里克特点头说道:"你还好吗?"

"我很好。"士兵回答道,并附上一个坚强的微笑。她走向厨房,将水壶放在炉子上,问道:"你想喝些茶吗?或是咖啡?"

"不了,我要去外面寻找目击者。"

露西盯着厨房的地板,对于人体动作学专家来说,这是一个很明显的信号,但丹斯什么也没说。

士兵又说道:"你说你是从加州来的,你很快就会回去吗?"

"明天吧，也许。"

"我在想，你有没有时间出来和我喝杯咖啡什么的。"露西手中拨弄着一块布垫，上面写着：第四步兵师。坚定与忠诚。

"当然，我会想办法过来的。"丹斯从包中找出一张卡片，上面是她现在所住酒店的名字，她又将自己的电话号写在了卡片的正面，并圈了出来。

露西接过了卡片。

"你可以打给我。"丹斯说道。

"我会的。"

"你真的还好吗？"

"哦，当然，我很好。"

丹斯与露西握了握手，然后也离开了公寓，并提醒自己，在行为学分析中尤为重要的一条定律：有些时候，不是所有谎言都需要揭穿。

25

萨克斯只带了一小盒证物回到莱姆家。

"都找到了些什么?"

萨克斯再次查看了她在现场找到的证物,而后在证据表上又添加了一些细节。

然后,他们在纽约警方犯罪现场数据库中检索了有关纤维的信息,发现萨克斯找到的这些纤维,来自一种皮夹克上的羊毛翻领,是以前很多飞行员都爱穿的——飞行员夹克。萨克斯对那座时钟进行了硝酸盐检测。结果显示,这座时钟同样不会爆炸,并且与之前发现的三座一模一样。除了检测出一些经常作为消毒剂使用的甲醇以外,没留下任何其他痕迹。并且,在这次的现场中,和此前的花艺工作室一样——钟表匠没来得及,或者根本没打算——留下另一首诗。

莱姆也同意发表声明,将钟表匠留下时钟作为名片的作案方式公之于众。虽然,他推测,这样做也只会让钟表匠在确认被害人死亡、无法呼救后才留下时钟,除此之外,并不会真的有什么作用。

萨克斯在钟表匠最有可能使用的逃脱路线上没发现任何有用的痕迹。

"那里什么都没有。"萨克斯解释说。

"什么都没有?"莱姆问道,摇着头。

罗卡定律……

罗恩·普拉斯基到了,他将自己的外套脱下,挂起来。莱姆注意到,萨克斯的目光随着菜鸟的出现立刻转了过去。

另一件案子。

萨克斯问:"有找到和马里兰相关的线索吗?"

菜鸟巡警说道:"我查到在巴尔的摩海滨有三项正在进行的反腐联邦调查,其中有一件牵扯到了纽约,不过是在新泽西码头那边。而且完全没有涉及任何毒品问题,主要是调查回扣贪污和做伪证行为。我现在还在等巴尔的摩警局给我关于州里调查情况的回复。但不管是克莱里还是萨科斯奇,我都没发现他们有去过马里兰做生意。克莱里去过离那里最近的地方也只是宾夕法尼亚,他曾去参加过一些常规的商务会议,见见客户。而萨科斯奇则从来没去过那边。哦,还有,乔丹·凯斯勒还没把客户名单发给我,我又给他留言了,但他还没回我电话。"

普拉斯基又说道:"我查到一些在马里兰出生的一一八分局警察,但调查显示,他们现在和马里兰没有任何关联。我还将一一八分局警员的名字在马里兰税务数据库中调查了一下——"

"等等,"萨克斯说道,"你还做了对比调查?"

"我做错什么了吗?"

"嗯,并没有。罗恩,你做得很对。这个想法很好。"萨克斯对莱姆会心一笑。后者也挑起一条眉毛,微微惊叹。

"想法也许不错,但没什么发现。"

"没关系的,继续挖吧。"

"我会的。"

萨克斯又走向塞利托,问道:"问你个问题,你认识赫尔斯顿·杰弗里斯吗?"

"一五八分局的副高级警监?"

"是的,他这人怎么回事?脾气那么火爆!"

塞利托笑："对，对，他就是个火药桶，一点就着。"

"所以他并不是针对我，才那副样子？"

"是的，无缘无故就凶你一通，你怎么会遇上他的？"塞利托说着，看了一眼莱姆。

"跟我没关系。"刑侦专家有些幸灾乐祸地回答道，"那肯定是因为她的案子，不是我的。"

萨克斯脸上明显的恼怒并没有让莱姆觉得自己的开心有什么问题，莱姆甚至觉得，有时候，这种幸灾乐祸的小人行为还蛮让人愉悦的。

"我去要查一份卷宗，我进了他们的资料室。他觉得我这样做不对，得先经过他同意才行。"

"可你的案子性质敏感，你只能在暗中调查——八分局。"

"正是如此。"

"他那人就那副德行。过去曾经历了一些不好的事，他的妻子之前是一位社会名流——"

"这词用得好，"普拉斯基插嘴道，"社会名流，听起来像是社会主义者。这两个词虽然长得像，意义却完全相反。①"

被打断的塞利托冷漠地瞪了普拉斯基一眼，后者立刻闭上了嘴。

塞利托于是继续说道："我听说他们夫妻俩损失了很多钱。我的意思是说，一大笔钱，数额大到我们这种人都不知道从哪儿开始数小数点。因为他妻子做的生意出了问题。我猜他当时其实是希望接管奥尔巴尼市（纽约州首府）警局的，但那种地方，没有大把的钱是进不去的。而且他妻子事后就离开了他，虽然以他那样的脾气，他们之间肯定早就已经有矛盾了。"

萨克斯听了塞利托说的话后，缓缓点了点头。这时她的手机响了，她随手接通："没错，是我……哦，不。在哪里？……我十分钟

---

① 社会名流的英文是 socialite，社会主义者是 socialist。

之后到。"

萨克斯脸色苍白,表情悲伤,快速地冲出了门,嘴里说着:"出问题了,我半小时后回来。"

"萨克斯。"莱姆开口喊道,但回应他的只有萨克斯背后的关门声。

萨克斯将车缓缓停在了西四十四大街的路旁,这里离西高速公路很近。

萨克斯下车后,看见一个身穿大衣,头戴绒线帽的男人,正眯着眼睛看她。她不认识这人,对方也不认识她,但萨克斯娴熟的停车技巧和车内仪表板上纽约警方的标识表明,眼前这个女子就是他正在等的人。

年轻男子的耳朵和鼻子都冻得通红,鼻子中呼出一阵阵白气。他不停地跺着脚,保持血液循环:"哇哦,太冷了,我已经受够冬天了。你是萨克斯警探吗?"

"是的,你是科伊尔?"

他们握了握手,他的手劲儿很大。

"怎么回事?"萨克斯问道。

"过来,我带你去看。"

"去哪儿?"

"那辆货车,停在那条街的一个停车场里。"

两人在冷风中快步行走着,萨克斯问道:"你是哪个单位的?"科伊尔打给她时曾说自己是一名警察。

街上的车流声很大,科伊尔并没有听到她的问话。

她便重复了一遍问题:"你是哪个单位的?中城南区吗?"

科伊尔有些惊讶地看了她一眼,说道:"是的。"而后,擤了下鼻涕。

"我在那里工作过一阵。"萨克斯告诉他说。

"好吧。"科伊尔对此没怎么回应。他带着萨克斯穿过一个很大的停车场,在停车场有些离索的尽头处停了下来,他们走到了一辆稳达货车旁边,车窗是暗色的,发动机还响着。

科伊尔四下看了看,然后打开了车门。

凯瑟琳·丹斯此刻还在格林尼治村,她在寻找露西·里克特家附近公寓及商店里可能的目击者。丹斯思考着人体动作学与刑侦学之间的关系。

一个人体动作学实践者审讯某人——一位目击者,一个嫌疑犯——就如同一个刑侦学专家寻找证据。而这起案件中,却极不寻常地既没有可调查的对象,也没有任何实际的证据。

这让丹斯觉得沮丧,她此前从没参与过这样的案件调查。

打扰了,先生,女士,你好,年轻人,这里不久前曾有警察过来办案,你知道吗?啊,好的,我想问问你有没有在附近见到有人形色匆匆地离开,或者任何其他可疑的事情,任何异常的情况?请看一下这张图片……

但是她一无所获。

丹斯甚至连一个顽固型目击者都没找到。就是那种分明知道些内情,却因为害怕自己或家人安全受到威胁而谎称毫不知情的人。什么都没有,她在寒冷的街头忙了四十分钟,却只发现,真的没人发现任何异常。

打扰了,先生,是的,这确实是加州警察局的证件,但是我现在参与了纽约警局的工作,您可以打这上面的电话确认我所说的话,我想问您,您有没有看见……

一无所获。

丹斯忽然有些愣住,不,是震惊地看着刚刚从一栋公寓楼里走出的男子,因为那人长得很像她去世的丈夫。她眨了眨眼,有些难以置信地盯着男人——同时努力控制住自己的情绪,告诉自己他已经死了。也许是感受到了她的目光,男子皱眉看向她,问她怎么了。

她还能不能更不专业一点?丹斯有些气愤于自己的不争气,说道:"我没事。"同时伪装出一脸微笑。

不过这位商务男士和他的邻居一样,没看到任何异常的情况,随后转身走回了街上。丹斯盯着那个人看了一阵,随后继续她的调查工作。

丹斯渴望找到一丝线索,她想要帮忙捉住这个罪犯。当然,她和其他的警察一样,想要将这个危险的变态杀人犯绳之以法,还给大家一个安全的生活环境,但她还想在将其逮捕归案后审问他,因为钟表匠与她以往遇到的任何罪犯都不同。凯瑟琳·丹斯迫切地想知道,到底是什么让这个连环杀手嘀嗒作响——丹斯对于自己潜意识里使用的措辞感到有些好笑。

她继续去下一个街区拦下路人询问,但依旧没发现任何有帮助的线索。

直到,她遇见了一位刚刚购物出来的顾客。

丹斯将他拦下,那人刚刚从露西家旁边的一个超市走出来,推着一个装满杂货的购物车。他看了一眼钟表匠的合成图像,立刻说道:"哦,对,我好像见过一个这样的人……"他又犹豫了一下,说道,"但我并没注意。"说完后,他作势要离开。

凯瑟琳·丹斯却立刻意识到,他知道的远不止这些。

顽固型目击者。

"这真的很重要。"

"我只是看到有人在街上跑,没有别的了。"

"听着,我有个主意,这里有什么要立刻放进冰箱的东西吗?"丹斯用下巴指了指男子购物车中的杂货。

他犹豫了下,猜测着丹斯说这话的用意,回答说:"并没有。"

"我请你喝杯咖啡吧。我有几个问题想问你,你介意吗?"

丹斯可以看出,男子是介意的,但冷风一阵阵地吹在两人身上,他看起来也想去温暖的室内避避寒。"行吧。但我知道的就这么多,没什么别的可以告诉你的了。"

哦,关于这一点,我们走着瞧吧。

阿米莉亚·萨克斯坐在货车的后座上。

在科伊尔的帮助下,她费力地将躺倒在后座上的退休警探阿尔特·斯奈德扶着坐起来。他已经神志不清了,嘴里念念有词,萨克斯听不清他说了什么。

科伊尔刚刚打开车门时,萨克斯看见斯奈德瘫倒在后座上,头后仰着,她当时甚至以为眼前的男人自杀了。但萨克斯随后便发现,斯奈德只是醉倒了,醉得很严重罢了。萨克斯轻轻地摇了摇他:"阿尔特?"

男人睁开了双眼,皱起眉头,有些晕头转向,不知该看向何处。

现在,两位警探将他扶着坐起来。

"不要,我想睡觉,别理我。想睡觉。"

"这货车是他的吗?"

"是的。"科伊尔回答说。

"发生了什么?他怎么搞成了这个样子?"

"他当时在街上的哈里酒馆。那里的人拒绝接待他,因为他已经醉醺醺的了,然后他就晃荡到了街上。后来我去店里买烟,那里的酒保知道我是个警察,就对我说起了他。我怕他醉成这样还开车会出事,就出来找他,找到他的时候他就在这里了,身子一半爬进了车里,一半在外面,我在他的口袋里找到了你的名片。"

阿尔特·斯奈德摇摇晃晃地转动了一下身体,闭着眼睛念叨着:"别理我。"

萨克斯对科伊尔笑了笑，说道："接下来交给我吧。"

"没问题吗？"

"没问题。只是，你能不能帮我叫一辆出租车过来？让司机把车开到这里？"

"当然。"

警察下了车，离开了。萨克斯蹲下身，碰了碰斯奈德的手臂，唤道："阿尔特。"

他睁开眼睛，看着她，在认出了她是谁之后，皱起了眉头："是你……"

"阿尔特，我马上送你回家。"

"别烦我，别他妈的烦我。"

他的前额有一道伤口，袖子因为摔倒被刮破了。不久之前，他还吐了。

他厉声喊道："你做得还不够吗？你他妈的害我害得还不够惨吗？"斯奈德双目圆瞪，说道："走开。让我一个人清静清静。别烦我！"他从车座滑了下来，跪着爬向驾驶座，嘴里说着，"走……开！"

萨克斯将他拉了回来。他并不是身材瘦小的男人，但酒精使他乏力。他试着站起来，但最后跌在了座椅上。

"你可真能耐。"萨克斯用下巴指了指车里空空如也的酒瓶。

"这跟你有什么关系？这他妈的跟你有什么关系？"

"到底是因为什么？"萨克斯执意要弄明白这是怎么回事。

"你还不明白？是因为你，你。"

"我？"

"我为什么会以为这件事不会有人知道？局里根本没有他妈的秘密可言。我不过帮你打探了点消息，问问那该死的档案在哪儿，怎么会不见了……接着，我跟你说过的，和我一起打台球的兄弟，还记得吧？他再也没出现过，也不接我的电话……"他用袖子擦了擦嘴，"然后，我就接到了电话——这家伙和我一起搭档了三年，他们夫妻和我们两口子还打算一起去旅游。你猜猜谁不能去了……都是因为我问了不该问的。一个退休警察去问东问西……你一进我家门，我他妈的就该让你滚。"

"阿尔特，我……"

"哦，别担心，女士。我没提您的名字，什么都没说。"他说着，伸手探向了滚在车里的酒瓶，却发现里面早就一滴酒都没有了，便又将酒瓶扔了回去。

"听着，我认识一个很好的心理辅导师，你可以……"

"心理辅导师？他想怎么辅导我？辅导我怎么搞砸了自己的生活？"

萨克斯看了一眼扔在车里的酒瓶，说道："你只是跌倒了，每个人都会跌倒。"

"不是那么回事，事到如今都是因为我一开始就把一切搞砸了。"

"你在说什么，阿尔特？"

"因为我是个警察，我不该浪费时间做警察。我把一生都搭进来了。"

萨克斯突然感到有些心灰意冷，斯奈德的话说出了她的感受。他所说的，正是萨克斯想要离开警局的理由。萨克斯说道："阿尔特，我送你回家好不好？"

"我的人生，可以做任何别的事情。我哥哥是个水管工。我姐姐读了研究生，现在是一个公司代理。她为那些女性用品设计一些花里胡哨的广告，在圈内很出名。我本来也可以有所作为的。"

"你不过是感觉——"

"别，"他大声打断了她，用手指着萨克斯说道，"你根本不了解我，你没资格讲这些，你没这个资格。"

萨克斯沉默了。的确如他所说，自己没有资格说这些。

"这些都是因为你要查的那件事。我完蛋了，不管是好是坏，我都完蛋了。"

斯奈德愤怒而痛苦的目光令萨克斯难过。她伸手环住斯奈德，说道："阿尔特，听着——"

"把你的手拿开。"他头靠在了窗子上，躲开她的安慰。

片刻后，科伊尔走了回来。指挥着一辆黄色的出租车开到了他们所在的货车旁边。科伊尔和萨克斯合力帮斯奈德坐进了出租车里。萨克斯又将斯奈德的地址交给了司机，并掏光了自己的钱包，将差不多五十美金递了过去，还有警探的车钥匙，随后对司机说道："我会打电话告诉他妻子，他马上就回去。"而后，车子便缓缓驶进了中城区拥挤的街道中。

"谢谢。"她对科伊尔说，后者对她点了点头，便走开了。萨克斯很感激，科伊尔什么都没问。

科伊尔离开后，萨克斯伸手从口袋里拿出了斯奈德的手枪，这是刚刚她伸手去抱斯奈德的时候顺手从他的枪套里拿出来的。也许他家里还有别的手枪，但至少，他不会用这把手枪自杀了。萨克斯将手枪里的子弹都退了出来，而后将它藏进了货车副驾驶座下的弹簧里。做完这些，她下车，锁上车门，回到了自己的车里。

她的食指深深地掐着拇指指腹。她能感觉到皮肤上传来的刺痛。一想到除了敲诈勒索和偷盗证据外，一些像她父亲一样的腐败警察还犯下了更多的罪行，她便觉得怒不可遏。她不过是想要查明真相，便遇到重重挑战和各种危险，甚至还危及了其他无辜的人。斯奈德期盼已久的退休生活就这样，被一一八分局那些肮脏的丑事给毁掉了。

正如那些"第十六大道俱乐部案"里犯罪警察的家属，因为她父亲和其他腐败警察犯下的罪行，他们家人的人生被永久地改变了。妻子儿女不得不将房子抵押给银行，辍学去工作养家；并且被人排斥，永远都要背负这个丑闻带来的歧视和厌弃。

现在，她还有机会离开这种生活——放弃当警察，抽身离开。去阿盖尔公司工作，远离这种鬼扯的工作和政治博弈，为她自己好好地活一回。她还有时间,可以重新开始。但对于阿尔特·斯奈德来说,却没有这种机会了。

为什么,爸爸?为什么要那么做?

阿米莉亚·萨克斯永远都不会知道了。

时间已经过去了,萨克斯已经再没机会找出这个问题的答案了。

她能做的,只有自己去猜测,而这种猜想只能在她的灵魂深处留下无法愈合的伤口。

让时间倒流,是唯一的答案,而这,显然并不是答案。

托尼·帕森斯正和凯瑟琳·丹斯面对面坐在一家咖啡店里,他的购物车就放在身边。

此时,他皱着眉头,摇头说道:"我已经仔细回忆过,但是我真的不记得别的了。"随后,他举起了咖啡杯,咧嘴笑着说:"害你破费了。"

"嗯,不管怎么说,我们还是要试试的。"丹斯知道,面前的男人肯定还知道些什么。她的猜测是,他之前说见过钟表匠一定是因为没有考虑清楚,一时脱口而出。哦,审讯人最喜欢这种冲动型的受审对象了,不过随后,他意识到这人也许是个杀人犯,还可能就是之前码头和小巷谋杀案的作案凶手。丹斯很清楚,人们往往很乐意举报贪小便宜的邻居和超市里手不干净的青少年,但是一旦涉及严重的犯罪,他们就变得健忘了。

丹斯意识到,眼前这人也许是块不好啃的硬骨头,但她对此并不担心。她喜欢挑战(尤其是在一个负隅顽抗的受审对象最终坦白时,所带来的成就感,不过受审人在自己的口供上签字画押后,也就意味着这场语言的战争已经结束了,那让她觉得无趣)。

丹斯往自己的咖啡杯里加了一些牛奶,目光飘到了角落柜台里摆着的苹果派上,她有些渴望地看着,四百五十卡路里,哦,好吧,她将目光移回了眼前人的身上。

男人又往自己的咖啡里加了些糖,他一边搅拌着咖啡,一边说:"你知道吗,也许咱们从头聊聊,我或许能想起些别的。"

"这个主意不错。"

对方点了点头,说道:"那么现在,我们就来深入交流一下吧。"

男人说着,脸上露出了大大的笑容。

26

这女人就是他的安慰奖。

她是杰拉德·邓肯送给自己的礼物。

她是杀手的歉意和诚意，邓肯的母亲从没表现过的道歉的诚意。

而且，若是能强暴并弄死一个警察，也能拖慢他们的查案速度。邓肯曾提议让文森特对那位出现在第二个现场的红发女警探下手（哦，太对了，拜托……红发，就像莎莉·安妮一样）。而萨克斯也果真再次出现在了格林尼治村。但当他们从别克车里窥视了一番露西·里克特公寓中的女警探之后，便意识到，他们不可能将她搞到手，因为她周围一直有别人，从来不会落单。而除她之外的另一个女人，一个穿便衣的女警探之类的，此刻正独自一人在街上，似乎是在寻找目击者。

邓肯和文森特一起去折扣店买了一辆购物车，一件新的冬季外套，还买了五十美金的香皂、垃圾食品和苏打饮料，把购物车装满（一个推着购物车走来走去的人基本上不会引起怀疑——他的朋友向来都如此谨慎）。他们计划由文森特推着购物车在格林尼治村的街上来回走，直到他"巧遇"那第二位女警察，或者是女警察"巧遇"他，然后，文森特会将她引到距离露西·里克特公寓一个街区远的废弃建筑里。

文森特会将她弄进那栋废弃建筑物的地下室里。然后他可以想怎么折腾她就怎么折腾，想弄多久都可以，而同一时刻，邓肯则会去搞定他们的下一个目标。

邓肯细细地研究着文森特的表情，问道："你能下得去手杀了她吗？那个女警察？"

文森特害怕让他的朋友失望，毕竟邓肯帮了他这么多，于是他回答说："能的。"

但显然邓肯知道文森特并没有说实话："这么跟你说吧——你把她绑起来，留在地下室就好。等在中城区把事情办妥后，我会开车回来亲手搞定她。"

文森特听到邓肯这样说，觉得好受了很多。

此刻，他打量着坐在他对面的凯瑟琳·丹斯，感受着汹涌而来的饥渴欲望，她离自己只有一步之遥。她的发辫，她光滑的脖颈，她纤长的手指。她并不是很重，但身材很好，跟这座城市里那些骨瘦如柴的模特不同。有谁会稀罕那种人？

她的身材令他心生饥渴。

她绿色的眼睛让他兽欲难耐。

甚至是她的名字，凯瑟琳，也让他渴望。莫名地，这个名字现在变得像莎莉·安妮一样，对他有莫大的诱惑。他说不出为什么，也许因为他是个保守的人。他还喜欢女人目光灼灼地望着那些甜点的样子。她简直和自己一模一样！他有些迫不及待地想将她带到那栋废弃大楼里，将她按在地上。

文森特喝了一口咖啡，说道："你说，你是从加州过来的？"热心的文森特——哦，是热心肠的托尼·帕森斯，状似随意地问道。

"没错。"

"那地方不错吧，要我说。"

"是很不错，有的地方很好。现在，回想一下你之前看到的，那个男人在街上跑过吗？跟我描述一下那个场景。"

文森特知道自己必须专心应付她的问题——至少要将她引到那栋废弃大楼，直到他们能够独处。"要小心，"杀手这样叮嘱过文森特，言简意赅地说道，"你的态度要有所保留，表现出你虽然知道一些关于我的事情，但并不想说的样子。讲话的时候要犹豫一些。那样才更像是一个目击者。"

所以现在，文森特正腼腆而犹豫地告诉丹斯更多细小的信息，说他看见一个男人在大街上奔跑，还模模糊糊地描述了一下邓肯的外貌，毕竟他们手中已经拿到邓肯的合成肖像了（他必须把这个消息告诉邓肯）。女人一边听着他的话，一边在笔记本上做着笔记。

"还有其他异常的特征吗？"

"嗯，我不记得其他的了。我说过了，我当时离得很远。"

"有看到武器吗？"

"应该没有，他到底做了什么？"

"这里发生了一起伤人未遂事件。"

"哦，不，有人受伤吗？"

"没有，很幸运。"

对他们来说可是很不幸。聪明的文森特（托尼）暗暗想道。

"他有携带任何东西吗？"警探丹斯问道。

尽量简单回答，文森特提醒自己，不能中了她的圈套，让她套出话去。

他皱眉思考了一阵，满脸犹豫，随后说道："你知道吗，他可能带了什么东西。我觉得，好像是个袋子，我并没看清。他当时跑得很快……"文森特说到这里停住了话头。

凯瑟琳点着头："你还想说什么？"

"对不起啊，不能帮你更多。我知道这事很重要。"

"没关系的。"女人安慰他说。听到她温柔的宽慰，文森特有一瞬间甚至觉得有些不忍心接下来要对她做的事情。

但饥饿感告诉他没必要觉得愧疚，有这种反应是很正常的。

人不吃饭，就会死……

你说是不是？丹斯警探？

他们喝着咖啡，文森特又告诉了她一些关于嫌疑犯的消息。

她像个朋友一样和他聊天。直到文森特觉得时间差不多了，他开口说道："其实，还有件事情……我之前有点害怕。你知道的，我每天都在这边活动。他要是回来了怎么办？他可能会知道是我供出了他的消息。"

"我们会对你的身份保密。而且我们会保护你的，我保证。"

他再次巧妙地犹豫了一下，说道："真的吗？"

"你大可放心，我们会派人保护你的。"

哦，那可就有趣了。我能不能点名要那位红发女警察保护我呢。

文森特对丹斯说道："好吧，我看到他跑去哪儿了，他跑进了街上一栋楼的后门里了。"

"那扇门没锁？或者他拥有钥匙？"

"门没锁，我觉得，你若是不介意，我可以带你去那里看看。"

"那太好了，你喝完了吗？"丹斯用下巴指了指文森特面前的咖啡。

文森特将咖啡一饮而尽，说道："现在喝完了。"

丹斯合上笔记本，文森特见到她的动作后，想着，待会儿一定要记得把这个笔记本拿走。

"谢谢，丹斯警探。"

"不客气。"

文森特推着购物车走出了店里。警探去付了账单，随后也走出店外，和文森特一起，朝着他指的方向走了过去。

"纽约的十二月份一直都这么冷吗？"

"是的，大部分时间都很冷。"

"我要冻僵了。"

真的吗？在我看来，你可是火辣得要命。

"我们要去哪儿？"丹斯问着，停下了脚步，看向街上的路标指示牌。她在强光中眯起眼睛，停下来在自己的笔记本上写写画画，一边写一边说着："罪犯最近所在的位置，位于格林尼治村的谢尔曼大街。"她四处看了看，继续道："通往谢尔曼大街和巴洛街之间的小巷中……"丹斯看了一眼文森特，说道："是在街道哪边的小巷，北面还是南面？我得准确地记录。"

啊，所以她也是个谨慎的人。

文森特思索了一阵，狂热的饥饿感比冷风更让他混乱："应该是在南面。"

丹斯看了一眼手中的笔记本，笑了起来："我都认不出我写了什么——我的手太抖，真的太冷了，我等不及要回加州了。"

你怕不是要等到天荒地老了，我的小姐……

他们继续走着。

"你有家人吗？"她问道。

"是的，家里有我妻子和两个孩子。"

"我也有两个孩子，一个儿子一个女儿。"

文森特点了点头，心里想着，她女儿现在有多大了。

"所以，就是这个小巷吗？"丹斯问道。

"没错，他就是跑到这里来了。"他拉着购物车走在前面，走进了小巷里，这里就能通往他们的爱之巢，那栋废弃的建筑。他甚至已经渴望到身体发痛。

文森特的手伸向了口袋，握住他那把猎刀的刀柄。不，他不能杀掉她，但如果她反抗，他就不得不做点什么保护自己了。

割瞎眼睛……

虽然那样会很恶心，但她血流满面的脸对于文森特来说也并不是那么难以接受，反正他本来就喜欢让她们脸朝下。

他们渐渐走到了小巷的深处。文森特四处看了看，发现了距离他们十二到十五米远的地方，矗立着一栋死气沉沉的废弃大楼。

丹斯再次停了下来,打开了笔记本。她再次念出了自己要记的内容:"小巷位于六栋,不,是七栋居民楼后面。巷子里有四个垃圾箱。路面铺有沥青,嫌疑犯经由此路逃向了南面。"她记下了这些后,再次戴上了手套。她冻得颤抖的纤纤素手的指甲涂着鲜红的指甲油。

饥饿感淹没了文森特,他感觉到自己正在被蚕食,生命渐渐枯竭。他的手用力握紧了刀,急速地呼吸着。

可是女人又一次停了下来。

就现在!制住她!

文森特将刀缓缓从口袋里掏了出来。

这时,一声尖锐的警报划破长空,从巷子的另一头传来。他被警铃吓到了,定定地看着警报传来的方向。

而后,他感觉到后脑贴上了一个冰冷的枪口。

丹斯警探大声道:"举起手来,快点!"她一只手按住了男人的肩膀。

"但是——"

"快点!"

她用力将枪口抵在他的头上。

不,不,不!他松开了手中的刀,举起了双手。

怎么会这样?

一辆警车猛地停在他们前面,另一辆警车紧随其后,四个健壮的警察跳下了车。

不……哦,不……

"趴在地上,"其中一个警察命令道,"快点!"

但文森特此刻动弹不得,他被吓得僵住了。

警察们将文森特包围之后,丹斯便向后退了出去。警察们随后将他按在了地上。

"我什么都没做!我没有!"

"你！"一个警察喊道，"趴在地上！快点！"

"可地上太冷了，还这么脏！关键是我什么都没做！"

他们狠狠地将他按在地上。他在大力的推搡下不由得闷声痛呼。

文森特恐惧地想着，这就像莎莉·安妮那次事件一样，一切重演了。

你！你个死胖子！别他妈的乱动！变态！

不，不，不！

警察们伸手拉扯着他，他忍受着他们将他的手臂压到背后火辣辣的疼痛。双手被铐起来。他们搜了他的身，将口袋都翻了个遍。

"发现了一个身份证件，一把刀。"

这次是如此，十三年前也如此，文森特甚至有些混乱，分不清记忆与现实了。

"我什么都没做，为什么要这样？"

其中一个警察对丹斯说道："我们能听到你讲话，而且很清楚。你根本用不着跟他走到这个巷子里。"

"我怕他临阵脱逃，所以得看着他。"

这到底是怎么回事？怎么会这样？文森特想不明白，她说的是怎么回事？

丹斯看了一眼警察，并朝着文森特的方向点头说道："他之前一直隐藏得很好，但是我们一进咖啡馆，我就发现他不对劲儿了。"

"不，你疯了，我——"

她转头看向了文森特。

"你的口音和表情相矛盾，而你的肢体语言告诉我，你的目的根本不是为了和我交谈，而是另有所图。出于某种原因，你想要操纵我……最终我懂了，你是想把我独自一人引到这条小巷来。"

她解释说，她在咖啡馆付账的时候将手机拿了出来，并按下了重播键，打给了纽约警局和她一起工作的一位警察，小声而简短地说明了自己这边的情况。然后让他向她所在的区域派出警力。她没有挂断电话,将手机保持通话状态,藏进了口袋。

这也就是为什么,她要在街口大声读出指示牌,她是在为警局的同事指明方向。

文森特看向丹斯的双手,丹斯看到了他的目光。于是便举起了手中用来写字的笔,说道:"是的,这就是我的枪。"

文森特看向其他警察,嘴里说着:"我什么都不知道,这简直荒唐。"

一位警察说:"听着,你还是闭上嘴,省点力气吧。在丹斯警探打给我们之前,我们就接到了举报电话,说之前这里作案未遂的罪犯是开车来的,司机又回到了这边,手里还推着一个购物车,在路边瞎转悠,举报人描述说,那人是个肥胖的白人男子。"

她名叫莎莉·安妮,死胖子。她逃出来了还报了警,已经把你的罪行全都告诉我们了……

"那不是我!我什么都没做。你们搞错了,全搞错了。"

"可不是吗?"一个警察用嘲讽的语气附和道,"这话我们听得多了,走吧。"

他们大力地拎着他的上臂,将他从地上提了起来,粗暴地将他推进了警车里。文森特耳边再次响起杰拉德·邓肯对他说的话:

对不起,我让你失望了。我会补偿你的……

文森特·雷诺兹暗暗在心中坚定地想:无论警察如何逼问,他都不会背叛他的朋友。

在林肯·莱姆家中实验室的窗边,坐着一个身材高大、有些垂头丧气的男子,他的双手被反铐在背后。

从他身上搜出的驾照和DMV记录显示,他并不如他所说,名叫托尼·帕森斯,而是文森特·雷诺兹。今年二十八岁,住在新泽西,在十多家机构做过临时文秘,除了他的基本雇用信息和简历之外，这几家机构都对他知之甚少，人们对他没多大印象，还算得上是个模范员工。

他看起来既愤怒又紧张，目光不停地在地面和房间内的几位警官之间转来转去，而此时在莱姆家的人有莱姆、萨克斯、丹斯、贝克和塞利托。

警方没有查到他的案底，也没有官司。且通过对他新泽西住处的一番搜索后也没能发现任何与钟表匠关联的证据，公寓里的居住情况显示他没有爱人、亲密的朋友或是父母。警方在他家中发现了一封他写给他住在底特律的妹妹的信件。塞利托在密歇根州警察局查到了文森特妹妹的电话，并打了过去，给她留了言，要她回话。

调查还显示，在码头和柏树街杀人案发生时，他在值周一的晚班，不过那之后他就请了假，再没去上班。

梅尔·库柏将文森特的数码照片以邮件的方式发送给了乔安娜·哈珀，女子表示他确实与那天在花艺工作室外窥视自己的男子很像，但她不能确定，因为那天阳光很刺眼，她工作室前窗的玻璃又很脏，而且那人当天还戴了一副墨镜。

虽然警方怀疑他就是钟表匠的同伙，但他们掌握的能够让他认罪的相关证据却很有限。钟表匠弃车逃走的停车场里，他们发现的鞋印与文森特的鞋子尺码相同，都是十三号，但因为鞋印不够明显，所以没法做一个清晰确凿的对比。至于他购物车里的那些杂物，莱姆推测他之所以有这些杂物完全是为了接近丹斯或干扰调查而设置的障眼法。购物车里有些薯片、饼干和其他的垃圾食品。但这些食品都未拆封，而且在他衣服上的搜查结果表明，他身上没有与ＳＵＶ车里发现的食物碎屑相符合的线索。

他们只能以非法持有刀具和干预警察执行公务的罪名扣押他——这也是针对虚假目击者常用的指控。

但市政厅与警察总部却表示他们可以使用阿布格莱布监狱中的逼供手段——毒打和威胁，来让他招供。这也是丹尼斯·贝克的意见，因为他已经受到了很多来自市政厅要求尽早捉到本案凶手的巨大压力。

不过凯瑟琳·丹斯说："那样做没用。他们会像虫子一样蜷缩起来，给你一大堆没用的信息。"她还补充说，"而且，记录表明，犯人在严刑拷打下基本不会说出准确有用的信息。"

莱姆和贝克便想要丹斯来审问文森特。他们必须尽快找到钟表匠的行踪，若是真的不能严刑逼供，他们需要一个专家来解决这个问题。

于是这位来自加州的警探现在拉上窗帘，坐在了文森特对面，他们之间什么都没有。丹斯还将椅子向前移了移，直到她与文森特之间相差仅一米远。莱姆猜测这可能是一种入侵对方空间，粉碎对方反抗的方式。但他同时也意识到，文森特一旦失控，他便可以向前跳起，用头或是牙齿重伤丹斯。

丹斯显然对此情形也十分明了，但她没有表现出丝毫惧怕或担忧。她先是浅浅地微笑，然后平静地说道："你好，文森特。我知道已经有人对你宣读了相应的权利，而你也同意和我们聊聊，很感谢你愿意这样做。"

"当然了。想让我做什么都可以，但这是个巨大的……"他耸了耸肩，"误会，你知道的。"

"那我们就把事情理清楚。首先，我要问你一些基本的信息。"丹斯问了文森特的全名、住址、年龄、工作地点和有无被捕经历。

文森特皱起眉头，说道："这些我已经跟他讲过一次了。"他看了一眼塞利托。

"抱歉，你也知道，我们的工作就是这样，这种事情就是左手倒右手，如果你不介意，就再讲一次吧。"

"哦，好吧。"

莱姆知道，丹斯之所以又问了一遍这些已经可以核实的基本信息，是为了掌握文森特的行为表现基准。现在，凯瑟琳·丹斯已经将这位刑侦专家对于审讯与目击者的看法改变了不少。他已经对丹斯审讯的过程产生了兴趣。

丹斯时不时和气地一边点头在笔记本上记上几笔，一边对文森特的配合表示感谢。她对文森特温和而礼貌的态度让莱姆大为不解，若是换他来审讯，他的态度肯定会比丹斯强硬得多。

文森特咧了咧嘴，说道："你看，不管你想聊多久，我都能奉陪，但我希望你们也能派人出去找找我看到的那家伙，你们肯定不希望眼睁睁地看着他逃走。我也很担心。我只是想帮帮忙，可是你看看，我落得个什么下场——你们已经把我问了个遍。"

然而，他在现场对丹斯和其他警官所说的关于嫌疑犯的消息却没什么用。他声称的钟表匠逃向了一栋大楼的后门里，但调查显示那里近期根本没有任何人出入的痕迹。

"现在，我希望你能再讲一遍事情的经过。跟我讲讲当时发生了什么，只是，如果你不介意的话，我希望你能倒着讲。"

"什么？"

"就是按照事情发展的时间顺序，倒过来讲一遍，这是一种很好的唤醒记忆的方法。由你所记得的事件的最后一处开始讲起，然后慢慢向前回忆。嫌疑犯——他当时从小巷里一栋旧楼的后门逃走了……我们先来回忆一些细节吧，那扇门是什么颜色的？"

文森特在椅子上动了动身体，他皱起了眉头，假意思考了一阵，开始从男人消失在门后讲起整个事件（他不记得那扇门的颜色了）。他接着说起在男人消失之前的事——钟表匠跑进了小巷，深入到了巷子里。在那之前，他在街上跑着。最后，文森特说，自己在巴洛街上看到一个男人，他四处张望，神情紧张，而后拔足狂奔。

"好的，"丹斯一边说着，一边再次写下一些笔记，"谢谢你，文森特。"然后，她又快速地皱了一下眉头，接着说道，"但是，你之前为什么告诉我你叫托尼·帕森斯？"

"因为我害怕。我做了件好事，我告诉你我看见的，但我害怕，那个杀手若是知道我的名字会回来杀掉我。"他的下巴颤抖着，说道，"我后悔跟你说了那些，但是我已经说了，所以我害怕了。我告诉过你，我很害怕。"

男人扭捏作态的样子让莱姆心生厌恶，他无声地催促着丹斯，快解决了这货。

可丹斯依旧耐心而和气地问道："跟我说说那把刀是怎么回事吧。"

"好吧，我确实不应该把它带在身上。但是，几年前，我被人抢过一次。那简直太可怕了。我现在知道这样做是不对的，我犯蠢了，应该把它留在家里。我一般都不会带出来的，我只是没想到，会因为这事给自己惹上麻烦。"

丹斯并没有回应他，只是脱下了外套，将衣服放在了自己旁边的椅子上。

文森特说："别人都聪明，不会多嘴，惹祸上身。就我话多，瞧瞧我把自己害得多惨。"他盯着地板，有些嫌恶地撇了撇嘴。

丹斯又问了他一些细节，比如他是怎么知道钟表匠杀人的，另外几起案件发生的时候他在哪儿。

丹斯问这些问题的意图令莱姆不解，这些问题太表面了。她并没有用莱姆的方式去挖掘信息，要求他出具不在场证明，揭穿他的谎言。而有些值得深挖的点，她偏偏放过了。丹斯一次都没有问过他把自己引到那个小巷的理由是什么，他们都推测，他是打算杀掉她——也许还打算折磨她，让她说出警方都知道些什么有关钟表匠的情报。

丹斯对于他的答案没有任何反应，只是低头记笔记。终于，她看了一眼文森特身后的萨克斯，说道："阿米莉亚，你能不能帮我一个忙？"

"当然可以。"

"你可以给文森特看看我们找到的脚印吗？"

萨克斯站起身，拿出一张静电影像，举起来给文森特看了看。

"这张图怎么了？"

"这是你的鞋码，对不对？"

"差不多吧。"

丹斯继续盯着他，一言不发。莱姆意识到她布下了一个巧妙的陷阱，他紧紧地盯着他们两个……

"谢谢。"丹斯对萨克斯说，再次接近嫌疑犯，压缩他的个人空间，对他施加压力。她开口问道，"文森特，我很好奇。你是在哪儿搞到这些杂货的？"

短暂的犹豫之后，文森特说："在食品店。"

莱姆终于明白了。她是打算将这个问题作为突破口，问他明明住在新泽西，为什么要在曼哈顿买东西。而且他买的这些杂货，明明都是些在他住处附近就可以买到的，甚至会比曼哈顿这边的价格更便宜。丹斯再次向前倾身，摘下了眼镜。

现在——她要开始收网了。

凯瑟琳·丹斯微笑着说："谢谢你，文森特。和我想的差不多。嘿，你口渴吗？"接着又说道，"要来点饮料吗？"

文森特点头说："好的，谢谢。"

丹斯看向莱姆，说道："我们能给他拿点喝的东西吗？"

莱姆眨了眨眼睛，有些不解地看向萨克斯，后者也皱着眉头。丹斯到底是在搞些什么？到现在为止，她一点有用的信息都没有问出来。刑侦专家心里想着，这简直是在浪费时间。她就打算问这些没用的问题吗？现在还尽起地主之谊来了？莱姆有些不情愿地唤来了汤姆，护工端给丹斯一杯可乐。

丹斯在杯中放了一个吸管，又将杯子端到双手被反铐在身后的文森特面前，以便让他喝到。文森特几秒钟就吸光了杯中的可乐。

"文森特，如果你不介意的话，我们几个需要单独商量一下，这样就能把事情理清楚了。"

"好的,没问题。"

巡警们将他带了出去,丹斯随后关上了门。

丹尼斯·贝克摇着头,有些不高兴地看着丹斯。塞利托也嘟囔道:"一点有用的信息都没有。"

丹斯皱眉道:"不,不,我们现在进展得很顺利。"

"顺利吗?"莱姆问。

"一切都在按计划发展……现在,情况是这样的。我已经掌握了他的反应基准,而后,我又让他倒叙了他所说的事情的经过。很多有所隐瞒的受审者都会临时编瞎话,倒叙他们的供词能够准确地捕捉他们所说的谎言。人们对于那些真实发生的事情,从哪个时间点切入来叙述都是没问题的,而对于那些编造的谎话来说,却只有一种叙述方式,那便是从开始到结束。说谎者没有真实场景中常有的记忆线索,所以如果改变叙述方式,故事就会出现破绽。所以,我从一开始,便知道了,他就是钟表匠的同伙。"

"你早就知道了?"塞利托笑道。

"哦,是的,这一点很明显。他当时的认知表现与他的基准反应不符。而且,他也并不像他所说的那样,担心自己的人身安全。完全不是那样,他不仅认识钟表匠,而且还参与了钟表匠此前的犯罪活动,但是具体如何参与,我不清楚。不过他更像是一个帮钟表匠望风和开车的司机。"

"可是,关于这些问题,你明明一个都没有问啊。"贝克指出她刚刚问话中这一怪异之处,"我们难道不应该问问花艺工作室案件和格林尼治村案件发生时,他在哪里吗?"

莱姆也想问同样的问题。

"哦,不能那么问。最不该做的,就是问他这种问题。如果我问了,他会立即对这些话题做出防御反应,进而闭口不谈。"丹斯继续说道,"他是个很复杂的人,自身十分矛盾,我感觉,他已经到了抗压反应中的第二个阶段,沮丧。这是由巨大的愤怒内化而成的,而且很难攻克他当前的这种心理。鉴于他的性格类型，我不得不先和他建立起一个感同身受的情感纽带，按照传统的审讯方式，这样的做法可能会花费好几天，甚至是几周的时间，才能最终得到真相。但我们并没有那么多时间。所以我们唯一的机会，便是采取一些更为激进的方式。"

"什么方式？"

丹斯用下巴指了指文森特刚刚喝可乐时用过的吸管，问莱姆说："你能不能立刻安排一次DNA检测？"

"能是能，但得花上些时间。"

"那没关系，只要我们能确定，能安排上检测。"丹斯微笑道，"永远不要说谎，但你也没必要对一个嫌疑犯知无不言。"

莱姆推动轮椅，来到了实验室中的主要区域。梅尔·库柏和普拉斯基还在那里检测各种证物。他说明了丹斯的要求，库柏立刻将吸管包装好，随后填写了一份DNA检测申请表。"好了，从技术层面上来讲，检测已经安排上了。只是实验室方面还不知道罢了。"他笑着说。

丹斯随后解释道："有一些很重要的事情，他一直在瞒着我。而他对此很紧张。我问他有没有被捕过，他的回答明显是在说谎。而且对于这个问题，他事先有准备。我猜他之前肯定有过被捕经历，但应该已经过去很长时间了。他没有指纹记录在案，所以逃过了一劫，没有留下案底——也许是当时实验室的疏忽，或者他当时是一个少年犯。但我认为，他之前肯定是触犯过法律的。最终，我终于知道他犯过什么罪了。这也是我脱下外套，还叫萨克斯在他面前走动的原因。他看我们两个的目光透着赤裸裸的饥渴，他试图掩藏这种渴望，但他控制不住自己。这让我想到，他此前也许犯过那么几次性骚扰罪。所以，我想利用这一点，诈他招供。"

"不过，问题是，"丹斯又说，"他也有可能知道我是在虚张声势，否认一切。那样一来，我们就失去唯一谈判的筹码了，而且再想从他这里挖出点什么，就得花费更多的时间和力气了。"

塞利托对莱姆说："我知道你的想法。"

哦，他猜得没错，莱姆就是那样想的："就按这个方法试试。"

塞利托又问丹尼斯·贝克说："那你呢？"

"我应该打电话向总部请示一下的，但他们要是不同意，我们可就是自找麻烦了，所以，就这么办吧。"

丹斯探员又说道："还有另外一件事需要我来做。我必须得把自己排除在这次博弈之外，不管他打算在那个小巷里对我做什么，我们都得把这件事忘掉。如果我把这件事提起来，那么我们之间的关系就会发生变化，他就会拒绝与我交谈，那样我们就前功尽弃了，又得重新开始。"

"但是，你知道他当时打算对你做些什么吗？"萨克斯问。

"哦，我很清楚他当时脑子里在想什么。但我们的首要目标是找到'钟表匠'，要先考虑这一点，其他的事情都可以忽略。"

塞利托看向贝克，并点了点头。

丹斯于是走到了最近的一台电脑旁，输入了一些指令，之后又输入了用户名和密码。网站出现后，她眯起眼睛，又输入了更多的指令。接着，屏幕上便出现了一张某个嫌疑犯的DNA检测表。

丹斯又打开自己的包，将"绵羊"眼镜收起，拿出了她的"战狼"眼镜："现在，是时候表演真正的技术了。"她走到门口，打开了门，叫警官将文森特带回来。

男人块头很大，这会儿腋下已经汗湿，他有些笨拙地走了回来，再次坐回到刚刚的椅子上，椅子有些不堪承受他肥硕的身体，吱呀作响，他稍微调整了坐姿，表情谨慎。

丹斯首先打破了沉默，说道："很遗憾，文森特，恐怕事情有些麻烦了。"

文森特眯起了眼睛。

丹斯举起那个塑料证据袋，里面装着他刚刚用过的吸管，说道:"你很清楚DNA检测是怎么回事,对不对?"

"你在说什么?"

莱姆好奇,这招到底会不会管用。他会上钩吗?

文森特会不会结束这次审问,冷静下来,并要求有律师在场?他完全有权利那样做。那样的话,这次虚张声势的诈供就会变成灾难,而且,除非钟表匠再次犯案,他们从文森特这里可能再也问不出任何信息了。

丹斯冷静地问道:"你从来都没看到过自己的DNA检测报告吗,文森特?"

她将电脑显示屏转向文森特,说:"我不知道你有没有听说过联邦调查局的综合DNA检索系统,我们都管它叫CODIS。不管在哪儿,只要发生了强奸或是性骚扰案件,而嫌疑犯没有捉住,那么数据库就会将他的体液、皮肤组织和毛发都收集起来。就算作案的罪犯戴了安全套也没用,在被害人身体或周围总会留下一些痕迹,可以提取出DNA来。而这份DNA资料就会储存进数据库,当警察找到嫌疑犯时,会将他的DNA信息与数据库中的资料作对比。看看这个。"

屏幕上显示着一份标有CODIS标志的文件,文件上有一连串数字、字母、表格和密密麻麻的分栏数据,对于不熟悉这个系统的人来说,这些看起来就让人头大。

文森特一动不动,但他的呼吸变得越来越粗重,在莱姆看来,他的眼神也变得轻蔑了。"这都是胡扯。"

"你知道,文森特,只要有确凿的DNA证据,案件基本上就是板上钉钉的事了。而就算性骚扰案件已经发生了好多年,只要找到DNA证据,那么我们依旧可以将嫌疑犯定罪。"

"你不能那样做……我并没有允许你那样做。"他盯着那根塑料吸管。

"文森特,"凯瑟琳·丹斯温和地说道,"你有大麻烦了。"

从技术层面来讲，丹斯说得没错，莱姆想着，因为文森特确实持有一件具有杀伤性的武器。

永远不要说谎……

"不过，你知道一些对我们很有用的信息。"丹斯停顿了一下，继续说道，"我对纽约的办案程序不太了解，但是在加州，我们分区的那些检察官对愿意配合的嫌疑犯总会相对宽容些。"

丹斯看了一眼塞利托，后者立刻接话道："是的，文森特，纽约这边也是一样。地区检察官也会听我们的建议。"

文森特一脸迷茫地看着屏幕上的各种数据，他牙关咬紧，沉默着。

贝克接着说："我们不妨做个交易：只要你帮我们抓住钟表匠，并承认之前犯过的性骚扰罪，我们就会帮你对之前两起谋杀案中的杀人罪和伤害罪申请豁免，而且，我们会安排你去治疗中心，让你远离普通罪犯和人群，不会让你接受常规的监禁。"

丹斯语气肯定地说："但你必须帮助我们，现在就要帮。你觉得怎么样？"

文森特看着屏幕上的DNA分析数据，他不知道的是，这些东西和他一点关系都没有。他的腿微微抖动着——说明他正在权衡眼前的情况。

他目光轻蔑地看向了凯瑟琳·丹斯。

他会不会答应？他会怎么做？

整整一分钟过去了，莱姆只能听到时钟指针的嘀嗒声。

文森特咧嘴。他抬起头，用冷酷的眼神望着他们。说道："他是个商人，从中西部过来的。他名叫杰拉德·邓肯。现在住在曼哈顿的一座教堂里。能再给我一罐可乐吗？"

27

"他现在在哪儿?"丹尼斯·贝克厉声问。

"他还有一个目标,他要……"文森特的声音消失在了后半句。

"杀掉目标?"

嫌疑犯点了点头。

"在哪儿?"

"具体在哪儿我也不太清楚,他只说了在中城区,我想。他没有告诉我,真的。"

大家看向凯瑟琳·丹斯,后者观察了文森特的反应,判断他没有说谎,于是向众人点了点头。

"我现在也不知道,他是在那里,还是在教堂。"

他说出了教堂的具体位置。

萨克斯说:"我知道那个地方,已经关闭有一阵子了。"

塞利托联系了紧急勤务小组,叫豪曼组织了一队战术小组。

"他本来和我约好,一个小时左右会回到格林尼治村和我会合,就在那个小巷旁边的废弃大楼里。"

莱姆想,文森特说的地方,正是他之前打算奸杀凯瑟琳·丹斯的位置。塞利托命令警方在附近停了几辆没有警方标识的车,随时监控那里的动静。

"你们的下一个目标是谁?"贝克问。

"我不知道，我真的不知道。他没告诉我那女人的任何事，因为……"

"为什么？"丹斯问。

"因为，我不会对她做什么的。"

对她做什么……

莱姆听懂了他的意思，说道："所以，你一直在帮他做事，作为交换，他答应你可以对被害人实施强奸。"

"我只要女人。"文森特快速地补充道，同时有些嫌恶地摇头，"我可不要男人。我又不是那种变态……而且，我得等到她们死了以后才能做，所以，那其实也算不上强奸，并不是。杰拉德是这么告诉我的，他查过这些法律。"

丹斯和塞利托对他的话似乎无动于衷，只有贝克眨了眨眼睛。而萨克斯正在努力控制自己的情绪。

贝克问："你为什么不会对下一个女被害者做什么？"

"因为……他打算烧死那女人。"

"上帝啊。"贝克喃喃道。

文森特点点头，说："他有一把枪，手枪。"

"点三二口径手枪？"

"我不知道。"

"他开的是什么车？"

"一辆深蓝色的别克。是偷来的，一辆已经开了几年的旧车。"

"车牌号？"

"我不清楚，真的。就是他偷来的。"

"发布一条紧急车辆定位指令。"莱姆命令说，塞利托打电话安排了指令。

丹斯突然又开口问道："还有什么事？"她察觉到文森特的表现有一丝异常。

"你是指什么？"

"那辆车让你觉得不安?"

他低头,看向地面:"我觉得,他好像把那辆车的车主杀了。我那时候不知道他要杀人,真的不知道。"

"在哪里?"

"他没告诉我。"

库柏发出了搜索,搜集最近所有车辆失窃、凶杀和失踪人口报告。

"还有……"他有些犹豫地吞吞吐吐,双腿再次微微抖了起来。

"什么?"贝克问。

"他还杀过别人。我觉得,可能是个大学生。还是个孩子。就在那座教堂旁边的一个街角,第十大道附近。"

"为什么要杀他?"

"因为他看见我们从教堂里走出来了。邓肯把他捅死了,尸体扔进了垃圾箱。"

库柏联系了教堂所在的警察分局,要他们去调查此事。

"让他打电话给邓肯,"塞利托朝文森特的方向点头,说道,"我们可以通过电话追踪到他的位置。"

"他的电话打不通的,他会把电池和SIM卡都从手机上拆下来,除非是我们……工作的时候,他才会用手机。"

工作……

"他说,那样一来,你们就追踪不到他。"

"电话卡是用他的名字办理的吗?"

"不是的,他用的都是那种预付费电话。他每隔几天就会换一个新的,然后把旧的扔掉。"

"找出他的电话,"莱姆命令道,"打给通信运营商。"

梅尔·库柏打电话给一些当地主要的通信运营商,并简短地交谈了几句。挂了电话后,梅尔报告说:"这个号码是东海岸通信公司的。预先付费号码,就像他说的,现金购买。如果手机没电了,就没办法追踪了。"

"见鬼。"莱姆叹息道。

塞利托的电话响了起来。波·豪曼的紧急勤务小组已经出发了,几分钟后便会到达目标教堂。

"听起来,他们是我们唯一的希望了。"贝克说。

贝克、萨克斯和普拉斯基也立即出门,他们也要去参与战术小组的任务。

莱姆、丹斯和塞利托留在实验室,试着从文森特口中问出更多关于杰拉德·邓肯的消息,同时,梅尔·库柏也在数据库中搜索关于邓肯的信息。

"他为什么会对时钟、时间和阴历感兴趣?"莱姆问。

"他收集那些旧时钟和表。他之前确实是一个钟表匠——作为个人爱好。你懂的。他并没有开店什么的。"

莱姆说:"但不排除他在某家店里工作过。找出所有专业钟表匠组织,还有钟表收藏者的组织。"

库柏双手在键盘上一边忙碌着,一边问道:"只搜索美国境内的吗?"

丹斯问文森特:"他是哪国人?"

"我猜是美国人吧,他讲话也没什么特别的口音。"

库柏寻访了许多网站后,摇着头说:"这行业很热门。比较大的一些组织有日内瓦钟表匠、珠宝商和金匠协会、瑞士的高级钟表业协会、美国钟表匠协会、同样总部在瑞士的瑞士钟表与珠宝零售商联盟、英国钟表收藏家协会、英国钟表制造协会,还有瑞士钟表产业雇主协会和瑞士钟表产业联盟……这才是一部分,还有十多个。"

"给他们发邮件,"塞利托说,"问问有没有叫邓肯的钟表匠或是收藏家。"

"再问问国际刑警。"莱姆说,"你们是怎么认识的?"

文森特讲得有些模糊，只是大致说了一下两人的相遇，很普通的那种。凯瑟琳·丹斯听完他的话，平静地问了他几个问题，然后直接拆穿了他，说他在说谎。"我们之间的交易是你得实话实说。"丹斯身体前倾，目光冷冷地穿过她的捕食者眼镜，盯着文森特。

"好吧，我刚刚，只是，你懂的，就是大致说了一下。"

"我们不是想大致知道一下！"莱姆大声说道，"我们想要知道，你们俩到底是他妈怎么认识的！"

强奸犯最终承认了，他们的相遇确实是巧合，却不那么普通。他仔细交代了他们是如何在他工作地点旁边的一家餐厅相遇的。邓肯当时正在监视那个前一天被他杀死的男人，而文森特却瞄上了当时餐厅里的女侍者。

这才是狼狈为奸，他们两个，莱姆想着。

梅尔·库柏浏览着电脑屏幕上的信息，说道："找到了一些匹配的结果……在中西部地区一共有六十八个叫杰拉德·邓肯的人。我正在查哪些人有过被搜捕的记录，还有哪些人在暴力罪犯逮捕计划中出现过，然后我再参照年龄和职业查找。你不能再缩小一下搜索范围吗？"

"要是能的话，我会说的，但他从来不谈自己的事。"

丹斯点头，她相信文森特说的是实话。

朗·塞利托问出了莱姆一直想问的问题："我们知道，他的目标都是特别选中的，而且他会事先监视他们的行踪。他为什么这么做？他到底想做什么？"

文森特说："他的老婆。"

"他结婚了？"

"曾经结过。"

"说来听听。"

"几年前，他和他老婆来纽约度假。他去参加了一次生意上的应酬，于是他老婆只好一个人去听音乐会。回来的路上，她经过一段偏僻的路段，出了车祸，撞人的可能是轿车也可能是卡车。司机跑了。她一个人躺在那里呼救，但没人来救她，甚至连个报警的人都没有。医生说，她被撞倒之后，在那里挣扎了十到十五分钟才死去。他说，当时的情况，不管是谁，就算不是医生，也能帮她止血，只要按住出血点就可以了。但没人帮她，没人救她。"

"查找所有的就医记录，搜索邓肯这个名字相关的所有记录，时间大概在十八个月或三十六个月之前。"莱姆命令道。

但文森特却说："没用的。他去年闯进了那家医院，把相关的记录都偷走了，还有警方那里的案件报告。好像是贿赂了一个医院里的员工。"

"但他为什么要选择这些人？"

"警察的调查显示，他老婆受伤流血时，有十个人就在附近。我不知道他们当时能不能救她。可邓肯坚持认为这些人能，他老婆本来有机会活下来的，但是这么多人却什么都没做。他花了整整一年的时间查出他们都住在哪儿、摸清了他们的日程安排。他要等到他们落单的时候再下手，这样就能让他们死得慢一些。这一点对他来说很重要。他要让这些人像他的老婆一样，慢慢地死去。"

"星期二，在码头的那个被害人，他死了吗？"

"死了吧。邓肯让他扒住甲板，割破了他的手臂，然后就站在一边看着他，直到他掉进河里。邓肯说，那人挣扎着游了几下，后来就不动了，被水冲到码头底下了。"

"被害人叫什么？"

"我不记得了，沃尔特什么的。他杀前两个的时候，我没帮他。我没有，真的。"他有些惧怕地看向丹斯。

"关于邓肯，你还知道些什么？"她问道。

"只有这些了。他唯一愿意谈的，就是时间。"

"时间？关于时间的什么事？"

"任何事情，所有事情。时间的历史，时钟是如何运转的，还有日历、人们为什么对时间的感受不同。他对我说过，像是，'加速'这个词，最早是说钟摆的。将钟摆的重量向上提，钟摆就会加速摆动。'减速'就是将钟摆重量放低……这种事，换任何一个人来讲，你都只会觉得无聊，但是，他讲这些时，就很吸引人。"

库柏在电脑显示器前抬起头来，说道："钟表匠组织那里发来了几条回复。没有关于杰拉德·邓肯的记录……国际刑警来消息了……也是什么都没有。我在暴力罪犯逮捕计划里也没发现什么。"

塞利托的手机再次响起。他接了电话，和对方交谈了几分钟。塞利托一边讲话，一边目光冰冷地看着文森特。随后，他挂断了电话。

"电话是你妹夫打来的。"他对文森特说。

男人却皱起眉头，问道："谁？"

"你妹夫。"

文森特摇着头说："不，你肯定是听错了。我妹妹没有结婚。"

"不，她结婚了。"

文森特瞪大了眼睛："莎莉·安妮结婚了？"

塞利托像是看什么恶心的东西一样，看了他一眼，然后对莱姆和塞利托说："莎莉现在太难过，不能自己亲自回话。她丈夫打过来了。十三年前，文森特趁他母亲和继父出去度蜜月，把莎莉囚禁在了他们的地下室，整整一个星期。他的亲妹妹……那时才十三岁，他十五岁，他把莎莉捆起来，多次侵犯她。他在少管所关了一段时间，接受了几次心理治疗之后，就被放出来了，案件也被封存。所以综合指纹检索系统里才会没有他的指纹。"

"结婚了。"文森特小声说着，面如土色。

"在那之后，莎莉患上了抑郁症和进食障碍。后来，文森特还多次跟踪她，警方对他实施了限制令。过去三年中，他们之间的唯一联系，就是他一直写给那女孩的信。"

"他一直在写信恐吓她？"丹斯问。

塞利托轻声说："不，他写的都是情书。他想让她搬到纽约来，和他一起生活。"

"哦，我的天哪。"一向镇定的梅尔·库柏喃喃说道。

"有时候他在信纸边上写食谱，有时候画一些色情卡通画。他妹夫说，只要能让他永远关在监狱里，他们什么都愿意做。"塞利托对文森特身后的两位警官说道，"把他带出去。"

警官们拉起椅子上的文森特，走出了房间。文森特·雷诺兹几乎不能走路，他浑身剧烈地颤抖着，嘴里说着："莎莉·安妮怎么会结婚？她怎么能这样对我？我们说好要永远在一起的……她怎么能？"

28

感觉像是捣毁了一个中世纪的城堡。

萨克斯、贝克和普拉斯基与波·豪曼几个人聚在教堂旁的一个街角，教堂在切尔西区一个不知名的位置。紧急勤务小组已经暗中在街上展开行动，将教堂悄悄包围了起来。

教堂的门很少，勉强达到规定的建筑消防通道数量要求，而且教堂的窗子大都安装了防盗窗。这样一来，杰拉德·邓肯也就无法轻易逃脱，当然，这也意味着紧急勤务小组攻进教堂的方式也很有限。而且，杀手很可能已经在入口处布置了陷阱，或是已经准备好武器，等着他们送上门去。同时，教堂半米厚的石墙也给行动增加了风险，因为这样一来，搜索和救援组的热感和声感系统都派不上用场，所以他们也就没办法确定，钟表匠是不是就在教堂里。

"行动计划是什么？"阿米莉亚·萨克斯问，她就站在波·豪曼的身侧，他们一行人在教堂后的小巷里。贝克站在萨克斯的旁边，手放在手枪旁，眼睛来回地在街上和人行道上巡视着，萨克斯看到他的样子，便知道，贝克已经很久没有参与过战术行动任务了……也可能从来都没参加过。萨克斯还在气恼他监视自己的事，所以看到他此刻紧张得直冒汗的样子，也不怎么同情他。

罗恩·普拉斯基也在附近，他的手放在腰间格洛克手枪的枪柄上，他也神色紧张地站在那里，盯着眼前壮观而灰败的建筑。

豪曼解释说，勤务小组会将所有入口炸开，然后一起攻进去。因为门都太厚了，所以撞门器没用。但用炸药爆破时，会发出很大的响动，暴露他们的行动，邓肯便会有所准备。如果听到了爆炸声和勤务小组的脚步声，他会怎么做呢？

放弃抵抗？

很多罪犯会选择放弃。

但有一些人不会。他们要么惊慌失措，要么会产生一些疯狂念头，以为自己可以从十几个全副武装的武警包围中冲出去。莱姆事先告诉了萨克斯，邓肯的杀戮是为了复仇。萨克斯觉得，这样一个偏执的人不会选择投降。

萨克斯和一队突击小组在教堂左侧的一个入口准备行动，贝克和普拉斯基则与波·豪曼一起，留在了行动指挥点。

萨克斯的耳机中传来紧急勤务组指挥官的命令："爆破装置已安装完毕……各小组，报告，完毕。"

A、B、C小组分别报告已准备就绪。

接着，豪曼低沉而沙哑的声音传来："听我口令……五、四、三、二、一。"

爆破声与锐裂声同时响起，教堂的门全部应声炸开，巨大的爆炸声触发了周围车辆的警报器，附近的窗子也被震碎了。武警们迅速冲进了教堂。

然而，事实证明，他们刚刚担心的防御装置和陷阱都不存在。而且更糟糕的是，他们搜索整个教堂后，发现，这里连钟表匠的影子都没有。他要么是世界上最幸运的人，要么是提前预料到了警方的行动。

"看看这个，罗恩。"

阿米莉亚·萨克斯站在教堂楼上一间狭小的储藏室门口。

"简直惊悚。"年轻的警官评价道。

他说得没错。

他们面前的储藏间里，靠着石墙，摆着一排月亮脸时钟。那一张张满月人脸，正诡异地看向门外，表情似笑非笑，并不凶悍，就像是他们十分清楚你的死期，此刻正开心地给你倒计时，直到你生命的最后一秒。

所有时钟都在嘀嗒嘀嗒地响着，声音汇集在一起，让萨克斯觉得焦躁不安。

她数了数，这里还剩下五座时钟，也就是说，他带走了一座。

烧死她……

普拉斯基穿上了防护服，将格洛克手枪别在外面。萨克斯说她留在二楼做网格检查，菜鸟警探负责教堂一层的调查。文森特说过，邓肯就住在楼上。

普拉斯基点点头，有些紧张地看着黑暗的走廊和各个阴暗处。去年，因为头部伤势严重，普拉斯基的上级曾想过让他去办公室，做点文职，离开一线岗位，然而普拉斯基拒绝了，他努力从头部重伤中恢复过来，再次回到了枪林弹雨的街头生活。萨克斯很清楚，他有时会害怕。虽然每一次，普拉斯基最终都会选择去完成任务，但萨克斯能在他的眼中看出挣扎和犹豫。萨克斯知道，有些警察因为他的犹豫而不愿意同他一起工作，但萨克斯却正相反。她认为，若是一个人，每次上街执行任务时，都有心魔作祟，而每一次，他都选择直面他的心魔，用非凡的勇气去克服恐惧，那她十分愿意与这样勇敢的人一起工作。

她从来都是毫不犹豫地选择普拉斯基做自己的搭档。

然而，这种选择对她来说还有一个前提：如果，她还继续留在警局的话……

普拉斯基擦了擦掌心。虽然这里很冷，萨克斯还是看到了他掌心的汗水。菜鸟擦去掌心的汗，戴上橡胶手套。

他们开始分用各种证据收集设备，萨克斯说："喂，听说你在停车场调查探路者时,被人袭击了?"

"是的。"

"最恨这种时候。"

他笑了,他明白,这是萨克斯用自己的方式在安慰他,紧张都是正常的。他站起身,走向门口。

"嘿,罗恩。"

普拉斯基停下脚步。

"顺便说一句,莱姆说你干得不错。"

"他说了?"

虽然只是短短的一句话,但却是从莱姆口中说出来的。萨克斯说:"他当然说了。现在,去把楼下查个干净。我要抓住这个狗杂种。"

普拉斯基咧咧嘴,说道:"放心吧。"

萨克斯说:"这不是圣诞节礼物,是工作。"

然后用下巴指了指楼下,示意他开始行动。

她没有发现任何能够指向下一个被害人身份的线索,不过至少,这里有数不清的证物可以慢慢查。

在文森特·雷诺兹的房间里,她收集了十多种垃圾食品和饮料样本,还有他罪恶兽欲的证据:安全套、胶带和一些破布,应该是用来堵住被害人嘴巴的。这地方一团糟。闻起来像是一大堆脏衣服散发出来的气味。

在邓肯的房间,萨克斯发现了几本钟表学杂志(杂志上没有订阅标签)、一些钟表制造工具和其他工具(包括剪线钳,很可能就是剪短码头铁链围栏的那一把),还有一些衣服。邓肯的房间与文森特邋遢的房间截然不同,所有物品都摆放得整整齐齐,干净得有些可怕。床铺也整理得十分规整,就算是军队的教官也挑不出任何毛病。衣服全都整齐地挂在衣柜里(萨克斯注意到,衣服的标签都被剪掉了），每件衣服之间的距离间隔几乎毫厘不差。桌面上的物品按照相应的顺序摆放，角度相合。他十分谨慎，不会留下任何暴露他个人信息的痕迹。在垃圾桶底下，有两份博物馆的展出安排表，一个在波士顿，一个在坦帕市。虽然这些可以证明邓肯去过这两座城市，但这它们都不是文森特提到的，邓肯所谓的中西部老家。还有一个宠物用的粘毛器。

　　就好像他自己有一套防护服一样……

　　萨克斯还找到了一些很有可能出现在了前几个犯罪现场的线索。一卷胶带，估计会与小巷中被害人身上的胶带相吻合，同时，还有可能是用来封住码头上被害人嘴巴用的那种胶带。她发现了一把扫帚，上面沾有泥土、细沙和少量的盐。萨克斯猜测，邓肯就是用它对西奥多·亚当斯的死亡现场进行了清理。

　　房间中还有一些其他证物，萨克斯希望可以从中查出邓肯的行踪，或是关于下一个被害人的线索。一个特百惠塑料罐子中，装着一些硬币、三只比克牌钢笔、一张市中心某个停车场的收据、上东区药店的收据，还有从上东区一家酒店中拿出的一盒火柴（里面少了三根）。但所有物品上，一个指纹都没有。房间中还有一双鞋，鞋底沾着亮绿色的油漆，还有一个盛过甲醇的空玻璃瓶，空瓶子的容积刚好一加仑。

　　萨克斯没有发现指纹，但她找到了很多棉质纤维，与那辆探路者中发现的纤维颜色一样。然后，她又找到了一个装了十多副手套的大塑料袋，既没有商店标签也没有收据。塑料袋上什么图案都没有印，干干净净。

　　普拉斯基在楼下的搜查也没有太多收获。但他却有一个很奇怪的发现：在一个卫生间的马桶里，他发现了水面上漂着一层白色粉末。虽然只有经过检测才能确定这些粉末是什么物质，但普拉斯基觉得，这是灭火器中的灭火粉末，因为他后来又在后门旁边的垃圾袋中发现了一个空的纸箱，是灭火器的包装盒。普拉斯基仔细检查了纸箱，没发现任何商标能够表明灭火器是从哪里购入的。

他们不知道邓肯为什么要使用灭火器，卫生间中没有任何物质燃烧过的迹象。

萨克斯将电话打到了正在监禁中的文森特·雷诺兹那里，问他关于灭火器的事。文森特说，邓肯最近确实买了一个灭火器，但他也不知道为什么灭火器被用过了。

填好了证据监管链卡片后，萨克斯和普拉斯基来到了教堂的前门，贝克和波·豪曼以及其他警官都在那里等着他们两个走格子。萨克斯通过无线电联系了莱姆，并把他们在现场的发现告诉了他和塞利托。

萨克斯对莱姆说着现场发现的证据，听到耳机里的莱姆正指挥汤姆将这些发现一条一条地加在白板上的证据列表中。

"波士顿和坦帕？"刑侦专家问道，他在说那两张博物馆的展览表，"文森特也许错了，等一下。"莱姆让库柏在人口统计局和美国车辆管理局中搜索了这两个城市中所有叫邓肯的人，但搜索结果显示，那些市民的年纪与罪犯年纪不符。

刑侦专家思索了一阵，说道："灭火器……我猜他大概是用它做了一个燃烧装置出来，用酒精做燃料。我们在露西·里克特的公寓中也发现了甲醇，他就是要用这个烧死下一个被害人。而灭火器有什么特点？"

"猜不到，放弃。"萨克斯回答道。

"人们对灭火器视而不见。你可以把灭火器随便放在任何一个人身边，他都不会起疑。"

贝克说："要我说，我们现在就把所有能找到的线索都集中起来，然后分类调查，也许就能找到下一个被害人的线索。我们现在有收据、火柴还有鞋子。"

莱姆骤然在对讲机中提高了音量："不管你们要干什么，都得加快速度。如果文森特说得没错，他现在若是不在教堂，就已经去找下一个被害人了，这会儿也许已经到了。"

钟表匠案

犯罪现场一

地点：
- 二十二大街，哈得孙河轮船修理码头。

被害人：
- 身份不详。
- 男性。
- 推测为中年或是老年人。可能患有心脑血管疾病（血液中发现抗血凝剂）。
- 血液中无其他药物成分，或疾病感染情况。
- 海岸警卫队和紧急勤务小组在纽约港搜寻尸体和证据。
- 调查失踪人口报告。

凶手：
- 见下文。

作案手法：
- 凶手将被害人悬在河水上方甲板上，割破其手指或手腕，直到被害人落水。

作案时间：
- 周一下午六点至周二早上六点之间。

证据：
- 被害人血型为 AB 阳性。
- 断裂的指甲，未做保养，形状宽大。
- 锁链围栏被钳断，使用普通钢丝钳，无法追踪。
- 时钟。见下文。
- 诗文。见下文。
- 甲板上有指甲抓痕。
- 无指向性痕迹，无指纹，无脚印，无轮胎印。

犯罪现场二

地点：
- 柏树街旁的巷子内，靠近百老汇大街，位于三个商务大厦（关门时间分别是晚上八点半和晚上十点）和一个政府办公楼后方（关门时间是下午六点）。
- 巷子只有一个出口。宽十五英

尺，长一百英尺，地面铺有鹅卵石。尸体离柏树街十五英尺。

被害人：
- 西奥多·亚当斯。
- 住在炮台公园。
- 自由文案。
- 无已知仇人。
- 无州或联邦调查局案底。
- 寻找与周围建筑大楼的关联，无发现。

凶手：
- 钟表匠。
- 男性。
- 没有钟表匠相关数据信息。

作案手法：
- 将被害人从车内拖曳至小巷中，在被害人上方悬挂金属横梁，最终碾碎被害人喉咙。
- 等待法医尸检结果。
- 无性行为证据。

死亡时间：
- 大约在周一晚上十点十五分至十一点之间。等待法医检验确认。

证据：
- 时钟。
- 不含爆炸物、化学或生物制剂。
- 与码头第一现场发现时钟相同。
- 阿诺德制造生产，制造商地址位于马萨诸塞州的弗雷明翰。目前正在打电话询问经销商和零售商。
- 凶手在两个现场均留下诗文。
- 电脑打印字体，普通打印纸，惠普打印机及打印墨水。
- 诗文：

  寒冷满月高悬于空，
  无言死尸沐浴银光，
  死将至，生将终。

  ——钟表匠
- 未发现匹配诗文；推测为凶手原创。
- 冷月出自阴历，为死亡之月。
- 被害人口袋中有六十美元现金，序列号不可追踪；无指纹。
- 现场发现细沙，推测为凶手用来掩盖痕迹的干扰手段。普通沙子。因为凶手要回到现场吗？
- 金属横梁，重八十一磅，两端带有孔洞。小巷口施工单位并未使用这种金属横梁，未找到

其他来源。
- 胶带，一般胶带，但切口整齐，不同寻常，每截胶带长度相等。
- 细沙中发现硫酸铊（用于灭鼠药）。
- 被害人外套上的土壤中含有鱼类蛋白。
- 找到极少痕迹。
- 褐色纤维，推测来自车内地垫。

其他：
- 汽车：
  - 推测为福特探路者，车龄约为三年，内有褐色地垫。
  - 周二上午调查现场周围车辆没有任何异常，周一晚间没有车辆违停。
- 有待召妓热线问询现场附近的卖淫者记录，寻找潜在目击者。
- 无更多线索。

与哈勒斯坦因的对话

凶手：
- EFIT技术合成了钟表匠外貌。五十岁左右，圆脸，双下巴，大鼻子，不寻常的浅蓝色眼睛。身高超过六英尺，中长的黑色头发，未佩戴首饰，黑色衣服，姓名未知。
- 熟知钟表知识，知道哪里有哪些名表在最近的拍卖会卖出，哪些名表正在市里展出。
- 威胁店主保密购买信息。
- 共买了十座时钟，为了杀十个人？
- 现金付款。
- 要求时钟上有月相，且有响亮的嘀嗒声。

证据：
- 时钟购买于哈勒斯坦因钟表店，位于熨斗区。
- 钟表匠所付现金上没有指纹，钞票序列号不可追踪。纸币上没有痕迹。

犯罪现场三

地点：
- 泉水街四百八十一号。

被害人：
- 乔安娜·哈珀。
- 无明显犯罪动机。
- 不认识第二位被害人。

凶手：
- 钟表匠
- 同伙：
  - 很可能是被害人在早些时候工作室发现的一名男子。
  - 白人，体格高大。戴墨镜，奶白色防风大衣，戴帽子。驾驶一辆 SUV。

作案手法：
- 撬锁进入。
- 袭击方式未知。很可能将工作室内扎花细铁线作为凶器。

证据：
- 含有鱼类蛋白的土壤来自乔安娜的花艺工作室（作为兰花花肥使用）。
- 硫酸铊来自附近区域。
- 花艺工作室的扎花铁线被剪成相等长度。作为杀人凶器使用？
- 时钟：
  - 与其他两座相同，不含硝酸。
  - 没有纸条或诗文。
- 现在没有发现脚印、指纹、武器等。
- 黑色斑点：屋顶用沥青。
- 用 ASTER 热成像技术在纽约市内寻找可能的来源地点。

其他：
- 凶手会在作案前检查被害人的状况。出于某种原因而选择了被害人，是什么原因？
- 有警用对讲机。改用加密频道。
- 汽车：
  - 棕褐色 SUV。
  - 车牌号码未知。
  - 已发出紧急车辆定位指令寻找。
  - 案发区域共有四百二十三名棕褐色 SUV 车主。与通缉令对比搜查发现两名车主。其中一位年纪不符，另一位因贩毒在狱中服刑。
  - 车主为狱中服刑男子。

钟表匠的探路者

地点：
- 哈得孙河与休斯敦大街交会处停车场，二楼。

证据：
- 探路者的车主，就是此前查到的正在服刑的犯人。车辆已被没收，等待拍卖，在停车场中被偷走。
- 停在了相对开阔的环境中，附近没有出口。
- 车内发现食物残渣，残渣来自玉米片、薯片、脆饼和巧克力，还有一些花生酱饼干留下的碎屑，有苏打水（不是可乐）的痕迹。
- 一盒雷明顿点三二口径自动手枪子弹，缺少七颗。罪犯所用手枪可能是奥陶加MKⅡ型手枪。
- 书——《终极审讯技巧》或为钟表匠行凶杀人蓝本。出版方处未得到有用信息。
- 一撮黑灰相间的毛发，初步推测为中年女子头发。
- 车身内外没有发现任何指纹。
- 肉色棉质纤维来自手套。
- 后座沙粒与柏树街小巷中使用的细沙相符。
- 发现十三码平底鞋鞋印。

犯罪现场四

地点：
- 格林尼治村，巴洛大街。

被害人：
- 露西·里克特。

罪犯：
- 钟表匠。
- 同伙。

作案手法：
- 计划杀人手法未知。
- 闯入与逃跑路线尚不明确。

证据：
- 时钟：
    - 与之前发现的时钟相同。
    - 将之摆放在了浴室。
    - 无爆炸装置。
    - 时钟沾有甲醇，无其他痕迹。
- 没有留下字条或诗。
- 近期没有使用沥青翻新屋顶。
- 没有指纹或鞋印。
- 无明显痕迹。
- 发现来自外套或大衣毛领上的羊毛纤维。

文森特的口供与教堂搜索信息汇总

地点：
- 第十大道与第二十四大街交会处。

罪犯：
- 钟表匠：
    - 名叫杰拉德·邓肯。
    - 来自中西部的商人。从事的具体行业尚不清楚。
    - 妻子死于纽约；为妻复仇而杀人。
    - 携带一把手枪和裁纸刀。
    - 手机不可追踪。
    - 收集古旧时钟和手表。
    - 在钟表匠组织与钟表学组织中进行了搜索。
    - 尚未得出结果。
    - 国际刑警处和罪犯信息数据库中均没有相关消息。
- 同伙：
    - 文森特·雷诺兹。
    - 临时工。
    - 居住在新泽西。
    - 有性骚扰犯罪记录。

证据：
- 发现另外五座时钟。与之前发现的时钟一样，少了一座。
- 在文森特房间内发现：
    - 垃圾食品、饮料。
    - 安全套。
    - 胶带。
    - 破布。（堵嘴用？）
- 在邓肯的房间内发现：
    - 几本钟表学杂志。
    - 一些工具。
    - 波士顿和坦帕市博物馆展览表。
    - 更多胶带。
    - 沾有泥土、细沙和盐的旧扫帚。
    - 三只比克钢笔。
    - 一些硬币。
    - 市中心停车场的停车收费收据。
    - 上东区药店的收据。
    - 上东区一家酒店的一盒火柴。
    - 鞋底沾有亮绿色油漆的鞋子。
    - 一加仑空瓶，曾装有酒精。
    - 宠物用粘毛器。
    - 米黄色手套。
- 未发现指纹。
- 使用过的灭火器。

- 灭火器包装纸箱，无内容物。
- 将灭火器改装成燃烧装置，用酒精做燃料？

其他：
- 在教堂附近杀死一名目击者，是学生。
- 当地分局正在核实。
- 驾驶一辆偷来的深蓝色别克。
- 杀死了原车主。
- 搜索车辆失窃、凶杀和失踪人口报案信息。
- 发布了紧急车辆定位指令；目前未有发现。

    莎拉·斯坦顿正冒着严寒，快步走在人行道上，她正在赶回那栋位于中城区的办公大楼。她就在那里上班。莎拉的手中紧紧握着一杯星巴克拿铁咖啡，还有一包巧克力饼干——一种罪恶的享受，但她今天的工作会很忙，就当是奖励自己的辛苦吧。

    不过，倒不是说她需要一些美味的激励才能回去继续工作，她喜欢这份工作。莎拉是一家大型地板与室内装潢设计公司的预算经理，还是一个八岁男孩的母亲。生过孩子后，她比自己计划返回职场的时间早了几年，再次开始工作，这都是因为那次痛苦的离婚经历。她从公司的接待员做起，一路飞升，很快便成了公司里的预算管理员。

    莎拉的工作要求她整日和数字打交道——但公司给她的待遇很好，她与周围的同事相处得都不错（好吧，大多数还是不错的）。而且，因为她的工作内容，使她经常需要出去见客户，所以她的工作时间很灵活。这一点很重要，因为她每天都要给孩子穿好衣服、做好上学的准备，然后在上午九点的时候送他去第九十九大街。接着，她还要赶来中城区上班。她的时间表常常因为大都会的交通管理而不得不做出调整。今天，她得工作十多个小时；明天，她可以休息一整天，带儿子去为圣诞节买些节日用品。

    莎拉在办公楼的后门刷卡，然后推门走了进去，之后，她便开始了她每天下午的健身活动——步行上楼，走去她的办公室，而不乘坐电梯。公司的办公区占满了整个大楼的第三层,而莎拉的办公室却是在二楼的一个小房间。她的办公室很安静,只有四个员工,但莎拉很喜欢这里。公司的领导们很少会屈尊来这里,所以,她可以不受打扰,安心工作。

她走上二层,停下了脚步。一边伸手拉门,一边再次想着那个困扰她多时的问题:为什么办公室的门从来都不锁?就连靠近楼梯口这里都不锁一下。要是有心怀不轨的人想要进来,那可太容易了——

莎拉突然被吓了一跳,她听到了一阵微弱的金属敲击声。而四下张望后,她什么都没看到。

而且……刚刚是否还有呼吸声?

有人受伤了?

她要不要去看看?还是去叫保安?

"有人在吗?有人吗?"

回应她的只有一片寂静。

莎拉想,也许根本什么都没有。然后她迈步穿过走廊,走向办公室的后门。莎拉打开了门锁,沿着公司长长的走廊向前走去。

进入办公室后,她脱下了外套,将咖啡和饼干放在桌上,然后坐在办公桌前,看向她的电脑。

真奇怪,莎拉想着。电脑屏幕上显示的是"日期与时间设定"窗口。

这是 Windows XP 操作系统的应用程序,你可以用它来设定电脑的日期、时间和时区。程序的界面是一个标有当前日期的日历,截面右侧有两个时钟,一个是带有两个指针的模拟时钟,一个是数字时钟,都在一秒一秒地运行着。

她去星巴克买咖啡之前,这个界面还不在屏幕上。

它是自己跳出来的吗?莎拉想着。为什么呢?也许有人在她离开的时候用了她的电脑,但她想不到是谁,也想不到这么做的原因。

也不是什么大事。莎拉将界面关掉,向前挪了挪椅子。

她下意识地看了眼桌子底下。那是什么东西?

莎拉看见她的办公桌下立着一只灭火器。这东西之前没有。公司总是做这种莫名奇妙的事情。毫无征兆地开始安装新灯具、实行新的应急疏散计划。

现在，又搞来了灭火器。

大概又是反恐意识的产物。

莎拉飞快地瞄了一眼儿子的照片，照片中，儿子的笑脸让她得到了莫大的安慰，她将包放在桌子下面，打开了饼干的包装袋。

警督丹尼斯·贝克缓步走在一处偏僻的街道上。他所在的位置是一片很大的工业区，在地狱厨房的西侧。

警员们按照他的方法，将所有从钟表匠藏身的教堂里找到的证据分类整理，开始了各自的分散调查。贝克说他记得有一家仓库就是涂了那种晃眼的绿色油漆，与钟表匠房间里鞋子上的油漆颜色一样。于是，其他人纷纷赶去追查别的线索，他一个人来到了这里。

高大的建筑在街道两旁延伸开来，阴森森的。这里人迹罕至，即使是在明亮的阳光下，这条街依旧暗淡而荒凉。大楼墙上，离地两米左右高的位置，被涂上了各种涂鸦，而楼房的窗子，也碎了大半——还有些窗子的玻璃看起来像是被子弹击碎的。建筑的顶端挂着有些褪色的标识，用老式的打印字体写着：普林斯顿运输与储存仓库。

仓库的前门果真涂着那种亮绿色的油漆。门是锁着的，并且还绑上了铁链，无法打开。但贝克找到了一扇侧门，那扇门有一半都被垃圾箱挡住了。侧门没有锁，他四下看了看街上的情形，随后打开门，走了进去。贝克开始向前走去，这地方十分昏暗，只有外面斜斜透进几缕阳光。空气里满是腐烂的纸箱气味，还有霉味和热油的味道。他拔出了手枪，握枪时感觉有些别扭，因为他虽然做了多年警察，但一枪都没开过。

静静穿过走廊，贝克来到了建筑的主要储藏区域。一个巨大而开阔的空间，只是地面上满是混着油污的水坑和许多垃圾，同时他还有些恶心地发现了地上丢弃的大量安全套。这里大概是你能想到的最不浪漫的幽会场所了。

这时，贝克发现，在一排靠墙的办公室里，一束灯光透了过来。他的眼睛已经渐渐适应了这里昏暗的环境，所以随着他向前靠近，他也看得更加清楚，那是在一个小房间里亮起的一盏台灯。除了这个，他还看到了别的东西。

一座月亮脸时钟——钟表匠的名片。

贝克继续向前。

但这里太暗了，他一时没注意。踩到了一摊油污，狠狠地摔了一跤，他倒吸了一口气，侧身倒在地上，手中的枪也摔出去好远。贝克痛苦地呻吟着。

就在这时，一个男人从侧面的走廊快速出现在了贝克的身后。

贝克抬头，刚好与男人的视线相对。那是杰拉德·邓肯，钟表匠的眼睛。

杀手弯下腰。

他伸手拉起了贝克，问道："你没事吗？"

"不小心，差点摔死自己。谢了，杰瑞。"

邓肯走到一边，捡起贝克的手枪，递给了他，笑着说道："你根本用不上这东西。"

贝克接过枪，说："除了你，在这里我也不知道还会碰上谁，总是小心为妙，这地方阴森森的。"

钟表匠走向那间办公室，口中说着："进来吧，我跟你具体说说，她身上会发生些什么。"

"会发生些什么"的意思是这个男人将要用什么方法杀人。

而他口中的"她"，指的是一位纽约警察局的警探，名叫阿米莉亚·萨克斯。

29

贝克坐在仓库办公室的一把椅子上,伸手掸着裤子上的污渍,那是他刚刚摔倒时蹭到的。

这可是意大利货,贵得要死,真他妈倒霉。

贝克对邓肯说:"我们抓到了文森特·雷诺兹,而且搜查了教堂。"

对此,邓肯当然是知情的,毕竟,他亲自打了举报电话,告诉警方他看见钟表匠的同伙推着一辆购物车,在西村的大街上晃悠(不过贝克很惊讶,凯瑟琳·丹斯竟然在邓肯报警卖掉搭档之前就识破了文森特的伪装,并设法将其抓获)。

邓肯还知道,强奸犯一定扛不住警方施压,最终会说出教堂的事情。

"比我预测的时间要久一点,"贝克说,"不过他还是没挺住,都招了。"

"他当然挺不住,"邓肯说,"不过是个可怜虫罢了。"

文森特的被捕是邓肯一手策划的。邓肯需要警方继续以为他是个为妻复仇的变态杀人狂,所以他要提供给警方一些线索,这些话由文森特说出来再合适不过了。这样一来,警方就查不到邓肯的真实身份——一个职业杀手。而在他的整个计划中,文森特的供词是关键,他要确保文森特能够将警方的调查方向引到别处。

而这个计划十分精妙，如同钟表一般。计划的真正目的，是阻止阿米莉亚·萨克斯对一一八分局腐败警察勒索团伙的调查。因为贝克就是一一八分局犯罪链的主谋。

丹尼斯·贝克出身于一个警察世家。他的父亲是交警，因为从地铁站台阶上摔了一跤，早早便退休了。他的一个哥哥在教养院上班，叔叔在萨福克郡的一个小镇警局里工作，贝克一家的老家就在那里。一开始，贝克对警察这一职业并不感兴趣。年轻时，一表人才的他只想经商，去赚大钱。但他的废品回收生意失败了，变得一贫如洗。贝克没办法，从长岛搬到了纽约，改行做了警察。

但由于他是很晚才干了警察这一行，尽管他学足了电视里警察那副神气的样子，还是觉得自己不适合做警察。领导的不重视和无趣的同事都让他厌烦，他深厚的警察世家背景也帮不上他（他的亲戚家人都属于基层警察）。虽然做警察可以让他衣食无忧，但他不甘心就这样缩在角落里，做一个无名小卒。

所以，他还是决定，要去赚大钱。但并不是去做生意赚钱，而是用他的警徽。

他第一次敲诈那些富商时，以为自己会心生歉疚。

然而，他没有丝毫感觉。

他唯一在乎的是如何保持奢华的生活品质——包括高档红酒、珍馐佳肴，还有一票美丽的女人——所以每周从韩裔经销商或是皇后区比萨店的胖老板那里得来的几千块钱，对他来说，完全不能满足需求。于是，他和他之前的搭档，还有一一八分局的另外几个警察，一起想到了一个绝妙的敲诈陷阱。贝克和他的同伙会在警局的证物室里偷出极其少量的毒品，或是直接在街上缴获一些可卡因或海洛因。然后，将毒品栽赃到那些住在曼哈顿的富家公子或小姐身上。之后，贝克就会找上这些孩子的父母，告诉他们，只要愿意上交六位数的罚金，他就能让这些富家子弟的逮捕记录消失。如果他们拒绝合作，那他们的孩子就要进监狱。贝克还时不时地会直接将毒品栽赃到这些富人身上。

不过，他们不会直接将钱放进自己的口袋，他们会安排这些人把钱用一种看似普通的方式交出来。比如弗兰克·萨科斯奇，是因为"生意出了问题"，损失了一大笔钱。或者是像本杰明·克莱里那样，在拉斯维加斯或是大西洋城赌博"输了一大笔钱"。这种方式更加合情合理、掩人耳目，毕竟这些渠道的金钱损失不会让外人起疑。

可丹尼斯·贝克犯了一个错误。他为了图省事，没有再花心思去找新的敲诈目标，毕竟这种人也不是满大街都有的。所以他又找上了之前的"客户"，打算再次敲诈一笔。

这其中，有些人再次给了钱。但还有两个人——萨科斯奇和克莱里——是两根硬骨头，贝克第一次找上他们时，他们为了息事宁人，都同意出钱，但是，二人都很坚决地拒绝了贝克的第二次勒索。他们中一个说要去报警，另一个说要去找媒体曝光他。所以，十一月份的时候，贝克和一一八分局的另一个警察将萨科斯奇绑到了皇后区一处郊外的工业区，萨科斯奇刚好有一位客户在那片区域开工厂。他们当场将他射杀，然后将现场伪装成抢劫杀人的样子。几周后，依旧是贝克和这个警察，闯进了克莱里的别墅，用绳子将他勒死，然后，将尸体挂在了阳台上，伪造了自杀现场。

他们还将克莱里家中所有的个人文件，包括书籍和日记——任何可能将他们的死与贝克等人联系起来的东西，全部偷走或销毁了。警局中的消息称，克莱里的案件没什么问题，但是萨科斯奇案件的案宗里有一些证据，若是被哪个有心的警探看见，怕是会引出麻烦。于是，团伙中的一人便设法销毁了这份案宗。

贝克以为，这两人的死亡不会引人注意，他们还可以继续他们的敲诈陷阱——直到一名年轻的女警探出现。三级警探阿米莉亚·萨克斯。她认为本杰明·克莱里不会自杀，于是开始着手调查这次死亡事件。

他们没有别的办法能够阻止她，只有将她除掉。如果萨克斯死了,或是重伤残疾了,贝克认为,也就不会有人会像她这般执着地调查这起案子了。当然,问题是,如果萨克斯死了,林肯·莱姆会立即将她的死亡与她正在调查的圣詹姆斯酒吧案联系起来,那样一来,莱姆和塞利托一定会将案件彻查到底。

所以,贝克需要除掉萨克斯,但同时,要确保她的死与一一八分局的犯罪调查无关。

贝克在一些相识的犯罪组织里打探了几次,很快,一个名叫杰拉德·邓肯的职业杀手便联系上了他。杀手很擅长计划多重犯罪,并将动机和疑点从他的雇主身上转移到别处。"警方一旦发现了你的犯罪动机,你就插翅难逃了。"邓肯解释说,"没有动机,就能洗脱嫌疑。"

他们谈好了邓肯的酬劳——天啊,这价钱可真不便宜——之后,邓肯便开始着手计划整个行动了。

邓肯开始物色给警察送假消息的替罪羊,他要让自己钟表匠的形象在警察那里取得一定的可信度。而文森特·雷诺兹看起来就是个不错的傀儡,他完全相信了邓肯讲的故事——以为邓肯真的如他所说,是一个因为妻子的死,而向冷漠市民展开复仇的疯子。

然后,就在昨天,邓肯将计划付诸行动。他伪装成钟表匠,杀死了最初的两位被害人,被害人都是随机选择的,一个是从格林尼治村绑来的,然后将人带到码头杀死。另一个是几小时后在小巷里遇到的。贝克设法让萨克斯参与到了这起案件的调查中,然后,又出现了两起钟表匠犯下的谋杀未遂案件——他有没有成功杀死被害人并不影响案件的性质,他们依旧将他视为极其危险的连环杀手,需要尽快被阻止。

这时,邓肯开始了计划的第二步:让文森特去袭击凯瑟琳·丹斯,这样一来警察就会相信,钟表匠并不会对杀死警察有什么顾忌,从而设计让文森特被捕,向警方供出钟表匠。

现在,是计划的最后一步了:钟表匠会杀掉另外一名警察,阿米莉亚·萨克斯,她会死在一个一心复仇的连环杀手的手里,和一一八分局的案件调查没有一丝关联。

这时,邓肯问道:"她发现你调查她了?"

贝克点了点头:"你说得没错,这贱人很机灵。但我按你说的说了。"

邓肯预料到,除了身边的亲信,萨克斯对任何人都会产生怀疑。所以他对贝克解释说,当有人怀疑你时,你必须对你的行为做出一个合理且性质没有那么严重的解释。你只需要避重就轻,承认一小部分错误,并做出悔悟的样子,人们就会相信你,你也就逃脱了嫌疑。

鉴于邓肯的建议,贝克向一些警官打探了些萨克斯的消息。知道萨克斯过去曾与一位腐败警察过从甚密。之后,他伪造了一封来自警局总部的邮件,捏造了调查萨克斯的理由,萨克斯不会对他的这种解释感到开心,但至少她没有再怀疑他的所作所为是否另有深意。

"计划是这样的,"邓肯说道,将一幅建筑平面图拿给贝克看,那是一栋位于中城区的办公大楼,"最后一位被害人就在这里上班。她叫莎拉·斯坦顿。在二楼的一间小办公室里办公。我选择这里,就是看中了这里的地形,很完美。因为警方已经发布了通知,现在大家都知道时钟就是钟表匠的名片,所以我没在那儿放时钟——但我在她的电脑桌面上打开了日历和时间设定程序。"

"干得漂亮。"

邓肯微笑:"我也觉得不错。"杀手语调轻柔,言辞谦和,但语气里充满了得意,像是一个艺术家展出他惊人的画作、精美的家具或动人的乐器……或者,一只手表。贝克心想。

邓肯解释说,他之前乔装成一个建筑工人,等莎拉出门后,把灭火器放到了她的桌子底下,那只灭火器已经被他改装过了,里面装满易燃的酒精。几分钟后,贝克会打电话给莱姆或塞利托,说他发现了灭火器燃烧弹放置的位置。那时,紧急勤务小组和防爆组就会赶过来,萨克斯必然也在其中。

"我已经将燃烧弹的触发装置打开了,只要莎拉碰到它,它就会向其喷洒酒精并燃烧起来。酒精燃烧极快,所以莎拉可能会被烧死或是烧伤,但不会将整个办公室点燃。"杀手继续说道,也有可能,警察会先一步发现燃烧弹,将其拆除,救下那女人一命,不过,那也没关系。邓肯真正的目的,是让阿米莉亚·萨克斯来办公室调查现场。

莎拉的办公室位于狭窄走廊的尽头。萨克斯会像往常一样,一个人搜查现场。只要她转过身,等在她身侧的贝克就可以将她和在场的其他人开枪射杀。

贝克要用的是一把点三二口径的手枪,子弹就来自邓肯故意留在那辆SUV后座上的子弹盒。杀掉萨克斯之后,贝克会打破现场最近的那扇窗,窗子下方五米左右有一条小巷。他会把枪扔出去,做出钟表匠破窗而逃,并将手枪扔在了巷子里的假象。而这把枪并不普通,它所用的子弹与探路者车中发现的子弹一样。这样一来,人们就会认为是钟表匠杀死了萨克斯。

萨克斯死后,针对一一八分局开展的警察腐败罪行的调查,也会随之停止。

邓肯说:"最好让其他警察先发现她的尸体,不过若是你这时再从他们身后冲过来,扒开人群,对她进行施救,那样效果会更好。"

贝克回他说:"你真是什么都想到了,是不是?"

"钟表的精妙之处,"邓肯看着那座月亮脸的时钟,说道,"就在于它每一个零件的作用都恰如其分,不会多也不会少。"而后,他用轻柔的声音说道:"纯粹而完美,不是吗?"

阿米莉亚·萨克斯和罗恩·普拉斯基步履艰难地行走在曼哈顿

市中心寒冷的街道上。她此刻心里正想着,有时候,案件调查中的最大障碍,并非来自罪犯本身,而是来自那些旁观者、目击者和被害人。

他们正在追踪教堂里发现的另一条线索,那张停车场的收费收据,停车场就在第一个被害人遇害的码头附近。但那里的管理员无法提供任何有用的信息。

"女士,不,没见过他。我不记得见过像他的人。阿哈迈德——他也许见过这人……哦,但是他今天不在。不,我不知道他的手机号……"

所以,什么都没发现。

萨克斯感到很沮丧,她对着停车场旁边的一家餐厅点了点头,说道:"他也许去过那里,我们去试试吧。"

就在这时,她的对讲机里传来了塞利托的声音:"阿米莉亚,收到了吗?"

萨克斯一手拉住了普拉斯基的手臂,然后调大了音量,这样他们两个都能听清。随后说道:"收到请讲,完毕。"

"你们在哪里?"

"市中心。停车场没有发现任何线索,我们打算去附近的几家餐厅排查。"

"不必了。马上来三十二大街和第七大道。丹尼斯·贝克发现了线索。似乎下一个被害人就在那边一栋办公楼里。"

"被害人是谁?"

"现在还不确定。我们大概需要搜查整个大楼。消防队和防爆组已经出发了——他要烧死这个女人。天啊,希望现在还来得及。总之,你们尽快赶过去。"

"我们十五分钟之后到。"

消防队派出了二十几个消防员赶往中城区这座二十七层高的大楼。同时,波·豪曼也派了五个紧急勤务小组队伍,都是加强队伍,每队六名武警,而不是常规的四人一队,开始对大楼进行逐层搜索。

因为节日的关系,街上的交通十分拥挤,萨克斯驾车用了差不多半个小时才到达现场。虽然也不算太晚,但对萨克斯来说还是有很大不同的:她没能跟随第一队勤务小组进入大楼。阿米莉亚·萨克斯虽然是一名刑侦警探,但她一直喜欢参与作战小组的任务,就是那种第一批破门而入追捕罪犯的行动。

如果他们能在这里找到钟表匠,那这可能是在她离开警局前,最后一次捉到钟表匠的机会。她知道,在阿盖尔公司她会有很多刺激的任务,但警局才是战术行动最多的地方。

萨克斯和普拉斯基下车后快速跑向了办公大楼后门的指挥处。

"有钟表匠的线索吗?"萨克斯问豪曼说。

豪曼摇摇头说:"还没有。但我们在大厅的监控路线上看见了一个人,长得和那张合成图片很像,拎着一个包。但他现在还在不在这里,我们也不知道。这栋大楼有两个后门和两个侧门,而且都没安警报装置,门口也没有监控。"

"你疏散大楼里的人了吗?"一个男人问道。

萨克斯转身看去,发现问话的人正是丹尼斯·贝克警探。

"刚开始疏散。"豪曼说道。

"你怎么发现他的?"萨克斯问贝克。

贝克说:"我找到了那间门上刷绿漆的仓库——钟表匠就是在那儿计划这次犯罪的,我在那里发现了一些笔记和一张这栋办公楼的地图。"

萨克斯还在生贝克的气,但任何一个在案件调查中做出突破性贡献的人,都值得肯定,于是,她对贝克点了点头,说:"干得好。"

"这没什么了不起的,"贝克微笑着回答道,"不过是做了一些调查,外加一点好运罢了。"他一边戴上手套,一边抬头看向面前的高楼。

30

莎拉·斯坦顿正坐在办公室隔间里,这时,头顶上的大楼公共通告系统里突然传来了一阵刺耳的声音。

办公室里一直流传着这么一个笑话,他们说,公司在扬声器上安装了过滤器,让传出来的声音变得叽里咕噜的。

莎拉的目光回到自己的电脑上,大声问道:"他们在说什么?我听得没头没尾的。"

"一个什么通知吧。"一个同事回答她说。

这不是废话吗?

"每天都有通知,没完没了,真让人烦。是在说消防演习吗?"

"不知道。"

不一会儿,莎拉便听见了消防警报的长鸣。

看来就是消防演习了。

自"九·一一"事件以后,这种演习每个月基本都会有一次。最开始那几次,莎拉还会认真参与演习,像其他人一样,顺着楼梯"安全撤离"。但今天实在太冷了,零下五度左右,而且,她今天的工作量实在太多。再说了,就算真的有火灾发生,那现在门口肯定堵满了人,她完全可以跳窗逃生,毕竟,她的办公室才在二楼。

于是,莎拉继续盯着自己的显示屏,没有动。

但这时,莎拉听到走廊尽头传来了讲话声,而且正朝着她的方向靠过来。声音显得有些急切，而且，还有其他的声响——金属器具的碰撞声。是消防员的设备发出的响动吗？莎拉想着。

也许真的出了什么事。

沉重的脚步声从莎拉的背后靠近过来。她回过头去，看到几个身穿深色制服的警察，还带着枪。警察？哦，天哪，这里有恐怖袭击？在一瞬间，她只想到儿子的学校把他接出来。

"我们在疏散这座大楼。"警察喊道。

"是恐怖分子吗？"有人问道，"是又出现恐怖袭击了吗？"

"不是。"警察没有过多解释，只是说，"所有人，立刻有序离开。带上你们的大衣，其他东西都不要带。"

莎拉松了口气，她不用担心儿子了。

另一名警察大声说："我们正在找灭火器。这里有灭火器吗？如果有，不要擅自触碰，及时报告给我们。我再说一遍，不要触碰它们！"

这么说来，是真的发生火灾了吧。莎拉一边猜测着，一边拿起大衣穿上。

然后，她又有些不解，为什么消防部门要用公司的灭火器灭火？他们难道没有吗？而且，为什么他们这么紧张，不希望我们来用灭火器呢？毕竟，即使没经过特别的训练，我们也可以使用灭火器啊。

我再说一遍，不要触碰它们！

这时，一个警察正在搜索莎拉旁边的办公隔间。

"哦，警官？你想找灭火器是吗？"她问道，"我这里有一个。"

随后，莎拉将沉重的红色罐子从地板上提了起来。

"不！"警官大声喊着，扑向了她。

萨克斯的耳机中传来了巨大的命令声，让她耳朵都刺痛起来：

"消防和封锁队,二楼东南角办公室。朗汉姆地板与室内装潢设计公司。立刻行动!快,快,快!"

立刻,十几名消防员和防爆组的警员将设备扛在肩上,快速冲进了大楼的后门。

"汇报情况?"豪曼对着麦克风大声问道。

但他们只听到了在巨大的消防警报声中的嘈杂响动。

"有爆炸装置吗?"紧急勤务小组的组长再次急切地问道。

丹尼斯·贝克抬头盯着二楼的位置,微微地摇着头。

"如果真是酒精燃烧弹,"消防部的一个管理员说,"燃烧过程中不会产生烟雾,除非火焰二次引燃了其他物品。"他又平静地补充道,"或是引燃了头发和皮肤。"

萨克斯握紧拳头,继续盯着二楼的窗子,那个女人现在正在痛苦地死去吗?就算有警察和消防员在她身边,也救不了她吗?

"快点吧。"贝克低声说着。

然后,无线电中传来了一个声音:"我们已经发现装置了……已经……是的,已经找到了,没有发生爆炸。"

萨克斯闭上了眼睛。

"谢天谢地。"贝克说道。

此时,人群也开始从大楼中走了出来,紧急勤务组的巡警们开始拿着钟表匠的电脑合成头像,在人群中一个一个地对比寻找。

一名警官将一个女人带到了萨克斯、贝克和普拉斯基这边,塞利托也走了过来。

莎拉·斯坦顿,也就是这次袭击的潜在被害人,向他们交代说,她在自己的办公桌下发现了一个灭火器。之前她并没有见过这东西,也没有看见是谁把它放在那里的。办公室里有人看见一个工作人员在附近出现过,但是记不得那人的具体样貌,也想不起来那人的去向,且没有认出钟表匠的合成照片。

"装置的情况?"豪曼问道。

一名警官在无线电中报告说:"装置上没有定时器,但灭火器上之前的压力阀不见了,那里可能就是引爆装置。而且,我能闻到酒精的味道。防爆组将它收进了防爆箱。他们会将其带回罗曼德半岛进一步调查,我们还在搜查罪犯。"

"有发现吗?"贝克问。

"没有。楼里有两个消防楼梯和多个电梯,他可以从其中任何一个通道逃走。且楼层中还有四五家别的公司的办公室,他也可能藏进了其中一家公司。我们会在排查过所有的引爆装置后,快速搜索以上位置。"

萨克斯问了莎拉一些问题,随后打给莱姆,并告知他当前的进展。莎拉并不认识其他几位被害人,也从没听说过杰拉德·邓肯这个人。她很难过,这个男人的妻子就死在自己的公寓楼外,虽然她不记得在那附近发生过任何重大的交通事故。

最终,豪曼说,他的人已经完成了对大楼的搜索。钟表匠逃跑了。

"见鬼,"丹尼斯·贝克嘟囔着,"差一点就能抓到他了。"

听到这个消息,莱姆也有些泄气:"好吧,去调查一下现场,有什么发现,及时告诉我。"

行动组的任务结束了。豪曼派了两队人留守在那家仓库周围,邓肯曾将此地作为行动基地,也许还会再次出现。萨克斯穿上了防护服,提起了一只装有证据收集和保存装置的金属箱。

"我来帮你。"普拉斯基说着,也穿上了白色连体防护服。

萨克斯将手中的箱子递给了他,自己又拿起了一只。

到达二楼之后,萨克斯停下脚步,先是搜索了走廊。拍了几张照片,然后,进入了朗汉姆公司,走向莎拉·斯坦顿的办公地点。

萨克斯和普拉斯基打开了各自的箱子,拿出了基础证据收集装备:塑料袋、试管、棉签,还有用于提取各种痕迹、电子脚印、隐性指纹的化学试剂和装备。

"我能做点什么?"普拉斯基问道,"需要我去楼梯那边调查一下吗?"

萨克斯思索了片刻。楼梯那边肯定是要调查的,但是她想最好还是由她一个人去调查。因为对钟表匠来说,那里是最有可能的进出口,她不想放过任何蛛丝马迹。萨克斯观察了一下莎拉工作的隔间地形,发现在她的办公区旁边有一处空置的办公区。钟表匠很有可能曾潜伏在那里,等待时机,放置燃烧弹。于是,她对菜鸟警探说道:"去搜查那个隔间。"

"没问题。"普拉斯基走进了萨克斯所指的办公区,拿出了手电筒,开始十分细致地走起了格子。萨克斯还看见他不时地轻嗅着空气,这也是莱姆书中提到的,犯罪现场调查中不能遗漏的工作。萨克斯想着,这个男孩一定会有所成就的。

萨克斯走进了莎拉的办公区,他们就是在这里找到燃烧弹的。忽然,她听到一阵动静,回身看过去,发现是丹尼斯·贝克来了。他来到了办公室的过道,不过,在离现场五六米远的地方他就停了下来。贝克在自己与现场之间,保持了足够远的距离,以免自己的行动破坏了现场。

萨克斯并不清楚他为什么会在这里,但是,他们还不能确定钟表匠是否真的已经离开,所以,她很感激贝克前来。

仔细搜索,保持警惕……

这次不一样。

丹尼斯·贝克警探和一一八分局的一个警察,两人杀掉了本杰明·克莱里和弗兰克·萨科斯奇。这个选择很难,但他们还是毫不犹豫地做了。而且,贝克愿意除掉任何一个挡住他们财路的人,完全没问题。五百万美元现金可以填平所有罪恶感。

但是,贝克从来没有对自己的同行下过手。

他皱着眉头，有些焦躁地看着阿米莉亚·萨克斯和那个孩子，普拉斯基，后者看起来也很容易干掉。

这次很不一样。

这是要他对自己人痛下杀手，是要他杀死自己的家人。

但遗憾之处在于，眼前的萨克斯和她的助手普拉斯基，会毁掉他的人生。

所以，没什么好纠结的。

贝克观察了一下现场的地形。是的，邓肯计划得很完美。那扇窗就在那里。他看了一眼窗外，楼下的小巷一个人影都没有，那里很偏僻。而在他旁边，就是那把钟表匠提到的灰色金属椅子。待会儿，等他杀掉这两个人后，便会用这把椅子砸碎窗户。还有墙上的空调通风口，砸开窗子，扔掉手枪后，再把通风口的铁窗挪开，伪造钟表匠曾在此藏身的假象。

贝克深深地吸了一口气，再慢慢吐出。

好了，时间到了。他动作要快，必须在有人赶到现场之前，快速行动。阿米莉亚·萨克斯将其他警员都派去了走廊，但是随时都会有人回来。

他悄悄地拿出了那把点三二口径的手枪，打开了保险，确保子弹上膛，然后将枪藏在身后。接着，极其缓慢地向两人的方向靠了过去。贝克紧紧盯着萨克斯在那个小隔间里走来走去，脚步轻盈，像是在跳舞。每一个动作都恰到好处地精确而流畅，她沉浸在搜查工作中。看她工作，像是一种享受。

贝克拉回自己的心神。

先杀谁？他考虑着。

他离普拉斯基大概三米远，萨克斯离他五米远，他们都没有在看他。

按道理，应该是先杀掉普拉斯基，因为他离得更近。但贝克从莱姆那里打听到了，萨克斯算得上是个神枪手，她可以瞬间拔枪射击。而那个毛头小子大概从来没在实战中开过枪。所以，就算听到贝克杀掉了萨克斯，等他反应过来时，大概也只来得及摸到枪。不过，贝克不会给他开枪的机会的。

几乎是瞬息之间，贝克便做出了选择。

阿米莉亚·萨克斯的动作也出奇地配合了贝克，她正从自己搜查的地方直起了身。这样一来，萨克斯背对着贝克，成了他完美的靶子。贝克举起枪，对准萨克斯的脊梁，扣动了扳机。

31

大多数人对这声短促而微小的金属脆响不以为然,会将它与办公楼里的其他响动一起,当成这座城市的喧闹背景。

然而,对萨克斯来说,她能清晰地听出,这声音显然是一把自动武器里的击针簧撞针发出的,撞针击发了子弹火帽,但子弹哑火了,或者是根本就没有子弹,是放空枪的声音。这种特别的声音,她在用自己的手枪,或是在其他警察用枪时,已经听过上百遍了。

通常,紧接在这种撞针声之后的是——射手将哑弹退出,将弹夹中的下一颗子弹上膛。很多情况下——就像现在——射手在慌乱间给枪重新上膛时,会很麻烦,因为要清理枪管,还要快速地填充新弹。死生一线,说的就是这种时刻。

一切都仅仅发生在分秒之间。萨克斯松开了手中用来收集痕迹的滚刷,右手伸向后胯处——她时刻谨记枪套的准确位置——随后立刻转身,半蹲身体,摆出战斗射击姿势。萨克斯单手握着格洛克枪,枪口指向射击声响起的方向。

萨克斯余光所见,在她的右侧的办公区,罗恩·普拉斯基显然被她吓了一跳,此刻正神色慌张地看着她举起的武器,惊疑不定,不明白她这是在做什么。

而离萨克斯五六米远的地方,丹尼斯·贝克错愕地睁大了眼睛。他双手戴着手套,手里握着一把迷你手枪,萨克斯判断那是一把点三二口径手枪，枪口也正对着她的方向，贝克的手还保持着拉枪栓的姿势，奥陶加MKⅡ型手枪，正是莱姆猜测的钟表匠使用的手枪型号。

贝克无措地眨了眨眼睛。有一瞬间，他忘了说话。"我听到些动静，"他立刻镇定下来，"我以为他回来了，钟表匠。"

"你开枪了。"

"我没有，我就是在给枪上膛。"

萨克斯看了一眼贝克脚下的地板，那里明明白白地躺着一个弹壳。这没有别的解释，他一定是开枪射击了，然后子弹哑火，他将子弹退了出来。

贝克左手握着点三二口径迷你手枪，右手垂在了身侧："我们必须得小心些，我觉得他可能回来了。"

萨克斯将枪口瞄准了他的胸口。

"别妄动，丹尼斯。"萨克斯说着，朝贝克后胯一侧点了点头，贝克的配枪就别在那里，"我会开枪的。我猜你西装里穿了防弹背心，所以，我第一枪会打在你胸口，但第二和第三枪会瞄得高一点。那样可就糟了。"

"我……你不明白。"贝克瞪大了眼睛，慌乱起来，"你得相信我。"

若是凯瑟琳·丹斯听到这话，会不会说，这是骗子典型的狡辩之词呢？

"这是怎么了？"普拉斯基在旁问道。

"别动，罗恩。"萨克斯命令道，"他说的话一个字都不要信，把你的枪拿出来。"

"普拉斯基，"贝克立刻说道，"别听她胡说，事情不对劲儿。"

但萨克斯可以用眼角的余光看到，菜鸟巡警如她所说，拿出了手枪，并指向了贝克的方向。

"丹尼斯，照我说的，把点三二放在桌子上。然后，用你的左手把配枪拿出来——只能用你的拇指和食指。把它也放在桌子上,再退后五步,趴下。好了,听清楚了吗?"

"你不明白。"

萨克斯冷静地说道:"我不需要明白,我只需要你按照我所说的去做。"

"但是——"

"按我说的,现在就做。"

"你疯了。"贝克喊道,"你这是在针对我,打从你知道我在调查你和你的老相好以后,就开始故意抹黑我……普拉斯基,她会杀了我的。她已经失控了,不要连你也被她骗了。"

普拉斯基说道:"你已经听到了萨克斯警探的指令,如有必要,我会对你采取行动,强制解除武装。现在,长官,你选择用哪种方式?"

他们僵持着,没有人动作。虽然只有短短几秒,但却像是几个小时一般漫长。

"妈的。"贝克按萨克斯所说,把手里的枪放在地上,"你们俩都有大麻烦了。"

"把他铐起来。"萨克斯对普拉斯基说道。

普拉斯基将贝克双手反剪,在身后铐住。

"搜他身。"

萨克斯抓起摩托罗拉对讲机,说道:"警探五八八五呼叫豪曼。请回答,完毕。"

"请讲,完毕。"

"我们这边有新的进展,我抓住了一人,已经将其制伏并铐住。我去让人把他带到楼下。"

"出了什么事?"紧急勤务小组组长问道,"是罪犯吗?"

"这问题问到点子上了。"萨克斯一边回答,一边将手枪收回了枪套。

* * *

案件中的这一反转,致使中城区办公楼前出现了一副新面孔。就是在这栋楼里,副警监丹尼斯·贝克被当场发现预谋杀害阿米莉亚·萨克斯和罗恩·普拉斯基。

来人正是莱姆,他通过触屏控制板操控着轮椅,沿着路边的人行道驶向办公大楼。贝克就坐在附近的一辆警车后座上,戴着手套,面色苍白,眼睛死死地看向前方。

起初,他说萨克斯拿枪瞄准他是因为尼克·卡瑞里的事。于是莱姆决定与上级联络,确认这件事情。他询问了纽约警局的高级警官,想打听是谁发了那封委派贝克调查的任务邮件,结果发现,这一切都是贝克提出来的。他对上级表示萨克斯可能与一位有前科的腐败警察保持着联系。警局高层从来没发过这封邮件,那是贝克自己伪造的。一切都是贝克一手策划的,这样一旦他背地里调查萨克斯的事情败露了,就可以用这个借口蒙混过关。

莱姆继续操控着轮椅,靠近大楼,来到了塞利托和豪曼临时设立的任务指挥点。莱姆的轮椅停了下来,塞利托走上前,向他说明了楼上的情况,但他随后又说道:"我不明白,就是搞不明白。"魁梧的警探揉搓着没戴手套的双手,抬头看向冷风中清澈的天空,仿佛此刻才意识到,这是有史以来最冷的一个冬天。而之前他查案的时候,从未注意过天气的冷热。

"你在他身上搜到什么了?"

"只有那把点三二口径手枪,还有一副橡胶手套。"普拉斯基回答说,"还有一些随身物品。"

过了一会儿,阿米莉亚·萨克斯也走了过来,手中拿着一个装着十几个证物袋的收纳箱。她刚刚去搜查了贝克的车:"事情到现在,可是越来越有意思了。看看这个,莱姆。"她将证物袋一个个展示给莱姆和塞利托看。里面有可卡因、五十万美元现金、一些旧衣服、曼哈顿一些酒吧和俱乐部的消费收据,其中包括圣詹姆斯酒吧。萨克斯单独举起了一个看起来空空如也的袋子给莱姆,仔细看过之后,他认出了里面细小的纤维物质。

"地垫上的?"

"没错,棕褐色的。"

"可以打赌,肯定是那辆探路者车上的。"

"我也是这么想的。"

又一个证明贝克和钟表匠有关系的证据。

莱姆点了点头,盯着这个单薄的塑料袋,袋子在冷风中摇摆。他可以感觉到满足感涌上心头,那种拼图一块块拼在一起,整幅画面即将显现的满足感。他将轮椅摇向贝克乘坐的警车,透过半开的车窗,对贝克喊道:"你是什么时候开始在一一八分局工作的?"

男人目光冷漠地回视刑侦专家,说道:"去你妈的,我跟你们这群混蛋没什么好说的,这都他妈的是胡扯,有小人陷害我。"

莱姆转头对塞利托说道:"打电话给人事部,我想知道他之前在哪儿工作。"

塞利托按他说的做了,只见他与电话中的人简短地交谈了几句之后,抬起头说:"查到了。他在一一八分局的毒品和凶杀案调查组干过两年,三年前升到了警局总部。"

"你是怎么认识邓肯的?"

贝克此刻又靠回了后座上,像之前一样,目光盯着前方,一言不发。

"好吧,这算是我们案子的殊途同归处吧。"

"什么同归?"

"殊途同归,就是一次相遇,朗,事件的交汇点。你平时都不读读书吗?"

塞利托嘟囔着:"什么叫我们的案子啊?"

"多明显啊,当然是萨克斯调查的一一八分局案和钟表匠的案子。它们并不是两起相对独立的案件,你也可以说,这两起案子就像是一把刀两侧的刀刃。"莱姆觉得自己的比喻很有意思。

根本就不用分什么自己的案子和另一件案子。

"你想不想解释一下,这是什么情况?"

这难道还需要他解释吗?

阿米莉亚·萨克斯说道:"贝克也是——一八分局腐败案中的一分子。钟表匠就是他雇来的,想要把我除掉。因为他知道,我早晚会查到他头上。"

"所以,这也侧面印证了,'丹麦王国里出了坏事'①。"

这次轮到普拉斯基没听懂了,他疑惑地问道:"丹麦王国?欧洲的那个?"

"对,就是莎士比亚写过的那个,罗恩。"犯罪学家有些不耐烦地回答说。当然,在看到普拉斯基一脸不明所以的样子后,莱姆便不打算给他讲明白了。

萨克斯接着说道:"他的意思是说,一一八分局里确实有些很重大的腐败渎职问题,不单单是掩盖了巴尔的摩黑帮和里奇湾犯罪团伙的罪行,不止这些。"

莱姆抬起头,不经意地打量着眼前的办公大楼,对萨克斯说的话点了点头,他似乎是忘记了周遭的寒意和冷风。当然,还有好多问题没有答案。比如,莱姆现在已经无法判断,文森特·雷诺兹是否真的是钟表匠的同伙,或是连他自己都不知道,他不过是被人设计了。

接下来的问题就是,那笔贝克他们勒索来的赃款到底流向哪里了?莱姆问:"你在马里兰州的同伙是谁?共犯都有谁?是犯罪组织还是别的什么人?"

"你聋了吗?"贝克大喊,"我他妈一个字都不会说的。"

---

①出自英国作家莎士比亚剧作《哈姆雷特》。

"把他带回警局。"塞利托对站在车边的两名巡警说道,"先以蓄意伤人罪拘留他,我们过后会找到他别的罪行。"一行人看着载有贝克的巡逻车离开后,塞利托摇头说道:"上帝啊。"警探念叨着:"这次是我们运气好。"

"运气好?"莱姆喃喃道,想起,就在不久前,他也说过这样的话。

"是啊,邓肯没有杀害任何人。还有——阿米莉亚当时就是个活靶子,要是贝克那一枪没有哑火……"他没有再说下去,但大家都知道,他要说的是差点发生的悲剧。

林肯从不相信运气这种说辞,就像不相信鬼魂、飞碟一样。他开始质疑,运气和已经发生的事情有个鬼关系?但这话却始终没有从他的口中说出。

运气……

突然间,无数想法犹如一群蜂巢中的蜜蜂,一股脑儿地涌现了出来,在他周围吵嚷着,笼罩了他。莱姆皱起了眉头。"不对劲儿……"他声音低了下去,最后低语道,"邓肯。"

"怎么了,林肯?你还好吗?"

"莱姆?"萨克斯唤他。

"嘘……"

莱姆遥控着轮椅缓慢地转了一圈,他看了一眼办公楼旁边的大楼,然后看了看那些证物袋,还有箱子中萨克斯收集到的其他证物。莱姆的脸上露出了淡淡的笑容,随后说道:"把贝克的那把枪给我。"

"他的配枪吗?"普拉斯基问道。

"当然不是。另外一把,那把点三二口径的。他回到现场时带着的那把。"

"拆卸枪支。"

"我拆?"菜鸟巡警问。

"她来拆。"莱姆朝着萨克斯点了点头。

萨克斯在人行道上铺了一层塑料布,将手上的皮手套换下来,套上一副橡胶手套,几秒钟后,便将那把点三二口径的手枪拆卸开来,枪械的零件摆在了地上。

"把零件一件一件地举起来给我看。"

萨克斯照做了,某一刻,他们的视线相对了。萨克斯说道:"有意思。"

"好了。菜鸟?"

"是的,长官?"

"我要和法医通话,去联系上他。"

"好的,当然,那我该去打电话吗?"

莱姆叹了口气,口中呼出了一道白气:"你也可以给他发电报,去他家敲门找他。但我认为,最好的办法就是用……你的……手机,打给他,而且必须找到他。我需要他。"

年轻人拿出了手机,开始拨号。

"林肯,"塞利托问,"这是怎么——"

"我还需要你替我办件事,朗。"

"可以,什么事。"

"在街对面,有个男人在看着我们,巷子口那里。"

塞利托转头看去:"看到了。"那个男人很瘦,尽管街上很暗,他脸上却戴着一副遮阳镜,还戴了一顶帽子,穿着牛仔裤,皮外套,"看着很眼熟。"

"请他过来,我想问他几个问题。"

塞利托笑道:"凯瑟琳·丹斯对你影响不小啊,林肯,我以为你不相信目击者呢。"

"哦,我觉得,在这件案子里,最好还是破个例。"

高大的警探闻言耸了耸肩,问他:"那男人是谁?"

"我可能猜错了。"莱姆用一种很少有的语气说道,"但我有种感觉,他就是钟表匠。"

32

杰拉德·邓肯坐在路沿上,身侧站着萨克斯和塞利托。此刻,他双手被铐住,帽子和眼镜被摘了下来,警察还从他身上搜出了几副米色的手套、钱包,还有一把带血的美工刀。

然而,与丹尼斯·贝克不同的是,他的态度十分温和,也很配合——尽管他刚刚被三名警察按在地上搜身,且铐上了手铐。萨克斯就是其中一名警察,从她刚才动作的力道和行动的果决上,完全感觉不出女人的柔弱,尤其是碰上像他这种罪大恶极的罪犯时,下手狠厉,毫不留情。

从他身上的密苏里州驾照得知,他住在圣路易斯。

"上帝啊,"塞利托说道,"你是用了什么神通,怎么发现他的?"

然而,莱姆能判断出街边的旁观路人就是钟表匠,却并不像塞利托所说那般有什么神通。他在注意到小巷口那里有人之前,就已经想到,钟表匠很可能并没有离开现场。

普拉斯基说道:"我联系到他了,法医。"

莱姆微微侧过头,普拉斯基戴着手套,将手机举到他的耳旁,莱姆与电话对面的法医简短地聊了几句。法医确实告诉了他一些十分耐人寻味的信息。莱姆向他道了谢并点了点头,表示通话结束,普拉斯基随后将电话挂断。莱姆摇着轮椅,靠近了邓肯。

"你是林肯·莱姆。"犯人说道,似乎是很荣幸能够见到这位刑侦专家。

"是的,没错。而你就是传说中的钟表匠。"

男人露出一个了然的笑容。

莱姆打量着他。他看起来有些疲惫,但表情满足——甚至还带着一些恬淡的平和。

莱姆也罕见地面露微笑,问道:"所以,小巷里的那个被害人到底是谁?我们可以在资料库里搜索西奥多·亚当斯的资料,不过,那么做也只是浪费时间而已,对吧?"

邓肯点了点头:"你连这个也想到了?"

"亚当斯怎么了?"塞利托问。随后意识到,他应该把眼前的情况搞清楚,"这是怎么回事,林肯,你们在说什么?"

"我在问我们的嫌疑人,昨天早上在小巷中发现的那个男人,被碾碎喉咙而死的被害人——我想知道那人到底是谁,是怎么死的。"

"就是这个混蛋把他杀死的。"塞利托说。

"不,他没有。我刚刚和法医聊过了。最后的尸检报告还没出来,不过他告诉了我尸检的初步结果。被害人死于周一下午的五点到六点之间,并不是夜里十一点。而且死因与他脖子上的碾轧没有关系,是因为瞬时发生的内部器官重伤,更符合高空坠落或是车祸造成的致死重伤。但发现尸体时已是第二天早上,当时尸体已经彻底冻僵了,所以法医不能在现场得出被害人确切的死亡时间或是死因。"莱姆说到此处,皱起眉头,问道,"所以,邓肯先生,他到底是谁?怎么死的?"

邓肯回答说:"是一个死于车祸的倒霉鬼,就在韦斯切斯特那边,出了车祸。他叫詹姆斯·皮克林。"

莱姆催促道:"继续说。而且,你要记住,我们会不惜任何手段挖出真相。"

"我从警用频道听到了那场车祸。救护车把他的尸体拉到了扬克斯的县医院停尸房,尸体就是我从那里偷出来的。"

莱姆对萨克斯说:"联系一下那家医院。"

萨克斯打了电话,简单询问了几句后,报告说:"周一下午五点左右,一名三十一岁的男子开车冲下了布朗克斯大桥。事故发生原因是汽车在一块冰面上打滑失控。当事人因为致命内伤当场死亡,名叫詹姆斯·皮克林。当时,尸体被运到了医院,但之后就不见了。医院以为尸体是被其他医院不小心转走了,但他们最后也没找到。可以想象,死者的亲属难以接受,当时还闹了一阵。"

"我很抱歉,造成这样的麻烦。"邓肯说,而且表情似乎确实有些愧疚,"但我当时别无选择。他的随身物品还都在我这里,我会把它们还给家属的。而且,我个人愿意承担葬礼的所有费用。"

"那我们从他身上找到的身份证明和钱包里的东西呢?"

"那些都是伪造的。"邓肯点了点头,继续说道,"虽然,仔细检查那些东西的话,肯定会露馅,但我也只想拖延两天时间而已。"

"你偷了一具尸体,开车把他拉到那个小巷,把他摆在那里,然后在他脖子上布置下铁梁,让他的死亡过程看上去十分缓慢。"

邓肯点了点头。

"接着,你又在现场留下了时钟和字条。"

"是的。"

朗·塞利托又问道:"但是,码头那里呢?在第二十二大街的那个码头上,你在那里杀掉的人,又是怎么回事?"

莱姆看向邓肯:"你的血型,是 AB 阳性吧?"

邓肯笑了起来:"你真的很厉害。"

"码头那里从来就没有出现任何被害人,朗。甲板上都是他自己的血。"莱姆看向这个嫌疑人,说道,"你把字条和时钟放在甲板上,然后把你自己的血洒在了上面,还有那件外套上——那件后来被你扔进河里的外套。甲板上的指甲划痕和指甲碎片也是你自己弄的吧。你是怎么弄到那么多自己的血的?自己抽的吗?"

"不,我是在新泽西一家医院抽的血。我告诉他们说我计划要做个手术,手术前需要储备一点血液。"

"所以,我们才会在血液中检测出抗血凝剂。"血库中贮存的血液常常会含有少量的稀释剂,防止血液凝固。

邓肯点了点头:"我曾猜测过,你们会不会查到这一点。"

"那片指甲呢?"

邓肯举起自己的无名指,指甲缺了一截,那是他自己撕下去的。他又说道:"还有,我想文森特应该告诉过你们了,说我可能在教堂附近杀死了一个年轻男孩。不过,我并没有。美工刀还有垃圾箱旁报纸上的血迹,同样,都是我自己的。"

"那是怎么回事?"

"当时场面有些棘手,文森特以为那个孩子看见了他的刀。所以,我不得不假装杀了那个男孩。不然的话,文森特便会对我起疑。我当时跟着那孩子在街角转了弯,然后,偷偷走进了一条小巷里,用那把刀割破了自己的手臂,把血涂到了刀上。"说着,邓肯将小臂上一处新近的伤口露了出来,"不信的话,你们可以做 DNA 测试。"

"哦,这个不用你操心,我们会做的……"莱姆又想到了另外一件事,"那次劫车呢?你偷那辆别克车时,根本没有杀人,是不是?"现在想想,他们没有收到切尔西区任何学生失踪的报警信息,也没有接到车辆失窃且司机被害的报告。

朗·塞利托忍不住再次问道:"这到底见鬼的是怎么回事?"

"他不是一个连环杀手,"莱姆说道,"他什么杀手都不是。他将所有事情设计成这样,好让他看起来像是一个连环杀手。"

塞利托问:"死于车祸的妻子呢?也是假的?"

"从来没有结过婚。"

"你是怎么知道的?"普拉斯基问莱姆。

"是你说的一些事情,让我开始思考的,朗。"

"我?"

"首先,你提到了他的名字,邓肯。"

"所以呢?我们早就知道他的名字了啊。"

"的确如此,是文森特·雷诺兹告诉我们的。但邓肯先生是个为了不留下任何指纹,全天二十四小时都要戴手套的人。他这么谨慎小心的人,不可能会轻易地把名字这么重要的信息告诉文森特那种家伙——除非,他根本就不在乎我们知不知道他是谁。"

"后来,你又说他没能杀掉这次的被害人和阿米莉亚,是我们走了大运。刚听到你这样讲时,我有些生气。但我仔细地想了想你说的话,觉得你说得没错,我们没有救下任何一个被害人。那个花艺师?乔安娜?我的确猜到了邓肯会对她下手。不过,却是她本人在听到工作室里的响动后,拨打了报警电话。而那阵声响,可能是他故意弄出来的。"

"你说得很对,"邓肯同意说,"而且,我之前就在地板上放了一个线轴,警告她,有人闯进来了。"

萨克斯说:"在格林尼治村的女兵,露西——我们接到一个目击者的电话,报告说看到有人闯进了她的公寓里。但实际上根本就没有什么目击者,对吗?那个举报电话,是你打的。"

"我对文森特说,街上的一个路人瞧见了我,并且报了警。但是事实并非如此,是我在一个电话亭,报警举报了我自己。"

莱姆朝着他们一旁的办公大楼点了点头,说道:"那这里呢?那个燃烧弹,我猜,也是个哑弹吧。"

"那东西完全无害。我只是在它外面倒上了一点酒精,里面装的都是水。"

塞利托拿起电话,打给了纽约警察局的防爆组总部,第六分局。片刻后,他挂断电话,说道:"他说得没错,就是普通的水。"

"同你给贝克的那把枪一样。他打算用来在这里杀掉萨克斯的那把枪,"莱姆看了一眼边上已经被拆卸开来的点三二口径手枪,说道,"我刚刚查过了——枪里的撞针被折断了。"

邓肯对萨克斯说:"我把枪筒也堵上了,你可以检查看看。而且,我知道,他不会用自己的配枪杀你,那样一来,你的死就会和他脱不了干系。"

"好了,"塞利托突然大声说道,"我受够了。谁能告诉我,到底是怎么回事?"

莱姆耸了耸肩,说:"我只能把大家带到这一站,朗。整个旅程还得要邓肯先生带我们完成。我觉得,他本来也是打算将一切都告诉我们的,所以,才会大马金刀地站在街对面看戏。"

邓肯一边点头,一边说道:"你全说到点子上了,莱姆警探。"

"我已经退休了。"莱姆纠正他说。

"我所做的整件事情,只有一个目的——而且,没错,我很享受看到这一幕:那就是看到丹尼斯·贝克那个狗娘养的被抓起来扔进监狱。"

"接着说。"

邓肯的表情沉了下来:"一年前,我来到纽约做生意——我有一家公司,做工业设备租赁业务。搭档是我最好的朋友——二十年前,我们都在军队服役,他救过我的命。那天一整天,我们都在起草整理文件,然后,我们回到酒店,打算收拾一下,去吃晚饭。但他一直没有出现。后来,我才知道,他当晚被人枪杀了。警察说是抢劫杀人,但我觉得事情不对劲儿,我说,什么样的劫匪能准确地在被害人的脑门上连开两枪?"

"哦,是的,在抢劫案件中,极少会发生枪杀被害人的情况,根据最近的……"普拉斯基的话音消失在了莱姆冰冷的瞪视中。

邓肯继续说道:"后来,我想起来,最后一次见到我朋友时,他对我说了一些奇怪的话。他说,昨晚他去了市中心的一家俱乐部。在他从俱乐部出来的时候,两个警察把他拉到了一边,说看见他买毒品了。他从不吸毒,我可以很确定这一事实。他知道,他们这是在陷害勒索他,所以,他要求见他们的上级。他打算打电话到警察总部,举报这件事。但之后,俱乐部里又走出来几个人,那两个警察就放开了他。第二天,他就被射杀了。

"这两件事情里巧合太多了。我去了那家俱乐部好几次,想问出些消息。最后,我花了五千美金,找到了一个人,让他把丹尼斯·贝克和他的同伙在城里搞勒索骗局的事情告诉了我。"

邓肯解释了贝克的勒索骗局的细节,就是将毒品栽赃到一些富商或是他们的子女身上,然后以撤销指控为筹码,敲诈他们一大笔钱。

"用一一八分局丢失的毒品。"普拉斯基说道。

萨克斯点了点头:"虽然量少,不够拿出去卖,但用来栽赃已经绰绰有余。"

邓肯补充道:"我听说,他们的大本营就在曼哈顿市中心的一个酒馆。"

"圣詹姆斯酒吧?"

"就是那里。他们在警局下班后,都会去那里碰头。"

莱姆问道:"你的朋友,被枪杀的那位,他叫什么?"

邓肯给了他们一个名字,塞利托打给重案组核实,发现确实有这么一起案件。男子死于疑似抢劫杀人案,犯人至今没有找到。

"我通过在俱乐部里的关系——花了一大笔钱,将我介绍给一些认识丹尼斯·贝克的人。我扮作一个雇佣杀手,向别人提供专业服务。起初,我什么消息都没听到。我以为他罪行暴露,被抓起来了,或者是已经回头是岸,我再也等不到他上钩了。那可太糟心了。但最终,我等到了,他联系了我,我们安排了见面。原来,那段时间,他之所以没有立刻联系我,是因为他在查我的底,看我是否可信。显然,他对我的情况很满意。当时他没有说得很细,只是大致说明他有一个生意安排出了问题。他和另一个警察已经处理了其中的一部分'麻烦'。"

萨克斯问:"是克莱里和萨科斯奇吗?他提到过他们吗?"

"他一个名字都没有提过,但很明显,他说的就是杀人的勾当。"

萨克斯摇着头，恼怒道："我本来以为，一一八分局的人从黑帮组织拿回扣已经够让人火大的了，没想到，他们本身就是杀人凶手。"

莱姆看了她一眼。他知道，萨克斯是想起了尼克·卡瑞里，想起了她父亲。

邓肯继续说："之后，贝克又说，他们又有新的麻烦了。他还得处理掉另外一个人，一个女警探。但这次他们不能自己动手。一旦她在这个时候死亡，所有人都会知道，她的死与她手头在查的案子有关，那么高层就会更加紧急地查这起案子。所以，我想出了一个主意：我扮成一个连环杀手，编了一个名字——钟表匠。"

塞利托说："这也是为什么，我们在钟表匠组织里查不到任何线索。"他们在所有相关的钟表匠组织里都查不到杰拉德·邓肯的名字。

"没错，这个人不过是我虚构出来的。但我需要你们买账，得让你们相信，我真的就是一个变态杀手。所以，我需要找个人把这条信息告诉你们，于是我找到了文森特·雷诺兹。然后我们开始干了几票所谓的'行动'。文森特不在的时候，我伪造了前两个杀人现场，而文森特和我一起的这几次'行动'，我都设法搞砸了。"

"我必须让你们看到那盒子弹，这样，你们之后才能把钟表匠和贝克联系起来。我本来打算把它扔在哪里，让你们发现。结果——"邓肯笑了笑，"根本用不着。你们自己发现了那辆探路者，还差点抓到我们。"

"所以，你才把那盒子弹放在了车后座上。"

"是的，还有那本书。"

莱姆忽然又想起来另一件事："当时调查车库现场的警员说，很奇怪，你没有把车开到出口那里，而是毫无遮掩地停在了正中央。那是因为，你本意就是要我们发现那辆车。"

"不错。我犯下的其他所有罪行，都是为了将你们引到现在这个案子上——让你们看到贝克打算杀掉她，抓他个现行。这样一来，你们就有了正当的理由，去搜查他的车、房子，然后就可以找到足够的证据，把他关起来。"

"那首诗呢？'寒冷满月……'"

"那是我自己写的。"邓肯微笑，"我更适合经商，而不是作诗。不过，那首诗似乎已经够吓人了。"

"你为什么会挑选出这几个被害人？"

"我没有特地选人。我选的，是犯案的位置。我要确保我们能安然逃脱。最后这个女人，之所以选择她，也是因为她的办公位置。我需要说服贝克，把他引出来。"

"你做的这一切都是为了给你朋友复仇？"萨克斯问他，"很多人不会这么麻烦，他们会直接把人杀掉。"

邓肯却表情凝重地说："我不会伤害任何人，我做不到。我也许钻了一些法律的空子——我承认，有些地方，我的做法的确违法。但所有的案件里，并没有任何被害人。那辆车也不是我偷的，是贝克搞来的——从一个警局停车场里。"

"那个女人是怎么回事？声称自己是第一位被害人姐姐的那个女人。"萨克斯又问道，"她到底是谁？"

"是一个我请来帮忙的朋友。几年前，我借给了她一大笔钱，但她到现在也没办法还给我，所以她答应了帮我。"

"当时在她车里的那个女孩儿呢？"萨克斯问道。

"那真的是她的女儿。"

"那女人真名叫什么？"

邓肯遗憾地笑了笑，说道："我不会说的。我对她发过誓，不会把她供出去，还有那个在俱乐部介绍我和贝克认识的男人，我同样不会说出他是谁。那是我们之间交易的一部分。我是个守诺的人。"

"一一八分局的人，除了贝克之外，你还知道哪些人参与了勒索陷阱？"

邓肯歉然地摇了摇头说道："我很想告诉你，让你们把他们也抓起来。我试着打听过,但是贝克从来不提勒索陷阱的事。不过我能感觉到,涉及这件事的警察,不单单只有一一八分局,还有别人。"

"别人?"

"是的,更高层的人。"

"是马里兰州的吗?还是在那里有房产的人?"萨克斯追问说。

"我从来没听他提起过这些。他确实信任我,不过也是有限的信任。他觉得我不会把他供出去,他担心的是我会贪图那笔钱。从他的语气中能听出,那笔钱数额巨大。"

这时,一辆黑色的政府用车停在了警戒线旁,一个身材消瘦、秃顶的男人,穿着一件薄大衣,从车内走了出来。他径直来到了莱姆等人身边。来人是一位高级助理检察官,莱姆曾多次给他的庭审案件出庭做证。刑侦专家对他点头打过招呼后,塞利托向他说明了当前的进展。

检察官认真听着案件中这一戏剧性的转折。大部分被送进监狱的犯人都是一些蠢货,一些像托尼·索普兰诺那样的黑道分子,还有一些更没脑子的笨蛋和混混。所以,眼前这个极其聪明的罪犯让他很感兴趣,而且他的罪行似乎远远没有看起来的那么严重。当然,更让他兴奋的是,比起处理一起连环伤人案,能够起诉一起牵扯到警局内部尤为深入的警察腐败案,显然更有利于他的仕途高升。

"这件案子有内务部的人插手吗?"他问萨克斯说。

"没有,都是我一个人在查。"

"谁批准你的调查权限?"

"弗莱厄蒂。"

"警监?那位负责特勤部的高级警监?"

"是的。"

他开始一边问问题,一边拿出笔记本记笔记。这样问了一些问题后,他工工整整地写了五分钟,随后停下了笔,说道:"好的,我们可以控告的罪行有非法闯入,非法入侵……但没有入室盗窃类。"

入室盗窃类是指怀有重大罪行目的的非法闯入，比如盗窃和谋杀。邓肯除了非法入侵他人土地或房屋并没有任何其他罪行。

检察官继续说道："盗窃尸体罪……"

"是借用，我从没打算留着那具尸体。"邓肯出声提醒他说。

"这个嘛，就要交给韦斯特切斯特那边判断了。不过你还犯下了妨碍司法公正、干扰警方调查程序——"

邓肯皱眉说道："当然了，你也可以这么想，因为最开始根本就不存在凶杀案，所以警察的调查根本就没有必要，也就谈不上什么干扰警方调查了。"

莱姆忍不住笑出了声。

然而，检察官却并没有理会他的话，继续道："非法持枪——"

"枪管被堵住了，"邓肯反驳说，"根本就是一把废枪。"

"那么你偷来的汽车呢？都是哪儿来的？"

邓肯解释说，车是贝克在皇后区的一个警用停车场偷来的。他用下巴指了指一旁他的随身物品，里面有一串车钥匙，说道："那辆别克就停在第三十一大街上。和探路者一样，都是贝克从同一个地方偷来的。"

"你是怎么拿到车子的？还有其他人牵扯进来吗？"

"我和贝克一起去停车场找到的。它们都停在一家餐厅的停车场里。贝克说，他在那里有些认识的人。"

"你知道那些人的名字吗？"

"不知道。"

"是哪家餐厅？"

"一家希腊餐厅，我不记得名字了。我们是顺着那条四九五号高速过去的，具体在哪个出口我忘了，不过，我们当时从中城区隧道出来后，在出口处左拐，大约在公路上开了十分钟，才下了高速。"

"北面，"塞利托说，"我们会派人去核实的，也许贝克还涉嫌贩卖充公的车辆。"

检察官摇着头说："我希望你能明白这么做的后果。并不是只有这些罪行——还有罚金，包括应急车辆和人员的调度费用。我说的是上万美元，甚至是几十万美元的罚款金额。"

"我接受罚款，我在开始做这件事之前已经查阅过相关法令了。我决定了，就算是会被判刑，我也要把贝克曝光出来。但是，我不会让其他无辜的人为此而受到伤害。"

"但你依旧将他人的生命置于危险之中，"塞利托低声说道，"普拉斯基在那座废弃停车场搜查时，也就是你们扔下那辆商务车的地方，被人袭击，差点把命丢在了那里。"

邓肯闻言却笑了："不，他不会的，因为是我救了他。当时，我们在驾车逃走的途中，我就看到了那个流浪汉。我很介意他当时脸上的表情，那人手里还拿着一个撬棍或是铁棒之类的东西。我和文森特成功逃脱之后，我又返回了车库，就是想确认，他不会发疯伤人。当时，他冲向你的时候，"文森特看了普拉斯基一眼，继续道，"我发现垃圾箱里有一只轮子，于是把它拿出来扔到了墙上，所以，你听到声音后，才转过身来，看到他朝你过去了。"

菜鸟警探点点头，说道："的确如此，我以为那声音是那家伙自己绊倒发出来的。但是，不管怎么说，我听到声音并发现他时，已经有了战斗的准备。而且，那里不远的地方，确实有一只轮子。"

"至于那个文森特？"邓肯说道，"我从来都没有给过他任何机会去接近或伤害其他女人。是我找到他，并且把他交给了警方。是我报警举报了他，我可以证明。"

检察官听完邓肯的话，一时间也有些难以判断。他看了一眼笔记，又看了看邓肯，不由得伸手挠了挠自己亮闪闪的头皮。他的耳朵此刻也在冷风中冻得通红，他说道："我得和总检察长商量一下这个案子。"他转向两位在警局总部相识的警探，又对邓肯点点头，说道："把他带回市中心。找人密切监视——记住，他是在揭露腐败警察，肯定会有人去找他麻烦的。"

人们将邓肯从地上拉了起来。

阿米莉亚·萨克斯问他说:"你为什么不直接来找我们举报他?或者录下他承认自己罪行的话,然后把录音寄出去?你明明可以不用这么大费周章。"

邓肯露出了苦涩的微笑,说道:"我可以相信谁?我可以把录音寄给谁?我怎么知道,谁是正直的,谁是贝克的同伙?这很现实,你知道的。"

"什么很现实?"

"腐败警察。"

莱姆注意到,萨克斯对于邓肯的评论毫无反应。两名警员走上前,将犯人邓肯——虽说罪行难定,押向了一辆警车。至少现在,他们还是一个团队。

我和你,萨克斯……

现在,林肯的案子又变成了萨克斯的案子,但是即便对钟表匠的调查结果显示他没有那么危险,他们要做的事情还是很多。首先是一一八分局腐败丑闻。对于这件事的调查,用塞利托的话说,已经"迫在眉睫"了。(莱姆对于他的说法评论道:"这么文绉绉的词,可不是你常用的啊。")另外,杀害本杰明·克莱里和弗兰克·萨科斯奇的凶手,或者说凶手们,尚未查明,但已经可以确定,是腐败警察涉案。还有贝克的案件也需要厘清,何况还有马里兰州在腐败案中的关联,以及他们敲诈而来的赃款的去向——都尚未查清。

凯瑟琳·丹斯主动提出审问贝克,但他一言不发,拒不配合。所以,案件的调查便只能依靠传统的犯罪现场调查。

按照莱姆的指示,普拉斯基交叉对比了贝克的通话记录、家中的留言记录和笔记本电脑中的信息,试图找出他与一一八分局中的何人联系最为密切,但并没有查出什么有用的结果。梅尔·库柏和萨克斯分析了一系列证物,都是从贝克的车中、位于长岛的家里、警局总部的办公室里,还有他最近约会的几个女人的房子或是公寓中找到的（事实证明，几个女人都不知道彼此的存在）。萨克斯一如既往地仔细搜索了这些地方，将许多证物带回了莱姆处，包括衣服、工具、支票本、文件、照片、枪械，还有从他车子轮胎上发现的痕迹。

经过一个多小时的检验，库柏完成了所有证物的调查，宣布道："啊，有发现了。"

"什么？"莱姆问道。

萨克斯回答说："在贝克的车后备厢里找到了衣服，上面有一些灰烬。"

"然后呢？"塞利托问。

库柏接着说："和克莱里别墅壁炉里的灰烬相同，证明他去过那里。"

他们还在贝克的仓库里发现了一些纤维，与克莱里"自杀"用的那根绳子上的纤维一致。

"除了这个，我还要贝克和萨科斯奇案的关联证据。"莱姆说道，"叫南希·辛普森和弗兰克·瑞特格去一趟皇后区，到萨科斯奇遇害的位置，采集些现场的土壤样本回来。我们也许可以证明贝克或他的同伙也去过那里。"

"我在克莱里别墅的壁炉旁发现的泥土，"萨克斯指出，"化验结果显示土壤里含有化学物质——就像是工业用的土壤。说不准就是他从案发地带过去的。"

"很好。"

塞利托联系了皇后区的犯罪现场调查组，派人去了指定地点采集土壤。

萨克斯和库柏还发现了一些沙子和植物的样本。检测结果表明，是海藻类植物。这些是在贝克的车中发现的。而在他家中的仓库里，也发现了类似的样本。

"沙子和海藻，"莱姆说，"可能是一个夏日别墅——又是马里兰。也许贝克或是他的某个女朋友在那里有房产。"

不过,一番针对不动产数据的搜索之后,没有任何发现。

萨克斯从莱姆的复健室里推出另一块白板,又在上面添加了一些新进发现的证据。萨克斯显然有些沮丧,她退后了几步,盯着白板上的记录思考着。

"与马里兰的联系,"萨克斯说,"我们必须找到这其中的联系。如果他们已经杀掉了两个人,并且差点杀掉我和罗恩,那么他们肯定还会杀更多的人。他们已经知道,我们查得越来越接近他们了,肯定不会留下任何目击证人,也许现在,他们就在销毁证据。"

萨克斯沉默了,整个人看起来很紧绷。

当你的工作伙伴同时也是你的爱人时,很多事情都会变得格外难办。但林肯·莱姆不打算退缩,即使——尤其是——对待阿米莉亚·萨克斯,他更不会妇人之仁。莱姆用低沉的语调,平静地说道:"这是你的案子,萨克斯。你自始至终都在调查的案子,而不是我的。那么,案件的关键点到底在哪里?"

"我不知道。"她的指甲再次掐进了指腹。她双唇紧抿,摇着头,目光定定地看着眼前的证据板,说道,"证据太少了,还不够。"

"证据永远都不够,"莱姆提醒她说,"但是,这不能作为借口。这就是我们存在的意义,萨克斯。我们就是那群仅凭几块砖瓦就能看见一座城堡的人。"

"我不知道。"

"我帮不了你,萨克斯。你得自己想明白个中关键。想想你现有的线索。有人与马里兰州有联系……有人开着一辆奔驰车跟踪你……海水和海藻……现金,巨额的现金,腐败的警察。"

"我不知道。"萨克斯尖声重复道。

但莱姆寸步不让,逼迫着她思考:"你不能选择不知道,你必须知道。"

萨克斯看向他——接收到了莱姆要表达的另一层含义:你大可

以明天就甩手走人，如你所愿放弃这一切。但现在，你依旧是一名警察，有职责在身。

萨克斯用指甲狠狠地抓挠着头皮。

"还有一些东西你没想到，萨克斯，那些被你忽略了的东西。"莱姆也盯着眼前的证据表，口中念叨着。

"所以，你的意思是说，我们要打破常规，跳出盒子去思考。"罗恩·普拉斯基说。

"啊，这也是个老生常谈的说法了。"莱姆大声说道，"我要说的是，你既然在一个盒子里，肯定是有原因的，不需要你跳出去思考，我是说要仔细观察你现有的线索……所以，萨克斯，从你的盒子里，你都看到了什么？"

萨克斯盯着证据板，看了好一会儿。

然后，她露出微笑，轻声说道："马里兰。"

本杰明·克莱里凶杀案

- 克莱里,五十六岁,看起来是结绳自杀而亡。所用绳索为普通晾衣绳。但死者生前右手大拇指受伤折断,不可能单手结绳。
- 电脑打印的遗书表示死者因抑郁而自杀,但调查显示克莱里的抑郁程度并没有这么严重。且没有精神、心理问题。
- 感恩节前后,有两个男人闯进死者位于韦斯特切斯特的别墅,很可能是去销毁证据,两人均为白人男子,其中一个人略高,他们在别墅中逗留了一小时左右。
- **韦斯特切斯特发现的证据:**
    - 撬锁进入,技术娴熟。
    - 壁炉工具和克莱里书房办公桌上均发现皮制品纤维痕迹。
    - 壁炉前土壤的酸性比别墅周围高出很多,怀疑来自工业区。
    - 壁炉内发现燃烧过的可卡因痕迹。
    - 壁炉灰烬中发现:财务记录,财务表,涉及上百万美金。
- 调查账目表上的标识,将账目交给刑侦会计师检查。
- 发现死者日记中的行程安排:给车换机油,预约剪发,去圣詹姆斯酒吧。
- 皇后区犯罪现场实验室传回灰烬鉴定报告:财务表上的标志系会计公司常用会计软件的标志。
- 刑侦会计师鉴定称:标准的高级经理薪酬报表。
- 烧毁文件是因为文件上有什么线索,还是为了干扰调查?

圣詹姆斯酒吧:

- 克莱里来过几次。
- 在此期间没有使用过毒品。
- 不确定死者曾在这里见过什么人,很有可能是酒吧附近纽约警察局——八分局的警官。
- 死者最后一次来酒吧时(死亡前一天)曾在酒吧与人发生争执,对象不明。

- 检测了一一八分局警官付给酒吧的钞票，钞票上的序列号没有问题，但检测中发现纸币上沾有可卡因和海洛因。这上面的毒品有可能是他们自己从一一八分局的证物处偷来的吗？
- 一一八分局的证物处中只有微量的（六到七盎司的大麻和四盎司的可卡因）毒品储存丢失。
- 一一八分局查处的犯罪团伙极少，但无明显证据表明其中有警察在包庇罪犯。
- 东村共有两个主要黑帮势力，有犯罪的可能，但极少可能会是杀害克莱里的凶手。
- 问询克莱里的生意合作伙伴乔丹·凯斯勒，继续跟进克莱里妻子方面的消息。
  - 均表明从未见过克莱里使用毒品。
  - 死者看起来不会与罪犯有联系。
  - 比平时喝酒更多；曾去过几次拉斯维加斯和大西洋城。赌博输掉大笔金钱，但对克莱里来说微不足道。
  - 死者生前的抑郁原因不明。
  - 凯斯勒不认识所烧财务表。
  - 等待克莱里公司的客户名单。
  - 凯斯勒似乎不会因为克莱里的死亡而获利。
- 萨克斯与普拉斯基均被一辆黑色奔驰车跟踪。

弗兰克·萨科斯奇凶杀案

- 萨科斯奇，五十七岁，无警方记录，于今年十二月四日被害，家中还有妻子和两个十几岁的孩子。
- 被害人在曼哈顿上城区拥有别墅和公司。公司主要负责其他大公司和公共设施的维修和垃圾处理工作。
- 阿尔特·斯奈德警探是死者案件的负责人。
- 没有嫌疑人。
- 谋杀、抢劫？
  - 表面看起来，死者死于抢劫杀人案。现场找到凶器——改装过的史密斯·威森手枪，点三八口径，无指纹，枪支无序列号。案件负责人认为可能是职业杀手所为。

- 生意出了问题？
- 死者在皇后区遇害。不确定死者为什么会去那里。
- 案宗与证据缺失。
- 十一月二十八日前后，案宗被调往一五八分局。未曾归还。文件调派申请人不详。
- 案宗在一五八分局的具体去处不详。
- 高级警监杰弗里斯拒绝配合调查。
- 与克莱里无已知关联。
- 死者公司与本人均无犯罪记录。
- 传闻——赃款经由一一八分局腐败警察之手，最终流向与马里兰州相关的某地点、人物。是否与巴尔的摩犯罪团伙有关？
- 未发现相关线索。
- 未发现与黑帮组织有联系。
- 未发现与马里兰州有关系。

钟表匠案

犯罪现场五

地点：
- 办公大楼。位于第七大道和第三十二大街交会处。

被害人：
- 阿米莉亚·萨克斯、罗恩·普拉斯基。

罪犯：
- 丹尼斯·贝克，纽约警察局警官。

作案手法：
- 枪杀（未遂）。

证据：
- 点三二口径奥陶家MKⅡ型手枪。
- 橡胶手套。
- 在贝克的车子、家中与办公室里的发现：
  - 可卡因。
  - 五万美元现金。

- 衣服。
- 俱乐部、酒吧的消费收据，包括圣詹姆斯酒吧。
- 探路者地垫上的纤维。
- 与克莱里死亡时脖颈上的绳索相符的纤维。
- 贝克家中发现的灰烬与克莱里别墅壁炉里的灰烬相同。
- 正在收集萨科斯奇遇害现场土壤标本。
- 在贝克车中发现沙子和海藻，与马里兰州海滨区域有关？

其他：

- 杰拉德·邓肯设计了整个事件，意在将杀害自己朋友的丹尼斯·贝克和其同伙绳之以法。一一八分局中另有八到十人牵扯其中，人员身份尚不明确。除一一八分局以外，还有其他涉案人员。邓肯不再是凶杀案嫌疑人。

33

阿米莉亚·萨克斯走进了一家狭小、废弃的杂货店。这里是格林尼治村南面的小意大利区。这间店的窗子已经被重新粉刷过了,店里孤零零地亮着一盏小灯。通向更加昏暗的后屋的门微微敞开,露出里面一大堆垃圾和旧货架,还有落满灰尘的番茄酱罐子。

这里曾经是一个小型犯罪组织的俱乐部,实际上就是这群贼人的老巢,直到去年才被警察清理查封。所以,现在市政府全权负责处理这处房产,但是到现在也没人愿意接手。塞利托却说,这种地方才足够安全、隐蔽,对于安排这种秘密敏感的会议,最为合适。

副市长罗伯特·华莱士和一位长相棱角分明的年轻警官正坐在屋内,他们的面前是一张有些摇摇晃晃的桌子。这位年轻的警官来自内务部,名叫托比·汉森,他和萨克斯打过招呼,并礼貌地握了手,但赤裸裸的目光对上萨克斯时,似乎在探寻有没有可能将这位美貌的警官约出去,来一次终生难忘的约会。

萨克斯面容严肃地微微点头,只关注手头棘手的任务。她重新回顾了一下案件中的线索,如同莱姆强迫她做的那样,认真审视了盒子里现有的所有线索,而后,萨克斯得出了一些结论,然而这些结论若是事实,那么情况将会变得十分严峻。

"你说出了一些状况?"华莱士问道,"你还说不想在电话中谈论这件事。"

萨克斯简要地对二人说明了杰拉德·邓肯和丹尼斯·贝克的情况。华莱士之前已经听说了这件事情，但汉森没有，此刻听到萨克斯的叙述，有些讶然地笑道："你是说，这个邓肯就是个寻常百姓？他所做的一切就是为了把一个腐败警察送进监狱？"

"是的。"

"他掌握了那些腐败警察的名单吗？"

"他只知道贝克。一一八分局涉案的警察有八到十个，但是除了一一八分局外，还有一个人，一个高层主谋。"

"还有一个人？"

"是的，我们一直以来都在找一个和马里兰州有关联的人……但我们搞错了。"

"马里兰州？"

萨克斯冷笑道："你们都知道那个打电话的传话游戏吧？"

"你是说小孩子聚会时常玩的那个？你在别人的耳边悄声说一句话，然后他再耳语传给邻座的人，这样，一圈下来，大家传的话就完全不一样了，是不是？"

"对，我的线人听到了一句'马里兰'，但我觉得，他听到的其实是'玛丽莲'。"

"一个人名？"萨克斯轻轻地点了点头，华莱士的眼睛眯了起来，"等等，你说的不会是……"

"高级警监玛丽莲·弗莱厄蒂。"

"这不可能。"

汉森警探摇着头说："绝不可能。"

"我希望我是错的，但我们已经找到了一些证据。我们在贝克的车上发现了一些沙子和海藻。而她在康涅狄格州的海边有一栋房子。此外，最近一直有一辆黑色的梅赛德斯AMG在跟踪我。一开始，我以为是新泽西或巴尔的摩的黑帮组织。后来发现，那是弗莱厄蒂的车。"

"一个警察开得起一辆AMG？"内务部的警官难以置信地问道。

"别忘了，弗莱厄蒂是一个每年有着几十万美金不法收入的警察。"萨克斯尖锐地说道，"此外，我们还在贝克从停车场偷来的那辆探路者车中，发现了几根黑灰相间的头发，长度与弗莱厄蒂的头发差不多。哦，还记不记得，她当时无论如何都不肯让内务部介入调查？"

"是的，那确实有点不对劲儿。"华莱士同意道。

"因为她要将整件事掩盖起来。说是要把这件案子交给一个她的亲信来'处理'，然而，实际上，她是要将整个案子都压下去。"

"我的天哪，连高级警监都牵扯进来了。"内务部英俊的警员难以置信地低语道。

"已经把她抓起来了吗？"

萨克斯摇了摇头，说道："问题是，我们还没找到那笔赃款。我们没有合适的理由去调查她的银行记录，也没法拿到一张搜查令，去搜她的家。这也就是我来找你的原因。"

华莱士问："我能做什么？"

"我已经约了她来这里。我会先跟她讲一些案情，不过都只是一带而过。我想让你告诉她，说我们已经查到贝克还有一个同伙。市长委派了一名专员来彻查这起案子，并且决心动用全部力量把那个隐藏在暗处的主谋揪出来。再告诉她，内务部也已经介入了调查。"

"你是觉得她听到这些会自乱阵脚，直接去赃款的藏匿处，这样，你就能一举人赃俱获，抓到她。"

"希望如此。等下她进来后，我的搭档会在她的车上装上一个追踪器。等她离开后，我们就能跟上她……现在，按照我说的计划，你能不能对她说谎？"

"不，我不能。"华莱士低头看着眼前破旧的桌子，上面画着很多已经褪色的残破涂鸦，"但是我会去做的。"

警探托比·汉森此刻已经全然失去了遐想与萨克斯销魂约会的

心情。他叹了口气,说道:"这事不会有好结果的。"萨克斯深以为然。

现在,我们学到了什么?

罗恩·普拉斯基自小作为双胞胎中的一个,一直习惯性地用"我们"来做主语,问自己各种问题。

这句话的意思是:这次与莱姆和萨克斯一起办案,我都学到了什么?

普拉斯基一直立志要尽己所能,成为一名最好的警察,所以,他时刻自我总结和反省,哪里做得对,哪里犯了错误。现在,他一边顺着街道走向萨克斯与华莱士见面的废弃杂货店,一边思索以上的问题。他觉得自己在这件案子的调查中,并没有犯下什么大错。哦,当然了,那辆探路者的现场调查工作,他绝对可以做得更好。而且他已经吸取教训了,以后,一定会把枪放在防护服外面,并且,不到万不得已,不会轻易对他人锁喉。

不过,整体上来看呢?他做得相当不错。

但他并没有很满意。他觉得自己的不满大概是因为在萨克斯手底下工作。那位女警官将工作表现的优秀标准设立得很高。对于她来说,现场总有一个没查到的地方、一条还没找到的线索、额外的一小时调查时间。

那种偏执的仔细能把人逼疯。

同时也能把你磨炼成一名优秀的警察。

是时候让他自己的能力上一层楼了,因为萨克斯也许就要离开了。普拉斯基听到了些传闻。当然,他对于萨克斯的离开并不高兴,但他必须承担起他应尽的责任。但他不知道的是,他永远不会像萨克斯那样不知疲倦。毕竟,整日里走在寒风凛冽的街头,他一直想回到温暖的家里。很多时候,他都想直接回家算了。想和珍妮聊聊她的一天，不聊他的——不，不——然后，他们两个和孩子玩一会儿。那多有趣啊，光是看着儿子的眼睛，每天都在发生着巨大的变化——尤其是在他对这个世界又有了新的认识、他和外界有了接触、他笑起来的时候。他会坐在地板上，看着布莱德在他们二人之间爬来爬去，细小的手指抓着普拉斯基的大拇指。

而他们刚出世不久的女儿，此时还是圆圆的，皮肤还有些皱巴巴的，像是一个葡萄干，小小的身体躺在海绵宝宝摇篮里，舒适又开心。

但是，他家中的天伦之乐必须要等一等了。鉴于即将发生的事情，今晚将注定是格外漫长的一夜。

他看了看街上的指示牌，意识到再走两个街区，就到那家杂货店了——他和萨克斯约好的碰头地点。他再次思考起来：我还学到了别的什么？

确实还有一件事：你该死的最好记得，行动时最好避开那些小巷。

一年前，他差点被人打死，就是因为他行走的路线离墙壁太近了，他没看见藏在建筑街角的罪犯。那个男人突然上前，手中的短棒迎头狠狠地砸在了他的头上。

又粗心又愚蠢。

但正如萨克斯警探所说："你之前不知道，所以吃了亏，但现在已经知道了，就要吸取教训。吃一堑，长一智。"

普拉斯基继续走在路上，前面又出现了一条小巷。他开始靠左侧，沿着马路向前——这样，万一有什么人或是瘾君子从小巷里突然蹿出来，他也能有个准备，及时避开。

他走到了小巷口，转身向巷子里看去，空荡荡的小巷延伸到远处，地上铺着鹅卵石。虽然他刚刚的行动并没什么意义，但至少他学聪明了。做警察就是要这样，时刻从一些过去的错误中吸取教训，然后把它变成自己的一部分——

一只手从他的身后伸出，抓住了他。

"上帝啊。"普拉斯基喘息着，身后的人将自己拖进了停在路边的一辆小货车里，他之前没有看到，因为他一直是面对着小巷的。他剧烈地喘息着，开始大声呼救。

但是袭击他的人——副高级警监赫尔斯顿·杰弗里斯，他的眼神冰冷得如同空中的寒月——此刻却用手捂住了菜鸟警探的嘴。另一个人过来按住了普拉斯基拿枪的手，两秒钟后，他就被塞进了货车的后座上。

车门砰的一声，关上了。

杂货店的前门打开了，玛丽莲·弗莱厄蒂走进来后，顺手关上了门，并插上了门闩。

弗莱厄蒂的脸上毫无笑意，她先是打量了一下破旧的杂货店，随后冲华莱士和其他警官点了点头，算是打过了招呼。萨克斯觉得，她今天看起来比平时还要严肃紧张。

副市长故作镇定地向她介绍了内务部的警探。她与汉森握手后，也在简陋的桌前坐了下来，萨克斯就坐在她的旁边。

"最高机密，是吧？"

萨克斯说："我们捅了个大娄子。"她一边说着案件的细节，一边仔细地观察着弗莱厄蒂的表情。但女人始终面无表情，没有任何情绪。萨克斯很好奇，凯瑟琳·丹斯面对这样一副石头样的面孔时，又能看出什么呢。女人双唇紧闭，眼珠灵活，神情冷漠，像是失去了一切人类的情感。

警探将贝克同伙的事情也汇报给了弗莱厄蒂。随后又说道："我知道你对让内务部调查案件的立场，但是，坦白来讲，我认为，现在的情况，需要内务部介入帮忙继续调查了。"

"我——"

"我很抱歉，警监。"萨克斯说完，转向了华莱士。

但副市长此刻却一言不发。他只是摇了摇头，叹了口气，然后，看向了内务部的那位警官。年轻的警官随即掏出了他的手枪。

萨克斯眨眨眼睛，说道："什么……嘿，你在做什么？"

汉森的枪口指向弗莱厄蒂和萨克斯之间的位置。

"这是干什么？"高级警监倒吸了一口气，说道。

"真是太糟了，"华莱士说，语气里甚至有些懊悔，"这太糟了。你们两个，把手举起来，放在桌子上。"

副市长看着她们，汉森此时将自己的手枪递给了华莱士，后者接过枪，指着两个女人。

汉森根本不是内务部的警官，他是一一八分局的人，也是勒索陷阱犯罪的核心成员之一。也正是此人，帮助贝克杀掉了萨科斯奇和克莱里。他戴上了皮手套，将萨克斯的格洛克手枪拿了过去，并拍了拍萨克斯，示意她交出备用武器，萨克斯并没带任何备用枪械。他又搜了高级警监的包，将她的小型左轮手枪收了起来。

"你说得没错，警探。"华莱士对萨克斯说，后者震惊地回视他，"我们的确出了点状况，很严重的状况。"他拿出自己的手机，拨通了杂货店门口一个警察的电话，这人同样是勒索陷阱的一员，"都搞定了吗？"

"是的。"

华莱士挂断了电话。

萨克斯说："是你？那个人是你？可是……"她的头转向了身旁的弗莱厄蒂。

副市长朝高级警监点了点头，对萨克斯说："你完全搞错了，她跟这件事一点关系都没有。丹尼斯·贝克的搭档是我——之前，我们就是生意伙伴。在长岛，我们一起长大，一起开了废品回收公司。

生意破产后，我们一起进了警察学院，当了警察。我又做起了其他的生意。后来，我开始参与市政圈，丹尼斯和我那时就一直保持着联系。时间久了，我渐渐知道什么样的骗局行得通，什么样的不行。之后，我和丹尼斯就设计了一个十分有效的骗局。"

"罗伯特！"弗莱厄蒂大声说道，"不，不……"

"啊，玛丽莲……"银发的男人只是轻轻唤了她的名字，什么都没说。

"所以，"萨克斯说道，她的肩膀垮了下来，"现在算是什么情况？"她冷笑说，"高级警监杀掉我之后，畏罪自杀？你再栽赃一些现金，放在她的家里，然后……"

"然后，丹尼斯·贝克死在了监狱——因为他惹上了一些不该惹的罪犯，争斗间，他从楼梯上摔了下来，谁知道会发生这种事呢？太遗憾了，他应该更小心些的。所有目击者都消失了，案子就可以结案了。"

"你觉得会有任何人相信吗？一一八分局会有人去揭发你们，他们早晚都会抓到你。"

"好吧，很抱歉，警探，但是，看见着火了，就得想办法灭火，你觉得这样做不应该吗？而你，就是我他妈现在遇上的最大的一把火。"

"听着，罗伯特，"弗莱厄蒂尖声道，"你确实惹上麻烦了，但现在回头，还不算晚。"

华莱士像是没听见一般，戴上了手套，对汉森说："再去街上看看，让他们把车准备好。"副市长说着，拿起了萨克斯的格洛克手枪。

汉森向门口走去。

华莱士看向萨克斯时，眼神已经变得冷若寒冰，他握紧了手枪。

萨克斯直直地盯着他的眼睛："等一下！"

华莱士皱眉。

萨克斯毫不慌张地看着他，华莱士想着：在这种时刻，她却出奇的冷静。然后，他听到萨克斯说："紧急勤务组，第一小组，进来。"

华莱士眨了眨眼睛："什么？"

华莱士还在惊疑之中，一个男人的声音就从一片黑暗的后屋中传来："都不许动！否则我就开枪了！"

这是什么情况？

华莱士惊诧莫名地喘息着，看向门口，一位紧急勤务组的警员正站在那里。他手中的H&K机关枪先瞄向政客，后又瞄向了还在前门的汉森。

萨克斯的手从桌子上拿了下去，而当她再次举起手时，手中正握着一把格洛克手枪，那一定是她事先藏到桌子底下的！她转身，枪口对准汉森，说道："放下武器！趴在地上！"那位紧急勤务组的警员立刻将枪口转向了副市长。

华莱士在惊慌失措中反应过来：哦，上帝啊，这是个圈套……全都是设计好的。

"快点！"

汉森低声咒骂着："妈的狗屁。"放弃了抵抗。

华莱士却依旧握着萨克斯的格洛克手枪。此刻，他低头看着它。

萨克斯的眼睛依旧盯着汉森，但她微微侧身对着华莱士，说道："别白费劲儿了，你手里的那把枪没有子弹，你会死得不明不白。"

似乎是被萨克斯的话恶心到了，他扔了枪，双手抱头。

弗莱厄蒂十分困惑，从椅子上站了起来。

萨克斯对着自己衣领上的迷你麦克风说道："突击队，行动。"

话音刚落，杂货店的前门轰然大开，六七个紧急勤务组的警察破门而入。在他们身后，还有副高级警监赫尔斯顿·杰弗里斯，以及内部部的老大，警督罗恩·斯科特。一起进来的还有一位金发的年轻巡警。

紧急勤务组的警察将华莱士按倒在地。他感到臀部和关节结结实实地撞到了地上，火辣辣地疼痛。汉森也被铐了起来，副市长看向门外，发现了那两个一一八分局的警察，他们本来是守在门口望风的，这会儿也已经被铐住了双手，躺倒在街边冰冷的人行道上。

"这么办案可真够刺激的，"萨克斯一边给自己的格洛克手枪装好子弹，放回腰间的枪套，一边说着，"好在，我们的问题都有答案了。"

萨克斯等人的考量并不在于罗伯特·华莱士是否有罪——他们早就知道了他是贝克的同伙之一。玛丽莲·弗莱厄蒂是否也参与了犯罪，才是他们要找出的答案。

于是，他们设计了整个会面，还录下了华莱士的认罪证词。

朗·塞利托、罗恩·斯科特还有赫尔斯顿·杰弗里斯三人，在街上的一辆货车中设立了行动指挥点，同时提前安排了一名狙击手藏在杂货店的后屋里，目的是防止华莱士在萨克斯录下他的证词前有所动作。本来，普拉斯基应该带领一队警察从正门攻进去，然后，另外一队人从后门进入，前后夹击。但是，在行动展开前的最后一刻，他们得知，华莱士还带了另外几个一一八分局的警察，而塞利托他们不能确定，这些人是否也曾涉案。所以，行动计划不得不做出调整。

实际上，普拉斯基差一点就走到杂货店门口，迎面撞上一一八分局的那两名警察，险些破坏整个行动。

菜鸟巡警说道："是杰弗里斯副警监在那几个家伙看见我之前，把我拖进了货车里。"

杰弗里斯高声说道："像个童子军去拉练似的，大大咧咧地在街上晃荡。小子，你要是想在街头活下去，就他妈把眼睛睁大点儿。"

饶是如此，萨克斯还是觉得这位副警监比起昨天的表现已经温柔了很多。她默默地点了点头,想着,至少他这次讲话时没有喷唾沫星子。

"是的,长官。我以后会更加小心的,长官。"

"天啊,现在真是什么人都能进警校了。"

萨克斯努力憋笑。转身对弗莱厄蒂说:"对不起,高级警监。我们必须得确定您不是他们中的一员。"她向弗莱厄蒂解释了自己的怀疑,因为从当时掌握的线索来看,弗莱厄蒂确实很像是贝克的搭档。

"那辆奔驰车?"弗莱厄蒂问,"没错,是我的车。而且,没错,派人跟踪你们,也是我的意思。我安排了一个特勤处的警官看顾你和普拉斯基。你们两个都太年轻了,又都是新手,做事时很可能把握不好尺度。我让他用我的车盯着你们,因为若是用别的普通小货车,一眼就会被你们识破。"

那辆昂贵的奔驰车确实迷惑了她,甚至一度将她的调查思路引到了另外的方向。若不是调查中出现了有组织犯罪的线索,她就要开始怀疑,也许普拉斯基看错了乔丹·凯斯勒,那位商人也许会与这两起死亡事件有关。她还曾想过,说不准克莱里和萨科斯奇两人是卷入了什么商业犯罪,像是安然公司财务丑闻那类的案子,然后因为知晓了某一个客户公司的诈骗犯罪而被人灭了口。而在这两起案件的相关人员中,也只有凯斯勒看起来买得起一辆奔驰 AMG。

但现在,萨克斯明白了,整件案子的起因是腐败警察犯罪,克莱里别墅中的纸灰也并不是什么伪造的财务记录,而是贝克等人为了销毁所有记录、掩藏赃款去向而烧毁的证据,就如同她最初猜想的一样。

这会儿,高级警监的注意力转向了罗伯特·华莱士。她问萨克斯:"你是怎么把他查出来的?"

"你来说吧,罗恩。"萨克斯对普拉斯基说道。

于是,菜鸟巡警开口说道:"萨克斯警探查明……"他停顿了一下,重新说道,"萨克斯警探在贝克的车子和家中发现了很多痕迹和线索。我们从中得知,我是说,萨克斯警探和莱姆从这些线索中得出结论——涉案的另一个人很可能住在海边或是码头边上。"

萨克斯接口道:"我并没有怀疑过副高级警监杰弗里斯。因为,他若是想要销毁案宗,就不会将它明目张胆地调到自己的部门。申请调派档案的另有其人,而且在档案被调派到档案室登记之前,就将它截走了。我后来又回到了杰弗里斯的分局,问他最近有没有什么人,特别是与案件有关的人,进过档案室。结果得知,确有其人,就是你。"萨克斯看了华莱士一眼,"然后,很自然的,我开始提出另一个问题。你和马里兰有什么联系?调查发现,你确实和马里兰有关系,只是关系不那么明显罢了。"

"哦,我的天啊,上帝啊,"他低声说道,"贝克告诉过我,说你提到了马里兰。但我从来没想过,你会真的查出来。"

内务部的负责人罗恩·斯科特接着对玛丽莲·弗莱厄蒂说道:"华莱士在长岛的南岸有个码头,他的船就停在那儿,船虽然登记在纽约,但却是在马里兰州的安纳波利斯制造的。那艘船就叫玛丽莲·梦露。"斯科特看着华莱士,冷笑道,"你们这些爱船人士总是喜欢用双关语。"

萨克斯说道:"在贝克的车子和家中发现的沙子、海藻还有咸水痕迹,与华莱士码头上的完全一致。我们申请到了搜查令,彻底搜查了他的船,找到了很多有力的证据。有电话号、文件和各种痕迹。还有四百多万美元的现金——哦,还有很多毒品、大量酒水,很有可能是走私来的,但是,要我说,非法贩卖私酒这种事对你们来说根本不值一提吧。"

罗恩·斯科特向两名勤务组的人点了点头,说道:"把他带到市中心,关进中心拘留所。"

在被带离的途中,华莱士回头,大声喊道:"我什么都不会说的。你们以为我会供出别人,想都不要想。我不会认罪的。"

弗莱厄蒂却笑出了声,这还是萨克斯第一次听到她笑:"你脑子坏掉了吗,罗伯特?照他们刚刚说的,已经掌握了足够的证据,能把你关一辈子了。所以你什么都不用说,实际上,这辈子也不会再有机会说了。"

第三部分

星期二,上午八点三十二分

时间是个伟大的教师,但不幸的是,它杀死了自己所有的学生。

——路易·埃克托尔·柏辽兹

34

此刻，莱姆与萨克斯二人正安静地坐在一起，看着试验台上收集来的一大堆证物，有圣詹姆斯丑闻案的，也有钟表匠案的。

萨克斯似乎正聚精会神地看着这些东西，实际上，莱姆知道，她正神游天外，想着别的事。他们聊了聊早些时候发生的那些事情，聊到了很晚。虽然，一一八分局的警察腐败案已经十分恶劣，但让萨克斯更为触动的是，这些败类竟然曾想过对自己的警察同伴痛下杀手。

虽然萨克斯说她还没决定要不要离开警局，但莱姆只看了她一眼，便知道，她是打算离开的。他还知道，她已经给阿盖尔安保公司打过几通电话了。

毫无疑问，萨克斯是会离开的。

莱姆看了一眼萨克斯的公文包，公文包敞开着，露出里面一张四四方方的白信封，那是萨克斯的辞职信。然而，如同在漆黑夜里耀眼的满月一般，信封白得刺眼，他渐渐看不清那上面的字，也再看不到其他。

他强迫自己不去想这件事，转而看向眼前的证据。

杰拉德·邓肯——汤姆戏称其为"低度罪犯"——还在量刑期间，等待法律判罚。但他犯下的都是些不痛不痒的轻罪。DNA检测表明，那把美工刀上还有警方从港口打捞上来的衣服上，以及港口甲板上的血迹，都是邓肯自己的血，而甲板上发现的指甲也和他手指上的断痕吻合。

——八分局腐败案的调查进展得十分缓慢。

调查显示，有大量的证据可以指控贝克和华莱士，还有托比·汉森的罪行。警方在萨科斯奇死亡现场采集的土壤样本，与萨克斯在克莱里别墅中发现的土壤，还有从贝克和汉森家中收集到的样本完全吻合。当然，还有一些绳索的纤维表明贝克与克莱里的死有关，但警方在华莱士的船上也发现了相同的纤维。汉森皮手套的皮革纹理与克莱里韦斯特切斯特别墅中发现的皮革痕迹吻合。

但这三个无赖丝毫不配合。他们拒绝任何辩诉协议，而且，单从案件中的线索分析，已经找不出其他涉案人员，包括那两个在东村废弃杂货店门口望风的警察。两人都声称自己与腐败案毫无关系，是清白的。莱姆也试图让凯瑟琳·丹斯去审问二人，但他们拒绝交谈，嘴巴紧闭。

莱姆有信心，他最终会将一一八分局的所有败类都揪出来，然后立案，将他们送上法庭。但他不想拖到最后，他想现在就解决这件事。正如萨克斯之前指出的那样，一一八分局还没暴露出来的恶徒很可能正计划着杀掉更多的知情人——甚至还想着杀掉萨克斯或是普拉斯基。更有可能的是，这些人正在威胁贝克、汉森和华莱士，让他们闭上嘴巴，否则就会伤害他们的家人。

再说，莱姆还有其他的案子要查。之前，联邦调查局探员弗雷德·德尔瑞（被暂时从金融犯罪案地狱中释放出来）曾打电话告诉他另一起案件：有人闯入了位于布鲁克林区的联邦国家标准和技术研究所，并在其中纵火。虽然这次事件造成的损失很小，但罪犯破坏了机构内极为精密复杂的安全系统。再加上，恐怖袭击的阴影还笼罩在人们心间，任何政府机构发生非法入侵事件都会受到极大的关注。联邦调查局想让莱姆协助犯罪现场调查，莱姆也很想帮忙，但他必须先将贝克和华莱士等人的腐败案解决。

一名警察送来了邓肯朋友案件的案宗，邓肯说过，贝克因为勒索不成，将他朋友杀掉了。这起案子到现在还没结案——谋杀案是没有调查期限的——不过这一年以来，案子没有任何进展。莱姆想从之前的案件入手，希望能找到一些别的线索，从而找出——八分局里其他的腐败警察。

莱姆最先查阅了《纽约时报》的档案，报道中称，一位来自杜鲁斯的商人，名叫安德鲁·吉尔伯特，死于一起疑似抢劫杀人案，案发地点在中城区。未发现嫌疑人，也没有后续报道。

莱姆让汤姆找来了纸质的案件调查报告，并把它固定在翻页架上，这样莱姆就能一页一页地翻看了。一般来说，这样的案子中，案宗中的记录笔迹都是不同的，因为随着时间慢慢流逝，案件会不断地被转手——查案人员越来越不愿花精力在这种案件上。根据调查记录来看，现场几乎没有留下什么痕迹，没有指纹或脚印，也没有空弹壳。被害人死于额头上两次中枪，子弹是十分常见的点三八口径特种弹。他们对贝克和其他一一八分局警官的配枪都做了弹道测试，但均与现场的弹道痕迹不符。

"你有犯罪现场调查的证物记录吗？"莱姆问萨克斯。

"我看看，在这儿，"萨克斯说，举起了一页纸，"我读给你听。"

莱姆闭上了眼睛，这样可以更好地在脑内绘制场景图像。

"钱包，"萨克斯读着，"一把圣瑞吉斯酒店的房间钥匙、一把迷你酒吧的酒柜钥匙、一支高仕钢笔、一台掌上电脑、一包口香糖，一小沓便笺纸，上面的纸上写着'男卫生间'，第二张上写着'霞多丽'[①]，就这些了。凶杀组的负责人叫约翰·瑞佩蒂。"

莱姆低着头，脑子里正反复想着什么。此刻抬头看向萨克斯，说道："什么？"

"我说，瑞佩蒂，他当时负责中城区北部的案子。你想让我联系

---

① Chardonnay，一种葡萄酒。

他吗?"

又过了一会儿后,莱姆回答说:"不,我有别的事需要你去做。"

这行李箱简直是见鬼了。

凯瑟琳·丹斯此刻正用她的 iPod 听着歌,耳机里现在传来的是蓝调音乐人——盲人莱蒙·杰弗逊的《许我墓前清净》。她盯着自己装得满满当当的箱子,无论如何也合不上了。

她不过是买了两双鞋和一点圣诞节礼物……好吧,是三双鞋,但其中一双是平底鞋,那根本就不算是鞋。哦,对,还有毛衣。问题出在了这件毛衣上。

她把毛衣拿了出来,再次试着合上行李箱。但还是差那么几厘米扣不上。

见鬼了……

行吧,她可以更优雅一点。她拿出一个塑料的洗衣袋,将行李箱中的牛仔裤、套装、卷发棒、长筒袜还有那件臃肿又讨人厌的毛衣都拿了出来,然后,再次合上行李箱。

咔嗒。

好了,恶灵退散了。

酒店房间的电话响起,前台的服务员告诉她说,有一位客人来访。

还真是会赶时间啊。

"让她上来吧。"丹斯说道,五分钟后,露西·里克特坐在了丹斯房间里那张小巧的沙发上。

"你想喝点什么吗?"

"不了,谢谢,我不能久留。"

丹斯对着房内的迷你冷藏柜点点头说:"发明迷你吧的人是个魔鬼吧,糖果和薯片是我的死穴,嗯,基本上,这里所有的食品都是我的死穴。而且，更可怕的是，那种辣味零食标价是十美元。"

而身材完美的露西，看起来似乎从来都不需要计算食物的卡路里，却了然地笑了，而后说道："我听说他们抓到了他，有个在我家警戒的警察告诉我的，但他也不知道具体细节。"

丹斯向她说明了杰拉德·邓肯的情况。告诉她说，这个男人一直都是清白的，还有纽约警察局一个分局，出了一起腐败丑闻。

听了丹斯的讲述后，露西摇了摇头。随后，她四下打量了一下丹斯的小房间，无关紧要地说起了墙上的相框和窗外的街景，屋顶上的烟囱和积雪，还有一口通风井，她说完了街景里所有能说的东西，终于说道："我这次来，是想跟你说声谢谢。"

不，你才不是为了这个来找我的，丹斯心里想着。但她嘴上还是客气地应道："你不用谢我，那是我们该做的。"

丹斯注意到，露西的手臂并没有交叠在胸前，女人正以一种舒适的姿势坐在那里，她稍稍靠着椅背，肩膀放松，但没有垮下去。她看起来即将坦白些什么。

丹斯任由沉默在两人之间徘徊。随后，露西开口说："你是一位心理顾问吗？"

"不，只是一名警察而已。"

在她的审讯过程中，疑犯常常会在坦白事实后继续讲下去，讲他们悖德的不幸故事、可憎的父母、兄弟姐妹之间的嫉妒、出轨的妻子和丈夫、愤怒、愉悦和希望。自我剖析着、寻求着建议。不，她不是一位心理顾问。但她是一名警察，是一位母亲，还是一个人体动作学专家，这三种身份都要求她成为一名专家，一门差不多已被遗忘的艺术——聆听的专家。

"好吧，我感觉与你很聊得来。所以，我想，有件事，也许可以问问你的意见。"

"嗯，你继续说。"丹斯鼓励道。

露西接着说道："我不知道该怎么办。我今天就要去参加典礼了,就是我之前跟你讲的那个。但是,有个问题。"她又讲了一些关于她海外服役的事,那些管理燃料和供应的工作。

丹斯打开了迷你吧,拿出了两瓶标价六美元的巴黎水,挑眉看向露西。

露西犹豫了一下,说道:"哦,当然可以。"

丹斯将瓶子打开,递了一瓶给露西。双手忙碌时,大脑就能解放出来思考,还能好好地组织一下语言。

"是这样的,我的队里有一个下士,皮特,是南达科他州的预备军人,人很有趣,特别有趣的一个人。他在老家那边当过足球教练,做过工程。我刚到那边时,他帮了我很多。有一天,差不多一个月前,我们两个要去处理几辆出了故障的货车。有些车要送回胡德堡维修,有些车我们能自己修,还有一些只是有些剐蹭。

"当时,我在办公室,他去了食堂。我们约好,我在下午一点的时候开车去接他,然后我们一起开车去事故地点。我是开着一辆悍马去的,当时,我已经看见了皮特在那儿等着我。然后,一个IED爆炸了。IED就是一种炸弹。"

丹斯当然知道那是什么。

"爆炸时,我离他只有十米左右。皮特还在向我挥手,然后一阵闪光之后,一切都变了。就好像是你一眨眼,原来的广场就变成了一个完全不同的地方。"她转头看向窗外,"食堂的整个门脸全都炸没了,棕榈树——消失了。那些站在附近的士兵和平民……一瞬间,都没有了。"

她的声音出奇的平静。丹斯明白这种语气,她经常听到目击者用这种语气谈论起他们死于案件中的挚爱,那是最难进行的审讯。比面对穷凶极恶的罪犯更加艰难。

"皮特的身体碎掉了,只能这样形容。"她顿了顿,说,"他满身是血,皮肤焦黑,四分五裂……在那边,这种场景我见得多了。但是这次实在是太可怕了。"她喝了一口水,而后把瓶子抱在怀中,像是抱着一个娃娃。

丹斯说不出安慰的话——没用的。她点了点头,让露西继续。深吸一口气后,露西的手指紧紧地绞在了一起。通过专业的判断,丹斯明白这种姿势的含义——很常见的一种——试图压制住因愧疚或痛苦、耻辱而引发的强烈的紧张感。

"问题是……我当时,迟到了。我在办公室时,看了时钟。当时是十二点五十五分,我还剩半杯汽水没喝完。我想过,扔了剩下的这半杯,直接出发——我五分钟就可以到食堂——但我想把它喝完。我就是想再坐一会儿,把它喝完。然而我去晚了。如果,我准时到了食堂,他就不会死了。我就能接上他,而且爆炸的时候,我们应该已经走出半公里了。"

"你当时受伤了吗?"

"一点轻伤。"她说着,拉起袖子,露出小臂上一大片厚厚的伤疤,"这不算什么。"她看着这块疤,又喝了些水。她双眼空洞,说道:"我哪怕早到一分钟,他至少也来得及上车,有活命的机会。六十秒……就能决定他的生死。全都因为一杯汽水。我只想喝完那杯该死的汽水。"她嘴边扯出一个悲伤的笑,说道:"然后,猜猜是谁跳出来要杀掉我?一个自称钟表匠的家伙,把一座大得吓人的时钟放进了我的浴室。几个月以来,我一直在想,仅仅一分钟,怎么会给生命带来生与死的不同,结果这个变态直接把一个时钟扔到了我的脸上。"

丹斯问:"还有什么?还有别的事情困扰着你,对不对?"

她挤出一丝微笑,说道:"是的,问题是这样的。大概到下个月,我就服役到期了。但是,我始终觉得自己对不起皮特,对这件事,我没法释怀。所以我对长官报告说,想要延期服役。"

丹斯点了点头。

"这次典礼也就是这么一回事。并不是为了表彰受伤的士兵。我们每天都有人受伤,是为了表彰延期服役的士兵。军队现在招兵困难,所以,高层想让我们这些延期服役的士兵作为一种宣传。就像是说,我们很喜欢那种生活,所以还想要再回去。"

"但是,你却又改变了主意?"

露西点头,说道:"这件事已经快把我逼疯了。我睡不着觉,不想亲近我丈夫。我什么都做不了……我很孤独,很害怕。我想念我的家人。但我知道,我们在战场上做的事情也很重要,是对很多人来说都很重要的事情。所以,我没法决定,我就是没法做出决定。"

"如果,你告诉他们,你改变主意了,会怎样?"

"我不知道,他们应该会很生气。但也不至于把我送上军事法庭。其实,更多的还是我自己的问题。如果我那样做,就会让别人失望,会是一种逃避。我这辈子从来没有逃避过。那样,我就成了一个不守诺的人。"

丹斯思考了一阵,喝了一口水,说道:"我也不能告诉你应该怎么做。但是,我想告诉你一点:我的工作,就是设法找出真相。我每天打交道的人,基本上都是罪犯,这些家伙知道事实真相,可为了保住自己,他们就会说谎。除了他们,我还遇到过很多人,会在他们都没有意识到的情况下,自己欺骗自己。

"但无论你是在欺瞒谁,警官也好、你的母亲也好,或是丈夫、朋友,甚至是你自己,这种行为表现出来的症状都是相同的。你会感受到很大的压力、愤怒和抑郁。谎言使人丑陋,真相则完全相反……当然,有时候,人们最不想说的,就是真相。我已经记不清见到过多少次疑犯在坦白真相后,脸上露出释然和放松的表情了。更奇怪的是,他们有时还会感谢我。"

"你是说,我自己早已知道如何选择。"

"哦,是的。你确实知道,就在你的心里,只是被你自己掩盖起来了。虽然,你可能不太喜欢你的答案,但它就在那里。"

"我要怎么找到它,审问我自己吗?"

"你知道吗,这种说法很棒。当然,你要做的就是像我一样,找出那些感受的来源：愤怒、抑郁、否认、借口和辩解。你什么时候会有这些感觉，又为什么会有这些感觉？隐藏在这些情感之后的，是什么？而且，千万不要让自己临阵退缩，你要专注去找，这样，才能找到你的真实想法。"

露西·里克特倾身拥抱了丹斯，很少有谈话对象会这样做。

露西的脸上露出微笑，说道："嘿，我有个主意。我们可以写一本自助指导书，书名就叫《女孩们的自审指南》，肯定会成为畅销书的。"

"我们一有时间就开始写。"丹斯笑道。

她们用各自的瓶子碰了一下杯。

十五分钟后，她们正享用着客房服务送来的蓝莓松糕和咖啡，丹斯的电话铃声响起。她看了一眼来电显示后，不禁摇摇头，笑了。

莱姆的公寓房中，门铃声响起，不一会儿，汤姆带着凯瑟琳·丹斯走进了实验室。此时，丹斯的头发披散着，没有像之前那样绑着麻花辫，iPod耳机依旧挂在她的脖子上。她脱下了一件薄大衣，与不久之前才到的萨克斯和梅尔·库柏相互问候了几句。

丹斯弯下腰，摸了摸小狗杰克逊。

汤姆说道："嗯，我送你一件临别礼物怎么样？"说着，用下巴指了指丹斯眼前的哈瓦那犬。

丹斯笑道："它是真的很讨人喜欢，但我家现在已经各种生物人满为患了——不管是两条腿的还是四条腿的，都已经够多了。"

刚刚的电话是莱姆打来的，电话中，莱姆客气地说着他的请求，请她再帮他们一次。

"我保证，这是最后一次。"此刻，莱姆对着坐在自己旁边的丹斯说道。

后者问道："需要我做什么？"

"我记得,你之前和我讲过加州汉森的案子——你通过看审讯录像发现了他的陈述中另有隐情,而且别有居心。"

丹斯点了点头。

"我想让你也帮我们看看这样一份录像。"

莱姆之后对她说起了杰拉德·邓肯那位被谋杀的朋友,安德鲁·吉尔伯特。正是因为他,邓肯才走上了扳倒贝克和华莱士的复仇之路。

"但我们在吉尔伯特案件档案中发现了一些奇怪的疑点。首先,吉尔伯特有一部掌上电脑,却没有手机。这很奇怪。现在做生意的人,每人都有手机。他还有一个便签本,上面记了两页。一张上面写着'霞多丽',这可能是他记下来的备忘录,提醒自己要买的东西,还有一张便签上,写着'男卫生间'。为什么会写这个?我仔细想了想,觉得这是有听力障碍或是表达障碍的人才会写的字条。这样解释也很合理,'霞多丽'是在餐厅点餐时给服务人员看的,然后问他们'男卫生间'在哪里。再加上,他也没有手机。所以我认为,他会不会是个聋人。"

"也就是说,"丹斯说道,"邓肯的朋友之所以会死于抢劫案,是因为他不懂劫匪的话,或是没有及时把钱包交出去,劫匪因此失去耐心,开枪射杀了他。而邓肯以为,是贝克杀掉了他的朋友,但事实可能并非如此,一切都是巧合。"

萨克斯说道:"所以,事情变得更奇怪了。"

莱姆说:"我找到了吉尔伯特住在杜鲁斯的遗孀,她说吉尔伯特从出生起就是位聋哑人。"

萨克斯接着说道:"但邓肯却说,吉尔伯特曾在部队里救过他的命。但如果吉尔伯特天生是位聋哑人,那他根本就不可能去军队服役。"

莱姆说:"我想,邓肯可能就是在报纸上读到了这起案件,于是谎称自己是被害人的朋友——为他扳倒贝克编造了一个借口。"刑侦专家耸了耸肩,继续说道,"也许这根本没什么好查的。毕竟,不管怎么说,我们揪出了一个腐败警察。但是这些小问题也不能放任不管。所以,你能看看邓肯的审问录像,说说你的想法吗?"

"当然可以。"

库柏在键盘上忙活了一阵。

片刻后,屏幕上显示出了杰拉德·邓肯的广角视频。视频中,邓肯舒适地坐在市中心一间审讯室里,塞利托的声音传来,介绍着案件的一些细节,他的名字、日期和案件名称。随后,邓肯开始陈述自己的证词。在最后一个"连环杀手"的现场外,邓肯曾坐在马路边上,对莱姆坦白了一切。视频中的邓肯又将他的话重复了一遍。

丹斯仔细地看着视频,在听到邓肯说到自己计划的一些细节时,她缓慢地点了点头。

视频播放结束后,梅尔按下了暂停键,画面刚好定格在邓肯的脸上。

丹斯转头问莱姆:"这是审讯的全部内容吗?"

"是的。"莱姆注意到,丹斯表情严肃了起来。莱姆问道:"你怎么看?"

丹斯犹豫了片刻,然后说:"我必须得说,在他的话中,不仅是他朋友被杀这段供词有问题。我认为,视频中,他说的所有事情,都是假的。"

莱姆的家中鸦雀无声。

一片寂静。

终于,莱姆抬头看向显示屏中的杰拉德·邓肯,平静地说道:"你继续说。"

"在他说起设法将贝克送进监狱时,我获取了他的基准反应,因为,整个案件中,这部分是真实可证的。所以,以他这段表现为标准,他的反应一旦出现改变,就证明他在说谎。他在谈起他那位所谓的朋友时,表现与之前分歧很大。而且,我觉得他的名字并不叫邓肯,也没有住在中西部。哦,还有,他根本就不在乎丹尼斯·贝克。他对贝克是否被捕毫不在意。而且,还有一件事。"

丹斯看向屏幕,说道:"你能把视频调到中间位置吗?有一段,他伸手摸了摸自己的脖子。"

库柏将播放进度条向前调了一段。

"就是那儿,回放一遍这一段。"

我不会伤害任何人。我做不到。我也许钻了一些法律的空子……

丹斯开始摇头,眉头紧皱。

"怎么了?"萨克斯问。

"他的眼睛……"丹斯低语,"哦,这是个大麻烦。"

"为什么?"

"我觉得他是个很危险的人,非常危险。我曾花了好几个月的时间去研究连环杀手泰德·邦迪的审讯录像,邦迪是典型的反社会人格,也就是说,他在说谎的时候,完全不会有任何反常的表现或其他异常行为。但是,我曾在他的眼睛里捕捉到一个极其微小的反应,就在他说自己从没杀过任何人的时候。那并不是一个典型的欺诈表现,还可能意味着失望和背叛。他在否认他个人存在中一些具有核心意义的东西。"

"你确定吗?"萨克斯问。

"不能完全确定,不。但我认为,我们有必要再问他一些问题。"

"不管他打算做什么,在查明他的真正意图前,必须把他转移到三级拘留监禁。"

邓肯被捕的罪名都很轻,也没有重大罪行记录,所以,此刻,他应该被关在中央大街的低级安全警戒拘留所里。虽说,想从那里逃出来不太可能,但也不是完全不可能。莱姆让人用他的手机打给了曼哈顿市中心的拘留所管理员。

表明身份后，莱姆提出将邓肯转移至三级监禁的要求。

狱警却沉默着，没有说话。莱姆以为，这是因为这位公职人员不想听一个平头百姓对他指手画脚。

老套的政治游戏……

他看了萨克斯一眼，示意要她来传达这次转移要求。也就在这时，狱警说出了自己的原因。"那个，莱姆警探，"男人的语气充满不安，"他就在这里待了几分钟而已。我们都没来得及让他在这儿登记备案。"

"什么？"

"检方的人来了，和邓肯签了一些协议什么的，然后昨晚就把人放了，我以为你知道的。"

35

朗·塞利托也回到了莱姆的实验室，此刻，正在房间里愤怒地踱步。

邓肯的律师似乎与助理检察官达成了一些协议，只要邓肯愿意签署认罪书，并为警力滥用及消防消耗缴纳一笔十万美金的罚款，签署保证书，承诺会在贝克的案件审理时出庭做证，检方便撤销对他的所有指控。如果他届时未能出席，那么这份协议便会作废。所以，他连夜就被释放了，拘留所都没来得及将他登记在册。

高大而不修边幅的警探怒气冲冲地瞪视着手机的播放器，双手叉腰，好像眼前这个小小的电子产品就是那个放走了一个潜藏杀手的蠢货。

检方律师的话语中，满是不屑一顾的辩解。"只有这样他才会配合，"男人说道，"当时负责谈判的是他的代理律师，来自里德普林斯。他上交了他的护照，所有程序都是合法的。他同意在贝克案件庭审之前，一直待在管辖区内。我在城里的一个酒店给他订了一间房，还派了一个警察看着他。他哪儿也没去。到底有什么大惊小怪的？这种事我已经做过上百遍了。"

"韦斯特切斯特那边查的怎么样？"莱姆对着电话喊道，"那个被偷的尸体，查清楚了吗？"

"那边同意不会起诉邓肯。我答应他们说，帮他们处理一些需要我们合作帮忙的小案子。"

这个检察官是把这次机会看作自己事业高升的踏板了。扳倒一窝腐败警察可以让他平步青云，甚至是一步登天。

莱姆气得直摇头。这种无能、自私、贪婪的野心激怒了他。本来，为了避开政客们而专心查案，已经够艰难的了，现在又碰上这样一个蠢货。为什么没人在放走邓肯之前知会他一声？就算凯瑟琳·丹斯没有发现审讯录像中的问题，邓肯身上也还有好多问题没有解释清楚，根本就不能如此轻易地放了他。

塞利托吼道："他在哪儿？"

"不管怎么说，有什么证据能证明……"

"我问你他妈的在哪儿？"塞利托顿时发了火。

检察官犹豫了片刻，说了一家中城区酒店的名字，并把看守邓肯的警官的电话号告诉了他们。

"我打电话。"库柏说着，开始拨号。

塞利托继续问道："他的律师是谁？"

那位助理检察官又说出了一个名字。紧接着，不安地说："我真的觉得没必要这么大惊小怪——"

塞利托直接挂断了电话。他看向丹斯，说道："我要采取一些更激烈的行动了，你懂我说的吗？"

丹斯点了点头，说道："我们在加州办案时，也出过这种麻烦。但我对自己的判断很有信心。不管你要做什么，都得找到他，无论如何都要找到。不管是面对谁，我的判断都不会更改。部长也好、市长也好，甚至是州长。"

莱姆对萨克斯说道："查查那个律师，关于邓肯他都知道些什么。"萨克斯看了一眼律师的名字，拿起了手机。莱姆当然知道里德普林斯律师事务所。那家事务所规模巨大，声誉很好。办公地点就在下百老汇。那里的律师以善于处理高端金融犯罪案件著称。

这时，库柏冷声道："出问题了。酒店里看守邓肯的警察，接到我们的电话后,刚刚去查看了邓肯的房间。他不见了,林肯。"

"什么?"

"那个警察说邓肯昨晚很早就上床休息了,说感觉身体不舒服,今天白天想多睡一会儿。从房内的情况来看,他应该是撬开了通往隔壁房间的门锁,从那里溜走了。警察也不知道这是什么时候的事,他可能昨天晚上就逃走了。"

萨克斯此时也挂断了手机,说道:"那位助理检察官听到的律师名字是假的,里德普林斯事务所并没有叫这个名字的员工,邓肯也不是他们的客户。"

"哦,真他妈的见鬼了。"莱姆大声说道。

"好了,"塞利托说,"是时候动真格的了。"他联系了波·豪曼,并告诉他说,他们需要再次追捕疑犯邓肯。"只是这次,我们并不确定他到底在哪儿。"

塞利托对战术小组警官说明了一些他们现有的细节信息。豪曼的反应,莱姆虽然听不到,但也能从塞利托的回应中猜到一二,警探说道:"这不用你告诉我,波。"

塞利托给总检察长本人的电话留了言,随后打电话将他们现在的问题通报给了总部的高层。

"我想知道他的更多信息,"莱姆对库柏说,"我们都他妈的得意忘形了,当时根本没有问明白问题。"他看着丹斯,说道:"凯瑟琳,我真的,很不好意思这样要求你……"

丹斯正放下手中的电话,说:"我已经取消了航班。"

"对不起,这甚至都不是你的案子。"

"从我周二开始审问科布那一刻起,这就已经是我的案子了。"丹斯说道,此刻的她,绿眸冰冷,嘴唇紧抿。

库柏在他们掌握的所有关于邓肯的信息中翻找,列出了一张电话号码,然后挨个儿打过去询问。几次通话过后,他说道:"听听这个。他并不叫邓肯,密苏里州警察局派人去了他驾照上注册的地址。

房子的主人的确是杰拉德·邓肯，但不是我们的这个杰拉德·邓肯。住在那儿的男人因为工作安排，六个月前就已离开，去了阿拉斯加的安克雷奇。房子现在没人住，正在出租。这是户主的照片。"

照片是从驾照上拍下来的，画面中的男人与昨天他们逮捕的人完全不同。

莱姆点点头，说道："这招高明。他肯定是在报纸上房屋出租那栏里找到了这家，他注意到这间房子在市面上出租了很久还没租出去，而接下来的几周，因为圣诞节到了，这房子也不大可能会有人租，就像他之前选择的那座教堂一样。他伪造了我们之前看到的驾照，还有护照。我们从一开始就低估了这个家伙。"

库柏盯着电脑，喊道："户主——真正的邓肯，他的信用卡出了些问题，遭到了身份盗窃。"

林肯忽然感到腹中升起一阵寒意，理论上来说，他并不能感知到这些。但他有种感觉，一场看不见的灾难，正快速地袭来。

丹斯盯着屏幕上假邓肯的脸，就像莱姆盯着他的证据板一样。琢磨着："他的真正目的，到底是什么？"

一个他们不知该从何答起的问题。

地铁上，一直扮演杰拉德·邓肯的男人，查尔斯·维斯帕西安·黑尔看了看自己的腕表（他没有用那只他越来越喜欢的宝玑怀表，因为他接下来要扮演的角色并不适合佩戴怀表）。

一切都在按照计划进行。现在，他正从布鲁克林区坐地铁离开，他的秘密安全屋就在布鲁克林。他的心情有些期待，又有些紧张，但毫无疑问，他即将迎来此生从未有过的一种圆满。

他对文森特说的那些，关于他自己的事，基本上都是假的。毫无疑问，他不可能讲真话。他以专业的态度，花了很长的时间，精心策划了这一次的作品。他不可能将这些告诉一个强奸犯，因为他知道，只要警方略施压力，强奸犯就会把自己知道的全都说出来。

黑尔出生在芝加哥，他的父亲是一位高级中学的拉丁文教师（这也是他中间名的由来，那是一位伟大罗马皇帝的名字①），母亲是一个百货店的女装部经理，百货店位于郊区，名叫西斯尔百货。这对夫妻的话很少，两人之间也很少交谈。每天晚上，安静地吃过晚饭后，父亲就会埋头读书，母亲也会做起自己的针线活儿。他们家唯一的家庭活动，就是夫妻俩各自坐在两把椅子上，看一些低俗的电视剧，或是情节浅白的刑侦剧，这也成了他们之间进行交流的特殊媒介——通过评论电视节目，表达各自的喜爱和厌弃，而这些话，他们是永远没有勇气直接说出口的。

安静……

他从出生那一刻起就是个孤独的人。小时候，他是个很乖巧的孩子，父母对待他的方式礼貌而疏离，还有些冷漠和探究，好像他是一株特殊的植物，而他们对于何时给他浇水、如何培育他，一概不知。长久以来的无聊和孤独渐渐在他的心里蚕食出一个巨大的空洞，查尔斯急切地想要做些什么来填补时间的空白，因为他怕，这座房子无处不在又一成不变的安静有一天会淹没他。

他会整天待在户外——去远足或是爬树。不知道为什么，只要是在外面，独自一人就没那么难以忍受了。因为，天大地大，总有新鲜的东西会吸引你的注意，它也许就在下一个山头，就在枫树的另一束枝叶间。他加入了学校的野外生物兴趣组。和大家一起去野外远足。他总是第一个穿过绳索桥、第一个从悬崖上跳入水中、第一个从山侧绕绳降下去。

若是他被迫待在室内，查尔斯养成了一个消磨时间的习惯，就是将所有东西摆放整齐。像是整理办公用品、书籍、玩具。这样做可以无限填充难熬的空洞时间。他这样做并不是因为孤独，也不是

---

①维斯帕西安（Vespasian）也可译作韦帕芗，是罗马帝国第九位皇帝。

因为无聊。他只是害怕安静。

你知道吗？文森特，"谨慎"这个词来源于拉丁文，它的原意是"恐惧的"。

每当事情变得失控和无序时，他就会难受得抓狂，即使是一些极其无关紧要的小事，像是火车铁轨出现弯曲、自行车轮辐变弯，所有没有顺利进展的事情都会让他紧张焦躁，就像是其他人听到指甲划过黑板的声音时一样。

比如，他父母的离异。在他们离婚后，查尔斯再也没有和他们中的任何一个人讲过话。生活应该是有序而完美的。而当那些不完美出现时，你就有权利将那些不和谐因素全部清理掉。他从不祈祷。他不相信只要和神灵交流就能让人生顺利，或是达成目的。

黑尔曾在军队服过两年兵役，他很享受军队里令行禁止的氛围。在那之后，他进入了军官预备学校学习，他的表现引起了教授们的注意。也正是这些教授，在他毕业升为军官后，推荐他在学校教授军事历史和战术战略设计，而他对于这两门课程都十分精通。

服役结束后的那一整年，黑尔都在欧洲远足和登山。随后，他回到了美国，成了一名投资银行家和风险资本家，开始经商，夜里，他还会研究法律。

他还做过一段时间律师，很擅长促成商业合作。那段时间，他赚了很多钱，但他的生活中，一直潜藏着挥之不去的孤独感。他拒绝接触爱情，因为爱情中总会充满各种突如其来的冲动，况且人们在恋爱时的行为往往是失常的。因此，渐渐地，他对计划与秩序的热情超过了对爱人的渴望。而如同所有用一种偏执的痴迷来代替真情实感的人一样，黑尔发现自己正在寻找更加刺激的方式来满足自己。

六年前，他找到了能够满足自己的最佳途径。那是他第一次杀人。

那时，他还住在圣地亚哥，一次，他得知一个与自己有生意往来的朋友出了车祸。一个喝醉酒的混混，开车直直地撞进了那位朋友的车里。这次事故撞碎了朋友的盆骨，撞断了他的双腿，治疗期间，医生不得不将他的一条腿截掉。而肇事的司机毫无悔意，拒绝承认自己的过错，甚至还说事故都是受害者的错。法院最终还是定了这个人渣的罪，但由于他是初犯，所以只是轻判。而他自那之后，就一直在骚扰这位朋友。

黑尔觉得，这件事不能再忍耐下去了。他想出了一个周密的计划，想吓唬一下这个混混。但是，当他审视整个计划时，他始终觉得哪里不妥，这感觉让他焦虑不安。这个计划不够完美，不如他所设想的那样无懈可击。后来，他意识到了问题的所在。那就是，在他的计划中，混混最终还是活着的。只要他死了，这个计划就完美了，事态就会得到彻底的控制，也不用担心他会回头报复自己或是他的朋友。

但他真的能杀死一个活生生的人吗？这主意听起来十分荒谬。

杀，还是不杀？

在一个十月的雨夜，他做出了决定。

这次杀戮进行得很完美。警察对于那人的死因毫无异议，都以为他是自己倒霉，在家中触电而亡。

他已经做好了准备，接受良心的谴责。但事实是，除了极度的喜悦和满足感，他什么都没感觉到。而这种满足感，是来自他计划的完美实施，而不是因为他刚刚夺去了别人的生命。

像是瘾君子渴望毒品一样，他迫切地渴望着能再来一次。

不久后，他参与了墨西哥的一个合资项目——建立一片高级别墅区，但一个腐败的政客一直从中阻挠，眼见这次合资项目就要失败了。黑尔的墨西哥合伙人解释说，这个小人已经干过好几次类似的缺德事了。

"真是太可惜了，没人收拾掉他。"黑尔矜持地说。

"哦，没人能收拾得了他，"墨西哥人说，"他啊，用你们的话说，是个金刚不坏之身。"

黑尔对于这种说辞颇为感兴趣："为什么这么说？"

墨西哥人解释说，这位腐败的联邦专员痴迷于各种安保措施。他的车是一辆大型武装ＳＵＶ，凯迪拉克为他定制的特别款，而且他时刻带着保镖。他的安保公司经常为他制定不同的行动路线，所以，他的回家路线、上班路线和会议路线都不是固定的。他还经常带着家人一个接一个地更换住所，但他经常不在自己家里住，反而会住在朋友家，或是租来的房子里。他出门在外，总会把儿子带在身边——传闻说，他带着儿子，是为了给自己当挡箭牌。同时，这位专员的上头，还有一位联邦政府的高级官员护着。

"所以，对于这种人，你可以说他是金刚不坏之身了。"墨西哥人说着，倒了两杯昂贵的帕特伦龙舌兰酒。

"金刚不坏。"查尔斯·黑尔若有所思地低声说道，随后点了点头。

就在这次对话之后不久，五份毫不相干的新闻报刊登在了十月二十三日的《墨西哥先驱报》上。

- 墨西哥的一家私人安保公司发生火灾，所有人员均安全撤离，没有造成人员伤亡，损失微不足道。
- 一家移动通信运营商的主机电脑被黑客入侵，造成墨西哥城部分地区与其南部部分郊区服务中断两个小时。
- 在一百六十号高速路上，一辆卡车着火，事发地点位于墨西哥城南部，靠近查尔科镇。事故完全阻断了北部道路的交通运输。
- 商业地产执照委员会负责人，联邦专员亨利·波菲里奥，死于一起车祸事故，其乘坐的车辆冲下了一架单行桥，车辆坠桥后，与一辆停在桥下的丙烷运输卡车发生了碰撞，并引发了爆炸。事故起因，是为了缓解交通拥堵，车辆根据交警指挥，采取边路路线。此前的其他车辆均成功渡桥，但联邦专员的武装越野车因为安装防弹钢板致使车身过重。尽管参照标语指示，桥梁可以承担 SUV 的重量，但桥面结构老旧，最终不堪其重，酿成事故。据悉，专员的安保负责人事先了解了出事路段的交通拥堵状况，曾试图联络专员，采取更为安全的路线，但由于事故发生区域手机通信瘫痪，联络未能实现。专员的车是事发地唯一一辆出事车辆。

事故发生时，波菲里奥的儿子并不在车中，原本也会遭遇不幸的男孩，由于前一天在学校内轻微食物中毒，今日依旧留在家中休息。

·警方接到匿名举报，搜查了墨西哥联邦政府高级内务官伊拉斯谟·萨利诺的夏日别墅。发现了大量枪支和可卡因（奇怪的是，记者们事先也得到了线报，同样得到此消息的，还有《洛杉矶时报》的记者）。

这些新闻，都刊登在同一天的报纸上。

十个月后，黑尔参与的地产项目破土动工，同时，他还收到了墨西哥方面合伙投资人送来的五十万美元的现金奖金。

收到这笔钱时，他很高兴，但更让他高兴的是，通过这位墨西哥人，他建立了一系列的关系网。因为很快，就有人在美国联系上了他，需要类似的服务。

现在，一年之中，他除了照常做生意外，还会在空闲的时候受理一些这类业务。大部分都是谋杀，但也有金融骗局、保险诈骗和计划偷盗。黑尔不挑雇主，也不在乎动机是什么，因为这些与他无关。他不想知道为什么有人想要犯罪。他曾杀掉过两个家暴丈夫。杀掉过一个恋童变态。在那一周后，他又杀掉了一个女人，她是美国联合劝募会①的主要捐助人。

---

①一个著名的公益团体。

黑尔对于好和坏的定义和其他人不同。对他来说，精神上的刺激是好的，无聊枯燥是坏的。一个周密的计划被完美无缺地执行是好的，糟糕的计划或是粗心大意的行为是坏的。

但他最近的这次计划——当然也是他目前为止的最为复杂精妙且影响最大的计划——正一步步地走向他设计好的完美结局。

宇宙就是上帝制造的一块手表，上帝制造了它，给它上紧了发条，然后，宇宙开始运转……

黑尔下了地铁，走到街上，他的鼻子在冷风中微微刺痛，眼角也湿润了。他沿着人行道向前走去。现在，他要去启动整个计划里真正的计时器了。

朗·塞利托的电话铃声响起。他看了一眼屏幕，皱眉接起电话，简单的交谈之后，说道："好的，我会去查。"

莱姆询问地看向他。

"是豪曼。他刚刚接到一个快递公司经理的电话，那家公司与钟表匠之前闯进去的公司在同一个楼层。他说有顾客联系了他们，说是有一个快递昨天就应该送到了，可是现在还没到。经理怀疑，是有人闯进公司，偷走了包裹。大概就是发生在我们昨天逐层排查，搜捕钟表匠的时候。经理问我们，是否知道这件事。"

莱姆看了一眼萨克斯拍回来的大楼走廊的照片。她做得很棒，照片拍下了整个楼层。在快递公司的牌照下方，有一行字：安全可靠，可担保贵重物品运输。执照运营，可享担保。

莱姆能听到周围人讲话的声音，但他没有听他们所讲的内容。他盯着照片，又看了看其他的证物。

"乘虚而入。"他低声说。

"什么？"塞利托皱眉问道。

"我们都在关注钟表匠本人，还有那些伪造的谋杀——以及他如何将贝克引出水面——我们从来都没注意到,那些同时发生的其他事情。"

"什么事情?"萨克斯问。

"非法闯入。他实际上只犯了一种罪行,那就是非法入侵。有一段时间,那层楼的所有办公室都是无人看守的,他们排查了办公楼之后,那些房间门都是开着的吗?"

"嗯,应该是。"高大的警探说道。

萨克斯说:"所以说,当我们全都在地板公司的办公区搜查时,他只要换上一身制服,或是直接在脖子上挂一个警徽,就能畅通无阻地进入快递公司,将包裹拿走。"

乘虚而入……

"打给快递公司。查一查那个包裹里是什么东西,邮寄人和收件人都是谁,快点。"

36

一辆出租车停在了第五大道大都会艺术博物馆的前面。

宏伟的建筑为了迎接圣诞节而装点一新,精美的维多利亚风装饰在上东区随处可见,整座博物馆洋溢着柔和的节日气氛。

查尔斯·维斯帕西安·黑尔从车中走了出来。他仔细打量了一下周围,看是否有警察跟踪他。虽然,他此刻被人监视的可能性微乎其微,但他依旧耐心地仔细观察着街上的各个角落,看是否有人注意到他。观察过后,他并未发现任何问题。

黑尔弯下腰,将车费从出租车半开的车窗递了进去——他的手上依旧戴着手套——随后,把一个黑色的帆布包背在了肩头。他走上台阶,来到了宽敞的、像教堂一样的博物馆大厅。这里充斥着嘈杂的人声,其中多是年轻人或孩子的声音。放学后来到这里的小孩给整个大厅更添了一份喧闹。这里到处都是常青树、金色饰品、装饰物和薄纱拉花。大厅里播放着羽管键琴演奏的巴赫二部创意曲,欢快的乐曲回荡在空旷的大厅。

圣诞季……

黑尔将黑色的包放在了门口的衣帽寄存处,外套和帽子还穿戴在身上。博物馆的职员打开包进行检查,看到了包中的四本艺术书籍,然后,将包链拉上,并祝黑尔一天愉快。黑尔接过存放的小票并付了门票。他对门口的保安微笑点头,而后,经过他们的身旁,走进了博物馆内。

"德尔菲计时器？"莱姆正通过免提与大都会艺术博物馆的馆长通话，"今天也在展出吗？"

"是的，警探。"男人有些不确定地回答说，"这件展品已经在我们馆里展出两个星期了，它现在是在巡回展出期间——"

"好的，可以，知道了。有人看守吗？"

"是的，当然。我——"

"我们怀疑，有人计划要偷走它。"

"偷走它？你确定吗？这件藏品举世无双。不管是谁得到它，这辈子都不能再让别人瞧见它。"

"他并不是要偷来卖掉，"莱姆说道，"我觉得，他是想偷来私藏。"

犯罪学家解释说：在第三十二街上一座办公楼里，一家快递公司丢了一个包裹，包裹的发件人是一位富有的艺术家，包裹正是寄给大都会博物馆的，里面是关于大都会家具收藏中，一部分藏品的资料。

大都会博物馆？莱姆琢磨着，后来，他回想起那些在教堂中发现的展览手册。又问了文森特·雷诺兹和钟表商维克多·哈勒斯坦因，邓肯是否提到过大都会博物馆的事情。他显然是说过——还花了很长时间在那里参观——并且对德尔菲计时器特别感兴趣。

莱姆此时告诉馆长说："我们认为，他偷走包裹是为了将一些东西趁机带进博物馆里。有可能是工具，有可能是破坏警报装置的软件，到底是什么我们也不确定，我现在也想不出。但我认为，我们有必要提高警惕。"

"我的上帝啊……好的。我们要怎么做？"

莱姆抬头看向库柏，他在键盘上操作了一阵，随后竖起大拇指。

刑侦专家对着话筒说道："我们刚刚发给了你一张他的照片。你能不能把它打印出来，多复印几份，然后分发给所有的员工，还有监控室和衣帽寄存处，看看有没有人能认出他？"

"我现在就去，你能等几分钟吗？"

"好的。"

很快，馆长就回到了线上。"莱姆警探？"他气喘吁吁地说道，"他在这里！他十分钟之前把一个包放在了寄存处。那里的员工认出了他的照片。"

"包还在那里吗？"

"是的，他还没离开。"

莱姆对着塞利托点点头，后者立刻拿起手机，拨通了紧急勤务组波·豪曼的电话，他此刻正带着特勤组的人赶去博物馆，塞利托将最新消息告诉了他。

"看守计时器的警卫，"莱姆问，"他配枪了吗？"

"没有。你觉得那个贼有枪吗？博物馆入口并没有金属检测器，他完全有可能带枪进来。"

"有这个可能。"莱姆看着塞利托，挑眉。

警探问道："先让一队人潜进去？便衣埋伏着？"

"他存了一个包……而且他很懂时钟。"莱姆问馆长说，"有人查过包里的东西吗？"

"我这就去查，等着。"片刻后，馆长回到通话中说，"几本书，他在包里放了几本艺术书，但是工作人员没有仔细检查过那些书。"

"烟幕弹？"塞利托问。

"可能是，也许仅仅是个烟幕弹，但也会对馆里的人群造成恐慌，同样会造成伤亡。"

豪曼接通了无线电通话，他低沉的声音响起："好了，已经在每个出口都派了人把守，不管是公共入口还是员工入口。"

莱姆问丹斯说："你确定，他真的下得去手杀人？"

"是的。"

他思考着那个男人惊人的谋划能力。如果他知道了自己现在即将在博物馆内被捕，会不会还有更加危险的预备计划可以实施？莱姆立刻有了决定："疏散博物馆人群。"

塞利托问："整个博物馆的人？"

"我认为，我们必须得这样做。最首要的是保证民众的生命安全。先把衣帽寄存处和博物馆前厅清空，然后将所有人疏散出去。让豪曼的人逐个排查离开的人，确保每个小组手里都有他的照片。"

馆长也听到了莱姆的方案，说："你真觉得有这个必要？"

"是的，现在就开始做。"

"好吧，但我真的觉得，没人能把它偷走，"馆长说道，"那件计时器外面有厚厚的防弹玻璃。而且那个展览柜不到下周二展览结束，根本就打不开。"

"那是什么意思？"

"那是我们特制的展览柜之一。"

"但是为什么不到周二就打不开？"

"因为那个展柜配置了计算机锁，与一个政府的什么时钟卫星相连。他们说没人能打开这个柜子，我们最贵重的展品都放在那里展出。"

男人继续说着，但莱姆已经看向了别处。有件事让他觉得很不对劲儿。然后他想起来了。"之前的纵火案，就是弗雷德·德尔瑞要我们帮忙调查的案子，案发地是哪儿？"

萨克斯皱眉说道："一个政府办公室，国家与技术研究所之类的。怎么了？"

"把它找出来，梅尔。"

技术专家立刻上线搜索起来。随后将网站上的内容读出来说："NIST 是国家标准局与技术研究所的新名——"

"标准局？"莱姆打断说，"他们负责国家的原子钟……这就是他的目的吗？博物馆的计时器与 NIST 连接。他只要设法调整时间，把时间调到下周二，那么，展览柜和防弹罩就会自己打开。"

"他能做到吗？"

"我不知道。但如果真的有这种可能，他就一定能设法做到。NIST 的火灾是为了掩饰他闯入的痕迹，我可以确定这一点。"然后，莱姆忽然失声，因为钟表匠的整个计划正渐渐清晰地展现在他的眼前，"哦，不……"

"怎么了？"

莱姆在想凯瑟琳·丹斯的发现：那就是对于钟表匠来说，人命是可以忽视的。他说道："这个国家的时间全是由原子钟控制的，航班、火车时刻表、国防设置、能源监控、计算机……所有东西。你能想到，若是他将原子钟重设，会发生什么吗？"

在一家廉价旅馆里，一对中年男女正坐在一张小沙发上，紧紧盯着电视上某一个频道的节目。房间破旧，散发着霉味和食物腐败的气味。

夏洛克·阿勒顿就是那个到小巷口认尸的矮胖女人，就是她假扮了星期二第一位"被害人"，西奥多·亚当斯的姐姐。坐在她身旁的男人，叫巴德·阿勒顿，是她的丈夫，也是杰拉德·邓肯的律师，是他假意承诺会让自己的客户出庭指证一位腐败警察的丑闻，而后将钟表匠弄出了拘留所。

巴德的确是一名律师，虽然已经好多年没有代理过什么案子了。这次为了实现邓肯的计划，他重操旧业，假扮了一位来自那家大律师事务所——里德普林斯的刑事律师。那个助理检察官对他的说辞全然相信，甚至都没有打电话到事务所确认一下他的身份。正如杰拉德·邓肯所预料的那样。这位检察官急切地想用这起警察腐败案做出点名堂，所以对他们二人的说辞丝毫没有起疑。再说，有谁会想要查一个律师的证件？

阿勒顿夫妇二人的目光几乎是一错不错地盯着电视，电视里此刻正播放着当地新闻，一个关于圣诞树安全问题的节目。新闻里的报道一刻不停……有那么一会儿，夏洛特的目光从屏幕上移开，看向了套房中的主卧，她的女儿正坐在里面读书，女孩儿纤瘦而美丽。她抬起头，漆黑的眼睛看向门廊这边的母亲和继父，眼神里是近几个月以来从未变过的阴郁和忧愁。

那丫头……

夏洛特皱眉，转头再次看向电视屏幕："怎么这么久还没动静？"

巴德没有搭话。他粗壮的手指扣在一起，皱眉坐在那里，身体前倾，手肘撑在膝盖上。夏洛特想，他是不是在祈祷。

又过了一会儿，屏幕上主持人正讲述着人们要如何在圣诞树引发的火灾中自救，突然间画面消失，随后屏幕上出现了一行字：特别新闻报道。

37

为了扮演一个可信的复仇杀手,黑尔系统地研究了钟表制造的相关知识。而经过了这些研究,他懂得了一个概念,叫作"复杂功能"。

复杂功能是指钟表中除了显示时间以外的功能。比如,在那些昂贵精致的表面上刻着的小表盘,这些表盘可以显示出当前是周几,或具体的日期,甚至其他时区此刻的时间,还有的钟表会有自动报时功能(在特定的时间周期结束后发出铃响声)。而钟表匠们都热衷于在自己制造的钟表上尽可能多地添加一些附加功能。这其中最著名的就是百达翡丽 Star Caliber 2000 腕表,整个钟表包含上千个零部件。它能显示何时日升日落、配有万年历、展示日期、月份、季节、月球轨迹、月亮盈亏,甚至还有动力储存。

然而,复杂功能的弊端就在于,它们也不过如此而已。这些附加功能会削弱钟表最核心的用途:报时。百达翡丽确实制造出了许多华丽的钟表,但是一些"专家"和"航海"系列的产品中,太多的表盘、指针和附加功能,如秒表和对数计算尺等,让人很难分清这些大大小小的指针。

但对于黑尔在纽约的计划,"复杂功能"恰恰是他此刻最需要的东西。他需要一些虚虚实实的行动,将警察的调查引至其他方向,从而让他在神不知鬼不觉中去做他真正想要做的事情。因为,他知道,莱姆和他的调查组早晚会发现他已经被放出来了,并且查到他并不是杰拉德·邓肯,进而明白,除了向一个腐败警察讨回公道外,他还有别的目的。

所以,他又制造了另一个"复杂功能"来转移警方的视线。

黑尔的手机振动,收到了一条短信,他拿起手机查看,是夏洛特·阿勒顿发来的。电视上的特别报道:博物馆封锁了,警察正在那里找你。

他将手机放回了口袋。

静静地感受着这一刻强烈的,甚至是"性"福的,满足感。

夏洛特的这条短信说明,莱姆已经拆穿了他的假身份,不过,他查到的真相晚了一天,并且,他的专注点还在大都会博物馆这个"复杂功能"上。警方现在完全被他牵着鼻子走,他让警方以为,他计划偷取大都会博物馆里的德尔菲计时器。黑尔在教堂那里故意放了几张波士顿和坦帕的钟表展览手册,他特意对文森特·雷诺兹热情地介绍了这个计时器。他暗示古董经销商,他对古老的计时器有着狂热的痴迷,还对他特别提起了那件古老的计时器。并且,他知道,这件价值连城的展品就在大都会博物馆展出。他在布鲁克林标准与技术研究所放的那把火,会让他们以为,他会设法将这个国家的原子钟重置,从而解除博物馆的定时安保系统,最终偷走德尔菲计时器。

一场偷盗大戏似乎已经十分热闹地开始上演,这无疑会让警方以为,这就是黑尔的真正目的。那些警察为了找到他,会花上大把时间搜查博物馆和附近的中央公园,还会仔细检查他留下的那个帆布包。包里装了四本中空的书。在书里面,有两包食用苏打粉、一个小型扫描仪,当然,还有一个时钟,就是那种廉价的电子时钟。这些东西毫无意义,但是足够让他们忙活几个小时。

这些"复杂功能",虽说没有那么多,但是够精妙。这使他的计划足以媲美杰拉德·尊达①大师制造的、传说中世界最上精致的腕表。

但现在，黑尔离博物馆已经很远了，他是半个小时之前离开那里的。黑尔进入博物馆、寄存了帆布包，随后进入了洗手间，在隔间里脱下外套，露出了里面的一件军装，少校军衔。他又戴上了一副眼镜，和一顶军官帽（就藏在他大衣的一个假口袋里）而后迅速离开了博物馆。他现在已经来到了曼哈顿市中心，正缓慢地沿着警戒线前往纽约住房与城市发展部办公楼。

过不了多久，一大批士兵和他们的家人会来这里参加庆典，庆典是由纽约市政府与美国国防部纽约州政府联合举办的，地点就在纽约住房与城市发展部的办公楼里。庆典的流程大概是这样的：有关当局先是要问候在场的、最近从海外战场回来的士兵和他们的家人，表彰他们为世界和平做出的贡献，并感谢他们选择延期服役，继续为国家服务。然后，庆典结束后，是例行拍照和媒体发言。接下来，宾客们离开后，将军和其他政府官员会再次开会，探讨如何把"民主"带向世界各地。

这些政府官员、士兵、士兵家属和在场的媒体人士，这些人，才是查尔斯·黑尔来纽约的真正目标。

雇用他的人只有一点要求，那就是让他能杀死多少，就杀死多少。

鲍勃身材健壮，脸上时刻挂着笑容。此刻，他正载着露西·里克特前往住房与城市发展部大楼，车外街道两旁还站着一些路人，看来游行队伍刚刚从这里通过。

露西的手正放在丈夫肌肉隆起的大腿上，沉默着。

---

① Gerald Genta，当代瑞士钟表设计大师，尊达表的创始人。

他们乘坐的本田车在拥挤的车流中缓缓行进，鲍勃正和她随意地聊着什么，他说起了今晚的聚会，露西有些心不在焉地应着。此刻，她再次纠结在她告诉丹斯的那个矛盾的选择上，到底该不该坚持延期服役呢？

自我审视……

一个月前，她同意延期服役时，她的选择是诚实的吗？还是说，她那时是在欺骗自己？

去发掘那些丹斯说过的，负面情绪的来源。愤怒、抑郁……她当时，是在说谎吗？

她努力将这些问题压在了心底。

他们离住房与城市发展部的大楼已经不远了。从现在的位置，她可以看到街对面的一群抗议者。他们对美国卷入别国战争提出抗议，露西在海外服役的朋友和战友们对这些抗议很恼火。奇怪的是，露西的看法却很不同。她相信，这些人有自由表达意愿的权利，他们不会因此被关进监狱，这正是她为国家战斗的理由。

夫妇二人的车子开到了入口处的安全检查区。两位士兵上前查看了他们的身份证件，又检查了一下车子的后备厢。

露西忽然僵住了身体。

"怎么了？"鲍勃问道。

"你看。"她回答说。

鲍勃低头看去。露西的右手正按在她的后胯上，那是她执勤时放手枪的地方。

"刚刚是想拔枪吗？"鲍勃开玩笑说。

"本能反应，每次到检查点都这样。"她笑着说，却不觉得好笑。

苦涩迷雾……

鲍勃向士兵点点头，微笑着对妻子说："我觉得我们很安全，这里并不是巴格达或者喀布尔。"

露西握紧了他的手，他们继续前往为荣誉士兵准备的停车场。

* * *

查尔斯·黑尔并不是完全不关心政治。他对民主、神权、共产主义、法西斯主义都有一些了解。但他知道自己的看法和那些听广播时打热线电话的普通听众没什么不同,并不会有特别激进或独到的见解。因此,去年十月,夏洛特和巴德·阿勒顿找上他,表示要向政府错误出兵他国的行为"表明态度",以此反对美国"教化"和"治愈"海外国家的行为时,黑尔是有些厌烦的。

但是,他对这项任务巨大的挑战性产生了兴趣。

"我们之前已经找过六个人了,没人愿意接这个活儿。"巴德·阿勒顿告诉他,"这几乎是件不可能的任务。"

查尔斯·维斯帕西安·黑尔喜欢这个词。挑战"不可能"是最不会让人无聊的事,就像摧毁"金刚不坏"之身一样。

夏洛特和她的第二任丈夫巴德,都是一个右翼激进军事组织的成员。近年来,这个组织一直在袭击联邦政府的公职人员、攻击政府机关和一些联合国设施。他们曾经蛰伏了一段时间,但最近,随着政府再次干预别国事务,他们对于政府的做法大为不满,夏洛特和这个无名组织里的其他成员一致认为,是时候搞一点大动作了。

这次袭击不仅会表明他们的态度,还可以大大打击他们的敌人:杀掉那些将军和政府官员。他们背叛了这个国家的建国准则,还为了帮助那些落后野蛮的异教徒,将我们的儿女派去异国他乡送死。

黑尔不愿过多理会这两位滔滔不绝的客户,而是开始任务的准备工作。万圣节时,他来到纽约,住在了一间位于布鲁克林的安全屋里。而后,花了一个半月的时间制订计划,并做好各项准备工作——采买设备、寻找合适的助手帮他实现这个计划(丹尼斯·贝克和文森特·雷诺兹),研究所有他需要的关于钟表匠所谓的被害人的信息,并实地考察纽约住房与城市发展部大楼的具体情况。

那里,也正是他在凛冽寒风中一步一步接近的目的地。

政府之所以选择在这里召开典礼,当然不是因为这座办公楼的部门职能——军事活动与住房和城市发展显然扯不上关系——而是因为这里是曼哈顿市中心里所有政府机构中,安全系数最高的建筑。大楼的墙体全是由厚重的石灰岩建成。就算是有恐怖分子来袭,突破了外围的层层路障防护,将汽车炸弹开进了这边,这栋建筑在爆炸中遭受的损害,肯定会远远小于那些现代化的、以玻璃结构为主的建筑。同时,大楼位于曼哈顿市中心较低的位置,这也使得它难以成为导弹或自杀式飞机的目标。此外,这里的出入口数量有限,方便监控大楼内部人员的进出。而举行表彰典礼和之后召开战略会议的房间对面,与之相隔一条小巷的建筑,没有窗子。这样一来,就减少了狙击手袭击的可能。

再加上近三十名全副武装的士兵和警察,在大楼周边街道和附近建筑楼顶巡视警戒。这里可以说是固若金汤了。

对于从外部而来的入侵者来说,的确是。

但没人想到,威胁是来自大楼内部的。

查尔斯·黑尔拿出了三张军方身份证件,其中两个身份是他特意为这次活动准备的,昨天才刚刚送到他的手中。他低头经过金属检测器,随后,警卫拍打着他,检查了他身上有无携带任何危险装置。

最后一个警卫是名下士,他再次查看了黑尔的证件,然后向他敬礼,黑尔回了他一个军礼后,迈步走了进去。

这栋大楼内部结构复杂,如同迷宫,但黑尔却轻车熟路地迅速前往了地下室。他之所以对这栋建筑的格局了如指掌,是因为变态杀手钟表匠的第五个被害人,地板装潢公司的预算经理,莎拉·斯坦顿,曾为大楼铺设过地砖和地毯。这是他在一份政府工程承包相关的公文材料里看到的。在莎拉·斯坦顿的文件筐里,他找到了这栋大楼每一个房间和过道位置的精确平面图。(莎拉·斯坦顿公司的走廊对面就是那家快递公司,他之前曾打电话投诉说,有一个邮寄到大都会博物馆的包裹没有按时投递,这样,也就将他要盗走德尔菲计时器的戏码做了个全套。)

事实上,钟表匠在这一周内袭击的所有目标,都是有特殊用意的。除了为引起人们注意,在甲板上洒满鲜血那件事以外,他所做的一切,都是达成今天任务的重要步骤。地板公司、露西·里克特的公寓、柏树街小巷,还有那家花艺工作室。

黑尔闯进露西家,是因为露西有参加典礼所需的特殊通行证,他闯进公寓后,用相机拍下了通行证的样子,随后伪造了一张(他在报纸上刊登的活动介绍中,看到了有关露西的报道)。他还拍下了国防部发给露西的机密文件,其中包括今天会应用在发展部大楼的安保程序。并在事后,将这些都牢牢地记在了脑子里。

而他此前伪造的西奥多·亚当斯谋杀案也是另有目的。当时案发的那个小巷旁边,就是住房与城市发展部大楼。钟表匠开车将韦斯特切斯特车祸中死者的身体运到了这里。后来,扮演被害人姐姐的夏洛特·阿勒顿来了,警卫们当时顾不上搜查这个伤心欲绝的女人,便让她进入了纽约住房与城市发展部的后门,并使用了一楼的洗手间。就是在那时,夏洛特将一把二十二毫米口径的手枪、两个金属盘,藏进了墙内的垃圾道中,现在,黑尔去将它们取了出来。除了这个方法,他不可能从正门进来,更不可能通过金属检测器的检测和搜身程序把东西带进来。现在,他将手枪和金属盘放进口袋里,前往六楼的会议厅。

在那里,黑尔再次如愿看到了他整个计划最核心的部分:房间内的两个巨大花篮。一个在会议厅前,一个在会议厅后。这两个花篮正是乔安娜·哈珀为这次典礼设计的。黑尔从政府服务管理部门的供应商联络簿上看到了她的名字。乔安娜·哈珀与政府签订了合同,负责提供纽约住房与城市发展部的装饰花篮设计和植物景观布置。黑尔潜入了泉水街的工作室,是为了在这两个花篮里藏些东西,他当时想着乔安娜·哈珀带进纽约住房与城市发展部的东西,应该很容易通过安检，毕竟，她已经为政府工作了很久，他们不会怀疑到她。当时，黑尔的双肩包里，除了那座时钟和一些工具以外，还有两罐液体炸药——奥斯屈莱特。这种炸药的威力比TNT和硝化甘油炸弹[①]都大得多，奥斯屈莱特是一种清澈的液态物质，即使被其他物质吸收，也依旧具有爆炸性。黑尔找到了需要送往纽约住房与城市发展部的花篮，将奥斯屈莱特放进了花篮底下。

当然，黑尔完全可以直接闯进这四个地方，搞到自己想要的东西。但他为什么还要不嫌麻烦地编造一个钟表匠的身份，伪造那些本不存在的谋杀案呢？是因为，一旦有人发现他入室偷盗，或是发现有东西被偷、被动过手脚，警方就会开始怀疑他的目的和动机。所以，他为这些非法入侵伪造了动机。最初，他只是想用连环杀手这个身份来完成这四次计划需要的闯入行动，然后将他的助手，文森特·雷诺兹牺牲掉，这样，警方对于钟表匠的存在便会深信不疑。但在十一月中旬，一个犯罪组织中的联系人找上了他，并告诉他说，纽约警察局的一个叫丹尼斯·贝克的人正在雇用杀手，想要除掉一个纽约警察局的警探。但黑帮里的人不想动警察，于是，他们就问黑尔有没有兴趣接这个任务。实际上，黑尔对这项任务并不感兴趣，但他立刻想到，他可以把这个任务添加到计划里，作为第二层伪装：一个平头百姓向一个腐败警察展开报复行动。最后，他又把偷盗德尔菲计时器作为第三个"复杂功能"，添加到了计划中。

警方一旦发现了你的犯罪动机，你就插翅难逃了。没有动机，就能洗脱嫌疑……

黑尔走向了会议厅前面的花篮，伸手调整了一下它的位置，像任何一个勤勉的士兵一样——他们很自豪能参加这样的庆典，所以表现得很积极。趁人不备时，他将刚刚从楼下取出来的一个金属盘——计算机控制的引爆器——插进了炸药中，按下了上面的开关，

[①] 一种黄色的油状透明液体，液体炸弹。

随后调整花篮,将它盖了起来。他又将另一个金属盘放进了会议厅后面的花篮中,之前的引爆器会发送无线电信号,从而同时引爆两个炸弹。

现在,这两个漂亮花篮已经变成了致命的炸弹,含有的爆炸物足以将整个会议厅炸毁。

莱姆的实验室中,所有人都屏息以待。

莱姆依旧盯着证据表,其他人,除了出去执行莱姆指令的普拉斯基外,全都静静地围在他的周围,如同一群待命的士兵,只等他一声令下,开始战斗。

"还是有很多问题没法解决,"塞利托说道,"你也知道的,我们要是那样做了,会有什么后果。"

莱姆看向阿米莉亚·萨克斯,问道:"你觉得呢?"

她抿紧了丰满的双唇:"我觉得,我们已经别无选择了。要我说,就这么做吧。"

"哦,天哪。"塞利托说。

莱姆对着不修边幅的警督说道:"打电话吧。"

朗·塞利托拨通了一个只有极少数人才知道的电话号码,随后,纽约市市长办公桌上的加密电话便响了起来。

查尔斯·黑尔站在纽约住房与城市发展部大楼的会议厅中,房间里挤满了士兵和他们的家人,以及其他来宾。这时,他的手机振动了起来。他掏出手机,低头看去,又是一条夏洛特发来的短信:联邦航空管理局发布通知,叫停了所有的航班和火车车次。特别行动队的人在 NIST 检查美国原子钟。可以行动了,上帝保佑。

太棒了,黑尔想着,看来警察已经深信他的目的是要偷取德尔菲计时器，这个"复杂功能"也成功奏效了，他们以为自己是要去对原子钟下手。

黑尔抬起脚，向后退去，再次环顾整个房间，脸上露出了一个心满意足的微笑。随后，他乘坐电梯，下到了一楼的主厅，走出了大楼。这时，大楼前已经开始聚集了一些防弹豪华轿车。他慢慢走进了人群中，人群被隔绝在防护栏另一边，有的人挥舞着旗子，还有的在鼓掌。他还看到了另外一群人，那些抗议者，他们中有衣着邋遢的年轻人、上了年纪的嬉皮士、社会活动家还有他们的配偶。他打量着这些人，他们举着标语牌，嘴里喊着黑尔听不清的口号。不过，大概的意思，就是他们不喜欢美国的外交政策。

继续，再加把劲儿，他无声地告诉他们。

有时候，你要什么，便会来什么。

38

露西·里克特与其他十七名来自美国军队不同部门的士兵一起，走进了六楼的会议厅。这位美国陆军中士对她的丈夫浅浅一笑，并对她的家人眨眨眼，她的父母和阿姨就坐在房间的另一边。

她接受的表彰似乎有些突兀，有些意外。但她出席今天典礼的身份，既不是鲍勃的妻子，也不是一个女儿或外甥女，而是一名授勋士兵。与她站在一起的是她的上级军官，还有军队里她的兄弟姐妹。

刚刚，士兵们都在大楼的楼下集合列队，他们的家人和朋友则先去了六楼的会议厅。在等待他们的盛大入场时，露西与身边的年轻男子聊了几句，他是一名来自得克萨斯州的空军医护兵，这次回国主要是为了接受治疗（一枚该死的火箭推动榴弹从他胸前的装备包里弹了出去，然后在几米之外的地方炸开了）。他说，他迫切地渴望着回家。

"回家？"露西问，"我以为我们是要回去延期服役。"

男人眨了眨眼："是啊，我是说回部队，那里才是我的家。"

露西站在自己的椅子前，看着围在他们旁边的那些记者。那些人看向他们的目光带着赤裸裸的探究，渴望着能从他们身上挖出什么故事，就像是狙击手瞄准他们的目标。这种关注让她紧张。于是，她不再理会他们，试着将目光看向现场典礼贴出的照片。全都是爱国士兵的形象。会场中的美国国旗让她心生感动,世贸中心双塔、军旗和军徽,还有佩戴着绶带的军官们……他们的胸前挂满了勋章,肩头的军阶熠熠生辉,这些都是他们多年来在异国他乡为国家做出贡献的证明。

而她心底的博弈再次涌了上来。露西回想着凯瑟琳·丹斯的话,她扪心自问:我的愿望,又是什么?

回到苦涩的迷雾之国?

或是留在这里?

去,还是留?

这时,会场的侧门打开,走进了两个男人。他们快速地扫视了会场——是美国特工处的特工——他们身后走进了五六个身着西装和制服的男女,他们的胸前都佩戴着高级勋章、绶带和奖章。露西认出了其中几位华盛顿和纽约市的大人物,但更让她肃然起敬的是看到那几位来自五角大楼的高级军官。毕竟他们经历过那个世界,那个承载了她一部分生活的地方。

那道一直悬而未解的难题依旧困扰着她。

去,还是留?

愿望……她的愿望是什么?

待几位官员落座后,一位来自新泽西的将军做了简单的开场演讲,并介绍了一位沉着英俊的将军上台发表演说。这位将军身着深蓝色军装,名叫罗杰·波林,是参谋长联席会议的主席,将军从座位上起身,走上台来,站在了麦克风后。

波林向介绍他的将军点了点头,然后,面向来宾,用低沉的嗓音说道:"各位将军,尊敬的国防部长官和纽约市领导们,各位战友,尊敬的来宾们,很高兴大家来参加今天的典礼。我们借此机会,表彰十八位英勇的士兵,他们无惧死亡,展现出崇高的爱国精神,并为推动自由民主事业在世界范围内的传播做出了巨大贡献。"

掌声响起,人们纷纷从座位上站了起来。

欢呼声与掌声渐歇，波林将军的演讲继续。露西·里克特一开始还听了一阵演说，但很快她的注意力就转移到了别处，她开始看向会议厅中的平民——那些士兵的家人和朋友。那些和她的父母、丈夫、阿姨一样的人，军人的配偶、孩子、父母、祖父母和朋友们。

这些人在典礼结束后就会离开，回到他们的工作岗位或家中。他们会回到他们简单的生活中。他们的生活简单而美好，只需充实地度过生命中的每一天、每一小时和每一分钟。

此时，她的军人素质要求她必须举止端庄、表情严肃，所以，她并没有微笑，但露西·里克特能够感觉到自己面部肌肉放松、肩膀不再紧绷，仿佛一阵迷雾之国的热风吹来，将一切紧张都吹散了。愤怒、抑郁、辩白——那些凯瑟琳·丹斯要她寻找的情绪，突然间全部消失了。

她闭上了眼睛，但很快又睁开，将注意力转向了此时正在演讲的长官身上，他是除了美国总统以外，她的第二大指挥官。现在，她已经清楚地明白，不管接下来她的人生是怎样的，她都已经做好了决定，并对此感到满足，不会再奢求其他。

查尔斯·黑尔此刻正身处一家小咖啡店的男卫生间中，咖啡店离纽约住房与城市发展部大楼不远。在脏乱的厕所隔间中，他从自己的衬衫里面拿出了一个垃圾袋，然后将身上的军装脱下，穿上牛仔裤、毛衣，戴上手套，套上了一件外套，这些都是他刚刚买来的。然后他将换下来的军装、大衣和帽子装进了袋子中，将手枪留在身上。随后又将手机的电池和电话卡取出，也扔进了袋子里。然后，静静地等待着，等到卫生间一个人都没有时，黑尔从隔间中走出来，把袋子扔进了垃圾桶，随后离开了咖啡店，走了出去。

再次走到街上后，他去买了一张预付费电话卡，沿着黑影幢幢的人行道慢慢走着，一直走到离纽约住房与城市发展部大楼三个街区远的地方。他停了下来,从他现在的位置回头看去,视线里只剩那栋大楼狭小的一部分,而警方发现第一位"被害人"的巷子只剩一点影子了。不过,他刚好能看见正在举行典礼的六楼会议厅的窗户。

黑尔身上的外套有些薄,他以为自己会感到寒冷。但此时此刻,精神上的兴奋让他忽略了所有身体上的不适。他看了看手腕上的电子表,上面的时间与大楼里炸弹的定时引爆器是一致的。

当前是十二点十四分十九秒。典礼是从中午开始的。他曾非常仔细地研究过,在设置定时炸弹的引爆器时,要先给目标时间,让他们安定下来,给那些迟到的人入场的时间,还得保证警卫们的紧张感已经松懈下来。

十二点十四分二十九秒。

对于这两个特殊的炸弹,还有一个非常棒的特别之处,这纯粹是巧合,那便是,乔安娜·哈珀用很多玻璃球填充了那两个大花瓶。所以,不管是谁,就算是没有被炸弹炸死或重伤,也会被这些细小的玻璃碎渣伤到。

十二点十四分四十四秒。

黑尔意识到,自己正有些急不可待地探出身体,整个身体的重量都偏到了前脚掌上。没有任何事情是完美无缺的,也就是说,他的计划在实施过程中随时都有可能出现失误——比如,万一警卫人员在典礼开始前的最后一刻对大楼进行了排爆搜查,或是有人在入口的监控中发现他进入大楼后又十分可疑地迅速离开。

十二点十四分五十二秒。

但是,失败的风险也会让胜利的果实更加甜美,他目不转睛地看着纽约住房与城市发展部大楼后面的小巷。

十二点十四分五十五秒。

十二点十四分五十六秒。

十二点十四分五十七秒。

十二点十四分五十八秒。

十二点十四分五十九秒。

十二点十五分——

奇异的安静中，只见一阵熊熊的火光和碎片从会议厅的窗户喷发出来。半秒之后，才传来震耳欲聋的爆炸声。

他的周围响起了人们的声音："哦，我的天哪，怎么——"

尖叫声。

"快看！那边！那是什么？"

"上帝啊，不！"

"快报警！"

路人聚在了一起，张望着。

"是爆炸还是坠机？"

黑尔的脸上做出担忧的神色，摇着头，他在原地徘徊了一会儿，品味着成功的喜悦。爆炸效果比他预想得要猛烈得多。造成的伤亡人数肯定比夏洛特和巴德希望的多很多。按照刚刚爆炸的规模来看，现场估计无人生还。

他悄悄转身，继续沿街向前走去，之后，黑尔又来到了地铁站，乘下一班地铁去往上城区。出了地铁站后，便向阿勒顿一家入住的宾馆走去，现在，他是去收完成任务后的尾款的。

查尔斯此刻的心情十分愉悦。因为他不仅摆脱了无聊，还赚了一大笔钱。

但更重要的是，他所做的一切都是如此夺人心魄的优雅。他制订出了完美无缺的计划，并精准无误地实施了，且效果超出预期，完美得如同钟表。他想着，露出了自得的笑容。

39

"哦,感谢你。"夏洛特低声说道,既是对上帝说,也是对将任务完成的那个男人说的。

她探着上半身坐在沙发上,眼睛盯着电视屏幕。之前的特别新闻报道说警方疏散了大都会博物馆,并叫停了该地区的所有公共交通,但现在,这条报道已经不见了。取而代之的是关于纽约住房与城市发展部大楼的爆炸事故。她握紧了丈夫的手,鲍勃倾身过来吻了她,笑得像个小男孩。

新闻女主播神情严肃——但谁知道呢?也许她正为当值期间赶上这么大的一个新闻而窃喜。她正描述着事件的细节:位于曼哈顿市中心的住房与城市发展部办公楼,发生严重爆炸。事故发生时,会议厅正在举行表彰典礼,许多军方高层和政府领导都出席了活动。从现场拍摄的画面中可以看到,六楼会议厅的窗内依然冒着浓烟,另外,爆炸造成的人员伤亡人数尚不确定。但据悉,爆炸发生时,至少有五十人在会议厅现场。

现场的直播画面中突然冒出一个人,他完全不清楚事件的缘由,但已一口断定,这是恐怖分子所为。

他们很快就会知道,这件事与恐怖分子毫无关系。

"快看,亲爱的,我们做到了!"夏洛特对还在卧室里沉浸在书中的女儿兴奋地喊道。又是那本专讲邪魔外道的《哈利·波特》,她明明已经扔掉过两本了,这丫头到底是从哪儿又搞来了一本?

女孩听到她的喊声,抬头有些气愤地叹了口气,便继续低头读书。

夏洛特的火气瞬间就涌了上来。她想冲进去使劲儿抽这丫头两巴掌。他们刚刚取得了不得了的胜利,可她除了不敬,什么反应都没有。巴德之前问过她好几次,能不能用木棍子抽她一顿,夏洛特一直没有同意,可现在,她觉得这丫头可能真的是欠抽。

但是,一想到今天的胜利,她的火气很快就散了。夏洛特站起身说:"我们得走了。"然后关上了电视,继续收拾行李箱。巴德也回到卧室,开始整理自己的行李。他们要开车去费城,然后从那儿坐飞机去圣路易斯——邓肯说过,爆炸后不要直接从纽约机场离开。他们打算回到密苏里州的山区,继续低调行事,等待合适的时机,继续他们伟大的事业。

杰拉德·邓肯很快就会到了,他要来拿剩下的报酬,然后,他会离开纽约。夏洛特想着,要不要说服他加入他们的组织。她之前曾提出过这个想法,邓肯并不感兴趣。但是,他说过,若是他们下次再有这样棘手的任务,并且价钱合理的话,他很乐意再次为他们效劳。

敲门声响起。

邓肯可真准时。

夏洛特笑着快步走向门口,打开门说道:"你做到了!我——"

但她的话立刻停住了,笑容也消失了。一个戴着黑色头盔,身穿作战服的警察冲了进来,在他身后,萨克斯握着一把大型黑色手枪走了进来,她满面怒容,眯着眼睛快速扫视着房间。

在他们身后,又迅速地冲进了五六个警察:"警察!不许动,不许动!"

"不!"夏洛特厉声号叫道。她转身想要逃开,但刚刚迈出一步,就被重重地按倒在地。

* * *

卧室里,巴德在惊吓中剧烈地喘息着,他听到了妻子的叫喊声、警察的命令声和一长串脚步声。他立刻关上了卧室的门,然后从行李箱中拿出了一把自动手枪,拉动枪栓,将子弹上膛。

"不!"他的继女突然大喊一声,手脚并用地冲向房门。

"别出声!"他恶狠狠地低声吼道,一把抓住了女孩的胳膊,将她甩到了床上,女孩惊叫了一声,头重重地撞到了墙上,头昏脑涨地躺下了。巴德一直不喜欢这女孩,不喜欢她的态度,不喜欢她的挖苦和叛逆。孩子生来就要听话——尤其是女孩——不听话就要教训他们。

他在门边听着外面的动静,听起来,客厅里有十几个警察。可惜的是,他现在已经没有时间找神父做最后的告解祷告了,但若是有人听到他的祈祷,一定会动容的吧:

亲爱的上帝和救世主耶稣,感谢您将荣耀赐予我们,您最忠诚的信徒。请赐给我力量结束自己的生命,并指引我走向您。让我尽可能多地将闯入这里、对您不敬的人都送进地狱吧。

他手枪的弹夹里有十五发子弹。如果他保持冷静,上帝赐予他力量,让他忘记伤痛,他可以在死前多拉几个警察给自己垫背。但是,他们人多,火力强。他必须给自己创造点优势。

巴德转头看向正在抽泣的继女,女孩的一只手还捂着头上流血的伤口。于是,他又在自己的祷文里加上了一句话,在他看来,这样的情况下,自己的做法,已经称得上是仁慈。

若是您在天堂见到了这个孩子,请宽恕她,宽恕她的罪孽,她对自己做下的业障一无所知。

说完,他站起身,走向了女孩,一把抓住了她的头发。

* * *

"阿勒顿在不在里面?"萨克斯用下巴指了指房门紧闭的卧室,冲夏洛特大声问道。

夏洛特拒绝回答她。

"那个女孩儿呢?"

楼下的前台经理告诉警方,夏洛特和巴德·阿勒顿以及他们的女儿,一家三口就住在楼上的套房里,并且确定,他们三个现在都在屋内。这位工作人员还认出了钟表匠的照片,说他之前来过几次,但今天还没见到过他。

"阿勒顿在哪儿?"萨克斯大声问着,恨不得抓住眼前的女人,用力将她摇晃得清醒些,让她开口说话。

但夏洛特依旧一言不发,愤怒地瞪视着她。

"浴室,已清查。"一位紧急勤务组警员报告说。

"次卧,已清查。"

"衣柜,已清查。"罗恩·普拉斯基说道;他也戴着头盔,穿着肥大的防弹衣,样子有些滑稽。

现在就只剩下那个关着门的卧室没有搜查了。萨克斯悄然走到门口,站在门边,对其他警员打了个手势,要他们避开她的武器射程,随后说道:"里面的人听着,我是警察。把门打开!"

无人回应。

萨克斯试着扭动门把手,发现门没有锁。随即,她深吸了一口气,举起了枪。

她飞快地推开了门,然后摆出了战斗射击姿势,却只看到了一个小姑娘,正是钟表匠第一作案现场中夏洛特车中的女孩。此时,她双手被绑,口鼻都被胶带封住了,正在床上扭动着想要呼吸,她的脸色已经发青,用不了几秒,她就会窒息而亡。

罗恩·普拉斯基喊道:"快看,房间里的窗子是开着的。"他一边说,一边朝卧室里敞开的窗子点了点头,"那家伙肯定是跑了。"

他开始走上前去。

萨克斯却一把抓住了他的防弹衣。

"怎么了？"

"那里还不安全。"她大声说，随后，用下巴指了指客厅的方向，说道，"你从客厅那里去检查一下外面的消防梯，看看他是否在外面。而且要小心，他可能正瞄着那扇窗户呢。"

菜鸟跑向了卧室，快速查看了一下窗外的情况，喊道："没见到人，他可能已经逃走了。"通过对讲机，普拉斯基让外面的紧急勤务组警员去搜查酒店后面的小巷。

萨克斯犹豫着，但眼前的情况已经刻不容缓，十分紧急。她必须把那个孩子救下来。于是，萨克斯作势要走进卧室。

但她随即便停下了脚步。因为，那个小女孩尽管已经快要窒息了，却依旧想努力告诉萨克斯一些什么。她在摇头，表示不要，萨克斯便明白，房间里有人埋伏。女孩看向了萨克斯的右侧，用眼神示意萨克斯，阿勒顿或是其他人的位置。他正躲在那里，等待有人迈步进来，便开始射击。

萨克斯蹲下身，喊道："卧室里的人，不管是谁，放下武器！抬起头来，在房间中央趴下！快！"

依旧毫无反应。

而那个可怜的女孩扭动着身体，眼睛开始向上翻去。

"放下武器！快！"

什么反应都没有。

几名紧急勤务组的警员走上前来，其中一个还拿着一枚闪光弹，打算扔进卧室，做行动掩护。但人们即使是看不见、听不到，也依旧可以开枪射击。萨克斯担心歹徒会在胡乱射击中误伤了那个女孩，于是，她摇头否决了那名警员的提议。她得尽快将歹徒解决掉，那个女孩已经快要不行了。

但是，女孩再次向她摇头。她竭力忍住身体的痉挛，再次看向萨克斯的右侧，然后视线向下移去。

即使是濒死时刻，她依旧在给萨克斯指明射击方向。

萨克斯重新调整了手臂的角度——女孩所看向的地方，比她猜测得还要靠右。如果她向刚刚瞄准的地方开枪，那么一定会将自己的位置暴露，而且对方很可能会立刻举枪回击。

女孩看到她的动作，点了点头。

萨克斯还是有些犹豫。女孩的表现真的是在帮她吗？这个孩子表现出了许多成年人都没有的坚韧意志，如果萨克斯会错了意，她就极有可能伤害到无辜的人。

但是，萨克斯忽然想起，之前在柏树街巷口，第一次见到这姑娘时她眼中的神情。她在这孩子的眼里看到了希望，而现在，她看到了勇气。

萨克斯握紧手中的枪，朝着女孩眼神所指的方向，以圆形轨迹连开了六枪，随后，她不待验证自己击中了什么，一个箭步冲进了房内，紧急勤务组的警员紧随其后，冲了进去。

"先救孩子！"她大声命令道，同时举枪去检查房间的右侧空间——那边有浴室和一个衣柜。一个紧急勤务组的警员端着一把MP-5机关枪，将整个房间监控起来，其他人将女孩带到了安全的地方，把她放到地板上，快速撕掉了粘在她脸上的胶带。萨克斯可以听到女孩大口的喘息声，还有哭泣声。

她猛地打开衣柜门，随即闪身让到一边，一个男人的尸体——身中四枪——滑了出来。她将尸体身边的枪械踢到了一边，然后不抱任何侥幸心理，清查了衣柜、浴室、淋浴间、床下还有消防梯。

一分钟后，整个房间的搜查工作已经完成。夏洛特的脸因为愤怒和哭泣而变得通红，她戴着手铐坐在沙发上，女孩待在一边的门廊地上，随行的医护人员正在给她输氧，并报告说，她的伤势并不严重。

关于钟表匠的事情，夏洛特什么都不肯说，警方初步搜查了房间之后，也没有找到任何与他的去向有关的线索。萨克斯发现了一个信封，里面装有二十五万美元的现金，于是猜想，钟表匠等下会来这里拿这些钱。她用对讲机通知楼下的塞利托，让他将街上的警车清空，并派几队警察，隐蔽准备抓捕。

莱姆正在赶来的路上，萨克斯打电话给他，叫他从酒店后门进来。接着，她来到了门廊，去看女孩的情况。

"你还好吗？"

"还好吧，我猜。我的脸有点疼。"

"肯定是他们扯胶带的时候动作太快了。"

"是有点快。"

"谢谢你刚刚所做的。你救了大家的命，救了我的命。"女孩闻言好奇地打量着她，然后又低下了头。警探将刚才在卧室中找到的一本《哈利·波特》递给了女孩，问她知不知道一个自称钟表匠的男人。

"他有点可怕。就是，很古怪。他看着你的时候，就像是在看一块石头或是一辆车、一张桌子。而不是在看一个活生生的人。"

"你知道他在哪儿吗？"

女孩摇头："我只听妈妈说过，他在布鲁克林的什么地方租了房子。但我不知道在哪儿，他没有说。但是他等下会来这里拿钱。"

萨克斯将普拉斯基拉到一边，要他去查夏洛特和巴德手机里所有的通话记录，还有酒店房间的通话记录。

"那酒店大厅的电话呢？要不要也查一查？还有付费电话，我是说附近街上所有的公用电话亭。"

萨克斯挑起眉毛，说道："是个好主意。"

菜鸟警探便开始了自己的调查任务。萨克斯拿了一罐汽水给那个女孩，女孩伸手接过，打开拉环后，一口气喝掉了一半。然后，她用一种很奇怪的眼神看着萨克斯，笑了起来。

萨克斯问道："怎么了？"

"你真的不记得我了，是不是？我们之前见过。"

"周二,在柏树街那边,我当然记得。"

"不,不对,比那时候更早。很久之前。"

萨克斯眯起了眼睛。她想起来,第一次在柏树街见到女孩时,就有一种奇妙的熟悉感。现在,这种感觉更加强烈了。但她想不起来,除了周二的那次见面,她还在哪儿见过这个女孩。"我恐怕是真的不记得了。"

"你救了我的命,在我很小的时候。"

"很久之前……"萨克斯说着,眯起眼睛,转头看向女孩的母亲,她细细地看着夏洛特的脸,然后倒吸了一口气,说道,"哦,上帝啊。"

40

简陋的宾馆房间里,林肯·莱姆有些难以置信地摇着头,听着萨克斯告诉他刚刚发现的事情。其实,他们在几年前就已经见过夏洛特了。那时她的名字还是卡罗尔·甘兹,她的女儿叫帕米。她们母女是莱姆与萨克斯一起办的第一个案子的被害人。也就是莱姆之前想到的那个案子。绑匪痴迷于人骨,和钟表匠一样,是个狡猾且不择手段的危险罪犯。

为了阻止他,莱姆招募了萨克斯,作为自己的耳目,进行犯罪现场调查工作。在两个人默契的合作与努力下,最终解救了这对母女——然而,谁知道,卡罗尔的名字,实际上是夏洛特·威洛比,是一个右翼军事组织的成员,这个组织极其憎恶当局政府以及其干预别国事务的外交行为。就在她们母女获救团聚之后,这个女人就暗地里在曼哈顿联合国总部布置了一枚炸弹,有六个人死于那次事故。

莱姆和萨克斯也接手了那起案件,但是夏洛特已经带着女儿连同那个组织一起,潜伏了起来,可能躲在中西部,也可能是躲在西部,最终,案子的线索消失,调查停滞了。

但是,时不时地,他们还会去联邦调查局、暴力罪犯逮捕计划和当地的报警信息中,搜索有关军事组织和右翼政治团体的案件信息,但一直没有找到夏洛特和帕米的相关线索。萨克斯担心那个小女孩的情况。有时候,夜里,她与莱姆两人躺在床上准备休息时,会禁不住担忧地念叨帕米的事情。她想知道那个小女孩现在在做什么,现在救她还来不来得及。一直很想要孩子的萨克斯觉得帕米母亲的做法令人发指——孩子被迫和她一起东躲西藏地生活,不能拥有同龄的朋友,也不能像其他的孩子一样,有机会去学校读书。这一切,都仅仅是她个人的偏执和仇恨,她自私地让孩子也生活在这种仇恨之中。

如今,夏洛特和她的现任丈夫——巴德·阿勒顿再次回到了纽约,进行另一次恐怖袭击任务,而莱姆与萨克斯再次出现在了他们的生活中。

此时,夏洛特恨恨地盯着莱姆,眼里蓄满泪水,冒着仇恨的光:"你杀了巴德!你这个天杀的法西斯恶人!你杀了他。"随后,这个阶下囚又冷笑了一声,说道:"但我们赢了!今晚我们杀了多少人?五十个?七十五个?而且,这里面有多少个五角大楼的大人物?"

萨克斯探出身体,凑近她的脸,说道:"你知不知道,当时会议厅里还有孩子?那些人里,也有士兵的孩子、丈夫和妻子,还有他们的父母、祖父母,这些你都知道吗?"

"我们当然知道。"夏洛特说。

"所以,他们仅仅是一些牺牲品罢了,是吗?"

"成就伟大的事业,牺牲总是难免的。"夏洛特回答道。

这也许就是他们这个组织创立和开会时喊的口号吧。

莱姆与萨克斯对视一眼,说道:"应该让她看看现场的惨烈情况。"

萨克斯点了点头,走上前打开了电视。

一个女主播正在报道:"……一点轻伤。一位排爆组警员,在操控一个远程遥控装置拆除现场炸弹的途中,被弹片击中。受了一点轻伤。现已接受治疗并离开了现场。预计爆炸造成的经济损失为五十万美元。尽管在此前的报道中,曾提到本次爆炸与恐怖组织有关,但目前尚没有任何组织宣称制造了爆炸袭击事件。据纽约警察局发言人称,一个境内恐怖组织对本次袭击事件负责。重新报道,如果您刚刚打开电视,现在进行的报道是,曼哈顿市中心的住房与城市发展部大楼内发生了一起爆炸事故,楼内共有两名炸弹起爆,但并未造成任何人员死亡,只有一位警方人员,在任务中受轻伤。据悉,本次袭击事件主要针对一位国务卿和参谋长联席会议主席……"

萨克斯将电视静音,挑衅而讥讽地看向夏洛特。

"不,"女人喘息着,"不,这不可能……怎么会——"

莱姆说道:"显然——是因为我们在炸弹爆炸之前就已经找到了炸弹,并且疏散了会议厅。"

夏洛特难以接受这一事实,语无伦次地说道:"但是……不可能。不……飞机都停飞了,火车也——"

"哦,你说那个呀,"莱姆轻巧地说道,"不过是为了争取一些时间的缓兵之计。最开始,我确实以为他是要去偷博物馆的德尔菲计时器,但我后来觉得,这是他布置的障眼法。可是这并不能说明他就真的不会去破坏NIST的原子钟。所以,在查清他的真正目的之前,我们联系了市长,请他叫停了相关区域的公共运输系统。"

你也知道的,我们要是那样做了,会有什么后果……

夏洛特转头看向卧室,她的丈夫就在那里,白白死去了。随后,理智重新回到她的大脑,她用毫无起伏的语调说道:"你们永远也别想打败我们。你们也许能赢这一次两次,但我们一定会将我们的祖国夺回来的。我们会——"

"你可闭上嘴吧,行吗?"说话的人是刚刚走进来的一位黑人男子,他个子很高,身材瘦削。他就是莱姆之前提到的联邦特工,弗雷德·德尔瑞。特工一听说是国内恐怖组织发动的这次袭击,便立刻将委派给他的金融诈骗案扔在了一旁(用他的话说,那案子本来就"极其无聊"),主动请缨,以联邦调查局专员的身份参与了纽约住房与城市发展部爆炸案的调查。

德尔瑞穿着一件粉蓝色的西装，里面是一件亮绿色的衬衫，最外面又套了一件棕色的人字纹呢大衣，大概是件一九七五年的复古款。这位特工的衣着审美和他的言行举止一样一言难尽。他上上下下地打量着夏洛特，继续说道："啧啧啧，瞧瞧咱们抓到了什么。"女人不服气地回瞪着他。德尔瑞笑道："这可太惨了，你要在监狱里关……嗯，一辈子吧，更惨的是，你牺牲了也没完成你的伟大事业。所以，在废柴圈里做个废物是什么感受？"

德尔瑞对疑犯的审讯方式，较之凯瑟琳·丹斯的做法来说，较为新奇。莱姆想着，若是丹斯在这里，绝对不会认同他这么做的。

夏洛特先是被萨克斯根据纽约州相关法律法规指控了一系列罪名逮捕，后又被德尔瑞以一些联邦法律的指控逮捕——指控不仅包括这次事件，还有她几年前犯下的联合国总部爆炸案，同时，她还涉嫌参与一起旧金山联邦法庭枪击案，以及其他杂七杂八的罪行。

夏洛特表示她知道自己的权利，然后又开始了另一套长篇大论的演说。

德尔瑞对她摇了摇手指，说道："你先等一等，小可爱。"消瘦的男人转头对莱姆说道："所以说，莱姆你到底怎么查出来的？我听A说，又听B说，说是一个警察败类自己贪财，拿了不该拿的钱，然后一个奇葩跳出来，留名片似的四处给人送'钟'，再然后，飞机就不飞了，之后，纽约住房与城市发展部大楼的一级安全警报响了，我的午睡也没了。"

莱姆向德尔瑞详细叙述了调查经过，解释他们如何利用刑侦学和人体动作学调查，经过两方面的努力，最终查明了钟表匠的真正计划。凯瑟琳·丹斯提到，钟表匠对于来纽约的真实目的没有说实话。所以他们又重新调查了之前所有的证据和线索。其中一些线索显示，他似乎是计划偷取一件在大都会博物馆展出的珍稀展品。

但莱姆越想这事，就越觉得不对劲儿。他判断，偷取展品是钟表匠的声东击西之举，他自己捏造了大都会博物馆快递配送出现问题的故事，目的就是混淆视听，将警方的注意力引到博物馆。因为钟表匠这样谨慎的人，若不是故意为之，是绝对不会留下任何线索的。他设计将文森特卖给了警方，借他的口，将他们引到教堂，好让他们看到他事先留下的展览宣传册。而后，又对文森特和哈勒斯坦因说起了这件计时器。所以，不，他的真正目标并不在此，而是另有所图。但是，会是什么呢？凯瑟琳·丹斯又重新看了好多次他的审讯录像，发现了问题所在。他曾说自己挑选这些被害人是因为方便逃脱，说这话时，他的表现有些异常，丹斯认为他很有可能对此说了谎。

"这也就意味着，"莱姆对德尔瑞说道，"他是出于其他目的选择了这些人。所以，他们之间到底有什么共同点？"

莱姆当时便回想起了丹斯对第一犯罪现场目击者的询问。阿里·科布告诉丹斯说，当时那辆SUV是在巷子里靠近尽头的位置，后来，司机又将车子倒出来一段距离，把尸体放在了离街道很近的巷子口。"为什么？其中一个原因是，他需要将尸体放在一个特殊的位置。这个位置哪里特殊？它的附近有什么？是住房与城市发展部大楼的后门。"

莱姆接下来便去调查了莎拉所在的地板公司，钟表匠就是在那里放置了假的燃烧弹。从这家公司的客户名单中得知，他们为纽约住房与城市发展部办公室铺设过地毯和瓷砖。

"我派了我们的菜鸟去市中心调查了一番，他发现柏树街对面的一栋大楼正在翻新。施工队在一周前用沥青翻新了屋顶，正赶在寒流来临之前。我们在罪犯鞋子上发现的痕迹与这里的沥青碎块完全吻合。而这里的屋顶，正是监视纽约住房与城市发展部大楼的绝佳位置。"

这也解释了他为什么会在小巷现场撒细沙，之后又扫掉，目的就是确保不会留下任何痕迹，这样，当他再次回来时，就不会留下相似的痕迹，引起警方的怀疑。

莱姆又发现了另一位被害人与纽约住房与城市发展部大楼的联系。露西·里克特今天会在那里接受表彰，所以她拥有参加典礼的通行牌和证件。凭借此类证件，才可以进出大楼。同时，她还有一份关于大楼安保和疏散计划的机密文件。

至于乔安娜·哈珀，则会为这次表彰典礼提供花卉装饰——这是把违禁品偷带进大楼的绝佳途径。

"我猜，是炸弹。于是我们联系了市长，请他通知媒体，封锁疏散纽约住房与城市发展部的消息，以免罪犯逃脱。但排爆组拆弹工作进行到一半，炸弹就引爆了。"莱姆接着说，"这一爆炸，所有证据都炸没了。你知道要在那些瞬间爆炸、飞上天的、四分五裂的金属碎片上提取指纹，有多难吗？"

"你又是怎么查到这位'卧底佳丽'的？"德尔瑞朝着夏洛特点了点头，问道。

莱姆有些不屑地说道："这没什么难的。是她自己太大意了。如果邓肯是假的，那第一个犯罪现场帮他指认受害人的这个女人肯定也是假的。我们的菜鸟把柏树街附近所有车的车牌都记下了。这位所谓的被害人的姐姐，开了一辆从安飞士租车公司租来的车，租赁人登记的名字是夏洛特·阿勒顿。我们查了城里所有的酒店，后来就找到她了。"

德尔瑞摇了摇头，继续问道："那你的罪犯呢？那个钟表工呢？"

"是'钟表匠'。"刑侦专家默默地纠正道，"那就是另外一回事了。"莱姆提起夏洛特的女儿帕米曾听说他在布鲁克林租了个地方，但她并不知道具体的位置，"再没有别的线索了。"

德尔瑞弯腰，问夏洛特说："布鲁克林在哪里？我现在就想知道。"

夏洛特却一脸愤慨地回应道："你太可悲了！你们都太可悲了！你们都是华盛顿那群昏官的走狗。你们背叛了这个国家的初心——"

德尔瑞靠近她,正对着她的脸,咂舌道:"行了,行了。不说政治,不说哲学……我们问你什么,你答什么。配合点,行不行?"

"去你妈的。"夏洛特"配合"地回应道。

德尔瑞长叹了一口气,说道:"惹不起这文化人,是在下输了。"

莱姆想着,要是凯瑟琳·丹斯能来审这女人就好了,虽然,即便是那样,想从她的嘴里得到些信息也得花费点时间。他遥控着轮椅,靠近夏洛特,为了不让帕米听见,压低了声音对夏洛特说道:"你如果帮我们,我能保证,在你服刑期间,可以让你有机会见到你的女儿。但你如果不配合,我也能保证,你这辈子都别想再见到她了。"

夏洛特看向门廊,帕米就在那边,坐在椅子上,固执地读着那本《哈利·波特》。黑发的姑娘面容秀丽,身材瘦削而高挑,一副文静温婉的模样。她穿着一条褪色的牛仔裤,一件深蓝的运动服,眼圈发乌。女孩不住地抠着自己的手指甲,发出咔嗒咔嗒的响声。这个女孩,不管怎么看,都是个黏人的麻烦。

夏洛特转过头来,再次看向莱姆。"那就永远不要让我再见到她。"她冷静地说道。

德尔瑞听到她的话后,有些不愿相信地眨了眨眼睛。他一般不会将情绪表现在脸上,但此刻,却厌恶地绷紧了脸。

莱姆觉得,面对这个女人,他已经无话可说了。

就在这时,普拉斯基跑了进来,停住脚步后,大口地喘着气。

"怎么了?"莱姆问道。

普拉斯基花了几秒钟平复呼吸,这才开口回答说:"电话……钟表匠……"

"快说重点,罗恩。"

"抱歉……"他再次深吸了一口气,说道,"我们查不到他的手机,但是一个酒店的员工说,她,夏洛特,过去这四五天,每天半夜都会打几个电话。我打给手机公司,查到了她拨出的号码。他们追踪号码后发现,这是布鲁克林的一个公用电话号码。就在这个区。"说着,他将一张纸条递给了塞利托,后者立刻将纸条上的内容通知给了波·豪曼和他带领的紧急勤务组。

"干得漂亮。"塞利托对普拉斯基说道。随后,他联系上了这个公用电话所在地的副高级警监。让警员们在收到梅尔·库柏邮件发过去的钟表匠照片后,立刻对附近区域展开搜查。

莱姆觉得,钟表匠不大可能会住在这个电话亭附近——刑侦专家对此毫不意外——然后,仅仅三十分钟过后,他们便接到了一位巡警的较为确定的指认报告,这位巡警调查发现,有好几位附近居民认出了这个男人。

塞利托记下了巡警所在的位置,同时通知了波·豪曼。

萨克斯说:"我到现场会打给你的。"

"等一下,"莱姆说着,目光注视着萨克斯,"这次你就不要去了,交给波来处理吧。"

"为什么?"

"他们会派一队战术小组去的。"

莱姆想起一个迷信的说法,说那些临时参加外勤任务的警察往往比其他人更容易出现伤亡。莱姆不信这个说法。但跟这个没关系,他就是不想让她离开。

阿米莉亚·萨克斯或许也想到了这一点,她看起来也有些犹豫。然后,莱姆看到,她看了看门廊里坐着的帕米·威洛比。而后又看向刑侦专家,视线相对,莱姆轻笑,点了点头。

萨克斯抓起皮夹克,向门外走去。

在布鲁克林一个安静的社区中,十二名战术作战警员正沿着人行道悄然前进,另外还有六名警员顺着一条小巷,摸向一座破旧的独栋房子。

这片社区的房子都是偏现代的建筑，院子很小，现在已经被各式各样的圣诞装饰填满。院子的狭小丝毫不能限制房主们装饰的热情，他们已经将整个空间最大限度地塞满了圣诞老人、驯鹿和小精灵。

萨克斯与突击小组的成员一起，缓慢地走在前面，她已经通过无线电联系上了莱姆。"我们到了。"她轻声说道。

"情况如何？"

"我们已经将这里两侧和后面房子中的居民疏散了，对面没有人。"街对面是社区的蔬菜园，一个有些破烂的稻草人立在那儿，胸前满是涂鸦。

"这个位置很适合抓捕行动。我们——等等，莱姆。"房子前面的一个房间忽然亮起了灯光。萨克斯周围的警员全部停了下来，她低声说道，"他还在这里……我要下线了。"

"去逮住他，萨克斯。"莱姆的语气中有着不同往常的坚决。萨克斯知道，他还在为钟表匠有机会逃脱心有不甘。能够救下纽约住房与城市发展部大楼中的人，并将夏洛特逮捕归案是不错，但是，不将所有罪犯都绳之以法，莱姆永远不会满意。

可萨克斯的决心比他还要强烈。她希望自己能为莱姆抓到钟表匠——作为两人最后一起办案的礼物。

萨克斯将对讲机的频道调整了一下，对着麦克风说道："警探五八八五，呼叫勤务组一号。"

一个街区外指挥行动的波·豪曼回应道："请讲，完毕。"

"他就在这儿，刚刚看到前屋的灯亮了。"

"收到，B组，收到吗？"

B组便是小屋后面的那队警员："B组组长呼叫勤务组一号，已收到。我们正——等等，好的，他现在在二楼。刚看见二楼一间房内有灯光，看起来是后面的卧室。"

"房中也许不只他一人，"萨克斯说道，"可能有别的夏洛特的组织成员与他在一起，或者他自己又找了新的搭档。"

"已收到,警探。"豪曼严肃地说道,"搜索与侦察小组,有什么发现?"

搜索与侦察小组的人兵分两路,一组人刚刚到达钟表匠安全屋后面的公寓楼顶,还有一部分人来到了街对面的蔬菜园,正在调整监测设备。

"搜索与侦察小组呼叫勤务组一号。所有房间的窗帘都被放下来了,无法看清房内情况。在房子后方发现热源,但并没有移动。阁楼上有灯光,但看不见里面——阁楼没有窗户,只有天窗,完毕。"

"搜索与侦察小组二号,情况相同。什么都看不到。二楼有热源,一楼什么都没有。一秒钟前听到咔嗒声,完毕。"

"是武器吗?"

"有可能。也有可能是电器或炉具发出的声响,完毕。"

萨克斯身边的紧急勤务组警官用手势下达了一系列指令。他、萨克斯和另外两名警员在前门待命,另外一个四人组紧跟在他们后面,其中一人拿着破门锤。另外三人负责监守一楼和二楼的窗户。

"B组呼叫一号。我们已就位。找到通入二楼有光的房间的梯子,完毕。"

"A组已就位。"另一位勤务组警员小声报告说。

"直接突进,"豪曼对所有小组说道,"我数到三时,先扔闪光弹到亮灯房间,确保闪光弹穿过窗帘。我数到一时,占据一楼和地下室。A组,直接上二楼。记住,目标知道如何制造IED。注意排查爆炸物。"

"B组,收到。"

"A组,收到。"

尽管外面冷风徐徐,萨克斯戴着诺梅克斯手套的手掌却汗涔涔的。她摘下右手的手套,向里面吹了口气,而后左手也照做了一遍。之后,她裹紧了防弹衣,将备用弹夹的盖子打开。其他警员都用了机关枪,但萨克斯从来不用,她更喜欢小巧轻便的单发手枪。

萨克斯和其他三位前门突击小组队员互相点了点头。

豪曼粗哑的嗓音再次响起:"六……五……四……三……"

随着警员将闪光弹扔进窗子,玻璃碎裂的声音和刺目的白光充满了房间。拿着破门锤的健硕警员几下便撞开了前门,其他警员在几秒钟之内便全部进入房内,四下散开。房子里布置得十分简单,几乎没有几件家具。

萨克斯一手拿着手电筒,一手握着枪,与小组其他三名警员一起前往了二楼。

对讲机中开始陆续传来其他小组的报告声,他们已清查了地下室和一楼的所有房间。

二楼的第一间卧室空无一人,第二间也是如此。

随后,所有房间都清查完毕,一个人都没有。

"他到底在哪儿?"萨克斯低语着。

"咱们的行动,每次都是冒险游戏,对不对?"有人调侃地问道。

"这混蛋不是会隐形的吧。"另一个声音说道。

这时,萨克斯听到耳机里传来:"搜索和侦察小组呼叫一号。阁楼灯光熄灭了,他在上面。"

在小卧室的后面,他们发现天花板上系着一条绳子,绳头从上面垂了下来。那是一个可以拉下来的折叠梯。一个警官将房间中的灯关掉了,这样一来,他们的位置就没那么容易被瞄准。萨克斯伸手去拉绳子,其他警员退后,举枪瞄准了阁楼的入口处。折叠梯伸下来,露出上方昏暗的入口。

小组队长喊道:"阁楼里的人听着。现在,下来……听见了吗?最后一次机会。"

然而什么回应都没有。

队长说道:"闪光弹。"

一名警员从腰带上取出了一枚闪光弹并点了点头。

队长的手掌碰到梯子,萨克斯却摇头说:"让我去搞定他。"

"你确定要这么做?"

萨克斯点头:"等下,我借个头盔。"

她接过一个头盔,戴上,并扣紧。

"我们准备好了,警探。"

"来吧。"萨克斯快爬到梯子顶端时,拿出了闪光弹。她拨动插销,随即闭上了眼睛,这样做一来是为了防止闪光弹的强光晃到她的眼睛,二来是为了适应阁楼昏暗的环境。

好了,来吧。

她将闪光弹扔进了阁楼,而后低头躲避。

三秒钟后,闪光弹爆炸,萨克斯睁开了眼睛,爬上了梯子顶端,进入了阁楼狭小的空间。空气里还弥漫着烟尘和闪光弹爆炸后的火药味。她从洞口处爬进阁楼,打开了手电筒,环视四周,只找到了一根柱子,是阁楼里唯一的掩体。她继续搜索着,右边什么都没有,中间什么都没有,左边——

突然间,她感到脚下一空,坠了下去。

阁楼的地板根本不像看上去的那样是木质的,不过是一层绝缘的胶纸夹板。她的右腿踩穿了天花板的石膏板,被卡在了那里,动弹不得,疼痛令她叫喊出声。

"警探!"有人喊道。

萨克斯举起手电和枪,看向她现在唯一能看到的前方,杀手并不在那儿。

那么,就在她的身后。

就在此时,阁楼上方的灯亮了,让她毫无遮挡地暴露出来,成了一个活靶子。

她挣扎着转过身,等待着枪声响起,子弹穿过她的头或是脖子,或是后背。

萨克斯想到了她的父亲。

她想到了林肯·莱姆。

我和你，萨克斯……

然后，她觉得，自己不能这样白白死去，连根毫毛都伤不到他。她用牙齿将枪咬住，腾出双手，撑住身体，用力想要将身体扭转过去，看到她的目标。

她听到其他警员快速爬上楼梯前来救她的声音，当然，这正是钟表匠所期待的——杀掉更多警员的机会。他利用自己，作为诱饵，把其他的警员引上来送死，打算趁乱逃走。

"小心！"她大喊，重新将手枪拿在手中，说道，"他是想——"

"他在哪儿？"A组队长问。男人一边问，一边爬到了楼梯顶端，身后还跟着另外两个警员。他没听到——或是根本没听萨克斯的话，此时已从梯子上迈进了阁楼里。他们查看着阁楼，包括萨克斯的背后。

她的心脏狂跳，挣扎着从自己的肩头向后看去，问道："你们看不见他吗？他就在那儿。"

"没看到。"

队长和另外一名警员走上前，弯下腰，抓住她的防弹衣，将她从石膏板中拉起。萨克斯蜷缩着身子，回头看去。

阁楼里什么都没有。

"他是怎么出去的？"一位特勤组警员嘀咕着，"这里既没有门，也没有窗。"

这时，萨克斯看到了房间对面的东西，苦涩地笑道："他从来都不在这里。不在上面，也没在一楼。他可能几个小时之前就已经逃掉了。"

"可是这灯，明明灭灭的，肯定是有人在控制啊。"

"不，看看那个。"萨克斯指了指一个连着保险丝的米色盒子，说道，"他想让我们以为他还在这里，这就给了他逃跑的机会。"

"这是什么东西？"

"还能是什么，定时器呗。"

41

萨克斯调查完布鲁克林的那栋房子,将微不足道的一点证物送到了莱姆的实验室。

她脱下防护服,穿上自己的皮夹克,快步穿过外面刺骨的寒风,走向塞利托的车子。帕米·威洛比正坐在塞利托车子的后座上,一边读着《哈利·波特》,一边小口地喝着一杯热可可,这是塞利托找了一圈才给她买到的。他现在还在罪犯的安全屋里,整理一些书面报告。萨克斯钻进车里,坐在了女孩的身边。在凯瑟琳·丹斯的建议下,他们决定将帕米带到这里,想让她看看这里,也许会想起些什么。但钟表匠留下的东西本来就少得可怜,而留下的那些,帕米看了也没想起什么。

萨克斯微笑着看着女孩,回忆起在第一现场看到车内的她时,那异样而充满希望的眼神。萨克斯开口说:"这些年来我总会想起你。"

"我也是。"女孩说着,低头看向她的杯子。

"你们离开纽约之后去了哪里?"

"我们回到了密苏里州,躲在山林里。妈妈总把我丢给其他人。但大多数时候,我都是一个人看书。我和其他人相处不来,他们对我很不好。只要你的想法和他们不一样,也就是说,不像他们那么糟糕的话,他们就会针对你。"

"那些人基本上都是在家接受教育，但我真的很想去公立学校读书，为了这个，我闹了很久。巴德不同意我去，但妈妈最终还是答应了。不过，她说，我要是跟任何人提起她，说她做过的事，我也会被当作帮凶关进监狱……不，是被当作共犯，而监狱里的男人就会欺负我。你懂我说的是什么意思。"

"哦，亲爱的。"萨克斯握紧了她的手。阿米莉亚·萨克斯一直很想要孩子，而且，她知道，自己将来一定会有孩子的。她只是觉得难以理解，怎么会有母亲忍心让自己的孩子遭受这一切。

"而且，有时候，日子特别难熬的时候，我就会想起你，假装你是我妈妈。我那时不知道你的名字，也许我听到过，但是当时没有记住。所以，我又给你取了一个名字：阿尔忒弥斯①。是我在一本神话书里看到的，她是一位狩猎女神。因为你杀死了那个疯狗一样的男人——那个绑架我的人。"她低下头，说，"这名字好蠢。"

"不，不会，这是个很棒的名字。我很喜欢……你周二见到我的时候就认出我了，对吗？你当时在车里，看见我的时候？"

"是的，我想，你之所以出现，一定是上天注定的——你是来救我的。你觉得这样的事会发生吗？"

不，萨克斯不觉得。但她说："生活里，总是充满各种意想不到的惊喜。"

一辆政府用车停在了一旁，车上走下来一位与萨克斯相熟的社工，她也钻进了塞利托的车中，加入了她们。

"哇哦。"一个美丽的非裔女子将双手放在暖风口，揉搓着，"这还算不上正儿八经的冬天，简直不公平。"她一直在安排女孩的收养事宜，"我们找到了几个非常不错的寄养家庭，有一家我认识很久的在河谷镇。你先在那里住几天，我们会试着去找找你还有没有其他的亲戚。"

---

① 希腊神话中的狩猎女神和月神，是太阳神阿波罗的孪生妹妹。

帕米却皱起了眉头:"我能换个新名字吗?"

"新名字?"

"我不想再当帕米了。我也不想再和我妈妈讲一句话,不想被她的同伙找到。"

萨克斯在社工开口之前,抢白道:"我们会确保你的安全,这是个承诺。"

帕米倾身拥抱了她。

"我能去看你吗?"萨克斯问。

女孩掩饰着自己激动的心情,说道:"当然了,只要你想的话。"

"那我们明天一起去逛街怎么样?"

"好啊,当然好。"

"好的,我们约好了。"萨克斯忽然有了个主意,"嘿,你喜欢小狗吗?"

"喜欢,我在密苏里的时候,有一个和我一起的人,他就有狗。比起那些人,我更喜欢狗。"

萨克斯立刻打电话到莱姆家找到汤姆:"有件事要问你。"

"说吧。"

"现在有人要收养杰克逊了吗?"

"没有,它还在等人收养。"

"不用再等了。"萨克斯说。她挂断了电话,看着帕米,说道:"我有一件圣诞节礼物,要提前送给你。"

有时,即便是最完美的手表,也会出现故障。

这种装置真的很脆弱,仔细想想,就会明白这一点。五百到一千个不停运转的小零件组合到一起,几乎用显微镜才能看得见的螺丝钉、弹簧和珠宝,全部精确地组合在一起,几十种相互独立的机械组统一运转……出问题的地方有上百种可能。有时候,钟表匠会算错数据；有时候，某个小金属部件磨损故障了；还有些时候，钟表的主人拧发条的时候拧得太紧；有时候，不小心将表掉到了地上；有时候，表面下进了水汽。

而且，有的手表在一种环境下运行良好，但换了一个环境就不那么精确了。就算是著名的劳力士恒动手表，作为革命性的第一款奢华潜水表，也承受不住深水环境下的巨大压强。

现在，黑尔的车停在了中央公园附近，他正老老实实地坐在车里。一路从圣地亚哥开到这里，他没有留下任何线索——只要用现金加油，注意绕过收费路段，就可以做到不留痕迹。途中，黑尔一直在思考着，自己的计划究竟是哪里出了问题。

他猜想，问题就出在警方，尤其是那个叫林肯·莱姆的人身上。黑尔在行动前的每一步，都经过了深思熟虑，考虑了各种可能性，但这位退休警探依旧赶在他之前中止了他的计划。莱姆做到了黑尔一直担心的那一点——他只从某一个零件、一处齿轮入手，就看透了黑尔所构造的整个庞大复杂的计时器。

但他有足够的时间来思考到底是哪里出了问题，然后在将来避免这些问题。他要驾车回到加州，立刻离开这里。他看了一眼后视镜中自己的脸。他已经将头发颜色染回了本来的颜色，摘下了浅蓝色的隐形眼镜。当初为了改变外貌，打造一个大鼻子和饱满的脸颊，还有双下巴，他在脸上注射了胶原蛋白，此时还没散开。而为了本次行动特意减掉的三十五斤体重，要等几个月才能长回来。这段时间的城市生活令他感觉自己正在变得苍白而迟缓，他需要再次回归自由的山野。

是的，他失败了。但是，正如他对文森特所讲的那样，从大的格局来看，一两次挫折算不得什么。他并不担心夏洛特·阿勒顿被捕的事情，他们对于他的真实身份一无所知（他们一直相信，他真的就叫邓肯），此前的几次接触都是通过一个极其谨慎的中间人，所以他并没有什么好担心的。

更重要的是,这次失败也给他带来了好处。黑尔发现了一件改变他生活的事情。最初,他创造出钟表匠这个角色,是因为这个人物看起来阴森恐怖。这种极具戏剧性的人物设定可以极大地吸引大众和警察的注意。

但当他进入这个角色时,他惊讶地发现,角色的许多特点都与他的真实性格相契合。扮演这样一个角色就像是回归了真我一样。他也的确开始对各种钟表、计时机械和时间产生浓厚的兴趣。此外,他对德尔菲计时器的热爱也并不是一时的假装,未来有一天,他极有可能真的去将它偷到手。

钟表匠……

查尔斯·黑尔自己就像是一只钟表。你可以用这块钟表去做一些充满希望与喜悦的事情,比如查看孕妇分娩时的宫缩频率。或者,用它去做一些恐怖邪恶的事情,比如计划一个时间,去进行一次针对妇女和儿童的血腥屠杀。

时间超越道德。

这时,他低头看了看身旁副驾驶座上的东西,是他的那只宝玑金怀表。戴着手套,黑尔拿起了怀表,慢慢地上了几下发条——切记,过犹不及,宁可让它松一点,也不要上得太满——然后小心地将它放进了防震气泡袋中,而后,装进了一个白色大信封中。

他将信封的自粘胶条封上,启动了车子。

没有任何明确的线索。

莱姆、塞利托、库柏和普拉斯基四人,正坐在位于中央公园西的莱姆家中,调查着他们在布鲁克林的安全屋中发现的东西。

萨克斯此时却不在这里,也没有说她要去哪儿。其实她根本用不着说,她告诉莱姆自己就在附近,与别人有约,有事需要她的话可以随时通知她,她就在第五十七大街和第六大道交会处的位置,莱姆用手机定位查了一下这个地方，那是阿盖尔安保公司的总部。

但莱姆现在却没空考虑这件事，他只关注该怎么找到钟表匠，不管这个人是谁。

回顾一下整个事件，莱姆可以将事情的发展脉络理个大概。典礼的举办日期是在十月十五日宣布的，夏洛特和巴德知晓了这件事后，就找上了钟表匠。钟表匠在十一月一号左右来到了纽约，布鲁克林的租房合同上写的就是这个时间。在那几周后，阿米莉亚·萨克斯接手了克莱里的案子，很快，贝克和华莱士就打算除掉她。

"然后，他们就勾结上了钟表匠。他当时是怎么说的来着？他谎称自己是邓肯的时候，他是怎么和贝克见面的？"

塞利托回答说："说是当时俱乐部里的一个人介绍他们认识的——贝克也是在那个俱乐部和他的朋友们接头的。"

"但他在说谎。根本就没什么俱乐部……"莱姆摇着头，"是一个他们双方都认识的中间人给他牵线搭桥的——很可能就是个本地人。如果我们能把这个人找出来，就能找到一些确凿的证据了。贝克招供了吗？"

"没有，一个字都不说。剩下的那几个也是。"

莱鸟摇着头，嘀咕着："要是按照这个方向找，那也太难了。我的意思是，全市得有多少个犯罪组织？要是一个一个地找得找到什么时候？他们又不可能自己送上门来帮我们。"

刑侦专家皱眉说道："你在说什么呢？这和犯罪组织有什么关系？"

"是这样的，我推测，介绍他们认识的那个中间人，肯定和犯罪组织有关系。"

"为什么这么说？"

"贝克想要杀掉一个警察，对吧？但他又不能自己去做，这会很容易让别人怀疑到他身上，所以，他就要雇别人去做。像贝克这种人，在黑道肯定是有些关系的。但黑道的人不到万不得已，也不愿意冒险去动一个警察,所以,他们就把贝克介绍给了一个没有这种顾忌的人:就是钟表匠。"

普拉斯基说完这句话后,没人回应,气氛沉默,令他有些尴尬,他红了脸,低头说:"我也不知道,就是瞎猜的。"

"猜得还他娘的很在理啊,小子。"塞利托说。

"真的吗?"

莱姆也点着头说:"确实不错……通知市中心所有的有组织犯罪特别工作组,看看他们的线人们都知道些什么。再通知一声德尔瑞……现在,我们接着调查这些证据。"

他们在钟表匠位于布鲁克林的安全屋中发现了一些不完全的指纹,但在联邦调查局的综合自动指纹识别系统中,没有匹配的记录,与此前的几个现场中的指纹也不相符。房屋的租赁合同上,钟表匠又使用了另外的假名,和一个假的联系地址。租金也是现金支付的。而经过冗长的搜索和调查,他们发现,他只是偶尔会连接周围的无线网络。没有邮件记录,只有一些网站访问记录。他最常访问的网页是一家网上书店,他们会为一些医护人员提供再教育课程。

塞利托说:"糟了,也许还有其他人雇了他。"

猜得太对了,莱姆想着,点点头说道:"他还会去袭击一个被害人——或是一些被害人。他可能现在正计划着如何动手。想想吧,他要是假扮成了医生,会制造出什么样的惨剧。"

然而,我却让他逃掉了。

萨克斯还在现场收集了一些其他的痕迹证据。经检查,只有少量羊毛领上的羊毛纤维和一些绿色水生植物,水虽然也是海水,但与罗伯特·华莱士在长岛的帆船周围的海水不同。

布鲁克林分局的副高级警监打来电话,报告说,对那片区域的居民进行进一步调查之后,并没有得到更多有用的信息。虽然有接近一半的人都曾见过钟表匠,但对他毫不了解。

相比较而言,对于夏洛特和她的丈夫,巴德·阿勒顿的调查则十分顺利，取得了不小的进展。这对夫妇远远不如钟表匠狡猾，萨克斯已经找到了大量证据，显示有很多地下军事组织曾为他们提供过庇护。包括一个规模很大的密苏里州组织，还有臭名昭著的"爱国者大会"，该组织现在就聚集在纽约州的北部，莱姆和萨克斯之前就曾与他们打过交道。他们的电话记录、指纹和邮件，都为联邦调查局和当地警方提供了大量可供追踪的线索。

门铃声响起，汤姆起身去开门。不一会儿，他领着一个身着军装的女人走了进来。来人正是露西·里克特，钟表匠的第四个"被害人"。莱姆发现，露西对于他家就是一整个刑侦学实验室这件事，似乎颇感意外，与此相比，她似乎对于莱姆的身体状况并不十分在意。莱姆随后便想起来，眼前的女人曾经历过的战争中，炸弹是他们经常选择的武器，所以，她无疑已经见识过各种残疾和伤患。莱姆的状况并不会吓到她。

她解释说，她不久前打电话给凯瑟琳·丹斯，想和案件的调查人员聊聊。加州警探建议她直接打电话给莱姆，或是直接拜访莱姆的住所。

汤姆走进来，问她想喝点什么，咖啡还是茶。而平常总是不喜欢接待生人的莱姆，对于来客不会给予任何形式的热情款待，就怕他们留下来做客，不肯走。可现在，他却一反常态地对护工说道："她可能也想吃点什么，或者来点别的劲儿大的，像威士忌什么的。"

"你这人真是让人看不透啊，"汤姆说道，"从来不知道，你居然这么双标，别人来了你理都不理，见到位军人就变成热情的礼仪专家了。"

"谢谢，你们用吧，我不需要。"露西说道，"我不能久留。我想，首先，我要感谢你，救了我的命——两次。"

"实话说，"塞利托指出，"第一次，你本来也没什么危险。他没打算害你——没打算伤害任何一个被害人。第二次？哦，对，这次感谢，我们可以接受——毕竟，他可是想把整个会议厅都炸成灰。"

"我的家人也都在场，"她说道，"这样的救命之恩，怎么感谢都不为过。"

莱姆依旧对别人的感激之情感到有些别扭，即便如此，他也点了点头，表示回应。

"还有一件事，我最近才发现，我想这件事应该对你们有些帮助。我一直在和邻居们聊天，说那男人是什么时候闯进来的。有个邻居，他住的公寓楼与我家隔了两栋楼，他对我说起了一件事。他说，他昨天出门取快递的时候，看到有一条绳子，从楼顶一直垂到小巷里。从我家楼顶很快就能跑到那儿。所以，我想他也许从那里逃走的。"

"有点意思。"莱姆说道。

"不过，还有另外一件事情。我丈夫去查看了一下。鲍勃曾经在海豹突击队服过两年兵役——"

"海军？而你又是陆军？"普拉斯基笑了，问道。

露西也笑了起来："我们时不时会……进行一些很有意思的讨论，尤其是在橄榄球赛季期间。总之，他去看过了那条绳子，并且说，不管这人是谁，从他打的绳结能看出，这是个行家。那是一种很少见的在登山运动中使用的结绳方法——绳索垂降时候用的那种绳结。这种绳结又叫死人结，在国内很少见，一般是欧洲那边使用的比较多。那个男人肯定是在国外有过一些攀岩或是登山经历。"

"啊，这的确是很重要的信息。"莱姆沉着脸看向普拉斯基，说道，"这种线索居然要被害人自己找出来，你不觉得惭愧吗？这明明是我们分内该做的事情。"而后，转头问露西说，"那条绳子还在吗？"

"在的。"

"很好……你会在市里多留段时间吗？"莱姆问，"如果我们抓到他了，可能会需要你出庭指认他。"

"我很快就要回部队了，但是我肯定会在开庭的时候回来的。我可以请特休假回来。"

"这次又要去多久？"

"我申请了两年延期服役。"

"你申请了？"塞利托问。

"还没有，正打算去。那边确实很辛苦，但我还是决定回去。"

"因为典礼发生的爆炸吗？"

"不，我是在那之前决定的。我看着那些军人家属和士兵们，就在想，有的时候，命运会将你放在一个完全意想不到的境地。但是你已经在那里了，而且你慢慢适应了之后，发现自己在做一些有用的、重要的事情。简单来说，只是因为我感觉这样做是对的。所以，"她拿起外套，穿在身上，"如果你们需要我，我就请假回来。"

他们道别之后，汤姆送露西离开。

汤姆回来后，莱姆便对他说："把刚刚那些加到钟表匠的资料里。一个攀岩爱好者或是登山家，很可能在欧洲接受过训练。"然后，莱姆又转向普拉斯基，说道："你联系一下犯罪现场小组的人去把那条被你错过的绳子带回来……"

"其实，那天不是我搜查的现——"

"——然后找一个攀岩专家来，我想知道他可能受训的地方。再仔细调查一下那条绳子。他在哪里买来的，什么时候买来的。"

"好的，长官。"

十五分钟后，门铃再次响起，这次汤姆带进来的人是凯瑟琳·丹斯。两个白色的耳机垂在肩膀上，她与大家挨个儿打了个招呼，手中还拿着一个A4纸大小的大信封。

"嘿。"普拉斯基说道。

莱姆挑眉，算是问候。

"我正要去机场，"丹斯解释说，"只是想过来和大家道个别。哦，还有这个，摆在你们门口。"

她将信封交给了汤姆。

护工看了一眼，说："没有发件人地址。"他疑惑地皱眉。

"安全起见，"莱姆说道，"防爆网筐。"

塞利托接过信封，走向一个钢条编制的网筐，像是柳条编织的洗衣篮一样。他将信封放进去，盖上了盖子。这种篮子，是为了鉴定一些来历不明的包裹是否含有爆炸物而设计的，篮子里有传感器，可以检测硝酸盐和其他常见的炸药痕迹。同时，还可以用来降低中小型炸弹爆炸时的破坏力。

传感器检测了信封的蒸发气体，报告显示，没有检测到爆炸物。

戴着橡胶手套，库柏将信封拿出来，仔细观察了一下。信封上印着品牌标识，而后是一行打印字体：林肯·莱姆。

"自粘胶。"技术专家不出所料地做了个鬼脸。刑侦专家还是喜欢那种老式信封，没有自粘胶，罪犯就得用舌头舔一下封口。信封黏合处是提取DNA信息的好地方。库柏补充说，他对这个品牌的信封很熟悉，全国所有商店都有售。所以，是没办法追踪的。

莱姆摇着轮椅，向前凑近了一些，凯瑟琳·丹斯就站在他边上。他们看着技术专家从信封里拿出了一只怀表和一张字条。字条上的字迹同样也是打印的。"是他送来的。"库柏说道。

信封在那里的时间不超过十五分钟——就是在露西·里克特离开和丹斯到来之前的这段时间。塞利托打给总部通知附近执勤的车辆将整个社区进行彻底搜查。库柏将钟表匠的照片邮件发给了警局。

怀表还在走着，显示的时间也是准确的。表是金色的，大表盘上还有几个小表盘。

"有点沉，"库柏说道，他拿出一个放大镜，仔细地观察着，"看起来是个老物件，有佩戴的痕迹……没有定制刻字。"他拿出一个驼毛刷，将怀表放到报纸上，细细地刷了刷怀表和信封，但是没有发现任何痕迹。

"这是纸条上的内容，林肯。"库柏将纸张放在了高射投影仪上。这样一来，大家就都能看到字条上的内容了。

亲爱的莱姆先生：

当您收到这封信的时候，我已经离开了。当然，我现在已经知道，参加典礼的人全都安然无虞。我便由此得知，您已经预料到了我的计划。但我亦预测了您的行动，所以，我推迟了赶往夏洛特所在酒店的计划，也因此发现了警方的埋伏。我猜，您应该已经救下了他们的女儿。对此，我很高兴。那个女孩确实值得拥有一对更好的父母。

所以，恭喜您。我本以为我的计划是天衣无缝的，但是很显然，我错了。

这是一款宝玑造怀表。在我的众多钟表收藏中，它始终是我的心头挚爱。宝玑在十九世纪初制造了它，此表的别致之处在于它的红宝石圆柱体擒纵装置、万年历和防震装置。鉴于我们之间的这段精彩冒险，我希望您会喜欢这只怀表上的阴历表盘。对我而言，想要阻止我完成任务的人有很多，但没有任何人成功做到过；而在这些人中，您的表现最优（我本可以说，我们之间不分伯仲，但那却不是事实，毕竟，您还没有捉到我）。请记得给这只宝玑怀表上发条（但动作要轻一些）；它会见证我们分别的这段时间，也会见证我们重逢的那一时刻。

一点小小的建议：我若是您，就会好好享受这段人生，把每一秒，都当作是生命的最后一秒。

钟表匠

塞利托做了个鬼脸。

"怎么了？"莱姆问他。

"你收到的威胁信比我的要高端得多啊，林肯。通常，我的罪犯只会说一句'我要宰了你'。而且，那是什么鬼？"他伸手指着字条中的一处，"分号？他一边威胁着你，一边还乖巧地用了分号。这他妈是假的吧，简直是鬼扯。"

莱姆没有笑。他还在为罪犯的逃脱感到愤怒——同样让他愤怒的是对方并没有打算收手，他还会犯案。"你要是开够玩笑了，就注意看看，他的语法和书写都很完美。这也是一条线索，他受过良好的教育。私立学校？文科生？奖学金获得者？学校毕业生代表？把这些都加在证据板上，汤姆。"

塞利托依旧不慌不忙地嘀咕着："还他妈的用分号。"

"有线索了，"库柏说着，从电脑前抬起头来，"在布鲁克林的房子里发现的那些绿色物质，我很确定，那是杉叶蕨藻，一种恶性海藻。"

"一种什么？"

"是一种蔓延速度很快且不受控制的海藻，会引起很多问题。在美国，这种海藻是被禁止带入的。"

"所以，很显然，如果它蔓延开来，就会随处可见。"莱姆有些失望地说，"这是没用的证据。"

"实际上，并非如此，"库柏解释说，"目前，只在北美的大西洋海岸发现过这种海藻。"

"墨西哥到加拿大沿岸？"

"差不多。"

莱姆讽刺地说道："墨西哥到加拿大，这范围简直太小了。联系特警队。"

就在这时，凯瑟琳·丹斯皱眉说道："西海岸吗？"她像是在思考什么，片刻后，问道："他的审讯录像呢？"

梅尔·库柏将录像资料找了出来，按下了播放键。他们已经看了无数遍杀手如何在他们面前冠冕堂皇地欺骗所有人。丹斯因为专注而微微探出身体的样子，让莱姆想起了自己盯着各种证据时的样子。

这份录像他已经看过太多次了，以致他对杀手的话已经麻木。现在莱姆已经知道了，那个时候的钟表匠满嘴谎言，他的话对于案件调查已经没有任何帮助。但是,丹斯却突然间笑了起来:"有了。"

"什么?"

"是这样的,我给不了你准确的地址,但是我却能告诉你是在哪个州。我的猜测是,他是加州人,或者在那里居住过一段时间。"

"你为什么会这么认为?"

她将录像带倒回去一点。然后,再次播放了审讯中的一段内容,画面中他正在讲述自己开车去长岛,去取那辆被警方没收的SUV。

丹斯结束了播放,说道:"我研究过不同地区人们使用的方言。加州的人在说到州际高速公路时,会习惯性地在前面加上表示特指的'那条'两个字,比如说,洛杉矶的那条四〇五号公路。在他的审讯中,他提到了'那条四九五号高速'。而且,你们听到他说'高速'了吗?那也是加州常用的说法,比起'高速公路'和'州际高速','高速'这个词,在西海岸地区的使用情况要更普遍。"

应该算是一条有用的线索,莱姆想着,证据墙上又多了一块砖头,于是说道:"加到证据表里。"

"等我回去以后,我会在我的办公室展开正式调查。"丹斯说道,"我会把加州境内能查到的所有相关线索都找出来。那时我们再看看会不会有新的进展。好了,我得走了……哦,对了,期待能尽快与你们在加州重逢。"

护工看了莱姆一眼说:"他需要多出去转转。他假装自己不喜欢出门旅行,但实际上,每次出门他心里都很开心。只要有威士忌可以喝,有让他感兴趣的案子可以查。"

"那可是北加州啊,"丹斯说,"红酒之乡,而且,也不用太担心,我们那里犯罪活动也蛮活跃的。"

"到时候再说吧。"莱姆不置可否地说道。但随即又补充了一句,"但还有一件事——能不能帮我一个忙?"

"当然可以。"

"把你的手机关机。不然,如果再有什么事,我会忍不住再找你的，那你就别想去机场了。"

"要不是为了回去看孩子，我可能会二话不说就接起电话。"

塞利托再次向她表示感谢，随后，汤姆将丹斯送了出去。

莱姆说道："罗恩，去做点有用的事。"

菜鸟看着证据表说："我已经打电话交代过绳子的事了，如果你是指这个的话。"

"不，我说的不是那个，"莱姆嘟囔着，"我说了，是'有用'的事。"他一边说，一边用下巴指了指房间对面架子上的一瓶威士忌。

"哦，好的。"

"倒两杯，"塞利托小声要求道，"多倒点，别那么小气。"

普拉斯基依言倒了两杯威士忌，然后将酒杯分别递给了莱姆和塞利托——库柏拒绝了。莱姆又对菜鸟说道："你忘了给你自己。"

"啊，不太好吧，我还穿着警服呢。"

塞利托被他的耿直逗笑了。

"那就少喝一点吧。"他给自己倒了一点，然后喝了一口这昂贵的烈酒，说道，"不错，我挺喜欢的。"但他的眼神完全不是这么个意思，"我说，你们有没有试过加点姜汁汽水或是雪碧什么的？"

42

过去与现在。

人们会继续前行。

不是这样就是那样的原因,最后,人们都会选择将生活继续下去,而过去,也会被现在取代。

林肯·莱姆的脑袋里像是被塞进了一台坏掉的唱片机,不断地重复着这句话,人们会继续前行。

他自己其实也说过这样的话。那还是在他出事故不久后,他向妻子提出离婚时说的。实际上,在事故发生之前,他们之间的感情就已经磕磕绊绊地出了问题,而他决定,不管自己能不能活下去,他都想一个人去面对,一个人继续前行。他不想将她绑在自己身边,让她在艰难的生活中,扮演一个残疾人的妻子。

但那时的莱姆所要继续的人生,和现在面临的又完全不同了。过去这些年来,他重新建立起来的生活——本就摇摇欲坠,濒临崩溃的生活,将再一次经历巨变的洗礼。而问题是,对萨克斯而言,离开警局去阿盖尔安保公司工作,并不是真正的继续前行,而是依旧蜷缩在过去的阴影中。

塞利托和库柏已经离开了,楼下实验室里只剩莱姆和普拉斯基,两人坐在检测台前,整理着一一八分局丑闻案的证据。最终,在确凿如山的证据面前,贝克和华莱士还是招供了,他们签署了认罪协议,将一一八分局所有的涉案警察都供了出来。当然,他们之所以不再坚持,还是因为他们稀里糊涂地雇用了一个国内恐怖分子的严重事实。

可是没人供认促成贝克和钟表匠会面的中间人到底是谁。其实,这种做法也很好理解,都已经到了这个时候了,没人会真的犯蠢,把一个犯罪组织的高层成员卖掉,这样做是十分危险的。再有,多亏了你的证词,警方会将这位犯罪组织高层抓起来,运气"好"一点,你们还可能会被关进同一座监狱。那样的话,事情可就"美好"了。

莱姆为萨克斯的离开做着心理准备。他认为,罗恩·普拉斯基最终一定会成为一个优秀的犯罪现场调查员。他很有天赋,人也聪明,同时还具有塞利托那样坚忍不拔的品格,是块璞玉。莱姆有信心在未来八个月到一年的时间里慢慢磨炼他,将他雕琢成真正优秀的警察。而后,菜鸟和他,会继续调查现场、分析证据并找出罪犯。将他们关进监狱或是送进地狱。一切都会继续。惩恶扬善,保卫人民的警察事业远远大于某一个男男女女,这是不争的事实。

是的,一切都会继续……但是,莱姆没办法想象,这一切少了萨克斯会变成什么样。

够了,去他妈的多愁善感。莱姆对自己说着,并继续回到手头的工作上。他看着证据板,钟表匠现在还没有落网,他就在那里,莱姆一定会找到他的。他绝对……逃……不……掉……的。

"什么?"普拉斯基问道。

"我什么都没说。"莱姆断然道。

"不,你说了。我刚刚……"在莱姆的瞪视下,普拉斯基很快闭上了嘴巴。

他一边检测手头的证据,一边问莱姆说:"我在贝克办公室发现的那张字条,纸质不怎么样。我是不是应该用茚三酮来检查隐性的指纹?"

莱姆刚要回答。

一个女人的声音响起:"不对,首先,你要先用碘酒熏一下试试,然后才能用茚三酮,再然后,用硝酸银。你得按顺序来才行。"

莱姆抬头看去,只见萨克斯正站在门口。他立刻柔化了脸上的表情,心中对自己说着,表现出你最好的一面,表现得开明大度一点,成熟些。

萨克斯还继续说着:"如果不按顺序来的话,化学品会相互发生反应,毁掉指纹。"

理都不理?好吧,这可真是太尴尬了,刑侦专家生气地想着,脸上的柔情逐渐瓦解。他转头盯着证据板一言不发,任由两人之间沉默流转,如同外面十二月的冷风。

终于,萨克斯开口说:"对不起。"

很少听到她说这样的话,这个女人道歉的频率和自己有得一拼,也就是基本上从不道歉。

莱姆没有回应她,眼睛依旧盯着面前的证据表。

"真的很对不起。"

莱姆被萨克斯这种轻描淡写的态度激怒了,斜眼看过去,皱起眉头,几乎控制不住自己的怒火。

但他发现,萨克斯并不是在对自己讲话。

她的眼睛正看着普拉斯基,说道:"我会想办法补偿你的,你可以调查下一个现场,我当你的副手。或者下几个现场,都可以。"

"为什么这么说?"普拉斯基问。

"我知道,你已经听说了,我要离开警局。"

普拉斯基点了点头。

"但是,我改主意了。"

"你不走了?"普拉斯基问道。

"是的。"

"嘿,完全没问题,"普拉斯基说道,"你知道的,我一点也不介意分一点活儿给你。"在莱姆手底下工作,普拉斯基感觉自己就像是一只被他拿着放大镜观察的蚂蚁,现在,他不是唯一的一只蚂蚁了。这让他大大地松了口气。虽然有些失望,自己又要退回助手的位置,但比起独自面对莱姆的压力,简直是小巫见大巫。

萨克斯拉过了一把椅子,坐在了莱姆的对面。

"我以为你去了阿盖尔公司。"

"我是去了,不过,是去拒绝他们。"

"我能问问原因吗?"

"我接到了一个电话。是苏姗妮·克莱里打来的,本杰明·克莱里的妻子。她感谢我选择相信她,并找出杀害她丈夫的真凶。她在电话中哭了。她告诉我说,她只是没办法接受她丈夫有可能会自杀这个想法。谋杀确实也很可怕,但是自杀,意味着将他们夫妻彼此相伴多年的感情全部否定了。"

萨克斯摇了摇头,继续说道:"一个绳结,一根骨折的大拇指……我那时才意识到,这就是这份工作的全部,莱姆。她跟我陷入的那些麻烦无关,跟政治游戏无关,跟我父亲、贝克和华莱士都无关……你不能将它看得那么复杂。做一名警察,就是要找出隐藏在一个绳结和一根断指背后的真相,再没有其他。"

我和你……萨克斯。

"所以,"她一边用下巴指了指证据板,一边问道,"关于咱们的恶徒——有什么新进展吗?"

莱姆向她说起了钟表匠送来的礼物,那只宝玑金怀表,然后总结道:"他是一个攀岩或登山爱好者,很可能在欧洲接受过专业训练。他在加州待过一段时间,就在海岸附近。而且,他最近也去过那边,很可能现在就住在那儿。他受过良好的教育,会使用恰当的语法、书写和标点符号。我想把他送来的这块表的每一个零件都检查一遍。他是个钟表匠,对吧?那也就是说,他很有可能会把那只表打开,对它动过手脚。哪怕任何蛛丝马迹,我都不会放过。"莱姆朝着那张钟表匠送来的字条点了点头,补充道:"而且,他承认了,我们逮捕夏洛特的时候,他就在一边看着。我要把他可能出现的每个地点都彻查一遍。罗恩,你负责带一队人去查。"

"明白。"

"还有,别忘了我们对他的了解。他也许已经走了,也许还没有。确保把你的武器放在能够得着的地方,做好随时进入战斗的准备,记住——"

"仔细搜索,保持警惕?"普拉斯基接话道。

"给你的记忆力打满分。"刑侦专家说道,"现在,快去行动吧。"

第四部分

星期一,下午十二点二十八分

什么是时间?若无人问起,我还知道问题的答案。若有人问起,我却不知该从何说起。

——圣奥斯汀

43

十二月的天气并没有冷得令人难以忍受，但莱姆家的炉子却坏了，于是，在他家中一楼里的所有人，全都穿着厚外套，挤在了一起。每次呼吸间，都有白色的雾气从他们口鼻中升腾出来，手脚也冻得通红。阿米莉亚·萨克斯穿了两件毛衣，普拉斯基则穿了一件带内衬的绿色外套，上面还挂着基灵顿滑雪场的缆车票，像是士兵身上挂着的勋章一样。

一个滑雪警察，莱姆想象着这样一个形象，总觉得有些别扭，但也说不出为什么会觉得别扭。大概是难以想象一个警察从山上滑下来，身上还带着一把随时能开火的手枪，穿着防尘衣。

"修炉子的人在哪儿呢？"莱姆朝护工吼道。

"他说他会一点到五点之间过来。"汤姆回答，他正穿着一件粗花呢外套，那是去年圣诞节莱姆送给他的圣诞礼物。而他脖子上围着的深紫色羊绒围巾，则是萨克斯今年圣诞节送给他的礼物。

"哈，一点到五点之间，一点到五点。我告诉你，你回他一个电话，就说——"

"他当时确实是这么说的，一点到五点。"

"不，你听着。你打电话给他，说我们接到报警电话，说有个变态杀人狂，逃到他住的社区那边了，我们会在一点到五点之间过去抓犯人的，看看他喜不喜欢这个安排。"

"林肯,"护工耐心地说道,"我想,不必——"

"他知道我们在这儿忙什么呢吗?他知道我们是为了保护他们才做这些的吗?打电话,把这些都告诉他。"

普拉斯基发现,汤姆根本没打算按莱姆说的去打电话。于是,他开口问道:"要不我来吧?我是说,我去打电话?"

啧,天真的傻小子啊。

汤姆对年轻的警官说:"你不用理他。他就像那种一直在你身边,缠着你,让你陪他玩的小狗一样,不理他,他自己就老实了。"

"小狗?"莱姆问道,"我是小狗?太讽刺了吧,汤姆,因为你才是那个恩将仇报,反咬我一口的狗东西啊。"莱姆对自己的反驳很满意,又说道:"你跟那个维修工讲,说我觉得很不舒服,低温症发作。说真的,我真的有这种感觉。"

"也就是说,你能感觉到——"菜鸟脱口而出的问题问到一半,声音却戛然而止。

"是的,没错,我他妈当然能感觉到不舒服,普拉斯基。"

"对不起,我刚才讲话没过脑子。"

"嘿,"汤姆笑着说道,"恭喜你啊!"

"恭喜什么?"菜鸟警察迷茫地问。

"恭喜你升级进入'值得拥有姓氏'的那一组啊。他这是已经开始高看你一眼了,认为你比我们这些凡人要优秀得多……他只有认可了一个人,才会这样称呼他。比如我,就仅仅是汤姆。永远都是汤姆。"

"但是,"萨克斯对菜鸟说道,"你要是再跟他道歉,他可就要把你开除出组织了。"

不一会儿,门铃响起,"不配拥有姓氏"的汤姆前去开门。

莱姆看了一眼时钟,一点零二,那个维修工会来得这么及时吗?

但是显然,莱姆想多了。来人是朗·塞利托,和之前一样,他一进门就开始脱外套,但立刻又改了主意,赶紧把衣服穿好,他看着自己讲话时呼出的白气,说道:"上帝啊,林肯,就算是从市政府那儿拔下一根毫毛也够你交取暖费的了,这你是知道的吧?那是啥?咖啡吗?热的吗?"

汤姆给塞利托倒了一杯咖啡,他一只手握着咖啡杯,一只手打开了公文包。"总算拿到了。"他用下巴指了指自己拿出来的一个旧文件夹,文件上的墨水印已经有些褪色,还画着一些铅笔的痕迹,许多行目录都被划掉了,可以看出,政府为了节约开支将纸张再利用了多次。

"鲁珀特的资料?"莱姆问道。

"这个就是了。"

"这是我上周要的。"刑侦专家有些不满地嘟囔着,鼻子在冷空气中微微刺痛。也许他该对维修工说,他会在一到五个月内把维修费付给他。他看着文件夹,说道:"我都不指望你能找到它了。我知道你喜欢那些谚语,那你有没有听说过'时不我待,过期不候'?"

"没听过。"警探一脸无辜,然后又和气地说,"我听过的是'如果你帮了一个人的忙,对方不但不感激,还向你抱怨,那这人就太他妈欠收拾了。'"

"嗯,说得不错。"莱姆点头承认道。

"不管怎么说,我虽然知道这是份机密文件,可你没说过它居然这么机密。我得亲自出面去找,还拜托了罗恩·斯科特帮忙查它的下落。"

莱姆看着塞利托的动作,看他伸手在文件夹中翻找,心中一阵忐忑,猜想着他会从里面翻出什么。有可能是振奋人心的消息,也可能是毁灭性的打击。"应该是一份官方报告。找出来。"

塞利托在文件夹中拿出了一份文件。在文件的封皮上,贴着打印的标签,上面写着:安东尼·C.鲁珀特,副专员。还有一条已经褪色的标有"机密"二字的红色密封胶带贴在文件上。

"我能打开它吗?"塞利托问。

莱姆翻了个白眼。

"林肯,你的态度能不能好点,等你心情好点了记得通知我,好吧?"

"请你把它放到翻页架上,谢谢。"

塞利托将胶条撕开,然后把文件交给了汤姆。

护工将报告放在了一个像是厨房里放菜谱的架子上,上面有一个翻页用的橡胶装置,由莱姆移动手指,通过电子触摸屏来控制翻页。现在,莱姆开始一页页地看着文件的内容,并试图平息心中的紧张。

"鲁珀特?"萨克斯在一个证据表前抬起头说道。

莱姆又翻过了一页,回答说:"对。"

他一段接一段地读着繁复而乏味的政府文件。

哦,可别啰唆了,他有些生气地想着。赶紧他妈的说重点……

到底是好消息,还是坏消息?

"是关于钟表匠的消息吗?"萨克斯问。

查到现在,不管是纽约,还是凯瑟琳·丹斯在加州的调查,都没有找到任何关于钟表匠的线索。

莱姆回答说:"和他没关系。"

萨克斯摇头:"但是,你不是因为钟表匠的案子才要这份文件的吗?"

"不,那是你自己的猜测。"

"那是因为什么?别的案子吗?"萨克斯追问道,随即看向了证据板,那上面还有一些他们之前查过的未完成案件。

"跟那些案子也没关系。"

"那是跟什么有关系?"

"你要是不问这么多问题来打断我,我就能早点告诉你了。"

萨克斯叹了口气。

最终，莱姆找到了他要找的那部分内容。但他却停了下来，转头看向窗外的中央公园，那些高高伸向天空的、光秃秃的褐色树枝。他内心深信，他可以在这篇报道里找到他知道的消息，但同时，他也明白，自己是一个相信客观事实的科学家，不能单单依靠内心的主观感受去做事。

探明真相，才是唯一的目的……

这些文字，又会告诉他什么样的真相呢？

他低下头快速地看了一遍这段文字。然后，又看了一遍。

过了一会儿，他对萨克斯说："我想读一点东西给你听。"

"好的，我在听。"

他动了动右手手指，点了点触摸板，将文件翻到了前一页："这是第一页的。你在听吗？"

"我说过了，我在听。"

"很好，'以下事件从此刻起将予以保密。一九七四年六月十八日至六月二十九日，十二名纽约局警察，因敲诈曼哈顿及布鲁克林地区商户与商人、受贿、搁置案件调查接受大陪审团审判。另外，四名警察还被控故意伤害罪。此十二名警察就是所谓的第十六大道俱乐部成员，这个俱乐部的名字已经代表了腐败警察的丑恶罪行。'"

莱姆听到了萨克斯急促的呼吸声。他抬头看去，发现她看着这份文件的样子，就像是小孩子在后院里发现了一条毒蛇，带着排斥和恐惧，而又移不开眼。

他继续读道："'美国公民与受命保护他们的执法人员之间的最大信任，遭到了第十六大道俱乐部腐败警察的破坏，他们不仅知法犯法，背弃了民众的信任，还给其他警局里勇敢而无私奉献的兄弟姐妹带来了难以磨灭的耻辱。'"

"'因此，我，纽约市市长，在此授予以下几位警员勇气勋章，用以表彰他们将以上罪犯绳之以法的英勇行为：巡警文森特·帕齐尼，巡警赫曼·萨克斯以及三级探员拉伦斯·科佩尔。'"

"什么？"萨克斯低声问。

莱姆继续读着："以上几位警员多次冒着生命危险执行卧底任务，不仅为找出罪犯提供了许多关键线索，且为检方在诉讼罪犯过程中提供了大量证据。因为这次任务具有极大的危险，为了保障三位英勇警员及其家人的安全，任务的委派指令亦是通过保密程序下达，且此记录将被封存。但他们应相信，虽然他们的卓绝贡献不为公众所知，但这座城市对他们的感恩之情丝毫不会削减。"

阿米莉亚·萨克斯愣愣地看着莱姆："他——？"

莱姆对着文件点了点头，说道："你父亲，一直是一个正直的好人，萨克斯。他是那三个漏网之鱼其中的一个，但他并不是罪犯。他们是在为内务部工作。他会在第十六大道俱乐部，就像是你之前会去圣詹姆斯酒吧一样，只不过他在做卧底。"

"你是怎么知道的？"

"我并不知道。我只是记得有这么一份鲁珀特报告和腐败警察庭审案件，但我不知道你父亲也牵连其中。所以，我想看看这份报告，确定一下。"

"怎么样，确定了吗？"塞利托一边大口吃着咖啡蛋糕，一边问道。

"接着找，朗。还有别的东西。"

警探又在文件夹里翻找了一遍，找到了一张证书和一枚奖章。那是纽约警局颁发的勇气勋章，是部门里可授予的最高荣誉之一。塞利托将它递给了萨克斯。萨克斯双唇微张，眯眼看着这张未裱框的羊皮纸证书，上面写着她父亲的名字。萨克斯手指颤抖，似乎手上的东西有千斤重，勋章的绶带从她的指尖滑落。

"嘿，真好啊，"普拉斯基指着那份表彰证书，"你们看看这些卷轴什么的。"

莱姆朝着翻页器上的文件点了点头，说道："所有事情都写在上面了，萨克斯。为了让那些腐败警察相信你父亲，内务部的行动策划人每个月都会给他几千美金,让他四处挥霍,好让他们以为你父亲也参与了敲诈。他必须要做足样子,取得那些人的信任;否则,一旦有人察觉到你父亲的卧底身份,他很可能就会没命,尤其是案件中还牵扯到了托尼·格兰特这样的人。内务部的人为了让整件事情看起来更加合理,伪造了对你父亲的调查。而你父亲的案件,最后因证据不足而撤销,是因为他们与犯罪现场调查组的人打了招呼,所以证据监管链卡不见了。"

萨克斯低下了头,然后轻笑了一声,说道:"爸爸为人一直是最谦逊的。他的一生中获得的最高荣誉是一个不能说的秘密,而他就真的对此只字不提。"

"你可以去读一读这些细节。你父亲说过,他可以接受佩戴监听器去打探消息,可以交代所有关于格兰特和其他警察的犯罪事实。但是他绝对不会出庭指认这些人,因为他绝对不会将你母亲和你的安危置之不顾。"

她还在盯着那枚勋章,在她的指尖荡来荡去——像是一座时钟的钟摆,莱姆讽刺地想。

终于,塞利托忍不住搓着双手说道:"听着,我真的很高兴能听到这个好消息。"他嘟囔着,"可是,咱们能不能离开这鬼地方去曼妮餐厅。我想吃点午饭。还有,我敢打赌,他们家肯定交过取暖费。"

"那太好了,我也很想去。"莱姆一脸真诚地说着,以为别人看不出他丝毫不想外出。他可不想坐着轮椅出去,一边吹着冷风,一边在冰雪路面上一步一步地挪动,"但是,《纽约时报》还在等着我写信教育他们呢。"他朝自己的电脑点了点头,说道,"况且,我还得在家等着那个维修工过来。"他摇了摇头说,"一点到五点,我走不开的。"

汤姆打算开口说些什么——毫无疑问,他是要劝说莱姆一同出去——但萨克斯却先他一步说道:"抱歉,我有别的事情要做。"

莱姆接口道:"只要是有冰有雪的事情,不要叫我。"他猜测,萨克斯可能是和那个女孩，帕米·威洛比约好了，要带着女孩刚收养的哈瓦那犬——杰克逊出去玩。

但阿米莉亚·萨克斯显然还有别的打算。她说："这件事确实和冰雪有关系。"萨克斯笑了，亲了亲莱姆的唇，接着说："但是和你却扯不上关系。"

"谢天谢地。"林肯·莱姆回答道，说话间呼出的白气飘向了天花板，然后，再次看向了电脑屏幕。

"是你。"

"嘿，警探，最近还好吗？"阿米莉亚·萨克斯问道。

阿尔特·斯奈德站在自家房门口目不转睛地盯着萨克斯。他看起来比上次见到时状态好很多——那时候，他喝得烂醉如泥，躺在自己货车的后座上。但他对自己的怒气却还是一丝没减，通红的眼睛直看进她的眼里。

不过，如果你从事的职业让你时不时地被人拿枪指着，那么被人瞪几眼又有什么大不了的呢？萨克斯咧嘴笑道："我就是过来谢谢你。"

"是吗？谢我什么？"他端着一个盛咖啡的马克杯，但显然里面盛的不是咖啡。她看见他身后房间里，酒柜中再次摆上了几瓶酒。她还发现此前他那些翻新房子的计划也基本没怎么实施。

"我们把圣詹姆斯酒吧的案子结了。"

"嗯，我听说了。"

"外边有点冷啊，警探。"萨克斯说道。

"亲爱的？"一个矮胖的女人在厨房门口向他喊道，女人留着一头短发，面容和蔼可亲。

"一个局里的人。"

"这样啊，请她进来吧，我去煮咖啡。"

"这位女士忙着呢,"斯奈德酸溜溜地说,"她总是满城跑,什么都做,四处打听消息。所以人家不会在咱们这儿多待的。"

"我在这儿快要冻死了。"

"阿尔特!让她进来。"

他叹了口气,转身走了回去,任由萨克斯跟上来,关了门。进门后,萨克斯脱下了大衣搭在椅背上。

斯奈德的妻子走了过来,两个女人彼此问好后握了握手。"把那个舒服的椅子让给她,阿尔特。"她不满地对自己的丈夫说道。

萨克斯依旧坐在上次来时坐的那把破旧的沙发椅上,而斯奈德也坐在了上次他坐的那张沙发上,沙发在他的身体下吱呀作响。他毫不在意,将电视音量调高,上面正播放着紧张而激烈的篮球赛。

他的妻子端了两杯咖啡走进来。

"不用给我准备。"斯奈德说道,看了一眼自己的马克杯。

"我都已经给你准备了一杯了。你想让我把它倒掉吗?白白地浪费好咖啡?"她把咖啡放在了斯奈德旁边的桌子上,然后回到了厨房,里面飘出了煸炒大蒜的香气。

萨克斯安静地小口喝着香浓的咖啡,斯奈德盯着美国有线电视联播网。他紧紧地盯着一个从三分线处投出的篮球,进球的一瞬间,握紧了拳头。

接着,电视上开始插播广告,他便将频道切换到了"名人扑克对决"节目。

萨克斯记得丹斯曾说过,若是想让一个人开口说话,保持沉默也是很有效的方式。于是,她坐在那里,只是喝着咖啡,看着他,一句话也不讲。

终于,斯奈德有些恼火地说道:"圣詹姆斯的案子是吧?"

"啊哈。"

"我看新闻上说,背后的主谋是丹尼斯·贝克还有那个副市长?"

"是的。"

"我见过贝克几次,看着人还不错。听说他也牵扯进去了,让我很惊讶。"斯奈德面露忧色地说,"他身上还有凶杀案是吧?萨科斯奇和另外那个男的?"

萨克斯点了点头,说道:"还有一起谋杀未遂。"她并没有说她自己就是这起谋杀未遂案的被害人。

斯奈德摇着头:"谋财是一回事,谋财还要害命就真的是……完全是另外一回事了。"

上帝保佑,阿门。

斯奈德又问道:"抓到的人里,有没有我跟你提起过的那个人?在马里兰州有房子什么的,那个人?"

萨克斯觉得,对于这件事,应该肯定他的贡献,于是说道:"那人就是华莱士。但那不是个地点,是一样东西。"萨克斯向他说起了华莱士的那艘船。

他酸溜溜地笑道:"真不是开玩笑的啊。那个大名鼎鼎的玛丽莲·梦露?可真够招人烦的。"

萨克斯接着说道:"如果没有你的帮助,这件案子可能还破不了。"

斯奈德有一瞬间的满足感,然后又想起来,自己还在生她的气。他站起身来,叹息一声,又往马克杯里倒了一点威士忌。重新坐下后,他的咖啡还满满的,一口没动。斯奈德又开始调台看节目。

"我能不能问你一件事?"

"我能不能不让你问?"斯奈德嘟囔道。

"你说你认识我父亲,现在还认识他的人已经没几个了。我只想问问你,关于他的事情。"

"第十六大道俱乐部?"

"不,我不想知道那些事情。"

斯奈德说:"他很幸运,能全身而退。"

"只是运气好罢了。"

"至少他后来改过自新了,我听说他再没做过那种事情。"

"你说过,你曾和他一起工作过。他不太谈论他的工作。我一直想知道,那个时候的警察都是怎么工作的?想写点关于这方面的东西。"

"给他的儿孙们看吗?"

"差不多吧。"

有些不情愿地,斯奈德开口说道:"我们从来没搭档过。"

"但是你认识他。"

稍微犹豫了一下后,斯奈德说道:"是的。"

"就和我讲讲那个总警司的事情吧……很疯狂的那位。我一直都想知道些独家秘闻。"

"很疯狂的哪一位?"斯奈德讥笑道,"他们都不太正常。"

"就是指挥行动的时候,把战术小组派错了地方的那个?"

"哦,卡拉瑟斯?"

"嗯,好像就是他。我爸爸当时所在的巡警小队负责拖住挟制人质的绑匪,他们拖延时间,等着勤务小组找到正确的行动位置。"

"对的,对的。我也参加了那次任务。简直蠢到家了,卡拉瑟斯,那个蠢货……感谢上帝,当时没有人受伤。哦,就在同一天,他忘了给自己的对讲机上电池……他还有个臭毛病:他有时会把自己的靴子送出去擦干净。但他总让那些新来的菜鸟干这活儿。你知道吗?他还给他们小费呢,不过,就一个硬币吧。我说,给警察小费已经够傻帽儿的了,但是,他居然只给五分钱?"

电视的声音被调低了一些。斯奈德笑了起来,说道:"喂,你还想再听一个故事吗?"

"当然想。"

"嗯,我和你父亲,还有其他几个警察,下班之后一起去麦迪逊广场花园,想去看拳击比赛还是什么的。然后,有个傻小子,拿着一把土枪就过来了。你知道土枪是什么吧?"

萨克斯当然知道,但是她依旧说不知道。

"就是一种自制的手枪,每次只能射一发二十二毫米口径的子弹。而这个缺心眼儿的想要打劫我们,你敢相信吗?就在三十四大街中央,把我们拦住了。我们都把钱包给他了。然后你父亲假装不小心,把钱包掉在地上了,他就是故意的,你懂我的意思吧?然后,这熊孩子低头去捡钱包了。等他再抬起头时,差点吓尿——他的脸正对着我们四把史密斯警用手枪,全都拉好了枪栓,随时可以射击。那孩子当时的表情啊……他说:'这是天要亡我吧。'是不是很有才?'这是天要亡我吧。'天啊,这事儿我们笑了一晚上……"斯奈德的脸上开始露出笑意,"哦,对了,还有一回……"

他讲话时,萨克斯一直点头,鼓励着他说下去。实际上,他讲的很多事情,萨克斯都知道。赫曼·萨克斯并不是那种从来不和自己女儿谈工作的父亲。他们会在仓库里一起待很久,一起修理汽车传感器或是燃油泵,做这些时,父亲总会讲起一个街头巡警在工作时遇到的各种事情——那些故事像种子一样,埋在了萨克斯心里,后来她才成了一名警察。

不过,她当然不是来听故事的。她之所以来这里,无非是知道:这里有一个警察需要帮助。斯奈德在心里呼叫了10-13求助电话,萨克斯听到了。她意识到,她不能就这样任由这位前警探倒下去。如果斯奈德那些所谓的朋友,仅仅因为他帮忙扳倒了圣詹姆斯案的警察败类就拒绝见他,那萨克斯就要介绍那些愿意见他的、真正警察朋友给他。比如她自己、塞利托、莱姆和罗恩·普拉斯基、弗雷德·德尔瑞、罗兰·贝尔、南希·辛普森、弗兰克·瑞特格,还有另外一大群人。

她问了更多的问题,斯奈德都一一回答了,有时候是耐心而急切的,有时候是厌烦而生气的,还有时候是漫不经心的。但总对她的话有所回应。有好几次,斯奈德站起来将自己的马克杯满上,还看了好几次手表,再看向萨克斯,他要表达的意思很明确:你就没别的地方可去吗?

但萨克斯并不理会他,只是舒服地坐在椅子上,时不时问上几个问题,有时还会讲讲她自己的故事。阿米莉亚·萨克斯哪里都不想去。她现在有大把的时间,做自己想做的事。

The Cold Moon by JEFFERY DEAVER
Copyright © 2006 by Jeffery Deaver
This edition is arranged with Gunner Publications, LLC in association with
CURTIS BROWN – U.K. Through Bardon-Chinese Media Agency.
Simplified Chinese edition copyright © 2020 New Star Press Co., Ltd.
All rights reserved.
著作版权合同登记号：01-2019-5041

图书在版编目（CIP）数据

冷月／（美）杰夫里·迪弗著；王冉译 . -- 北京：新星出版社，2020.4
ISBN 978-7-5133-3673-4

Ⅰ.①冷⋯ Ⅱ.①杰⋯ ②王⋯ Ⅲ.①推理小说－美国－现代 Ⅳ.① I712.45

中国版本图书馆 CIP 数据核字（2020）第 029173 号

冷月

[美] 杰夫里·迪弗 著；王冉 译

责任编辑：曹晓雅
特约编辑：郑 雁
责任校对：刘 义
责任印制：李珊珊
装帧设计：人马艺术设计·储平

出版发行：新星出版社
出 版 人：马汝军
社　　址：北京市西城区车公庄大街丙3号楼　　100044
网　　址：www.newstarpress.com
电　　话：010-88310888
传　　真：010-65270449
法律顾问：北京市岳成律师事务所

读者服务：010-88310811　　service@newstarpress.com
邮购地址：北京市西城区车公庄大街丙3号楼　　100044

印　　刷：北京美图印务有限公司
开　　本：910mm×1230mm　　1/32
印　　张：16.625
字　　数：297千字
版　　次：2020年4月第一版　2020年4月第一次印刷
书　　号：ISBN 978-7-5133-3673-4
定　　价：69.00元

版权专有，侵权必究；如有质量问题，请与印刷厂联系调换。